吕星垣集

際芳奉題

清代常州學人別集叢刊

許雋超 馬振君 主編

廣陵書社

呂星垣集

〔清〕呂星垣 著
許雋超 康銳 整理

國家社科基金藝術學一般項目（2021BF00156）階段性成果

圖書在版編目（CIP）數據

呂星垣集 / (清) 呂星垣著 ; 許雋超, 康鋭整理
. -- 揚州 : 廣陵書社, 2022.12
（清代常州學人别集叢刊 / 許雋超, 馬振君主編.
第一輯）
ISBN 978-7-5554-1828-3

Ⅰ. ①呂… Ⅱ. ①呂… ②許… ③康… Ⅲ. ①中國文
學－古典文學－作品綜合集－清代 Ⅳ. ①I214.92

中國版本圖書館CIP數據核字(2022)第229881號

書　　名　呂星垣集
著　　者　〔清〕呂星垣
整　　理　許雋超　康　鋭
責任編輯　胡　珍

出版發行　廣陵書社
揚州市四望亭路 2-4 號　郵編 225001
(0514)85228081(總編辦)　85228088(發行部)
http://www.yzglpub.com　E-mail:yzglss@163.com
印　　刷　揚州皓宇圖文印刷有限公司

開　　本　889 毫米 × 1194 毫米 1/32
印　　張　15.625
字　　數　360 千字
版　　次　2022 年 12 月第 1 版
印　　次　2022 年 12 月第 1 次印刷
標準書號　ISBN 978-7-5554-1828-3
定　　價　80.00 圓

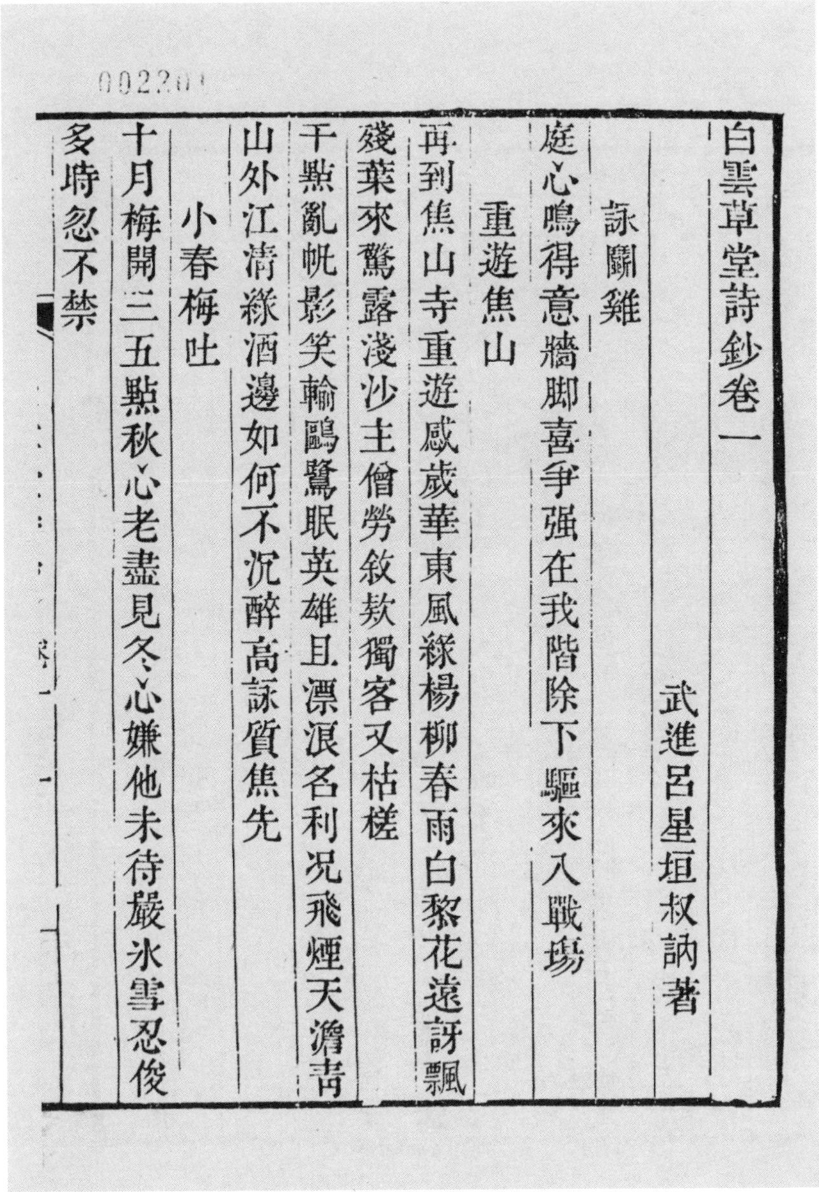
白雲草堂詩鈔卷一
武進呂星垣叔訥著
詠鬬雞
庭心鳴得意牆脚喜爭強在我階除下驅來入戰場
重遊焦山
再到焦山寺重遊感歲華東風綠楊柳春雨白黎花遠訝飄
殘葉來驚露淺沙主僧勞敘款獨客又枯槎
千點亂帆影笑輪鷗鷺眠英雄且漂泊名利况飛煙天濟青
山外江濤綠酒邊如何不沉醉高詠質焦先
小春梅吐
十月梅開三五點秋心老盡見冬心嫌他未待嚴冰雪忍俊
多時忽不禁

嘉慶八年刻本《白雲草堂詩鈔》書影

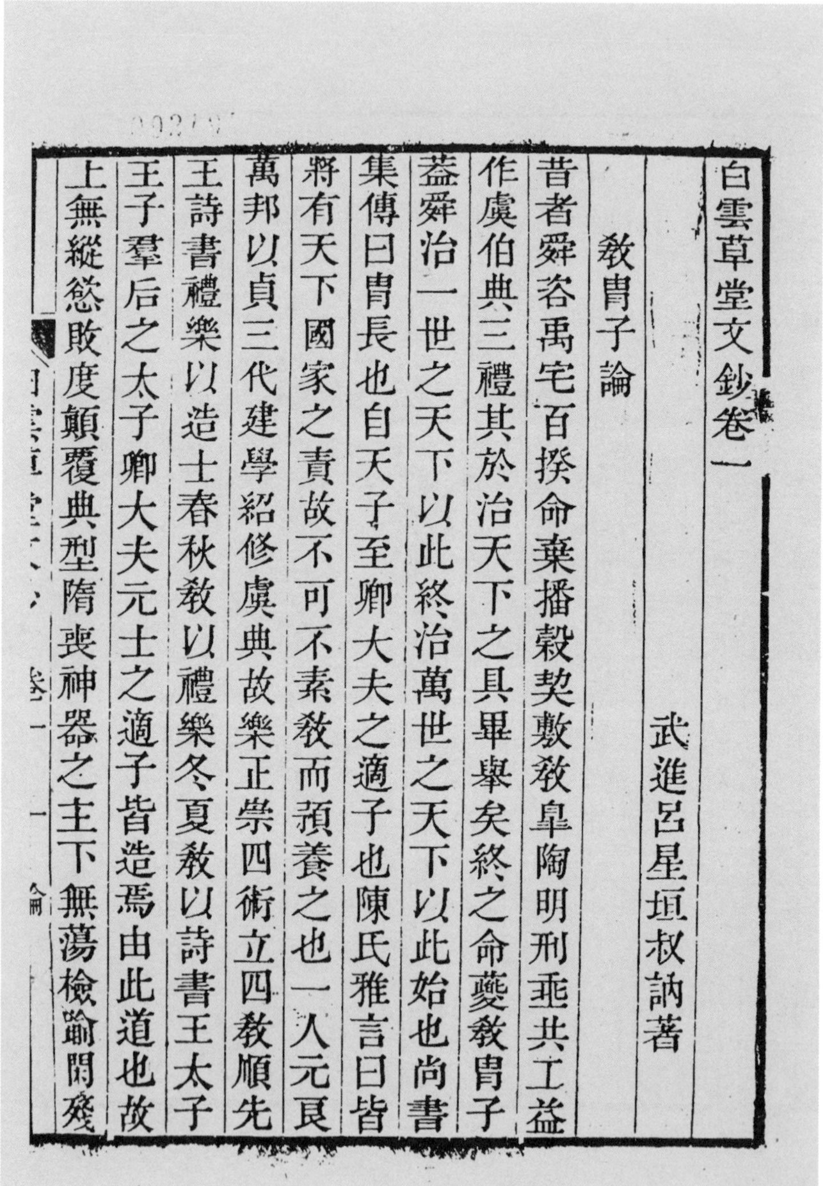

白雲草堂文鈔卷一

武進呂星垣叔訥著

教胄子論

昔者舜咨禹宅百揆命棄播穀契敷教皋陶明刑垂共工益作虞伯典三禮其於治天下之具畢舉矣終之命夔教胄子蓋舜治一世之天下以此終治萬世之天下以此始也尚書集傳曰胄長也自天子至卿大夫之適子也陳氏雅言曰皆將有天下國家之責故不可不素教而預養之也一人元良萬邦以貞三代建學紹修虞典故樂正崇四術立四教順先王詩書禮樂以造士春秋教以禮樂冬夏教以詩書王太子王子羣后之太子卿大夫元士之適子皆造焉由此道也故上無縱慾敗度顛覆典型隋喪神器之主下無蕩檢踰閑殘

白雲草堂文鈔　卷一　一　論

嘉慶八年刻本《白雲草堂文鈔》書影

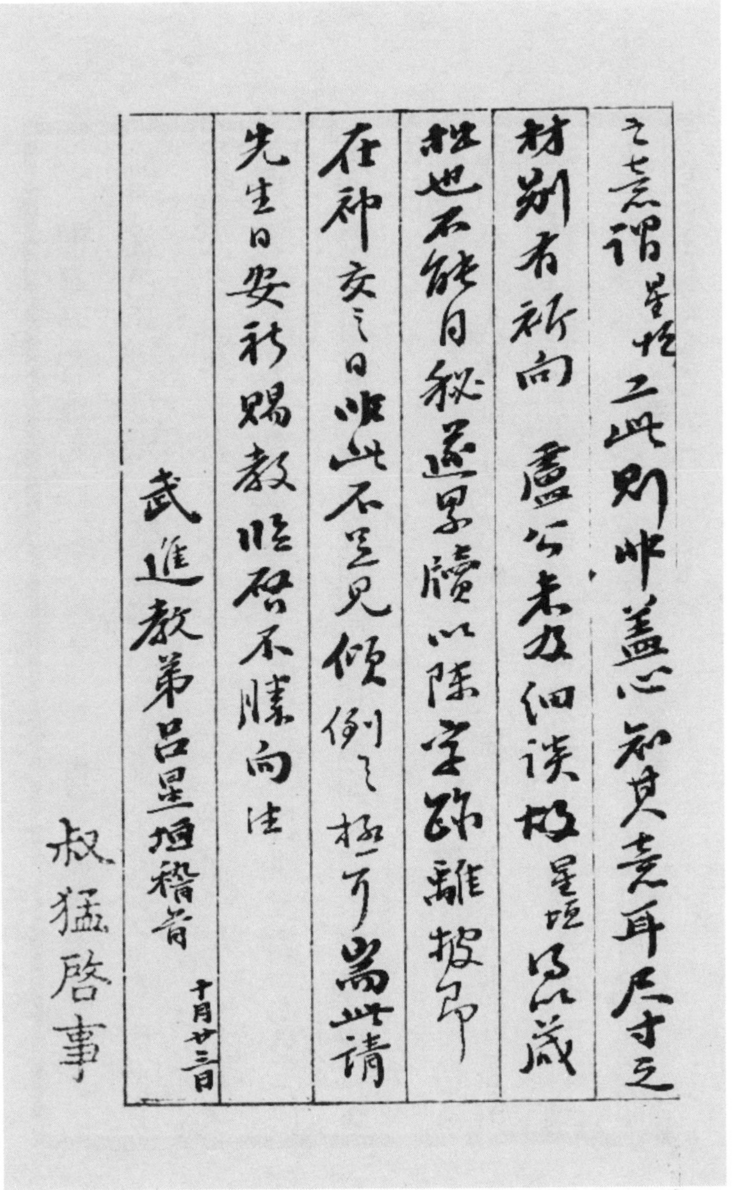

之七言謂星垣二此則非蓋心知其意耳尺寸之
材別有所向盧公未及細談故星垣因藏
拙也不能自秘遂冒讀以陳字跡雖披卯
在神交之日非此不足見傾倒之極可當此請
先生日安祈賜教臨啟不勝向往
武進教弟呂星垣稽首
十月廿三日
叔猛啟事

國家圖書館藏呂星垣致黃易札手跡

湘皋公行述

男　振鑣等謹述

府君姓呂氏諱星垣字叔訥號湘皋遠祖友常公永樂中自宜興遷常州五世祖諱宮順治丁亥進士　殿試一甲一名宏文院大學士高祖諱方嘉歲貢生候選知縣曾祖諱鈞歲貢生候選訓導無出嗣兄子祖諱灝候選州同知生四子考諱揚廷國學生

誥贈奉政大夫配先大母錢太宜人雍正癸卯舉人浙江蕭山縣知縣封資政大夫刑部左侍郎人麟女府君誕生前一日錢太宜人寢室前小池山夜有星光耀古桂上次日府君生忽聞

光緒《毗陵呂氏族譜》所載呂星垣行述

前言

清代江蘇常州，人文蔚興，湧現出衆多享譽全國的詩人、學者。乾隆年間，常州府城内，先有洪亮吉、黄景仁、孫星衍、吕星垣，稱『常州四才子』；復增趙懷玉、楊倫、徐書受三人，即有『毗陵七子』之目。七人者，年齒相若，聲氣互通，各逞才華，馳名大江南北，是清代常州文化鼎盛時期的重要標誌。『天下名士有部落，東南無與常匹儔。』（龔自珍《常州高才篇送丁若士履恒》）七子中，洪亮吉、黄景仁的詩歌創作，洪亮吉、孫星衍的經學成就，楊倫的杜詩研究，尤爲人所稱道。吕星垣聲名略遜，文章政事，皆有可觀，頡頏其間，也是實至名歸。

吕星垣，字叔訥，號湘皋、白雲外史，常州府武進縣人。乾隆十八年（一七五三）七月二十一日生，道光元年（一八二一）九月十三日卒。以廪貢生肄業國子監，期滿以訓導用，由署江蘇丹陽縣訓導，仕至直隸河間知縣。著有《白雲草堂詩鈔》《白雲草堂文鈔》，雜劇《康衢新樂府》，白話小説《後紅樓夢》等。

毗陵吕氏，明永樂間自宜興遷居郡城，至吕星垣爲第十四世。第九世吕宫，順治四年狀元，仕至弘文院大學士，晉太子太保，家族遂爲常州著姓。吕宫第四子吕方嘉，即吕星垣高祖；曾祖吕鈞，祖吕灝，父吕揚廷，四世或明經，或上舍，雖名位不彰，皆書香世守，結姻望族。吕星垣外祖錢人麟，以舉人仕至浙江蘺山令，晚歲家居三十年，振興文教，著述宏富。母舅錢維城、錢維喬，詩文書畫，並邀時譽。錢維城爲乾隆十年狀元，仕至刑部侍郎，尤負重名。

呂星垣幼有夙慧，年方弱冠，以院試第一補諸生。後兩應南闈不售，家貧出遊，以名家子謀食大江南北，留心經濟，才猛氣沛，聲名藉藉。而立後留京四載，肄業國子監，兩黜北闈，授徒賣文，以供菽水。乾隆五十二年筮仕丹陽，攝訓導，五十六年銓新陽訓導，母錢氏訓之曰：『爾以苜蓿盤爲白華養，官閑無事，可教子孫，所入者惟生徒脩脯，無造孽錢，吾願亦慰矣。』（呂振鑣《湘皋公行述》）呂星垣由校官而邑宰，由江蘇而畿輔，三十載惟勤惟慎，上下相孚，循聲懋著。直隸大員以『學問優長，留心吏治』，『才具明敏，辦事練達』上聞，非浮泛虛語也。

呂星垣一生奔走，不輟筆耕。其子呂振鑣所撰《湘皋公行述》文云：

生平結交，多名下士，著述之富，幾於等身，每有酬酢，攬筆立就。尤精古文，嘗自謂與昌黎、河東，方軌並跡，後當有知我者。著有《白雲草堂詩文集》十卷，已付梓；《毛詩訓詁》二十卷，《春秋經經緯史》五十卷，《讀史紀事》三十卷，《制藝心解》二卷。又未刊古近體詩七千餘首，古文五卷，駢體四卷，詞三卷，《湖海紀聞》十二卷，藏於家。書法初似蘇文忠，晚年出入黄文節、米海岳。喜作淡墨山水，畫近法麓臺，遠師子久，並極神妙。

據此，呂星垣的等身著述，涵蓋四部，僅梓行過詩文集十卷。其餘一百二十六卷著述，並古近體詩七千餘首，篇幅是已刊行的十數倍。作者生前是否完稿，後嗣、及門是否續有訂定，書稿仍否在天壤間，今皆已不可問。

吕星垣『詩好奇，特不就繩尺』（洪亮吉《北江詩話》）。文亦古奥峭直，强調内義外法。已刊詩文集，有多家題詞、評點，不免標榜之嫌，亦以誌歲月交誼，恍若師友間抵掌高談，上下其議論，是評介其詩文的重要史料。吕星垣駢、散並擅，文名甚盛，於《毛詩》《春秋》皆有專門著述，而終不能一登賢書。其結撰《制藝心解》，於時文當别有會心，而鬱勃之氣，亦藉此以洩之。此外，小説《後紅樓夢》三十二卷，雜劇《康衢新樂府》十齣，也是吕星垣生前鋟板的。兩書或娱親，或頌聖，符合傳統主流價值觀，應以溢出四庫之外，故《湘皋公行述》未予道及。

此番整理《吕星垣集》，正文收録《白雲草堂詩鈔》《白雲草堂文鈔》《簾鈎倡和詩》《餞春疊韻》《康衢新樂府》等五種。其中，《白雲草堂詩鈔》《白雲草堂文鈔》，底本爲嘉慶八年鐫本，即惟一行世刻本，共録詩四百零四首，文一百零二篇。乾隆五十一年暮春，吕星垣在京與師友以『簾鈎』爲題，往來唱和，後輯爲《簾鈎倡和詩》，乾隆末年鐫板。共録詩一百四十一首，詞一首，末附吕星垣『詩話五則』。其中吕星垣詩十首，與《白雲草堂詩鈔》重複四首。嘉慶五年夏初，吕星垣在新陽訓導任内，與諸友唱和，輯爲《餞春疊韻》，嘉慶間刻本，共録詩九十八首。其中吕星垣詩十首，重複者一首，附吕星垣跋一篇。兹將兩書全文逐録，俾呈現彼時士人日常生活原貌。雜劇《康衢新樂府》十齣，底本爲嘉慶二十四年乘槎亭刻本。正文殿以『吕星垣詩文補遺』，輯得佚詩十二首，佚文六篇。如此，整理本彙録吕星垣詩四百三十一首，文一百一十四篇，雜劇十齣。坊間《後紅樓夢》單行本頗多，流佈甚廣，兹未闌入。

書末綴附録四種，供研究者採擇。附録一族譜檔案傳記，輯録光緒三十一年增修《毗陵呂氏族譜》所載世表、序跋等史料，中國第一歷史檔案館藏題本、奏摺，以及三種方志内的呂星垣小傳。附録二唱酬䞇贈，選輯師友唱和追悼之作，大致以撰者年齒爲序。附録三評論雜記。附録四正文人名索引，以四角號碼排列。另，『縣』『懸』通，『莫』『暮』通，以前後錯出多處，統一爲『懸』『暮』，其他通假字未改。

全書由許雋超、康鋭共同整理。承朱炳國、葉舟、朱雋等同道慨贈資料，及門劉曉娜校録尤勤。梓行之際，蒙趙際芳女史題籤，責編胡珍女史多所是正，均此誌感。庚子冬，雋超識。

目録

◎白雲草堂詩鈔

白雲草堂詩鈔卷一

白雲草堂詩鈔卷二

◎白雲草堂文鈔

白雲草堂文鈔卷三

白雲草堂文鈔卷四

白雲草堂文鈔卷五

白雲草堂文鈔卷六

白雲草堂文鈔卷七

◎簾鈎倡和詩

簾鈎倡和詩

◎餞春疊韻

餞春疊韻

◎康衢新樂府

吕星垣詩文補遺

◎附録

附録一　族譜檔案傳記

附録二 唱酬題贈

白雲草堂詩鈔

白雲草堂詩鈔序文

童鈺

今天下競爲詩，往往人有一集。抗言陶、謝，則摹擬篇句；托體杜、韓，則鈔撮類書，編集奇字。二者交相譏，猶己溺而笑人涉也。才力猛肆，如長槍大劍，須直走垓心。又馳騁野戰，小得志足，而外荒於好博，内薄於用情，則名益高，意益滿，學益僞而壞。《淮南子》曰：『所求多者所得少。』又曰：『人愛其情。』劉子曰：『理不空綺。』又曰：『爲情而造文。』古人文心，在此不在彼。

吾友吕君叔訥之詩，反是數者，余最心折，喜與論詩。其詩如行天之月，出林之風，超然物表，毫端無塵氛，文外有仙骨，數者亦奚能染之！乾隆庚子年八月，二如山人童鈺。

白雲草堂詩鈔序

曹仁虎

覃懷張文學處，見《天平山紀遊》詩，纔讀數行，驚歎起立。讀數首，疑爲古人。袖之登車，文學至，問之，曰：『毗陵吕君叔訥爲是詩也。』明年癸卯春，君來京，余偕王介子司業、程魚門編修，訪之弗遇。已而，魚門偕之來，始得盡讀其詩，而介子所居遠，數相訪不值。最後見君送魚門出京詩，有『官到清班退亦仙』之句，詞垣乞假，不除仕籍。歎絶。病革，猶念君，介子嚴月旦，顧傾倒如此。

大抵君詩直舉胸臆，空依傍，清雄逸豔，不名一家。心太慧，骨太峻，才太豪，氣太盛，故戊戌以前，多有横溢汗漫處。一變而以古文法馭之，乃更九天九淵，左規右矩。若其靈光宕漾，妙諦一拈，輒有太白、文長未臻之境，而慨然利濟，興復不淺。君以高才負重名，兩試北雍，考官獲佳卷，輒疑君，竟不能得之。今秋，以成均上舍爲廣文南旋，予亦奉命視學粤東，置酒話别，酒闌燈炧，相對欷歔，因屬序其詩。

君來，值上謁陵南巡，千叟宴，臨辟雍，高文典册，日揮灑數十萬言，門外車滿。君更以所貽豪舉，縱酒徵歌，故序其詩，期以綵鳳還儀，華耀簪筆，舉示之，弗當意。乃易稿，序締交始末，作者源流，君喜，謂能道其真矣。顧其詩尚不盡是。如《詠史》二百三十章，如遊大梁諸篇，慷慨經濟，言皆指實，其意量，直是昔周、張齊賢，向以詩人期之，淺之知君，淺之知詩也。剪燭書成，重加歎息，惜魚門、介子弗獲相質耳。

乾隆五十一年，歲次丙午九月二十五日，習庵弟曹仁虎拜序。

白雲草堂詩鈔序

阮葵生

四始六義不亡，五字七言迭起。人稱鳳鷟，家詡麟虬，貴耳無譏，褊衷有刺。口同甘鹽酸異味，目等視黑白殊觀。况耀聲華，乘高之呼加疾；亦資塗飾，鏝外之畫分張。飛流濺沫，以醴面流傳；活剥生吞，以聱牙雄長。鋪籐劈繭，人敝庚年；禍棗災梨，鬼灊丁部。今我而悦今我，灼若朝日升華；後人復哀後人，忽焉西風敗葉。唯其折肱，驚心岐道；儻與拭目，喪氣暮年。

夫神識意象之先，必關天授；語言文字之外，此有别才。嘗以靈光，含斯雋旨，倩盼兮絢之極致，磋磨者來之悟機。故威立無象，孫武提枹未鳴；而情動無聲，昭文援琴不鼓。通神氣風霆之表，在鮮華月露之中。摘豔侈於楚漢，豈爲屈、宋、曹、劉；熏綺麗於齊梁，非是徐、庾、鮑、謝。

僕少日趨庭，退協壎篪之奏；中年入洛，遠賡縞紵之吟。唯紹往以揚風，不薄今以愛古。私幸卜鄰識面，交盡一世英雄；遥期入室論心，相出千秋俊邁。群聯冀北，輻凑道南。鏘金振玉，扣響聆其中音；綴璧編珠，揚華察其内美。花草風雲，表聖分廿四之品；青藍冰水，義山出卅六之評。極鳳舉鴻軒之趣，集班荆《伐木》之思。敢云十年壁下，洞見隱情；自覺一生兵間，厭聞詐語。憶從羊左清遊，盟心白水；想得惠莊佳語，訊指青松。方山中閬爾，遐思綵嶺之笙；乃天半砉然，晚遇蘇門之嘯。

吾友吕君叔訥，生裕玄理，早善清言，理吐妙明，言茹道氣。鱎辰岐嶷，壯歲權奇。三司二闕之第，宜使君天下膏粱；七星一窗之廬，獨賢侯清門藜藿。腹充箱而照軫，三品紛綸；手絣緯以翻圖，九流貫纂。斵輪解其糟粕，庖丁動其刃芒。耻華覈尚多於辭，笑樂廣不長於筆。吸月餐霞，乘風御氣。類出塵坱外，落步虚之聲；似遊天地間，有凌雲之意。不圖至是，相見何遲！二百年曾無，謝朓、沈約非誇；三千首直捽，歐陽、曾鞏莫薦。

昔遊倦而賣賦，百金僅資負米；迨名高而購詞，十鎰或藉指囷。高文典册，黄門上録覽之函；補志增書，彤史請流編之帙。萃是專家，出其餘事。永廢役于衆手，寧勞匠于寸心！一碧千里，每從流澌俱洒；五花八門，率隨指揮立散。本不甘文苑，浪用泥沙；復有慨詞場，横抛珠瑟。疏渤澥之支條，始將濟世；攀崆峒之榦翼，初豈證仙！

而乃金貂换酒，傾倒蓬閬之朋；終以鐵硯揮毫，跌宕方壺之士。遠餞藉江淹之賦，縶駒難留；大隱托鄭虔而行，猶龍竟逝。五夜摩挲，喜掛生前寶劍；三時絡繹，間攜别後焦琴。控稍辟易，輒驚雲帶飄揚；攦笛沉吟，每惜《霓裳》斷缺。偶濫觴于沆瀣，屢擲甑于潢污。君之出矣，方離群而索居；客遠方來，言長思而久别。辱貽鴻祕，枉命前綏，效僕素心，辱君嘉命。機文注海，那似郊寒；岳藻懸江，焉同島瘦！雖咫尺具千仞之峻，尚多百圍；即一曲盡八音之微，彌思九奏。忍棄劉載萬言，張機剪錦；賞取荀凝四韻，遺櫝流珠。貫耳慴驚座之名，撫膺惜倚樓之句。以兹集隘，煩再編羅。

又僕曩遊，從君雅詠，屢憶佩蘭之遺，尤懷采芝之贈。昔修撰錢君湘舲，學士陳君湘南等百二十名流，誼叨孔、李，寵逮崔、楊。啓蓬牖延賓，就橘房視叟。知老夫愛陸游之什，率小子乞盧綸之章。李邕特謝織罽，韓渥故却封金。僕老尚喜麗辭，君妙從爲綺製。叶王母之笙璈，輸其繁會；展天孫之錦繡，遜彼章相。因交道故，有稱心把盞之歡；敘事言情，得如意連環之樂。既鸞翎以鳳翮，仍虎脊以龍稜。千言而筆駛奔雲，一夕而文成翻水。使鵷行聞鶴於野，群曰嘻嘻；俾鮐背戴鼇如山，仰曰負負。雖引籛眒而甚愧，正壓元、白而何慚！緑簡寧亡，《黄庭》並軼。

今從博古屏風，録寄會新縹卷，請集中别存一體，庶言外遠眖千春。若令尋流溯源，望落天之銀河飄渺；就使披枝相葉，阻拔地之玉宇高寒。論名山之寄，可信於兹；問夙世之來，那知其故！乾隆五十三年，歲紀著雍涒灘，孟春月試燈夕，安甫弟阮葵生拜題。

白雲草堂讀史詩題識

甘運源

丙午六月十四日，過虚閑堂，得見叔訥先生《讀史詩》，明體達用，擇詳語精，非止詩中史，亦爲詩中子。覺王景略、李藥師以下，不足共語，何况鐵厓、西涯詠史樂府，衣冠優孟者歟！故冶亭跋云：『眼如炬，筆如椽，非胸有全史，不能會此全局也。』余更謂先生擴韓、蘇之以文爲詩，以之斷史，此境又爲古人所未開。其篇句字法，又峭潔雄秀特甚，開拓心胸，推倒豪傑，吾何間然！襄平甘運源道淵。

白雲草堂讀史詩題識

杜昌炎

叔訥先生《讀史詩》一集，非一家言也。史者，贊治之書，兹集贊治之韜衿也。起居實録，斟以通譜長編，猶未纂要。至温公仿左氏體，始戰國迄秦，遂論次歷代，上掩荀悦，斯旨遠，辭文而言尚約矣。夫裴駰、顔師古各注，及服虔、應劭、劉昭、蕭常之徒，續補各書，旁及《索隱》《糾繆》《纂誤》《决疑》諸種，充棟汗牛，每不得手一編，目千古，乃竭三長於五字若此。其覈也，述《書》而帝王之制備，述《詩》而興衰之由顯，述《春秋》而邪正之跡明，不其然乎？謂止於一家之言乎？太谷杜昌炎敬識。

白雲草堂讀史詩題識

李　鋭

嘗論壯遊足以知今，讀史足以知古。叔訥先生足蹟半天下，尤好乙部書，有通知古今之學。故其所爲《讀史》詩一百卌首，識見超遠，評論精當，懸之國門，實無一字可排者。鋭肄業紫陽，先生來監院事，晨夕過從，深蒙訓誨之益。暇日得請此卷，伏而誦之，凡五日夜。既畢，率書數語於末，以志仰鑽云。嘉慶三年十月廿四日，元和門生李鋭識。

白雲草堂詠史詩題識

諸忠孚

湘皋夫子吟稿最富，向有《遊越》《遊梁》鈔。及遊燕，多代言不存，所作隨手散佚。又篋中有叢稿數束，偶奚奴不知付爐，幸同門陳君灌芳、彭君慶曾，時從掇拾整理。後戊申、己酉間，往來吴越，得同門凌君介甫、郎君廷贊等捃緝，忠孚亦從編摩，發笥尚得古近體詩三千餘首。

乙未冬，夫子有故人往謁阮安甫司寇，知司寇極相重，必欲得夫子詩梓之，爲請司寇製序。夫子重違其請，使門人録百二十首畀之。詩寄去三月，即寄序來，却未爲之付梓也。夫子時念司寇平生之知，是編每不去手，後入是編者，亦止數十首云。因門人請，乃并《詠史》詩二百三十首，爲三卷訂之，雖吉光片羽，亦可蠡測一二矣。嘉慶六年七月上浣，受業諸忠孚謹識。

白雲草堂詩鈔題辭

孫星衍

渾敦鑿天驅五雷，兩鳥飛出鴻濛開。方壺劫灰伯岐死，兩鳥千秋一鳴止。神物欲集天心驚，巨鰲夜移烈有聲。世間耳目自茫昧，咫尺不見安期生！河源落處翠微路，騎虎咸池與君遇。元暉太白古天人，及了而今謫三度。竟遣陳芳作詞客，梅花心腸雪魂魄。霏香摇影風月夕，仙韻飄飄上空碧。披拂雲錦餐瓊糜，手握徑寸争離奇。自然清筆無纖滓，但見一道銀潢飛。狂名争先滿人口，《留侯》二篇蛟龍吼。攜之皖江不離手，返見新詩又驚走。君不見，句曲酒徒少學僊，慧業曾説西山巔。神血未凝脅先腐，往往醉倒官街前。歌詞自作亦奇絶，我若無卿一時傑。琨逖志大鞭誰先，尹邢心慚氣交折。安得躡足凌八荒，卵子化作雲龍翔？洞庭如杯不足飲，羲曜兩點争瞳光。側身攀天擊天鼓，戰走白日解烏羽。騎鯨老僊死鶩舞，直來共説真宰語。齊州一漚如藥壺，俯視大笑歸來乎？急收心駿逐血姑，獨從清氣相嬉娱。簸鳳決起觸四隅，而我豈得蓬蒿居！停觴拔劍不能食，前後萬古瞻吾徒。乾隆丙申季冬月，孫星衍淵如。

白雲草堂詩鈔題辭

周景益

别久無消息，傳言夢亦猜。九秋清眺遠，一笑素緘開。汴水夷山外，青鞋布襪來。梁王如可作，安用問鄒枚？

俊逸參軍後，青蓮不染塵。謫來今幾度，意外得斯人。木石皆靈氣，筌蹄有妙因。寸餘冰雪卷，道味可清神。

憶展臨安卷，《西湖四景詩》。近來懷古意，又在渡河時。久上吹臺望，曾多雪夜辭。遲君高唱罷，剪燭細論之。

弱歲拈柔翰，虛聲愧坫壇。十年求友切，一字得師難。那不低頭拜，時尋抵足歡。長編題短句，他日故人看。

乾隆己亥十月既望，周景益宿航。

白雲草堂詩鈔題辭

鐵保

呂君好古不泥古，紀事編年秘全譜。眼光直落羲皇初，二十二史盡塵土。無懷有巢墳典闕，舊説荒唐恨莫補。一從揖讓開征誅，大塊茫茫亂如雨。史稱傳信多傳疑，吹霜噴霧忘妍媸。興朝爲紀勝國事，是非往往遭轉移。子長每爲頴士摘，班固難免東萊譏。降此良史不多見，紛紛載紀尤支離。卓哉紫陽起老宿，直接《春秋》作《綱目》。一字能還正統尊，千秋頓使奸謀肅。白日雲霧當天開，黑夜鬼神背人哭。遂令好古不平士，洗盡閑愁千萬斛。呂君呂君曠世才，得此下酒何雄哉！元精中貫心眼開，等閑論古凌鄒枚。二百三十章爲推，筆椽目炬聲如雷。奇情每自天上來，議論無本詩無胎。笑余讀史不見史，一事無能述原委。幾因立説羞雷同，不使胸中有片紙。讀君之詩悟君旨，不覺高懷爲君起。耳食何須傍古人，大開眼界從今始！乾隆丙午六月，冶亭鐵保。

白雲草堂詩鈔卷一

武進呂星垣叔訥著

詠鬬鷄

庭心鳴得意，墻脚喜争强。在我階除下，驅來入戰場。

重遊焦山

再到焦山寺，重游感歲華。東風緑楊柳，春雨白黎花。遠訝飄殘葉，來驚露淺沙。主僧勞敘款，獨客又枯槎。

千點亂帆影，笑輸鷗鷺眠。英雄且漂浪，名利况飛煙。天澹青山外，江清緑酒邊。如何不沉醉，高詠質焦先。

小春梅吐

十月梅開三五點，秋心老盡見冬心。嫌他未待嚴冰雪，忍俊多時忽不禁。

古詩

太霞青茫茫，于何見仙靈？萬古地天通，但有雷與星。雷聲齋肅肅，星象視冥冥。列史溯甘石，如告曾莫聽。

杜甫比稷契，李白求神仙。臣希帝王祖，人倖籛聃年。非安亦非愚，並爲蒼生憐。四海失養教，二子有志焉。白也憮然日，急且謀所先。煉砂成黃金，濟世活萬千。

曉上宛委山

會稽東南行，宛委窅曠境。曉烱放猶涵，夜光佚殆盡。進穿陡坂勢，翻落清漢影。霜雪濃一坳，煙月澹十頃。

煙澹月漸微，林起草忽低。暗綠染露屐，明翠撲風衣。春耳百泉北，豁眥三峰西。坤祇疊摺軸，昊靈並懸梯。

磑磑梯玉棧，爍爍笏金簡。窪湓洞捥剜，崱屴凸斬剗。筍雲勒戈戟，綫日擲盤琖。怒牙張神頤，回睒射鬼眼。

峭削嶺斷峰，瘦硬籐聯空。鴻猿死側墜，龍鶴靈迂通。闢巖其天閾，越巔幾帝宮。神歸騎列宿，屍解就罡風。

侵曉

侵曉瓜蔓綠，倏然肌骨寒。偶宿北窗下，枕入銀河瀾。風蟬瘦清瑟，露草肥幽蘭。太陽起東沼，朝坐惜景殘。

暮升攝山頂

天半益青黯，暮開嶺閣門。浮雲心上跡，新月死餘魂。拂拂鬼風過，幽幽佛火存。忽驚千仞麓，背貼石牀温。

霓裳羽衣曲

《霓裳羽衣》何處尋，天子八月聆仙音。月去人，幾萬里，我疑綵橋度天子。想其踏杖八月時，亦如紅綫飛光倏然耳。葉法善，爲仙卿，豈能不啓主人肅客行！姮娥或相召，倩爾爲送迎。海上神山太真家，姮娥來往停鸞車。笑伊鈿盒藏金釵，招伊比翼飛青霞。玉笛聲聲億，瑶臺妙顏色。酒肆青蓮呼不得，誰寫仙容謫仙筆。水晶宫闕前，欲下踏長煙。但見月輪滿，初無月外天。越銀水，凌碧波，還宫親傳《念奴歌》。却笑瑶池八駿未能絶地去，便聞鈞廣者夢亦恣傳訛。

下邳謁留侯廟二首 有序

嘗疑滄海君力士爲魯連、朱亥，又蘭池盜當即是博浪之徒。後孫淵如示《史記索隱戔言》，知留侯博浪之逃，趙高匿之也。因過下邳，作是二篇。

昔年魯連不帝秦，飄然去爲滄海君。朱亥掔鎚三百斤，從之乘桴入海雲。留侯國破思忠孝，遠慕魯連獨高妙。叩連求士得亥行，連也持觥候仙嶠。博浪震動蘭池驚，兩擊不中罰兩觥。人間大索都市亂，海上大笑波濤聲。當時亥還侯未還，得非連使大忠通神姦。趙高趙國諸王孫，求爲秦賊肢體殘。趙高名在《列仙傳》，何得仙家濫其選！《索隱戔言》頗辨冤，鹿馬計勝長平戰。

前沼吴，後沼秦。沼吴越之婦人，沼秦趙之刑人。名城墮盡豪傑死，賊在於内藏其身。日中白虹匿無跡，王孫本是邯鄲客。頗死牧廢無英雄，山河西吞惜無策。一夫之勇如荆卿，盡此不勝功無成。入虎穴得虎子，必爲膏肓之豎亡其精。博望之徒實同室，大索十日豈可得！顛覆咸陽志已酬，組繫子嬰維爾力。豈能一姓再王興趙宗，亦知負此惡名無所容。故人且佐漢天子，先赴海上尋赤松。

跋河渠書

漢家有二患，匈奴與黃河。當其憑陵雜風雨，往往數十萬人荷畚而荷戈。漢皇命張騫，往通遠夷窮河源。騫行上窮碧落，外遍絶域，歸來乘槎貫斗爲大言。何不倒屈天潢灌青海，萬里不庭陸沉水？盡驅龍蛇走戎荒，瓠子宣房亦循軌。君不見，晉鄭西，甘凉東，河流九曲輸田功。西方况多五帝子，北戒大有三時農。當時豈無白圭畫，無術始庸賈讓策。恐曾贊向唐堯年，神禹亦聞其言而未然。

齊武帝墓

鈎陳西射火横飛，太白流芒犯紫微。五馬海邊迎赤戟，六龍天上逐青衣。雲排京口艨艟艦，雪湧新亭日月旂。試問太阿誰倒授，相公威望動王畿。

司馬山河不久留，天開十九豈人謀！攸之中道忘湓口，劉秉臨機走石頭。殉國汝陰遲一劍，斬祧西岫見三丘。當時只有王光禄，慟哭車轅淚湧流。

慧定上人邀視落星石

天謫星，亦謫仙，仙如石頑落天邊。人爲仙，石爲星，石亦脱劫如仙靈。若有人兮來將妙法説無始，頑石頑仙悟於此。珊瑚鞭石爲箕尾，大笑辭公騎石起。

水晶庵

山骨隱在樹，百丈而排旌。旌門風蕩開，突焉露山莖。沿山上危閣，轉閣憑曲楹。萬竹入空翠，一江出空明。竹浪引江浪，灑然挹餘清。心往極水趣，步回逐山情。松子入樓走，鳥羽隨人行。去去羨鸛鶴，巢樹托平生。

南窗偕婦妹玩月

橫榻南窗下，疎槐不住風。石陰疑剪出，花影信雕空。入室驚初貯，穿窗喜暫籠。露多雲鬟濕，釵啖月明中。

金伯序邀遊蕅花庄

太湖衆山皆夕陽，欲雨未雨雲飛揚。暮帆歷亂向湖口，一帆送客荷花莊。主人遲客已三載，入門歡笑開樽待。疎簾清簟促坐談，冰菓罟魚擷鮮在。酒罷出數篇，句好如青蓮。眼中餘子不足數，爲我草堂掃榻索句清夢邊。寢君榻，覓君句，榻上逢君得詩處。蕅花吐，蕅葉高，不水而長連平皋。似煙非煙漾金井，吹來香韻見其影。澹漾三畝宮，遠浮一千頃。四月上玉階，五月上瑣窗。六月上羅帳，搖漾入枕傍。泛舸近紅玉，回頭遠煙緑。始知鴛鴦逐，未如鷗鷺宿。鷗鷺宿寒漪，香韻久不知。何許最相思，夜半雨來時。主人破曉問詩客，遇此草堂風雨夕。枕上詩成君未觀，若無山雨湖風景虛擲。

太湖秋泛

停槳順風漣，灘回獨樹邊。青蘆長似竹，白鷺皎於蓮。虛籟一何美，草香如許鮮。秋墳松柏路，斜向亂山前。

戲詠螢火

小時群兒撲流螢，喜縱堂前看星海。後從秋霽出盤山，碧玉磢繩光燦璀。亦見古道傍，十斛淚點隕夕煙。或訝鬼魄散，幾隊碎燐慘霧邊。牽牛花上頃見殊，頗似翠鈿綴明珠。牡丹枯枝亦堆簇，階下幾尺青珊瑚。昨夜翻雨速，軒前滅明燭。斜廊一折檻一曲，風閃石妖千眼緑。

七夕

涼風疎雨洗空青，淡淡秋光夜杳冥。絶似微雲浮一水，只如殘月避雙星。佳期天上原難遇，巧會人間亦偶經。漫向靈修計工拙，太聰明處最伶仃！

答孫秀才星衍

近來長句孫郎好，自有靈光恣揮掃。始由清快見新異，繼向幽雋窮搜討。總角結交子最先，別我去遊黄山邊。排闥抱持忽大笑，謂我《留侯》二篇如謫仙。客窗論詩憶此首，直凌古人出其右。同時嗟歎偕洪生，獲同吾遊如尚友。既道別後念，遂索別後詩。豈知惠連久不見，亦少『春草池塘』辭。贈我三百四十字，翻軸摩闓展才思。願逐雲龍翔，傾倒亦已至。感子相賞真，我未甘文人。狂歌諧語偶然得，頗厭萬卷疲精神。能來取醉趁明月，雨塌井邊哀露骨。造化勞我我自逸，且倒深杯闊胸臆。子何苦爭身後名，身後泯泯須忘情。生前相逢斯可驚，竟須期子滄洲行。

四言七轉

肇文羲皇，祖述者倉。下二萬載，爲倉公忙。充棟汗牛，孰爲去留？誣古蔑聖，雜撰並收。晚尚奇詭，溺葬靡悔。篡竊截醢，哂似傀儡。圜方横議，羅天列地。輿圖儀器，家喜獺祭。試屏沸羹，六經自明。三正自平，萬里自行。太息冗冗，豈曰智勇？神明自奉，磨是頂踵。又古作者，意妙言下。任腹蝟若，指鹿爲馬。

中秋夜雲谿泛舟

白雲溪上中秋宵，圓月皎皎光摇摇。狂夫醉倒曲籬下，扶上一葉凌秋潮。潮聲吹入笛聲裏，我醒復醉酒不消。枕我以肱勸我弗歸寢，一夜醉魂飄緑濤。露華着柳蕩銀綫，水氣上月如輕綃。醉中乘興捉月踏波去，但逢此夜此月攜酒來相招。

紅袖琵琶歌爲董秀才思駉賦其庶常兄潮軼事

青松梢頭湜怪鵬，棘刺宗生野篁族。燐走煙蘿不定明，練擲水銀隨步縮。玉座生塵便房閉，十九宫車葬佳麗。時逢亭午幻朱門，夜忽蓬棵變甲第。燕臺七月秋風凉，西郊悽慘草路長。日脚欲銷澹黄色，玉聲瓌瓏泝微茫。董郎仙骨鬼眸子，煙房瞥見湘簾裏。不見雙鬟見四絃，輕颺紅袖挑纖指。如鷩如訝汗凉雨，歸去書齋病爲苦。撫膺心與絃柱摇，眩目神與精靈聚。遣覘叢墓何縱横，争傳怪異咄咄驚。董郎讀禮遂東返，竟未一載亦殉親。當時願見蛾眉死，及到黄泉各千里。曉夢春心緣已慳，玉煙珠淚人難起。白楊幽窆月華明，青鳥瑶臺露氣清。或度楓林聯兩地，便抽薤草結三生。三生如此古不少，我惜仙郎豔才好。只合飛瓊下世來，那教靈運昇天早！苦住人間首重回，即諧幽壤亦堪哀。庶看兩屐留蹤處，幸有雙蓮合影來。

送李煉師返峨嵋

霽後曉天影，痕連緑蘿井。恍聞天上流雲聲，一派玉潢春瀉盡。道人辭我而往峨嵋峰，得無出門離地乘長風。蕭然隻身不攜寸，折花爲車駕輕鴻。

枕上

枕上回頭忽見之，漏窗一點月來時。慣曾踏碎瓊瑶境，珍重無多倍惜伊。

詩中情類畫中理，棖觸每於夢醒間。佳句來如遠林岫，未曾佈出近溪山。

野望

緑野荷鋤去，遥看笠影圓。無心驚白鷺，低掠過前川。

唁洪明經亮吉

洪生慕古獨行傳，早有健筆稱詞場。歸聞母訃蹈河死，救而得生爲神傷。生才甚偏果於用，往往血性奮至剛。生乎自此益加勉，重於泰山死乃當。嗚呼，乾坤生才厚中央，前後萬古未敢望！

上天竺幽蘭

松雨飛一天，澹日猶含煙。但聞幽蘭香，不見蘭草鮮。松頂日華好，香隨雨絲少。亦時飄青冥，回風吹泠泠。

西湖口占

湖上遊人儘看花，無須討飲向山家。鐵條鑪子隨風轉，到處湖風自煮茶。

靈隱寺後望竹聽泉

石磴凝青竹葉光，盤山接竹引泉長。泉流香積厨中去，煮出新茶帶筍香。

遊禹陵回訪蘭亭中途遇雨不果往

會稽山水天下奇，暮春三月霽色晞。出東郭門縱清眺，一路餐秀忘朝饑。松雲横破泉影落，竹霧澹合巖光飛。千松萬竹到禹廟，金碧剥落横翠微。誰磨峭厓泐大禹，一字丈廣朱書碑。餘碑蟲鳥泐古篆，三碑摹古元明題。升堂四望高曠絶，魄力雄壯千山圍。奇形盤旋老象伏，靈勢崛起群龍隨。冕旒元圭正南面，遠想明德平成開。對披長廊殿角險，右立砭石峰頭危。便依山莖逞騎走，更得水脉窮舟追。生平看山此真飽，不覺失聲稱雄哉！稜稜虎脊二百里，天結奇陣東南隈。興豪未肯折屐返，景仄直思揮戈嬉。湘湖剡溪不可到，若邪雲門欲問誰？盍尋蘭亭祓禊跡，曲水探取流觴歸。人言亭榭委波際，我欲碑版搜煙堆。西行廿里禾黍秀，竹筏駕櫓聲啞咿。鵝群雪影散遠近，人家沿堤水拍堤。風翻葉背千點白，兩岸籬落如開藜。雷聲輕磨蕩空起，雲氣濃壓當頭低。霎時注雨破篷頁，呼馬振策城中馳。歸來縱飲君莫笑，今日遇雨方淋灕。

咸秋曹蓼生談儋耳山軼事

道人吴子京，抱甲江上行。江行見雲氣，千丈浩縱横。流雲送巨蟒，吐氣薄太清。倏忽雲氣盡，腥雨容嘯聲。雨腥江岸石，尋過儋耳脊。儋嶺日月迴，直聳透寒碧。四望白巉巉，妖雪積三尺。陰風遠回翔，雪上虎騎跡。六月齒戰凉，石壁雨扉張。欻有一童子，引去白玉堂。朱鱗漾緑藻，四面水晶墻。通川走榻底，花磚漏波光。榻有秀眉叟，垂眸自點首。開眸呼子京，賜以一巵酒。酒寒沁心骨，使往望南牖。青冥在其下，歷歷見星斗。乃來虎冠人，墀下跪逡巡。恐懼寶劍挫，脱手逃逆鱗。叟叱弗用命，起立而怒嗔。回頭洞壑邈，墮落儋山垠。

謝鄭贊善虎文

一字落紙立一山，通篇渾成動江關。惜墨費苦心，脱手如丸彈。七百年來已無此，作者難，知者亦鮮矣。其文其人仰止景行止，信可以傳先君子。

吴山飲酒答陳刺史林徐明經書受

英雄托跡於腐儒，此中瑣瑣非丈夫。殘杯冷炙呼牛馬，我自落落卿自下。權奇倜儻果絶倫，茫茫孰爲知己者！長篇邀我登吴山，爲君短歌杯酒間。左江右湖落眼底，胸中正復如此寬。

梁溪舟中

月出雨收卷夕霏，嶺回岸轉過斜磯。風流山磬似蟬引，水漾野花如蝶飛。到處空林秋落葉，誰家細人夜鳴機。呼僮再剪篷窗燭，里近更長數攬衣。

七里瀧

七里灘前過，春山古意存。難從高士蹈，可與故人論。昔有嚴陵客，君王同寤言。夢中伸足去，踏到紫微垣。

春晴邀張蘭仲畫洛神

白杏翻翻燕子飛，櫻桃含蕊蝶兒稀。初晴澹日能烘幕，乍散輕寒尚撲衣。籜粉悠揚風意軟，藥苗新長露痕肥。静無人至拈毫想，東絹平鋪畫洛妃。

西湖四景詩

風湖

湖水澹沱兮澄鮮，忽摇漾兮淪漣。散解索兮蕩目，奏清磬兮心遠而情牽徹底明含。静深境飛動，南高北高影。便有肌骨凉，未覺衣裳冷。洞簫纖妙存亡問，傳來哀怨横闌干。恨無兩翼從葛仙，我亦馭此泠泠然。平生絶愛鏡湖月，使我踏月踏水而脚底水月猶清圓。

雨湖

裏外湖連兩峰失，千頃煙田種珠瑟。微明六點指六橋，萬柳跪堤恍動摇。霎時滴散蕅葉香，碎入百本窗前蕉。蕅香蕉韻緑漭漭，中流琴筑山泉響。餘清瀉去子城中，幽冷飄來寺樓上。此夜若尋蘇小行，冷翠燭邊憐濕明。

雪湖

滿湖癡雲沉不飛，四山收入雲光圍。澹妝西子妝澹絶，縞素相見天然姿。天爲施粉嫌太白，一夜北風妬寒碧。上有一十七景之銀臺，下有三十六陂之瑶席。三秋桂子十里荷，忽開清凉卷綺羅。折殘松竹意未已，散盡遊艇無煙蓑。遥期霽探孤山静，掃徑尚須冰泮盡。玉山一重水一方，暗香何處見疎影？

月湖

全湖精神得月清，湖月至秋而益明。秋天水月相皎潔，洗心滌魄魚鳥驚。魚鳥驚，夜方静。可惜明聖湖中秋月來，只有幾點漁舠幾僧影。誰吹鐵笛如天雞，往迎月東送月西。剪開月色離水色，一葉舟上鶴氅衣。晶宇冰壺照，纖塵豈容到！商量不玷此清空，來遊且去紅紗導。

將行示妹

壯志消磨歲月驚，苦謀事育又長征。何如綰髻身爲女，伴母閨中過一生！

月散重陰照離席，兄行何處遠登樓？不須明夜孤篷雨，只此三更已白頭！

夷山頂懷古質周進士景益

天意非欲災大梁，欲決藩蔽催明亡。古今奇苦惟守汴，誰歎壯士李光壂。身經百戰立功名，老客金陵死羈賤。雒陽被襲辛巳春，殘梁豈果梁無人！一圍臺省凶屢盛，五社民兵義絶倫。再犯環攻兩旬久，連營曾避寧南走。寧南徑轉武昌東，賊騎長驅大河右。十三萬賊何鴟張，脅隨百萬彌猖狂。一從丁左搴旗遁，三月圍城落水鄉。可憐光壂老謀叟，爲國毁家名義重。製就車營未出師，誰失事機真闒冗！車營之制何精奇，蔽木穿空火器施。罈盛水火備麻搭，防賊火箭謀無遺。左右兩廂千二百，並鎖連環出以夕。佛郎機銃持中權，城頭礮位應兩翼。此車一通河北營，不惟通運且益兵。我思此舉必有濟，此舉雖濟終無成。當時河北已贍落，豈肯分兵入梁郭！便教通運活殘黎，波濤澒洞終漂泊。守汴之日城墻低，黄河上與青天齊。狂瀾本挾建瓴勢，決灌釜底真難支。何如早集五丁斧，石作金堤護城府？恐爲賊據瞰卑原，繚以周垣建樓櫓。

遊嵩山呈榮鐵齋中丞

峻極登封北，盤盤上碧嵩。三臺捫海日，二室踏天風。四戰争王運，中興仗武功。東周南宋局，棄陝棄河同。

答童二樹山人

山人好結客，行邁從車騎。豪比原與嘗，俠勝劇與季。忽聽夏統歌，驚呼《吕覽》字。亟回掃几榻，敬與治酒飼。盡出得意篇，俾論愜心地。許以能定文，喜若逢夙契。平生矜寫梅，請者極不易。立時贈數幅，各盡神妙意。幅幅題新詩，尚未罄交誼。一揮五十韻，長歌當奏記。訝君謬相推，落落期大器。我非宗廟犧，懶奮霄漢翅。歎息管樂才，耻笑儀秦事。往卧東山高，孰將蒼生寄！乾坤生我厚，束髮自策勵。及壯遺飄蕩，翻然變其志。

敖山望廣武原

上計進據敖山粟，移檄已定天下局。前有漢高後李密，得失之幾一何速！李密但塞成皋東，漢高捷收曲遇功。鹿臺鉅橋往往爲人用，取用之者須英雄。坐而賑饑數百萬，不如裹糧略地，疾趨關中。漢王因糧飽，項王蓐食倦。漢王行搗虚，項王行力戰。漢封廣野君，先襲陳留倉，後襲武關傳。壯哉酈食其，不愧帝者師。阮生何爲笑豎子，亞父嗒焉難用奇！

晝錦書院題壁

坐把新書行未捐，朗吟忽走出階前。一群飛鳥起還集，應笑此君何太顛！古木千章日影徐，小年静坐勝三餘。每聽鵲噪知何喜，想有慈親寄子書。

盧太守崧分賦火戲即席呈四首

火塔

道高魔亦盛，梁武嘉燬塔。祝融守浮屠，不許僧俗踏。棲危景一照，藏虚響四答。幾點初焚膏，百串帯丸蠟。舍利懸錯落，天花飄雜遝。九層皆放光，疑有袈裟搭。上燒河流乾，遠與星芒合。佛頂罩過跟，欲掃難進趿。

火龍

龍兮水之族，此忽糾火宗。大龍蜿蜒舞，小龍翩翻從。群龍鬬一天，神哉勢飛衝！豈其天女織，金梭疒横縱？或有劍仙擊，銀索拖蓬鬆。烏雲蓋黑海，攪碎波千重。首尾並嘯響，鱗甲倏現蹤。高翔得意處，一珠吐月容。

火馬

編竹以像馬，縛人馳曠野。初看馬頭紅，旋見馬尾赭。錢絡披滿身，踏煙脱銜跨。直行壯騰驤，斜騁駊騀駉。維時觀如墻，數萬壁原下。跳入人海中，東西盡潮瀉。火雲照蒲梢，蹄過血雨灑。便來賀六渾，袖手未敢把。

火繖

亭亭黃錦張，嬝嬝白羅纂。垂垂絡索懸，錯錯珠璣滿。七寶一展開，半空霜雪斷。四圍護雷鞭，居中立雲罕。雲罕掠地旋，金粟千團散。金柯與玉葉，創始黃帝繖。本以招清涼，今資舞炎暵。高密侯盛裝，綺麗益奇誕。

遊林慮山上神菌嶺望雲

白雲之生若置棋，高六七尺纔弄姿，杲杲飄出喬松枝。雲蓋上合從風移，雲根下立何離奇！人穿其中走斜陂，以手障目看紛霏。誰知峭嶺掩側扉，後疊七重峰嶔崎。雲容皆露半雪頤，長風曳上橫斜飛。忽如花重梢下披，環爲雲洞當山歧。山歧有寺排參差，紅墻隱隱碧瓦微。四圍澹緑迷春漪，漾破緑影虛壇旂。昨者登眺驚仙梯，望莅赤城難攀躋。琅琅鳴珂吸粉絁，旁起數隊空中馳，極濃一盤飄而西。一丈紫羅垂銀絲，遥山濕光草樹啼。或貪高翔痕厞厞，或喜疾舒拖褵褷。或以孤往從伴稀，或後或下安頑痴。噫氣使之不自知，化者歸者良難期。少焉雲去入層嶷，各隨石竅作旅羈。乃知無山不可棲，白雲白雲真仙兮！

環翠亭望六峰桃花

憶昔西湖上，暮歸趁斜曛。斜曛忽已落，松月行翠雰。月露在松頂，澹白如生雲。却有微雲來，雲翠始相分。今來望桃花，六峰環亭中。花後白雲度，玉屏映花容。白雲去還來，桃花澹復濃。忽籠花影過，白雲亦微紅。桃花自紅松自翠，賴有行雲盡其態。雲外何人解看雲，雲端緩緩弄仙吹。

通勝橋東至金綫泉

鑿壁環長橋，百折而一綫。幽幽天光露，忽忽流水眩。微茫來徑迷，迢遞諸勝見。立峰矗樓臺，交林穴門扇。雨色揺春風，山緑滴水面。日華千丈射，返景射僧練。翠黛拖金綃，素鏡罩黄絹。不有天孫居，誰識碧雲片？

贈朱孝廉存仁

馮衍二十通群書，桓譚卓識排俗儒。堅伯事母竭心力，子行説經聚門徒。行芳氣果見吾子，合古四人成一士。韓陵山高片石孤，鄴下可語此而已。

題二樹山人蘆蠏

傾蓋梁園兩倍情，却從題畫感侯生。蘆花深處藏漁火，半幅江波半月明。

題充裕上人五臺朝佛册

清涼峰峙代州東，百嶂千泉繞楚宫。崱屴抉清虚際碎，潺湲穿破定中空。山寒於水初經雪，木瘦如篛又被風。爲拜文殊宏願力，華嚴遠法繼顛公。

贈周廿八世緒即呈徐東麓司馬

周氏一門皆好奇，廿四獨精雙鐵鎚，顛旭醉書取自嬉。廿五善撲猿猱飛，鐵釘刓印蟠蛟螭。廿八神愉特精微，師童山人孤山枝，三君一門生一時。廿八尤負天人資，中州技勇天下稀。少林以北湯陰西，泗水蓑生搏熊羆。臨潁胡叟回奔蹄，並叱賁育伏澌離。昔以廿八審問之，蓑生胡生皆吁嘻。我遊相州與之期，軒然入座啜茗巵。五指一握碎十棋，賓客吐舌駭欲癡。群請小試窺端倪，短槍一桿雙眉齊，槍鳴呼風聲澌澌。四圍潑水揮淋漓，槍尖月輪翻素霓，點水不入槍風擠。司馬好士訪不遺，儻見此君宜嗟咨！嗟此數才何所施，養而待用誰其知？或於甘陳出偏師，授數子者一丈旗。

謝阿廣庭中堂贈賻並呈杜明府昌炎

皇有元老實殿邦，文武佐治升虞唐。遠滅兩國擒兩王，歸理百揆總機房。河流決堤塞湯湯，重臣秉節嵩嶽傍。治兵治水皆非常，一一皆選才用其良。時有杜君宰内黄，訪其廉勁大任當。公即檄至青龍崗，令糾各工責報章。其時引河濬倉忙，督赴奏限趨星霜。天忽降雨漬土方，夫丁坐愁歎彷徨。客來過宰談滚塘，先抽子河濬中央。左右遞滚雨不妨，宰奇客論授筆商。公得宰報呼宰詳，訖問贊其議論剛。授宰以騎宣客行，升堂長揖氣軒昂。虎頭熊腰鳳目長，十步先射瞳神光。掖客侍坐意度汪，五嶽四瀆靈秀藏。羽扇玉麈思飄颺，温語於我諮行藏。語竟欲起仍挽將，軟脚席開陪金觴。詢悉歸葬垂客囊，公復偕宰爲助裝。不許下拜增慚恇，珍重後期弗敢忘。仍使騎官授驌驦，旌門超乘恣騰驤。騎官問名皆驚惶，布衣者誰明經郎。

周家口舟中祀金龍河神得風半日行三百里至鎮洋關

殉國時無一命加，顯忠異代戰雲霞。東升白氣崩天目，北卷黄河敗海牙。金甲昔聞驅虎豹，玉珪今見馭龍蛇。靈風有意憐歸葬，直送行人上棧車。

三泖湖中大雪

孤篷無聲燭穗幽，推篷玉屑飛滿頭。布帆一峭九十里，但聞北風吹冰時有清韻流。晨興未辨東方白，便過瑶田亦可惜。欲登七十二青峰，輸與鷺鷥不着屐。

江口阻風

掛帆歸去亦順風，捩柁又恐檣烏東。憶昨匆匆出門去，癡兒問父歸何處？我亦不知家爲客，客爲家。昨宵窗下看燭燼，今夜江頭看浪花。

壽州望八公山懷古

苻堅投鞭而斷江，孟德伐吴同披猖。迄乎兵敗以走死，不如孟德歸許昌。此有雙璧據中闕，彼無一飯忘西凉。藴隆毒乘元氣削，邊腹四潰不可當。雄才大略並天授，堅豈國計敝色荒。亮哉度量包四海，欲以仇敵同帷牀。慕容一門伏蛇豕，又有雄鳳巢阿房。垂之父子譬龍虎，弒不忍弒懷不良。不居惡名避首禍，懼有義傑防徐張。河北一軍且揮轉，山東十郡恣跳梁。老謀料事不一失，坐看弒奪推其亡。興於龍驤死龍驤，佛殿裂帛何悽惶！欲憑讖記守傳璽，死後畢竟歸姚萇。當年肥水挫鋭氣，可惜馬倒安樂王。尚擁五十餘萬衆，何遽棄甲奔慌忙！八公老人乃爲安石兒輩用，坐使圍棋清嘯高卧東山傍。

梁園席上遇歌者張郎説張觀察有年死事

聽説忠臣淚滿頤，陶郎從死又驚奇。不隨雞犬昇仙去，流落人間唱《竹枝》！

哭張瑞書觀察

南康太守戚曉塘，昔年愛我爲歌行。作書誇公溢其量，韓李之匹無其雙。我時饑走臨安道，公寄長牋意傾倒。夷門坐上拂衣來，國士相逢恨不早。三秋三見何多情，說項謂非尋常生。別公河堤采議論，爲我扶病陪深更。我家去此二千里，一訃傳聞駭疑似。再遊舊地雙淚垂，得公死事心骨悲。庚子之月乙丑日，堤合金門埽開疾。人夫漂没吏兵逃，公獨披衣半夜出。廣庭公相遣止公，公已躍身登壩東。壩開三尺公躍過，兩手挽蔴呼衆工。風狂蔴絶埽急走，埽底怒湫騰其後。衆工號慟埽倒翻，公之紅燈忽無有。一埽方走諸埽奔，頃刻大雨天地昏。公相驚慟不得救，公葬河浪飛忠魂。千金再購募泅伏，不得裹屍歸骨肉。一客兩僕手裂衣，死事只留衣一幅。上有老親何悽惶，下無嗣君益慘傷。奏聞恤贈典已至，知己如我摧肝腸！知公本是奇男子，歿而爲神河之涘。我有無窮痛惜心，以公之才以此死！

答談參軍濟華

寸心得失更咨誰，攬鏡人從鏡外窺。擷古榦花驚盭眼，味新茗葉愛蜷眉。分流剪快裁章少，入穴鍼微定句危。日落暫眠推枕起，一窗竹月碎金篩。

忘機堂偶吟示鄒箕陳陸樹堦王樹亭三舍人

焉得萲草樹之背，憂來傷人使心碎！各爲負米走千里，四座鄉音喜相對。窗前幽鳥助清吟，榻上古書憑泛愛。偶傾酒醴治雞彘，已勝粗糲供虀菜。鄉音相對憶故鄉，共有清夢隔大江。昔能事親不知樂，童稚之年何其長！王君浩然發遠想，披卷示我青楊莊。待君笑倒畫中景，釣船裝酒邀余狂。

題濁漳考質管農曹世銘

濁漳水源發長子，交漳四百六十里。折流會界詳《水經》，往往古今不相似。蹈襲皆陳言，纂組誤前史。誰著此《考》譏築堤，欲訪西門閘遺址。閘存河没無故道，湮廢田廬與墳壘。儻庸此説疏引河，死者露胔生者死！惟有護城築長堤，不治治之説近是。著書求名不自信，貽禍之烈方未已。

【校】詩題『農曹』，目録作『户部』，其意同。

挽胡生鏡心

胡生從余遊，志行殊寡儔。賦秉極狷介，偃蹇益好修。好修得羸疾，累婦先爾卒。夫婦先後亡，中間隔五日。四壁罄四隅，兩棺委一孤。一孤甫九齡，上有七旬姑。二三同心友，草草送廣柳。暫時育爾孤，誰久奉爾母？重爲生也悲，及壯已多才。雖少作述手，自饒舉進材。庭花照螢火，幽句頗愁我。螢火隨我飛，爾不在我左。獨步滎事堂，瓜葉映月涼。風吹葉蔌蔌，疑爾響衣裳。悼惜不可論，長積生死恨。生平師友間，傷盡此方寸！

門人彭慶曾殁於宣武坊寓邸爲其弟慶嵩題秋風感夢圖

慟矣回短年，殉名在客路。精疲三條燭，血盡五色賦。參苓既雜施，巫醫亦争騖。我未虞子亡，子豈戀我顧！蓋棺一以訣，顔面從此錮。憶子從我遊，期子早建樹。束髮攻古文，僻嗜曾子固。行文常莽蒼，下筆復遒怒。迎機就方圜，極有相悦趣。至性本過人，更事練世務。平生重然諾，纖毫絶依附。矯枉或反經，秉正能獨赴。相質披其文，詎即此鶩仆。脱手子已先，墮心我益懼。遼海秋風前，鵠立以萬數。乃有長卧人，埋頭聽旂𢍰。鶴爲一朝化，駒難一隙駐。期子有亢宗，虹氣鬼門吐。欲題《感夢》册，夢境隔煙霧。拭淚賦悲歌，中心自哀苦！

反遊仙詩七首 有序

古遊仙詩，皆滓穢塵網，飡霞餌玉之詞，雖濯志清虚，頗貽導引服食之誤。向遇緇流洹上，謂賦辰脉法，夙有道氣，而志趣不存也。乃仿《反招隱》體爲是詩，亦展五言爲長短言，以盡其意。

遊仙慕仙齡，煉氣以煉形。長生不死後天老，欲攀太乙參真靈。秦皇漢武慕輕舉，孰從軒轅上帝庭？果然夙世有仙骨，何必死後騎天星！掩關忽化謝自然，行路亦昇丁瑋寧。夜禾拔穎悟恍恍，秋蟬脱殼飛冥冥。牢籠驟出遠遊返，長夢初覺酣醉醒。不若忘生並忘死，神明而外五官百骸皆敝屣。

游仙慕仙籍，瓊宫而瑶席。往往一品衣，拔地入空碧。寧攀案傍炷香使，或乞壇前掃花役。若無行雲弄電好身手，亦恐霹靂紛拏攝魂魄。飛霄墮地倏忽然，不若天民以自署，地上爲行仙。

遊仙慕仙禄，吐納飫芳馥。使鳳吹笙虎摇瑟，懸星作珮霞爲服。君不聞，神仙上真尤清寒，吸露餐風盼桃熟。誰能化去紛多戀，我本生來澹無欲。不若飲啄隨群生，布衣竹杖而柴荆，時聽好鳥花間鳴。

遊仙慕仙山，飄緲虚無間。蓬萊方丈不可到，許爾往來以盤桓。洪厓即清階，丹丘亦清班。使我馭青鳥，翔紫壇。仍於洞府修位業，天上亦作壺中看。不若稱意爲居遊，暫看吴岫出林表，任踏五嶽凌滄洲。

游仙慕仙侣，茅君與桂父。資其弄珠而解佩，儻有靈修念交甫。赤松黄石曾久要，青汞丹砂未真許。

但從大邊度天上，翻手作雲覆手雨。五升鐺内一黍米，恐亦心期變今古。不若薆草樹北堂，笑呼家人來進觴。往還童叟間，談笑漁樵傍。

遊仙慕仙雲，頃刻飛氤氳。五花圍車九芝蓋，元鴻白鶴從紛紜。雲師張楷少殷輔，豈能觸石四出遍伺諸仙君？想其雲氣所從布，丹丸自吐爲青雺。如鳥意東西，眸勞而力勤。偶然停眸戢其翼，必將殞落萬仞離其群。不若神遊六合間，卧繙金函抽玉笈，瞬息東海西池還。

遊仙慕仙經，玉洞參《黄庭》。《五禽》《八錦》窺秘訣，三門六局開元扃。我稽長庚葛翁賦，天罏地鼎絶典型。况從玉京紫微之下求緑文，心章氣篆輸英靈。不若麟鳳毛羽騰其光，日月星河並回翔。

宋謝文節公橋亭卜卦硯歌爲查中丞禮賦

壯士不生城不復，橋亭卜硯哭鸜鴿。公何變名居水濱，恐遺愛身聞敵人。卜而易米生易屨走，尚有江南在其手。八百國兵可驅逐，且以夷齊食周粟。厓山可登海可蹈，壯往只憑屨一束。海不可蹈，山不可登，遠拜瀛國悲難勝。愍忠寺内揮飲藥，毋以米屨勞歸僧。公之卜《易》神矣哉，二十治《易》卦畫推。宋終庚申洞觀火，知其不可爲而爲。貞吉貞凶弗遑辨，末世艱難幾人免。數聲叩出文王琴，一尺磨穿宣聖簡。亭中卜時泣衆靈，捧之有神照有星。橋邊溪邊少山色，飛來萬疊西山青。此石此山争峭崿，早激池波怒秋壑。小人道長君子消，裁檄裁書守堅卓。後來題橋何紛然，古鐵古瓦愁其穿。朝天不成上天去，長虹卧倒安仁川。同時江海伴君子，玉帶生年壽齊此。四百年歸周處士，寄與鐵橋中丞念生死。

蘇廣文廷煜以指寫竹歌

窗間竹影翻月色，夫人郭氏創鈎勒。後來文蘇神獨到，沿及吴柯巧相逼。奄有衆家蘇虚谷，筆墨痕空寫新玉。君惟使筆不如指，世人賞指不賞竹。當其灑弄何淋漓，心精摩宕面目痴。穿雲上飛瘦勁葉，裂石放出蒼寒枝。古鐵柔鋼在臂腕，紙背鋒芒徹几案。意得全如雨洗清，神行只似風吹亂。榦節梢葉長有聲，似接不接皆相生。濃來滴翠衫袖上，澹入無際煙波情。搜尋咀味耐娱玩，無從贊語惟嗟歎。似看龍鳳鄠杜間，恍聽絲磬湘江畔。神慳鬼吝不能第，寄此雲煙見孤詣。儘教傲逸態蕭閑，不受磨礱氣凌厲。胸中槎枒千萬竿，出手但愁紙幅攔。束之方寸益奇縱，壓以風雪難雕殘。指藴隨榦秋冬老，指甲隨葉春生早。横垂仙液華陽溪，豎現佛光普陀島。幾先象表樂趣深，以心喻指指養心。且勞撥墨伴青鐵，何必點石成黄金！我愛種竹居竹屋，一日無君那醫俗！今觀墨綵撲空來，翻覺開園遜舒幅。安得渭川千户侯，坐對畫壁棹畫舟？張畫還愁竹枯死，竹之魂魄精神收。

普濟寺晨起入上方山

香界醒雲卧，曉梵送潮音。窗中見嶺表，霜月猶在林。盥啜踏芒屨，曙色動飛禽。徑往上方麓，磴道上嶔嶔。鬱鬱古松列，泠泠奏鳴琴。松根跨厓過，其腹可席斟。亂松走東窋，怪石轉北森。松石交拱揖，紺碧寒清陰。依巖閣幾曲，映閣澗幾潯。登閣一回首，遠影芙蓉岑。

兜率院題壁

七十二花宫，兜率仙院中。横帶北巖半，斜翼西山東。樓頭紅日照，樓下白雲封。左砌煙雨地，右井星月空。一扉半闔外，但見青濛濛。偶發鐘磬響，落響須迴風。層銜去疊巘，比鱗如遊龍。餐秀屢停屐，攬奇獨支笻。院側窅然進，乳穴隱瓏瓏。舉手采懸乳，異景生青瞳。

曹劍亭侍御屬賦戒壇四松

四松挺挺立戒壇，壇下十八盤蒼山。松聲瀉天天際響，松翠覆嶺嶺上寒。洞門一徑厓兩壁，豁見梵殿凌層巒。層巒到頂聚山骨，長此四松清硬盤。四松壇外塵想靖，先得松香後松影。橫根穿過三重墻，側軼斜披二丈井。遥看揚鬣羨髯美，覿面丈夫驚骨鯁。象卷不斷柯鑄連，獅搏莫動節膠緊。一曲一折勁有餘，比佛戒律嚴何如？滿身鱗甲繡苔蘚，虬龍拔山欲乘虚。迤西一株極夭矯，東北兩株亦清臞。橫株揖讓控左右，勢各直走奔天衢。天衢矗矗透鍼孔，媧皇漏雨玻瓈空。千霄障日意未已，銀河擢浪翻風動。搏戰未殞元蚼穴，屹立任穿青蛇洞。夜深月落仙聖來，松子打窗聲震恐。千歲茯苓胎子孫，潛結土中體魄存。人言碧火射宵半，往往白犬走出根。坐根撫榦仰首歎，筆力誰寫嶄嶄痕？老秋寒雨塞山澗，窮臘大雪撐乾坤。可憐牽附絲蘿草，聽爾敷榮及枯槁。偶凌霄漢俯棟樑，何心雨露占蒼昊！嗟此四松植壇中，依佛而長依佛老。儻使別踞巖壑藏妖魔，飛擊雷霆不能倒！

白雲草堂詩鈔卷二

武進呂星垣叔訥著

爲鄭司馬泰題閔貞畫梅花仕女並質潘蘭宫太史

春流一帶圍紗窗，風月夜來吹暗香。窗外憑闌濕凉露，露鬢還尋暗香處。鬢約蟬翼懶未梳，清香散入雲絲窩。太湖石邊一株雪，倒插碧天生緑波。名花傾國兩争秀，春夜幽芳勝春晝。修蛾望月隔花林，花影滿身如刺繡。

過金鰲玉蝀

一水環明鏡，三山接綵橋。近天池跨海，就日蝀蟠鰲。松翠仙樓嶂，蓮紅佛座潮。棧車停蹇下，短詠逐芻蕘。

鐵冶亭玉閬峰兩學士招潘毅堂舍人孫訥甫太守暨余集虚閑堂看竹

冶亭學士筆如鐵，吟詩作字兩奇絶。閬峰學士難弟昆，詞垣二難集一門。門中開徑闢仙嶠，種竹繞堂快清照。竹外鍵關謝俗賓，竹裏藏書恣吟嘯。忽然憶吕虔，馳騎南城邊。開緘喜賞竹，竹颸吹榻前。客來見竹未見主，讀遍詠竹之詩滿廊廡。主人攜客來登堂，滿堂竹香摇竹光。蟲吟静深緑陰美，一絲吟破緑秋海。偶然竹葉吹入窗，無力輕風似流水。此時赤日行高天，看如素月行青煙。庭中横紙印墨譜，墻外快筆披藍箋。騰鱗滿身帶金索，奮欲拏雲苦羈縛。玉笙一聲天上來，喚起神蛟奏仙樂。仙樂吹泠泠，遠雨來洞庭。正愁有山無泉，不能響畫聲，洗詩境，忽溜百道簷瀑瀉入青冥冥。戲曳安仁拍興公，試傾大觴映竹中。群龍遨遊酒中天，群仙狂醉將無同。主人笑呼謫仙客，拚解金龜樂今夕。呼僮燃燭琉璃屏，燦如列星散瑶碧。請公滅華燭，待我爲狂歌。喝退雨脚呼纖阿，果將冰輪百遍磨，直從淋漓濕翠之處來經過。

再集虚閑堂和冶亭學士

不傍溪山亦起雲，筠飛青瑣自氤氳。此間獨有卿憐士，别後懸知我憶君。稍喜風香醒殘酒，漸驚雨翠落斜曛。慚稱《吕覽》千金字，控騎迎來助一軍。

周編修厚轅招管藴山方薦塘丁郁兹鄭定齋康伊山趙味辛張咢樓崔雲客滌圃家叔暨余雙蔭堂看菊分體分韻

長安看菊此堂甲，訪花者羨鬭花怯。不矜春花矜秋花，愛才心爲養花法。四圍壁借素籐裝，五色屏資稿蘆夾。排如浪眼一江翻，疊似雲頭半空壓。一十八香香采足，三十六種種備恰。主人志此已十秋，今秋賞因同氣洽。照盆映鏡爽鬚眉，上階登堂襲幍袷。黄金朵下招白衣，限體拈韻興不乏。放目共駭書倉深，娱情争觀畫几狹。並校花經配盆石，隨按食譜陳筯筴。其時重九後八日，騷壇瀉酒當血歃。主人揖客出復入，華堂華燈明一霎。微霜掃天天作春，燈月奪光争陛柙。婆娑狂舞禮禁弛，嘍嘌雄談性情柙。珍珠紅傳李賀鍾，竹葉碧催劉伶鍤。緑瓷黄盌驚摩挲，水豢山膚恣饕欿。東坡饌菊及其葉，更比落英清脾胛。頗借寒豔驅蜂醒，又對繁朶肆鯨呷。幾人舌撟未濡頭，百回拇戰甘腐脅。惜無六更倒百瓻，東方其明叱恐噌。門外立馬疲不斷，僮奴觸屏半皺鮯。湘皋反坫離席起，特爲一言息群喋。主人愛花有苦心，心欲名花出塵劫。明知先放將過眼，更與未開待轉眨。又從千擔百擔頭，一枝半枝並收扱。心悲棄擲獨愛惜，手與佈置共賞擖。壺中天植無根花，如得春雨石生蜐。請以壽客祝雙蔭，長蔭清福理清業。相期不在金馬遊，相遇只望金龜押。主人仰笑冠絶纓，落帽風流髻簪插。

秦始皇塚和韻

六國吞來虎視驚，千秋竟擅祖龍名。五臣刑削三傳帝，一統功銷七國兵。一作萬世兵。生惑侯盧登泰岱，死忘恬毅抵長城。水銀域兆咸陽火，膏爇人魚照九京。

送方參軍維翰出都

方子以吏行，憤懣不可語。墜地四十年，困頓一科舉。十上數轉奇，三刖遇已苦。嘔血秋風中，結恨以終古。紅顔愁白頭，老女棄不收。與其抱柱守，反慕覆水流。覆水何所歸，抱柱翻自羞。勸爾早變計，投筆求封侯。驪筵秋夜永，相對一燈影。秋海明月來，流光滿金井。開門望深巷，月色正淒靜。户户鎖對關，略如鎖闈景。欲易頭上冠，感往爲心酸。重思三條爇，忽若萬鏑攢。不逢楊於陵，居正恨結蟠。麻衣解故衫，皂蓋馳卑官。皇荂和下里，魚目光怪起。翁偉聽馬鳴，翻然可驚喜。瀛海萬八千，渺隔層霞裏。煉沙成黄金，舉手招尺咫。脚踏地軸翻，頟叩天關開。玉女閃電光，砰訇息風雷。還丹輕體骨，直上金銀臺。苟無不死藥，惻愴令心哀。心哀病枯槁，客夢且顛倒。夢登蓬閬峰，宮闕耀珍寶。風雨來忽然，月星落煙草。霧起障青霄，舉袖不可掃。覺來滿房雪，曉日光以潔。猜疑亦歎咤，夢幻何怪譎！倏現水晶天，半晌光不滅。灌頂澆醍醐，大笑真快絶。陽烏煽火輪，渴飲扶桑津。羿妻守桂樹，愁苦七萬人。縈勞牽牛郎，力耕不償緡。久久使怨曠，隔河望天孫。往過而來續，秉燭苦不足。彭籛八百年，既殤亦草木。王母愛蛾眉，飛霜一何酷！與子考鐘鼓，與子曳衣服。與尋花海仙，弄芳三春天。迴眸含明星，長眉曳斜煙。一歌使人歎，再歌使人憐。傾城與傾國，只爲微笑嫣。秦趙鄭魏楚，妙奏擅簫鼓。嗚芋間勞商，飄袂競歌舞。子弟想音塵，公卿仰眉嫵。滂心與綽態，朗麗嬌三五。不步錦繡茵，來侍蘿葛巾。飄姚亦奼冶，兀傲而輪囷。乃無迎面腮，偏有觸手鱗。孤矯與衆遠，任俠與爾親。金壺墨如漆，潤我五色筆。怒而墜諸淵，喜則加之膝。淫靡雲雨容，妍妙蕙蘭質。烹製極精工，條理極細密。以抵碎玉琴，萬卷貽知音。一日傾衆情，購此千黃金。彼美駕六萌，躬請上客臨。玉杯與象箸，低唱而淺斟。行樂復行樂，將行脱羈縛。倚閣而看雲，如乘雙飛鵠。過客儻有情，逆旅興不惡。暫憑風水遭，詎屑智勇逐！風水各有時，智勇本無施。拏雲邁長鵬，失水笑尺鯢。鼎鼎一百年，半須留采芝。何必居使相，始與東山期！

榮鐵齋司寇命爲西園火戲放歌並呈阮吾三司寇劉給諫謹之陸部郎瑗

我聞軒轅作礮戰涿鹿，尚父作銃戰孟津。百蟲將軍總文武，既以武變亂，亦以文太平。乾隆五十一年正月望，西園火戲迎出千重春。天地大雪月，人面潑爛銀。先發珠簾光，後發金槍聲。砰雷裂九地，列宿藏高旻。維時宗親王侯將相及卿士，遍及海國藩使山谿民。金吾弛禁縱使入靈囿，普天同樂皆王臣。禮官獻其序，前以百戲舉，次以火戲陳。雲環霓帶上空表，轉環曳帶翔衫巾。熊搏猿攫鬬階下，跳浪蹈關翻棕䉤。回人繩伎更矯疾，倒投跟掛行踆踆。鼉鳴三節矢三發，鐙字迭起如轉輪。天顏有喜催賜酒，佽飛挈壺數十巡。近臣頂觴祝萬壽，五色玉盞斟濃醇。崇情戒飲契大禹，特御一爵酬尊親。期門傳語禮官率，火戲次第以奉綸。其時斜景欲西落，西嶺萬疊仙霞屯。長林天風嘯空籟，遥與琴瑟鐘鼓相和聞。轆轤結起三十丈，前後左右皮架如從賓。中央危樓爇寶合，幡盞錯落垂琳珉。海籌山甕列圖瑞，龍馬負出火帝文。百端錦披蓋巨幛，十斛珠瀉拖長紳。倏然千花萬草透巖壑，飛泉遠迸灑滿身。發機走綫去電疾，應節赴響回飆神。決排百重駭震蕩，組織萬團驚炳燐。頗同錢塘八月潮，三千强弩列艦艙。又如陸渾連崗冬月燒，虎豹號突喧焦昫。偉哉天地出大觀，眩目吐舌敲牙齗。同游道人曾到五雷府，亦云丙丁器仗無其倫。司寇動色告賤子，爾獨何幸觀蓬宸！慚非鳶肩乏火色，不屑熱中厭賤貧。出於扶桑照天下，志氣頗不後古人。誰來翻風煽冷燄，使孤槃豆火開放千奇珍。屬爲放歌記其盛，不敢辭讓爲當仁。以酒和墨濡大筆，山倒海立氣勢振。惟願琉璜燄硝萬萬載，長作火藥雜戲清風塵。

澹寧居偕曹習庵學士詠素蕙

薄暮微和扇座隅，一叢素蕙最清癯。倚欄花事看將盡，入室春光澹到無。

徐別駕捐鬚行

炎炎熏天嚴相國，椒山先生捋虎鬚。三載繫獄不能殺，截筋割肉幽獄拘。竄名牘尾赴西市，臨命賦詩觀塞衢。建言請祠郝侍御，言其危行動帝歔。松雲軒中許肖像，栖神即於生所居。三百年後守未替，守以佛子職掃除。子田儀曹夜入夢，有呵殿來款門閭。先生姓名大書刺，子田即於東階趨。八座問答俱不憶，但憶邸寓松雲廬。下牀遍考志傳記，走詣其地良不誣。前堂後寢積瓦礫，壞檻廢道叢榛廡。慕堂學士夙景慕，子田往告相究圖。三楹結構等七級，五畝揆度勞三餘。祠成肖像肅瞻禮，匠氏袖手爲籌躇。軼倫超群氣奕奕，頷下三尺難求諸。軒然而來一丈夫，效靈運捨維摩軀。劍眉鐵面雙電目，恍惚植戟來空虛。挑燈草疏撚未斷，囊木對簿虬龍舒。誰歟捐割附不朽，楚南別駕東海徐。

海侯洮河戰凱歌

薩拉番猁作不靖，滅以斷汲斗門嶺。謀定英勇公中堂，昔亦以平金川擒其王。公行經略裕神略，有攻必克摧必亡。番猁初反實梟横，潮起甘凉震秦鄭。公令上將海蘭察，手撲千蜂萬蟻陣。海侯龍虎豪，吶麪一尺厚，跨馬九尺高。骨騰肉飛雷電走，目瞋吻嘯山河摇。臯蘭山下洮河左，紅旂千隊噴烈火。跳盪出夜叉，騎象直奔我。兩肋猛箭睛怒芒，蒺藜狼牙二丈長。後從巨靈劣駟三五乘，闞弓滿彀馬脱繮。海侯大笑擻戈出，赤手立搏騎象賊。曳翻象鼻灑淋漓，從賊落鞍發不得。侯馬反停兩陣驚，擘猁心肝侯吷生。吸呼腔血向空擲，戰渴比揮一斗觥。古來怪愕何不有，快舉誰能肖侯否？萇從簡室本屠羊，張茂咀堂類烹狗。邕智高母嗜小兒，陳大光客吐養厮。薛震尉坐列煎骨，秦宗權行載鹽屍。彼皆逆天鼠，偷人戕類，侯獨奉天鷹揚馗吞魅。霎時駭散十萬猁，疾如吹山作平地。公聞拍案呼英雄，手口並辣推海公，疾驅遂收斗門功。侯歸飲至告宿衛，擊獐割鹿，不若生拉猁酋胸。

題虛谷墨竹

雨過莎階暑氣清，臨窗寫竹意思精。迎人欲滴簾中翠，對面疑聞紙上聲。不染水雲情自有，請看煙月態將生。偶然掛向園林内，青鳳飛來故故驚。

爲讀畫樓主人題大功坊第圖長卷十首

東海中山第，瑶籤玉軸尊。自亡欒却隸，焉付管簫孫。杳渺烏衣影，依稀赤戟痕。仇英工染翰，坊字大功存。

晁宅鄰垣户，嬰居近市蹊。寸摹承澤聳，咫較建章低。想繪松鱗茂，思營鳳翼齊。六朝論甲第，留此舊沙堤。

梓棟蘭題處，應非筆格張。倪天迎妊姒，歸妹降英皇。奉敕旌謙儉，承綸矢肅莊。重侯仍累將，世肯拜恩堂。

結構翫毫素，知煩將作圖。麟臺走陳謝，龍寢醒驚呼。門户防攀李，家山落沼吴。鎬還宜魄戀，王謝過江無。

曾與三山壯，真摹二伯雄。笑容生楚相，毛髮動褒公。絳灌趨墀下，鄒枚侍幄中。聯翩貌歌舞，凱奏繞梁虹。

内寢來櫺幔，宫輿到外家。鬟開中谷鳥，嬌倚上陽花。蛺蝶臨風妙，胭脂過雨嘉。精微及卉物，功費幾年賒。

親切雲霄景，涵濡雨露辰。秦淮窗沼舊，鍾阜鏡峰新。秀遍東西麥，摧殘下上薪。零縑喬木意，百九十番春。

隔代珍遺蹟，榛荒剩墨馨。碧瀾流紙素，緑野照燈青。將相本無種，樓臺寧有靈。濠滁輟耕日，茅蔀正飄零。

門第真何在，雲煙過未忘。少孤多難早，久客去家長。房杜辛勤立，崔盧轉徙傷。涕流先太保，旋馬甚凄凉！

賣賦長安邸，閑來讀畫樓。窮遊驚《吕覽》，大隱得王叟。愧忝名流屬，聊將知己酬。重勞詢謝傅，餘恨感山邱。

副將軍誠公伊犂築城歌

乾隆乙亥平伊犂，伊犂巍聳大幹西。一從伊犂立城闕，扼要西荒盡提挈。橫流瀚海海爲池，遠拓天山壘封雪。我交鐵侍郎，喜聽世德長。侍郎先公誠將軍，手造伊犂城郭市井成奇勳。厥初戡定日，戍粟育天出。廟謨勅公亟趨緊，予三千兵三月廩。公奏運糧甓，之帑可省十萬千，請免賜廩先屯田。聖俞厥請展厥限，予兵三千糧三年。軍吏告鞻促，人力窮厓谷。四週千里絶水流，開闢而來絶五穀。毳圍帳，氈披裘，蠶叢山斷桑麻秋。饑來遊牧更遊獵，渴飲馬湩羊酥油。公聞詫嘯上馬去，返到軍門少籌佈。聖神文武開要荒，夜半鬼神牖公悟。萬峰巑岏上插天，下錮百瀆扃三泉。焉得而有葦萬叢，樹百抱，蔽空蕤蕤爭穠鮮？露華雨脚飄不足，液上顱巔髮絲緑。由來水母戀蒼靈，神禹奠川先刊木。卧蛟枝下蟠龍根，公劓一刺飛泉奔。出皆爲利不爲害，應於馬援當王尊。遂開萬井利原隰，區界山田畫城邑。耕破四萬八千歲之荒煙，盡洩鰲噏醴泉出。三千屯，歲大豐。咨汝稷，襄共工。受降闉闍堅鐵甕，都護睥睨高金墉。城成發章報天子，報章未達公不起。鐘樓上梁辰神爲，金梁千載獨擎此。九重軫惜三軍哀，豈徒哀三軍，凡飲水者，誰弗淚落恩波來！

簾鈎十首之四

巧琢彎環綵帶牽，罘罳動處每相連。十雙之字金閨下，一綫哉生玉殿前。雨到令懸敲冷鐵，風來自上送熏絃。日華浮動看齊掛，對列銀鑪散瑞煙。

蘭楣結束繡旌高，遠似魚鍼漾水濤。銀蒜條條依翠羽，珊枝曲曲結麟豪。地遥府海垂千箇，候半陰晴放幾遭。令見瓊芳纔十五，暫容覿面撥檀槽。

春葱欲挽怯金凉，半押平收接地長。斜找不禁花氣壓，盡懸猶被柳陰藏。晚來每命籠燈婢，曉起先催抱日郎。試撥流蘇綰翡翠，水晶嫌隔沐膏香。

倚閣登樓啓絳櫳，釣詩憑此亦能工。請招鴻雁來天外，並放雲山入眼中。儘與高搴攀落葉，那能低卸隔鳴蛩。無端仰面雙眉蹙，曲折勾留寄跡同。

暮春三月，張竹厂、段星川過齋，要余詠此。初約二日成四章，再逾期，責爲十章。余恐懼後命，率爾成之，後爲康夢芸、潘穀堂兩舍人攜入掖垣，同直諸公約三日不成者，罰依金谷酒數，召余飲酒，一時倡和得數十家，曾彙刻於都下。回南十餘載，陸續寄贈，幾成周甲之編。扣瓊瑶，和瓦缶，彌自慚也。姑存四章，以誌投贈之感。

塞下曲

仗劍嫖姚幕，先争列校功。英雄求大將，多起健兒中。

欲展擒王手，衝開突騎遮。寶刀人血過，月下雨桃花。

奪踊青獅駿，平添决蕩雄。蒼鷹横掠地，萬里送長風。

黎明逐虜去，薄暮始歸來。殺兩騰山虎，翻山怒馬回。

陪阮吾山司寇夜話還齋奉呈

衆星拱斗極，斗氣首見參。日月五星過，軌綫於兹尋。明大應忠孝，肩足防守侵。吉光燭玉井，武德樞陰屏。七將臨天屎，兵食相護深。

尤察中道氏，路寢帝席比。兩輻振威霜，宿衛梗河裏。騎官二十七，三三貫臂指。功覘闑内外，權輔天地紀。

萬物上騰精，九州下收度。自從宣夜來，未悉分野數。沿古郡國圖，莫斷井邑步。宜刋占玩編，各收程途註。魏昴逮清河，氣射域外路。絜自中野推，四面惑臨注。一宿攝四邊，當按月令布。前史觀已然，庶可得其故。

【校】詩題『吾山』，底本目録作『吾三』，皆阮葵生表字不同寫法，集内混用，未作統一；底本目録後有『三首』兩字。

代己亥同榜錢修撰棨等一百二十人壽阮吾山司寇六十初度

皇畿昨慶中和節，今日宣南集車轍。安甫侍郎初度旬，聯賡祝嘏詞章伯。歲週六甲健吟身，五十一年春色新。露綵正繁花市月，台光恰映穀生辰。烏沙丹壁開占候，桴鼓鹽梅發神秀。鸞鷟麒麟吐瑞新，瓔瑶璗琫舒華舊。先公禄仕最清貧，史館十年趨向晨。東閣更難留子弟，道南無復問家人。公於少日齋門鍵，折芰燔枯討經典。獨有襟懷抗古修，耻將聲譽通清顯。早年才望切雲霄，識面占鄰壓輩曹。寶紃縱橫攀四子，晏殊考據諳三朝。荆川帆布湘川槳，趨鯉從遊絳紗帳。條冰署冷極蕭寒，令甲時嚴挈家往。先公據几職思堂，暇坐圖書金石傍。公握鼠鬚商校勘，更懸魚鑰費平章。所欣一榻聯姜被，又得何郎可人意。沅芷澧蘭屈傅鄉，武昌夏口東坡地。江南闤闠貴諸生，箬艇東還試選行。長吉受題吟樂府，務觀拂紙奏新聲。筆精乙乙穿珠子，蒲坂宗工賞奇士。儘有王胡莫並肩，便稱董華何當此！冠軍拔萃實驚時，淮海文源溯鉢池。初或齒强譏北郭，後慚齾拙走東施。寄歸一首《閑居賦》，命掃蓬扉松菊路。築墅原依甫水村，艤舟迎向清河渡。勺湖書塾龍門高，負笈擔簦皆俊髦。趙嘏題詩賦枚宅，張華注傳載韓橋。丞相巾車來聽講，尚書解珮留函丈。銅川道藝付文中，角技談經莫能上。餘緒尤將風雅專，雕華清俊並天然。芙蓉句好軺車寫，芍藥詞工館閣傳。百廿餘年郁文盛，匡廬出主鈞衡柄。丹蕊霏香寶閣欄，珊枝列瑞瓊臺鏡。一生知己醉翁門，別館精廬禮數尊。本從牋答稱韓友，亦受皋比訓孔孫。寒青冷鐵孤檠裏，前溯歸唐後熊李。破蝨全憑搏象功，雕蟲費盡屠龍技。遺蟄鳴雷春尚寒，杏花幾次着闌干。中間屢蹇青雲器，遮莫曾呼白玉盤。天於此際期公厚，不以文人苦曾柳。薇省方求制誥才，蘭臺命作絲綸

丰。羊皮牘報虜功成，狐尾香消準噶平。龍武六奇書勝將，烏蠻七種記降兵。熏風殿進千秋鑒，玉瑄仙亭退朝晏。撿校功深思議勞，纂修職近清華羨。出入承明奏記多，更饒逸興訪煙蘿。僧寮消夏聯吟集，花圃尋秋載酒過。指揮頓使曹劉慴，元白當之幾摧壓。劈海金支轉萬盤，浴河香象舒千翼。二鶴翔庭徐步回，氈車觀禮四方來。廬中排輯安東集，松下鐫題有道碑。江淮轉運楊文恪，鹿洞牛溪廣楹桷。拒石纏籐結搆難，手牋特請先生諾。廣厦騰歡得勝區，湘屏剡蓆備供需。典裘添置寧鄉産，倒篋全貽鄴架書。後進趨風式詩禮，歲逢柔兆鴛鸞起。每詢奇字到松廳，並送徵書出梓里。束裝駕馬覲灤陽，緬匪於時適跳梁。槖管扈從襄政府，木蘭行殿羽書忙。決幾萬里仰神武，視草宣麻聽鐘鼓。徑通履屐曉星霜，道濕衣衫夜風雨。地親漸荷聖心知，受鞫平亭疑讞辭。狭母宵行事訛妄，姬人失髮報傳差。脱拘出繫隨疏理，奏聞深得天顔喜。記注同修中秘函，簡孚遽擢西臺使。其時蜂蠆煽齊東，琅鐸驅除萑澤空。城口論寬囊槖賊，毆刀訊伏探丸雄。金雞赦出蒼蠅隊，公識天心在仁愛。重還家室頌神君，再見田廬奉生位。從兹眷注契賢勞，匝月旋膺除授高。柏署仍題青電奏，銀臺猶攝白雲曹。聖朝慎重秋官屬，廷尉持平天下獄。文正文襄佐用中，繼持憲紀英文肅。先後倚公十四年，公於艱鉅聳山肩。三公上計交推轂，獨對深宮並薦賢。召見乾清仲春月，月圓三度膺華黻。璽書手詔列三司，玉帶腰圍超七級。特達深知受寵優，持躬接物倍謙柔。人心不詫淮陰將，衆論翻同李廣侯。暇時温問家人語，師友淵源荷深許。鸞鳳和鳴倡和賡，咸韶叶奏仙英聚。擊缽催成進摺詩，至尊含笑賜珍奇。殿内相公傳警句，禁中才子頌瑰詞。外庭榮比書房直，玉屑銀泥尚方食。七寶枝瓶翡翠鑲，雙文如意瓊瑤飾。就中亦寓恩意深，報竹涵花曲慰心。宋濟未呈三策卷，鍾期今遇五絃琴。晚得殊遭稱胸志，平生氣誼彌肫至。少日機雲負盛名，中年瑾亮多遷思。弟瘦兄肥句遠酬，假旋歲月記遲留。一軒夢草懷康樂，半樹寒梅憶子由。斜川風格傳文綵，再起雙株二難在。瑞蘂辭賡互較量，卿雲頌獻遥期待。推肥處瘠更周詳，太傅深心委曲藏。座右勒銘貽仲寶，櫝中摹帖授宜郎。憐才下士同甘苦，説美如飴本衷腑。儘教啖炙揚姓名，欲使懸鶉氣伸吐。移牀豈有俗賓趨，側席惟延鄒魯儒。風騷結納淵雲輩，章句推敲服鄭徒。若無軒冕同寒素，常把衣裳念疇故。割袖分氈並不妨，貽袍贈帶殊難數。曾爲江鄉赴計偕，捐廉築館額西淮。燈光鵠影初升士，窗色雞聲舊旅懷。計公勳伐書史策，計公德造書圖籍。欲頌臺萊拙語言，景行仰止南山碧。南山千丈瑞雲連，玉樹瓊芝濯露鮮。猶子曩從登李榜，通家今喜侍裴筵。青瑣朱闌蔭松柏，鶴鑪象硯班金石。幃衣椒馥散椒壚，籤軸芸香透芸壁。廿疊玻瓈水樣清，笙簫響裏度流鶯。靈童佺吉歌喉細，侍女雙成舞袖輕。屨滿朱門集冠緌，西都賓從東都友。競嘗棃棗上霞臺，或採都梁向雲牖。一月韶陽錦晝長，群公即席贈琮璜。正多酒事叢花館，亦有吟聲深柳廊。仙桃叟橘稱祺福，笑受金觥横緑玉。反坫將酬《既醉》篇，投轘命譯其耽曲。竚築沙堤傍紫宸，再於嵩嶽謝生申。更非舜用皋陶比，不止秋官溥帝春。

余燕畿代言，多不存稿，既愧酬絿，亦慚削簡，所作皆隨手散。茲以司寇謬愛余詩，囑諸君請余屬稿，曾却潤筆，藉展洗觥及祝耋之辰，席右郊島，座先蓬閬，一時文酒之從，有足誌者。又司寇平生有忘年忘分之契，曾貽序文，屬爲訂集。感銘知己，録此益悼人琴。

夜宿海淀偕劉退谷黄門作

午睡醒鳴潮，溪莊欲動摇。斷槎搴作艇，倒樹踏成橋。塢轉白横涇，磄迴緑到霄。荷香真沁骨，越宿未應銷。

退谷同遊西峪寺望白帶山

蒼厓矜老筆，幾折落横崗。中斷泉飄緲，泉窮嶺路長。雲林披粉黛，霜樹錯丹黄。歎息不能度，何年隕石梁？

天橋酒樓對月同丁二郁兹爲放歌

燕臺酒人月夜多，天橋酒樓幾度過。萬人如海酒人少，白眼擎觴望天表。胸中千輩眼底無，飲罷蒼茫忽繚繞。天橋月沈千尺横，不及爾我相知情。此時不飲負明月，痛飲豈顧傍人驚！明月入杯杯若空，飲若月瀾吹長風。一觴河漢瀉入懷，再觴星斗羅吾胸。劉伯倫，李太白，大人之徒古狂客。醉鄉日月較何長，晉唐兩代功名擲。功和形神敵贊參，名追聖邱齊仙聃。酒人卧肆甚了了，醒者處堂若朝酣。一憑樓闌月中望，下見紅塵火中葬。塵夢全消臺閣邊，冰心遠落江湖上。我行君止盡此杯，月出酒樓君不來。對月誰能月中去，天橋空歎從天回。江南歸去思今夕，何處逢君月明席？老同窗下聽雨聲，應向橋邊憶霜跡。

王家營登舟

也抵終南去，虚從直北來。晚途公路歎，歸道子山哀。無復龍彫變，寧猶燕雀猜。依檣看星斗，咄咄詫生才！

清淮舟次寄余蓉裳太史

感憶臨岐謝贈金，尚餘賣賦旅寒禁。文難送鬼資糊口，句不驚人借養心。

塘棲舟中

一天風雪壓扁舟，三宿匆匆走越州。飛鳥返巢蟲墐户，最寒時節棄家遊。

丹陽官舍瓶梅

碧紗情致似雲鄉，幾點涵春領豔陽。我與寒花同寓跡，清泉寄傲勝苔荒。

贈楊明經嵎谷

里黨皋比奉子行，獨能師表繼康成。嘔心得句驚前輩，敝舌傳經迪後生。學力坤輿擎華嶽，才源天漢注滄瀛。文昌有意扶江左，早遣丹山老鳳鳴。

贈袁孝廉禮城

静觀物理自持堅，歎息生才負綺年。燕國詩箋韓太傅，東都樂府柳屯田。力懲薄行歸於厚，心悟良知察所先。相遇滄江驚歲晚，未遊青瑣話朝天。

冷泉亭放歌

冷泉信美曷言冷，白《記》蘇詠無説焉。彼其冷者在聲影，聲影並清山寺前。泉聲以急而益韻，泉影以幽而倍妍。急從山竅走蛟虬，幽趁山翠瀉蜿蜒。寺後一閘衆流瀦，寺右二閘群流旋。至第三閘横拗怒，一落千丈奔流懸。盤山復回聽鶴舞，入石又出争蜂穿。虛濤飛往萬松裏，静籟逸到千篁邊。風徐如琴獨摇曳，風疾如筑相清圓。炎天可令暑氛洗，熱客亦使塵慮捐。是名靈隱靈氣隱，靈者始冷然不然。誰來鑿山築水閘，人力所窮參以天。鑿山初穿若鼎漏，天飛鼎蓋峰一拳。其影直如招摇布，其聲怪如鬵沸煎。我於四月到亭上，觀翫竟日恣流連。沃顏回頭恍證佛，倒身濯足疑登仙。但攜行童侍嘯傲，並無俗人各愁拘牽。我思春秋盛車馬，冷泉亦自嗟熱緣。惟敲層冰灑寒雪，泉也獨彈太古絃。

方薦塘屬賦靈泉歌

蕭山縣齋靈泉涌，琴舫西窗見銀汞。泉何以靈，昔感主簿孝，今應邑宰清。孝子循吏合一傳，泉爲媒妁聯其盟。月光童子清而華，披服異錦圍仙霞。胭脂萬點照紅鏡，十樹五樹緋桃花。亦如舫中之人清飲水，筆吐珠璣腹笥美。簪花字格揚衍波，纂繡詩囊探詞海。泉作芳茗作旨酒，亦酌吟懷酌吟友。長樂未央漢瓦頭，洗硯時時弄香手。靈泉靈泉，不如舉手招下葛稚川，咒錢百萬飛重淵。庫藏倉儲盡補前宰之缺乏，使君把盞染翰爲神仙。

存齋運使招額尚衣暨余登吴山分賦八峰石

玉筍峰

籜龍拔地遂參天，玉立孤標日月邊。若是班乎誰得並，偉人出世許齊肩。

劍泉峰

峭壁懸流類削成，便無風雨亦龍鳴。只因廉鍔光鋩甚，未出山中已可驚。

筆架峰

孰持巨筆灑仙翰，結搆巑岏作架看。連月烏雲迷四角，直如墨浪湧漫漫。

棋盤峰

嶺上楸枰徵逐千，誤人歲月此流連。自從吴帝錢王後，勝局誰操一着先！

額尚衣席上詢及燕畿賣賦即賦牛眠峰答之示存齋

頭角潛藏頑石邊，更誰於此强加鞭！多因天上耕耘苦，走到人間一晌眠。

呈朱石君先生

余遊燕遊越，辱先生屢拯其艱難，有貽書責余不稱弟子者，因作此篇奉呈。時先生從嘉禾校士回杭州，扃試甫畢，即招余往作竟日談，歸質存齋索和。

太上有不朽者三，君子之所教者五。世當此言期先生，生一識面庶千古。昔從橋門奏頌册，有司勒帛擯弗取。瞻豪氣壯呈國工，馬價頓以十倍賈。葛山相公亟登選，進獻首列圖書府。一日三接曹梁馮，争求下榻締賓主。曹宗丞宅傍公邸，兩年旦夕侍揮麈。長安賣賦賤男子，披褐懸鶉困場廡。偶然後生趨謝朓，競逐齊梁薄鄒魯。賤子狂簡無所裁，先生進退心獨苦。贈詩子美養鳳皇，高譽孟堅轡龍虎。巽言微數倍欽折，至意誨育亦奮努。江南丙午厤氣開，宗師升堂建鐘鼓。五經瑄問三禮經，六藝喉探六書譜。故人孫鄭暨邢顧，同時棄繻以曳組。萬人落第翻騰歡，盡拔其良空冀土。我於燕臺再鎩翮，花雨不得及朽楛。因從冷官求事育，貧病歸家環四堵。殘年窮遊走浙東，進謁绛帳獲訾斧。餘音礨下倍嗟咨，遍爲手㨴作吹煦。需次尚遲仍襆硯，來依故人鄰按部。惟公獨量天下才，實學清望不二數。韓愈心肯師孟軻，蘇軾論嚴學杜甫。龍門千丈真福庭，珊瑚七尺皆寶樹。論四科選余何能，評千言詩愧無補。成童束髮志雄厲，及壯飄蕩違肝腑。俗流争棄浮大瓠，盛氣已類挽强弩。先生終始念散材，樗櫟何以沐膏雨！返思先後傍臺閣，長歎沉淪老農圃。生能用世持尺寸，願以禮義備干櫓。

爲李太守坦題右軍感懷帖並示汪參軍掄直

貞觀制書推鍾王，有如鸞鳳雙翺翔。右軍品高鍾太傅，乃益貴重珍收藏。一二千年少墨蹟，虞褚鈎摹上圖册。再刊不見貞觀碑，初印競購宣和石。感懷真蹟廿九字，奇珍忽歸平山子。我生何幸得借觀，俾我卷末留名氏。兹帖進自貞觀年，璽書加跋於後邊。歷五季宋元明代，寶墨流落於人間。雷霆呵護鬼神守，夜夜光茫燭星斗。蘇黄米蔡未得觀，不以金鋮落其手。最後得觀柯與倪，始祖親授雲礽支。得觀匪帖使踵步，或攀唐書與肩齊。請爲金函壓水晶，俾此紙本添長庚。其餘題識别製卷，虹橋板匣裝潢精。稀世墨珍有如此，我爲作歌三歎起。摩挲貞觀舊圖章，百代應歸隴西李。

崔漫亭太守屬賦吴山紅葉

幾樹叢青葉未花，層層紅翠影交加。高低再襯蒼厓色，一縷煙痕一縷霞。遠指斑斕看作雲，不須顔色借斜曛。西湖寫到秋冬月，也要胭脂染幾分。

滄浪亭喜晤施明府源

一識神交别七霜，感從文字隔行藏。直教風雨吴門道，剥荁含櫻共燭光。

讀禮歸鄉選宅幽，滄浪亭北鵲橋頭。誰知迢水寒煙裏，萬緑濃遮著作樓。

與誠堂題壁

空山高卧成，嘯傲俗緣清。貧賤難腸熱，居稽易眼明。小閑精物理，未老見人情。頗覺累妻子，遲余碧海行。

哭亡妹即寄妹倩陶參軍紹侃於荆州

祖父伯叔兄，年不及五十。剩一同懷人，夭亡一何亟！想爾年命長，我後爾爲衄。爾反先我亡，遘此不治疾。枝摧連本木，雲掩初生日。慘慘隔幽途，冥冥去泉室。婿先從軍行，兄復捧檄出。一念含斂期，百年暗嗚咽！

又截句二十三首之四並寄陶慎齋舍弟兆行

幼經習苦早甘貧，長益知難善事親。母子那能言忍淚，從今同父已無人！

果然生死依兄母，踐約平生識可悲。只剩衰慈視含斂，兄難守爾婿難歸。

巫醫術盡病難攻，五載奄留望竟空。儻使參苓果起死，海邊精衛恨無窮。

姑嫂真如一母生，廿年聚首忽吞聲。何時再見燈窗底，擁髻清談姊妹情！

堂前新竹

一柄白鐵鑱，一筐青竹鞭。去春手鋤種，今夏高出簷。一莖兩莖互欹側，一叢兩叢相接連。興來施榻對君卧，翠黛撲人來枕邊。嘻嘻咄咄好弄若稚子，篩月滿身驚我眠。

看桂和韻

秋有懸香落照邊，憑君吟几倍幽妍。絲垂西府三春後，蕋秀東籬一月前。素箋題愁懷往日，青衫對影感華年。廣寒漫溯霓裳伴，天上姮娥妬散仙。

獨步道山亭望月

客心望月月不生，半月風雨挑孤檠。忽逢雨止夜寥寂，不曉雲净天澄清。開門驚見明月宇，步上山亭倚亭柱。幾遍拭眼銷金芒，天不轉晴天欲語。冷冷霜露來撲顏，萬里飛落人煙寰。露痕遥滴疏鬢角，霜氣下凌龐眉灣。一時眉鬢浸虛白，歎息仙凡隔咫尺。思攀桂花上高寒，欲按《霓裳》遠浮碧。月體儻亦如天圓，鼓氣浮豆於中然。昔聞七寶補罅隙，誰抉其脅使洞穿？今當三五倍精爽，儘碾玻瓈絶無響。天橫廣漢開迢迢，月馭長風行蕩蕩。方諸取水流晶瑩，月英蚌英兩滋清。不如吐納向空際，含華吸采咀其英。月英大冶煉金水，人有鑪鞴在靈海。心心相遇恰一驚，舉首見君真面在。忽疑月有疑月無，靈海月出如冰壺。瞳神心神静中動，靈丹恍恍來明珠。今來看月信無憾，回頭轉覺雙眸暗。登嶺初觀嶺上岐，下山又見山巔澹。月陰鐫刻何精工，太圭不琢大地空。瓌瓏萬穴皆皴到，一片忽湧波濤中。明甚反輪爓火被，此中正極幽渺致。此時步入廣寒宫，仙眼仍迷緑文字。我行下山來水邊，似霧非霧煙非煙。月痕水痕兩相射，風情颺出水意妍。何處劃開水月影，人上橋頭破其景。白玉錢宕澄澄清，青銅鏡含晃晃冷。倏駭跌碎瓊瑶盤，魚跳而起追清歡。暫開便合閃未定，愈增的爍磨團圞。看之不厭喜隨我，斜曳銀丸走璨瑳。高潔絶愛峰頂掛，風流誰惜波心墮。水邊無月暗緑鮮，春山倒影恣懶眠。依山傍水仍久立，月外望月情爲牽。趁月盈時返蓬户，尚隔煙紗望廊廡。始信李白采石磯，赤手欲捕難撈取。

問明月

問明月，何以夜出地底行青天？夜半非月不可見，特爲冥行照騈仙。問明月，陰陽之宗體對待，何以讓日借日，而致朓朒魄不全？陽九陰六得數少，昔者十日並出羿射九，廣寒一殿並無琳宫玉闕相毗聯，讓景借光何疑焉？問明月，青空一氣任旋轉，何以大餘小餘判疾徐，異後先？日中黄月九道及期交會自短少，但看烏排翎兔踶趹走不追飛亦天然。而又御者身手各懸絶，羲和早生唐堯代，纖阿晚出漢武年。問明月，何以不肯南北取道，而必東西旋？東西長，南北短，太陽邀之走長景，尚有取誚駒隙求迴鞭。儻使六時縮綫而改南北轍，再去夜作能得幾晌眠！蛾眉秋霜益易耳，樂順甲子隨坤乾。問明月，日吾負曝星吾步，景雨吾飲泉。吾之情已矣，吾望月自朔至晦，不自知其老之將至云爾，而猶不勝其流連。不能攬之入甕牖，嘗對月行立而興欲顛。聞昔有項曼都者，棄家室妻子而往，有數人引之去，居於月邊。有踵其跡，庶隨其肩。

春蘭禁體

一箭一花蕊，東風催素妝。青山纔吐韻，芳草忽含香。態潔思殘雪，神清悟薄霜。無言原耐冷，何意占韶陽！

凍護黄磁斗，幽叢尚緩開。影兼人个竹，寫傍女工梅。鶯舌先噙露，蟲心始化來。媚芳雲鬢側，簪勝翠鋪苔。

西道院夜坐

漫與問同異，早當超忌猜。幽琴怡月照，老木傲春回。久净想非想，尚求才不才。果符卜《易》理，忠信涉川來。

太孺人命賦北窗曉起

北扉斜對玉山庵，鐘磬遥遥度碧曇。几近蔬園幽景曠，帳連豆架暗香含。半窗雁影秋河澹，一枕蟲聲夙雨酣。自覺精神生早起，寫經兩幅抵朝參。

蕭主簿彈琴歌

蕭生天下稱琴師，遊燕十載公卿知。老來典簿到南武，獨抱孤琴向誰語？南武廣文有吕虔，俠客坐老枯僧邊。生於廣文舊相識，乘月肯來一弄絃。廣文庭下冷於水，侍立長林矗晴海。林風起時雅樂張，林月出處幽人在。是夜月明尤皎潔，凉風引之過林缺。卷簾坐入月明中，蕭生心手先清絶。欲彈未彈早有情，驟接故離疑手生。忽然歷落飛度去，又復灑颯飄蕭行。吟揉屈折搜衆竅，似音非音最高妙。指上清光遞撥來，雲中商意遥吹到。月漾琴心去未停，天風吹入青冥冥。回聲無力墜飛露，去響有影摇疎星。曲中一撇琴已歇，非指非絃韻飄忽。生豈攜琴入月中，恍有琴聲出明月。月白琴清風悄悄，琴摇月動思縹緲。一窗白露琴索清，萬里青天月輪小。生之鼓琴技入神，廿年不聞聞益新。此間此調爲誰鼓，明月之下逢故人。抱琴歸去月滿屋，蛩然足音去空谷。長吟對月坐琴牀，猶有琴聲在群木。

立夏日招杜明府群玉孫孝廉源湘於署齋餞春即席出詩文相賞並談長安黎園舊事次杜韻十首之一

立夏餞春春幾時，新知舊雨聚仍宜。久空色相櫻桃顆，又戀韶光楊柳枝。絶代人稀傷極目，名山集並喜肩差。後今相望應逾昔，况值離筵倍繫思。

草堂書壁

早眠生目㶿，清坐起心凉。天影碧千里，鐘聲來上方。樹深聞籟遠，人静見秋長。一雨闌干外，悠然艾草香。

詠龍巖素心蘭寄張明經貽徐秀才芬

龍巖素種擅奇芬，帳比纓垂見勝聞。仙客意中行碧海，詩人舌上吐青雲。神牽葉影清雙絶，心比花痕澹二分。似爾塵埃纔洗脱，梅含蠟暈豈同群！

敦拙堂詩集題辭

力追雅頌步高絶，恐驚俗流號敦拙。遥遥相望三千載，前此惟一杜陵傑。年來學後從心悟，字裏行間向誰説？苟非讀破萬卷書，六義焉能此穿穴！一生並力作詩人，甘苦中間喻親切。俳優排偶鄙不收，詼詭喧㨶耻不屑。清微王孟訣僞託，豪盛韓蘇辨援竊。下士護疾畏國工，明眼倉扁見癥結。雅音學杜得詩本，溯本追支清派别。雖量途轍棄窠臼，各運杼軸合圭臬。腐豪入木筆穿扎，原經求端史著潔。杜經册載始剛存，今週六甲方校閲。嵌從奥窔至味流，研到精微苦心悦。幽險乃令鎚鑿露，超渺全教鋮綫滅。

猿筋鶴骨瘦鈎聯，虎脊龍鱗壯旋捩。書家偃擘倍含蓄，畫法縐皴彌清澈。偶逢愜動思難追，想見單微力能竭。篇疑斷續反奇整，正啓法門傳要訣。句疑欹側益老蒼，更留雋旨不輕泄。期將真意訴真宰，獨煉古鐵爲神鐵。智慧餉人術數藏，轉居拙冷避巧熱。淺夫那得知其故，目蔽紗幪障未撤。三歎此編知者稀，庶幾名山俟來哲。知者不厭千百讀，盡日一編對冰雪。

山潭洗硯爲方太守維祺賦

端溪石硯濕未乾，有如潭月光清寒。月光那能皎如此，又似雨洗青雲端。青雲洗月有凉雨，洗硯明泉就潭取。端溪洗出面目真，雲心山骨静如許。不催洗罷方凝思，正在沉吟惜墨時。筆精手敏不輕落，淘爲千遍纔臨池。百尺疏桐待明月，月未上來映空碧。碧雲滿地有月華，硯浥水花來照席。

十五夜對月

三五月明時，天星不成列。披盡碧沙痕，幾點揀金屑。

和蒙泉菊屏十六首之二

桐飄桂落冷茅堂，獨與殘秋作主張。九月幾叢堅晚節，一花百種鬭春妝。山林雖盡將衰草，天地原留不隕黄。何事煉容成古佛，自然玉質有金相。

或對蕭晨感寄根，陌頭那並席間論！荒畦曲渚開經幄，斷雁寒蛩到墨盆。竟住客安幽徑得，欲歸人少故園存。譬如風雨風霜裏，望插軍持羡養尊。

摘存句：已教獨立矜高格，偏與層披傲薄妝。

毬摺幾團疑結束，幢絲千縷學梳妝。花配松欹淺水碧，葉如苔點亂山黄。月華滿地雕金盞，露白横空瀉玉盆。幽於桂擢金人掌，清過蓮舒玉女盆。一管波濤來灌圃，滿城風雨應翻盆。並少落英催擊鉢，互尋寒緒似繅盆。三徑愁君分手去，九秋報我寸心存。下里吟邊如蝶瘦，南山佳處有人存。

爲郎澹如少府秀才際昌分種詠菊三十首之四

瑩玉縈絲未敢捫，貢遺荒野亦相尊。休將雪塑輕摹肖，九月秋陽未減痕。雪獅子。

暈擬當罏冷豔生，若爲送酒遠含情。高人自撫無絃曲，也引簾間笑靨迎。文君靨。

豔稱帝女費推敲，寧許茱萸昌紫苞。一種冷香無覓處，煙光欲凝暮山坳。天仙紫。

略染輕黄嬌不勝，香羅細瑣吐層層。如栽九里雲松道，二月風花淡灑曾。松花幢。

詩中八仙歌用少陵飲中八仙歌韻

陳思七子遊觥船，怨欺松子黄壚眠。中散餐霞慕昇天，龍章不飛惹蝸涎，憤欲澡身滄浪泉。陶潛五斗輕俸錢，東皋嘯詠臨清川，著作難徵鶴板賢。康樂述祖永嘉年，遠愧雲浮薄青天，每得佳語惠連前。李白落筆建安前，老聃道妙如來禪。少陵碧海鯨魚篇，天末一人思夢眠。望如春水天上船，自是君身骨亦仙。香山長恨古今傳，老婦低顔舅姑前，吐棄煙火吟淡煙。東坡萬斛湧地然，作者七仙許入筵。

玉山清真觀晉梅偕吴布衣景魯作

梅高四尺，圍三尺許，既枯復生，有俗客訂期賞花，一夕隕盡。余聞而奇之，特往撫榦題詩。

四尺横肱枯復活，二千年後晉遺梅。欲爲冬破冰霜出，不遣春從富貴來。纔喜着花舒暗箐，忽驚老榦卧蒼苔。商量别寄靈根處，移到孤山或再開。

偕静一道人花下飲酒

月來花際發幽香，恍篆輕煙送我翔。生死付天何鼎藥，饑寒隨分有齋糧。虚明室内存心易，清静堂中衆首長。客未出家如出世，相逢且入醉仙鄉。

白雲草堂詩鈔卷三

武進呂星垣叔訥著

讀史五古二百三十首

太古開混沌，人物無恩讐。怒則相搏噬，喜則同居遊。六萬四千歲，神聖運權謀。象獸以造車，象輿以造舟。皮革爲鎧甲，爪距爲戈矛。往來快所欲，争鬬遂所求。象物盡其利，有熊争蚩尤。

帝王受天命，各有德與功。自從太皞來，平難始升中。祝融生術嚚，術嚚生勾龍。火土復生金，勾龍生共工。迭生有迭旺，代興有代終。循觀五德運，修短在祖躬。金德爲獨衰，木德爲獨隆。殺人與養人，觀祖定厥宗。况無功德者，竊據必多凶。

神堯用四凶，前後六十年。舜起放殛盡，盡用皋夔賢。身處宰相位，手持天子權。其君不爲昏，其相不爲專。

孝可允瞽瞍，忠難格丹朱。堯所不能化，舜亦奚爲乎！精華既已竭，其子亦弗居。幾見篡與逼，及身而讓諸。

伯鯀既方命，神禹即榦蠱。九載用弗成，禹諫定弗取。奇哉非常功，子不能與父。

后羿立仲康，欲自領禁兵。仲康既登極，命六師以征。羲和實羿黨，宜聲罪致刑。乃但論尸職，厥罪未敢聲。頗畏朋黨力，非顧擁戴名。逆徒既首懸，元惡亦心驚。

寒促殺后羿，不挾天子令。弒王於帝丘，竊位執神柄。少康何流離，隱身虞庖正。統絶卅九年，再興於姒。奸雄氣燄張，造化亦聽命。

湯既囚夏臺，文亦拘羑里。四海之所歸，牢籠至於此。湯既脱網羅，文亦得弓矢。太息古王者，往往不能死。

伊尹放太甲，放之而不疑。太甲如不改，伊尹將何爲！能改故放之，執權亦已危。三年虚大寶，伊尹心憂哉！諸侯無義兵，百姓無怨辭。放君復反君，萬世真一時。

太公學兵法，潛身時未至。八十一老翁，歸周行其志。文王問兵機，首在密須地。其君頗强明，管叔疑不利。太公鼓掌笑，我謀王者事。伐逆不伐順，伐險不伐易。逆者無與守，險者無所備。順者從旂麾，易者隨檄致。

上古賤死節，貴之始夷齊。不止愧武周，直可羞微箕。

管叔欲得政，淮奄欲得魯。武庚制其手，從亂不自主。父墮萬乘基，子棄百里土。

昭王十四年，魯濆弒其君。大變首宗國，王不移六軍。五世失大柄，世變遂紛紜。豈待春秋世，諱魯有微文。王者家天下，矧兄弟國云。不能治諸侯，所守亦支分。

穆王思保位，昧爽御法筵。召三公佐史，下及於執鞭。事要作史記，朔望警其愆。殷鑒本不遠，何乃自謟旃！成書癸酉歲，棄位甲戌年。子孫效於後，祖宗背於前。君娱於其樂，臣争於其權。民盡於其刑，物敝於其天。

鄭桓作司徒，私計欲逃死。前席問史伯，何計以處此？不入親與頑，惟有檜虢耳。主之在芣騩，食之在溱洧。其後建國家，形勢悉如彼。

鄭桓之始計，欲入於南方。史伯論熊嚴，立國已自强。聰明而和協，天所興其昌。

披圖按九州，勢如常山蛇。頭項在秦蜀，腰脊居荆溠。吴越掉其尾，勢不能上加。歷觀晉唐宋，泛國於浮槎。一走失形勝，喪業江之涯。亦有逞勢鬬，志大而才奢。劉淵與苻堅，喑嗚以叱咤。亦有恃險居，山高而水窔。姚興與孟昶，岌嶪爲齟齬。天授而弗乘，興王所驅耶。實有外内亂，地利不足誇。卓哉秦嬴氏，虎據有漢巴。制楚不能起，吞周局無差。統觀秦所興，實得地利闍。秦如不能王，必楚代周家。

左氏兵法祖，孫吴皆子孫。首敘繻葛戰，韜略鈎其元。王卒未敗績，蔡衛陳先奔。攻心克其瑕，支體失其根。先解去支體，心精亦不存。吴漢拔廣都，進逼成都垣。分營二十里，隔江爲聲援。光武乃大驚，漢將爲述吞。綴漢攻劉尚，尚覆漢亦蹇。述果大出兵，十萬攻漢屯。萬人綴劉尚，漢尚走無跟。輕尚而後尚，漢得歸壁門。重尚而先尚，漢已褫精魂。城中江外合，急擊驅雞豚。述之輸光武，豈止一間論！

鮑叔何所見，夷吾治高傒。蕭何何所見，韓信國士奇。徐庶何所見，孔明爲帝師。吕蒙何所見，陸遜奠吴基。不用良可悲，不舉良可哀。落落數公出，天不虚生才！

荀息立奚齊，何不殺里克？及克殺奚齊，仍使近君側。

五蛇輔一龍，四蛇皆得穴。一蛇遊草間，散遠以自絶。功成奉母隱，兹事最堪悦。惜無鴟夷行，皎皎愛名節！

宋襄妄庸子，欲争桓文豪。忽焉用人祭，忽焉釋二毛。

富辰諫伐鄭，五季之明鑒。肥狄削本宗，報倦施未厭。

右師以圍温，左師以逆王。辭秦師而下，晉侯何其强！既得定一尊，遂可征四方。魏晉以後局，握策惟此長。

楚子將子玉，知其敗城濮。伯棼來請兵，一令可使復。怒而少與兵，坐任其顛覆。馭將而無權，僨事一何速！

晉襄謹愿主，先軫英果士。一日苟縱敵，數世患始此。衰墨敗秦師，其勢非得已。秦立兩晉君，視如置棋耳。又使有鄭滑，晉在圍中矣。勝軍擒其將，屹然得並峙。報讐宜沉深，立國在振起。後有孫仲謀，又有李亞子。

公室譬枝葉，繁條庇本根。庇焉忍縱斧，適自戕子孫。樂豫垂涕諫，宋昭置弗論。

事必犯大難，始可成大功。犯難不苟動，先事料始終。晉楚戰於邲，楚軍無瑕攻。轉戰分二廣，兵勢何其雄！孤軍致果鋭，生力濟折衝。前中後左右，首尾相翼從。止營便立陳，用法以養鋒。正師進若虎，游騎盤如龍。

林父斬先縠，旃琦必股栗。還軍固老謀，渡河亦按律。大將從偏裨，三軍誰統一？

將戰而請盟，敵國必有謀。不爲三軍備，内懷二憾憂。

隨會讓却克，闔閭任伍胥。因其報讎志，爲我效驅除。蜀之夏侯霸，赤族無歸歟？秦之慕容垂，蓄奸難馴乎？

諸侯皆叛晉，晉乃可以逞。苦口實危機，晉主豈能省！

先求德刑詳，次求義禮信。六字盡兵機，可退而可進。

火正食心味，大火鶉火辰。商丘祀大火，乃廢其時禋。倉卒治火政，發兵以安民。迄乎火政畢，未聞考典遵。端拱論天道，反在魯君臣。太息於宋災，召災以慢神。

兵旋必張勢，所以遏追逐。己亥焚西南，壬寅火東北。晉師勝平陰，兵鋒極雄毒。齊侯駕將走，太子勒車軸。師疾惟侵略，甲辰退兵速。太子乃不追，亦防有晉伏。

晉謀去故絳，往居郇瑕地。沃饒而近鹽，君樂而國利。近寶公室貧，國饒民驕庳。不如居新田，教化十世被。土厚而水深，汾澮流惡氣。既無墊隘愁，且有神靈異。卓哉韓獻子，定策排群議。晉侯能從之，真有子孫計。

以兩之一卒，舍偏兩之一。教吴使謀楚，彼歸則我出。楚果力不支，一歲奔命七。楚若重邊兵，蓄鋭而深襲。遠運於越肘，近鼓隨唐翼。大舉可入吴，豈致其殘賊！執政庸且多，異心而保力。莫適任患者，巫臣窺之悉。

楚未戰柏舉，司馬戌獻謀。沿漢與上下，奇兵毀其舟。還塞大隊險，濟漢乘上流。子常不能行，司馬空刎頭。我論其兵機，戌謀亦未周。吴置兵死地，死戰赴郢丘。舍舟於淮汭，豫章趨漢州。豈復反顧戀，而有塞險憂？不如敗唐蔡，大卒逐偏游。唐蔡既走歸，吴人亦難留。

孔子相定公，會齊於夾谷。一言却萊兵，汶陽侵地復。據理故壯辭，秉禮故遠辱。

孔子不擇君，孟子須乘時。魯衛既止尼，齊梁亦栖遲。滕文慕堯舜，誠敬問設施。不能使自王，使爲王者師。

蘇厲説白起，動之以善息。白起悦其言，移兵去梁國。是時秦法重，大將重足立。馭大將以法，制勝亦救失。

有齊則楚重，無齊則楚輕。張儀行其謀，陳軫識其情。

三國共攻秦，精兵過函谷。秦王割河東，退兵一何速！咸陽已大震，隴右勢危蹙。不即圍秦都，而以三城復。三國不一心，小竊志已足。小竊遽割地，秦王亦碌碌。

秦欲并天下，韓魏天下樞。秦之收韓魏，扼吭而擣虚。一舉拔邢丘，大梁羽翼除。西面乃孤立，不復能負隅。北斷上黨兵，東塞成皋途。韓國離爲三，奮攻宜陽都。韓魏形勢屈，拱手效馳驅。十年將穰苴，一日相范雎。坐論定全局，信有帝王圖。

秦兵涉郢地，汶山浮江易。一船五千人，下水走風利。日行三程餘，三千程月至。楚之被秦兵，危在月内。其恃諸侯救，往往期半歲。破縱而爲横，實以地勢礙。

王翦平楚計，智力俱綜彙。請兵六十萬，堅壁以養鋭。乘勝略蕲南，滅楚期一歲。百越遂郡縣，燕齊亦城衛。李信勇少年，欲奪上將位。請以廿萬行，徒殺七都尉。

秦王大一統，神武自天生。封建變郡縣，萬世貽太平。術智雖不仁，雄略實堪驚。茫茫大九州，圍之以長城。坑儒而任吏，久久絕縱橫。暴豪不長世，賈誼論之精。

秦代用宦官，頗與後代異。後代以私寵，秦代以雄氣。欲高僮奴權，而壓將相地。僮奴執其權，將相附其勢。

秦代得天下，王蒙皆功臣。王翦既老死，獨蒙恬握兵。使其爲羿促，因民之苦秦。驅之以英哲，懷之以義仁。天命豈可論，而乃殉其身！大忠不趨利，秦代之一人。

縱觀秦皇帝，彼可取而代。能代不能終，正少國士輩。百戰而百勝，一敗而衆潰。騅不能逝兮，從騎剩四隊。一生惜封賞，叛去其親愛。守冢環十家，毅鬼惟長慨！

漢王見英布，跣足而怒叫。布退欲自刑，忽乃大喜笑。宫室與臣妾，一一漢王肖。英雄爲顛倒，矧布江湖盜！

項王拒章邯，漢王得入秦。長驅下咸陽，遂降王子嬰。機會已不凡，寬大更得人。項來乃爲盜，顧欲與漢爭。先坑其子弟，後焚其父兄。漢家乃私喜，爲湯武毆民。

范增說項王，急擊漢無怠。不貪財好色，志欲有四海。令人望其氣，龍虎成五綵。項王婦人仁，乃縱其危殆。發憤撞玉斗，不究項伯罪。增不於此亡，疽潰其焉悔！

項氏之失計，首在立義帝。臣之既不能，弑之遂自敝。授漢以爲名，黨散無與濟。

義帝之失計，首在於將將。宋義統項籍，籍勢不能讓。斬義以破秦，籍權無與抗。不自馳入關，乃使沛公上。又約封關中，使其志意壯。西據既富强，那不思東向！於劉失機權，於項失威望。爲義帝計者，報讐而北迋。自將豐沛兵，親總宛洛仗。諸侯嚮秦身，手獨披其吭。大會於咸陽，此計真可王。

【校】北迋，底本誤作『北廷』，以出韻改。

智哉李左車，獨爲劫糧謀。不至十日内，可懸兩將頭。韓信本疑畏，訪不用此謀。乃敢出井陘，破趙於泜流。

韓信背水陣，人人自爲戰。置之死而生，善撫亦善選。

信得李左車，再拜稱先生。信兵勝而敝，難頓於燕城。左軍乃教之，養實而用名。傳檄以降燕，兵機在兵聲。

蒯徹洵辨士，其説頗無理。楚漢不兩存，鼎足焉可恃！佐楚以覆漢，楚仍可取耳。覆漢如不能，此計毋寧已！漢天下已定，信從陳豨起。信智恐未然，萬古之疑史。

西攻成皋途，南趨宛葉道。東逐彭越屯，北衝周樅堡。獨以騎將能，力鬬争大寶。漢之任力多，楚之任力少。

下蜀漢之粟，直抵滎陽關。楚攻無遺力，漢守有餘閑。彭城運成皋，梁兵亂其間。深入九百里，漢時躡其還。漢之轉餉易，楚之轉餉難。

楚漢之興亡，上天哀黔首。辛苦三季末，傷殘七雄後。愚智皆不堪，逃死厭奔走。急與之息肩，剥復轉陽九。天惟默相牖，漢乃順而受。

關中天府國，隴坂勢阻幽。畜牧雄上郡，財賦供益州。阻三面以守，一面制諸侯。河渭順漕輓，轉輸亦能周。無事端拱坐，有變頃刻收。

陳豨反趙地，二十五城棄。檄徵天下兵，天下兵未至。周昌薦趙人，見於漢高帝。帝封四千户，以慰趙子弟。

黥布出上計，山東非漢土。東西取吴楚，取齊並取魯。傳檄於燕臺，重閉守淮浦。布出於中計，未定成敗數。東西取吴楚，前取韓魏部。據敖倉以令，而塞成皋阻。布乃出下計，布乃爲漢虜。東西取吴蔡，長沙作門户。歸輜重於越，負淮以保聚。漢家育天命，薛公智略詡。

安則注意相，危則注意將。將相而和調，士心識所向。有變權不分，内外互倚仗。平勃之交驩，陸生之謀壯。

宋昌排群疑，定策論其理。自秦失政柄，豪傑紛紛起。天命難力争，王者惟劉氏。又建磐石宗，枝榦聯臂指。大臣即爲變，百姓弗爲使。王長而且賢，共戴高帝子。

袁盎論吴楚，欲得晁錯頭。晁錯頭既行，吴楚兵不休。乃不論盎罪，漢廷良悠悠。

漢興至孝平，諸侯王百數。驕淫而放恣，破禮而敗度。賢哉河間王，恭儉嗜竹素。

荀悦論三遊，亂民之無賴。游俠立氣勢，游説飾狡獪。游行色取仁，黨譽結權儈。毁譽爲榮辱，勇怯爲殿最。喜怒爲賞罰，愛憎爲利害。書記繁公文，苞苴塞朝會。良善毆刀砧，罪惡竊冠帶。始於漢孝武，十世不能改。

充國屯金城，老將知邊兵。小利不足貪，遠斥候堅營。羌豪乃相詰，反計不得成。未許一鬭死，焉能逞縱横！

先零首叛逆，其勢最披猖。欲先破罕幵，而使之驚惶。漢馬不耐冬，方秋而啓行。一馬負月糧，兵械及衣裝。合擊鮮水上，虜奪其輜囊。冬復大出兵，罕幵必奔亡。事下充國議，充國乃上章。負重以逐遠，用短而棄長。山林水草間，騎兵難騰驤。深入徑路雜，進退皆回徨。一乘前後險，饑疲不能當。不如破先零，以震動罕羌。無木石之阻，直進壓其墻。

充國言屯田，便宜十二事。一以留屯兵，因田爲武備。二排折羌人，奪其肥饒地。三以兵安民，農業不荒棄。四去騎留步，大省芻秣費。五循河湟漕，折衝具傳世。六以暇伐林，造貯戰守器。七竄夷裔人，坐握必勝勢。八免迫險阻，將士有固志。九不損武威，而收乘間利。十震大小幵，俾憂他變至。十一治道橋，枕席過師易。十二息科繇，内外守信義。英主可忠言，老臣獻至計。

元帝三年春，下詔捐珠厓。關東方大困，流離可歎咨。歲饑倉廩虚，賑卹不得施。又復動兵革，民豈有室資！其爲珠厓民，慕義良可思。内屬諒其情，弗爲强遷之。

新莽割漢祀，泥古絶治理。使承祖宗業，亦必顛厥趾。矧以簒竊居，天下側目視。其才一婦寺，其術一巫史。顧欲爲奸雄，直一騃豎子！立國在刑賞，宰柄握於此。濫刑無與終，濫賞無與始。

新莽稱圖讖，國師起匹夫。光武即帝位，亦稱赤伏符。漢高之子孫，中興功德殊。乃襲新莽智，或累明哲歟？

卿遊二帝間，見卿使人慚。撥雲霧見日，得君臣始甘。光武信不群，文淵信能探。遠酒色治吏，遜高祖者三。正其所得力，神器堪荷擔。

季孟據雍州，兵威加山東。不以更始亂，出關爭雌雄。退慕西伯名，研搜章句中。漢釋關隴憂，遂成東南功。發間召攜貳，智勇皆傾風。晚從王游翁，結連蜀與戎。却漢兵者再，卒以覆滅終。辨利害以智，辨順逆以忠。際會得所託，哲哉輸竇融！

公孫躍白馬，天水以藩蔽。天水既破亡，遂失輔車勢。以一而敵八，財賦焉能濟！内供萬乘費，外供三軍計。漢無大出兵，歲擾亦可敵。荆邯説東略，誠有險塞閉。至於狥江南，傳檄吴楚地。分延岑田戎，兩出以趨利。既乘於上游，復乘於不意。成敗未可知，亦老謀壯事。乃有井底蛙，觀望而坐斃。

光武伐隗囂，鋭意而啓行。河南群盗起，慨然郭子横。寇恂與陳俊，群盗皆歸誠。留守付兩臣，庶幾可西征。

來歙取略陽，光武撤諸將。既壞其腹心，復敝其士仗。直進第一城，鋒勢何浩蕩！屬縣一十六，望風以款向。

光武未西略，張步亦勍敵。危矣大耿兵，深入無援力。蹈瑕據臨菑，既除西安翼。步從劇縣來，疾馳未休息。變客以爲主，又有勝勢集。步如分精兵，先扼菑水壁。兄弟守齊秦，形勢伺虚實。漢兵進不能，退有五校賊。山東未驅除，蜀隴那剪擊！落落建大策，樹此祝阿績。

國家念河北，小臣念巾車。義則爲君臣，恩則父子如。乃得獻此語，有味其言諸。

建武重開天，海内日當安。但憂諸子壯，少小約束寬。競譽接賓客，大獄將肇端。司馬親受戒，早爲心膽寒。拔身苦不猛，末路遭艱難。將軍誠神人，臨命發浩歎！

鄧騭欲棄凉，并力事北邊。虞詡告張禹，不可有三焉。以三輔爲塞，園陵處外偏。以武猛委敵，爪牙喪英賢。以氐羌失撫，梟雄驅之前。如是以爲國，舊京不得堅。禹謝弗及此，信有形勢牽。

三輔群盜起，乘馬以縱鞭。去如雨驟風，來若矢絶絃。虞詡勸任尚，萬騎逐數千。步兵二十萬，散遣今歸田。廿兵易一馬，賊無脱一焉。走者不追飛，兵法本云然。

中官始封侯，以誅閻顯功。安順至靈顯，積漸遂肆凶。迄乎炎火衰，下堂走途窮。魁柄授奴僕，乘間起英雄。

黄巾初起日，煽惑在旁近。楊賜爲司徒，曾有封疏進。宜敕二千石，招集以威信。分别流離民，各護歸本郡。孤弱其黨徒，湔擢其傑俊。渠帥無羽翼，不勞而自定。封疏乃留中，賊勢滋蔓引。劉陶復申理，恒帝不省問。

袁曹初起日，曹弱而袁强。曹以奉漢興，袁以逆漢亡。猶未得要領，要領在賢良。當時袁所臣，文武足贊匡。用之失其當，資曹以爲長。孟德論本初，盡悉其度量。志大而智小，色厲而膽恇。忌刻而少威，棄錯而少綱。地則廣曹地，糧則豐曹糧。吞袁以益曹，三分有二方。志欲大一統，告天登明堂。晚途託周文，壯心默自傷。國家無孤者，幾人稱帝王！孤亦懼吴蜀，賁志老許昌。

昭烈羈荆州，乃不取劉表。及其取劉璋，智數運機巧。取璋氣力成，依表名號小。往往不顧家，豈卹兄弟好！

包原隰險阻，七百里連營。天不祚劉氏，敗歸白帝城。雖有法孝直，焉能止南征！

孫郎渡江來，婦走兒夜啼。驚見龍虎將，少年美容儀。下令無敢犯，軍民不相欺。雞犬放在野，菜茹植在畦。江東盜賊藪，一旦忽恬熙。道路牛酒犒，争赴孫郎旂。劉繇走曲阿，王朗走會稽。誰爲豫章守，葛巾伏路岐。可憐華子魚，笑絶太史慈。獅兒難争鋒，一年成霸基。

君才十曹丕，孺子事以父。孺子不可輔，君可以自取。臣死效忠貞，伏地泣如雨。亮誠一時傑，雄踞得天府。所志竟不就，嘔血自辛苦。用軍非不精，雜耕少屯聚。太息孟達死，悵望中原土。又遇夏侯琳，兵未出子午。

晉懲魏氏孤，大封宗室王。自選置長吏，各自謀封疆。宋懲晉氏孤，方鎮列天潢。上流臨按易，重府蟠結强。兄弟乃相賊，子孫多自戕。立法皆鑒殷，親賢未參詳。

龍驤馳樓船，石頭降吴帝。功高賞較薄，悒悒不得意。善哉范護軍，諷以遺勢利。卿之功美矣，居美尚無地。遠想廉藺間，近規鍾鄧際。不如旋旆日，角巾而私第。上功於聖人，歸力於將吏。

晉惠實戇騃，賈后極淫亂。權移趙王倫，晉室遂多難。太子一動摇，國勢遽解散。飽恣强敵計，曲符奸臣算。四海爲家者，乃不妻子斷。令人謀其家，兹事最三歎。

茂先華不實，逸民慾無厭。餘波能溺人，及溺能立見。讀書非不多，保位以留戀。乙亥丙子間，卷懷誠利便。

王戎追石勒，高歡追宇文。一見氣攝伏，匪止驚不群。英雄各乘時，鼠輩豈知心！方共守雌節，晦之莫如深。北面拜使者，受書欽德音。見賜如見公，上號以奉琛。王浚乃大喜，謂其信歸忱。日置列臺閣，府粟而藏金。建天子旌旂，端冕待莅臨。幽州方大水，民不舉釜鬵。人人知將亡，意氣彌自任。石勒撫几笑，彭祖真可禽。

石勒軍葛陂，會三月大雨。軍中死太半，晉兵集淮浦。刁膺勸送款，孔萇勸進取。勒愀然長嘯，獨引右侯語。將軍陷京師，天子受困侮。殺害遍王公，妻略及妃主。計將軍之罪，擢髮不可數。奈何復臣奉，白就斧鑽苦！客軍無現糧，弓箭脱膠組。不戰則坐潰，戰則爲晉虜。去年殺王彌，不當來此土。今天降淫霖，使我返北部。鄴中三臺高，平陽立門户。山河四塞地，據以建旗鼓。號令河以北，勢若建瓴處。河北既略定，可以檄江滸。晉今保壽春，畏敵有若虎。豈能襲軍後，輜重盍先舉。勸攘袂鼓髯，右侯合心膂。

王浚既搆隙，苟晞復相譏。匹磾漸猜薄，末秠終棄遺。得一劉越石，宗社爰庇依。疎才而多病，徒有慨慷辭。

新亭遊宴日，流涕何其多！風景迥不殊，舉目異山河。當共奬王室，其如白望何！

觀庾賈之争，而見師尹狂。觀濬渾之忌，而見將帥傷。觀阮籍之行，而見禮教亡。觀稽康之誅，而見淫刑張。觀劉毅之疏，而見官箴亡。觀《錢神》之論，而見寵賂彰。始造已如彼，剥運焉能當！自非命世材，何以爲一匡！

晉氏過江來，一百萬户口。荆楚國西門，阻江以爲守。北連太行脊，西運勁蜀肘。周旋一萬里，熊虎顧前後。存吴以荆蜀，合勢據鍾阜。陸抗臨殁疏，言之疾心首。何充妄庸才，乃付桓温手！老賊持此具，卿等坐談否？

桓温伐燕秦，乘勝以進兵。枋頭與灞上，徘徊而不行。意在驚江東，鎮之以功名。前人論如此，此論亦未精。温以懸軍入，持重不速成。冀其望風解，慴伏於先聲。燕秦之君臣，幾世歷戰争。效死弗肯去，孰爲先聲迎？温如疾圍都，先入其都城。吊民以勸賞，四國皆心傾。温以千里鬬，深溝而堅營。擊蛇未斷首，反噬毒不輕。盧循徐道覆，舟艦蔽江横。焚舟上新亭，劉裕失色驚。

亂國用重典，救世之良藥。前有諸葛侯，後有王景略。

王猛馭鄧羌，如猛虎悍馬。撓法庇郡將，以私護其下。勒兵欲攻猛，無上而致果。將戰請司隸，要君以從我。猛乃收其功，控制亦寬假。終鄧羌之世，未有僨事者。猛能全其材，學術相陶冶。

慕容垂父子，譬若龍與虎。假之以風雲，不可以馴撫。王猛共休戚，將死言益苦。但勸弗伐晉，非釋晉弗取。恐燕襲其後，煽動根本土。滅燕可南征，燕賊在心腑。

苻堅將伐晉，隔歲先大熟。上畝七十石，平原壓禾粟。上畝一百石，麻豆折車軸。是歲幽州蝗，不下食五穀。蝗飛不食穀，祆禍乃愈酷。從古所書歲，少見此盈足。使其誠有之，小喜大憂速。使其誠無之，州郡罪可戮。

伐燕歲在燕，伐晉歲在晉。晉兵覆秦兵，燕即乘秦釁。出兵犯孤虚，主國必不振。武王變伐商，五星並西鎮。

呂光破西域，氣鋭而兵强。因士卒思歸，欲爲西凉王。河西十萬甲，控有萬里長。楊韓説梁熙，塞伊吾高昌。將制其窮渴，先守據水糧。梁熙弗能從，光遂入姑臧。

昔者慕容寶，不敵拓拔圭。縱騎兵入險，營堡從風隤。圭七戰七勝，勢若風雨來。其氣已舉燕，卒以畋峢回。惟誅參合衆，城守不可開。略地無所得，堅城難徘徊。

父爲九州伯，兒爲五湖長。招結舊部曲，伺隙於撫掌。殷楊既庸闇，會稽亦昏蕩。一旦值事會，篡竊乎搶攘。未有震世功，愧怍在俯仰。輕舟載圖籍，復饒煙波想。

草澤之英雄，所見劉下邳。功成而名立，民望多歸之。劉毅結長民，齕齮將何爲？始事既相奉，中忽思相持。天命非人爲，人苦不自知。才分本度越，順逆仍異施。跨馬握槊者，定天下於斯。幾見白面生，結黨能傾欺。

赫連勃勃興，雄姿類天授。其經略關中，勝局先在手。無城郭居民，以驍騎風走。救後則擊前，救前則擊後。此游食有餘，彼奔命不守。宋即不取秦，固爲勃勃有。宋取不有之，勃勃計之久。急歸成其篡，佊棄此乃受。義真十歲兒，幾委於虎口。復搆王與沈，自斷其臂肘。蓋世之英人，顧私敗簡苟。

【校】救前則擊後，底本誤作『救前則救後』，據詩意改。

姚興果救齊，必畏劉裕知。何以發使者，故張大其辭？裕呼使者前，速來决雄雌。此中有兵機，難喻劉穆之。

焦縱籌晉兵，内水可塞斷。晉兵三路發，仍以虛實亂。外水取成都，中水取廣漢。内水取黄虎，高艦老弱半。縱果以重兵，鎮於涪江畔。晉由中外水，成都俄穿貫。

魏薄統萬城，統萬遽出兵。遠來求敵鬭，誘之使驕盈。風雨陣前來，敵背而我迎。風道本在人，魏騎左右横。隱出夏軍後，順風以催傾。乘虛入統萬，一鼓無留行。

義康輔宋文，頗自竭勞思。延攬愛人物，精勤決吏事。所苦學術疎，不自遠權利。宵人媒其間，主相遂異志。

中丞何承天，籌邊而上書。大田淮泗地，内實於青徐。一曰移遠民，大峴之南居。青兖冀舊部，可集三萬餘。二曰築城邑，貸借助耕畬。春夏課佃牧，秋冬課倉儲。三曰篡車牛，糧械便轉輸。千家五百輛，行止陣以車。四曰算丁仗，隨便以習諸。步伐鄉練團，辭鐵官軍需。因敵以敝敵，地利先歸吾。

宋迎薛安都，以甲士五萬。安都聞之懼，導魏與宋戰。攸之據夏口，勢欲吞建康。蕭賾相形勢，中途扼尋陽。湓口樓櫓立，建康羽翼張。既截後至兵，亦截後至糧。順流者中阻，鋭氣先銷亡。

魏臣李安世，爲魏議均田。露田四十畝，十五以上年。婦人二十畝，通力於夫焉。奴婢依良丁，不供主者錢。諸宰民之吏，各以農功遷。賣轉罪如律，井里相鈎連。

魏臣韓麒麟，上表言貸蠲。春夏方大旱，河渠斷流泉。民餒而牛疫，遺黎難生全。發倉本難遍，神困况空廛。揆其所以然，逐末本務捐。民庶游食者，三分居二焉。富貴競奢僭，童妾炫服妍。工商矜豪華，僕隸玉食鮮。農夫糟糠闕，蠶婦葛紵穿。宜斷珍異物，重穀輕金錢。吉凶定格式，貴賤絶攀緣。盡滅絹帛租，羅縠以運遷。在官有宿積，百姓無荒年。

魏孝文考績，首責於中樞。進賢退不肖，獻替資陳謨。欽哉天工亮，卿等一事無。尚書樞機任，豈徒行文書！

魏齊檢門望，孝秀冒濫多。不審魯三家，孰如孔四科？

宋齊封諸子，各爲置典籤。防驕亦剪悖，禁士夫趨焉。宣城誅諸王，密令籤帥傳。籤帥各奉令，諸王無一全。宣城反厥弊，始還宗藩權。密奏能自通，弗諂籤帥前。

聖王所難行，兵徭一時舉。魏氏營洛邑，又遣戍淮浦。或爲遷都計，故出兵耀武。宜令返及時，毋使内外苦。老弱趨土木，少壯役千櫓。陸叡謀國誠，忠讜感其主。

遠戍絶塞外，孤據群賊中。此有所必敝，彼有所必攻。拓拔英決策，棄南鄭弗墉。

傅永習南兵，以譎智偷剪。好爲夜斫營，設火記水淺。瓠火亂其號，不復辨所踐。康祚潛師來，一騎乃不免。

卿患曹景宗，不識蕭領軍。南康置人手，號令不足云。前途事不捷，蕭艾本同焚。捷則震四海，豈受人處分！

宿衛毆公卿，其黨不窮治。因得要挾求，依資入銓次。銓次注未行，崔亮復變置。論停解日月，以慰沉滯思。周士鄉塾來，漢士州郡至。魏晉益中正，十收六七利。原其所以失，章句薄道義。及爲停年格，名行益鄙棄。黎元身家命，繫屬於長吏。年格爲遷除，銓衡更誰寄！高歡散家財，函使有大志。

留都得上品，在鎮隔遷途。長者阻遊宦，少者廢師儒。魏都伊洛後，鎮人不内除。

長孫稚上表，違詔税鹽池。鹽池天所産，密邇在京畿。冀定闕調絹，三軍食於兹。高祖昇平日，創制立官司。非與民競利，軍國籌度支。况及國用乏，待以贍公私。租徵六年粟，調折來歲資。區區市小惠，名微而實虧。富商而貧民，此術奚用之！

剪馬御惡人，放手乃逞志。有馬十二谷，盍收馬上利？嬖倖擅國命，紀綱悉倒地。明公雄武姿，乘時運利器。討鄭儼徐紇，以肅清婦寺。霸業成舉鞭，此賀六渾意。

爾朱榮舉兵，長驅入河洛。無戰勝重威，群情不附託。榮計度太行，恐有大變作。乃大誅百官，以肆厥凶惡。大戮洗群穢，亦帝王之略。混忠佞賢愚，天人憤苛虐。力戰禽葛榮，功高望已薄。

高王外抗敵，内撫戢群雄。安能去巢穴，决算關隴功。退可封崤函，進可吞山東。握手謝孝通，岳遂雄關中。

賀拔公雖死，宇文泰尚存。卿至何爲者，侯景遂東奔。

此水向東流，而朕獨西上。如復見洛陽，陵廟再瞻仰。馮藉卿等功，誓不惜封賞。圖歡憂立至，就泰亦勉强。暇日循斯言，臨風愈慨慷。

高歡作浮橋，以綴宇文泰。使竇泰西入，腹背以交會。宇文潛師東，禽泰風陵外。高歡撤浮橋，蒲坂走狼狽。

杜弼嗔貪污，欲舉糾察典。高歡善其言，卿且置弗辨。督將家關西，誘亡者不鮮。江南傳正朔，禮樂相推演。吾駕馭英雄，任智術以展。蓄之以寬大，驟苦以防檢。督將歸黑獺，士夫歸蕭衍。

沙苑與邙山，死戰相殺傷。勝軍不能入，氣力皆銷亡。彼此空國鬬，盡兵亦盡糧。鷸蚌持甚急，梁乃請佛忙。

杜弼草檄文，指斥梁武帝。見雀忘深穽，納侯景速戾。尾大終不掉，乘隙肆其厲。龜鼎一動摇，池魚慘禍備。江淮荆揚間，人物厄難至。死亡矢石下，夭折霧露際。外崩而中潰，我乃決其敝。將以轉石形，而取破竹勢。其後梁室敗，此檄如符契。

仲禮隔水坐，韋粲望岸守。石頭瞰其營，表裏見十九。侯景遂戰勝，韋柳以敗走。壯哉陳始興，當鋒透賊藪。出石頭西北，先斷其右肘。據栅落星山，聲勢接淮口。

琳乃一小人，蒙官擢此位。琳分望有限，豈與官争帝！今天下方棘，遷琳嶺南地。一旦有不虞，琳力何所濟！琳如爲雍州，立鎮武寧衛。自放兵屯田，永爲國捍蔽。孝膺深然之，而弗啓其意。終遘萇弘眚，萇伸包胥志。頭行千里外，揮灑田客涕。反覆朱暘書，千載爲激厲！

齊顯祖之世，周懼齊渡河。冬月椎河冰，華陰防騎多。齊世祖之世，齊懼周渡河。冬月椎河冰，平陽防騎多。

龍子動不凡，尊兄真羞兒。百升扶爲王，宗社皆福之。引手付尊兄，几上能幾時！百升不廢立，亦逢劉桃枝。

江有潘陸華，而無園綺實。詹事於儲宫，王廓爲稱職。廓性極敦敏，累世傳懿德。黜王而進江，叔寶以蕩佚。

任城何自苦，死戰弗顧身。下官神武子，兄弟十五人。獨存見顛覆，無愧陵廟神。

賀若弼之衆，浮舟至鍾山。任忠請奇兵，徑掩六合間。聲俘獲周將，令賀兵兩端。待春水之生，周羅睺東還。内外與合勢，蹙之於風湍。時周兵三道，相救如轉環。拉朽在旦夕，豈復容盤桓！任忠建此議，外以聳聽觀。内謀實力降，先往求高官。

開皇二十年，世胄矜高門。房杜來預選，布衣獨高渾。孝基善藻鑒，相士披本根。謂二子王佐，握手託子孫。

李密告玄感，賊隋有三策。隋帝在遼外，幽州千里隔。南有巨海横，北有强敵迫。中間走一道，孤危作寄客。長驅入薊州，臨渝扼險脊。出不意衝喉，高麗躡衰竭。隋之降與潰，乃不出旬月。鼓行收長安，略地定安宅。徐徐圖中原，閉隘以伺隙。倍道襲東都，食力盡壘壁。四集天下兵，大勢阻順逆。

密有回洛倉，氣勢何驗盈！不用士馬鋭，米盡終無成。塞成皋之險，綴東都之兵。唐反藉其力，一鼓收西京。迄乎破化及，甲兵已不精。世充蹈瑕隙，卷國來相争。乃恃其衆力，而紊厥號令。一敗兵家常，不之黎陽城。西入無幾日，仍以叛黨行。生失魏土境，死失唐功名。泰山徐道士，不與論開平。

秦王一戰勝，疾捨其步兵。不復製攻具，輕騎遂尅城。宗羅睺所將，將驍而兵精。出不意破之，緩則重立營。急則散隴外，仁杲破膽驚。蹙之以兵勢，降之以兵聲。

武周傾晉陽，敕棄關以東。太原王業基，河東財賦雄。秦王請克復，大算成元功。

秦王得敬德，右一府統軍。尋相之叛走，麾下論紛紜。秦王推赤心，立收敬德勳。

建德救世充，二寇將合從。薛收勸秦王，堅壘拒洛東。以逸待建德，先據成皋衝。援兵既就縛，守虜埶益窮。天下之大計，決於二旬中。

凌敬説建德，悉兵濟河右。鼓行收懷州，河陽置將守。更鳴鼓建旗，突入上黨口。狥汾趨蒲津，全晉斷臂肘。騰蹈無人境，擊虛易摧朽。拓土廣疆索，雄據財賦藪。結連突厥帥，犄角張前後。關中皆震蕩，鄭圍必縱手。建德謝弗用，扶出凌祭酒。

唐赦王世充，而殺竇建德。建德不能生，黑闥起作賊。

所奏馮盎反，前後以十數。告反以十數，盎未出境土。其不反已明，宜亟使鎮撫。太宗從魏徵，嶺表即安堵。

魏徵諫封禪，彫敝痛百室。倉廩半空乏，户口未安集。在上缺度支，在下苦供億。千乘萬騎巡，民患真百出。又自伊洛東，至海岱城邑。極目通灌莽，刺足聚荊棘。荒村斷煙火，廢隴絶黍稷。四夷百蠻君，導示以虛實。賞賚費不支，遠人望未塞。給復連數歲，未償百姓力。虛名受實禍，後悔將不及。

太宗征高麗，持重戒輕忽。乘虛取平壤，乘勝取烏骨。兩策均弗庸，大衆遂衰竭。

太宗定天下，多以奇兵勝。天下既太平，乃爲堂堂陣。舉動出萬全，不肯行險進。雖不舉高麗，亦見重萬乘。

高麗安市城，久圍煙火少。忽聞雞彘聲，知其饗士早。夜縋數百人，果出死士擣。急斬數十級，疾退上城堡。

高麗班師歸，十月渡渤錯。戰馬死七八，騎兵踏芒屩。士戰死二千，戰骨蔽霜濼。車梁過泥濘，冰水斷荒落。上自繫薪蕘，剪草填橫壑。將卒路凍斃，風雪蓋天作。然火燒窮野，愁燐擁寒幕。太息思魏徵，苦諫效肫樸。

白袍少年郎，躍馬出戰場。大呼陷陣入，畫戟無攔當。二十五萬衆，摧鋒而奔亡。不喜得遼東，獨喜於得卿。朕諸將皆老，思新進之英。卿勇冠三軍，善爲朕將兵。大風塵飛揚，猛士守四方。太宗喜仁貴，情類漢高皇。

六朝短國祚，繼體無儲英。不舉教胄典，縱之爲驕盈。豈無聰明才，智數習縱横。師友既不正，學術彌不精。矧彼下凡資，滔淫以敗成。諸子逐風尚，分望遂難平。先迷順逆勢，後棄忠孝名。始之以敗度，繼之以弄兵。蕭墻集鵩鴞，潢池翻鯢鯨。艱難辛苦業，土崩實堪驚。太宗引以鑒，妙選乎公卿。師傅講道義，禮樂淑性情。一人而元良，萬邦胥以貞。

高宗念元舅，敬宗進邪説。例漢治薄昭，無忌之命决。小人而讀書，其禍乃更烈！

房杜立門户，一生守勤苦。恐遭不肖子，蕩覆無寸土。李勣言可哀，敬業禍自取。果能死國家，亦無忝厥祖。

敬業初發兵，山東皆響應。With耰鋤待於路，麥飯走於徑。乃從薛仲璋，渡江取常潤。元忠料博徒，可以一戰定。

子昂諫伐羌，雅州道難開。開險既便寇，役人亦傷財。

姚崇善應變，宋璟善守成。大要寬賦役，罰中而刑清。

玄宗除韋后，身及於女禍。殷鑒信不遠，得失皆自我。

河北委禄山，唐策有兩失。李郭之初議，先勦范陽賊。李泌之初議，西北剪羽翼。三人所見同，主斷不能一。

唐用邊塞兵，耐寒而畏暑。先用於寒鄉，可掃清賊部。若乘新至鋭，兩京唾手取。賊奔入巢穴，俟春氣復舉。兵强馬力壯，飽食以逞怒。賊勢當再横，兩京非唐土。李泌之先見，燭照而計數。

軍中所欲立，以爲節度使。始於侯希選，攻殺鎮將子。軍中下犯上，不即制其死。因授以本兵，唐亡肇於此。宋興鑒厥弊，將以階級起。不使小違逆，令行而禁止。

唐興踵隋制，十六衛制使。至於開元末，儒生出横議。府兵既内剷，内權遂外寄。肅宗之恢復，資士馬邊地。中乾而尾大，根身弱無氣。子孫望祖宗，慨然悔變置。手疏有陸贄，口奏有李泌。觀所經略者，惜未竟其意。創之弗成之，驕悍滋末弊。無兵而立將，將衛何所繫？樊川杜牧之，慷慨負經濟。

君相憂天下，爲欲安黎元。小忿不足恤，大策謀本原。李泌和回紇，取以禦吐蕃。前後十五對，論思未嫌繁。

李泌好神仙，前史多否臧。不以方伎進，跌宕亦何傷！

涼州無水草，士馬何以生？方渠無甘泉，何以爲市耕？崔浩見事審，子周識亦精。

裴度下蔡州，降卒下雉堞。李槊具櫜鞬，出拜迎道左。蔡人二十年，頑悖習驕惰。因公示上下，尊體折驍果。公私兩得之，謂無矜伐可。

河東樂寬簡，安於張弘靖。移鎮河北軍，寬簡廢將領。向來河北帥，歲月行四境。均寒暑勞逸，以與之動靜。弘靖獨端居，概不加察省。賓客阻計畫，將吏隔申請。私人營牟多，士氣摧抑盡。河北乃再亡，强都喪庸尹。

德裕撫維州，西攬全蜀利。減八處戍兵，收千里舊地。

維州取捨事，牛李爭是非。拙哉司馬光，助奇章爲辭。宋人好迂論，誤國恒於斯。所以元祐初，歸夏以米脂。普天莫非王，祖宗之留貽。蹙境而飽敵，降人無來思。

杜牧非詞人，其言皆有物。嘗以淮西情，斷澤潞虛實。徑取上黨巢，功收七千卒。上書李德裕，訪自董重質。

王式儒家子，兵法乃甚精。式之討裘甫，軍需缺於營。移文浙西郡，發穀安民情。民不走從賊，賊不爭空城。式之鎮武寧，銀刀都來迎。曳屐而危坐，呼其倡亂名。大戮三千人，驕悍爲廓清。

阡能驅秦民，質父母妻子。押衙高仁厚，因諜爲信使。所誅止五人，降者盡歸里。一傳千百萬，五寨潰如水。卷旗背書字，歡躍不可止。六日平五寨，五劇賊誅死。

高駢平安南，力戰著威略。持節以入蜀，輕騎鎮群惡。迄乎戰江淮，色厲而内弱。一敗不再振，遂恣黄巢虐。黄巢守桂州，兵勢已蕭索。蹙之於湘川，焉能毁伊洛！

錢鏐人中傑，寧爲董昌役！昌反既悔罪，鏐狀其反跡。乘隙傾董昌，以自求節鉞。鏐如忠乎唐，不受梁氏册。鏐之臣於梁，智亦昧決擇。與梁共勢者，晉澤各堅壁。方苦腹心地，豈算邊幅籍！且又隔江淮，焉能鬭吴越！鏐但計子孫，數世安枕席。羅隱攘袂言，主帥羞幕客。

宦官之爲禍，至唐益披猖。握權始於漢，握兵始於唐。謀撼摇宗儲，力生殺侯王。手進退將相，口省決奏章。觀軍監軍使，四出撓疆場。肅代下七世，疢毒居膏肓。申錫且不敵，訓注焉能當！喋血禁途中，積尸省户傍。奸宄因草竊，盜賊從飛揚。宗社不得守，兩走益與梁。流寓至華陰，劫遷入岐陽。悍馬逼困龍，倒戈逐天槍。九有易旌旆，一隅獻壺漿。其黨靡孑遺，唐亦以喪亡。

晉王襲梁都，賀瓌躡追及。晉王栅已固，賀瓌壘未立。瓌勝士苦饑，晉敗兵復集。晉飽食鳴鼓，遂以當十。

康延孝降晉，言大梁無兵。嗣源定大計，直走梁都城。晉襲梁入都，兩河馳檄平。

唐主平中原，志氣便驕滿。内憂在同室，數歲之祚短。卑禮保土境，立俟其亂散。智矣嚴子求，爲南唐決算。

陛下取天下，皆英豪忠勇。今大功始就，未荷封賞重。刺史之尊官，以爲伶人寵。恐失天下心，所詔不敢奉。嗣源諫不行，唐爵愈濫冗。

馬殷得湖湘，不取税商旅。商旅遂輻輳，百貨集於楚。湖湘産鉛鐵，殷乃鑄泉府。商旅不得攜，易貨以行賈。立計於一州，貿物於九土。仍以帛爲賦，勸境内機杼。四境機杼多，耕織皁比户。金賤布粟貴，上下資保聚。

晉求契丹兵，賂之十六州。得國以其兵，背盟而結讐。中原彫敝日，豈有守禦謀！勝之有後患，不勝敗不收。横磨十萬劍，反取延廣頭。孤寡走絶漠，南望涕横流！

契丹乘晉亂，大舉入中原。惜哉定以兵，未能懷以恩。冰雪既消解，勢不能久存。河東劉招討，抵隙摧分崩。

河東創大業，澤未敷於人。奪其生生資，豈所以救民！宮中悉所有，勞將士苦辛。中外咸大悦，惟后成帝仁。

劉孟何荒淫，將守亦顛沛。當時取弱亂，蜀隴乃其最。苦彼數州民，生計日無賴。天亦待人力，非置之度外。

守貞料禁兵，重足漢法危。懷己夙昔恩，違郭威指揮。威乃大賞賚，士心死郭威。率以攻守貞，四面築長圍。守貞招不從，驚不知所爲。三軍轉一帥，頃刻難相猜。况示之大信，而馭以雄才。

竇儼論捕盜，責重其韜養。爲盜罪一村，被盜罪一將。

周高平大戰，臨陣得順風。樊愛能何徽，先奔萬軍中。收斬二將頭，號令肅至公。汝曹皆夙將，非不能戰攻。以君作奇貨，賣之於劉崇。五季之將士，賣上邀其功。聲罪絶其繼，發之周世宗。

世宗三代君，恭勤有大寶。憫五季之殘，休息以生道。志天下一家，肆靖而惠保。天不假數年，幽燕阻征討。平生愛鑒別，寄託何草草！封恤劉仁贍，不放長樂老。

北漢接李筠，惡其言爲周。立之監軍使，而不與善謀。遂弗争太行，險爲宋師收。李筠既戰死，游騎驚秦郵。留筠作犄角，左關右河流。尚有輔車勢，互控於上游。

江陵分裂地，精甲無幾隊。人情懷去就，山川見向背。日不暇自給，偷息十餘載。假道荆渚行，遠攻沂即碎。季冲望風款，籍獻其境内。

宋祖通百蠻，與土司租賦。練兵以招降，獞猺盡趨附。辰沅既開闢，荆襄益堅固。

全斌軍益光，得采蘇狹徑。沿江向西行，浮梁劍南進。越劍門之險，直走官道順。遂次於青疆，面關内佈陣。

自載籍以來，長江無爲梁。進士樊若水，爲宋謀取唐。漁釣采石磯，引繩以絜量。凡十數往返，盡得其短長。唐才用於宋，天以授哲王。宋後棄張元，佐夏擾宋疆。曳石歌宋市，宋人以爲狂。

宋果立德昭，必先除太宗。趙普能大斷，毒手亦至忠。

翰林蘇易簡，親老急進用。禮謝賓友隆，請吏事總統。蒙正以整嚴，敏中以博綜。易簡兩遜之，遂不爲上重。吕端不小知，惟識度邁衆。大事堪寄託，顧命作梁棟。

寇準决大計，親征駐澶淵。宗社食其福，利之數百年。準力請駕出，準備已萬全。王超領勁兵，扼吭中山前。李繼隆列陣，上掩其左偏。石保吉列營，下襲其右肩。征鎮集四面，御林衛中堅。地利又在我，出入恣迴旋。彼有必覆勢，此有必勝權。懽呼大飲博，準氣實壯焉。議者弗及此，或以爲準慫。挾帝儻無備，寧弗孤注然。

蔡齊拒丁謂，得罪非所怯。曾受先帝知，不爲權臣脅。

趙元昊十齡，諫父爲馬市。曹偉戒管覷，柄政日防此。元昊舉兵反，覷入謀國是。臨軒問方略，無以對天子。仲淹三年前，日憂元昊起。關中帶山河，兵賦兩失恃。元昊之舉兵，必自延渭始。西隔兩川貢，東集秦隴士。國家將旰食，西北禍不止。

聖躬失調護，太后任其責。韓忠獻危言，可以泐金策。

安石之奸邪，敢作壓流輩。辨之從蘇洵，勘之從吕誨。

正心誠意説，説之由程朱。程朱欲化黨，格非争上圖。

九五之所職，辨君子小人。熙豐紹聖日，進退多無因。朋黨争角逐，以君從於臣。乾綱不在手，由識人不真。

商人三輸錢，始得其一直。鹽鈔棄不行，鈔計失千億。囊括四方利，以爲中都實。利源壅而塞，反缺邊鎮食。蔡京黜張繹，尚斥不宣力。

天下被而翁，破壞一至此！旦夕見賊發，先必至於是。汝曹惟善走，庶可逃死耳。張觷生蔡京，京不自救死。

高宗相李綱，綱頓首涕泣。十事干天聽，新政之所急。一曰議國是，戰守和並及。二曰議巡幸，長安都第一。次襄陽建康，設備以駐蹕。三曰議赦令，準祖宗傳襲。四曰議典刑，邦昌首按律。五曰議僞命，從賊分等級。六曰議軍政，賞罰公慎出。七曰議守禦，河江淮屯卒。八曰議本政，中書管樞密。九曰議久任，大臣不輕黜。十曰議修德，新命今始集。孝弟以自厚，恭儉以自立。

【校】五曰議僞命，『五』底本誤作『六』。

中興在川陝，若海告張浚。建國違成都，勢已不能進。

紹興七年春，移蹕建康府。建康形勢雄，恃外蔽爲輔。荆雍運臂肘，淮淝控門户。開門逐山東，振臂擊梁部。敵國深入境，水利擅舟艫。掉尾以自救，掩後以襲取。如虎之出穴，非穴之藏虎。要以遠險當，不以内險主。淮淝荆雍斷，帶京口相拒。雖有三面崗，並迎千帆舉。陸師無通衢，順流不可禦。張浚棄盱眙，外險勢將去。獨賴岳招討，大軍扼淮浦。

西列大散關，東峙和尚原。階成鳳三州，蔽茲以爲門。憑高作犄角，其勢可下吞。聲援及關右，聯絡興州屯。張浚燬輜重，將築夔州垣。賴有劉子羽，提劍叱衆喧。出關疾營守，重外以固根。宣司集亡將，頃刻勢大振。金師二十萬，望見遂還奔。

所取在吳越，所爭必川陝。既防其環救，亦慮其後掩。吳璘吳玠後，智勇遂羞忝。吳曦既猖愚，王夔復驕蹇。僅得一余玠，而不使大展。既喪兩川阻，奚有長江險！

孟珙知江陵，登城而慨然。江陵恃三海，沮洳變桑田。古嶺至三汊，内外平壤連。修二十一隘，扼漳爲東川。繞城北入漢，三海合一焉。

同甫汗漫才，不可乎一世。極意論危殆，矢口數衰敝。兩疏千萬言，無奇謀至計。其言牽制處，頗不合大勢。欲向京洛進，以出於懷衛。中間隔長河，豈能騎兵逮！馬射敵所長，遊食無牽綴。奚苦於奔命，而能挫其鋭。其餘所引者，前古跡興替。按之無利害，驗之無經濟。何以辛棄疾，咨惜其才氣！

宋儒言理學，言人綱人倫。終有宋之世，無伐君之臣。不興晉陽甲，國賊以庇身。非無相與將，可與共天下。烹狗以縱禽，指鹿以爲馬。不亡遼金元，亡秦韓史賈。父母遘危疾，子無不奉藥。一日君臣存，一日宗社託。烈哉文丞相，志行立堅卓。觀史之殺公，千載正氣作！

同亂罔不亡，同治罔不理。尚書之精言，徵驗在列史。兵謀考驅除，國勢考建始。如其考禮樂，請以俟君子。

白雲草堂文鈔

白雲草堂文鈔序文

任大椿

天下無所以爲古文者，有亦無所以知其文者，世不知之，則俟之來世而已。然古之以古文傳者，並其世，嘗得一二知者，非必其能之及之，蓋以學於古者信之耳。雖以學於古信之，既已弗克能之及之矣，能如作者之自道乎？道其己得，弗克己出者，以是爲信古，並俟諸來世也。

余少喜先秦漢魏之書，輒慕之效之，弗能似之。降及六朝唐宋人之文，又慕之效之，弗能似之。晚悟昌黎氏己出之言，力求其己出者，遂信其終不能。此以己之不能，冀其有能此者，卒亦罕見。意有信己而不求知於人者，遂弗克見之知之也歟？

甲辰夏，始聞阮吾三司寇服膺吕叔訥先生古文，徑訪之，先生以不能謝，余退而自愧其不能於此而見棄也。後數過從，交漸深，又共爲程魚門太史治喪，共經紀其事旬餘日。暇輒以學所得者質之先生，先生深以爲可與論文者，遂得受全集讀之，始恍然於先生之所以爲古文者，有己出之義法耳。

今夫義法，非一家所創，要非百家所襲，必以己得己出者爲真，否則僞耳。故無義法之病，爲蕪庸，爲凌亂，爲剽竊，爲造作，蹈空摭實，互相譏彈，五十步笑百步也。若其義精法熟，言有其物，行有其恒，抑揚有其宜，博約有其旨，其理道不繁，而自明其矩矱，不擬而自得。故其出之也，號令不期而中，部伍不期而分，其視無義法者，誕先登而傷滅頂者矣。

且夫義法之已得而已出也，豈復有先秦漢魏六朝唐宋人在其意中？究即起先秦漢魏六朝唐宋人爲之，亦不得越其範圍，是之謂已得已出。彼夫不能已得，亦何以爲已出？淺夫薄植，安欲一蹴以幾，無怪其去而千里，亦豈末途問津者，所能涉其津涯？惟先生早得其道，以演迤深浸於古人，故其出之也如此，余亦焉窺其所以得者也。

余即其所出者言之，一以已出之義法，自爲其義法，其凌高秉正，如從日星測圭懸衡，而分寸自合也。其逞奇制正，如馳車驟馬，盡地之利，如捩柁植檣，走風水之便也。重爲歎曰：『非有已出之義法，曷至此哉！即其已得者，當何如哉！』

余既深愛先生之文，録而藏之篋中，辱先生以爲知其文，命之爲序。余故弗克能之及之者，即有言，豈如作者自道！顧既辱引之爲知者，亦不能無言也。余之成此九閲月矣，未奉質者，冀有進於前此之言。乃病廢以來，閲書終數翻，輒心氣耗竭，病復作。自惟弗克能之及之者，其所能知能言，亦止此矣，復敢望以得之先生者出之已也乎？即其以是爲信古者，並俟於來世，幸已！乾隆乙未長至後一日，幼植弟任大椿拜序。

白雲草堂文鈔序

洪亮吉

吾里中多瑰奇傑出之士，其年相若，而才足相敵者，曰孫兵備星衍、楊户部芳燦，暨叔訥而三。三人者，皆肆力於詩古文辭，而各有所獨到。孫君能爲説經辨駁之文，以匡稚圭、劉子政爲宗。楊君能爲梁、陳、初唐之文，尤以徐孝穆、王子安爲宗。君之文，則不名一體。其上者，則敬通《問交》，士衡《辨亡》也；其次則皇甫持正之寺碑，孫可之之書壁也。至義關懲勸，旨寓抑揚，則灑灑千萬言不止，此又君之自命，而人亦以此推君者矣。三人者，負其才，各不相下，馳騁名場者及三十載。然或立勳邊徼，或著績河防，皆卓然有所樹立。君獨窮老不遇，僅以名諸生貢入胄監，出而秉鐸數縣，所遭益無聊，則自命益不凡。自命益不凡，則所爲詩文，益如龍虎不可攀控，今之《白雲草堂稿》數十百篇，可見其懷抱也。

余二十後與三人交，於孫君尤密，次則君，又次則楊君。猶憶丁酉春，余居憂，授徒里中，楊君買舟百里相唁。時君與孫君皆落拓居里，因約至舍作竟夕談。余時賃廛在白馬三司徒巷側，貧甚，無几榻，三人者相與就余苫次，鱗比而寢，夜半月出，談亦益縱。顧饑甚，無所得食，君獨敲石火，搜旁室中，得敗齏及麥屑升許，就三隅竈作餐，竟以手掬食至飽。天破曙，生徒以次進，三人者始散去。是時年少氣盛，讀書多不甚知世事，各負其兀傲之志，視古今無不可及之人，天下無不可爲之事，以爲他日當各有所建豎，不負知己也。乃忽忽數十年，各更事故，各歷艱險，齒髮日益頹，意氣日益減，而議論亦日益持平。雖後此所成就尚未可知，而三人者，明歲皆已五十，余則又過之，爲可歎也。

余前歲遣戍出關，楊君適官滿候代，餞余於皋蘭河橋。昨歲蒙恩旋里，時孫君居憂，寓居江寧，先訪余里第。獨君以職守，不獲相見，而書問時時來，均可爲死生患難之友矣。然則今之序君文者，豈僅爲君文之工而設哉！他日序孫君、楊君之文，亦當如是而已。嘉慶六年，歲次辛酉，清和月既望，弟洪亮吉拜序。

白雲草堂文鈔序

施源

予不能爲古文，而竊謂古文者，才爲之也，學所以充其才焉爾。河之源於崑墟也，渾渾灝灝，憑高氣盛，已有奔注萬里之勢，此河之才也。至於并渠千七百所，由積石、龍門，而南而東而北，而又北以入海，則所謂學海以至海者。然非所自出之盛，則不能并渠，或僅見并於渠，雖歸海則同。然問之以出龍馬，産玉石，金膏燭銀，熿燿宇宙，亘絶兩戒，能乎否也！是故學所充者，才所有也；其所未有者，不能充也。吾友吕子叔訥之才，幾於上荷天精，下經地瀆者。乃其論文，蘄蘄然以學爲主，義法爲宗。嗟乎！若吕子之才，始可以言義法矣。

今夫河之沙爲灘，入爲灉，旋爲淵，鼓爲濤瀾，皆義也。而高山束之，清川刷之，金堤犍之，皆法也。執義法以求吕子之文，何異執沙灉淵濤，與夫高山金堤，以求所爲河？而河之必爲灘爲灉爲淵濤，以至高山金堤無疑也。然而必爲河而後有也，則吕子之義法可知矣。

吕子之義法出於學，其學出於才。始吕子居京師時，值開四庫館，吕子盡讀館書，凡天下才士見爲茫洋無畔岸者，吕子搜討磔裂，擴摭融洽，總數千百年秘簡佚文，尚論而貫串之。又於遊蹟所至，講求地里山川，武備鹽法，民俗吏弊，一一手畫指陳，洞見原悉。故其發之爲文，榮光寶氣，沐日浴月，陘石排山，蹙凌激箭，時而舒爲恬漪，寫爲澄鏡。凡文之奇正醇肆無不備，而又餘於奇正醇肆之外。吕子之才，得學而充者也，而要之皆充其才之所有，則又才爲之也。予無學者，然即學能如吕子之才乎？因讀吕子《文鈔》，題一言於後。嘉慶六年，歲在辛酉孟冬，蒙泉弟施源拜序。

白雲草堂文鈔卷一

武進吕星垣叔訥著

教冑子論

昔者舜咨禹，宅百揆，命棄播穀，契敷教，臯陶明刑，垂共工，益作虞，伯典三禮，其於治天下之具畢舉矣。終之，命夔教冑子。蓋舜治一世之天下，以此終；治萬世之天下，以此始也。《尚書集傳》曰：『冑，長也，自天子至卿、大夫之適子也。』陳氏《雅言》曰：『皆將有天下國家之責，故不可不素教而預養之也。』

『一人元良，萬邦以貞。』三代建學，紹修《虞典》。故樂正崇四術，立四教，順先王詩書禮樂以造士，春秋教以禮樂，冬夏教以詩書。王太子、王子，群后之太子，卿大夫、元士之適子，皆造焉由此道也。故上無縱慾敗度，顛覆典型，隋喪神器之主；下無蕩檢逾閑，殘民殄物，毀家病國之臣。延祚一家，保艾天下。孟子曰：『爲天下得人者，謂之仁。』仁固及於天下後世。

秦漢三國以後，司馬氏混一區宇，父子兄弟，互相殘夷，倫理既虧，禍變斯亟。一時公卿世族，崇習虛玄，風流相尚，浮薄敗壞，迄乎過江，罔有底止。沿及南北割據，戎馬倉皇間，或粉飾圖書，卒未嚴立保傅。父兄艱難締造，子弟玩愒消亡，揆厥病根，均失預教。寢以黍離廟社，塗炭生民，亦由逐鹿之初，武臣勳力，遂以勳裔聯戚怙寵，朝秉符節，暮毒方州。嗚呼！殷鑒不遠，何其弗思甚也。此在開創甫定，即當建學明倫，長慮却顧，况乎其繼世有天下者哉！

夫齒胄體乾，貴乎金聲玉契；而與國休戚，亦貴喬木世臣。三代世禄之典，雖不行於後世，要其所與戡定削平，顧命定策數人，其子孫苟無大過，世主亦不忍廢棄。顧使其僅足於逢長窺伺，則不才者適以亡國敗家；僅足於小信小忠，則才者亦止於出納奔走。下此益不足言，皆爲無補於君，有忝厥祖。

唐宋後家法相傳，典崇教胄，唐太宗撰《帝範》十二篇，以授太子。宋真宗亦撰《元良箴》，以授太子，其有鑒歟？卒未聞廣教胄之典，於卿大夫之適子也。五季紛爭，又棄厥典，上如置棋，下如沸釜，禮樂不興，民無所措手足，其謂是歟？故治有基於典學一事，而仁及於天下萬世之國祚民命者，必自教胄子始。

任子田曰：『讀此，知聖人之道尊，帝王之道大。苞括全史，直抉經心，求治忽之權衡，永當奉爲圭臬。博觀列子，少此精言。』

阮吾三曰：『平允精純，警惕震動。』

程魚門曰：『胸有全史，發之典訓，約達微臧，勝讀王仲任《論衡》、仲公理《昌言》。』

楊麗中曰：『以史證經，可入《大學衍義》。』

孔墨不相用論

韓昌黎讀《墨子》，曰儒墨同是堯舜，非桀紂。辨生於末學，各務售其二師之說，非二師之道本然。

孔墨必相用，不相用，不足爲孔墨。是言也，余疑之。後見陳振孫《直齋書録解題》，亦亟以其言爲過，余故論之。

昌黎謂孟子之功，不在禹下者，正以其距楊墨耳。孟子曰：『楊氏爲我，是無君也；墨氏兼愛，是無父也。無父無君，是禽獸也。』『楊墨之道不息，孔子之道不著，是邪説誣民，充塞仁義也。仁義充塞，則率獸食人，人將相食。』其言墨之害孔如此。故致書孟尚書，既反覆孔子之言，又引楊子雲之言以證之。又曰，二帝三王，群聖人之道之大壞，其禍出於楊墨肆行，而莫之禁。是昌黎之以孔距墨，彰彰矣。今曰孔墨必相用，何其前後之背耶？

且孔子之道，傳之曾子、子思、孟子，昌黎斷不以末學責之孟子也。然使僅責於墨氏之徒，何以解於仲尼之徒？孟子者，亦自昌言以距墨。則以韓辨韓，其説矛盾；再以墨之末學絜孔之末學，其説益矛盾。

説者曰，墨氏尊孔子者也，其稱孔子，稱仲尼，未嘗非孔子。墨既著《非儒篇》以詆孔矣，又爲之説曰：『無「子墨子言曰」者，翟言也。至此篇亦無「子墨子言曰」者，則門人臆説也。』此何本也？又爲之説曰：『儒柔也，術士之稱。』若曰墨非術士，不非孔子，乃《非儒篇》歷詆孔子，其假晏子以詆孔子也。詆之曰：『與白公爲同，此爲尊孔子者乎，甚矣人之好異也！一人好非聖之書，漸必人人背先王先師之道。濫觴岷源，江河日下，伊於何底？』如子孫欲背其祖父，先引祖父之水火者，曰：『吾祖父本與之同。』即謂水火於祖父者，曰：『是亦同吾祖父。』種非種，鋤其種，亦忘其生之所自來矣。

嗚呼！孔子道著，楊墨道息，數千載矣。有從數千載下，復爲戰國時孔墨二師之説者，端自昌黎發之。得非昔之援墨氏者援於昌黎，病昌黎者病以墨氏耶？吾直斷之曰：『此非昌黎之説也。昌黎果云爾，吾即距以昌黎，距以孟子。距之若何？曰墨氏兼愛非儒，必不用孔子，孔子勢不得爲用。孔子仕魯七日，而誅亂政大夫少正卯，必不用墨氏，必誅墨氏。』

鄭炳也曰：『直齋發其端，此竟其説，有功世道人心，不可無一，不能有二。』

童二樹曰：『柳河東精詣，直追子長。』

邵二雲曰：『以矛刺盾，有此識，不可無此筆。此昌黎功臣。』

施蒙泉曰：『孔子在上，能用墨，若孟子則不能矣。至文之精鋭，則駁韓而實得力於韓。』

樊噲論

昔漢高帝病，樊噲擊燕，人短噲，帝使陳平即軍中斬噲，平執送長安。帝崩，噲復爵邑，以孝惠六年薨。蘇氏曰：『帝欲斬噲安劉，噲以孝惠六年死，漢幸也。使孝惠十七年，噲不死，則太尉不得入北軍，諸呂不可誅矣。』嗚呼！非知噲者也。

有先天下之明，必有蓋天下之氣，貞天下之節。方帝入咸陽，欲止宮休舍，樊噲首諫，有先天下之明矣。及項羽破函谷關，臨灞上，羽兵四十萬，號百萬；帝兵十萬，號二十萬，力不敵，軍中皆驚。噲獨參乘至鴻門，事急直入，譙讓羽，羽氣折，有蓋天下之氣矣。富貴不能淫，威武不能屈，獨以真主事帝，有貞天下之節矣。至漢天下大定，諸反者悉誅，噲之見益明，氣益壯，節益老。漢之爲漢，呂之爲呂，辨之明矣，日暮倒行，噲必不然。

且洵所疑噲者，妻吕嬃也。夫噲欲叛，無吕嬃亦叛；噲不反，足治諸吕反。使孝惠十七年噲尚存，吕后必輕産、禄而重噲，以北軍授噲。噲必陽附産、禄，以探其意，而狃其功，陰合東牟、朱虚，以誅諸吕，則一廷尉事耳，大難夷削，而兵不入殿門。昔樂羊殺子，吴起殺妻，古人功名未就，尚不愛其妻子。噲與帝同起布衣，後且封侯食土，傳國子孫，其所以報帝者，豈吕嬃可奪哉！方黥布反，帝病枕，一宦者卧，大臣拒於門，噲獨排闥入，流涕而諫，悚以趙高，帝爲起。由此推之，婦人女子不足困，真英雄矣！

洵又曰：『噲椎埋屠狗之人，一旦見其親戚將爲帝王，必靡然從之。』其所見益鄙矣。無論噲之識必不出此，即使助諸吕滅劉氏，盡滅劉氏之功臣、宗室王侯、諸郡國者，以立吕氏，亦不過封侯食土，傳國子孫。况乎劉卒不可滅，吕卒不得立也！

嗟乎！噲之忠，可不必辨，必辨者，蘇氏之惑耳。噲無論，蘇亦無論。獨怪後世稱漢高深謀遠慮，能佩子孫，以爲存周勃以安劉，存吕后以治諸將。夫使存樊噲，則周勃不必入北軍，而帝且欲斬噲也。立趙王如意，則戚夫人生，吕后必死，國疑主少，天下非漢之天下也，則帝固非爲子孫計者也。

袁簡齋曰：『向亦頗覺蘇氏所見甚陋，得此正論，乃真舞陽侯知己。』

洪稚存曰：『議論犀鋭處，足令和仲頫首。漢人以《春秋》折獄，無此斷案。』

趙味辛曰：『蘇氏論，蓋以本傳人有惡噲黨於吕氏，及吕嬃他日顓權立意也，童時讀之，便不謂然。今得此，不獨別開生面，舞陽侯心迹，沉没於七百年後者，可以一雪。』『不屑言之於人，人即聞其言，而不知其所以言。迄乎志事俱白，貽烈千載，人亦不能言其所未言，而古人之所以言，終不得一白於後世。若夫顯切自許，終食其言者，又可勝道哉！

二樹曰：『具此論世知人之識，方許著作，他家好以己見評騭前人，正嫌浪費筆墨。至行文激宕頓挫，更爲絶調。』

二雲曰：『色正芒寒，乃復灑落不群如此，此集中逸品。』

【校】此文後一篇，底本目録爲《諸葛孔明自比管樂論》，正文闕。

王猛論

王猛將死，告苻堅曰：『晉正朔相承，臣死之後，願無以晉爲念。』堅卒不聽，秦卒亡。侯方域曰，猛之言，『心乎晉者也』。夫猛忠乎秦，非心乎晉者也，猛之心苦矣！昔桓温大敗秦兵於藍田，進軍灞上，既已軍武昌，拒詔令，不調兵，逆跡著於天下。猛苟心乎晉也者，必不見温；見温，而知温不足以有爲，必不棄晉，入秦陽以輔秦，陰以爲晉。且夫陳軫仕齊，而齊楚之交合；張儀仕秦，而秦兵不出關者十五年。古人亦仕敵國，以爲本朝，而當日之秦，尚不足爲晉難也。

昔晉氏過江，猛家關西，門第孤寒，仕宦失意，猛蓋不知於南方。至桓温至，猛見之，見其不足爲，猛愈絶望。苻堅蓋世雄才，待猛以國士之知，故慨然許以馳驅，以大有爲之君，非常之臣，内結魚水之歡，外奮功名之路，極其志，不惟不心乎晉，必且伐晉滅晉，以大一統。顧終猛之世，不大舉伐晉，何也？恐燕襲其後也。燕滅矣，不伐晉，何也？嗚呼！猛之心苦矣。

昔秦滅燕，以太和五年，而太和四年，慕容垂即自燕奔秦。猛言於堅曰：『慕容垂父子，譬如龍虎，假以風雲，不可復制。盍即除之？』堅不聽。其時慕容暐據有全燕，驅垂如讐，垂亡命得活爲幸，何敢非望？而猛之言如此。迄乎毁其宗廟，遷其重器，山河在耳目之前，股肱近肘腋之際，中材奮臂而起，以垂之梟雄也，而束手哉？猛知幾未形，豈忘禍既兆，必再諫，再不聽也。觀猛諫伐晉，垂勸之，可知矣。

故堅伐晉，使垂爲將。秦軍既敗，垂獨全軍還，不必合晉以取堅者，堅不得以敗亡復振，垂轉得以名節自全。使堅敗，垂爲堅留守，垂必覆秦以爲燕也。垂知秦必爲我有，猛知秦必傾於垂，猛欲殺垂而不能，垂亦憚猛而不發，兩人者，機相伏而智相懾。迄乎猛死，秦無人，秦即勝晉，無益秦。即勝晉，不能舉晉梟將突騎折於外，糧盡師老而引還，垂乘間奮起。又陳桓子之傾齊王，猛並不論勝敗，晉斷斷乎不可伐。

雖然，猛言不伐晉，何不請斬慕容氏，以除其根？堅、猛之交，死生之際，請戮亡國子孫，以保國家，豈不可得哉？不知猛死之日，慕容氏内寵外寵，列於宫庭，其梟雄者握兵，堅或不聽，則垂等必疑而速其亂。故以微意悟堅，堅或悟其意，反其失，則垂不敢發，發而堅力能誅之。若是者，猛以不死，秦以不亂。君子曰：『日月暈於外，其賊在於内。謹避其所憎，禍在於所愛。』王猛與國休戚，而有不測之憂，其死以此矣。

二雲曰：『王景略規模局量，雖遜諸葛一籌，然處境難，用心苦，正復過之。文推揚盡致，自具至理。劉子玄嘗云其所悟者，皆得之襟腑，有此識議，可續《史通》。』

稚存曰：『氣如奔河，力若勁弩，是端明極得意文字。』

麗中曰：『忠乎秦，非心乎晉，越近情，越着理。』

府兵論

祖宗之制，一變不可復；兵農之勢，一分不可合。莫如唐府兵。始罷府兵者，張説也；繼之用邊材者，李林甫也。府兵散，乃用邊材，而唐天下一亂於邊帥，終失於藩鎮，故曰亡唐者張説也。

三代下，合古寓兵於農之道，惟府兵，其制創於太宗貞觀十一年。太宗更事多，慮患遠，躬擐甲百戰，以定太平。乃稽古帝王之規，立子孫長久之計，制府兵，所以收天下之權於一人，散天下之謀於十道者，有乘機制其長策之勢。蓋天下甫定，百姓雖欲休息，尚習於戰鬬之利。其視征戍役作，勝於歸農，車轔駟鐵之風，勃乎可用。果乘機立制，百姓當率於祖父，而不怨於子孫，此惟開國之君制之也。

故唐初立十二軍，天下平，罷之。貞觀元年，分天下爲十道，即謀十道之守禦。十一年，更命統軍、别將，爲折衝、果毅都尉，凡十道，置府六百三十四，而關内二百六十一，皆隸諸衛及東宫六率。凡上府兵千二百人，中府千人，下府八百人。三百人爲團，團有校尉；五十人爲隊，隊有正；十人爲火，火有長。每人兵甲糧裝各有數，輸庫給。其征行，二十爲兵，六十免，能騎射爲越騎，餘爲步兵。每季冬，折衝都尉帥以教戰。當給馬者，官與直；當宿衛者，番上，兵部以遠近給番，遠近疏數，皆一月而更。太宗之制此者，籍藏衛府，伍散田畝，梟雄不能盜弄之。又使百姓進有爵賞斧鉞之恩威，退有父母妻子田間之係戀，可與動，可與静，故乘機立制，傳之子孫。今夫罷府兵者張説，所以罷之者，實唐之子孫自壞其立法之意。

説不能陳府兵之所以敝，而竟罷之，故曰亡唐者説耳。

唐自顯德五年後，度海遠戍遠征者，官不紀録，其没於王事者不省，不復如太宗時，吊祭追贈回授子弟。又州縣官發兵，壯富者賕免，弱貧者脅行。既行，而其家充色役如故。故始發即逃，不則自殘，其到所，幸有勳級，又苦攘奪，此府兵所以敝也。

至玄宗開元十年，按緣邊兵籍，有六十餘萬，果盡反其敝，政可得勝兵六十餘萬。乃玄宗遣張説巡邊，説奏罷二十萬人。説又以諸府衛兵不免色役，多半貧弱逃亡，奏請募宿衛兵十三萬。於是兵農之勢分，祖宗之制變，府兵遂亡。説其承玄宗旨歟，抑自出其議也。迄安史之亂，臨用兵，乃召募之，而一聚不得散。重外外叛，重内内篡，方鎮連縱横之勢，宦官決廢立之策，而唐遂以亡。

昔德宗貞元二年，亦嘗與李泌議復府兵矣。泌言始立府兵，更代不爽，後因高宗使劉仁軌鎮洮河，以圖吐蕃，始久戍不代。及邊將慕牛僊客以積財得宰相，遂令戍卒等，以所賫繒帛寄庫，利其死而没入之，於是生往生返者少矣。然卒少叛者，故當復也。

德宗深然之，遂置十六衛上將軍，曰左右衛，曰驍衛，曰武衛，曰威衛，曰領軍，曰金吾，曰監門，曰千牛，每各置左右，故十六衛。每衛有上將軍、大將軍、將軍。自左右衛至領軍，掌宫禁宿衛，金吾掌宫中、京城巡警，監門掌諸門禁衛，千牛掌侍衛，立帥佈令，非不整齊，而府兵卒不得復。蓋去太宗開國之初久矣，又前承朱泚、李懷光之亂，民皆厭兵。又顯德諸弊政不得蕩洗，民不慕兵。民既不慕，且復厭之，而苟猝然發之，將有陳勝、吴廣事，故機一失而制不得立。子孫既不率其祖宗，祖宗有治法，無治人，即亦不能庇其子孫。後世見唐季衰敝，共曉然於罷府兵致之。府兵既罷不可復，不得已，出於召募，遂謂召募勝府兵者，非也。韓昌黎《策淮西事狀》曰：『徵兵滿萬，不如召募數千。』後人因以召募爲勝策。不知昌黎所謂召募者，正得府兵之意耳。蓋吴少誠因蔡地，用蔡人，聽其便宜自戰，人盡其才，有其利，故舉三州之衆，抗天下之兵四年。其民知少誠，不知朝廷，正爲戰守其鄉里，是少誠本竊府兵之意用之。昌黎即奪其長，制其短耳，非曰戰以召募，戍亦以召募也。昔田承嗣鎮魏博，選募六州驍勇五千，爲牙軍。牙軍驕横，輒自立帥，史憲誠以下，皆制命其手。迨羅紹威不能制，乃結朱全忠族之，而天雄牙將史仁遇遂起倡亂，是又召募不如府兵之明驗。果召募，必用府兵立法之意，有斷然無疑者。

唐府兵既廢，雖德宗、李泌不能復之。晚而得杜牧爲《罪言》，爲《原十六衛》，謂貞觀至開元百三十年，被太宗之澤，忽從愚儒，敗天下之大計。杜牧其曉然於唐所以亡者乎？惜於乘機收權，一罷不可復之，理勢未及也，故論之。

二樹曰：『昔人原惜府兵者多矣，此獨瞭然於本末終始，不特規一代以立言，直可爲全史斷制。』

嚴仁山曰：『如此立論，方可補牧之未到。其往復闔闢，則蘇家之雄。』

子田曰：『確然見制度精意。行文紀律，亦嚴整，亦疎宕。』

白雲草堂文鈔卷二

武進呂星垣叔訥著

童璞碧詩集序

會稽童山人名鈺，字二樹，以『璞碧』名其詩，亦其字也。二樹九歲吟詩，驚其郡太守。長而前輩王弇山霖、齊息軒召南、胡竹軒彦昇、商小山盤、周石帆長發、劉栴亭文蔚、余仲林蕭客，皆引爲詩友。二樹早有出世想，早年探九里山，結盦梅林中，讀書吟嘯。獨師煮石山農寫梅，遂獨絶。亦長各體文，善僧繇書，巨然畫法，究其得意絶出，以寫梅賦詩爲尤。中年游梁，家焉，梁之郡、邑志，多君手定者。

余望二樹如古人者十餘年，己亥冬始相識。君素矜重其寫梅，一見余，輒贈數幅，題詩讚歎。又徧告其從遊，使相重，極非所當。二樹舊刻其詩十二種，最著爲摘句圖五律，及自題寫梅疊鬚字韻七古，皆得而讀之。二樹高真澹逸，蕭然軼塵鞅之外，嘗慕張志和、林逋爲人，每賦詩，三致意焉。

余見二樹，二樹逾古稀矣，鬚鬢皆黑，訝問之，笑曰：『心不爲形役也。』余深歎有道者不可及也。顧又訝二樹心跡閑遠，其七言古詩獨縱横凌厲，才氣不可一世，近體則刻削微至，窮力追新。余嘗曰：『山人乃有武庫甲兵，當乘風雲，飛揚變化，爲蛟螭，曷爲泥蟠居汗漫游也？』二樹浮白觴余曰：『子未知我。』余乃曰：『生長海濱，志趣絶俗，頫首華嶠，澹心朱邸。夙近長林豐草，不任秉耒叱犢，返溯缺劉茂筋力之養，平覽少李充同食遞衣之歡，不遂嵇康慢弛之棲，屢有王尼露處之跡。雖僕骫髒夫子，不亦宜乎？』君輒銜杯弄髯，仰笑不答，若以爲知之者。二樹特愛余論詩，亦由是輒戒余少爲詩，人罕識其故。余既別二樹去，每至梁園，輒訪之朱仙鎮寓邸，即不遇，書問交錯於道。

今秋，二樹寓書，定其前後詩爲一集，促余序之。余竊謂作者代興，詩品不一，大約品各從人以斷，故誦詩知人。獨二樹之人與詩不然。其人高真澹逸而閑遠，其詩則縱横凌厲，刻削微至，窮力追新，將其人有隱於詩之外者耶？將其詩有隱於畫之外者耶？將有讀其畫，遞見其詩與人者耶？苟見其人也，是真知畫與詩之不足以盡其人也。

附二樹回書：『足下竟如是序吾詩耶？是固期於足下，竟得之也。序吾詩者，向推范子嘉淦、范子卜年、虞子景星、吴子鳳翽，諸子亦屢爲序。今得此，殆過之，此太初、建安之文，近罕辨之。』

二雲曰：『二樹一代傳人，其詩實過宛陵。此序傳其詩，並傳其人。』

連山歸藏辨證序

漢川汪生用吉，始學《六壬洞微》，博徵諸家。棄去，學郭雍《卦辨疑準》，其説以少陽少陰乘之，得所積數，確知少陽少陰如雍説，隱於老陰老陽中而卜。史家每取動爻之後卦，不同先聖畫卦。又棄去，學《易林》。《易林》變一卦爲六十四，得卦四千九十六，顧重沓，又或諸卦數爻共一繇，前人强解。復棄去，學《連山》《歸藏》，盡讀賈公彦、鄭諤、朱元昇、王觀國、李過之書，乃恍然於首艮坤主止順之義。殫心究十五六年，益恍然於向所學各家之説。因揆事物之小大、高卑、遠近，雜驗其體用，如鑽木得火，掘地得泉，蓋用吉之學於是成。於是爲《辨證》二十四卷，藏之笈中，以之遊。乃生之學成技精，所至往往窘絕。余識生大梁，喜其坦易，生特敬余。余素不尚陰陽家言，生乃欲余一試其技，余謝之。生遂自以其意，卜余家宅具，道宅東西向背，人物器具不爽，當有蹴居門左嫗，搆鄰左爲事端。已而家問來具驗，致有奇者。生曰：『子無求吾，吾丐子爲《辨證》序。』余因受其書讀之。

其書大率宗李之才入門，而鈎稽諸家，以自道其所得。其詁溽小毒，很鼇林禍，大毒瞿散荔員，威欽夙夜犖，兼分岑霹蜀馬徒，各有精義不止，仍商易之舊，而以氣值合候，吻合商正建丑。始悟顧炎武謂『《連山》《歸藏》爲非《易》』之非。又其精者，辨證雜用專用，皆條引類晰，亦旁通二十八禽說。余乃決然斷之曰：『子據《歸藏》專用，而及之《連山》者也。』生以爲獨能揭其大指。

余喟然曰，聖人言《易》，盡矣。夫《易》彰往察來，微顯闡幽，開而當名辨物，正言斷辭，則備矣。其稱名也小，其取類也大。其旨遠，其辭文，其言曲而中，其事肆而隱。今此《辨證》，益昭晳於聖人之言。古之由此言者，兆龍、彪虎、羆策、勝軍、擒將，下及仍物諏鬼，覩采射覆，率傾一時之勢，垂千秋之名。生也學如此，而奚以窮也？生既悉進退消長之故，一與僕之知拙不知巧，知剛不知柔，知貞不知悔者等，生其奚免於窮？嗟乎！苟精其學，必成其名，以窮其身，豈特生也哉！豈特卜筮也！

鄒箕陳曰：『直敘著書本末。其書傳，其人亦傳。』

孫淵如曰：『感慨淋漓，直道本意，文亦遒峭。』

徐杜二子詩序

徐子天民，杜子孫振，合刻其《甘凉遊草》，計古近體詩千三百餘首，問序於余。余識徐子，不識杜子，然讀杜子詩，絶似徐子，如出一手，即亦可想見杜子爲人。余竊謂詩文家合刻其所著，正以門徑趨向各異，各抒其性情之所得，而不必爲同。何居乎二子之詩，絶不見其異，但見其同也！既而余悟矣，即以二子詩，知其同矣。

二子生不同邦族，杜子長徐子十年，後徐子二年至蘭州，一見定交，歡若平生，即互出其詩相砥，相勉於古人。時二子並從父兄宦游，裘馬翩翩，揮金結客，馳騁張掖、酒泉間，覽古祁連、居延山川沙磧。其爲詩也，雄壯激越，有古俠少年風調。及聯騎度孟門、太行，北走朔、易，屢文戰鎩翮，牢騷感慨，一發之詩，而詩一變。兩家父兄罹患難，急難顧恤，創鉅痛深，幾於同舟敵國，忽疑釋事辨，肝膽相向，抱持灑涕，益相信於患難死生，其詩沉痛悲凉，又一變。及毁室破卵，北望直北，南望衡湘，並皆不得歸計，亦皆皤然老矣。乃結兒女婚姻，結束扶掖，相將隱於澤潞之間。其爲詩也，哀於老驥之上阪，瘦於枯蟬之抱枝。異哉！二子之詩，三四變而無不同，則非二子之有心於同，殆天使之不能爲異也。

某於二子詩，既序其原委矣，請爲之賦《詩》，可乎？《詩》云：『伐木丁丁，鳥鳴嚶嚶。出自幽谷，遷於喬木。』《傳》曰：『丁丁伐木聲，嚶嚶驚懼意，故以爲興』。《箋》曰：『丁丁、嚶嚶，相切直也。』昔與友居山伐木，共苦辛，猶以道德相切直，故以爲賦。而《傳》《箋》不同。

某竊以爲，伐木當在幽谷中，鳥集木上，聞伐之丁丁而驚懼，故嚶鳴呼友，而爲喬木之遷。遷者，避禍也，身免矣；嗚求其友，而並免之。此毛以爲興之義，而鄭以爲賦者，非也。今二子各以詩鳴矣。其徐子求杜子，抑杜子求徐子乎？徐子曰：『始則杜子求我，繼則我求杜子。』然則某之爲二子賦《詩》也，宜矣。

管韞山曰：『如此説《詩》，伐木與嚶鳴方一貫。至行文波趣四出，瀟灑風流，良由筆妙。』

沈佩蘭曰：『風水相遭而文生。』

麗中曰：『管侍御云：「如此説《詩》，伐木與嚶鳴方一貫。」余謂如此説《詩》，伐木嚶鳴，與前兩家罹難方一貫。』

孫無已志古堂詩序

孫無已早年釋褐，棄帖括，并力爲詩。生長葉榆、點蒼間，遊增城、博羅十餘載，窮探七十石室、七十長溪之勝，壯而宦嵩雒之郊，其詩屢變益上，得於山川之助爲多。無已廓然無我，故自號曰『無已』。其敢氣節，重然諾，慷慨赴人急，傾囊脱驂無吝，自布衣窮遊日已然。亦能達觀於顯晦升沉，德怨得失之故，偶失意同列，輒引病解組去。得危疾幾殆，謝巫醫藥石，閉關静坐，半年竟愈。視死生去來，如臂屈伸，信奇士也。

無已作詩甚少，每有佳語，頗自矜，不輕示人。嘗聚六朝唐宋人詩，手去取品騭，得二千四百餘首，曰《孫氏獨裁編》，大率以清削靈逸爲宗。謂詩有粗才謬種，雖古名家不免，獨自許其得意詩，直追古人以上。然虚己甚，偶平生故舊，讌談款接，一言及其詩，忽興發不自禁，雖其人不知詩，亦爲之曲折道其苦心，必使喻乃已。既喻，即使論列是非。或妄相譽奉，輒怒曰：『是欺我！』或妄爲抑揚，雖故非是，必憮然曰：『當徐思之。』若其解人猝逢，談言微中，遽低首降心，盡去其數十年自進於古人之見，一字未安，必往復數四，蘄善而止。

余始識無已相國禪寺，無已高抗上視，顧充裕上人曰：『彼吴儂知配白儷青！或自命健者，集奇字作硬語耳。』上人習知無已，乃故誇大余以抑之。越數日，無已數訪余，余固謝不解。無已遂盛具邀飲，導使議論，余重謝不解。酒酣，無已出數篇相慴，余佯謝醉，眊弗許，亟剪燭以硯具前，余妄據几操觚，無已瞪視余，目不轉瞬。余偏即其名章傑句，一再爬疏抉摘，質無已使辨。無已大喜躍起，曰：『無已許子知己！』遂論交。越日，無已盡出其詩，屬定之。詩實佳，廉悍矯脱，正復肌理細膩，舉首天外，卓然刻露所性。集中如《星壇石鑒花》《首臺觀竹》，及《羅浮道士》《寄書偃師》《北山顔家歌》，尤宕逸可傳，遂讀而歸之。無已造謝，索序其詩，余曰：『子爲詩，可曰無已；子之詩，可曰有已。』無已曰善。遂書之爲序。

魚門曰：『筆精如纖鱗躍波。』

莊虚庵曰：『深林孤秀，冲寂自妍，唯其瘦潔，是以傑發。其寫生處，正似頰上三毫。』

承德堂四子序

右《管子》二十四卷，八十六篇；《商子》五卷，二十五篇；《慎子》一卷，三十七篇；《韓子》二十卷，五十五篇。缺篇各列篇名，新建吕泰青陽手鈔纂校，以授其弟子袁熙載，熙載寶而藏之篋中者數十年。乾隆壬寅，與吕星垣遇於大梁，出篋相示。其另行低二格字，皆青陽從他書援引，皆謹嚴辨晰。熙載屬星垣序之，星垣曰：『甚矣，子之愛其師也！甚矣，青陽之志於古也！』

昔周道衰，王跡熄，聖人之道不行於天下，於是刑、名、法家諸子競起，以趨風會之變，極權數之奇。賴仲尼出而昌言之，尊二帝三王之道，定《易》《詩》《書》《禮》《樂》《春秋》之經。於是乎，先聖先師之大義微言，不奪於諸子百家之説，歷漢唐宋諸儒，既家喻而户曉矣。

然星垣竊以爲，滅經不可，滅諸子不可。竊謂秦漢以後，天下之變，皆肇端春秋戰國之前。而天下後世之才，究不能凌春秋戰國之諸子，而出其上。使仲尼治春秋戰國之天下，必召諸子盡其用，況乎治春秋戰國以後之天下也！況乎其非仲尼，而治春秋戰國以後之天下也！

惟仲尼用諸子，耕使奴，織使婢，器而用之，權其無可用者，舍之耳。竊謂諸子之言，皆精言見極，其於聖人，一間未達耳。顏子於聖人全體中，一間未達；諸子於聖人一曲中，一間未達耳。要其立體也，並能深察洞見其所以然。故其適於用也，各能預揣立程，其所爲效，决其要，亦能深得乎尊美屏惡之用心，惟聖人求自然之功，諸子祈立然之驗，此其所以異也。

然廣之曰天下之大，約之曰一人之身，平居血氣調和，官骸流暢，參苓耆朮雜進，亦資養生。苟瞀亂潰裂不瞑，眩厥不瘳，則大黄芒硝，蚺蛇毒蝎之材，亦當亟取責效，惟虚耗消竭之急善其後耳。怯者動色戒，但求擊鼓召巫，其弊也黜管、商，進黄、老，雖孝子慈孫，曷起其祖父之危殆！夫管、商濟春秋戰國之孤侯，黄、老敗晉魏之天下，其利害不較然判哉！今青陽用意如此，其志於古不淺矣。子愛其師，必欲彰明之，亦即青陽之志也夫。

袁君彦曰：『進退千古，排蕩一世。青陽先生著《十學薪傳》一書未成。十學者，《易》、《書》、

《詩》、《禮》、《三傳》、小學、推步、地理也。附記於此，以誌遺憾。』

魚門曰：『論如高踞華頂，亦甚持平。』

子田曰：『筆力堅奇峭悍，五丁開山，不足喻其勇也。行乎當行，止乎當止，尤爲化境。』

贈充裕上人序

大相國寺殿後爲廊，爲方丈室，客不得居。環寺旁僧寮，皆各府州建葺，以備行館，僧居外守以人，鍵其户，亦不得居。居方丈充公，年八十有七，尊其所爲道，不出室送迎，自巡撫中丞下，訪之者，就其室拱揖以出，余皆弗知。余庚子秋，中丞楊公招之大梁，余厭聞節署朝暮擊鼓，欲於寺僑居，不納。往問周宿航，宿航笑曰：『吾知充公。』即背余作數字，字往，充公使立至，並駕車二乘來。

余往，充公候於廊，肅客入，既還其首座弟子室館余，又治飲食甚敬，余深訝宿航之知公也。公徐曰：『吾以童君知先生，讀君古文甚服，故數從周君問訊。』因與談，知公能詩文，重儒者，甚愧公謬知余，因舉當世能詩文者質公，公笑曰：『一薙之如髮。』余訝之，公曰：『禪分宗門、律門。今儒者無宗無律，吾以吾之道薙之。』余弗能奪其説也。嘻！公乃以其道論儒者若是。

余數有過從，數出飲，漏數十下始返，其徒事余如公。余將去夕，公出《五臺朝山圖》，命余題詩，題竟一幅，公輒稱善，遂贈余詩曰：『霎時毫吐珠千顆，廿頁題成茗數卮。』即自題於册，顧其徒，謹藏之。遂請余製文，曰：『再得子文，彙録之，寄童子。』余諾之。余别公去，宿汲縣郭外，甚念公及二樹。竊謂二樹獨能道余於公，他人道之，公弗信。余果以余之道，信之於公，余曷濟，公亦曷濟，兩無濟焉。公顧汲汲求之，豈信有無濟之濟者，各得其所爲道耶？遂書貽之。

二樹曰：『直置昌黎集中，無以辨。起突兀凌霄，中盤紆轉谷，末行見水窮，坐看雲起。』

夢緑詩草續刻序

《夢緑詩》者，詩僧野蠶所著也。野蠶事相國寺充裕上人爲師，輒喜飲酒，不守僧律，上人獨優容之。野蠶以乾隆庚寅年死，其友邵太守自祐，刻其遺詩一百十九首，爲二卷。後上人續得其詩五十三首，乃并邵刻詩，梓之爲三卷，屬某爲序。

初，野蠶以儒者見上人，爲詩友，繼出家寺中，爲上人弟子。上人律其下嚴，獨於野蠶故人脱略，野蠶亦無他奇，獨好飲酒，耽苦吟。既不治僧業，並忘衲履饘粥，或閉户面壁，與語不答。或獨之野，慟哭嬉笑，即亦非顛。或訪其所知，數日夜不返，而上人輒命其徒恤之。

久之，寺僧竊議曰：『上人哀若儒而窮，恤若不已，儒不相恤，若乃得上人恤。若受恤不事事，仍爲詩，詩足爲儒，曷髡若？直以侏儒蠹釋。大相國寺聞天下，食住劄行脚弗足，又爲若具食。且天下儒而窮者千萬計，率效若以至，將空釋而實儒也，尚不給。』其首座每出，解之曰：『儒而窮而能詩而故人，可恤。』上人頗聞，卒若弗聞也者。久之，野蠶竟死於寺。死而大梁人益稱其詩，四方之士至者，見其詩，亦稱之。

野蠶不長古詩，間爲之，頗少。頗能七言律詩，多憶其親與子姓，蓋窮而逃於釋者。《登三汊河口浮屠》云：『天到潤州連海白，山從建業過江青。』《呈邵刺史》云：『四野桑麻青潑處，滿蹊桃李笑含時。』

皆可傳者。至《題鍾馗圖》則云：『得失科名關面目，披圖一哭後來人。』其志亦可哀也。野鬒宋氏子，合肥諸生。

二樹曰：『詼嘲噴薄，矯如遊龍，盤若馴象，此爲瘦硬通神。』

勉行堂古文集序

《勉行堂古文》，程魚門太史所著也。太史告余曰：『予少喜爲古文辭，顧奔走南北，潦倒場屋，數十年爲舉業所困，不得專意肆志爲之。釋褐官舍人，多票籤排纂，轉部多暇，輒檢理補綴，亦時作碑版文。及官翰林，司校讎，精力益分耗。又好爲詩，好賓客，日午脂車退直，答賓客，歸寓邸，盥洗餔啜已，客嘗滿座，客散，間理吟業。日忽忽西馳，亦多往來刀札。晚歲多債家，益感心勞形，視古人雍容著書，每企想慨歎。

偶理散行文，散佚迷缺，隨見隨正，定成一編，每展復太息。少嘗以制舉文不得志於有司，今兹散行文，吾焉知其有愈於向所爲制舉文否也。當世文人輩出，往往工詩，工制舉文，而工古文者日少。即名爲古文家，見不逭聞，或異於人，亦祇自爲其異於人者，與余意中古文不類。

余偶出一二示其人，抑揚俱不樂受，差毫釐，謬千里，固多顯，相徑庭亦不少。天下百工藝事，皆受師匠，聚巧力相角，乃進技於道。未有偕衆不習之徒，謬引斤削，輒自詡適於規矩者。以故余治古文益難益孤，曰勉行者，勉其學之困與獨也。今得子，子知我，必定吾文序之。』

余惟太史文名重天下，又年長以倍，極謝不敢。再命之，再謝，太史曰：『是慢我！』乃不敢辭。

竊謂古文之學，溯左氏、《戰國策》、莊周、韓非、司馬遷、楊雄、韓愈爲正宗。自柳宗元、歐陽修以下，至於元、明、國初諸家，凡學古人得其性所近者，亦自各成一家，不可菲薄。正惟各歷其門徑堂奥，乃識其畢世苦心。後學小生，胸中無數百卷書，妄相攀援造作，詆議妄庸剽竊，不足當識者一哂，而古文益失其傳。

夫古文者，詩與制舉文所出也，自詩賦、制藝取士，士忘其所出矣。功令不在不爲，不爲日廢，廢而有起任之者，勢益難益孤，何也？其義法精深森嚴，其旨趣希夷澹泊，進於道，無益於己，無慕於人，由是難且孤益甚。然豪傑間世出，往往繼絶開來。古文之道，究不絶於天下，則以好之至，資之深，得之也尊。由是不自知其難且孤，必勉以行於古人之道者，不日退，必日進。今太史之文，不其然歟？

太史醇於義理，密於體裁，其文優柔平中，不盡而長，不峭而潔，不鉤稽而辨晳，不枯槁而淡遠，揖讓進退，自然合於矩度，近人中絶類汪户部琬。户部亦久困場屋，兩君之以古文爲時文者，將無同。户部負一時重名，然未入翰林，太史雖入翰林，而集中古文，多半得之轉部之日，前此李北地、王新城亦然，古今人正有似者。余既删其十之三四，存者皆精，先以序之意，告之太史。太史曰：『子固知我，不妄語，所去亦當。謂余六一、南豐者，妄也。子即以是爲序。』遂序之。

吾三曰：『直舉胸臆，振筆疾書，想見筆歌墨舞。魚門自謂得此序，乃近年以來快事。余雅知魚門者，亦許此爲魚門知己。』

曹習庵曰：『此道魚門之文，最得其真。』

蒙泉曰：『湯臨川言贋文不足爲，當爲其真。無古人之才，盡一己之力，量學問而止，亦其真也。叔訥與太史交最深，其有以知太史矣。』

誥封宜人管母王太宜人七旬壽序

乾隆四十八年，歲癸卯八月，余授徒宣武坊南，與余友管韞山民部對户居。韞山門人某某等，再拜乞余言，與管母王太宜人七旬侑觴，韞山亦過余，再拜以請。余總角獲交韞山，登堂拜母，退共學，平居相勖，各敬爾身，無忝所生。余之知太宜人多矣，請質言太宜人之孝謹慈愛，勤儉壽身，以壽管氏者。

太宜人系出瑯琊。考隆川公，康熙辛丑進士；母楊孺人，山陰布衣大瓢先生女。太宜人幼即喜讀《春秋左傳》、四子書。迨隆川公需次歿京邸，太宜人年甫十二，即佐作苦。年二十一，事蔗田公，三年歸自甥館，王氏益衰，遂以子世鏞後其弟。及楊孺人、世鏞下世，卒命蘊山致其殯於大興祖塋，從隆川公葬，其孝如此。

太宜人初從蔗田公歸，嘗冬月斷炊，以卧褥質錢，寢劚具。宜齋公官粤小榕，太宜人益誠敬禮師。公老歸，見孫學業，喜曰：『此婦勞也，當食其報。』公夫婦得風痪疾，寢興須人，病亟，恐幼子女弗及嫁娶。太宜人佐蔗田公，日夜侍疾，以其間經營嫁娶畢，隨治喪，用勞竭力無不至，其孝舅姑如此。蔗田公一應舉，遂棄帖括，治史爲經濟學，足不下樓，太宜人治家事井井，家事弗攖其心。好施與，嘗解推服物，太宜人輒備其副，並脱簪服佐之。至手足不仁，艱動止，則朝夕左右，奉起居飲食，其謹事夫子如此。

太宜人既授蘊山《左傳》、四子書章句，遂延名師，每夕入，歲終則令覆誦終日、終歲之業。迨蘊山文章志節重一時，三中副車，七薦不售，太宜人坦然曰：『遇之嗇，學之豐耳。』蘊山以進士分户部，迎養入都，甘旨精，又好客，苦匆給，太宜人笑曰：『茅季偉之母，庸母也，乃以菜具飯上客哉！』每揮去奉客。雖老，勤刀尺，或狗子孫衣帛，亦以布尚之，其慈愛勤儉如此。蓋女美婦順，母道有如太宜人者哉！

且夫孝則居致敬，養致樂，能敬與樂，則壽。謹慎不敗，不敗則壽。慈愛則敦倫，敦倫則無感愁之欲，辟違之行而壽。勤，民所生也；儉，德之共也。生而共則壽。古今之遥，天地之大，萬物之廣，求其所以壽者，不外此。況母以訓子，子以率訓，行己修爲，政備焉。由是以孝之理，擇事安之，謹之行，措地可之，制利除害，本慈愛而率法以强之。太宜人所以壽身壽管氏者，即蘊山兄弟之所以壽太宜人者哉！余與諸君之所以壽太宜人者，益望蘊山之勉乎此也。

蘊山生甫晬，病幾殆，太宜人夜夢冠帔者語之曰：『此子方名聞天下，何患焉？』未幾果愈。述其容，即祖姑馮太恭人。後蕉田公夜坐讀書，聞門外呵殿盛，啓户出視，則太宜人方以一婢持燈，自他舍歸。蘊山氣剛，大行果毅，未可限量。蘊山弟衡如，篤學勵志，追步乃兄，蘊山子姪亦雋才向學，何一非太宜人所致，何一非天所以酬太宜人者乎！蘊山一門，宜益勉已！通家子吕星垣頓首撰序。

蘊山曰：『體質純以自然，進於西京，信可奉爲典寶，百朋之錫，何以當兹！至導揚令德，以勖菲陋，金石龜鑒，灼見古誼。』

王介子方伯古文序

某跧伏海濱，鮮聞寡見，幼好爲詩古文，時同里諸子競爲詩歌，藉相切劘。獨恨古文義法無訪，自以其意求之古人，不足信。後見鄭炳也贊善文愛之，小有異同，竊爲議論。贊善召往議論，遂索所業教正之，因得知義法源流，過蒙相重。贊善探本《左》、《史》、楊雄，卓觀六代，特推介子王先生之才，追古作者，故某之傾向下風久矣，不謂閣下亦從贊善知某也。

前讀《勺湖草堂記》，清氣勝致，挹之不盡。兹魚門太史擕示大著，重承手札，委以弁言，某何敢！並奉教云：『此數十首，皆少壯精力所聚，至老摩挲不厭，委以討論。』某益不敢。既而伏讀再三，確見義法循環，旨趣奥衍，益信贊善服膺不虚附不朽爲幸！竟序閣下文不辭，而一二淺見，並質焉。

閣下天秉出人，仍不肯自恃。其所天至高，而纖毫絶欺人之念，此意固追作者。鄙見可商者，唯《馬援論》《諸葛武侯論》《與周明府》三首而已。光武帝冑中興，普天皆臣，援歸光武，非背隗囂。武侯不援荆襄，勢難分力，其不出子午谷，正其謹慎，蜀可勝，不可敗耳。爲周明府論行文布局作勢，尚惜談理未到，似皆可删。

某竊謂閣下之布局作勢，有立其先，宰其中者，即以此序閣下之文也可。閣下論文章家布局作勢，喻之在天在水，甚得其趣。某竊以爲，操此求閣下之文也，瞠乎後矣，障於外矣。

天油然作雲，颯然飄風，風雲四合，雷電雨雹交至。蕩陵谷，拔林木，上下晦冥，迷眩震驚，倏焉雲散雨止，一碧千里。又如長江大海，風正帆懸，忽浪湧濤鳴，飛騰澎湃，沉没島嶼，灌冒塍堤。及呼吸候準，潮退沙平，泊港升望，窾涯可數，此固文章之起落結散也。

要有神靈，奉命天帝，龍伯馳符授節，指揮群龍，使之點滴尺寸不敢過。則使天下見行雨上潮之爲狀，而不見行雨上潮之所以然，此局勢變化之極致。至於平奇間出，動静相權，突兀來，迤邐去。偏有高潔空明，澄鮮映澈，仰見日月星斗，俯見城郭山河，令人低佪流連不能去。昔孫氏、蘇氏贊昌黎氏，曰『拔地倚天』，曰：『江河渾浩流轉，魚黿蛟龍，萬怪惶惑，而抑遏掩蔽，不使自露。』正得此意。此亦如米顛，潑墨淋灕，相其神情意色，亦觸處見荆、關脈絡，故不可及。且夫立於先者，必本之宰於中者，其實一物而已。

閣下又喻之國工名優，某再暢其説。國工苦辛，正在欲下未下處；名優步伐，不在一顰一笑間。今俗工爲文，正如纔接楸枰，便争劫殺。又如村俚呶呼，舉焰火，鳴鼓鉦，始者赫爾，後遽索然。此未籌弈人之通局，何足當老伶之一粲！

能者府理庫，義藏法，主貴賓亦尊，主富賓自適。筆主也，文賓也。於是乎疾徐輕重，抑揚反覆應其節，而動静方圓，不必竟其局，而勢已集也。善歌一轉，廣場寂然，歎息者已多矣。某所推揚未盡，以摹擬所著者如此。某且質之魚門，恐未足質之閣下及贊善也。

魚門曰：『無意規撫昌黎，自然入室。』

實堂曰：『言坑滿坑，言谷滿谷，有得其所以然者。』

蒙泉曰：『文欲才也，才欲學也，然學亦所以充其才。彼蛇鱔能行雨乎？絶潢斷港，能上潮乎？叔訥才大，故言理言義言法，其實有才，而後理明義舉法立。』

皇上肇建辟雍釋奠講學禮成恭序 序集《西漢書》，頌集《毛詩》

謹案，上世帝王，《韋玄成傳》。建首善自京師始。《儒林傳》。文王以諸侯順命而行道，《藝文志》。設辟雍，《翟方進傳》。甚盛德。《刑法志》。然此乃諸侯之事。《司馬相如傳》。六藝群書所載，《藝文志》。天子曰明堂辟雍，《郊祀志》。所由來久矣。《食貨志》。春秋之後，《藝文志》。未立於學官。《孔安國傳》。後聖復前聖者，《律志》。亦未遑庠序之事也。《儒林傳》。

今陛下昭三代之業，《劉向傳》。立太學以教於國，《董仲舒傳》。尊先聖禮樂，《食貨志》。立廟京師之居。《韋玄成傳》。聖人取類以正名。《刑法志》。禮義是創，《敘傳》。遂興辟雍，《禮樂志》。皇皇哉斯事。《司馬相如傳》。

曩者，《敘傳》。三十三年，《常山憲王傳》。侍御史《百官表》。奏請立辟雍，《禮樂志》。上下其議，《吾丘壽王傳》。禮官議，《郊祀志》。太學者，《董仲舒傳》。不近水，《李廣傳》。議不可用。《周勃傳》。四十八年，《郊祀志》。因時施宜，《韋玄成傳》。宜興辟雍，《禮樂志》。不欲費民，《高帝紀》。開內藏，《賈捐之傳》。發輸造作。《翟方進傳》。及其賈直，《賈捐之傳》。禮官具禮儀奏，《景帝紀》。大小高卑有制，《五行志》。上許作之如方。《郊祀志》。乃鑿井，《溝洫志》。繩索相引，《西域傳》。激水推移，《司馬相如傳》。規圓矩方。《律志》。治大池，《郊祀志》。象海水周流，《楊雄傳》。築宮其上。《溝洫志》。居中央，《律志》。水圜宮垣，《郊祀志》。如合璧。《律志》。東西南北，《貢禹傳》。道橋，《趙充國傳》。起水門提閼，《召信臣傳》。作治黃屋蓋。《江都易王傳》。碱皆銅沓，冒黃金塗，《外戚傳》。玉堂壁門，《郊祀志》。高明廣大，《董仲舒傳》。醴泉流其唐，《楊雄傳》。通川過乎中庭。

《司馬相如傳》。

四十九年，《南粵傳》。既成，《京房傳》。佈告天下，《景帝紀》。天下之士，雲合霧集，《蒯通傳》。觀國之光。《敘傳》。孔子後，《成帝紀》。封於東土，《武五子傳》。剖符世世弗絶。《灌嬰傳》。七十子之徒，《儒林傳》。推求子孫。《梅福傳》。爲博士官，《儒林傳》。世其家。《賈誼傳》。一封軺傳，遣詣京師，《成帝紀》。各以其職來助祭，《韋玄成傳》。皆隨使者詣闕。《外戚傳》。

五十年，《郊祀志》。春王正月辛亥朔，《律志》。布德惠，《東方朔傳》。懷柔百神，《郊祀志》。詢問耆老，《諸侯王表》。嘉與士大夫，《武帝紀》。賜爵各一級。《高帝紀》。赦天下，《武帝紀》。恤孤寡，《嚴助傳》。賑貧乏。《魏相傳》。孝子悌弟，貞婦順孫，《文翁傳》。署行義年，《高帝紀》。德洋恩普，《司馬相如傳》。百姓和樂。《董仲舒傳》。丙辰，《律志》。上置酒，《高帝紀》。禮高年，《賈山傳》。饗外國客。《武帝紀》。壽人，《禮樂志》。三千人，《儒林傳》。稽首來享。《司馬相如傳》。

二月，《高帝紀》。丁亥，《武帝紀》。帝入太學，《賈誼傳》。親奉祀。《郊祀志》。夜漏未盡一刻，《禮樂志》。殿上有鐘音，《武五子傳》。九重開，《禮樂志》。黄屋左纛，《高帝紀》。星陳而天行。《天文志》。皇帝入廟門，《禮樂志》。謁者治禮，《叔孫通傳》。秬鬯泔淡，《楊雄傳》。粢盛香，《禮樂志》。用牛，《郊祀志》。圭幣各有數。《郊祀志》。習六舞，《郊祀志》。金聲而玉振之，《兒寬傳》。《登歌》再終，見素王之文焉。《董仲舒傳》。既祭，《楊雄傳》。報降符應，《兒寬傳》。若雲非雲，《郊祀志》。神光並見。《宣帝紀》。是時，太官方上晝食，《蕭望之傳》。命群臣齊法服，《楊雄傳》。各敬厥事。《禮樂志》。

於是皇帝輦出房，《叔孫通傳》。登階就坐，《賈捐之傳》。就乾位也。《禮樂志》。百官備具，《司馬相如傳》。從臨講，《梁丘賀傳》。傳曰：『趨。』《叔孫通傳》。引入，《高帝紀》。入侍左右，《霍光傳》。此人皆身至王侯將相，《司馬遷傳》。幸得遭遇其時，《王吉傳》。光禄大夫，《段會宗傳》。二人，《西域傳》。德爲國黄耇。《師丹傳》。祭酒，《龔勝傳》。二人，《禮樂志》。身爲儒宗，《蕭望之傳》。摳衣登堂。《申公傳》。東嚮西嚮，《叔孫通傳》。避南，《西域傳》。爲便坐，《萬石君傳》。言《禮》，《儒林傳》。治《易》，《高相傳》。講論其義，《劉歆傳》。皆窮根本。《張湯傳》。

陛下發德音，《董仲舒傳》。復下明册。《董仲舒傳》。以應緝熙，《司馬相如傳》。以參天心。《李尋傳》。耆老大夫，搢紳先生之徒，《司馬相如傳》。皆伏地，《高帝紀》。嚮風而聽，《司馬相如傳》。皆稱萬歲！《高帝紀》。禮畢，《武帝紀》。乘輿弭節徘徊，《司馬相如傳》。眇然以思唐虞之風。《揚雄傳》。於是諸儒，《儒林傳》。及上左右爲學者，《叔孫通傳》。喟然稱曰：《揚雄傳》。『承天順地，《宣帝紀》。日新厥德，《王吉傳》。帝王之極功也。』《刑法志》。群臣悦服，《高帝紀》。以尊卑次起上壽，《叔孫通傳》。迺還，《武帝紀》。獲承至尊。《公孫弘傳》。又蒙賞賜，《貢禹傳》。三公有司，《吾丘壽王傳》。帛人二匹，《武帝紀》。諸生，《何武傳》。賜金，《高帝紀》。丙科，《儒林傳》。舉孝廉，《武帝紀》。增倍之。《儒林傳》。湛恩汪濊，《司馬相如傳》。不可復加。《文翁傳》。

夫移風易俗者，《賈誼傳》。咸遵夫子之業而潤色之，《儒林傳》。廣教化，《王尊傳》。六合同風，《王吉傳》。具是矣。《賈捐之傳》。皇帝仁聖，《王吉傳》。普天所覆，《楊雄傳》。自上古弗屬，《鄒陽傳》。皆嚮風慕義，《司馬相如傳》。廣威德，《西域傳》。壹統類，《王尊傳》。風雨時，《鼂錯傳》。百穀登。《董仲舒傳》。欽念哉！《司馬遷傳》。原陵寢廟，《叔孫通傳》。至遼東，《地理志》。奉承祭祀，《師丹傳》。遣使者，《武帝紀》。窮河源，《張騫傳》。録而奏之。《藝文志》。

修文學經術，《宣帝紀》。下及諸子傳説，《藝文志》。論列是非。《司馬遷傳》。置寫書之官，《藝文志》。修舊起廢，《司馬遷傳》。皆充秘府。《藝文志》。行南巡狩，《武帝紀》。次六《天文志》。陂九澤，《溝洫志》。見百年，《揚雄傳》。察風俗，《魏相傳》。選豪俊。《武帝紀》。廣陵，《地理志》。丹徒，《地理志》。錢唐，《地理志》。賜以秘書之副。《叙傳》。明飭長吏守丞，《黄霸傳》。輒親見問。《循吏傳》。使遠近情僞，《公孫弘傳》。靡有所隱。《董仲舒傳》。

陛下盛日月之光，《終軍傳》。原始察終，《司馬遷傳》。兼綜條貫，《兒寬傳》。故能究萬物之情，《司馬遷傳》。獨化於陶鈞之上，《鄒陽傳》。躋之仁壽之域。《王吉傳》。奉循聖緒，《郊祀志》。五世《地理志》。一家，《荆燕吴傳》。勸學興禮，《楊雄傳》。不亦宜乎？《武帝紀》。

若立辟雍，《劉歆傳》。尊養三老，《鼂錯傳》。杜氏《杜欽傳》。以意穿鑿，《王吉傳》。其語不經。《司馬遷傳》。臣竊聞之，《嚴助傳》。王者父事天，《郊祀志》。下爲黎庶父母，《鮑宣傳》。往古以來，《王嘉傳》。尊親之人義，《韋玄成傳》。况乎上聖，《司馬相如傳》。表章六經，《武帝紀》。光被四表。《宣帝紀》。夫君親壽尊，《杜欽傳》。何有加焉！《武帝紀》。蓋聞聖人壹定之論，《叙傳》。昭然可見矣！《藝文志》。若夫經制不定，《賈誼傳》。勝法上古者，《董仲舒傳》。有名無實，《文翁傳》。非所以繼嗣創業垂統也。《司馬相如傳》。聖上遠覽古今，《西域傳》。又申之以炯戒，《叙傳》。子子孫孫無疆之計也，《劉向傳》。此則陛下深計遠慮所自出也。《嚴助傳》。

學官弟子，《申公傳》。自以逢不世出之命，《李尋傳》。見而榮之，《召信臣傳》。願竭愚心，《李尋傳》。書不能文也，《張敞傳》。以述《漢書》，《叙傳》。著之於篇。《武帝紀》。奮六經以抒頌，《楊雄傳》。《詩》言志，《藝文志》。文章《爾雅》，《儒林傳》。集而讀之，《劉歆傳》。遂作頌曰：《楊雄傳》。

維清緝熙，日之方中。自南自北，自西徂東。烝我髦士，四方攸同。儀式型文王之典，於樂辟雍。

鎬京辟雍，考卜維王。自古在昔，曰求厥章。經之營之，亦孔之將。如跂斯翼，宛在水中央。

二月初吉，遹觀厥成。自堂徂基，有覺其楹。旭日始旦，肅雝和鳴。萬舞洋洋，祀事孔明。

展也大成，閟宫有侐。聖人莫之，在此無斁。高山仰止，不聞亦式。青青子衿，遍爲爾德。

龍旂奕奕，鸞聲嘒嘒。侯誰在矣，黄耇台背。以介眉壽，萬有千歲。薄采其芹，言從之邁。

烈文辟公，左右奉璋。以先祖受命，衮衣繡裳。施于孫子，申錫無疆。以其介圭，繼序思不忘。

聖敬日躋，念兹皇祖。於穆不已，受天之祜。在帝左右，惟申及甫。宣昭義問，敷于下土。

濟濟多士，懷我好音。既立之監，有壬有林。秩秩大猷，不顯亦臨。敬而聽之，克廣德心。

于彼西雝，不遠伊邇。秉文之德，夙夜敬止。各奏爾能，宜大夫庶士。以矢其音，媚于天子。

皇上肇建辟雍釋奠講學禮成恭序 代

乾隆四十八年癸卯甲寅月，皇上肇建辟雍於國學，五十年乙巳告成。二月己卯上丁，聖駕臨雍，釋奠於先師孔子，講《大學》『緝熙敬止』傳辭，《周易》『天行健』象辭，甚盛典，至大禮也。臣恭讀《御製國學新建辟雍圜水工成碑記》，特舉名實，示天下萬世，大哉王言，億萬無疆之庥具是矣。

臣謹繹名實之義。名，成也，大也，功也，號也，信審也，明實事使分明也。成大功以垂號，必信審以明之。實，誠也，充也，當也，具數也，成實也。誠充積而發，當可必具數以成實。今天下百官萬民，共位順則。掌邦典則慎銓衡，掌建邦土地之圖，則慎委輸，直哉惟清則和，人神明飭。九伐四田，則宣昭聖武，折衝六合，以至五聽八成，九材五範，罔不循名責實，欽天之成功，是皇上德盛化神皆本此。由此建辟雍，巍乎隆哉！

辟，君也，明也；雝，和也。昔周文王未爲天子，繼世至武王，迺昌明之。文王之化，未洽於天下，武王乃大和會周，先名後實。今則先其實，後其名，誠如《記》文垂訓：『天子之學曰辟雍，諸侯之學曰泮水。』有國學無辟雍，則名實不稱。今直省府州縣衛，凡學宮皆有泮池，國學焉得無辟雍！

夫水旋如璧，圓象天也；旋璧二十四尋，應二十四氣也；築宮中央，方象地也；水四周於外，象四海也。王者承天順地，流轉王道，周復始也。外圓内方，明德行也。東西南北爲橋門，以節觀者，闢門之義也。諸侯不得觀四方，故半天子之宮。東震方，南君位，敬避明尊也。詔於橋南建坊，曰『學海節觀』，原衆說，表其名實也。惟皇上合撰高卑，天無不覆，地無不載，茂對時，育萬物，薄海内外，悉主悉臣。爰立辟雍，斯爲名實該備。

今辟雍成，祀孔子以上丁，以習舞釋菜。丁寧留神羽，用六三獻享神，用其所安，尊名也。酌醴酒，登黍稷，用牛薦圭幣。凡聖賢子孫助祭，崇實也，循其名，遂既其實。遂臨雍宮，切著人倫，究極天行，宣實册，揚德音，以昭丕變之原，律度之本。臣竊見皇上子元元，既庶既富既教，至仁也；事上帝，小心翼翼，以則於臣工，至敬也；重光協三聖，至孝也；奉謨烈貽謀，至慈也；刑賞忠厚之至，至信也。此豈作而致之！

臣竊見天德行健，四時行，百物生；聖德行健，與化偕極，與時偕行。蓋至誠無息者，文王之德之純是也；未能無息而不息者，顔子『三月不違仁』，《經》曰『君子自强』是也。聖敬日躋，安安而遷，惟文王如之，非顔子可幾。而經筵訓緝熙，復訓自强者，聖不自聖，以希聖者法天也。夫是故講周、孔之學，於周、孔之宫廟，是曰名麗其實垂無窮。

臣往者敬維皇上建中和之極，總制作之成，曾於三十三年奏請立辟雍，顧未知引泉積水之法，而格部議。今者恭讀御製《記》文，有『不改之井，級以綆，流之無窮』，臣始昭然發矇。方幸區區之忱，願效於聖朝者，得以躬見其盛，圜橋觀聽，雍容揄揚。而天地高厚，復於萬幾之餘，記憶十八年前奏章，寬考古之疏，予遷秩之賞，誠惶誠恐，何以仰答萬一！

且夫勸學興禮者，帝王之隆軌；時至事起者，聖人之設施。使曩者俞奏，遂立辟雍，豈如紀元五十年，西師南巡，先後奏績，版圖式廓，河海安瀾，四庫書成，訓行中外，玄孫五世，黄髮三千，肇建辟雍，釋奠講學之盛哉！故名實相稱，尤在萬世一時。臣謹繹其義，以恭序其事，以祝聖天子行健於萬年。

余游都門，授徒所入，不敷事育，常資賣文。其爲知好削稿，不受贈者，間亦存稿，他存代言仿此。自記。

玉鑒新書補注序

内兄張五峰，以名孝廉計偕入都，屢躓春官，有從問業者，輒謝去，不屑也。既游通、永間，治病應手痊，名達於都，遂歷諸王公大人戚畹間，安車高館，奉若神明。余間抱疴，五峰治之良已，群不知者，咸愕眙怪歎，謂儒者游藝如此，余獨知其用心苦矣。

一日，五峰出宣武門，與余抵足齋中，深道厭苦，欲謝客登車，浩然行數千里以返。即又不能，因以其補注《玉鑒新書》，屬序之，曰：『惟子知我。余積數十年辛苦，每恨讀書不多，今成此書，粗有條理，幸子道其端委。』余歎曰：『惟我知子，當爲子序。』蓋外舅張佩瑜先生病十餘年，先生殁，外母錢太孺人病五六年，五峰前後侍疾盡孝。居平歎恨庸醫罔識《難經》《脉訣》，名諳古方，率多墨守，故發憤窮古人之精微。昔先生嘗受業方望溪學士，偕劉海峰大櫆，稱方門兩高弟。既舉孝廉，好飲酒得疾，不能赴公車。

而五峰早遊泮食餼，試輒冠軍，生徒甚盛，故先生望之甚切。見五峰習岐黄家言，輒怒，及審其爲己也，又默自傷。五峰乃諱讀方書，嘗於視寢後夜讀，後太孺人病復然，五峰復夜讀如故。究之先生、太孺人之病，得延之十餘年、五六年，予反覆其書，重爲歎息。

書故張仲景之舊，汴人平堯卿撰述之。原書二卷，五峰發明之，離爲四卷，專主傷寒，旁及變症，多採《金匱玉函要略》，疏通證明。又主文彦博《藥準》，及唐慎微《大觀本草》，及寇宗奭《本草衍義》，爲《方枺辨岐》二卷。余雖不諳其術，覺其一意貫徹，要以不妄切脉，不墨守古方爲宗。而於高年氣血消耗，易受侵感，不輕進退，尤再三致意，五峰用心，不具見歟？

今去古既遠，作者之意，儒與百家並失其傳，古所云：『察於四，然三反。』今失其端，孰辨其委？古聖始爲脉法，以其法起度量，立規矩，懸權衡，案繩墨，調陰陽，與天地應。參合於人，其理至微極隱，不面授一室，而心悟千載，若是之殫其苦心者有幾！

昔王燾至孝，母病彌年，燾不廢帶，視絮湯劑。因從國工游，窮其術，著《外臺秘要》四十卷，爲世所宗。今五峰之侍疾也，於燾久；其成書也，於燾少，有精焉者乎？余因以悟爲學之道，非至性所迫，至情所效不精。五峰而念是書之所由成也，所以進於學者，更當有在。

張景仲曰：『平直序事，自然動人至情，此由筆妙，固當推轂。一結亦陡峭，亦沉摯。雖不敏，敢不請事於斯。』

魚門曰：『無意規撫六一，自然神肖，其峭逸處，猶似過之。』

錢訥齋先生曰：『沈鬱之意，以疏逸出之，此歐公學《史記》之文。』

盧存齋運使六旬壽序 代

乾隆己酉二月，從子某謁余福建巡撫署，以同里某等書請余文，壽運使盧公六旬。惟盧氏治越，及公四世，公之先方伯公守嘉禾，廷尉公繼之，並祀名宧；中丞公巡撫浙江，清風偉伐，具載志乘。公世濟其美，又都轉鹽運杭州，是四世德澤均及民，民宜壽公。余本籍海鹽，先世皆方伯、廷尉部民。又先曾祖以齋公，先伯祖晚研公，先祖謙堂公先後撫貴州，官翰林、農部，及余並於德門世契，宜爲文壽公。

今國家貞敘百度，百工庶績，亮采惠疇，宣上德意，以教以養，而文思光被，首重作人。次則宵旰勤民，曰明刑，曰導川，公皆克舉其大者。公起家明經，卅年令守所至，愛士親育師教，德造同升。修文廟，治禮樂器，建考棚，創書院，備經史，置餼廩。於瑞州、袁州、吉安、彰德、杭州，可書績十有三，功已作人矣。

江右健訟，中州起己亥，迄甲辰，河患不息。公簡孚明允，執獄惟良，發蹤擒憝，捕龍泉奸民，手射練匠，盡鄱陽劇盜，盧江盧陂，稱神君慈父。遂飛檄驅妖，拜井活衆，振其鉦鍔，惕於神明。至比烈王尊，冠僚率屬。用一用二，抗陳上公；練時練刻，尅趨萬衆。蛟龍避怒，掣溜回瀾，揚旗立指，陡合金門。每乘險功，符厥勝算，亦屢泛舟振廩，下甦澤鴻，節帑六十餘萬，活人二十萬。故上計鼂趨，温旨獎勉，自辰迄午，下直獨遲。

今兹都轉聿酬曩績，望迪前光。公抵任，兢兢如也，既究悉商竈，興革通濟，勵精一年，樂利吴越。杜中立治義武，劉摯監衡州，式追前化，好整以暇。每進儒流，敦其夙好，匪直運司，亦爲學臣，髦士向風，如水赴壑。既揚厥才，復週其急，士曰我愛，公曰予慚。非止士感，咸於四民，民罔報德，共登吴山。往昔篡奪，先公於兹，廟祀公考，庶幾民志。民之祖父，先卜厥壤，誰曰子孫，而弗念祖？民之子孫，懷公若民，令甲弗許，公輒禁止，乃爲神廟，以附公考。值公初度，父老子弟，奔走並集，於是祝嘏。某惟民志，祝公象賢，以大於而家，福於兹土。

實堂曰：『此柳州學西京入室之文，要其廉悍峭勁，亦作者本色。』

蒙泉曰：『簡古奥衍，此西漢碑石文字，柳州用之爲雅。今移之於祝嘏，奇甚！』

楊嬾真先生七十壽序

古無生日禮，顧亭林謂始齊梁，盛唐宋。古無壽言，歸震川謂肇季宋。然禮本人情，言以足志。人子越一期十年，一爲其親治酒肅賓，而有文者贈以言，此雖創古合古。顧世所謂壽言者，皆取多諛，似與其親絶不相知。壽之日，羅列所爲壽言者，賓主拜於下並拜。夫絶不相知之人，迺即肆筵張樂，謔浪笑傲，絶無就觀之者，過此庋之，夫豈足申孝敬祈祝哉！是以余壽楊嬾真先生，耻出此。

今夫人生性所喜，老而益耽，而能傳其子孫益快。先生少好讀書，聚書極多，其子㟁谷盡讀之，教其子弟，遂雄文明經，爲經師，有重名。因博求有文者壽其親，擇其尤雅切者，列於授徒室中，以奉庭闈義方，代朋友講習。先生顧而喜之快之，而先生之益引益長可知，即㟁谷爲子可知矣。余雅知先生，重㟁谷之屬，竊願質言之，異於世俗之爲壽言者。

竊謂先生，今之真儒也。古真儒讀書，匪特不爲干禄，每元簡敦默，而不著作。惟達性命之精，究治亂之故，通倫物之理，識時變之宜。故其爲學也，深而明，切而當，用以服習履蹈，徵驗體用，不屑經生之爲，然其秉異焉。其乘道匿輝，或矯世炳節，每任狂信狷，高寄僻子，乖於中庸。

惟夫隱璞含和，殫忠執誼，往往熏炙門庭，甄陶氣類。昔姜肱篤愛於仲季，朱儁力義於鄉閭，身登大年，子有才行，美於前史，千載景行，先生殆兼此歟？以此爲言，其有異於世俗之言，有似於先生，有當於㟁谷否也？

麗中曰：『爾雅深厚，逼真東漢人文字。』

葉道人六十壽序

蓋聞户樞車軸，轉行不損；越席疏布，歷久彌完。格物窮理，貞壽之原，原於勤儉，此在富貴利達中，當爲者哉！夫竭其力於有所爲，則精神用而日生；節其力而用於所當爲，天必責之以當爲，益富其力，此持一念，葆其一息。况遊方之外者，身心性命之地，本自泊然寡營，又竭其力於有所爲，節其力而用於所理之一定者，如静一道人之壽是已。

静一何以壽，勤耳儉耳。年十一入道，事師十年，師所貽者，西道院破樓一椽。當是時，静一衣不蔽體，食不療饑，又十年。十三年，得弟子毓健、修來。又十餘年，得弟子貞吉、迪吉、旋吉。静一於是建庖湢，建殿、食堂東廂，復於院東購陸氏園池基地，築石水中，建東客堂，建前後對閣，上下左右十六楹，而静一年六十。今使静一不竭其力於有所爲，不節其力用之所當爲，則精神亦未必其用之日生，天亦不以當爲者責其身，益富其力。

且夫竭其力與節其力，静一克以身教，則如之者不止。静一之一傳再傳，而要自静一始。天下清静澹泊之地，勢不足驅，利不足誘，力不足禁，言不足欺，惟恃勤儉之誠動之，否則懾其外，不服其內。今静一之徒，可謂中心悦服者矣。是静一所以自壽，又將貽其子孫。夫静一而年已六十，尚與其徒竭力、節力於所爲弗已，於以求其所爲道者，將有得焉，而壽未可量也矣。

戚芷佩曰：『横峰斷壑中，出雲湧泉，爽秀挹之不盡。』

汪容甫曰：『古幹横肱。』

【校】『又十餘年』後，底本衍『毓健修來』四字。

旌表節孝叔母繆孺人六旬壽詩序

旌表節孝吕母繆孺人，余同本生曾祖叔諱廷枌聘室也，嫁兩月寡，守節三十年，旌表建坊。嘉慶三年月日，孺人六旬，嗣子兆行集所贈詩文，屬余序。余惟士大夫故家，令妻壽母，每劭德高年，多集詩文祝嘏。至稱節稱孝，果其言之有文，當之無愧，亦足文章流傳，衆無遺言。然坊表者，鉅典也，濫竊之，則促其年，薄其祚，雷霆鬼神敗厥坊；實副之，則垂志乘不朽，坊千百年不仆，身登上耋，子孫繁昌，稱之者如是止已。乃今之稱孺人，有不止是者。

夫所貴於文人學士之言者，每於朝廷格例之不及，閨闈志節之至難，爲之抉幽闡微，達寡婦難言，寫孝子隱恨，風世勵俗，於以表苦節，重人倫，此孺人壽言所宜序也。蓋孺人之旌所及表者，節也孝也；旌所不及表者，貞也烈也，是其難言隱恨也。

昔孺人之歸，爲夫婦兩月，僅侍湯藥，未能成婚。始者叔病幾殆，兩家欲止嫁娶，以孺人就縊矢歸，乃遂其志。繼欲絶粒殉叔，尊章勸，以撫孤守節，乃延其生，使病者起，夫婦同室育子孫。孺人爲常，婦人以老，將並其貞烈晦之，乃天故窮之，以顯其剛果激烈，於始使殉者殉。孺人爲烈，婦人以傳，將並其貞烈顯之，乃天又阻之，以責其盡孝竭慈，於終稽孺人之孝。尊章生事，葬祭盡其誠禮，嗣兆行，撫教之，俾授室成名。是孺人之守節四十年，掩其貞烈，僅以節孝旌也。

嘗論孺人大節，名爲同室兩月，實則守貞畢生。國家典重旌題，歲行採風，不嫌鄭重區别，有司條具以上，罔不照行。顧豈能於閭閻嫁娶間，曲悉其夫病女行之故，又豈得於旌孝旌節内，別創一懷烈抱貞之格例哉！兆行遊庠有文，事母順，事余如同父兄，故悉知其内行，孺人可謂有子者歟？其緝詩文甚誠，諸君子詩文重孺人甚至，蓋型於鄉矣，况吾宗歟？

諸止淵曰：『於筆所難顯處，極力洗出，峻潔中仍自淡宕。』

甘雨應祈圖題辭序

惟天可誠格，不可倖邀，惟誠格非倖邀，乃可屢獲，惟君臣間亦然。夫臣事君一不誠，即不可邀倖；偶一邀倖，勢不能屢試焉。屢倖，即人之事天可知。江蘇丁巳、戊午年並秋旱，以費芸浦中丞齋肅步禱，立應時霖。又丁巳冬望雪，公適自福建調撫江蘇，甫下車，得瑞雪盈尺。凡時霖瑞雪，悉由蘇州始，而各府州縣次第遍，謂非誠格天，而屢獲焉者歟？而受寵揚庥，裨於國計民生者，即此見其誠也。

公名儒甲科，歇歷中外，上知公深矣。要本一誠，格之誠，故以廉爲本，遂克愛士恤農，肅漕政，清庶獄，督賑貸，爰及河防海防，罔不興利除弊。公題楹帖曰：『正己率屬，節用愛人。』信爲心體力行，當之無愧者，皆誠也。夫不誠，而求倖獲者，謂君遠，天亦遠；以誠格屢獲焉者，君近，天亦近也。今比年間隨禱立應，而又聖天子三載考績，黜陟綦嚴，特於各督撫中列公上考，示中外，非誠格而屢獲焉之明效乎？且夫民維邦本，食爲民天，財賦貢於東南，轉輸濟於神囷。今川楚方籌善後，齊豫方治河防，而江左則元氣裕於豐年，民行興於樂歲，公所獲者大矣。

維戊午季冬月，值公六旬，却一切饋獻。守蘇州任郡尊，爰繪公《甘雨應祈圖》以呈，題辭皆質言公實政。而紫陽書院，各省府州縣肄業諸生，咸請賦詩製文，誌其感被。郡尊乃擇其言之文者，裝册四本以獻，命星垣序其簡端。嘉慶三年月日，監院官新陽縣訓導吕星垣敬撰序。

錢竹初先生曰：『立意措詞，得大臣身分，於屢祈屢驗，尤爲親切。』

丁郁兹詩文集序

毗陵丁氏多文人，次第登館閣，掇甲科，聲振庠序，其最則孝廉君郁兹。君早試縣府，稱神童，入太學，試北雍，皆數奇。己亥鄉舉，試禮部，屢薦寡合。家貧急養，遂以咸安宫教習，知河南尉氏、直隸南宫及今威縣。

君爲制舉業最工，授其子弟，屢售。又工書道，得魯公法，晚出入東坡、元章。顧深秘其文，喜出其詩，欲得其書者，輒丐書其詩。晚又并不屑爲，詩至其不得意間爲之。君果於直其性之理，敦孝篤友，當官皆不欺其素，而一發之詩，舉胸臆，貫金石，開靈藏，執鋭出心兵，披堅脱纏，往來握樞闔闢。乃其臨事不苟，所治皆有惠心，威名廉節，致督捕嚴被劾，究直其理復官。故其爲詩也，清以涵，剛以婉，麗以則，醇以肆，一肖其人。其文亦如是。君獨秘其文，曷故？君豈以文扼於有司，詩公於天下後世，乃秘其文，出其詩？

今天下士之進，率以其文其書，而美易見者，文不若詩，詩不若書。古能文章家，不幸傳其詩，又不幸傳其書，又不幸書不傳。若漢别部司馬張子並，史既稱其善各體文，草書妙絶；晉參軍李弘度，史亦稱其多著作，書妙參鍾、索，並其書不傳。君既喜書其詩，曷不傳其詩文也？會有知君者，索之梓行，君忽感慨與之，屬余弁首，謂余知君者，能序之也。

余既序之，更謂此以往，君益當爲詩文傳之，毋使史稱其善詩文，迄不多見於天下後世。士束髮試有司，有合有不合，獨其得失工拙之故，心知之。君既得子弟爲之信於世，又得一二知者信其心，是有司之不得操其繩尺以挈量者，固許上下於漢魏六朝唐宋人之間。即有司之誤操其繩尺以進退者，亦不得禁其行立於服、鄭、程、朱之後，君胡爲不屑之秘之？君果直其理於天下後世，俾天下後世，舉快然於一代之天之生才，翼運彼有司者，究不得一日踞其上，扼之下。則非獨君幸也，抑非君所能不屑也，自秘也。再得君集，當再序之。

止淵曰：『此篇如書家用筆，全用折筆㨫筆。』

小湖田樂府序

余少喜倚聲學，焉知難！學於古，益知難，遂二十年不爲也，怪其難。而傳者數百家，家或數十百闋。顧獨謂正始之音甚少，獨有心喻其理，與世寡合，不易言，故蓄而不言，亦二十年。往歲得吴竹橋太史《小湖田樂府》，善之，書論其理，太史甚善其言，貽書曰：『近古文家如麟角，詞家如牛毛，吾獨信子文當傳。了論此既與吾合，必爲吾序。』

余歎文章之變，至樂府極矣。限體與句與字與音，音之中，又分高下陰陽，節以器，驗以累黍。别體文量度分寸之際，樂府則權衡杪忽之間，嘗不得稍逞於幾微。又使曲道其得天之淺深，單辭隻義，必露其性情學問所得，故變極難，無以加。天下補文章之窮，惟繪事，其精於鈎勒點綴渲染者，妙出語言之形容，惟不傳聲影。樂府盡其能事，並聲影傳之，又出聲影外，精此者，遂因其難以爲易，以見其天。

古得天淺者，許爲學人，不許爲文人、詩人，尤不許爲詞人。強爲之，亦自爲其學人、文人、詩人之詞，不足與於詞人。即詞人而波流其才，泛濫爲曲，亦不足與於詞人之正始。正始者十數人，人數闋而已。正始者，祖後主、太白，宗白石、玉田，支及秦、柳、周、史。祖若孔，宗若孟，若荀、楊、申、韓。前如元氣行四時，後如日月星河，露雷風雨，各乘一候。玉田已遜白石，不辨伯仲，奚辨雲礽！唯姜、張濬澈渟泫，含咀刮磨，獨融鍊於情景意象之先。人自得於聲色臭味之外，斯其不可傳，而可傳者天也。

世人於玉田則繆附之，於白石則畏謝之。得天者淺，自得其天者，亦淺矣。今夫白石、玉田，天機最清，吐屬最婉，清故鋒發，婉故韻流。白石尤離絶遠矣，而其妙出於即離斷續，抑揚闔闢者同玉田。所以然者，峻也深也曲也，何以畏謝之也！

譬如人終其身，未上下千仞之峻，深歷九折之曲，止履阡陌，游户庭，退習田野耕叱之風，進亦僅得冠裳軒蓋氣，安所得排空馭氣之意於行間？於是謝白石即玉田，究其爲玉田者亦謬，又且爲秦、柳、周、史又謬。且曰『學某某』云爾，而詞之學遂爲牛毛，究亦爲麟角。於是未淬其鋒，欲發其韻，或小有考擊，輒自云豁豁噌吰。吾不知扣小石之磬，撞千石之鐘，其韻孰勝也！

太史得天極清，早宗白石、玉田以入，以及諸家間，亦爲蘇、辛。要其最善數闋，善在峻深與曲，而妙見於無字句處，故特出於甜俗，率遂生澀之家。余與太史論交近三十年，繼交其嗣君古然逾二十年，相望於虞山、玉峰又十年，至此一暢其言，殆啓發之也。太史屢約余往遊虞山，未果。或他日相訪，相與鼓棹城西，探拂水巖諸勝。或以是言一二有當，爲奏新聲，與唱歎，當復有啓發於余之言，不益得其所以難，所以易者歟？

竹橋回書曰：『大序言人所不能言，亦言人所不敢言，自是詩餘中第一善知識。文之精妙，亦逼真唐賢。但稱待鄙人，未免過當，惶汗曷已！』

蒙泉曰：『秦、柳能傳聲影與聲影外，然情多想少，不免爲佛氏所呵矣。天機清，吐屬婉，白石之妙，斯言盡之。』

李子仙曰：『玉田生尚有蹊徑可尋，至白石道人，則飛行絶跡矣。學可企而及，天則限於人。先生能爲此言，可見先生之得天者不淺也。』

贈蘇虛谷序

始余游大梁，見童二樹寫梅，愛之，竊以其意寫竹，至今彰洹間多余墨竹。後談孝廉兆華從京師來，示余蘇虛谷墨竹，驚歎其不可及，遂不爲也。有要之作者，亦告以故，堅謝之。及癸卯入京，邂逅虛谷，遂爲莫逆交，既以之見方薌堂，亦莫逆。

時虛谷困寫竹，日揮墨數升，後得者尚怨詈。余與薌堂乃教之得金，稍閑適，無幾饋請全集，虛谷遂十餘月間得千餘金，卒爲賈人誆去，虛谷與余遂先後以博士官返也。虛谷困寫竹時，輒厭恨玩弄，以指戲墨，人益奇之。後得金寫竹，雖故用筆，人亦强之識以指墨，虛谷亦不惜，輒從所請。然虛谷書道極工，深得顔、米之奥。又詩最工，高真法泉明，超雋法康樂，世皆不能知，即虛谷亦僅示薌堂與余，不爲他人道，最後欲讀其文，迄不可得。雖然，余知之深矣，即虛谷亦以爲詩與書與畫，皆其末已矣。

大約虛谷之人，清以介，靜以正，穆以遠。及發乎情，用其至也，入水火不渝，歷金石不變，一秉其初發之念，不悔厥心。至於抗其節，保其貞也，誘利祿不動，懸爵賞不趨，坦蕩胸中，不慕願外。昔虛谷既失其金，略不校，有顯者窺其窘，重爲之壽，欲得其寫竹，張於宴私。虛谷堅弗許，再招之，弗往，恐觸其怒，乃以博士歸。方虛谷賣畫都下，余亦寓宣武坊賣文，每暇過從，相攜酤酒。乾隆甲寅，皆以吏事遇於白門，余髮種種，虛谷則皤然老矣。虛谷因索余之文，余既辱知虛谷，即亦不能無以贈之。

嗟乎！世賞虛谷寫竹者，以指墨耳。使克以戲墨之道，用之書與詩與文與人，虛谷曷窮？曷窮於老？雖然，余不克竊其道以自用。余老未若虛谷，及其老也，將益窮。今虛谷即以其道授余，余終弗能用也，則又虛谷之知余無可贈者也。

蘇虛谷曰：『嶔崟歷落而來，紆徐鬱蟠以去，瀏灕頓挫，直欲擊碎唾壺。』

歸母席太孺人七旬壽序

虞山歸廣文衔，偕弟茂才肇行、上舍澥行，介姊倩趙明府同岐謁余，請爲母席太孺人七旬壽序，並示同人祝嘏詩文。余受讀之，深歎孝無弗獲。孝有上溯下暨，而享其報，必需其時。孝，順德也，婦順莫大於孝，孝而父母、夫婦順，子孫家人宜，皆孝德所獲。德所獲，未及享其報時，好是德彌甚也。

太孺人故歸氏甥。昔大父永昇公、外祖父松期公，皆以孝特旌，兩家聽彝訓久矣。松期公生默齋公，公稔太孺人孝爲。子耕書公、相攸公幼失恃，太孺人來歸，不及事姑，遂偕伯姒錢太孺人，分理家政，先志意事默齋公，此阼階著代時也。厥後，耕書公四旬乏嗣，遂禮卜陳孺人，舉子三。長者成童，遽失怙，遂率陳孺人，内綜家政，外延名師，十六載，皆教養成立，次第遊庠食餼，此其上溯下暨，歷時久者歟！孝推之上下，而其相夫子者，時砥其學行。

歸氏溯松期公上，爲大司空蔗園公，爲鄉賢易民公，世貽令名，以顯以揚。耕書公深懼孝弗似也，甚力學礪行，乃學行交砥，屢試數奇，則誡曰：『君學行果至乎？未至也。』公皇然謝曰：『吾當併學於行。』遂棄舉業，專討濂洛關閩之書，以稽其行。又誡曰：『君行有濟乎？罔濟也。』公輒憮然以思。伯姒，亦松期公女之子出也，兄弟妯娌間友愛甚，故兄嫂遺子撫猶子，子姪之孝皆似之。又相誡曰：『此云孝乎？』忽乾隆乙、丙大祲，公奮曰：『若向者謫行，身罔濟，今願以義毁家。』若奩具不菲，又庋簪珥，勤紡績，共撙節有年，盍助我？』太孺人力贊成。公即發囷平糶，泛江右舟，救饑活人衆。因遇冬月，必施棉衣，鄉人曰：『信哉！鄉賢之裔，司空之孫也。』迄今時，未知相之者也。

夫孝無間於人言，必有格於天心，獲享其報者，恒需其時耳。德徵時，時即徵德也。今太孺人年屆古稀，聰明强健，子孫成行。趙君外，又得才婿席君兆楏、楊君景墉，亦享報矣。乃孟春月，廣文捧檄；仲春月，茂才採芹。時足徵德者，又彙徵一時。《洪範》曰『壽繼』，曰『攸好德』，不其然哉！

余重歎世家高門，積數世忠厚，偶婦德不修，則内行始敗於本根，殃慶必參於得半。然不孝者不慈，即姑息以慈，決不得其子之孝，疚在反己，悔驗及身。果無忝於前，必有愉於後，循環對待，歷驗不爽。今驗諸廣文昆季之孝其母，此理益彰。廣文昆季而追孝所自來，則鼇女士從孫子者，祖德也。所爲乘時砥其學行者，其爲祝嘏也遠矣。

淵如曰：『絜旌孝作主，無數周旋消納，融結無痕。參絜史公，角力韓、柳，而出以安恬，殊有水流花開之趣。』

贈錢魯思序

從舅子錢魯思，早以書道有重名。始得力顔魯公，中年精深於鍾、王，晚出入李北海，自然雄秀不可及。余故拙於書道，不能言其工，獨以其書爲一力貫徹於起末中間者也。

竊謂世稱工書者，每用力於起末，弱於其中。或謬爲用力於中，而臃腫不力益顯，轉不若用力於起末者，尚見其力焉。獨魯思不然。起也末也，力所貫也，即求之中，亦自見其力也。余言其書道若此，不虞其引爲知己也。因歎天下士之行身何不然！

士一出，矜尚名節，罕不修飭自愛，皆用力爭一時之名。即至暮年，更事多，心氣平，亦自廉隅砥礪，用力於寡過之地。獨其中間壯盛，數十年名利之欲累於中，患難之境迫於外，每誤用其力於叢過之地，以敗其中年，而始基無基，晚蓋不蓋。夫行身與作書，其得失大小判然也，然非二道。

魯思少孤奇貧，於後母及弟，盡其孝友。始出之日，一鄉賢之，及壯遊京師，名重公卿，屢試不偶。中年歷遭憂患，南北上下，數十年負米，盡其孝友者彌篤。晚年售其書吴楚間，孝友益摯，書益工。天下士之獲交魯思者，見其行身一節，書道則進而益上。於是得其書，重其書，見其人，重之如其書。嗟乎！若魯思者，豈有歉於其中哉！魯思貧如初，終以作書所得者，自盡於母弟及從父昆季從子。而魯思初年中年無子，晚年置妾，舉三子，妻妾亦能成其志焉。則天所酬於其人其書之用力者多矣。

實堂曰：『此篇用筆，純用書家争讓擫擨之法，奇重省韓，峭宕肖柳。』

楊隨安制藝序

文章之變，極於制藝，變極必軌於正，益難依聖賢。經發明理義，如立鵠窮巧，力所到，乃射者中的有程。制藝中的無準，則校射從步，衡文從心。心見跬步而已，則雖正已赴節，没石穿雲，無睹也。顧名家絶藝，每不準俗繩尺，必準理義。果得其理義，即不亟償一時之名，要足饜來學，傳後世。

吾友楊子隨安，自叙其文曰：『早年懶且病，壯遷就舉業，故不能一意於古作者之文。』隨安制藝雄一世。昔管藴山侍御、李薔生學博皆曰要當得會元，轉移天下風會，而自叙若此。或謂其謙，余則曰：『道其實也。惟其所以然，人不知之。』隨安早殫精於文，得嘔血疾，故病；文以外，絶一切嗜好，故懶。究其懶與病，正其雋上工文。中年遷就從俗，俗迄不能企及其遷就，究其遷就離古，正其變化入古。

今觀其所存者，如却穀悦禮樂，敦詩書，不輕上人；如孫吴賦賁育之力，以坐作進退。如鼓琴居，如按桀立，敵遽返走，如丸流夭矯滅没。如是爲鵠，吾不知古人識之，俗識之？若曰如是不傳，吾不信。

雖然，吾既信隨安之文及於古，豈能輕量！天下之迄不能企及其古，則置管、李二君之説，何也？庶幾得見鵠子理義者哉！因其屬爲序，書所見質之。

凌仲子曰：『中正奇横，入昌黎集，無能辨之。』

與誠堂祝嘏詩序

嘉慶五年歲庚申，仲春月五日，吾母錢太孺人七秩生辰，承命弗聞之同官生徒。先一日，太孺人兄弟子伯垌、中釚等從常州來，是日登堂爲壽者，惟子婦、孫男女及從子等。晴光和風泛梅林，蘭叢繞屋，高樹間百鳥喜樂。太孺人體健行健，久談讌，亦扶杖上下堂階，春容遲日。月出，又命觴花間，皆醉，塒取雞凫，圃取芹笋，池取魚蝦，從子具酒，僕射雉，飽醉及厮走。從子曰：『年輩等者，苦樂存亡不一。母健，庇聖人宇，聽子孫讀書，皆母之苦以存者，幸益自愛。』太孺人喜，再舉觥。性孝共敏惠剛儉，伯垌下，多陳母平生，悅之。

太孺人事父母尊姑至孝，事先君子至共，燭事理至敏，待人物至慈。顧剛甚，常布衣揮斥富貴煊赫。年二十三，任井臼，丙子歲饑，啜糠彌年。佐先君子有無，黽勉二十三年，孤子出遊，獨支門户，教育婦孫八年，一以儉自苦。

是日日中，會食訖，訓子曰：『不儉必受與，受與即受畏，焉得剛？爾舉束脩養親，養其儉也。若以親之壽，聞之同官生徒，將敗吾儉，使爾後不得剛也。』皆敬聽之。是日生徒有餽，悉却之。有賦詩陳者，集而藏之，爲之序。

白雲草堂文鈔卷二

武進呂星垣叔訥著

與黄小松書

小松足下。僕先後於秋塍、獻之處，知足下甚悉。足下古人，不當以藝事推之，然漢篆消息微茫，賴足下明於世，即此亦見風流。嘗論足下漢篆，東南士大夫尊爲絶業。顧他人浮慕，鮮真知一二，知者亦心喻，不能言其故，故傳其苦心絶少。

夫篆體本許君，不作聰明，借書減畫，此古大家所争矣。布置疎密，一惟自然，如魏冰叔所云『落花灑地，自成文章』也。至心和意精，聚眉目真氣於鋒石相接之際，有天機焉，有興會遽到，湧溢出之者；有興會徐來，來即脱手者；有汩汩乎來者，數數焉至者；有興會團結，不聚鋒巔，不迎石理者。心手非不閑敏，目非不精，乃數十鋒不接石，忽驟接之，意愜飛動，此爲極致。正如秋鷹盤空，百旋不下，非無所見，無當其意。意所滿，雖斜飛淺落，增減無從；意所未滿，即眇乎間，必須百遍摩挲，滿其意，要以不强作爲宗。由此求足下苦心，稍可見足下。唯有深思，故有真氣，以此行之隸書，外枯中膏，惜墨彌甚，真入《禮器碑》之室，嚌其胾。

近來北方學者，以隸書推翁覃溪學士。覃溪鐵幹横斜，足下纖濃入古，餘地較多。僕言當否？臨風懷想不盡。

丁郁兹曰：『可與悟文，可與悟道。』

【校】國家圖書館藏稿本《黄小松友朋書札》内，載吕星垣此札手跡，共八紙，書於『叔猛啓事』箋紙上，乾隆四十四年十月二十三日作。對勘一過，知文集所録爲删改稿，兹全文迻録如左：

小松先生座下。起居清勝。星垣始從錢獻之、王秋塍知先生，後從王廷尉夫子知其詳。先生古人也，不能以藝事盡之。然漢篆之消息微茫，賴先生得明于世，風流所露，亦可窺見高深。前後見鐵筆十二方，寄獻之作尤精。每欲薈篆文款跋爲一册，題曰『小松絶業』，以志景行。季秋從廷尉來中州，忽聞座下奉調山左，相見無緣，不勝悵悵！兹者依棨方伯幕下，晤盧明府飛泉先生，因得介紹致箋，天假之緣，殊可造慰。蓋座下之漢篆，他人浮慕，而鮮真知一二。知者卒亦心喻而不能言，故道其苦心者絶少，竊嘗擬議之久矣。

夫字體本於許君，不稍出入，不作聰明，以借書減字，此古大家所争矣。布置疎密，一惟自然，正如古文法律，無定有定，迨習而利之，即魏冰叔所云『落花洒地，自成文章』也。至於心和意精，聚眉目真氣於鋒石相接之際，疾徐甘苦，有天機焉。有興會遽到，而湧溢出之者；有興會遲來，而來即脱手者；有汩汩乎來者，有數數焉至者；有興會團結，而不聚於鋒巔，不迎於石理者。心非不閑，手非不敏，目非不精，乃數十鋒不接于石，忽乃卒焉接之；或怡然接之，而意愜飛動，此爲極致。正如秋鷹盤空，百旋而不下，非無所見，無當其意者也。意之所滿，即斜飛淺落，而增減無從；意所未滿，不妨百遍摩挲，以暢其意。而命意之始，總以自然流宕，不强作爲宗。以此道座下苦心，十得其一二否？唯有深思，故有真氣，以此行於隸書，故外枯中膏，簡嚴而勢放。即如虞城客館中，懸尊所作横披，師生徘徊，恨不揭之以行。故廷尉來札索短幅隸書，真入《禮器碑》之堂，而嚌其胾矣。近來北方學者，以隸書推翁覃溪先生。覃溪鐵幹槎枒，而座下較多餘地，此事又推獨步矣。再聞金石之學，超軼等倫，所鑒既精，所藏彌富，何不寄目録於都門，與廷尉師各書全文，補其未有？此固快心事也。

生平奔走江湖，唯到處有賢士大夫過從之樂，可謂風雨如晦，而雞鳴不已。迺至此邦，僅得故人周進士景益，聊以自慰。盧明府以星垣知公姓名，即謂星垣不謬，此公可謂不凡，詢之周君，乃知東南名下。然盧公以星垣知篆章之意，謂星垣工此則非。蓋心知其意耳，尺寸之材，别有祈向，盧公未及細談，故星垣得以藏拙也。不能自秘，遂累牘以陳，字跡離披，即在神交之日，唯此不足見傾倒之極耳。耑此，請先生日安，祈賜教，臨啓不勝向往。武進教弟吕星垣稽首。十月廿三日。

與周星頡書

旅窗無事，日點古文二卷。每怪施愚山服膺姜西溟，謂海内文章家，往往稱姜西溟、魏叔子。叔子亦亟稱之。取而卒讀，乃識其不可及，一藝之成，皆有畢世辛苦，未可輕量。其行文恬適，輕舟委波，隨風容與，亦時見語妙理趣，而蔓弱處頗有之。趙裘咢以爲小小著述，有班、馬遺法，過矣。其論有明一代文，自尊王子克、宋景濂、方希哲、王陽明，次及謝方石、茅鹿門、徐文長，不及歸震川，知其病矣。

震川過諸子，不可道里計。即其《陶節婦傳》，堅奇峭朴，曾、王罕匹。其餘事物之理，既言其始終本末，又能引經而斷，精言見極，夷猶自得。初無爲文之勞，卒之的破冰解，後人無從置一辭，非善讀古人書數十年，純養之功，無以與此。僕往時讀書，喜觀其精華及前後要領，至閑文輒略過，今知其非。古人行文紆徐繁重，曲折盤鬱而至，而後有此一快。不觀其紆徐繁重，曲折盤鬱處，而欲學其快意之筆，是絶積石之源，責龍門之水也。

且古人用意，在彼不在此。譬如精兵奇陣，所難者在營糧水草，士馬器械之需，在絶險無路，平原無傍，孤特無助，數十萬難整之勢。至麾旄戰勝，抑末矣。嘗讀叔子文，愛其快意處，戰勝無前，而遂古人亦以此。因歎震川之文，唐宋後一人而已矣。

叔子論同時名家，謂姜西溟能醇而肆，而失之平；汪堯峰過醇而不能肆，其自命不淺。豈知震川之文，以古潔到史公變化，其法絶去畦徑，不能求之醇肆之間歟？三子中，堯峰最法震川，故天分遜二子，左規右矩與相抗，其得力可見。近足下示所爲《祭河神文》，氣體殆過叔子，進求之震川，何如？

簡齋曰：『前明之文，自當以震川爲作手，非深於古文者不知。』

徐尚之曰：『得文章正宗，故能爲此醇而後肆之言。』

蒙泉曰：『作文如學《易》。《易》有理、數、象，宋以後文，言理而已。如充國奏屯田，鼂錯陳兵事，此爲分數明。史公《河渠》《天官》，其指象若數諸掌。以至《上林賦》之言水，《風賦》之言風，宋以後人，能措一筆否？數、象失，而理亦爲虛理已，此即營糧水草，與絶險無路之説也。讀叔訥文，爲佐證如左。』

崔曼亭曰：『深造有得之言。』

答周星頡書

承詢『入則靡至』訓詁，某於此竊有説，不宗《箋》《疏》。《箋》：『靡，無也。入門無見，如入無所至。』《疏》：『入門則堂宇空曠，如行田野，無所有至。』竊以爲非也。

某少日孤露貧遊，於先君子之喪，未能視斂，鮮民之痛，慘於畢生。事由身經，讀《詩》豁悟。竊謂行役者奔喪入門，親所居不忍至，妻子兄弟所居，俱不得見親，俱不忍至。乃至門階庭除室堂，無一非親所歷，無一地得見其親，又俱不忍至，故曰：『入則靡至。』

周宿航曰：『讀至此，那得不廢《詩》而泣！』

子仙曰：『本至情至性説《詩》，自然沉摯，起匡鼎於九原，不能易。』

復張瑞書觀察書

車行過滑縣郭外，道遇郵騎，賚賜手書。十三日次宜溝驛，復遇談經歷工所來，手書再示。前後開緘伏誦，想見閣下上憂國計，而下憂民生，蒿目艱難，幾無措手。惟急工急舉，勢不得不用民力。既憂河北民力之竭，即又不能舍而之他，屬將實在情形及民力可否再用，據所見聞，極言無隱，把書三歎。某非此邦土著，即客遊此，亦不爲刑名、錢穀之事，承諸公不棄菲陋，俾授生徒，如妄陳地方情形，於分爲越俎。且事之便民者，多不便官。某言民之便，不便有司之爲己，猶可言也；言民之便，並害閣下之辦公，不可言也。乃閣下正以其久客閑觀，務使準見聞，陳一得。毋已，請言便民無害閣下者，俟采焉。

從古河患之興，無地可讓，則惟疏泄、防堵兩策。此兩者，名耗力，實耗財。夫相地勢高下，疏引河短長，惟丈尺有憑，故工程有準。至編麻葦下埽，累百千萬，以抵金門廣深。一遇風猛水掣，一埽走，諸埽立走，例不准報銷，此其爲費豈如引河丈尺之可程計哉！此而欲動帑給發，非特道庫不供，即司部庫不足。夫朝廷設河工歲修例，以防未然。一旦水患，以民力衛民田，自古已然，非獨今也。所可恨者，河工一逢征料，吏胥因緣作奸，民死於水，尚不如死於料之慘也。

今閣下抵工，上下肅清，一切更張之矣。頗聞往日之弊，實起在工收料之員。其浮收者收十作一，遂以浮收者折價，以致遠河州縣，不得不省運脚之跋涉，求折價之便宜。而近河員弁及駔儈商民，益乘料初出，賤價屯積，貴價居奇，致令墊水葦麻，一如納倉粟米。而州縣吏胥臧獲，因其收十抵一，遂累百千倍徵之。

嘗聞料之徵也，始按畝，繼兼按廛，有一廛責一金者，窮民束手無措，往往鬻兒女償之。此種惡債孽錢，稍有人心，罕不蹙額，不解吏胥臧獲等，仍然磨牙吮噏，得而甘心！以上情形，閣下既洞見其六七，故與朱觀察並心一力，振刷剪除。在二公既清其源矣，謂竟絶其流乎，未必也。何也？工一日不竣，料一日不能不徵諸民，勢有必不得已者。

今夫用民力衛民田，民知之甘之；即用河北民力衛河南民田，民亦知之甘之。民所知之不甘，而力實有所不能者，竭民力而不歸於工，爲可痛！誠欲不徵諸民，不得；欲預揭其應徵之數，以示諸民，不得。盍於工興之初，先動帑舉工，迨工竣，然後總計其數，按則田以均之於徵。則以工員用工帑，勢不得冒銷，即冒銷而法有以裁之，而州縣承徵有定之餉銀，自不比於横派無稽之料價。即或加色加耗，法亦得以繩其後，庶幾工不廢，帑不缺，而民力猶足供之，是亦所謂便民不誤公者。儻其留意，又承示數月來盜賊繁興，批答不暇，河北三屬，案牘愈多。因想見民日以窮，急求善策，此閣下深識遠見，不止仁人君子用心。

夫民饑民寒，鋌而走險，揆其致此，良可惻然。誠使復田廬之業，貽婦子之聚，免追呼之累。雖驅之爲盜賊不能，得毋有無生之苦蹙於前，無藝之徵隨於後，明知陷法，姑嘗之，以延月日之生命耶！經曰：『有人此有土，有土此有財，有財此有用。』今溝壑四方之傷，保聚未能也，仍憂盜賊四起，此土不得云有人矣。工竣始徵，即盜賊亦庶幾衰止。重承垂問，敢效其愚，伏惟照察。不宣。

二樹曰：『指陳利弊，如數指上螺紋，曲折盡繪。』

實堂曰：『用筆盡抑揚反覆之致，最近東坡論事諸書。』

示周生書

歲暮矣，余將歸，生欲得余言乎？生昔謂余之文似余之人，余甚愧，余之文未進於道，余之人尚未能幾之。亦見先行後言之難，言過其行，躬未逮，可愧。惟爲文與爲人之道甚相似，今爲生言之。言舉其要，亦止内義外法，精義法之條理而已。

生頃年熟習昌黎、柳州之文，得其淺深進退，順逆往復之道，其於法幾矣。此非法也。法不由義出，譬虚器而已，則如爲人而僅習於儀，無論其應事接物，一無真意充其中，即自運其耳目手足之官，亦少聰明恭重之德。是爲文爲人之一本於精義者，皆爲己之事，非爲人之事也。文也者，明其所得之義也。義不得隱，不得借，乃必明達指切以言之；義不得暴著，不得徑直，乃必婉約引喻以道之。於是行文苦辛，直如爲人之經權通變，要皆以皎然不欺其本志爲宗，豈無端爲是淺深進退，順逆往復哉！

義生法，法以義用，又有條理焉。法該條理，而法之始終，抑又有法之條理。如人與事物之牽連並及者，勢必相輔以行，不得離而立於獨，則必以獨爲主。權其離之而不害於立者，亟離去之，自潔其體。雖有近似似是之可喜，始不得闌入於始，終不得闌入於中，毫釐分寸之界，辨必嚴。故人之樹其身也，若樹木力能結繁，垂蔭極之，蔽原隰，跨巖谷，一皆其本所自生。否則古榦特起，亦自拔地倚天，任其曲直橫斜，舉足見其一氣夭矯。爲文而持義法於始終，亦如是。生行矣，生其求之於此，生所進，其不止於文也乎！

仲子曰：『筆如遊龍，精言見極。』

復嚴明府論文書

使者來，拜承惠問，知非復尋常寒暄。發緘讀之，盛心如是，深可感，亦何足當！承示文章本積理，積理本多讀書。遂示向所得力，並問僕前後讀書行文旨趣，奉教之下，無任惶悚。若僕者直未讀書，焉有積理？昔人謂胸中無數百卷書，忽見有道，愧生顏變。況承足下舉平生得失，誘使言相證。顧惟愚夫一得，業荷足下窺其底藴，即亦何敢少隱於知己！其言之是耶，固足下之求我者也；言之非耶，亦我之求足下者也。

僕始好讀史書，非有得於史也。僕天性磊落，與俗異趣，出見庸瑣鄙穢之徒，歸輒取史傳自廣。覽古有特卓絶，即豪俠殘酷，梟雄奸譎，亦覺其奇蕩快意，久之悟焉。與其見少於外，退求多於中，不如多積理，以自重於中，輕一切於外，遂取成敗得失之故，以己意折衷其間。始知列史損益變革，皆原於經，經學精博，經史入門，古人有親歷而道其得失者，試從其言，往往事半功倍。因博采之諸家，亦繁然可喜，茫然無宗也。於是求善讀書人，詢先得之甘苦，稍得其津涯。

僕時年少氣盛，博愛泛攬。然見古人之聞道獨早，及遲暮而修名不立者，亦時驚心約己，不肯費力無用，思以所得之理，昌其氣，見之於文。僕以爲理之積也，積於默識少，心悟多；積於守一少，觸類多。顧非行之於文，以驗其氣之所生，則理之真僞淺深迄不辨。故僕每讀一書，必先求其論列是書者，執其見，迄於終篇，頗不主先入之見，定其是非，究之前人論定之言，十嘗得其七八。

吾復有出入於前人所見，而得其旨趣。其合焉者，先得我心；其異焉者，去翳拔塞。忽然見作者之心，如面告也，而理得而氣壯矣。理積於無間而日富，富化於習用而日大，嘗得其所以然者，以行其所當然。而氣勃然以生，理得而有所以著其理之道，是謂説理之理，氣嘗從之。理有微爲顯，無爲有者，有見此著彼者，理源而氣水也。水有徑行屈注而逝，有斷續伏見以往者，一皆恃源以行之，理帥而氣卒徒也。帥有先卒徒出於正，有後卒徒出於奇者，一皆奉帥行之。僕事此有年，每惟氣之遜古人者，理不足之故。

氣亦有不足於理者乎？有之。周秦以來，六經尚理，諸子尚氣。子之理不足於經，其氣特盛，則諸子亦自有其理。老、莊尚無，墨尚同，商、韓尚威，各有著書本意，發之爲言亦自精，言見極而未達於六經者一間。故六經元氣也，動静如陰陽，温肅如四時。諸子湜雷電風霆之光，雖忤陰陽之正，違四時之和，要各快其意，莫禦其氣，要皆能各以其意著一書。

降爲唐宋，文章家不復能以其意成一書，散見之各篇，見其所養，要亦能各篇自著其義法，合衆篇各見其性情學問所得，而不離其宗。韓、歐得位行道，持其理甚正，行其氣沛然。即柳州、眉山，屢困於遷謫放廢，而胸中有得，卒亦能伸其氣於千載上下。是屢降屢遜，古人其自有之理，亦自足於己。

若謬爲多讀書積理者不然。平時無博稽探討心得之功，輒喜搜綴群籍。譬烏合之衆，潢污之流，即或博學多識，稱名引類，辨一物可得數説，釋一字必徵萬言，此章句訓詁家，亦無當行文義法。譬如大將統兵，刑律會計，下逮孤虛旺相，人馬醫士，兼收並蓄。至於營壘井竈，大而十萬方行，小而行伍結陣，不召而與之謀。又如決大川，導大壑，必先因高就下，揆量起訖大勢。而畚鍤楗埽之徒，從受約束，要非胸中無先定之成算，而可取辦臨時。是積理養氣之説，又即足下所云『百思不易之要道』，爲世俗所謬附，久而盡失其意者歟？

足下集中各體文，皆有真理真氣，固自足下再三删定，足以自存。徐考其進詣者，其《中論》上下篇，僕最愜意。足下謂見少某君，某君時文家，卑卑論八比文，目光如豆，未見墻垣，詎歷階級！其所指多可笑，適見其不知量也。惟足下論列諸子及唐宋名家，僕頗未然。昔陳思王一代奇才，謂劉季緒好詆訶文章，掎摭利病，自以爲才不過丁敬禮，不能潤飾其文。足下試操觚從事其間，當識其不可及處，況平心求之，所不足於古人者，非前人已言，即古人不受乎？晤當面論之。不宣。

仁山曰：『數十年胸中所得，見此如以水濟水，浩乎同歸。數十年胸中積痞，遇此亦爲之蕩滌一空。非根本盛大，焉能昌言如此！先生此文，真與作者並不朽矣。』

吾山曰：『自道心得，其理粹然，其氣淵然。』

魚門曰：『源流本末，具道其所以然。此直自成一則子書，不當以文讀。』

蒙泉曰：『《易》言窮理，然唯見天下之賾，見天下之動，乃足當之。不然墨守虛理，鮮不爲輿尸之弟子，嫛鄰之白圭矣，尚可將導川乎？此叔訥之言理也。』

子仙曰：『汪洋恣肆，行乎其所不得不行者也。』

與胡生書

生比年出遊失意，前復相過，思踐仁山之約。僕亦甚爲生勸駕，願亟往，毋遲回。僕非謝不能說士於人，僕固力不能說士於人者，顧欲說生，他人益不易。生既家貧，欲有資於人，乃更欲有資於其人之學。所學既非刑名、錢穀、簿書之業，又非世俗制舉業之所爲，爲生計，非仁山奚歸？吾向者晤仁山，仁山疑生弗果往，生今者乃以年分相距爲疑，是仁山疑生之少年氣盛，有由也。

古人論交，各自知聞道早暮。禰衡未二十交孔融，融已五十，又其甚者。鄭當時少年，結納所交，皆人父行；山濤齒爵俱尊，而下交嵇康、阮咸輩，若此者不可勝計。人生論交，貴其意氣合，道義得，何論乎年齒後先，地分高下！

前爲生言仁山，曾以文示某公，某公窮日夜討探，還質仁山。仁山大噱，謂某公以八比文論其文，相距千里，如古君子衣冠委佩，與市儈袒裸周旋，以質之僕。僕謂非妄，誠使仁山得年分相若如某公者，亦何取也！

抑有爲生進者。學者居今，亦如稽古。壯年腸肥腦滿，貪多務得，輒厭群經，不若諸子博愛泛攬，沿流下溯，苟獵新奇，益綜駁雜。迄縱横馳驟既倦，茫乎恤乎，自問其得失，乃返窮於聖人之經。正如厭苦悔恨，於庸鄙陋劣，誇囂詐競之淺夫，益有味於先正之言明且清也。生以此往交仁山，吾知其必有合矣。

仁山近所詣益進，正由其虚己受益，僕謬以所見去取其文，輒降心相從。然僕尚不欲其汲汲問世。非文章利弊，正恐其不免狥人，行文或致愛憎，是非失其實有，乖立言本旨。昔孔文仲悔作伊川彈文，朱文公悔作《南園記》，姚雪坡悔作《秋壑記》，近李西涯悔作《元明宫記》。吾黨此見，要當持之畢生，不以見譏後世爲虞，當以自信一心爲準。生往訓其子弟，爲仁山討論所著文，再以僕所見致之。且俟懸車優遊，商榷從事，幸甚。

仁山曰：『直揭麗澤弗疑之義，後著立言本旨，尤有關係。』

虛庵曰：『觸目警心，深有體味。』

再復嚴明府書

胡生去，復有所致，行見之紀綱，道嵫州來得書。胡生去後，某亦自河内乍返。來書極論體格，暢所欲言，乃僕所見，復有左右。古善言文者，莫如陸機、劉勰，機昭晰於前，勰縷切於後，亦已心開目明。乃復有二子不能盡者，與規矩，不能與巧也。巧非自用其智，以背於道，乃用其智於義法之變，不詭於正。

文章家好奇，不始前明，始唐宋，觀韓、歐力疾辨正可知。顧一時豪傑之士，如李翺、張籍、皇甫湜、曾鞏、蘇軾、楊寘、江鄰幾、吴充之徒，並不詭隨俗尚，並能宗法二公，守至正。至前明王、李崛起，乃毅然抗古，欲凌出其上。究之王、李所成，不能軼出於韓、歐之徒之上，晚而自傷，竟屈伏於震川之下。非震川不能爲韓、歐之力疾辨正，以變化王、李，勢不得也。震川久不得志於有司，晚乃一彈再鼓於百里間，卒歸荒江老屋，味其希微淡泊之旨。王、李方登高而呼，號召天下，好名習僞之士，背義決法，凌躐作者。故震川益進，王、李益退，震川方不得律以規矩，何論義法！

僕竊以爲義法之説，創之望溪，引而上之，即言之物，行之恒。物有則，恒有序，則固體格之所生。文章家體格，溯《尚書》《毛詩》，《尚書》外深内淺，《毛詩》外淺内深，亦其體格之義法。王、李以佶屈班駁，謂本之典謨訓誥，由此爲秦漢，爲魏晉，挈黼黻迫察之不見肌裏，辨衣裳正序之不見攝提，義法曷在？且文章之妙，在因物肖形；臨文之嚴，在稱名辨類；運巧之正，在蘊理蓄勢。固非枝節尺寸以揣合，亦不得預執成見胸中，義固不在艱深雕繢中，法亦不在斷續鈎照内。古人行文，嘗自顯易平淡，淵然味之不盡。又或始卒不相顧，旁見側出，而垂範於文字語言之外，要各有近於性，依於古，不悖於今。如昌黎《平淮西碑》，實宗《雅》《頌》；柳州《貞符》，僅規楊雄。蓋《淮西》敘紀一時，《貞符》盤旋一代，其義法各異於命體辨格之初。

僕嘗惜前明之大著作，以震川之才而不得爲，爲之王、李而已。士大夫多以制舉詩賦進身，於古文向少講明切究。及宦成名立，欲定其所著書，不肯一藝讓古人，輒以悦而易足者，毅然筆之，書垂於後，而輒誤人。此足下所必欲辨正再叩之，僕必盡其説歟？

然僕與足下往復其説，雖止各暢其説，亦殊駭俗。昔劉子云，世人爲文，競於詆訶，吹毛取瑕，次骨爲戾，復似善罵，多失折衷。要取闊禮，門懸規標，義路植矩。然後逾垣者折肱，捷徑者滅趾，得毋愧於斯言！近《金石三例》一書，頗具金石文字規矩。竊有奢願，欲稽《左氏》《國語》《國策》，先秦漢氏之書，自詔誥盟祝，頌贊銘箴及策檄以下，各著其義法，豈止十年讀書！《金石三例》亦頗及之，正惜其未廣爲標列耳。

仁山曰：『稱意者，人以爲怪，下筆令人慚，人以爲好昌黎已云爾。然以義法與之昌黎，當不恨於作之難，知之難也。三復先生此篇，不勝歎息。』

吾山曰：『義法，即方望溪所重之倫序也。再得見此，豁然見廬山真面，可抉雲霧之迷。』

爲朱樂山與童二樹山人書

二樹山人足下，別來起居無恙。及門朱君樂山愛某過當，前書言之矣。樂山爲人介直質慤，不妄信，至其獨信處，則毅然持之不可動摇。其精審嚴密，必將有爲於世，而門内之行，則幾於古人也。頃持一卷，索予跋之，卷端有宋牧仲書『韻齊東漢』。發圖，則梅花萬樹，肖像其中，告余曰：『此書古勁，有篆隸法，特爲童先生所賞。慕先生及其寫梅，故裝此，惜不得先生寫梅。』

余答之曰：『子之師友，東漢師友也，持此書可請矣。』昔東漢之盛，以孝友爲本根，氣節爲枝柯，文章爲華實。國初諸公嗣其盛，中州則推商丘，其敦氣誼，弗可悉數。即其揖李百藥塗中，雖蔡業於張元，無以過此，即此想見其人。余往歲道出睢州，頗有隨會不作之歎，就今言今，得此已足，焉能苛求！

山人少好學，有文通流麥之風；中年達觀，有子平讀《易》之識。蔚宗同代，必深鴻飛之歎；商丘並時，其願執鞭可知。顧山人稱量一世，適道惟樂山，樂山每飯不忘，亦有從遊終身之志。凡山人性情學問，出處内外之故，歷言其真，其篤信深好又如此，殆楊子行之亞歟？

茲以其母孺人年高，授徒力養，時以未遂其志爲憾。乞山人寫梅，慰其慕思，余意山人必不靳此。夫牧仲以篆隸法爲楷書，山人亦以篆隸法寫梅入神，神物必有合歟？篆隸既變，而後之士君子，必寫其意於書畫間者，何哉？大抵孝友氣節之變，文章先之。故篆隸變，而猶寫其意於書畫間，使渾古樸茂，廉鍔卓鑠之意，文章家變之不能盡，山人本此行身，特於寫梅盡其意也。使樂山坐卧春風中，其助山人不少矣。

朱樂山曰：『遇方成珪，遇圓成璧。力不可及，巧不可臻。』

韞山曰：『縱筆所如，往往見道。機流氣逸，前無韓、歐。』

宿航曰：『發端甚微，持論甚大，結局甚遠。』

答凌生書

陳生來，猥蒙賜書，草草具復。茲又承函致，推許太過，甚不當。某平生好學古文，自適其性所近，間不欲以能爲古文之名，求知於人。偶遇一二同志，真知此中甘苦，亦樂以得之古人者訂證，以求其利弊。今足下乃謬推吾文爲雅宗，復虛己折節，深叩學問之説，謂問於僕者未誠，故不肯辨雅俗之分，爲足下告。足下忘年忘分，所以誘僕之言者已至，而僕非其人。惟足下學問之説甚是而未詳。至『雅宗』之稱，僕既不敢承，亦不願受，今請辨之。

天下治古文者日少，非真少也，所治非古之文也。就其所謂文者言之，亦自有雅、俗二種；就其所謂雅者言之，亦自有生、死兩家。要之，均非古作者義法。學人通士，喜綴緝古郡邑山川，官制姓名，及古器物名類，及古字書音釋，而死句下，有聯絡出之者，爲有生機。或喜倣古子史名家篇製，及喜襲古隱怪驚眩於人，及喜援古體例附會於己而死行間，有去取行之者，爲有生理。彼善於此，即號於人曰：『此雅宗也。』世亦群然推之曰『雅宗』。其人或大言盛氣，毅然居之不疑；又或方行矩步，隱然自命爲老先生，提唱後進。於是爲古文日多，究之爲古文日少。噫！世即果有爲古之文者，孰從知之問之！

今夫古人之文，不能以雅盡之也。作者本意，亦不各立一宗，强天下後世從我，亦止各適其性所近，祈進於前人。及知之者揆以義，絜以法，亦自殊途同歸於一轍。要其不苟作，作必有爲也。從同其爲之，而法立義著也，有真理始有真機，自然爲天下後世宗，卓然進於大雅。學之而未得其義也法也，必問於先我得之者也，未肯告也，非特問之不誠，亦以其學之未足告也。

抑又有不然者。天下之不學，問不足告，惜己尤惜，探賾索隱，用力綦深，亦既將得，終未能豁然一闢其疑似之徑。有聞道早者，灼然見之於微，或以年分相懸，自晦自遠，則遇焉弗問矣；即問焉，弗得弗盡也，究豈告者吝哉！告何以吝也，非吝於不誠不學，吝於其學之未能忽捐其故，我雖告，猶不告矣。今足下謬推僕雅宗，想足下自有所謂雅宗者在，僕自覺途徑殊，何從告？

足下果欲僕竭其一得之愚，果謂僕之文俗歟雅歟？抑有異於世所謂俗，所謂雅歟？抑真有見於僕爲古之文歟？僕非能爲古之文者也。若世所謂雅，則非以僕之窺見古人者言之。請足下先去其所謂雅者，而古文之義法漸見。

吾三曰：『因文見道，犀快無前，此兼老泉、半山之古逸，味美於回，不能釋手。』

子田曰：『勁折淡折。』

【校】文題，底本目録作『答凌翰書』。

復李生書

承示古文四卷，才氣迅發，如秋江潮上，一往莫禦。尤難其脈絡通明，部伍整飭，此非深有得於柳州、半山不能。屬爲討論訂正，非某所能也。今復奉書，責某以曾爲嚴、杜二君奉筆，於大集久無報命，欲激之言耶？信以此咎某也。

某授徒所入，不足資事育，誠有資於賣文。然賣文與定文，其甘苦迥别，足下深此，無庸言之，某竊自揣不能有進於足下耳。今夫非之無非，刺之無刺者，鄉愿也。文亦有之，足下之文，固非此比。惟僅僅求免於非刺，又硜硜以無非刺自足，則與愿異跡而同心。毋亦見止於此，未及多讀書積理，進叩其所以然之故耶？

足下謂文貴少，不貴多，少則文潔體清，其論是已。足下序記諸篇，亦甚得此旨。僕竊謂潔非少之謂也。文有繁碛凌雜，汗漫浩蕩，而古氣古色，忽然磅礴班駁於語言章句之外，而其潔彌甚。固知應少而少，應多而多。其少而潔者，必有結散隱見，以發凡起例於少之中，旁見側出於少之外。若此者，見潔不見少，否則少之云爾，人亦少之云爾。有指之曰：『少非潔也』。則無所有少之云爾？

且文之少爲潔者，不止無所有而少之。有不應少而少之者，强裁於事理之當然；有不能少而少之者，强矯於學力之未到。則枵其中矣，桎其外矣，窳於中外之間矣。斯須流連光景，要亦翦綵接木，未有生機發於根本。至徘徊吐露，畢生如繭自裹，終不得一旦脱身遊行。譬若果蓏之實，蒙苞未解，不及時已殞，過時已枯，豈能自然芳潔入口，此其中有天焉，亦豈盡天與之也哉！

足下其務多讀書積理，以博其趣，於以瞭然於本末終始之故。而發其所以爲言之心，漸必有自忘其以少爲潔之見，不期潔而自潔者。某所見如此，不知足下以爲何如？大集並繳，偶一二見及，輒附篇末俟教。不宣。

仁山曰：『前半力透真源，入後閑閑指點，正曲傳難顯之情，足使未聞道者，通身汗下。』

子田曰：『所言皆至精，此爲由表見裏。』

再復李生書

某生平不能飲酒，飲少輒醉。上冬夜寒薄醉，忽感下問殷拳，重省手札，呵凍作書陳其愚，封成漏下二十刻。天明，張仲翔來索復，某擁被未起，枕上檢與之，張策騎急行竟去。某徐起盥漱，悔之，兩月來未接報書，益悔。足下雖虚己，然十年以長，交止兩年，又早達，高名才氣，橫視一切。某乃忘年分，遽進其言，言之而足下怒，有以詰之，某轉可以謝。或容之並無以教，某益無以自伸，此所以悔也。

今足下專使貽書，過采其言，深自抑甚，欲棄其少作，問道於盲。且示兩月來所讀書，賢者不可測，竟如是耶！某驚喜過望，竟不意得此，足下天下學問受益之處，莫若乘其悔，抉其非，堅其信，以責其力於所可到之程。足下之詣，某見罕矣，今又能悔耶？又能非者非，信者信耶？又能自責於所可到耶？率此往，行見不疾而速，日進於古人之精微廣大，從心自生其義法，某將執鞭從，豈能爲什伯於己者導先路哉！至云某公文佻詭，有説部習氣，某公文外强中乾，令某陳所以然。

某竊謂，言者心之聲，文者道所載也。斷無其人慕勢趨利，而其言能粹然一出於至正；亦無爲學依門傍户，而其文能卓然自見其所性。足下所云某公，某未知其人，要不外此。此由少年早得科名，巍然人望，其才學又足驚世眩俗，遑長肆辨，自遂其非。如水流放焉不知所終，如斲石累甓，外觀蒼然，生氣早盡，究其自雄，亦可自悼。故古人臨文，往往有靦然深耻，夷然不屑之意。如是則其體尊，往往不肯苟作，作必於倫常之義，經史之旨，有所發明。即强爲所不欲爲，亦自稱所當爲，無不見道，足下試以求之古人。

某南歸非易，然小春月望，不得再遲，瀕行十日前，當如命先奉書左右。重承高義，敢不拜嘉。某頓首。

子田曰：『此直抉作者之正，始以立言。尊嚴矜貴，削見山骨，一洗雲霧之迷。』

韞山曰：『讀此，令人不敢率爾操觚。』

復阮銀臺書

昨風止沙停，灑掃甫竟，月出皎潔，遂削脯佐酒，以資夜談，惜星垣不能飲耳，然亦得其趣矣！閣下惜《毛詩》多破字，不如字。士生數千載下，豈能滅裂《傳》《箋》《疏》訓詁，以創新奇！惟平心讀先聖之經，苟不安於心，切求其義。得其義，而於理順，於心安，即亦可質知己。此固與間執古人之隙，苟以求名者異也，今以一二奉獻，惟教之。

按，『王命卿士，南仲大祖，大師皇父』。《傳》曰：『王命南仲於太祖，皇甫爲太師。』《箋》曰：『南仲，文王時武臣，宣王之命卿士爲大將也，乃用。其以南仲爲太祖者，今太師皇父是也。』《疏》曰：『毛以爲宣王命南仲於太祖之廟，使爲元帥，又命爲太師之皇父，監撫其軍。鄭以爲王命卿士爲大將，不得命兩人。陳勝舉兵，稱項燕命將，本祖古今有之，故以南仲爲皇父之太祖。』

星垣按，《王制》，將出征，類乎上帝，宜乎社，造乎禰，禡於所征之地，受命於祖，受成於學。疏以造於禰，受命於祖爲重起，其文則造與受命，皆在禰廟，不在太祖。廟造與命不同，受命與命亦異。又冠南仲於太祖上，義不順，從毛不安。南仲，文王時武臣，本《出車》傳，《韓奕篇》有蹶父，《十月篇》先有蹶維趨士。《節南山》有師尹，此篇亦有尹氏。《節南山》家父作誦，《春秋》桓七年，亦有『家父求車』，依類以斷，豈無兩南仲？

惟南仲即爲文王時武臣，皇父即其苗裔，未有人臣稱祖曰太祖者。太祖，始祖所自出之帝也。果南仲爲皇父之祖，《韓奕篇》曰：『以先祖受命。』當同彼稱，則亦不安於從鄭。今考《韓奕篇》，韓侯出祖，《箋》曰：『祖，將去祀軷也。』作皇父將率六師以行，王命卿士，南仲大修祀軷之禮，以送軍行。以太祖爲大祖，如字不破字而義順。

又《毛詩》訓『不』爲『豈不』者，不一而足，略舉一二。『徒御不驚』，『大庖不盈』，《傳》《箋》《疏》皆曰『豈不警』，『豈不盈』。既訓『驚』爲『警』，並改其音，竟曰師徒静整而不驚，殺取儉約而不盈，不益見王用三驅之象乎？至『凡周之士，不顯亦世』。《傳》《箋》於『不顯』無説，《疏》獨曰：『凡於周爲臣之士，豈不有顯德，以繼世食祿？』星垣竊謂身有顯德，食世祿，本應得祿；不有顯德，亦食世祿，是曰世祿俱應如字義，不得破字。蓄此久矣，今陳之執事，教之幸甚。

淵如曰：『「匡説《詩》，解人頤。」義確理精，《傳》《箋》《疏》之説，不能與此爭勝。』

仲子曰：『如字之説，學《詩》家須得此意，學《禮》家尤須得此意。』

答陸朗甫中丞書

某學問淺陋，承閣下誤采傳聞，貽書獎借，愧恧不當。承招，未趨節下，東道主人先定約，故不果行也。再示及前議，謂胸中設有未盡，不妨暢所欲言。習庵學士亦謂大賢虚衷若谷，立意異同，各有本指，無礙致書，因以臆見所及，陳之執事，伏惟恕而教之，幸甚！

執事見世之沉溺仕宦，忘其親年之老者，深嫉其不歸養也。因請親年七十以上者，在籍毋庸與選，在官概予勒歸，誠欲警一世風俗人心，俾返而急求其本始，命意甚古。苟執此議，執事將議者之心，先不足對人。雖然，某慮執事用心，心於古人至高，而世之議執事者，反議以今人至卑也。執事創此議者，非防天下之賢，實防天下不肖；非爲得養於子者計，實爲失養於子者計。某竊恐執事之議行，子無賢不肖，其人養於親者同。不肖者失養其親，怨執事；賢者失養其親，益怨執事。

蓋人子當官，果其貪黷恣縱，力足歸養，設以養令之歸也，歸必怨其親，薄其養。若其謹畏清廉，官停祿絶，必且轉徙負米，絀於養，不得歸。彼其婦子，賢無論已，否則日以詬誶勃豀，厭其親，勢所必有。

執事一念及此，何以謝之！且執事階日以高，禄入日以厚，比之農夫耕九餘三，其爲歸養易。豈知郡國下吏，歲得數十金，僅足糊口。或官遠省，歸且不得，養於何從？又豈知並未入官，預停其選，未出何歸？無禄何養？

夫冢宰按籍授銓，各班出身非一，如執事之議，尤厄正途晚進。士生二十年舉鄉，又三十年截取；或生三四十年成進士，又八九年謁詮，士之常耳。乃以其親年及七十，概予扣除，將國家人才可惜，不止家庭禄養可矜。况有鰥夫寡婦，晚舉一子，幸見其成立舉進，望報其辛苦一生。乃子將致之，親適沮之；親非沮之，議特禁之，其恨奚極！又或子於秋冬應選，親於改歲七旬，將奉七旬老親，居五日京兆，庸或有之，實堪大噱，此豈復成政體！

雖然，前此所陳，陳議之失，未陳爲此議之失。某將爲執事陳，先爲執事惜，惜執事迨親之存，未建此議，未能躬行古義，以風天下。及至永感再出，始建此議，以繩天下士大夫，世或執此以議執事。

某等知執事仁孝用心者，尚可爲辨。更恐議者謂四庫分發，與三科挑發人員後先並出，不可勝留，不可勝去。因建此議，爲疏通之方，而此議究不足以變銓部之法，折天下人子之心。斯刻薄寡恩之所以然，適類立心於取巧，是以古人至高，疑於今人至卑也。某戇直淺俚，語少倫序，干冒威嚴，惶恐惶恐！

習庵曰：『朗夫一代傳人，持論稍偏，究可觀過，舊與余曾以此復往辨難。頃復貽書叔訥，以伸其説。余乃約叔訥爲此貽之，驚心蕩氣，足使爽然。固其理真，亦愈見其筆之縱横古勁。』

實堂曰：『意仿《縱囚》《復讎》諸篇，其芒鍔轉側變現，如龍蛇遊行，不可捉摸。』

與程魚門太史書

辱示手疏《秦風》，善讀書人得如許妙義，並承面命，有見即以相質。某竊於《詩譜》之疏，嫌其疎漏，怪其於《史記》所載，并未援證也。疏引《本紀》，云賜襄公岐以西之地，子文公遂收西周地至岐，以岐東獻之周。今譜云，横有西都八百里之地，則是全得西畿，與《本紀》大異。今按，終南山在岐東南，大夫戒襄公已有之，則襄公已得岐東。又《本紀》言，文公獻岐東地於周，則秦之東終不過岐，而春秋時秦境東至於河矣，不識襄公以後，何世得之？

某按，《本紀》秦寧公三年滅蕩社，《索隱》曰：『成湯之裔，邑曰蕩社。』《正義》引《括地志》云，雍州三原縣有湯陵，湯臺在始平縣西北。則寧公三年，東有三原矣。武公十年，伐邽、冀戎，初縣之。《地理志》云：『上邽在隴西。』應劭云：『冀屬天水。』天水屬武功，則武公十年，東有武功矣。武公十一年，初縣杜鄭。《地理志》云：『杜陵，故杜伯國，莽史曰饒安。』是鄭即舊鄭。舊鄭、咸林，爲秦棫林，在華州境，則武公十一年，東有華陰矣。故范雎曰：『太王之國，北有甘泉谷口，南帶涇渭，左隴蜀，右關坂。』蓋文公至武公，歷四君七十九年，乃有岐東西之地。其先後得地，《本紀》甚詳，何以云不詳得地之世哉！

再者，『未見君子』，『寺人之令』，《箋》以爲美之，某直以爲刺之也。《箋》曰：『秦始有此，故詩人美之。』某以謂詩人未必不刺，即詩人果美之，孔子删定此詩，必主於刺。人主開國承家，惟一二君子，保我子孫黎民，尚亦有利，故以《秦誓》終《尚書》。而删《書》言其所以興，删《詩》言其所以敗。未見君子，先聽寺人之令，此秦所以敗也。秦始興，即用寺人。後有嫪毐者，亂宮闈矣；趙高者，亂天下矣。此詩見微知著，删《詩》遂冠《秦風》，所謂『其或繼周』者，雖百世可知也，惟聖人知幾其神。

魚門曰：『心細於髮，目光如炬。』

吾三曰：『讀書得此巨眼，筆力亦前無昌黎。』

仲子曰：『東坡海外文字，經説中第一乘也。』

牛次原曰：『註脚六經，小儒咋舌，光芒燭天，識力拔地。』

答袁實堂書

三復來書，深服足下高明，竟去其數十年所見之專確，一見其合於是者，一皆無我虛己，聽於淺夫之言。然謂僕能大有功於足下之文，而可尸其功，誠太過，惶恐惶恐！

僕平生不輕論人之文，蓋以文章家易悦而自足，究其所悦所足者，亦無關文章得失，後世是非。論之而其人從，於其人無益，不從無損，故嘗不輕於言。獨見足下之文，則以爲有關文章得失，後世是非者也。又逆揣足下所詣至此，必不悦而自足，試爲言其一二利弊，足下輒大喜，遂悉所有，俾之定文。僕遽忘足下長余三十餘年，竟竭力抉摘，效其相愛之意。既封去，雖自信，究自疑，不意足下之信余，竟如是也！

足下甚似半山，欲變化於明允而未到。其意清以深，其理明以切，其境廉以峭，潔於往來之間，當吾世而見足下之文，無其敵也。昌黎曰：『古於文必己出，降不能，乃剽竊。』足下可謂己出矣。足下欲梓之，則遂梓之。嘗歎作者難，知者尤難，况今日而求知古文者！人生無禄位勢利，以動衆眩俗，安所冀於門墻故舊，及遥而待之賢子孫！且世之佚其體者，極居處嗜慾於不貲，足下勞其心於五六十年，僅乃得此，此而廣於天下後世之所知，其佚吾心及人之心者多矣。足下名其文曰《秋草文隨》，吾獨知其不隨秋草也。

實堂曰：『磊碌灑脱，逸氣凌雲，李習之學昌黎而弗能到者此也。其感慨激昂處，亦最潑墨淋漓。此亦集中上乘，必有熙甫，始知吾言。』

答某生書

承示非史官不得作傳，非三公不得稱公，此見顧寧人《日知録》，僕童子日即知之。寧人以太史公始作傳，以列傳入史，故後人不得侵史職，非史官不得作傳。又引韓、柳作圬者王承福、毛穎、宋清、郭橐駝、童區、寄梓人、李赤、蝜蝂等傳，所傳皆雜喻，比之稗官不爲士君子立傳，以侵史職。

不知太史公之得罪下蠶室，當時已削史職，其所作《史記》，並非漢天子命之，成於史官。果使凡爲内官者，不必天子命，亦得作傳。韓、柳何以不作士君子傳？乃韓子正不拘此，實爲太學生何蕃立傳。又《太平御覽》書目，列古人列傳數十種，寧人亦謂别於正史，曰别傳。則正史與史官傳外，本自有别傳，不皆太史作之。

至稱公不必皆三公，指不勝屈。孔子手删定《詩》《書》，而《秦誓》曰『公曰』，《詩》曰『譚公維私』，『公之媚子』，一仍其稱。《左傳》，齊有邢公、高堂公，楚有葉公、白公。楚漢之際，有滕公、戚公、柘公、薛公、陳公、留公，歷史不勝舉。甚至沙門法深曰深公，道林曰林公，慧遠曰遠公，道生曰生公。故孔融曰，昔太史公、廷尉吴公皆名臣，又園公、夏黄公潛光隱耀，世加其高，悉稱公。公者，仁德正號，不必三事大人。今鄭君鄉宜曰鄭公，審孔融説，則不必三公稱公，明矣。

又示知滿洲、蒙古，祖父子孫不同姓，當原其始得之氏，冠之曰某公，此即爲公卿世系表，一家族譜考。若遇一人一篇再見，亦當作省文，若用之碑誌傳誄，則大可粲矣。僕試淺言之，君必大噱。

如稱魯周公曰姬公，魯子孫誰非姬姓者？設將隱、桓、莊、閔一十二公，概稱姬公，可不可？或曰，古有功德者，生賜以族，叔孫得臣是也。若有大功德，則又以公子之字，賜以爲族，仲遂是也。其子孫爲卿，君不賜氏，子孫自以王父之字爲族也，則又本乎賜氏、不賜氏之典制。合徵之《春秋》，卿不書族之義益明。

夫一事再見，省書族者，如歸父還自晉，意如至自晉，婼至自晉之類，固非特筆。至如無駭卒，挾卒，及柔會宋公、陳侯、蔡叔，盟於折，溺會齊師伐衛，則君未賜氏之故。或問，翬稱名，杜氏亦曰未賜氏，則稱其名，經不冠之以其祖氏，不亦班班可考乎？

今國家無賜氏之典制，會典亦不令有功德、無功德大臣仍其祖氏。即大臣上章拜表，國家發詔策，祭告碑文，亦不冠各臣祖氏。何居乎於其碑誌傳誄中，必以其祖名之上一兩字，冠之曰某公，俾其祖孫父子兄弟間，混錯無辨？後有史才，知必辨此。

按，慕容祖曰莫護跋，曰步摇，後音訛曰慕容。乞伏先曰紇干，禿髮祖曰匹孤。赫連祖曰去卑，曰武父，曰衛辰。石趙之先，亦曰耶奕于，曰周曷朱，類皆至君一國之後，始專一族姓，以傳子孫，正合古者卿不書族之義。

又按，三代下賜姓皆國姓，如趙保忠、李全忠之類，五季義子尤多。從無賜有功德大臣本身之名，作子孫氏者，則知賜氏之典，不行久矣。附記。

白雲草堂文鈔卷四

武進吕星垣叔訥著

河南城守尉廳壁記 代

河南無提臣，以撫臣領之，撫臣處置地方軍務，節制諸鎮。駐防滿營官兵駐開封，董開封滿營，曰城守尉。城守尉八旂公補，尉缺報聞，由直年都統等，於八旂參領、侍衛内遴選補之。尉到官，董所屬八旂滿洲、蒙古，鳥槍領催十五人，鳥槍驍騎二百八十五人，領催二十五人，驍騎四百七十五人，弓匠十人，鐵匠十人。以月四、八日訓練其兵，治其軍政，報撫臣。

撫臣考察城守尉，定四格，格三等。一操守，曰廉，曰平，曰貪；一才能，曰長，曰平，曰短；一騎射，曰優，曰平，曰劣；一年歲，曰壯，曰中，曰老。既注上考弊以五事，曰行止端方，曰居官勤慎，曰弓馬嫻習，曰馭兵有律，曰給餉無虚。具五事，撫臣以舉。有下考八法，曰貪，曰酷，曰罷軟無爲，曰不謹，曰年老，曰有疾，曰浮躁，曰才力不及。干一法，撫臣以劾、不入舉劾注册，皆功令。尉治其下如之，尉敬書壁爲軍政。尉謹以撫臣治尉者自治，尉以下，慎如尉令。

淵如曰：『雄直勁峭，直追先秦。』

南河河神廟碑記

皇帝聖德翕河，河伯效順，帝嘉乃績，是用錫之上祀。承祭官河南巡撫長白榮公柱，式將典禮，告命瀆神。迄事，開歸陳許道某率屬，屬某謹撰文紀事。

敬維仰瞻案户，直繩接極，指注鄂敦，裹江岷，外環渭華。首役巨靈贔屓，高掌遠蹠，出于龍門數千里。東群山峭崖，衝石井，洞巖壑，未殺厥怒，駛三册七洋，匯伊洛濟沁，導盟津滎澤，演迤灝蕩，暢行中原。飆旋閼積，擁溢决潰，敗阡陌廬舍，殺人畜。大梁鎮其中央，培堤護城河，建瓴城，卧釜堤，岌嶫屏之，河流帶以下，益震動馳駴。

乾隆戊戌，河决儀封十堡，災及蘭陽、考城。上宵旰憂勤，命大學士英勇公阿，督河道督臣、河南撫臣以下，動帑治之，迄己亥秋，未克底績。是冬，上用布政使榮公爲撫臣，責其成功。公受命惶恐，齋肅，馳詣中牟，具以上仁愛梁民，尅期底績，禱於神。馳抵工，會議决策，議者曰：『龍口日刷益深，每埽，當伏蛟鼉，神怪集，矢不及，宜毒其淵。縛麻葦，弗克抵衝，宜仿古絡竹石。比年民亟工，麻葦缺，宜遠購廣儲。員弁乏，宜請材。』

公排群議，斷曰：『上懷柔，百神咸率其職，茂育萬物，咸若其性，其孰敢伏撓吾工！且毒淵害，民物弗便，葦受齧，與河翕吐。石性堅，絡亟敗，弗便遠購糜運，宜近儲。新進喜事，宜練材。』英勇公同之。公布政於梁十年，習吏能否，察民有無，吏民懷畏，罔敢欺遁。公既秉節莅工，斷以公明，令以威信，吏才民力，輻輳聽效。公悉左强右傷，左右强下傷，曷使壤奠鄰壑，抑堵龍口，先晰怒溜。迺疏引枝榦，助洩跗肱，復臨金門，平量丈算，築壩挑掣。公精燭風角，立竿佈卦，知南箕行躔所，諏吉日，當清厲效命。公遂啓英勇公，先祀告瀆神。仿宋皇祐，兼獻告箕、斗、奎、東井、天津、天江、咸池、積水、天淵、天潢、水位、水府、九坎、天船、王良、羅堰、四瀆等十七星，群僚恭敬，鄭重誡勵。公曰：『河神職河。顧神依於人，爲力以效於上，成於民。苟不能愛民，以得其力，神不馨不依。某敢弗恐懼修省，用請嘉命！』迺季冬月吉，次第佈埽。

將合龍，昴宿昏中，盡子夜四十八箭，鳴角擊鼓，督僚吏將士，趨金門。神風廣漠來，駭浪輒東靡，上引河，下金門，各蔽壩挑怒，放溜堵口，符券尺寸，遂合龍，萬人歡呼，率隨英勇公，望北呼萬歲。公遂急勵衆鑲墊，鞏於金湯。公於是急報聞，工竣，歷敘厥績，獨歸功于神明，此皆皇帝德化。上俞公言，特旨命公祀之。

公既奉命，謂揚庥受釐，敢弗敬事。迺簡從官校，齋宿牟山，先以志氣清明，感交帟帷。維太蔟協孟陬，參夜子半，有司設樽篚罍，洗備鐘磬柷梧，供酒醴、黍稷、牲牷，告以具。甲夜霏風瑞雪，及期月星照逾，騎鐙庭燎相映射。公敬函賜香入薦，登降獻如儀，自左門出，見景雲日出，召僚佐餕惠。遂按轡行圃田，諮二十四浦蓄洩，問民疾苦，耆老四民，踴躍謳歌。公歸，賦詩紀事，是歲大和。

維公十年愛於梁民，上知公能用民力，故用公。公成民以致於神，卒以神所依效於上，克奏爾功，斯神之功也，厥惟聖天子用公之明也。系之詩曰：

神哉沛，萬福來，忽揚波，泙洩以害，神其急澹厥災。人克肖正直聰明，神叱使濤順軌風隨旌。維神陟降受上帝命，寧弗樂觀厥成以據德馨。神依人力中牟東，千載信此中丞公。公來祀神秉天子，以神之依主其祀。

二樹曰：『肅穆簡峭，部伍森嚴，岐蔚卓峻。如觀古雲雷篆鼎，未名其器，已知其爲三代法物。』

實堂曰：『雄直敘紀，乃復頓挫顧盼，鎖骨捫稜，不識魚腹浦陣圖，豈易辨方出入！古色古香，特其餘事。試取昌黎《南海神廟碑》，頡頏之，可以並美。』

仲子曰：『學韓故似韓。韓、柳同時，亦自相模放，以體製不能易故也。』

百門泉泛舟記

往歲朱樂山自輝縣來，示余《百泉紀遊詩》，鏗鏘流麗，余讀之，如偕樂山泉上也。昨與周子邦華、高子慎先，聯車過輝縣，高子曰：『孫無己寓百泉，盍訪之？』至則無己方據几作書，謝人饋酒。無己見余至，大喜曰：『聞先生旦夕過此，今至，喜可知！顧庭下多竹木影，得月少，今月色滿百泉，泛舟可乎？』余喜，從之。

無己呼僮聯野航二，版其上，若平地，張布被數幅，以蔽風露，攜酒坐其中。賓主四人，攜竈具、茶具者二，蕩槳者二。將發，無己之幼子稻生，攜果一筐登舟，乃停槳順流，隨微風至百泉亭下。明月初滿，光綵與泉水激射，水摇摇流月旁，人怳怳立水際，時有凉露着人，冷於寒雨。於是飲酒樂甚，酒酣起，望見蘇門山、共山，歷歷如畫，惜月夜不能登兩山，訪蘇門生嘯臺，及孫公和土室絃琴處。而人行冰壺中，靈意隱躍，時有天際真人之思。

余昔彰洹間遇異人，無己知之。適無己久病初起，資導引術，因叩所聞，周、高二子亦以問余。余素不信神仙説，然所聞於是人頗奇。其人隆冬單袷，余問之，則曰：『日月何衣哉！吾衣父母所與者，彼蟲絲獸毛，焉附吾體也！』又謂余有夙根，入道甚易，顧余不信其術，即亦未問其道。慎先曰：『昔李太白云遇神仙，授丹籙，顧不得仙，即問得其道，亦罔效。』

余曰：『不然。太白固有仙骨，要其言，寓言也。太白云，聞丹丘子於城北，營石門幽居，中有高鳳遺跡。僕離群遠懷，亦有棲遁之志。因敘舊寄詩，志欲謝朝列，歸故園，乃其本懷耳，吾揣無己襟抱正同。若吾三人，流離奔走，幸逆旅主人相將，月夜勝境，流連光景，已若昇仙。人生百年，庇祖父，守妻子，老死牖下者不少。其獨客數千里，攜家數十人，徘徊擲躅不得去者，亦不可勝計。雖有嘯臺土室，豈能棄家室人事，徑往吟嘯其中？惟月白風清，道故得新，對山高與水長，共適性以暢情，是良夜不可負也。』

吾飲少既醉，諸君盡醉乃已。周子至，稻生及從者皆醉，無己要余宿齋中，秉燭請書其語作記。留一日，邦華、慎先去懷慶，余登車回安陽。

孫無己曰：『灑落飄緲，有雲上吹笙之意。是夜月白如晝，靈光尚在行間。』

河北兵備道射堂記

河北觀察介軒朱公既葺其射堂，貽書某記之。公屢歲防河屬，乾隆庚子春，安瀾順軌，單車還治。公廉明强毅，冒雨雪，犯霜霧，督士卒，畚臿楗埽。既歸，恐弛而弗張，乃習射，亦時飭將備卒伍，各於其治食已，進謁會射。公見僚屬畢，臨觀之，久之技各進，甚矣公之勤也。

河北古雄鎮也，古立帥鎮之，控太行、王屋，環濟瀆、孟津，屏障京東，喉衿山右。故唐置刺史懷州，兼領澤、潞，顧盼魏博，跨踞長河，藩鎮跋扈，銀槍效節，曾爲軍鋒。亦面嵩、少，西扼秦隴，首昂三臺，直馭寧朔。承平久遠，飲和食德，雖兵精器鋭，士飽馬騰，無折衝守禦之責。公顧責之督捕，立之格，信賞必罰，所部肅然。

公登堂訓之曰：『士不練，則爲廢爲惰，爲驕爲横。廢惰不可冒，驕不可使，横將擾民。法不縱治，以法惜材。』將謹受令。又訓之曰：『兵備閲射，令也。將士食有常給，其飽食來會，其射不中程者，選以至。』於是將令所部食已，射將所。將食已，選之，請射於堂。公賞其中程者，矢五矢十，弓一弓弩一，布二匹爲等殺，將隊長得縑帛。鏃高五尺，廣二尺，樹之百二十步、二百步、三百步。月會射三日。

張瑞書曰：『簡古雅健。』

二樹曰：『介軒先生清名聞天下，遷粤東後，士民懷之，有甘棠之遺愛。今讀此，想見風流餘思。』

蒙泉曰：『序次簡雅，追西漢人，亦得之周秦。觀《儀禮》文字，可知唐唯韓、柳有之。』

榮事堂記

相州晝錦書院，宋韓魏公晝錦堂故址，山長室其西。其前三楹曰『榮事堂』，對堂亦三楹，歲久將圮，余主講次年，安陽令龍川彭君梅園新之，屬爲記。

昔魏公持節鎮其鄉邦，其後曾孫肖胄復守相州，一時榮之。爰集鄉黨，仿古旅酬禮，俾衆弟子洗觶酌獻其中，而弟子榮其事，故名堂，垂不朽。今長民者景先賢，即其址建塾，淑其後進子弟，士與此選，入此勸者榮矣。乃其事何事也？

士進而受所治之經，退而佔嗶服習；又進而試其所爲學，退敬業樂群，較其短長，訂其是非，亦可謂之事乎？未也。士以見之言，發之事爲可貴；以見之言者少，發之事者多爲可貴。今士之服聖賢之言者，果其能言之當歟？言之當者，果其能見之事乎？如其未也，則未可謂事其事也。

夫國家典重造士，有司所爲勤宣廣勵，期於士者，期其以事先之民也。士所事者，躬行其孝親敬長，奉君親上之事，以實其言，化其俗。斯出而爲建白，爲設施，其事固卓著於鄉國天下之上；即處而爲忠信，其無事之事，亦且事之不盡，隱然獨據其所尊。士果能以是爲事乎？登斯堂也，榮已。

彭梅園曰：『閑澹曠眇，正自潔練矜嚴，令讀者悠然味之不盡。』

涉縣重修文昌宫碑記

涉縣城西北隅，有文昌宫兩楹，其創始不詳。一修康熙二十五年，舉人江明弼；再修乾隆十一年，學生李珊、江可式。歷三十餘年，知縣事徐君振甲，偕教諭毛君某倡修，起庚子春，成辛丑九月十九日。邑上民請某撰文，泐石紀事，乃記之曰：

鉅矣哉，斯宫之祀典也！其配社稷壇，繼學宫者乎？功相敵也，化相侔也，弗考其由來，弗知也。世稱文昌二，考經史，皆非儒者。以《六月》詩『張仲孝友』當之，説本無稽；老氏以司命爲文昌，説本《史記偏舉》。

考文昌一宫六星，不可强名其一，尤不可偏舉其一也。《天官書》曰：『斗爲帝車，運中央。斗魁戴匡六星，曰文昌宮。』晉灼曰：『似戴，故曰戴匡。』一曰上將，二曰次將，三曰貴相，四曰司命，五曰司中，六曰司禄。《春秋元命苞》曰：『上將建威武，次將正左右，貴相理文緒，司命主災咎，司中主佐理，司禄賞功進士。』蓋宮如北辰，星如七星。今欲以一星名一宮，則北辰七星，亦可以一星名之也。六星如六符，今欲偏舉司命，則六符亦可偏舉也，豈理也哉！

《文耀鈎》曰：『文昌宮爲天府。』《援神契》曰：『文者，精所聚；昌者，揚天紀。輔拂以成天象。』惟六星各有主輔，斗以廣，運斗爲天樞，文昌又樞紐之樞紐。故於生民日用之故，觸念應科，條舉手奉，監觀誠動，此幾見彼賢愚貴賤咸治之，非但士大夫而已。其功化察上下，核之祀典，配社稷壇，繼學宮，如是而修明之，典鉅則功亦鉅。

或曰六星一像，可歟？曰可。祭者非物自外至者也，由中出生於心也。生於心，無所屬，廟者立一地，以屬其心耳！昔者先王掃地以祭，燔柴以升中。孔子曰：『某之禱久矣。』古無像設，至宋玉《招魂》，始有『像設君室』之文。漢文翁仿之，像孔子成都石室，及七十二弟子，使屬心者屬目，皆有圖經可稽。今上將六星，豈有圖經乎？且神以分職相成，成民一也；像矣何必六，昭事一也。

舊名文昌祠。按許慎《説文》，春祭曰祠，品物少，多文詞也。仲春之月，祠不用犧牲，用圭璧皮幣。祠惟家廟稱之，一時祭之，故當依星名，改曰『文昌宮』。宮有碑，麗牲石也，亦在堂下，如《儀禮》法，三分庭一，識日景。《祭法》，祭星曰『幽宗』。鄭康成曰：『幽宗作幽禜，星以昏見，禜之言營也。』孔穎達曰：『星夜出，故曰幽；營域祭，故曰禜。』古者星無宮，祭以夜，故無碑。今既有一地，範像築宮以示教，以降福斯民，民奔走恐後，可無識日景乎？因勒文於石，觀來者。

宫成，凡前殿後寢，藏器陳樂之所畢具。用白金若干兩，其董事及助修人姓名，具書後。

朱石君先生曰：『考據與紀載，體製截然，文章家多不辨此。叔訥雄於文，故語徵實而氣行空。』

【校】上將建威武，底本原作『上將建苞曰上威武』，衍『苞曰上』三字。

遊天平山記

太行千里，蟠中州，昂首河北，曰隆慮。隆慮極峰惟天平，天平麓千岐，由慈明寺登麓。辛丑三月望前四日，余於寺蚤起，盥洗飯已，入山西行。攀籐捫壁，上憩環翠亭，望六峰秀絶，怪石如獅蹲象舞。山合四圍，聽泉辨徑，沿石竇泉入歸雲洞，石勢益奇，瓌瓏蜷結，若斜風吹煙，横披若迴飈卷霞上舉。迤邐北轉，豁然空青，石梁虹騫，則天漢橋也。返顧來徑，雲山蒼蒼，千曲萬疊，不可辨。

過橋聞雲端鐘聲，徑造明教禪院，院僧煮粟飯，瀹松子茶。出院北關，松籟振地，僧曰：『北去爲萬川亭。』遂從一僧一僮往，見天平、玉女諸峰，各發泉數十派。折而東，又西又北又東，彙崑閬溪，激漱迅利，一暢於萬川亭。北瀉者合數百，鼓鐘錚鋐考擊；東渟者數千，磬泠泠然，秋清蟲鳴，協奏絲竹。登亭上翫川臺，全攬其勝，徘徊山光潭影間，心從山空，目與天遠，忽若羽化蜕解。僮捷於猱，倏升南崖，折而下，折竹爲杖授余。道通勝橋，出複壁，至金綫泉，日華晃蕩，人行橋上，類披錦衣。

過橋，虬松拔地千尺，數十人不合抱，枵腹容席，環根爲門。出松頂，上玉女峰，入玉女洞，下窺鳳尾峰，石勢益詭，密於華攢，散若柯列，若仙靈鬼怪具支體，若鳥啄獸逐，雲起浪湧，不可殫狀。亦多異木異鳥。遂登玉女樓，望迸珠簾，錯落懸掛，時隨松風灑面，靈意怳怳然。沿厓聞琴筑聲，則珠泉會松，心澗南駛矣。

僮導余出澗，轉日仄峰，望天平峰，山入天中，碧雲四合，丈人衣冠高眺，衆山拱揖如兒孫。余瞻仰久之，饑渴甚，乃道鳳尾峰，險徑取捷，坐漏天巖，餐石乳柏子。歸明教禪院，余尚能登樓，僮憊卧，余下樓，僮嘻嘻曰：『甚矣，子健！吾生山中，不子若。雖然，子於厥明將登天平峰，觀雲海，子且休。』余曰：『不然。子故健，恃其健，故憊；吾不恃吾健，故勝子。』然余寢後甚憊，厥明不能興。越日夜半起，乃挾僮，與道人登天平極峰，觀雲海，作放歌。

吾山曰：『昌黎以奇勝，柳州以峭勝，此兼奇峭，以潔勝。』

習庵曰：『六朝奇麗，八家整暇，此爲一之。』

子田曰：『此作者涉筆成趣，要非韓、柳下所及。』

步虛壇聽松記

十四日，升神菌山望雲，還照碧池飲酒，雲容千態萬狀，眩目驚心。忽臨清流，衆山倒影，漾水紋鬟間錯，峰勢舄下，飛動已極，静深彌多。負手行池邊，寒潭不釣，泳遊忘機，纖鱗可數，趨赴人影。有黑鷹掠波而東，群鱗驚逝，深山中人不即物，物之即物歟？池水清芳，汲以盥，意飄飄然。啓雲卧軒北牖，望金光峰，峰斜迤若揖，道人曰：『叢緑苔簇者，萬松厓也；繚紅暈露者，金燈寺也。』夕雨霽，遠見金光萬點，近探則無，意石骨深赭，漬雨返照爲光。其東西明滅，則雲氣飛揚升降，或光發夜半，則神秀爲之。

少飲，登步虛壇聽松。松聲上連萬峰，下走萬壑，中挾萬川，由澗東來，駛壇下，迴崖而去，與風疾徐，若嘯者吁者，哨者啰者，咢者吟者。遂呼明月，出於連屏碧山。月行倏隱倏顯，月離山升，山從月轉，倏忽間易圖數掛，召古畫工各獻厥技。道人引竹笙，吹《霓裳法曲》一序，聲清揚嘹嘵，如鶴鳴空中。

余坐移時，恍悟玄理，謂之曰：『壇名步虛，仍不知去清虛幾萬里！然吾視明月，已在吾心，心無他慮。黑鷹奚來，松聲如濤，行與子逝矣。』道人笑曰：『有是哉，非金光之在於心者乎！』余笑曰：『在心也，在山也，將無同。』

吾山曰：『非夙根人，不能得之。』

湯陰嵇侍中祠碑記

湯陰城西南隅，奉祠嵇侍中，侍中墓即在縣南浣衣里，宋韓魏公因縣令張懋修祠，撰書修廟碑紀事。今彰德太守盧君崧修祠，屬某綜本傳，作紀泐石，務闡前古未及者。某作紀曰：

晉永安元年七月己未，惠帝北征太弟穎，穎遣石超距命，王師敗績於蕩陰，侍中死之，血濺御衣。帝哀之，册贈侍中光禄大夫，加金章紫綬，進爵爲侯，祠以少牢。元帝賜謚忠穆，祠以太牢，歷代奉祠不廢。

公考諱康，字叔夜，先世譙國銍人，奚姓，避怨家嵇山，遂命氏。叔夜公龍章鳳姿，婚魏宗室，拜中散大夫。修養服食，慎言行，見晉賊臣鍾會不爲禮，會傾害之。公諱紹，字延祖，十歲早孤，孝於母。痛父靖居，山濤薦徵秘書丞，遷汝陰太守，轉豫章内史。母喪除，拜徐州刺史，給事黃門侍郎。以不阿賈謐，封弋陽子，遷散騎常侍，領國子博士。常駁太尉準謚，駁故司空張華復爵。惠帝反正，直言極諫，又切規齊王冏，朝野震驚。冏敗，徵爲侍中，帝從六師請，使都督執節平西將軍，討平長沙王。又旋以侍中護駕北征，殉節蕩陰。綜本傳，記公如左。

按，晉殺公之考不以罪，國子生徒三千人，請免爲師，不得，海内冤之。或疑父不受誅，子必報讎，公不得仕晉忠晉。解之曰，非也。公之考，果以婚魏逃晉，則公不得仕晉。公之考慎修高尚，並未以婚魏逃晉，則公必仕晉；事君不忠，非孝也，則公必忠晉。公仕晉忠晉，而公考之死非罪，不受誅益明，而晉文帝之失刑益彰，而晉賊臣鍾會之以私憾陷天下才益著。

殺其父，用其子，父子皆有罪，曰濟惡。父罪死，子功顯，曰蓋愆。父死冤，子死忠，曰雪冤盡忠。載考之《經》，昔在虞周，鯀殛禹興，囚蔡叔，封蔡仲，禹與仲不逃虞周，此爲父得罪，不得例公，公考固無罪。降而考之《左氏春秋》，列國殺其大夫，大夫不受誅，而稱國以殺，罪累其上者，其族其家《傳》不著，其後者無論。凡大夫不受誅，而著其後者，無《經》之《傳》一，有《經》之《傳》三。據此而斷，公必仕晉忠晉。成二十年，楚殺伍奢，奢秉正無罪，其子尚奔命免父，子員奔吴復讎，各行其是。《傳》書之，《經》不書，孔子意不欲兩是，故從闕歟？以此例公，公可仕可止，而不徵於《經》。《經》書襄二十二年，楚殺其大夫，公子追舒王，先告其子棄疾。棄疾曰：『與聞殺父，既請葬，遂縊公，未聞害其考，不得殉考矣。』成十八年，齊殺其大夫國佐。佐憤中閨亂，大臣害，乃以殺慶克，據邑見殺。佐死，功罪參半。乃齊侯返國弱，嗣國氏，《傳》曰禮也，而不爲弱病。是公考無罪亦無功者也，公曷不仕晉？宣十四年，衛殺其大夫孔達，衛穆將貳楚從晉，故殺達，以説於晉。既而以達之殺爲成勞，達死有功無罪，復室其子，復其位，而《傳》又不以爲達之子病。是公考無功，僅無罪者也，公曷不仕晉忠晉？是當曰公忠於君，即孝於考。遂爲迎神之歌曰：

典午侮虐於卧龍兮，御龍子而傷玄黄。昔臨命而撫桐兮，今悼忠於搴裳。《廣陵散》而既終兮，寧褻陳於齊王。正衣冠於侍中兮，早著介胄不犯之色於廟堂。

盧存齋曰：『摘敘本傳，雅潔絶倫，入後抉經之心，執聖之權，一一精妙。如子文章至此，焉得不光焰燭天！歌亦千秋絶調。』

仲子曰：『此種文得一兩首，便敵杜詩、韓碑，真天地間有數大文。嵇叔夜、謝康樂皆奇才非命，康樂縱誕興兵，宜其搆陷。至叔夜好修罹極，洵典午失刑，卒未原恤，以告幽壤。向謂侍中登朝，宜有陳雪，今此《記》出，亦足申晰之。』

蒙泉曰：『江都相《春秋斷獄》不傳，其見諸班史者三四事，未離賣餅家言也。若此文始爲通經人語，延祖忠孝，折衷論定，有功名教之文，可以傳矣。』

【校】成十八年，底本脱『十』字。

彰德府經歷廳壁記

令受民事上守，此爲令不得斷，不能斷。守承上官檄令，又權令所上報上官，又受民愬不便於令者，權而報於上，責於令。而經歷官居其間，非能治守與令，非能助之察守、令之吏耳，吏上下交結玩弄，亦不能察，獨文遞緩急先後可察。乃吏黠甚，上下探索，並先於守、令、經歷之察否，無功過得失，故其官益閑，宜兩人居之。才而亟進者，所守無事，愈請他效；澹忘咎譽者，當官無官守，蕭然也。

彰德河北劇郡，經歷官視他郡繁，上元談君濟華居是官，又有異兩人也者。君父、兄甲科，君少爲諸生，能文，顧久困場屋，捨去爲吏，壯而才而閑，宜不忘咎譽。顧耻於越職，請他效求進，而居之蕭然。好飲酒，蒔卉木，喜灑掃堂室，時讀書逍遥其間。所接尤喜儒者，嘗曰：『從真儒難。吾一行作吏，當習吏讀律。然客談律見其格，不如從真儒道經史見律意，並其出入等差見之。頗怪儒者外，惟吏胥識其意，官與客均不迨。』有笑應之者曰：『然則子察吏矣，惜哉！能爲守，並不得爲令也。』君頗自憙，余曰：『以守、令察，以經歷察，孰易？』君改容起謝，既而曰：『子言可記吾廳事。』

今廳事落成，請題壁，余謂衆賓曰：『經歷官下，爲丞、尉、簿、典，上爲司道、治中、同知、分判，皆承轉官。合衆官之長，察吏，吏何不察？乃官益多，吏益冗，設官數百，吏不止數千。以數千積滑熟諳之吏，察之以官，察乎否？然則君之居此也，可謂察於經歷者矣。即其爲守、令可知。』遂書之爲記。

魚門曰：『簡廉宕折。』

襄城子産祠碑記

太谷杜進士昌炎，將自内黄移襄城，貽書謂：『襄城即鄭之汜，至漢置邑，名襄城。有子産祠，久圮不治，余往將修之，以攻吾愧。子其以吾意記之。』

其道所愧之意，略曰，子産猛濟寬，威濟惠者也；今之縣令，酷濟貪者也。子産化盜爲良者也，今則驅良爲盜者也。存心曰寬，及物曰惠，内果曰猛，外嚴曰威。寬而不惠者有之矣，與其不惠並不寬，且争用心之寬。乃反其道，而欲攘民之惠以自利，則勢不得寬，勢必反用乎猛與威之權，一出於酷。推其存心，不驅民以至於盜不止。故刀鋸鞭杖，治有罪，懲有過之具，或懸以示，或試以嘗。遂使無罪無過之良民，文致以罪與過，驅而納諸罟獲陷阱，以爲之出入，此非子產之罪人也歟？若是曰心愧，又曰心不愧子產，難矣。

沉浮闒冗，懦不振，廢不興，不講於興革利弊之故，若是曰政愧。子產治鄭，使都鄙有章，上下有服，田有封洫，廬井有伍，忠儉者與，泰侈者斃。今縣門内外，胥役任縱無章，何論都鄙！僚佐屏息，從縣吏背指授無服，何論上下！農功廢而役里車，閭黨散而逐末務，焉論溝洫與伍？是皆小者。窮閻淳朴，各治生理，忽不知舉手動足，觸罥網羅。有刁健險滑之徒，因緣胥役，作奸犯科，横生事端，魚肉鄉里。盛宮室車服，考鐘鼓，肆歌舞，不肖者不加擊斷，反賴其利。已而震其泰侈以爲豪，四境中有一於此，其愧於子產，又何如哉！

余讀之，喟然曰：『書之言，善矣。吾即有言，何以過此！』遂節書其言歸之。

箕陳曰：『筆力廉悍，如太阿露鍔，鋒不可犯。有製錦之責者，均當莊書一通置座右。』

丹陽儒學廳壁記

凡有司到官，獨學官漏屋頹壁，無閉夜，無閉風雨，無爨，無寢處，無几榻。故凡需於身，挈以來，挈以去，後者來亦如之。余攝事丹陽不然，具屋壁扉闥爨，寢室中具竹器五六，登其庭，薪木勿剪，庭左植竹百餘竿，梧桐一株，右顧有桃杏梅李，則前訓導今河南沈丘知縣沈君鵬之留貽也。君將行，留詩壁間，備誌其到官狀，特稔悉其故。不咎於前人，有念於後人，如君所爲，亦可謂世俗之賢者矣。君去而爲令，其賢愈可知也。

人臣出身當官，身以外，何一不受之官！乃獨怪群有司，惟此僚一身以來，一身以去。無賓客遊士戚黨因緣攀寄，無傔從奴隸廝養，無車馬衣服玩好，則無屋壁扉闥爨寢，亦自易居以食。則剪茅之覆，矬木之棲，大布之衣，粗糲之咽，惟此僚可無求於吏胥，而抗跡於古。而固不然者，殆將從吏胥之後，而益爲有司賤也。彼有得於有司，愈訶譴摘其短，而益進之；此無得於有司，將脂韋滑梯，而益退之遠之。不遠而近，吾不知之。

顧笠舫曰：『嬉笑怒罵，皆成至文。』

道場山讌遊記

柳州記遊之適，曰『奥如曠如』，余登臨，每服膺其言。及遊道場山，覺是遊之適，有非『奥』與『曠』所盡者。不奥自幽，不曠自遠，昔人謂吴興山水清遠，庶幾得之。山以水清遠，水以山清遠，山水以衆山水清遠，山行水行，其情畢見，見不能盡，去有餘思。

戊申仲春，雨霽，李平山明府、汪鏡湖別駕，邀余及吴子、蔣子，出南郭，放舟三里，至峴山寺。升閣觀藏經，由寺西溯峴山麓，登石坡，觀窪尊，即僧皎然偕顔魯公、陸羽、吴筠賦詩處。上浮碧亭，見碧浪湖，全湖在目。遠見湖左右，夾岸群峰，斷續起伏。下山麓行三里，道小浮玉山，孤山一石，即趙孟頫種梅所。又七里至道場浜，駕笱輿一里登山，由嘯月亭至伏虎道場，棄輿行約千餘步，僧如訥伏虎於此，故名。又西北上萬佛閣，越放生池、石梁，玩一勺泉，折而南百九十步，登華光樓，伏虎巖在其西。又百四十步，憇仰高亭，遂至望湖亭，登亭展眺，心目開朗。具區三十六萬頃，起而摇蕩於亭内；澄湖數十峰，卧而低昂於湖中。遠帆不動不旋，近渚寸綱豆人歷見，動作如繪。諸君乃席地傳觥，命從者采木實行酒。

酒酣，余謂平山、鏡湖曰：『下臨太湖，遠攬群山，山平水遠，夷猶澹蕩，與静者宜。昔賢惟張志和箬笠蓑衣，終身鼓枻，盡其趣。自逸少至東坡，皆寓公耳！』平山曰：『此水北流爲苕霅，吾飲之七年，行去此，可慨也。』鏡湖曰：『吾行買田陽羡，結茅於山，溯湖遥望，尚可見之。』余笑，浮白觴座客曰：『天下望者之適，孰與見者之適？苟不適之於見，望亦何能見也，且望而見彼自適耳！』客喜盡醉，各離立倚檻，下瞰金蓋，回辨石林。少焉，雲數十畝倏來，懸雨數十簾倏去，竹樹炫耀，山草生香，醒酒若失。乃蠟屐歸寺，僧欲留待月，會鏡湖將赴杭州，遂登舟解纜。

同人或詠或歌，或坐卧，余獨憑舷玩清流，俯仰沿迴，與山送迎。山容水色，若近若遠，若夢若醒，煙水迷離，千態萬狀。前望庢回灘轉，後望舟子理棹，曳足歌謳。風微月出，如魚空行，去山既遥，益流連冥想不已。既登岸，抵烏程官齋，剪燭記之。

李蓮峰曰：『山水空濛，靈氣隱躍，惟此足寫道場山之勝。文最夷猶澹蕩，於集中紀遊諸篇，另爲一格。』

環帶山房記

西湖水自湧金門入城，環鹺使者將盈庫，右繞見賓堂，四面曰環帶山房。其東爲使者治事所，前爲幕下賓客居，西爲射圃，曲廊左右拱。山房進益深，可横以屏者三曲，以區爲室者二十有一，隨四時晴雨，爲之綺疏簾櫳，爲水簷，接竹爲瀑，後井湖與階平，石聳林表，有湖上方外觀。前使者喜飲酒歌舞，嘗列氍毹，結綺繡，陳金玉玩好，望之若錦。

盧存齋觀察到官，舉而空之，獨愛灑掃焚香，聚書藝蘭。存齋故深琴理，暇輒援琴臨池奏之，琴泠泠然與環階流波相應答。仰觀風來長松，月出未已，時或置酒，邀余流連其間。興到輒鼓琴，或撫不彈，問之，笑不言，久之謂余曰：『吾臨流水每忘憂，撫琴不彈，亦得其趣，何歟？』余徐答之曰：『是静者機也。』存齋首肯。越數日再集，曰：『吾未得静之理，而既得其趣矣，願子竟其説。』

余曰：『人生而静，人之天也，孰有遇其天不自得者？静極思動，動極思静。君辨明起，聽鼓謁節使，退與同列往返，見四方賓客及所屬僚吏。遂綜江南、兩浙、江右之鹾政，求其平，其爲動也多矣，少静固佳。』存齋稱善。

余復曰：『鹾使利所叢也，人多利，則多嗜欲。多利多嗜欲，則逢之長之者進。使者早起，接上官賓僚，退治政。其親暱者必曰：「甚矣憊，姑行樂。」退遂酣歌恒舞，窮極嗜欲。此雖奇才壯歲，勢不得無失於上官賓僚政事間，况中才而遲暮。君今者有過人之才，值周甲之歲，嘗得静之趣，而復求其理，其於進思退補也，不庶幾乎？』存齋喜曰：『是得静之理矣。嗣後願子嘗集於此，即對子不言，亦如張琴不鼓也。請遂誌於山房，示來者。』

思補堂記

浙江廉使某君，爲堂聽事之後，題曰『思補堂』，徵記於某，道其意曰：『人之過，每不自覺，退常知之。或退而不思，至進見上官，治政事，晉接僚友，有過言過行，即退而知之，無補矣。終不如退而跧伏一室間，守儒素之節，静究其身心性命之過，庶幾補過萬一。必如是，乃得曰「退思」。故曰「思補」者，道志也；不曰「退思」者，未能果退也。君所思慎矣，顧强之，使道其意。』

某於是承其意，别爲之説曰：過於念所發，可革；過於事所發，莫追。且陳時臯事，稍有纖毫出入輕重，上戾國憲，下關民命，卒傷天和，過矣焉補？若其發於念，未發於事，亦既發於言，駟不及也，補焉亦過。是補也者，思其誤始善終，失彼得此也。以君慎思，固當寡過，君顧精其所思若此。某竊以爲，君之思所補者，或未得其過；而思其退者，正其可以進也。天下過之所生，不生於退，生於進；思之所失，不失於退，失於進。進亦思，退則過少，而補已多。且思即位而具何必退，禹、稷、顔子，易地皆然。果退，固有其近思，進而再思者益廣。思之體至虚至明，進焉益著其用，思益貴。

存齋曰：『名言。如晉人説理，讀之醍醐灌頂，不止暮鼓晨鐘。』

龍井遊記

昔人記遊，有爲山水記者，有爲遊記者，有爲群遊記者，爲獨遊記者。深山絶澗，扼險阻幽，開闢以來，人跡不到。到者愚蠢，未言其奇，則爲山水記。名山水出大都通邑，既疏既剔，昔人言其奇，則爲遊記。遊而朋簪集，則爲群遊記。群不如獨，獨遊乃極其勝，於是作記往往言昔人未言之奇。

龍井在延壽山風篁嶺，幽險絶，昔惟秦觀記言其奇觀，曰：『泉德至矣。美如西湖，不能淫之使遷；壯如浙江，不能威之使屈。獨受中資，和養其源。彼岸湖之山爲湖誘，不克爲泉；岸江之山爲江脅，不暇爲泉。惟此蟠幽踞阻，故嶺左右大率多泉，龍井其尤者也。』觀言善矣，向亦以觀爲能言其奇。及余獨遊龍井歸，乃歎觀之言未盡其奇也。雖然，余不獨遊，亦不能極其奇言之。

乾隆戊申，余客盧存齋運使，距湧金門一里。余又董崇文、紫陽兩書院課，不與聞醝政，故常泛舟湖中，盡四時雨晴之勝。六月十八日，存齋詣海寧，幕下諸君並出湖上，余獨辭諸君，往宿寶石山莊。及午大雷雨，登樓望湖，浪湧波鳴，雨一尺，抵暮止。黄昏月出，泛舟荷花中，賦《湘月》一闋。五更，聞湖寺鐘聲，三健足舁筍輿扣扉，余即乘輿去。道雲林，天未曉，所過澗壑，射目震耳，健足云比歲少此大雨，故泉長異常。天明至積慶山麓，山家炊飯，飯已，余厚賚健足，健足喜曰：『凡子不克登者，掖子登，顧必除冠服。』從之，乃由過溪亭至浣花池，捨輿登山。

健足葉姓，故爲龍泓寺僧治圃，從之登，由池西厓徑升龍泓澗，懸瀑二尺許，垂地一丈，葉曰：『雨助之故爾。』旁度風篁嶺，窮源澗後方塘，龍池瀉池水，落前澗如闇。循池過方圓庵，上聽泉亭見源，是爲井。井水澄映，曲流注池，亦無他奇。漸至井旁，四面望，石奇絶瓌瓏，斵劖若女繡工鐫，其滲緑暈黛，亦肖龍眠工緻筆。亭左神運石，蓮舒雲卷，尤奇。又左爲清虚静泰，折而東出篁岡，坐北厓間，仰望駭絶，有瀑爲白龍數十，自東北亂峰中劈裂而落，衝石穴，爲百萬金鼓聲。穴無潭，跳而出，離地三十餘步，落爲水橋，駛澗曲折，奔流至過溪橋。出麓，余乃袒卧行，穿水橋以東，入水不濡，境非人間。既下滌心沼，又上『一片云』，亂松岫，越繚垣，由後山登巔，至翠峰閣，觀『湖山第一佳』，泉之分合伏見畢見，蓋龍泓之奇於此窮。非隔宿雨盛，亦自地匿天，隱不得見。余時徘徊於『湖山第一佳』，如相工揣物，周覽全山。泉石之奇外，山崚嶒湧起，都無甚奇，奇者皆在繚垣內外。

惟北山後兩石有幻態，亦不及井旁，蓋唐宋來，歲久湮廢。乾隆壬午年，上奉聖母南巡，普天慶嘏，杭之臣民乃即其地闢佛場經筵，以申釐祝。故溯沿元豐，恢廓唐宋，萃山之美，繚以周垣。如舉網得魚，鱣鮪魴鯉及文鱗纖蛤諸品，悉無遺於網之內。其蛟龍黿鼉，神鰲怪物，聽其張鬐鼓甲於長波高浪間，此山之不雨，無泉亦美者。

若夫雨盛潦集，天特爲茲山一呈其奇，杭人十萬户，類各閉户偃息，孰攜屐至湖上，遠而尋幽，西極龍泓？山僧樵夫，生長下上其處，則習見之而不能言；即能言之，亦不肯言之。士大夫致雨霽石滑，僕僕送迎，兼爲達官貴人之傔從訶厲。然則茲遊也，余所獨也，余亦賴健足三，杖一，草屨二兩，遂使葉道以下。日色未晚，仍遊黃雲洞歸，歸而歎秦觀之記未盡也。

昔人龍泓、雁蕩並稱，余今悟雁蕩之泉生於山，龍泓之泉來於天耳！生山有跡，來天無端，世或有奇士，而衆皆奇之，要之衆人所奇者，非士之奇，其龍泓潤歟？其知之有其時耶，有其人耶？吾不得知也。然則余之記獨遊也，勝於群遊。記遊也，即記山水。

淵如曰：『大含細入，曲折淋灕，無不盡其意。而行止起落，仍自天施地生，韓、柳當之亦變色，況餘子耶！』

方蕅塘曰：『淮海一篇，已擅千古，不謂更有此篇，然山靈有知，當以此爲知己。此非力開生面，乃龍泓真面也，必傳何疑！淮海云，嶺左右多泉，今龍井天霽不雨，嶺左右無泉，故知此記奇確。』

重修吴縣學宫碑記

有所爲爲之，必不誠；不誠，爲之每靳其力，不肯盡。天下之愛其力也甚矣，無所慕而用其力，往往迫於人，不得不爲。既迫於人矣，遺憾焉，人之憾也。故靳其力爲之者，必不善。

乾隆五十四年秋，吴縣學官王君溥、周君國治，與學生俞大猷、王煦，謀修啓聖祠，捐錢七百緡，功弗舉。會煦授經郡人潘君文起家，煦乃勸君成之。既而君瞻謁殿廡，毅然任獨修。揭砸硇至礎，無完材，乃親選材庀工，工竣，塗油深浸，始丹漆焉。仍者楠一株，柏二株耳，名修實建，功之善，無遺憾矣。

吴縣人文甲天下，學官弟子，巍科膴仕者，不可勝數，既未及捐修。至學官申文請修，數既不得逾千兩，又文書上下，例必再三委估駁減。仍自縣、府、司，至制、撫、學政官，節經吏手核放，乃付官匠，苟且補苴。請如彼也，修可知矣，微君之力，幾何其不掃地以祭也。

今夫人之身，自水火盜賊，疾病訟獄，以及倡優博塞之屬，所以耗其力者何限！耗其力，不免於患，或勉於其身，中於子孫，此無他，未聞聖人之教也。君處豐以約，以盡力於建學教士之地，以尊聖人，聞聖人之教矣。聞聖人之教，有慕於中，無所爲而爲之，盡其力無遺憾，信可謂爲之誠者矣。其邀福聖人也，更不必言！

祠工始五十四年八月，成十一月朔日。殿廡工始五十五年正月，成七月朔日。會余攝訓導事，因記其緣起，俾修志者採焉。潘君元和人，以五十一年義賑，奉恩賞道銜。君舉是工，前後共用白金四千八百金有奇。武進吕星垣記。

吴竹橋曰：『辭尚體要，今之李泰伯也。』

君子堂記

長洲王百穀穉登，題吴縣學官聽事，曰『君子堂』。乾隆庚戌年，余捧檄攝事，每登堂愧幸，愧余不足當，幸士之庶幾副其實，毋止慕其名。昔百穀之名此堂也，豈不冀其鄉之後進子弟勉爲君子！升此堂，亦先冀夫君子至斯，有自勉者，以進其子弟。是余欲責之百穀之鄉人，百穀先率其鄉人責之余也。是又當愧，不當幸者也。

余正月莅官，十二月瓜代去。學生王煦請記曰：『先生之至也，殿及崇聖祠皆廢，環舍玉帶河未濬，堂下兩廡就傾。今先生之去，次第畢舉，士欲爲先生新此堂也，始以先生辭，繼以先生去，弗果行。請記，以勸來者。』余謝之曰：『殿及祠，潘君青橋力也；濬河，俞君稼園及君力也；治兩廡，請之上官也。余適遇之，何力之有！今斯堂之當治歟，後來者與諸君責也，余何能勸？』曰：『固然也。先生以爲適遇之，士則以爲遇先生成之。此即先生之可以勸，勸弗行，亦弗失爲君子言。』

余乃喟然歎曰：『子以君子期我，烏能已於言！聖人之道，大而容，由其道各得其庇。近聖人之居尊，而畏修其身，不得懷其土。今之爲博士者，雖荒徼蠻貊，鮮不庇聖人之澤，以俯仰棲息其土。顧或稍自縱恣愚，而效人飾棟宇，侈几席，盛車馬賓客，漸必不修其身，不識所畏。雖近聖人之居，庇聖人之道，迄不能容其身。是剪除蓬茅，灑掃庭除，隱几讀書，幸四壁未欹，雖破壞穿漏，幸旁風上雨未至，亦蕭然自得，無慕於外。此寂歷荒率之境，固一二君子周旋進退，談道講德之所也。余居此一年矣，堂後三楹益殆就廢，余始至，愛其近井，時汲清泉，因居之。諸生不以余陋，旦夕過無虛日，皆由堂道井旁，入室省余。今且行矣，何以勸爲？若夫余之欲爲勸者，當不徒鶩乎君子之名，博士循資格具數，夫孰能不愧乎？師嚴道尊，或少自得，多慕悦，幸厠省會，趨勢利，益賤於上，輕於下。即壯其閈閎，彩其拱棁，以甲於有司之堂皇，雖有君子，將遐心裹足而不前，彼百穀所責而冀之者焉在？故不此之勸，則登其堂，如無人焉已。』

實堂曰：『目前指點，忽爲正襟驚座之談，令人變色下汗。末尤冷雋。』

静遠齋飲酒記

丁君郁兹尹洛水，命婿送家之任。兒子璐初冬赴贅，仲春將行，爰以春正月率婦來鹿城，行廟見禮。時陳婿厚甫在庶常館，亦遣迎長女，女亦來告辭。是年秋，余婦張孺人五旬，兒女輩咸請於余母錢太孺人，欲爲壽。孺人方念兒女遠行，又嘗茹蔬，喜静雅，不欲也。太孺人嘉孫輩意，爲治酒作歡，既復從孫輩請，命余記之。

余乃告璐等曰：『爾等果念爾母，子能克家，女無貽罹，婦有著代，母願足矣。次女、三女、幼子，未及見爾母少壯勤苦時，長女及璐則既見之，知之矣。爾母生豪家，既事余，即能率余訓，甘貧賤，力操作，以善事親。余上承慈親，平生無私財，始出遊以來，知事親，不知家室。賴祖母訓食爾等，爾母衣被爾等，常不給，故晝夜作，十指繭。及從余到官，知官貧，又勤苦如家居。蓋三十年事余，迄今勤苦如故，然未嘗怨尤。爾等知者，勉其所知；未知者，勉其所未知。余且無多求爾等，况爾母歟？人生五十半百，年過此者，未或知；及此者，已若此也。余明年秋亦五十矣，余尚不獲致逸豫於太孺人，奚問爾母！是當爲爾等記者也。』嘉慶辛酉上元後三日，叔訥記。

白雲草堂文鈔卷五

武進呂星垣叔訥著

太保公家傳

同高祖叔爾禧令桐鄉，致書星垣，問子孫著録祖父者。復以柳子厚、歐陽永叔，各爲厥考侍御公、崇國公作表，近侯朝宗爲祖太常公、司成公作傳，姜西銘亦爲祖太僕公、太常公作傳，皆世所誦。叔遂命之曰：『高祖太保公，載國史，載碑誌，尚有不及載者，吾祖父嘗欲求有文者製傳未得，以命余。余觀世之文章家，卒不當意，意終屬子。子終爲之，其務簡以盡，潔以著。』星垣削稿定，質之叔，曰：『善。』爰録藏之。

公生前明萬曆癸卯八月廿四日，卒康熙甲辰四月十八日，年六十有二。偕配朱夫人，合葬常州繆賢里，金公之俊爲誌銘，李公來泰爲神道碑，蔣公虎臣爲傳讚，范公文程爲誄文，書公之美，各舉其大者。星垣謹彙四公之文，合諸祖妣、先考所述，著之於篇。

呂氏在唐宋間，皆籍河南。宋南渡，徙婺爲舜徒公，代父戍陝，爲孝子。春鸝公遷宜興。明永樂間遷武進，六世至公大父遂南公，生公考翼之公，妣諸太夫人，世德具公自撰祖、父《行狀》。

公諱宫，字長音，一字蒼忱，號金門。公生四歲而孤，六歲就傅，即過目不忘。八歲，著《西漢大臣論》

十首，重於陳子龍、夏允彝，皆締交。年十二，器度過人，受家政，好施與，不三年，盡棄其田四頃，遂爲經師養親。補博士弟子，食餼，屢試冠軍，從學甚衆。庚午，謝生徒，遊江寧遠公庵，閉關三年。癸酉舉鄉，公邃於《易》，筮得否之泰，曉然於小往大來之運，遂不赴公車，獨深求體用經濟之學。居母喪，毁瘠逾禮，服除遊揚州。

公早負重名，嘗晦跡謝交遊，獨居僧寺。迨國朝定鼎，公復筮《易》，遇乾九二，遂趨京師。既入試，立成，見匿喪入試者某，彼此質文並佳，公並爇之，曳以出。及順治四年入試，夜有燭燼，落公卷爲莲花，忽光消，卷如故，遂第進士。及廷試，大雨失銅格，親王鰲拜巡視諸進士，公既儀表異人，跪如立，又見公獨無格，落筆精整，策對甚直，因示范公文程、陳公名夏，皆奇之。進呈，蒙世祖章皇帝擢公一甲一名，授内翰林秘書院修撰。本朝修撰，始傅公以漸，至是車書乃同實，冠天下士，遂荷殊寵，朝士側目。公益持謙，維時召見，賞賚不可紀數。公每納牖進規，特以天下初太平，當以用人别流品爲急，眷注益深。遂奉頒詔江南，訪遺佚，按梗頑，豁除百姓逋累，還對稱上意。

歷充壬辰、乙未會試考官，得士極盛。晉右春坊右中允，廷試、散館，疊充讀卷官。世祖嘗總試館員，以『君子懷德』『論建常平倉疏』，擢公第一。又於十年二月，召公及侍講法若真，編修程芳朝、黄機，試以『柳下惠不以三公易其介論』。上見公文曰：『伊周衛霍争，介不介？』喜曰：『是三公言。』又第一。上諭吏部曰：『翰林升轉，舊例論資格，兼論才品。朕思果有才品特出者，何必拘舊例？右中允仍管秘書院修撰事。吕宫文章簡明，氣度閑雅，着遇學士員缺，即行推補。』遂授秘書院學士。閏六月，即授吏部右侍郎。

十二月，大學士員缺，閣臣援前明枚卜事例，次第推諸尚書、督臣，上硃筆書公名付閣，超授弘文院大學士，掌樞要，一時皆驚。公遂陳思密勿，知無不言，遇上聖神文武，嘉納若流，公益竭忠盡瘁。嘗曰：『臺諫當糾閣臣，閣臣當率部府，不得授以指，比以私。』遂顧御史郝公浴，勉爲古汲、鄭。先後率部臣，請免簽點江浙富民運白糧，請免選報民充織造。充機户事，起前明閹黨，貽禍東南，條奏剴切，旨皆報可。又欲減江浙浮糧，格部議未果。又逆憂西藩吴三桂跋扈，偕大學士成克鞏，特薦郝浴有文武才，足治三桂。郝即露章劾三桂不法，三桂馳疏辨，上欲馴慰三桂，下郝刑部，公及成各鐫二級留任。後三桂反，卒起郝爲雲貴督臣，平之。公知人愛士，能折節下人，獨威重清嚴，綜别流品。又諳悉前代掌故，深嫉玷閹黨、賊黨之徒，嘗欲手著一書，恐病其子孫，乃止，顧嘗揚言之。至遺民寒畯，深所敬恤，當江南奏銷案起，公以賞賚廉俸代償逋，又寄資回江南賑荒，全活甚衆。

十一年六月，公病，恐懼曠官，拜疏請免，上弗許，上遣御醫賫藥療公，又諭火灸。九月再疏請免，弗許，如是者四。公前以纂修玉牒總裁，順治大訓總裁，屢進階。十二年正月，晉公太子太保，總裁《資政要覽》書成故也。公病篤，又拜懇疏，奉旨：『覽卿奏病難速痊，特允所請，着以太子太保新銜，回籍調理。病痊候旨召用。仍賜蟒服、鞍馬，馳驛前去，昭朕優眷至意。』公疏謝，奉旨：『覽卿奏，甚切朕懷。須益加調攝，務期痊可，以慰眷注。』

公既歸，上時念公。十三年六月十六日，上賜敕存問曰：『朕惟國家簡輔弼之臣，資其励勷，宜加恩禮，即或抱疴歸里，睠念才能，每懷寤寐，亦豈忍漠然置之！太子太保，原任内弘文院大學士吕宫，爾學術雅醇，性資通朗，既魁多士，旋登禁林，受朕深知，早參大政。而能不阿不激，小心劻勷，一載綸扉，多所裨益。不意二豎偶嬰，藥餌未效，因准暫還，用便調攝。今間闊年餘，彌深軫念，特遣副理事王應聘，御前近侍劉有恒，齎敕存問，賜羊酒。卿其慎起居，親良餌，爲國愛身，竚須召用。欽哉！故諭。』公拜謝聖恩，涕泗交頤，疏稱捐糜莫報。

辛丑，世祖升遐，公慟幾絶，力疾奔赴山陵，哀慕極，嘔血數升，益殆。迨卒之日，日將入，公知不起，伏枕九叩，授子草遺疏，以『敬天勤民，無忘外患』陳奏，他無所命，遂薨。疏上，聖祖仁皇帝軫念公，爲減膳輟朝，諭賜祭葬，賜塋，遣官奠，朝野嗟惜之。范公文程爲誄，曰：『本朝第一人物，第一知遇。惟先帝知公，惟公不負先帝。』一時誦傳。

公立朝矜尚氣節，雖持大體，不立異同。獨辨流品，於前明閹黨，屏之尤嚴，忌者切齒。故病歸後，屢被交章彈摘，荷上深知公，不能動摇。最後奉上諭：『不必苛求。』議者始息。公未遇時，曾拒奔女，知者稱之。李公來泰敘其事，謂此特公小節，公固有大節不奪者也。公著撰甚富，授門人吴侗校理，遂失之。書法類歐陽率更，晚學董玄宰。病歸後，有日記小册，動作必書，子孫或得數册。

公子六人：方洪，廕監生，辭廕員外郎；方高，歲貢生；方咸，恩貢生；方嘉，廩生，爲星垣高祖；方昭，廩生；方振，附監生。太保公屢爲考官、讀卷官，門生甚衆。又郝公浴師事公，其門下事公如師，故數十年江南考官，皆公門下士。高祖兄弟率守太保公教，不試於公之門生，皆以諸生老。

叔皆孚曰：『整暇森嚴，參史著潔，叔訥能爲之克成之，可謂不愧於先公矣。僕年幾無聞，浮沉州郡，仰維先公受不世恩遇，成不世勳名，一爲省循，能弗流涕愧恨！既惜祖、父弗見之，願子孫敬録之誦之，稍勵萬一，爲吾釋慚萬一。』

子仙曰：『閎深肅穆，無一閑字剩句，非大手筆不辦。』

韓元潛傳

元潛字匯崑，父韓翁名學愈，自海寧僑居常州。翁幼爲傭走四方，稍長，爲鹺賈起家，中年貲累鉅萬。性好涉獵史傳，買書恒不惜貲。生男子五，三子賈，兩子讀書，翁志也。元潛偕季兄元潔就傅，通敏恒過兄。幼即寡言笑，多內用，故命名以之。年十四，延劉秀才授經，秀才名宸，郡耆士，性簡傲，翁事之甚恭。家善釀酒，秀才不嗜飲，則益治饌，所居陋，輒築精舍居之。又時揣量缺乏，饋其家，凡事秀才者靡弗至。及元潛操管，爲詩文有才度，同里李翰林英者讓席坐，自謂弗如也。

出秀才門下者，或舉孝廉，成進士，而元潛應童子試，恒弗售。於是歷遊江淮河洛間，歸乃病，病乃不可爲，秀才踉蹌視之，元潛支離於床，掩枕泣。翁乃發悲曰：『元潔端謹，善事我，顧魯鈍，勿當意。吾且老，老獨見元潔，爲可悲。』秀才徬徨灑涕，日暮始去。秀才故病消症，不數月死。翁卒，元潔往爲之治喪。秀才未死三日前，翁與元潔爲娶婦嫁女。死之日，婦及婿立於榻前，秀才喜，已復大悲，呼元潔至，曰：『吾與若父子、兄弟，再世友矣。』元潛聞之慟哭，自投於床下。元潛娶孟氏，生一子兩女。病中不喜見其婦、子，獨喜與元潔處，又彊起爲翁歡。元潛生乾隆庚午年九月八日，乙未年四月十七日竟死，去秀才死之日二百四十八日。

呂星垣曰，星垣嘗從劉先生受經，語及元潛，先生曰：『翁有此子，天也。』而元潛竟死。噫，先生之言何弗驗歟！夫元潔既以端謹善事親翁，之得於魯鈍多矣。

尚之曰：『宗法河東，筆筆錘鍊。』

吳孺人傳

孺人姓吳氏，行六，名久，世居陽湖馬跡山，余母錢太孺人舅子也。父文學君諱蘭枝，夫婦早世，余外祖母吳太夫人撫爲女，幼從太孺人受針指識字。孺人機警絕，女紅妙無倫，嫉惡太過，見戚黨驕諂，輒面折之，恨者衆，背面詈不已。顧太孺人遇事呵譴，則恭順如女，曰：『聞姊言每悦，自不解也。』後先君子護其伯兄啓文之喪歸，益與仲兄仲愚德太孺人。

余幼時嘗居吳太夫人所，孺人撫教如子。孺人夫太學生錢顥者，余姑母夫弟也，娶方而鰥，遺一女，聞孺人賢，請再三，吳太夫人堅弗許。顥兄煒請於余祖母徐太安人，於是太孺人往，請不已，乃許之。孺人歸錢半載，諸伯叔妯娌從子，下逮臧獲，無不賢之者。顥本素封，家以訟落，有黽勉，處之極難。顥碩落使氣，米鹽凌雜及纖細未具，輒大聲詬厲，孺人笑弗顧，徐必折之。諸伯叔妯娌嘗以過顥，顥貧甚，逆遠遊八年不歸，而孺人治家井井。顥兄子企曾饒財，窘極告貸，錙銖必復，月日不爽。仲愚躬耕自食，孺人戒弗通，而饋方氏甚周也。訓前女不懈，衣食厚於己，悉以方氏衣衣之。每壽吳太夫人，必紡績數月始入城，不足則假太孺人，歸紡績以報，篝燈與太孺人坐，或至曉。顧余婦、妹則喜道其家事，則曰：『吾必死之。』太孺人怒曰：『吾所爲苦於若，若何足死！』乃揮涕良久，不能對。

先是，顥母楊太宜人在，富勤苦，日夜督率力作。晚年有二頃田，易簀時，命諸子以供祭祀，周族貧。顥於昆弟爲季，獨任焉，歲時伏臘，苦不支。又乙未、丙申以來，田無出，顥棄家走，孺人布指持算，躬歷佃人之家，量穀歸舂，登場操作如農婦。夜則同雇人織輸稅，目短視，十指繭。大小宗嘗聚數十人祭祀，烹擊必鮮，無賴者給以，常與毋缺。顧或谿壑求，登門詈，於是室中典衣盡，補綴無完裙，獨夜起飲泣。

辛丑六月，企曾入貲得縣令，顥歸，將偕行，孺人乃出公私簿器甚悉，以田授顥，請別主。顥弗許，忽又數日不與言，孺人乃以十三日夜縊於寢床，死日中，手調麵食，顥揚揚如平時。死後，書牀柱曰：『天暑屍易敗，草草速殮爲感，毋使告兄。』袖中得一紙書，數萬言，寄太孺人者。又枕中得一紙，如之，囑顥弗滅，顥焚之，弗寄也。諸伯叔妯娌從子，逮臧獲皆哀之，比鄰皆出涕，曰：『錢失賢婦矣。』死三日，老媪以餅啖小兒，兒哭曰：『吾弗忍主母也。』太孺人既愛孺人，悼其嫁也由己，又不得其所寄萬餘言者，哭之慟，命爲立傳。余跪受命，起而書之。

論曰，死有重泰山，輕鴻毛。孺人之死，悲夫！聞其死也，身向外，面向顥。然死之日，爲發屋梁，掘地五尺深，將得其魄投水，豈懼其厲歟？夫死不忍背其面，而不得其死，則不諒於其夫，孺人之計左矣。嗚呼，悲已！

韞山曰：『讀之令人氣抑。其悲慨處，皆以含蓄出之，深得古人用筆之妙。』

味辛曰：『狀難寫之情，有無往不收之妙，是熙甫集中得意文字。』

桐城孫氏六義僕傳

乾隆庚子、辛丑間，桐城孫秀才起泰，謁余相州晝錦書院。始爲友，繼請爲弟子，再三謝，不得辭。起泰屢乞傳其家六義僕，既而呈其祖元衡、考循綏所貽《事略》及《燼餘録》，頓首請益堅。余受讀之，不覺驚歎起立。當植綱立紀之日，士君子致命成仁，亦固其所，而豈責之僕妾厮養之倫！乃亦卓卓若彼，則其所事者可知。其所事者傳，六人亦傳，益足羞當時，勵天下後世。

今按元衡記曰，高祖教諭公生二子，長曾伯祖晉，字康侯，官兵部侍郎。曾偕易應昌、房可壯、陳子龍、李清等，請召鄭三俊不得，發憤病卒。次曾祖臨，字武公，偕提督楊文驄殉節浦城，謚忠節。遺孤六齡，僕婦姜氏抱歸，後乃分載六人《事略》。考之王横雲《史稿》，侍郎晉見《陳子龍傳》，監紀臨見《楊文驄傳》，惟不載其震澤兵事。晉、臨已附載，六人例不得書，悲哉！六人事首尾各見，不能合傳，即仍其舊參《燼餘録》，删敘爲六篇。

胡寅，教諭公僕也。公卒，晉兄弟薪爨不繼，寅年五十三，尚多力負重，奮曰：『兄弟饑寒，責我；不善讀父書，不足對乃公。』遂入浮渡山，日負薪七八百觔出，易米有餘，輒以責家人治布，晉、臨遂得肆力讀書，先後成進士。晉兄弟貴，家益饒，寅操其業不輟，仍以力所得上之主人。衣以帛，勞以豚酒，輒揮去，且大聲曰：『郎君貴乎？貴益當惡衣食，習勤苦，以任天下事，焉用此！况老奴！』晉兄弟愧謝。强之娶，期年生一子。寅卒，葬邑甑箄山原。

安士少事臨，及壯多膂力，善騎射擊刺，通刀札，臨遇事必諮之，不離左右。臨從陳子龍舉兵震澤湖，從者千數，安士爲軍鋒，事露，子龍被擒，臨獨以數百人夜走。有白黨賊帥邀之，挾臨去，安士直前奪還，如是者再。方急雨漲流，乘冥疾去，忽雨止月出，追兵呼噪馳風來，弓刀火器，聲雜沓，炬火照白日。安士匿臨等葦中，一舸返鬭，殲渠。賊怒，環射脅降，安士中數十矢，大創十餘。度不免，乃噀血大罵，覆舸沉湖中。賊謂臨亦沉，始散。臨潛出，收散亡，將就楊文驄處州。求安士屍，留湖上兩日，遂舉酒酹水曰：『爾爲我死，我爲爾葬。無知則沉，有知則起。』酹訖，湖水忽震蕩，安士屍直從舟尾立起，兩手持刀作戰狀，面目如生。臨號慟，撫之，葬之湖濱而去。

安士妻姜嫗，聞安士死，欲殉之。嫗方乳臨季子經，經六齡，賴嫗以生，乃從臨處州。臨至，文驄大喜，表授臨職方主事，南京提督行臺監紀，以女字經，深相結，謀合劉孔昭，援衢州。會王師平浙東，鄭芝龍盡撤，守關兵將送款，臨等力不敵。七月，偕文驄疾趨浦城，至仙霞嶺被獲，不屈盡節。時臨夫人方從帳後出，姜獨抱經竄草間，潛道山谷，得脱。姜或拾木實，掬澗哺經，屢失經，得之，遂負經至閩縣界，改拆短褐衣，經身鶉衣百結，夜伏大樹下土穴中，旦出乞食。閩老兵樊少楚者，窺其苦潔，請取之，不許，屢請，姜指經泣曰：『辭若伍，共存此孤，願以身許。』樊諾，姜歸之，往閩竹林鄉，耦耕以活。居五年，爲樊生三子，度無二心，乃泣告以實曰：『而孤，吾主也。而識忠義，必令歸，否則共死。』樊大驚服，即送之歸。姜歸，以經見方夫人，舉室悲喜。越日，姜早起拜夫人前曰：『向不得從安士死者，主故也。主今歸矣，請死明志。』遂自刎也。夫人下，驚救不及，樊爲慟絶。樊欲葬之安士墓，墓不可訪，乃以一子爲安士後。夫人母子悼失姜，益不忍樊去，留之九年，樊父子竟以姜柩歸楚。經設姜位，子孫祀之。

馮嫗名會貞，方夫人媵婢。夜半掖夫人出帳後，下嶺，流離困苦，同竄伏草間，兵過盡乃行。夫人累日不得食，馮每間道乞食奉之，隻身扶持，日走數十里，夜宿叢莽荒冢間。或時道厓谷，遇虎狼，虎狼徑行不顧，漸不恐。至古田，遇節婦何，憐而居之。訪古田令，爲臨故人，會貞往訴，令資之，奉主歸。夫人視若女弟，會貞口不言勞，事益謹。年九十卒，葬高橋河濱。

米女名貞，從臨前帳，並獲。臨死，米在側，臨慷慨抽簪，授之曰：『持歸報夫人，吾得死所。』遂引頸就刑。米慟絶，刑者義之，揮去。米乃置簪襟底，更男子裝，間關乞食，數年得歸。出簪奉方夫人，言臨死事狀，竟矢貞不字，終其身。年八十有八卒，葬茨凹，邑人至今呼『米貞女墓』。

方香本姓姚，以方夫人媵僕，從方姓。性誠壹，精會計，臨委以錢穀簿籍，井井條理。先是壬午、癸未間，桐苦土寇，臨置別業江寧，有負郭數頃，使香理之。臨盡室赴閩，故鄉田宅皆毁，夫人歸，僦居營女紅活。香聞，率婦來迎，哭拜地，弗起。夫人告以困，對曰：『北學舊址廣建，葺可居，小人積金穀若干，謹俟命。』詢之故，曰：『量穀貴賤糴糶，得則深瘞荒隱，故獲倍蓰。』遂出簿籍，累黍不欺。香生四子五女，了各娶婦，皆從臨入楚死。夫人傷之，爲香置妾，生一子，香年九十七。

論曰，太史公曰：『臧獲婢妾，猶能引決言，至性激發，賤者不得量之也。』揆其由來，伊誰致之？孫臨絜家赴義，可謂人臣不私其家者矣。六人者，或殉其死，或忠其生，謂六義可，即謂天之酬臨可也。《詩》云：『無德不報。』信夫！

宿航曰：『簡潔中，仍自曲折詳盡，此妙非龍門不傳，試操管爲之，乃識其不可及處。』

實堂曰：『六人同事一主，法不得合傳者，分主賓也，無論孫武公。父子、夫婦事蹟各見，不得合敘，即敘次明畫，要作《孫武公傳》耳，非文章體裁，亦不著義法。茲文因其自然，得勢尤在起段，先挈綱領。至敘事處婉勁迭見，非韓、柳不能。』

蒙泉曰：『在本朝，唯魏叔子能爲之。』

子仙曰：『六義事固足傳。然南豐云：「文章不工則不傳。」彼六義者，亦幸得此文哉！』

萇誠獻傳

泗水萇生誠獻，余遊大梁所聞奇士，惜未見其人。然友人與往來者不一，周進士景益、世績，申大令兆定，皆習其人，爲余言之甚悉。乾隆戊申，申君遇余杭州，言生死，乃爲作傳。

生家累萬金，好釀酒，飲石餘不醉。身長七尺，鬚上起接其鬢，豐頤廣顙，目有神光。性坦夷，少語言，獨有天秉神力，擊刺之技精無倫。手挾尺寸竹木，能行立空中，涉川平步，過金刃不能傷之，河南北無不知之者。河南撫臣徐公績聞之，延至節下，與少林首座僧角技，僧謝曰：『萇生神人也，邁古無當。』强之，僧果絀，生益知名。然益韜晦，其從者或拔牛角如腐草，曳十牛倒行，生每戒之。生爲邑諸生，食餼，屢試高等，顧獨宗歸有光，舉業十試省，不得遇，乃謝舉子業，益飲酒，遂死。

申君喜奇士，其令長葛也，嘗延之往，謝弗往，乃延其友臨潁胡生。生來，述萇生言曰：『昔往見撫臣者，望其薦士也，望其問民疾苦也。以撫臣貴，弗薦士，弗問民疾苦，乃令何望令尹！』遂舉酒酌胡生，酒竟，卒無一言。胡生家貧，資技遊，顧出生下遠甚，生亦時卹其家。胡生又告申大令曰：『生所受，得之天，無師授意者。天之生才，不虛也。』嗟乎！生也死矣，傳其人歟？其奇氣不死也，傳其言歟？其言有見其人者矣。

申鐵蟾曰：『簡勁中正復委婉，似過魏叔子《大鐵椎傳》。』

實堂曰：『雄直之氣，閑冷之姿。』

閔貞傳

閔貞有友曰申伯宣，貞嘗請伯宣爲傳，伯宣曰：『吾文不足傳子，吾他日必求文傳子。』貞死，伯宣復遊京師，請某爲傳，某書伯宣之言曰：

楚閔布衣貞者，孝子也。貞精畫理，白描人物卉木，造古作者。間亦賦色，追吴道子、李伯時；率意點宕，爲唐六如、張夢晉。最工士女，善作巨筆，鉤勒眉目鼻顴，益遠益妍，迺其神品。以其技遊京師，名動王公貴人。顧性僻傲，雖窘絶，非所願爲，卒不能强之作。有顯者閉餓之兩日，卒投筆出，人奇之。其所居室，懸《雙塚圖》，日拜奠其親弗輟。有稱以孝者，輒恚，終身墨其衣冠。見喪其親者，輒多作繪，得金賻之。

有滇人喪於京師，兩旬三喪，遺耄幼孤七人，貞往吊唁，退謝客五月，作《九子佛母圖像》。應真比丘之屬三千，日爲像百，辨明起，漏夜未已，鼻歕頭飛，魁詭譎怪，窮態極變。麟鳳獅象，龍彪狁兕，眼觜鱗爪毛羽俱若生。又滃渤塞雲氣聲，風霆薄雷火，震熠激蕩。旁攢刃矛戟之屬，示佛者以定力，安其間。所仰巖洞湍瀨草木，一皆自然遒勁縹緲。圖成，竟得重金，俾舁喪去，貞京師所作，此爲第一。貞卒不告人歸之何人，殆恐貞所不善，而不爲作者以勢力取去。

貞又嘗爲人强之觀伎。有蜀伶某登場，明睞巧笑，極諸褻賤，貞望見，亟壞座去，卧旅邸終日，不啜飲，瞋目怒。越日躍起，叱其人曰：『變男女爲兹妖，惑卿隨衆，庸妄往觀，既不自愛，乃欲爲有道辱。』既而是伶慕之，度非伯宣莫能致也，伶夙以任俠交伯宣，因爲之請，不可。伯宣曰：『果俠而義，焉問其技？子亦技耳，吞刀吐火，孰如白描寫真？請觀技之真者。』貞顧曰：『子故知我，我爲子往。』貞既至，是伶乃哀慕悽愴，唏噓涕泗，進返動容，貞爲終座。既去，輒爲寫其真貽之，伶欲盛其鬍服，貞又盛其鬍服貽之，伶欲一見，貞卒不可。伯宣以乾隆癸巳、甲午間，與貞同遊京師，伯宣歸葬，亦資其力。伯宣甲辰至京，貞去，或云已死。

論曰，貞孝矣，既心喪終身，雖終身墨其衣冠，不爲過。《禮》曰：『父母存，冠，衣不純素。』然則父母殁，純素可也，異乎孤子當室者也，矧其不能居室者也。貞既孝於親，又克以其技行其義。技也若此，抑又深惜其技，善其道，技也進於道歟？

申伯宣曰：『貞昔遊京師，人率以高士稱之，先生獨以孝子傳之，此爲深知之者。先生不輕予人，尤不輕予人孝，伯宣請之數載，始能得之，其廣爲徵信歟？要之，言皆紀實，貞實能當之。伯宣得此，亦可報死友於泉下矣。』

淵如曰：『傳此人，須得此古雅高儁，否則涉説家氣。兹篇尊嚴矜貴，直如昌黎學龍門得意之篇，作之難，知之復不易。』

王烈婦傳

烈婦王氏，年二十嫁黃敬升。黃氏世儒，五世單傳，敬升家益落。崑山民俗，延師，師攜眷赴塾，上者全家食主人，次則主供其半，又次師以束脩自舉炊。敬升訓蒙鄉塾，屢試屢躓，所入不足居食，遂歸，毁一廛，與婦守，益發憤攻苦。或篝燈終夜讀，婦治績共達旦，敬升出市所績，易食具，歸付婦執炊爲常。敬升亦助婦績，究不供，爰製辟蚊藥助活。登崑山，下視全城十七水，草蚊起仲春月，迄仲秋，民居荒篁小草間，少帷帳，故操是業者衆，饘粥仍弗繼，然卒無交謫聲，鄰里賢之。

當是時，敬升少族姻，王雖世家婦，亦少强近母黨，又皆高潔，耻登人門，故恒自食其力。婦識字能書，略通史傳，敬升讀書暇，或爲陳古人阨窮義烈，相對感慨。或窮愁唏噓，揮涕面壁，敬升則太息掩卷，出户行。及歸，婦舉案甚恭，或置酒慰藉，故敬升處困不困。

婦事敬升六年，生一子，及期敬升死。敬升死疫病甚久，婦日夜治績醫藥，最後剪髮束髢，易錢療之，而敬升竟死，死以夜，人無知者。乾隆四十二年，歲丁酉九月七日，敬升門不啟，外聞兒啼聲。鄰壞垣入，敬升斃牀中，婦斃牀下，兒卧地號，胸繫素書，婦絶命筆也。言力不能殮其夫，故服辟蚊藥中紅砒以殉，冀惻隱者殮夫育兒，身填溝壑不恨，語特哀絶，見者皆雪涕失聲。有諸明經秉源，義人也，立爲殮其夫婦，且抱兒去，養录濱某氏。既而某氏與諸約，不得告兒本生，諸恨之終身。

論曰，烈婦事，向既質之諸明經，數請告其子，明經未能也，悲哉！子未知其母之烈，久而人焉知之！雖然，婦烈如此，豈忍其泯没弗傳，究豈能泯没之，使弗傳也哉！

諸明經嘗手書烈婦及朱烈女、余節母事實貽余，請入郡、邑志。會修志不果，乃爲製此傳及《朱烈女傳》。余節母者，余大俊妻徐氏，婚半載，大俊亡，母年甫十七，遺腹生子宗海，矢志守節撫孤。宗海長，貧不能娶，先母亡，遂無後。母年六十九卒。三人均無爲之旌揚者，故附記於此。自記。

陳菽原曰：『愈整愈暇，多以閑澹筆引其振宕筆，此惟河東擅長。驟見其據事直書，細玩乃識其草蛇灰綫之妙。』

蒙泉曰：『此及《朱烈女傳》，皆於補寫、旁寫中，傳出節烈之神。古唯史公有此筆，惜其所書者，司馬犬子、朱長史猥瑣齷齪事。唐李習之喜傳節義事，恨筆弱，如得此種文數十篇，與震川《陶婦傳》合編，羽翼六經，可乎？』

朱烈女傳

朱十姑，新陽諸生效文女也，效文早亡，母以十姑字顧氏。顧氏子夭，女聞而隱痛，矢志守貞。母欲奪其志，屢授意，誓不從。母不與謀，强字盛氏，女日夜飲泣求死，母守之嚴，不得間。女絶粒，母亦同餓，女事母甚孝，終不得棄母捐生，乃强起飲食，言笑如平時，而枕席巾櫛間，時見涕洟。母知女志堅，戒盛氏姑緩聘。朱氏素封，母以家事付子姪僕妾，不自操作，居常絶愛女，與共朝夕，後以奪其志不果，益守弗離。女恐傷母心，不敢遽引決也，終亦恐盛氏之聘行也。

女居母寢後室，即中夜違背，亦動息聞。值隆冬沍寒，母特重鍵其户，女乃夜半起，滅燭啓牖，引北風入，袒背受之，向明輒跪禱天，祈速死。未幾，得嗽病甚劇，去顧氏子亡不一年，竟死。女死，母悔且慟，然卒未知其所以得死者。有居後院張嫗，哭女甚哀，詰之，始知之。嫗屢見其啓牖引風，袒而受，跪而祈，持之不得，欲白之母。則女跪嫗以泣，泣以白其志之必死，嫗故隱之，而益傷之也。張嫗出，語人曰：『母以十姑歸顧氏，可不死；即不字盛氏，使守貞於家，亦可不死。惟母生之死之。雖然，死而後十姑之烈見。』

論曰，古達者以死爲歸，其達進於狂也。烈女義無所歸，乃以死爲歸，其守之狷，合於經歟？衛共姜賦《柏舟》之詩，曰：『母也天只，不諒人只！』以視烈女，猶爲諒於母者矣。

實堂曰：『順逆正三面俱寫，妙入秋毫。一結萬牛回首，重於丘山。』

子仙曰：『二傳皆傑作，是篇筆尤蒼勁。』

吴省堂秀才家傳

新陽學校弟子二百餘人，其文筆駿異者，曰增廣生吴映薇。生性孝友，嘗獨爲其難，好義任俠，則奮不顧身。有高才，文不具草，能詩古文辭，亦精形家術。試最高，卒不得食餼，以鬱疾死，其兄弟映辰、映奎具行狀，乞余製家傳。余惜之傷之，既按其狀，乃恍然於生之所以死也。

生字省堂，別字惺塘。高祖岸先，由休寧至太倉。曾祖漢英，祖振玉，父雪亭，母陳氏，世有家法。自雪亭遷崑山北郭，益奇貧，困於諸生。生八歲入塾，十七丁父艱，即能力學，授徒以養母，始入籍新陽。邑宰馬君世觀，違衆論，拔生第一，遂補弟子員。曾受業高太峰、朱斯盛、丁若山，皆邑耆宿，皆翕然推生，聲益震。又勤懇忠恕，從遊益多，乃遷城東望山橋，闢地築室焉。積授經所入，與兄弟卜葬祖父母及父塋於城南朗墅，事母兄教弟，門以內，秩然有條理。

家貧，好赴人急難。以表姑母夫季荀燾曾護其父病，遂恤其子昂千終身，而如荀燾之戚何德成者，亦舉其家五喪。父執朱某邀之授經，朱死，獨任勞怨，此最卓卓，他小美不勝書。痛念祖、父皆困諸生，每與兄弟發憤進取，既數奇不偶，益勵學行，爲人排解不惜勞。顧試屢挫，年屢饑，門徒益貧，家人累益甚，受人恩稍厚，則爲人謀益精。悲哉！身有奇才，行無瑕尤，乃獨憂傷憤嫉以死也。

夫人身之精，聚於心而暢於其志氣。志氣暢，則用之日生；志氣抑，則用之日耗。故達者每惜其智勇，而不肯徇人逐境，以耗其精。悲夫！天之處生者窮，而生益自窮也，悲乎哉！生即欲不自窮，而豈能也！生卒嘉慶元年丙辰六月五日，距生乾隆十六年辛未六月二十五日，得年四十六。配顧氏，明贈少保桂軒公九世孫女。子二，康錫、載錫；女四。

論曰，天下學校，歲取生員萬餘人大比，貢士數千人，所試文嘗汗牛充棟，足見士之至性，足用於世者有幾。而如生之死者，又不知其幾也！生奇貧，奉母竭其勞力，婦子率化，事兄極敬，教養其弟如子，里黨稱長者。死之日，人無間言，亦繆彤、王烈之亞歟？

潘蘭宫曰：『宕往如六一，遒峭參半山。』

諸止淵府君傳

嘉慶元年，詔天下舉孝廉方正。余司訓新陽，一時紳耆士民等數百人率舉君，君詣謝不當。余曰：『朝廷特恩大典，且公舉。』再謝，不許，乃力白曰：『果足舉，請避之，貽子孫。』余不得已輟舉。六年九月六日，君年六十六，竟卒。余極傷之，乃允其子忠孚請，爲作傳。

君祖朱，洪武初避國姓爲諸，名秉源，字元萬，一字止淵。七世祖壽賢，萬曆丙戌進士，禮部主事，贈尚寶丞，祀鄉賢。高祖祚晉，曾祖永年，祖歸昌，考以簡，皆績學行仁。妣周，生二子，君長，早補弟子員，食餼，貢成均，候選訓導。娶汪，繼娶朱。生子忠孚，附生；忠泰。君葬邑某鄉原。

古碑銘誌狀，必詳祖考妻年子葬，傳或不載不詳。今傳君，獨詳載，傳孝也。尚寶卓然名臣，救海瑞建節，考以上世，皆聽彝訓，弗克顯之。君益恐隕德祀，幼即孝事父，父没母病，類中七年，又竭其孝。本孝爲友，弟與妻子化之。祖遺産瀾漕，鄉規義田不果，並廢，並侵没祖墓，君履正之，爲繪圖立石，辨徭賦。又率弟購田，請助於族祖時泉、雝鳴，得田百四十一畝，官咨部給帖，以供祖祀。

天啓間，准尚寶專祠，卜地載《祠録》，迄未成。君疾革，又買宅鳳凰橋，成之，祀尚寶及祖考，囑其子從葬考妣，此其孝之大者。昔乾隆己酉，大捐修學宫，邑人與學官董事，搆大訟連歲。余後到官，知邑人里君，君顧絶不與其事。竊意君潔修自好，不問户外，乃文廟遺瓦礫榛莽，各門失鍵，君獨傭工剷平，手鑰屬余。人信君助君，次第偕余疏通龍鬚河、判池，修名宦、鄉賢祠，整其牌龕，不避甚雨酷日。而邑之胔棺掩骼，惜字放生各善舉，君皆一手始終，蓋行己儉，一介不取，善權子母，謹出納，故皆信其廉。性不言人過，多樂就其坦易，然涇渭分，邪正辨，則方正之秉，有默化之潛遠之者。

其勇義必爲。如王烈婦殉夫遺孤，君急往，殮其夫婦，寄其孤子。友喪，妻惶窘無殮，力經紀之，其他陰行之德甚多。嗟乎！學官舉士於廷，曠世不一得，得或患不得其人，得矣卒不克舉之。顧或存其人，爲邑矜式，爲余輔仁，余亦以不孤。乃今並不可得，悲夫！

君知余極深，又不棄弇陋，使忠孚從余遊，愧無以答也。忠孚能文，君嘗念其少用世才，敢不爲勗其未逮。余昔嘗奉上官檄委，獨理兩邑普育二堂，就問君。君曰：『師性不近孽錢，今欲藉手治地方實政，顧積弊深隱，不得治，治必先大創。』因陳其詳，余返急報謝，後皆驗。然則君果以孝廉方正舉，豈優德絀才不足用者哉！

論曰，古隱君子，德修於身，昌其子孫，唯君當之歟？星垣既不克舉君，而費中丞仍責其舉，乃見而以實對，中丞歎息，既而曰：『濫舉者，削其祖澤。果其當舉不舉，其後人必思顯之。』嗚呼！忠孚兄弟可勉已。

蒙泉曰：『並碑誌銘狀於傳，此創格也。筆簡古，突過唐宋。』

白雲草堂文鈔卷六

武進吕星垣叔訥著

徽州教授從祀鄉賢章先生墓表

江陰從祀鄉賢章子覲先生，克以孝化其鄉。母没，即從父寢，終父生，朔望拜墓號呼，哀感樵牧。又奇貧力學，童年補弟子員，食餼，試輒冠軍。中順治庚子副車，康熙丙午舉人，文名籍甚。特辭大學士明珠薦辟，就教授徽州。既卒官，州人賢之，傳之鄉，鄉人賢之。遂以康熙辛丑入祀鄉賢，入邑志、省志，鄉人之志也。余往見江陰人多誦先生遺文，亦間道其出處大概，竊歎百年久遠，傳述弗衰。既而與其裔孫研遊，研曰：『吾六世祖也。』因示家乘，請表其墓。余讀之，益喟然於先生之賢也。

先生授經孝養，其父襄哉公八旬稱觥，學臣、縣尹題輿踵門，温然孝子。迨計偕歸，闢東闉草堂，文社啓壇坫，負重名，奕然名流。爲故人贖子，代人償逋，遇困乏者解推，慨然義人，一鄉賢之，宜已。及辭辟就教授官學，政修明，士心悦服。既詳請督撫設四門學，天都書院又置學田一頃，資膏火。又募金五百，捐五百，建大成殿、明倫堂。其設施之賢，繹然流播於鄉，且不僅此。

昔康熙甲寅，先生兼攝歙縣學，時山賊竊發，同城文武官率言剿捕出城。先生奮然曰：『吾無守城責，責在守官。吾守官而士民棄吾，是吾平日不能對士民也。』遂兀然不動，士民因得奉之守城。賊至，覘有備，遂走。賊去，同官咸歸，同官幸不報，先生卒不言。後上官聞，亦不得爲奏，故州人益賢之。其鄉人賢之，尤以此當明季綱紀廢弛，賊至官走，守埤空虛，都邑蹂躪，大吏闒冗，何責下僚！其摭空文，無內行之士無論。豈少平居修飾，慷慨自許，及付之城社，怠廢厥職，取民猶禦；一旦竊發，內懼讐掠，外懼攻剽，訛警甫傳，輒望風相率走者，何可勝計！其士民方詬辱非笑之，其鄉人寧弗羞之！

國初，東南甫定，未靖萑苻。徽介萬山中，伏莽偶興，吏卒四出。先生克以儒官鎮定之，前後相望，百年間，以此視彼，其賢不賢，愈可知也。由此觀之，所以祀其鄉者，即可祀其州治也。先生諱耿光，字子覲，葬邑某鄉某阡。葬後百二十年，武進後學吕星垣表其墓。

吾三曰：『虛涵旁振，盡洩龍門之秘。一路蕭疏淡逸，後忽頓宕盤旋，文從律變，動止天成。』

實堂曰：『叔訥之文，具韓、柳、歐、蘇、王、曾之勝，却非韓、柳、歐、蘇、王、曾之文，自爲叔訥之文也，其消息甚微，世必有熙甫，始信吾言。叔訥與熙甫，亦自門徑堂室各異。要之，詣如熙甫，始揣骨見真，固難爲不知者道。』

子田曰：『洞精遒媚，咄咄逼人。』

資政大夫湖北巡撫盧公神道碑

國家封疆大臣，自州縣起者，親民深，得民最甚。其以封疆自任者，果爲國家樹久長之計，究能以得民得君。越，海邦也，治海塘，先治海寧州尖山。江東行，海西上，蹙於尖山，勢不敵，則海挾江逆入。尖山壩實挑，海水南下，刷行龕赭山根，南益灘，北益漲，海患永息。顧跨海築危堤二百餘丈，天險極，人力絶，厥惟中丞盧公成之。

公撫越，越人愛戴。有訐弟妻者，公矜惜名節，以微行誤訪，平反之。被劾，内大臣汪札爾出按治讞，兩月未具奏，越民呼呶罷市，竞篡奪公舁，置吴山神廟，供餔糗如墻，求保留者數萬人，走督轅擊鼓。公呵不散，乃夜逃歸，頌繫所。上聞，知公無罪狀，而懲越民非法，戍公軍臺八年。上早知公，昔以武邑令召見，一日三見，命書年庚奏御，故邀大用。後辛未年聖駕南巡，幸尖山，徘徊觀海水飛揚，堅堤横截空際，親讀御製碑文有曰：『尖山壩工，上廑先帝宵旰焦勞，封疆大吏不數月告成，用慰朕心。』因慨然遐想，念公勞績，召還京，授鴻臚卿。歷撫秦、楚，以功名令終。

按狀，公姓盧氏，諱焯，字光植，一字漢亭，籍本山東益都。先世從龍，隸奉天鑲黄旗，世襲子爵。祖崇興，江西按察使；考承綸，嘉興府知府，妣王太夫人。公少力學，不屑章句，隨父任，通達政事。以勳蔭除武邑令，遷亳州知州，擢東昌府知府、登萊青道、山東糧道、南汝光道，遷河南按察使、布政使，巡撫福建、浙江、陝西、湖北。配周夫人。葬拱極山高原。子五人：山蔭，工部主事；崧，兩浙江南鹽法道；次嶠，次嵋，次嵙。女六人，孫九人。

公治武邑，火耗尚未歸公，公歸之民，曰：『令自矢矣，焉能媚人取之！』徭賦並减。邑大莊頭把持官民，詳治以法，覆盜窩十數家，擒盜四十餘名，萑藪一空。散亳州白帽、鐵帽黨，斃其魁，絶州境私鑄。後九門提督嚴讞，獨公免議。

公守東昌，適田文鏡總督山東，尚苛猛，營官四出訪，犯充囹圄，各屬皆逢迎爲暴。公訊無辜立釋，田憾之，不能動揺。郡大水，爲疏通運河，築護城長堤，動帑賑卹，上遣大臣閲視山東，東郡獨安，田愧服。田飭開墾，公獨抗争陳。臬河南，平反失出入三百餘案。河流屢徙，民輒佔佃，報灘搆訟，爲定南北岸升灘丈報例。閩賦多缺額，建寧爲尤，較明季十少五六，每攤畝辦賦，吏胥緣爲奸，公丈定之。州郡稟鹽梟樹旗，督臣欲發兵，公曰：『未叛先樹旂，仇陷也，宜緝。』緝之，果得罪人。杭嘉湖、寧紹有浮糧，爲核裁。他若廣學額，免米税，禁官價，絶船票，法至百吏，心周四民。

將自陝赴楚，籌準噶爾糧運，奉文將山西歸化米，由陝運軍。公計道遠費鉅，輒以陝存貯米撥運，仍採買歸款，咸有大經濟設施，不苟爲旦夕塗飾，而長策奇功，尤以尖山壩工爲第一。公早受上知，歷次召見，奏對稱旨。子崧前後引見，均有温旨奬公。甲寅撫閩，特賜花翎，兩旬内召見十八次，時同大學士鄂公爾泰、張公廷玉，直隸總督李公衛，浙閩總督郝公玉麟，朝暮入直侍宴。上喜，顧諸公曰：『君臣一堂，直如家人父子。』賞賚駢蕃，載公《圓明園恭紀録》，其得君如此。自州縣至封疆，到官出境，吏民塞途，婦豎頌歎，多私祀公者，上繇此益重公，其得民如此。而上聖仁神武，於大臣功過，絲毫不假貸。事白，輒原諒追惜，眷弗衰。公丁卯撫楚，適陝藩司亦調楚，入見，奏公短發土貢值，遂飭効力巴里坤，旋調赴哈密辦糧餉，辦蘭州軍需，事竣調回京。上方嚮用公，公疾甚，乾隆丁亥七月終於家，春秋七十有五。上聞軫惜，賞還原官、文集、政績諸書，及前後賜件。公之感激涕零，没齒不忘，以策其子孫也，有以夫。

公有《觀津録》《牧亳政略》《秉臬中州録》《撫閩略》《撫浙略》，及公子崧所製《行狀》。崧觀察杭州，請星垣綜覈，據實爲公神道碑。

存齋曰：『先大夫四歷封圻，兩周塞徼，出處大節，非數十萬言，不能備書。盥讀茲篇，約舉一百餘字，毫無罣漏。而輕重曲折，仍自朗然列眉，四五十年來遺憾，藉以少慰。』

簡齋曰：『起處振裘挈領，已得破竹勢，故綱舉目張如此。』

杜梅溪曰：『盧公所至，遺愛至今，武邑廳事，有「士民公頌無留牘」扁額。余承乏其後，抱愧多矣。』

誥授朝議大夫知府銜成都通判孫公墓道碑

祖在，孫得爲祖母承重，例始訥夫孫公，終以聞母訃卒軍。人臣當官，或得破例遂其志，或不得引例遂其志，然賚其志，成其名。

公諱鎬，系出吴將孫武，唐新安伯讜。曾祖岐福，遷常熟。祖世柱，考永埏，妣邵。生子三，公長，娶陸，生子源潮，河南汝寧府通判。其側室馮，生源湘，乾隆乙卯舉人；陸生源濤，監生，則後其弟襄綺、震速。孫五，潮生文杏，湘生文樸、文杜，濤生文梓、文榮。

公生雍正十一年七月八日，卒乾隆五十四年正月晦日，年五十七。以豫工急公，由岢嵐州調睢州，選保安州，權東路同知，遷奉天治中，晉潞安知府。左遷成都通判，調眉州，從將軍鄂，討巴勒布，出打箭鑪進藏，總理糧餉，卒軍。公祖、考皆孝，公顯之。公早年學成，早牧民，母命也。於書無不窺，涉歷天官、河渠、地理、醫算、風角諸家，通其驗。尤好涑水《通鑒》，晚習九家《易》，詩及書畫晚益雋上，得者珍之。顧揮棄不惜，獨曰：『古奇男子，皆抗節犯難成其名，卒有文以長其世，則所成者遠也。』

公長身玉立，偉瞻視，聲如洪鐘，貌稱志氣，望之凜然。當巡撫駁睢州偏災，公先發常平倉穀六千石，聽劾，巡撫迄從之。總督委鞫奉天各盜案，詰他案盜，得廣寧誣盜情，被誣者雪，誤獲者坐，故到官先聲赫然，摘發立斷。睢民劉耕孟殺族一家七人，匿身血衣，公曰：『殺人手戰。』劉故出示其手，夜遮捕村口，得血衣，伏辜。有醮婦，三年後控前夫死仇，公曰：『控何遲也！』詰以奸殺仇陷，婦及後夫皆服。他類此不勝舉，舉畏其誠明剛果。桑乾河夏漲，保安城不没者數，版城内外，率漂木斷煙，公禱龍神，一夕水退。叭嗟嶺騰虎殺人，焚牒山神廟，雷即殛虎廟門，尤驚其神性耿峭。

嘗奉檄查奉天屬弊政，悉斥供具，夜有饋巨金，厲聲叱之曰：『孫鎬非可買也。』竟得實報。其守潞，誕辰，僚屬進賀，一再酌之曰：『鎬一負上取，民必絶脰。』益畏信之。顧獨愛恤士民，不惜貲，既捐東路粥廠五月，活人數千。捐保安捕賞，編十家一甲，而盜絶。又捐修潞安文廟，書院捐膏火，朔望詣教，得士盛，由是争頌廉幹。公曰：『吾患廉不仁必隘，幹不貞必刻。隘且刻，民生蹙然。』公名聞，高宗純皇帝擢守，面承温言，故守官益勵精砥。官方懲衙蠹，糾庫簿，稽税籍，手裁正供外五十餘條，以便商民。民俗健訟，囹圄常滿，公振刷一空，遂以嫉邪秉正忤上官，竟先摘黎城令之印，上其事，即劾以庇襄城令去職。上聞，潞民闔境遮擁，公授通判，異數也。

公七歲而孤，中年喪弟，故破格制祖母承重，又三請終養其祖。服闋，旋倖深量移，旋京察一等，旋擢方面。方矢報國，忽左遷，時母恭人年高，將乞歸養，而母恭人不許，乃令源湘、源濤奉母歸，單騎到官。督撫重公，委撫寧遠地震，妥不旬日，益重之。甫調眉州，適大兵出塞，遽檄至省，理軍需總局。公頓氣卅，從將軍驅馳，視將佐卒徒如家人，芻茭牢廪軍火若己物，懸絙透峭，嶮千百重，進甚勇突。晨餐傳訃，投匕號搶，請奔喪，弗許，奏留任守制，報可。不得已，衰墨督運，啜粥吐，强饋嚴會，抵噶爾。土室極寒，力疾給軍酒脯，遽疾亟，口噤，指衷麻襝。故公卒，將卒皆哭，争拔佩刀，斫樹作棺，横欃槍爲削平，越七千里，舁之成都。上特准將軍請，給復公知府銜，公志也。

夫公昔謁選通判入京，識星垣，嘗旦夕賦詩會食，雖馬弇重韓愈，無以過。公甚愛源湘，每曰：『惜不見子！』竊聞公議論，揆其至性敦篤，器量闊達。既抗節卓卓，庶幾犯難成其名，詎公所成終此！嗟乎，公所成，豈不遠以文長其世！豈不在其子孫！公卒，源潮病廢，獨源湘雄文有名，以第二人鄉舉，葬公某鄉原，遂訪星垣道故，莫逆恨見晚。爰示狀，屬書公墓道碑。

文林郎鳳陽府清軍同知加九級狄君墓誌銘

乾隆辛丑冬，余爲先嚴卜葬，歸自大梁。溧陽狄景通、景曾，介姊婿卞麒，奉其尊人行狀，頓首於地，請曰：『先君子厝永昌阡二十年矣，銘未具，不敢葬，惟先生哀而銘之。』余再拜，辭不敢。壬寅二月，余復之大梁，麒不遠百里來送，請益堅。余按君狀，應得銘，且其子負遲葬之罪不敢死，其親求信布衣之言不飾虚美，是真欲傳其父者歟！雖不敏，不敢却，迺許之。

贈布政使參議呈祥，生順治己丑進士，陝西按察使副使敬；敬生康熙辛未進士，翰林院庶吉士億。億生附監生，贈知縣樞，配武進楊太宜人，諭德大鶴女也。生君，諱寬，字元博，乾隆辛酉舉人，乙丑進士，用安徽知縣，歷任望江、東流、巢縣知縣，擢鳳陽府清軍同知，加九級，年五十八歲卒官。配陳宜人，安徽婺源縣知縣霙女。子景通，娶陳；景曾，監生，娶周。女一，適陽湖監生卞麒。養女一，適陳。

君爲治，一本至誠，而精察果斷，不畏强禦，卒能興革百姓利害。東流民惑形家言，訟山渴葬，每庭鞫，發其天良，三月訟衰，多葬者。巢俗溺女，而娶婦百金，乃創育嬰堂，捐俸經費，以律禁之，巢始育女。焦湖薄大江，山田十七，苦水，令田主什一出貲，佃人作，開塘四千三百四十七口，溝洫堤閘以百計，而豬防備。焦湖廣四百餘里，水達大江，東爲三十餘丈，勢洶急，而東匯天河，南出濡須孔道也。

土豪陳、黄、葉三姓，假捕魚列椿，綱中留帶水，以迫行舟，沉者泅取，觸者勒償，法不及，爲盜百餘年不治。會晉賈李恒發舟覆，君廉得實，即盡去之，勒石著令。鳳陽歲饑，從一僕四胥，親別户口以賑，不足，輒捐俸。飛蝗起，督吏民捕之，夜禱八蜡廟，晨興神鴉蔽天，蝗委地籍籍，半日盡。衢達九省，驛傳不累民，自上官從者迄過客飲馬焉，輒去之。他若講孝弟，頒農桑十則，修忠孝、節烈祠，整書院，置蘆溪嘴忠廟。南船戚望江，城南救生艦，設錫類局，給醫藥棺服，咸盡心竭力。故君卒，而五邑之民擗踴來祭，望縣門哭送，郊外奠者數萬人，而望江之百歲老人陸公明，一慟以死。

君至性肫篤，年十六喪父，扶柩都門，歸骨立，祖及母恐其殉也，爲節哀，事祖及母盡孝。丙辰省試，心動馳歸，值母病彌留。登第後，假歸壽其祖，是秋祖喪，皆毁瘠過禮，祭則數日哭，兩目腫，嘗宿聽事旁，枕席間多涕洟。後奉母合葬，見父柩，心痛絶，遂病。君少頴異，志遠大，薄章句儒。十一歲爲詩曰：『立天地間利萬物，行聖賢事非文章。』識者異之。黄成性先生著《史學提要》，始羲、農，迄靖康，君成而疏之，方望溪先生稱其有良史才也。手編曾祖、祖、父詩文，刻成，嘗與官書共晝夜。死之日，力起視《史學提要》，乃瞑。君死九年，卞麒梓之。銘曰：

昔望山尹公能知人兮，一見君謂非百里才。君爲百里兮，竭才以爲之。心喪終身兮，更耗精於民治。臨人見木兮，遂血盡而心摧。訣生女於丹陽之舟兮，送臨濠之死惟萊妻。死而見夫子兮，其民哀。歸永昌之阡兮，其所慕思。嗚呼！循吏純子兮，擇其尤以書碑。

汪容甫曰：『柳州峭勁，昌黎雄宕，兼而有之。』

味辛曰：『參之太史，以著其潔，細玩其凝鍊處，乃見其妙。』

韞山曰：『敘次脱盡凡格，銘亦灑落不羈。』

【校】溧陽，底本誤作『歷陽』；黄成性，底本誤作『黄咸性』。

通議大夫湖南巡撫查公墓誌銘

乾隆四十七年十二月晦，四川布政使查公擢湖南巡撫，入覲，終於家，春秋六十有八。越歲甲辰冬，公子淳將葬公某鄉某原，以狀示星垣，請銘墓。敬按狀，爲文書磚。

公姓查氏，諱禮，字恂叔，一字儉堂，號鐵橋。曾祖振襄，祖允哲，考慕原，妣王太夫人。公早慧力學，博通經史，曾舉博學鴻詞，屢試未第，援例授户部主事，外除慶遠府理苗同知。遷廣西太平府、四川寧遠府知府，遷松茂道，擢四川按察使、布政使，晉巡撫。公歷治苗疆，政績卓著。其在松茂道任，實於金川兵事歷始終。古軍行重餉，軍前蕩重後，拒凶危重守，克捷重持勝；功成師旋，重版籍户口，撫綏善後，人公之功偉焉！

乾隆三十六年六月，朝廷遣將軍温公福剿金川，飭公以道銜總理糧餉。小金川平，飭公清查户口地糧，及别思滿五寨屯務，並赴宜喜北路，安臺設站。三十六年，仍回西路，治小金川，屯田駐防。六月二日，木果木軍營戒嚴，公駐美諾，既請援矣，恐不及，遂率遊擊穆克登阿，夜半選糧臺兵二百，路募壯兵百疾往，據猛固橋，以二百人守，百人進。將入溝，聞喇嘛寺臺破，員殉百人，驚愕，公厲聲曰：『我退，賊躡我，等死，必死戰。』遂前。會總兵官福昌自美諾至，合兵，公乃令利槊間短兵，直前無回，違令斬。突遇賊，馳之，擊殺寨首二人，喇嘛一人，賊始退。

是日，賊攻八角碉急。美諾守兵單，公即分把總李自經，率百六十兵馳援，穆克登阿率餘兵守站，公偕總兵，馳兩騎歸美諾，賊已數千，登巔下瞰，呼震林谷。公急鳴鉦鼓，舉號火，遍林谷懸火繩，偕總兵周巡内外，賊不敢下。將四更，遠發巨炮三，賊驚大兵來，稍稍遁。閲日，將軍阿公桂，令侍衛帶兵一千，來守美諾。以木果木大營潰，賊勢張，檄公速守達圍，公即星馳赴圍，竭力據守。是役也，廢寢食二十晝夜，鬚髮盡白於是。

三十九年正月，將軍奉旨平金川，始進兵，委公總理卧龍關路糧餉。既而將軍禀廟算策，南路陰翳多伏，須疑兵牽綴，惟北山高空，可進兵，必鑿險出奇，始克。而慮餉道迂出糜餉，且必聯絡南北軍，乃檄公，由楸坻至薩拉站，鑿闢日爾拉山餉道，峰高五十里，層山積冰雪六七尺，亘古徑不通。公登高相度，不匝月碉開八站，餉道成，通南北軍，節帑無算。特旨獎公。遂赴宜喜軍營，從副將軍明亮、參贊舒常，籌運糧餉軍火，兼撫馭綽斯甲、三雜谷各土司土兵，均應幾立斷。

四十一年，兩金川平，凱旋，留公總理屯務，加按察，賜翎，重其威嚴。初，郭羅克土司劫掠青海商販騍馬，制軍檄公往按治。適楸坻役緊中停，至是復肆劫掠，公方輕騎往，擒土司麻克蘇爾布以歸。又值擦耳所兇番阿雍達爾結、噶馬林津等，焚掠裏塘、麻塘喇嘛寺，公復馳按之，得噶克朗忠，治以法。公之理餉、治兵、治獄，此最大。公任農曹，未一年外擢，後治慶遠、太平，苗夷震服，屢奏對記屏。迨進藏歸朝，並歷次上計召見，上問歷年軍營事宜，奏對稱旨，遂晉屏藩。及以撫楚入覲，疊荷温言，因公世居輦下，諭留京隨賀。公遽易簀，良可惜也。

公爲藩成都，嚴弊吏，杜苞苴，繕城郭，實倉庫，清逋隱，省囹圄，政皆光大精密。而所至整理書院義學，尤愛士，於故人周焯、杭世駿、顧光旭、厲鶚、程晉芳，尤惓惓。喜登眺憑吊，磨厓泐石，嘗葺杜甫草堂，公餘從賓客觴詠。好藏法書名畫，書法學黄山谷，間喜畫梅。傳《銅鼓堂遺稿》，得古今體詩、詩餘、雜文二十二卷，子淳梓行之。又羅致秦漢官私印五百餘方，子淳集爲譜。既老，執卷不倦。天性孝友，多内行，不爲人言，亦同布衣儒生，蕭然高致，猝然見者，不知其爲公也。公配李夫人，繼室即前女娣。子五：淳，雲南武定州知州；泳，國子生；潛，廣東海豐縣縣丞；浤，候選刑部司獄；次濤；次溥。女三，孫五。

銘曰：

中丞積功金川兵，厥猷略應時以生。鐔柄斷斷鋒英英，淬礪芒鍔精白呈。上克倚畀下趨令，如裏助表響應聲。都護督護成勳名，定遠投筆西從征，古今人同出關行。曰懋厥勞俾撫荆，迺遽乘箕歸瑶京！允武有文孰抗衡，百世仰止觀佳城。

習庵曰：『作者神潔意精，又深於先秦兩漢，故體用賅備，所向無難。正如庖丁解牛，披卻導窾，芒刃不頓。』

實堂曰：『文章家難於敘事。叔訥成此文，不見其難但見易，隨處皆因物賦物，化工無心，其興會到耶，抑經營慘澹耶？吾不測之。』

子田曰：『碎金流汞，盡入洪鑪鼓鑄。觀其成章之偉，忘其着手之難，得力在着手時也。』

翰林院編修湯府君墓誌銘

湯府君諱大紳，字孫書，號葯岡。高祖日躋，邃《易》學；曾祖元衡，祖誦，父自振，母莊氏。君成童，詩文書法即異人，伯父述庭早與徐荼坪進士酬倡，歎不及君。昔毗陵前輩風雅，荼坪主之，嘗及迦陵、竹垞文酒過從，後乃與莊晚菘、南村，楊西疇及君論友。

君爲名師，莊大令熊芝、侍郎存與、讀學培因，范太僕清注、編修清沂輩皆及門。年二十八，補弟子員，越十年，中式順天榜，考授中書，壬戌成進士第三人及第。君傲岸尚節，磊落使氣，掌院下無私謁。酒酣議論勃發，旁若無人，惟孫文定、徐文穆最知君，有忌者，二公輒調解，君聞亦不造謝，竟乞假行。君歸逾年，諸公貽書敦促，散館考上等，充乙丑會試同考官。又考丁卯試差上等，充順天鄉試同考官。

君昔官舍人，即爲桐城張相國引入幾房，協辦侍讀。迨官翰林，兩充同考，得士朱石君侍郎、徐廷玉侍講，梁幼循、談宅衢憲副，名日重。方甲子冬，翰林院落成，車駕臨幸賜宴，分韻賦詩，令專賦柏梁體，荷殊賞。丙寅秋，上以時和年豐，倣康熙間選大臣翰林賜宴瀛臺，君賡歌侍從。宴畢，上甜流杯亭，復諭諸臣登舟，遊覽追古，賞花釣魚，賦詩紀事，獨稱旨。前後賚賞書籍、尚方、珍綺，一時歎羨，而君尚節使氣如故。

及戊辰大考翰林，君既橐筆趨侍，掌院鄂公容安以君病足注籍，弗給卷，旋罰俸。越歲庚午，上命大臣各保堪任考官者，孫文定特薦君人品端方，學術醇粹，君亦考上等，旋休致歸。君貧無歸，就南陽講席，數年始歸，故舊凋謝，所與遊者，余外祖父錢鑄庵先生，及張鹿泉、許約齋而已。嗜酒愛客，食譜甚精，自以早受知前輩，激揚後生甚至，一技之長，必使有聞於世。獨居恒讀書賦詩，書法瘦勁，由趙吳興，學無可僧，晚學李北海，自成一家。酒間追述里黨、京邸師友交遊，咨嗟咄唶。或道及出處進退，輒停觴，無言他顧，撚白髭，屢頷其首，已而大笑，呼進酒。閑時命子修業曰：『君子知命，達士循理。知之故循之，不循理，究不能造命。』修業奉之終身。著《葯岡詩鈔》八卷，《詩餘》一卷。年七十四，終於家。配吳孺人。葬里大橋灣。子二，傳業，乾隆庚午舉人，甘肅秦安縣知縣；次修業，監生。女二，孫一。銘曰：

揚之誰謀，抑之奚求？揚之愈光，抑之彌幽。不喜以訝，宜上而下。感知不忘，獨以觀化。君子達士，悠悠我思。銘幽以揚，式克似茲。

淵如曰：『文成法立，機趣橫生。』

温州府同知敬軒章公墓誌銘

有卓然無愧君親，而賚臣子不盡之志者，其奉直大夫敬軒章公也夫。

公諱全節，字來黻，先世全城，徙江陰。五世祖腹莽公，孝廉任教授，入祀鄉賢祠。庶宜公生慎風公，孝廉任教諭，生後齋公、醒齋公。後齋配錢太宜人，公其次子。醒齋孝廉終臺灣令，配陳太宜人，晚舉子，早嗣公。公以豫工急公赴效，授直隸安州知州，擢西路同知，終温州府同知，年五十歲，葬邑某鄉某阡。配周宜人。子四：研，國子監生；子李、榛，周出；子燾，側室齊出。女五，周出三，繆出二。孫二，祺、祐。

公少治舉業甚工，顧好周公九章學，著述未成。醒齋公廉吏調臺，隔重洋，不備幕賓，召公往。適前官報盜案，全案擬辟，公察其枉，力請追轉，量減三人。由是醒齋公政聲益著，臺民愛戴，公遂獨綜幕政，故精吏事。臺俗習械鬬頂兇，則嚴治以法，變其俗。醒齋公既動常平倉穀賑貸，又廉勁忤監司，監司持之急，公日夜治文書報明，監司益恚，醒齋公遂抑抑卒官。

公服闋，官安州，一秉父訓，凡爲民者，奮不顧也。州界趙北口，下流灌溢爲患，而淤沙淺河，復無以禦旱。乾隆辛巳、壬午，水旱洊饑，公先後請奏賑恤，即以工代賑，復故河道，全活鉅萬。嘗捕蝗，虔誠禱神，神除之。州有嫂誣叔致死其兄者，不得屍所，爲行野得之，具得嫂奸狀。有殺人以錐，無兇名者，謬爲治廨，召匠廉無錐者，詰之立伏，於是督臣能之，奏擢西路。當神京管轄重地，五方輻湊，尤易藏奸，公督捕有法。適緬匪跳梁，京兵屢出，公往來督護，咸憚威名，民安堵焉。

時剪辮案起，窮治其黨，轉展遁供，詭指巖穴，屬邑逮繫無辜，公每立予省釋。又部檄飭搜大房山，山險峻甚，委員多自厓返，案久懸。公獨步行引繩上，窮其巔，兩易履皆穿，見孤廟老僧，白於上官，案始結。屢治道扈蹕，賜克食筵宴、大緞、貂皮，異數也。方奏擢河間太守，以本生母艱停之，後以原官知温州，直省惜甚。公治温，一如安州、西路。嘗攝永嘉三月，訊結三百餘案，再却巨金，温民頌之。大吏重公，委量海寧沙地，海濱彌月，積受颶風，旋督運赴通，津門路卒，深可惜也。公其無愧於君歟！

公天性孝友，事本生、嗣父母盡孝。陳太宜人晚得風疾，苦瘖臥廢，公不解衣半年，嘗割左臂療太宜人，立效。忌辰設奠，涕洟跪起，終身如之。醒齋公由招收場大使遷仙游令，屢召公，戀二母未往。及陳太宜人没，召赴臺，乃往。迨扶櫬歸，族人或疑有宦橐，公盡出行笈及醒齋公手作分書示之，明父廉也。而於兄、女兄，寡嫂弟姪，友愛無弗至，公其無愧於親矣！公頎長偉視，厚重威嚴，而待人推心置腹，豁達大度，惟於君親間，畢生有欿然不盡之志。臨終，命研曰：『勤讀書，畢吾志。』其可傷也哉！銘曰：

惟志砥節，惟節用才。勵精履潔，顧名全歸。清勁迅發，昭質不回。迺阻專郡，奚言登臺？家國遥訫，津舟低佪。廿載封穴，廉不可爲。孝子竭力，負土一坏。銘幽沕碣，貽清將來。

實堂曰：『瘦硬通神明。』

【校】入祀鄉賢祠，『祠』底本誤作『嗣』。

光禄大夫禮部尚書曹公墓誌銘　代

乾隆四十九年甲辰七月朔，大宗伯曹公歿於位。越歲夏五月，其孤師曾奉喪歸葬，以狀乞銘。

公先世諱彥約，朱子高弟，列傳《宋史》，謚文簡。由歙遷鄂之都昌，十傳庭賓，遷新建蘆坑。三傳文寶，遷新建魯江。曾祖建治，本生曾祖建節；祖家甲，進士，知龍溪縣，祀名宦。考繩彬，歲貢生，候選訓導；妣胡太夫人。曾祖下，贈如公官。

訓導公七子，皆科第仕宦。公次六，諱秀先，字芝田，一字冰持，又字地山。康熙辛丑，年十三，補博士弟子。己酉選貢，中副貢，癸卯中順天舉人。乾隆元年丙辰成進士，入翰林，授編修，擢浙江道御史，吏科給事中。歷鴻臚、光禄、通政少卿、參議，晉内閣學士，充講官。遷工部、户部、吏部右侍郎，禮部尚書。距生康熙四十七年，春秋七十有九。配劉夫人，封一品夫人。子三：師曾，兵部車駕司郎中；祖德、師程，皆早卒。孫二，和業、通業。女六。葬邑某阡。

公立朝不争功名，爲政持大體，至利病得失，求其必行。浙江長興縣民赴部，控胥吏私增糧耗，奉命鞫如律。時天目諸山水發，道臨安，瀦苕溪，灌太湖，雨潦甚，災杭、嘉、湖。上以公讞獄得情，命視水道，還奏便宜。爰敕於苕南挑上下南湖，疏分蓄洩，迄今利賴。奉天王跡肇基，上特於奉天創建文廟，公請也。又請武英殿書十二種貯廟。自貳吏、户、工部總秩宗，雖矜重畫諾，而諸司員屬咸盡其才，卒之精覈謹守，無毫髮出入成憲。惟破格保儀制司員外郎李漱芳，無擬陪員，奉部議革職，然特恩留任，諒其清忠。李亦名臣，名重天下，公望益隆。

公自起家諸生，悉其勤苦，其治江蘇學政，尤勤明。前後典試甲子江南副考官，乙酉浙江正考官，庚寅江南正考官，甲午順天正考官，壬辰、庚子會試正考官，己丑、辛卯、癸巳讀卷官，得士盛，聞九重。上雅重公，常於文淵閣和詩，賜公酒，命尚書房行走，入侍皇八子講筵，賜紫禁城騎馬，賜園宅、珍異無算。

曹氏世有隱德，訓導公蹲蹬數奇，爲經師不應舉，日夜與胡太夫人勉公兄弟間。公曾祖妣、祖妣皆黄，其教訓導公兄弟甚賢，鄉老曰：『曹氏諸郎，母教兩黄。』後胡太夫人似其德，三世母範，爲鄉人法，故公早成。公至孝，祖妣患疽，公爲吮瘡止痛。天暵乾，和藥需露，公庭跪達旦，露盈盂，病立痊。執親之喪，哀過於禮，兄弟之喪，期不露齒。惠宗族鄉黨，成其先志，嘗建宗祠，置義田義學。又購雷溪地二里，開港引吴源築牐，夏月洪北節旱澇，而白水湖、鯉嘉洲之患除。

平生篤師友。王企靖中丞舉公茂才，李穆堂司農舉公博學鴻詞，尤感知己。文章朴峭，得遷、固意，方望溪謂其再務修潔，可追曾、王。詩品儲、王間，至獻進文册，則典厚懿爍。而用心到古，尤在書道，少學鍾、王，所鐫石，所鐫詩文集，經乙覽者，有《賜書堂稿》《依光集》《使星集》《秋光集》《敬恩堂題跋》《移晴堂四六》及《帖子》《敬恩堂書課》。又有臨摹古帖百數十種，每退直課書，人争求之，遠夷或以重金購市，輒辨其贋。公恒以顯揚於親，皆受恩於君，遂築『知恩堂』居之，終于堂之北牖下。銘曰：

秀峰擢秀夢紫芝，發洩九華潤龍溪。幼即排纂搜經奇，達旦讀書生瞳翳。帝令仙人手按治，扶桑日出光赫爔。試邑郡省高名基，龍飛元年丹鳳儀。高安臨川倒屣綦，漸知漸簡爲宗師。以士報國矢弗欺，心聽骨相參希微。萬不失一甄毫釐，與探六經盛大支。以衷五家清真辭，得士大純無小疵。家國一生無私，易名『文恪』實稱之。銘幽望公佑啓斯，秀峰再夢開靈枝。

韞山曰：『冰持宗伯一代傳人，惜文學侍從，無特出功績，得此銘幽，庶足不朽。其敘保李員外及追敘母範，皆無意蹴波，自然入勝，老境蒼然，古趣横出，熙甫下絶少。』

吾三曰：『古澹不收，令人尋玩無已。冰持宗伯屢掌文衡，前輩罕匹。如兹篇所敘外，尚有己亥閲試差卷，辛丑朝考卷，丁酉、庚子、癸卯散館卷，乙未咸安宫教習卷，辛卯八旗教習卷，辛丑八旗官學生卷各差，可附記於此，以見際遇之盛。』

虛庵曰：『極繁重紆瑣，乃得如許蒼潔自在，此亦文家之「逍遥館」「離垢園」也。』

迤西兵備道加三級唐公墓誌銘

乾隆五十五年，歲庚戌，觀察唐公年七十有九，考終於家。公子仁埴狀公行事萬六千餘言，寄其友呂星垣，請銘墓。星垣讀而敬之，謝弗敏。既而仁埴躬叩星垣吴縣學官舍，再拜請，乃不敢辭。

按狀，公諱扆衡，字南屏，先世由海寧遷江都，世有科第勳績，家素封。曾祖之天，前明廣東靈山縣知縣，當明季高、黄争鎮，獨捐金贖被俘者，家遂落。祖詩，逸民高節，從祀鄉賢。考綏祖，康熙丁酉舉人，起家封丘令，終湖廣總督；妣吴太夫人。

公始以蔭讓其弟秉衡，後弟倚衡以兖州府知府召見，上詢及公，蒙特恩，以通判發雲南，補彌渡通判。歷署思茅同知，大理府、普洱府、元江府知府，授普洱府知府，擢迤西道。自劾落職，再授普洱府知府，擢迤西道，以病乞歸。配劉恭人。子二：侍陛，蔭生，河南彰衛懷道；仁埴，乾隆丁未進士，浙江仁和縣知縣。孫四，鈺、鑾、鑾、崃保。葬邑某鄉某阡。

公在滇十八年，屢治兵督餉，熟諫緬甸各猛山川險利，鹽竈礦砂情形，封疆大吏倚如左右手，上亦知公深。顧苗夷叛服不常，極撫馭方略，始向化。公觀察迤西，方録囚至臨安，有襲宣慰土司刁維屏，以族逼，公馳追過九龍江，至猛籠弗及，遂自劾，奉旨革職留效。既維屏自歸，公復積功復原官，究弗克象賢厥考以此。

當國家用兵緬甸，公之功多，而緬甸搆兵，亦與孟艮召散相終始。初，孟艮酋死，其庶子召散逐嫡子召丙，據孟艮，召丙偕其臣叭先捧來奔。召散犯邊不已，朝廷將發兵，督臣先至普，規畫方略。公守普，請分陽武壩至通關十站，計里給夫馬值，禁長夫制滾運，迨孟艮降，民不苦之。時緬甸阿瓦酋懵毒勢，吞併木梭接些、木邦、新街，煽結孟艮，内地隴川、猛莽各境騷動。又提督李時升輕進失律，遐邇震驚。公亟請以參將哈國興，提兵馳至軍，收時升，以兵授國興揮，使力戰，大破賊，國興遂知名。公遂持重，按兵待朝命。於是丁亥四月，明公瑞以定邊將軍出統兵，用降人召丙、叭先捧嚮導，召散聞，益發兵助緬，明公乃檄公兼守元江。

公行，召散攻猛侖、普洱甚急。公輕騎沿途募練，復揚言遣叭先捧，率大猛養，徑襲孟艮。公乃揚麾入普，賊震兵威，驚後襲，遂逃。明公奇之，請超擢太守，公遂閲普籐至九龍江，數百里兵火墟落，招徠撫綏，量土宜，給籽種，以集流亡。

召散猜，復結召功犯猛籠，自攻三臺山。公立遣猛遮敗召功，猛海敗召散。召散退，復謀内犯，明公乃使總兵官佟國英、七十一，駐猛角、猛養，爲犄角。明公乃從普發兵，檄公閲伍，辦裝治仗，公晝夜盡瘁，明公歎重。明公遂以輕兵，由新街進攻錫箔，一鼓下之。過天生橋，一日十三戰皆捷，破十八壘，直抵宋賽，阿瓦行滅矣。明公遽染瘴，糧竭，還猛育，薨於軍。大兵初還，將軍道没，邊圉驚，公竭方略鎮定，而帿者輒報，賊竊發。

公遂以己丑正月，偕兩總兵，出兵打樂，遇賊，日三戰皆捷，賊退繕守固。是年三月，傅公恒以經略大將軍至永昌督師，以普洱獨當西南面，乃移軍需局永昌，設軍門行臺普洱，委公總理。傅公持重，先招懷旁近。時安南國王黃公纘，爲下黎維禱逐，率四百人款寨，公啓經略納之，安插思茅州那可樂地，撥給籽種、牛具，遂招撫。南掌國王王弟召翁者，舊聘纘女嫣鼎，未婚，公請以嫣鼎歸之，南掌臣附請貢。公更以經略檄繙繹諸國體書，馳佈遠近，皆恭順，無助阿瓦、孟艮者。是年冬，經略出師，由猛拱、木邦以往，皆望風款附。遂往據阿瓦上游老官屯，阿瓦震慄，始降。奉詔班師，留副將軍阿公桂善後。

公治凱旋竣，陳阿公善後四事。一，安設屯練。請九龍江外，北至整蘭，南至打樂，倣古寓兵於農，即各猛選練，進充伍，退歸農。二，撫恤流民。請車里外，區田築舍，照常平社倉建倉，散給各猛，春放秋還，俾力開墾。三，增積米。普洱兵儲，例支二年，倉猝運餉糜帑，請撥五年。四，徙降人。軍興用以嚮導，而苗性桀黠，各猛厭苦不徙，并患煽搆，請徙內地，飭各猛就近管轄。阿公次第條上，行之，故迤西一路，戰守有資，耕鑿復業。

公審知九龍江內十三猛，江外外八猛，界錯緬甸。中復有野夷一種，出没剽掠無常，捷如風鼠。而各猛峕野鬬，不嫻步伐，其器械惟標槍短刀，往往爲野夷困。公訓練弓矢火器，步騎咸習，爲設瞭樓，置候馬，埋伏弩。野夷逃，邊徼寧，公自劾復起，即招降革裏雁部曲於猛籠。又遣吏目盧驤，招降整欠酋召教，又馳按普籐酋阿別刀二焚剠巨案，皆軍書旁午，出別才，赴他屬奏功。其理永昌軍需，分緬案尾案，爲一百八十一事，核准銷九百二十四萬六千八百餘兩。其核減者，分全賠、分賠、獨賠、豁免四項，皆報可。

三守普洱，民尤懷之。公初理湯丹銅廠，爲滇銅廠第一，墮欠久懸。公特慎客本支放，嚴辨礦色，一時客長、爐户、竈丁，皆勤儉，墮額不缺。及理威遠鹽井，一力培養商竈，私靖官行，商民利便。相度普洱城南海子河，爲疏通之，由清水驛入金江，灌田數萬頃。又登西山，望草海，見秋水獨盛，慨然曰：『是可瀦而耕也。』爲鑿河，廣五丈，深丈，建閘下游，時啓閉，數十里成沃壤。是年植麥，越歲植禾，其精理財如此。顧在普，議開白馬山銀礦，上下歆動，公力止之，謂聚數萬失業人鑿山，無礦則散之甚難，尤有定識。蓋少侍總督公，習吏事，其精神亦副之。前後召見，上備問家世及軍政，欲大用公，公以篤疾歸，上惜之。

公訓子甚嚴。嘗就仁埴養至嵊縣，仁埴每趨庭，公曰：『事竣乎？』曰竣，始命坐。有投到未讞者，即顰蹙曰：『汝惰一刻，民累一日。』有命案，必曰：『仵作不可信也，必親閱寓。』訓侍陛曰：『黄河挾沙行，病在沙，治在水。法宜激之怒，直暢其勢，曲殺其威。毋怠工也，而不可迫；毋争土也，而不可讓。治上游，察下游。吃重防北岸，顧南岸當衝。』皆名言。亦愛惜人才，訪敬奇士。貌清癯而性温和，及臨大事，決大疑，一言立解。蓋綜覈行狀，約誌其平生若此。銘曰：

惟孝讓宣勤，能事迺壯哉！憑唐魏尚，其克勝哉！東西南之甲仗兮，解組綬於行縢。怡就養兮，訓於百曾。雖未使相，厥惟股肱。千載慕訪，窆銘是徵。

實堂曰：『直抵《平緬方略》一書，各土司苗民情形，亦俱綜核括斷。至部伍進止，則岳家軍行如風雨，止若山嶽，愈勁曲，乃愈簡嚴。而賓主順逆之筆，亦復隨點隨化，吾何間然！』

杜草亭曰：『落墨如鑄鎔成一片，仍似天然節解，故不可及。』

【校】文題，底本目録作『中憲大夫迤西兵備道加三級唐公墓誌銘』。

先考對宸府君行狀

嗚呼痛哉！不孝正月中奉府君命，就浙江學使聘，五月十四日得家書，知府君往山左途次病歸狀，徒跣奔回，距斂八日矣，嗚呼痛哉！不孝生不克盡養，死不及奉含斂，又以祖母及母在，偷生於世，負罪天地，尚何言哉！惟府君隱德，世不盡知，不一表白，則不孝罪益甚！用敢泣血濡墨，稍述梗概焉。

府君諱揚廷，字對宸。始祖諱友常，明嘉靖中，自宜興遷常州。五世祖諱宮，順治丁亥進士，殿試一甲一名，弘文院大學士。生子六人，季高祖諱方嘉，歲貢生，候選知縣。生子三，次曾祖諱鈞，歲貢生，候選訓導。無出，嗣兄子，即吾祖諱灝，字景程，號煦亭，候選州同知；配徐太安人，康熙庚辰進士諱永宣女。煦亭公上三世，家素封，好義中落。公生四子：長伯父重華，乾隆丙子舉人；次伯父重庚，國子監生；次府君；次叔父觀能，國子監生。

府君幼沉靜，氣度如成人，九歲讀五經卒，即能文。年十四，丁大父憂，水漿不入口三日，患癤下，腸出寸許，保姆以布絮摩娑，痛絕不敢呻，戒無使太安人知。居喪三年，未嘗見齒，服闋，就學鄉塾。所居湫溢，雨潦入室，坐牀上讀書，溽暑蟲集，服重衣，渴掬池水飲，其勤如此。每半月，走數十里，入城省太安人爲常。

己巳年十九，補邑弟子員。壬申，吾母錢孺人來歸，癸酉七月，不孝星垣生。丙子至京師，補國子監生，應試被落。時府君資客遊養親，乃就山西陽高令周君拭之聘爲經師。縣有急解省餉銀，計到過期，令禍不測，府君身任之，由山徑三日達省，償如期。行三晝夜，六百餘里，道險絕無人煙，遇虎，騎驚落澗，舍騎攀葛籐得出，後騎至，授騎走旁徑，乃免。戊寅，族祖灝爲榆社令，延同里吴啓文在署，府君至友也。聞病篤，從陽高馳往省之，三日吴君卒，府君因留爲經理歸櫬。届鄉試期，同人勸行，府君泫然曰：『吴君喪未歸，義不忍獨去。』遂具送至亳州。適聞伯父病耗，因寄柩僧舍，趨京師。時叔父先在，相與奉湯藥四十餘日，而伯父卒，悲哀過情。有持伯父券至者，脱衣償之，不敷，出冠履，其人愧謝，卒使持去。庚辰，偕叔父盡質衣服，扶伯父柩南旋，至亳州，取吴君喪同歸。

秋，仲伯父又卒，喪葬畢，乃授徒於家，以脩脯備養太安人。聞兒孫讀書聲，色然喜，一庭之中，怡然樂也。然益窘，甲申至丁亥，皆往浙江學使者幕中，歲入無餘，歸復授徒事母。辛卯益不支，乃客青陽主講。有族子元燮赴蜀，於路覆舟來奔，病甚，府君留養兩月，病愈，贈金送之行。書院在青陽郊外，癸巳夏蛟發，水暴漲，屋瓦漂没，府君與兩僕登版扉，浮水上得免。水退乃返，始得食飲，與其邑士大夫料量賑事，掩胔骼數千。甲午再入都，就河南學使聘，丙申歸省。其冬，舅氏令浙江，延府君往，丁酉冬復歸里。今年四月二十八日，將往從叔濟南府署，五月一日至揚州，病作，留六日不愈，遂歸。初七日抵家，精氣頓憊，遂不起，嗚呼痛哉！

府君素强健，少疾病，年來家益困，衣食於奔走。加以不孝壯不自立，以重菽水之奉，及身妻子之事，上貽親憂，使府君無一日安，勞苦憂患以及於此，罪至不孝，尚可逭耶！府君性至孝，早孤，思先大父，輒涕泣。太安人性嚴，雖孫、曾滿前，顔色不少假，府君忻然曰：『年四十而奉母訓，可喜也。』嘗侍疾，晝夜九十日不解衣，後天陰，筋骨間輒作楚。待兄弟朋友盡誠，於寡嫂及姪尤至。在家塾時，兄子有過，每撻不孝示之。庚寅鬻舊宅，遷陋巷，心力俱瘁，推讓之誼，府君不忍言，不孝弗敢道也。

生平慎交遊，惟吴君紹祖、蔣君佩荃、吴君啓文交最善。南北十二試，七薦皆不售，晚厭棄舉業，取所作焚之。作詩四十餘首，藏笥中，多半述道路之苦。性寬厚，不輕詆訶，然慷慨好義，臨事有操持。當陽高周君罷官論死，府君往吊，恤其子弟。在河南衛輝旅舍，昏暮，有鄰婦踰垣來，府君斥之再三，婦慚而退，從僕歸述之，未嘗語人。與吾母相敬如賓，有所解推，吾母輒左右之。今年春將出遊，屢曰：『老母之養，責在汝矣！』又曰：『吾一女未字，以俟吾兒。』吾母心驚，以爲不祥，詎意遂有今日哉！嗚呼痛哉！

府君卒乾隆戊戌年五月十一日辰時，距生雍正辛亥年七月二十三日巳時，年四十有八。配吾母錢孺人，雍正癸卯舉人、誥封資政大夫、刑部左侍郎諱人麟公女。子一，不孝星垣，歲貢生，娶丹徒張氏，乾隆庚午舉人諱成璧女。女一，適湖北試用州同，同里陶紹侃。孫男二，孫女三。不孝草土昏迷，詮次缺漏，謹就記憶所及，撮舉大凡，伏冀當代之有道而文者，錫以誌傳銘誄，不孝死且不朽。

魚門曰：『真文發真意，無一懈弱筆，卓然傳矣。』

【校】次曾祖諱鈞，底本誤作『次曾祖諱均』；即能文，誤作『集能文』，皆據光緒《毗陵呂氏族譜》卷十八呂星垣《蘋圃府君行狀》改。

白雲草堂文鈔卷七

武進吕星垣叔訥著

彰德府晝錦書院勸捐文 代

相州晝錦書院，宋韓魏公晝錦堂故址也。國家樂育人材，以鄉先賢勗其子弟，爲典甚鉅。歲己亥，余來守是邦，按其版籍人民，都會繁郁，風氣樸茂。余謁魏公祠，進書院生徒課之，學殖不落，殊尤者少焉。既按悉其故，喟然曰：『是不興，將廢也。』余蓋於治江右知之。《易》曰：『何以聚人曰財。』子思子曰：『忠信重禄以勸士。』士無聚與勸不興。往者廬陵文獻之邦，士鮮振興，弊坐此。余爲創之修之，置田産，立堂舍，備經史，厚餼養，其他器用物，一皆勒石，登志乘。於是鷺洲書院外，興書院者十所，而明經高第接踵焉。蓋余倡之，郡邑紳士從之，士之興，亦其鄉之慕義也。

今晝錦書院堂舍外，一切無有，僅捐七邑廉俸，綿延其間，是又不若江右矣。養廉者，養州縣廉也。太守以養士故，責供之縣，縣得毋倍取之民！縣即不取之民，而文移解送，一不應期，亦支絀不可繼。況生徒日多，用日廣，額捐不足用，勢不得逾額，再責其供。是固立廢之勢廢，而後有高材秀民，望前哲歎息。有志者不得而興之，邦人實以爲惜，豈獨有司所患哉！

夫窮鄉僻壤，尚思立學校，崇師儒，矧漢晉名區，中州首境！地非不足，人思向學，焉得視其廢，不求其興？故按其勢，揆其情，導民所欲爲，以興化致治，長民者所亟，莫大乎是。是用告郡邑紳士，各勉以先仰朝廷樂育之教，思邀福魏公，以惠其子弟，將可久可大之模，行與廬陵媲美也。

存齋曰：『和厚平中，深得勸告之體。』

重修海寧州雙忠廟勸捐文 代

唐睢陽太守，贈荆州大都督許忠義公，海寧人，立廟州治西一百三十步。配祀唐真源令，贈河南節度副使張忠烈公，爲雙廟。從祀南忠壯、雷忠勇、姚忠濟，自唐迄今，廟食弗替。我國家褒忠異代，廟基二十五畝皆免賦，翠華七巡，皆遣官祭告，甚盛典也。本年月日，攝知州事某，以許氏呈請捐修，由府司道具報。本院具官斯土，景仰前賢，敬爲文，付州官勸捐，郡紳士有慕義助工者聽焉。

嘗論唐室之亂，始於天寶，極於乾符。然黄巢以匹夫起濮曹，徒衆烏合；禄山貴重，據形勢，挾勁兵强馬，搗虚而前，遠非巢比。當是時，討之者顔平原、顔常山，拒之者許睢陽、張真源，平之者郭汾陽、李臨淮六公耳！而顔有河北十七郡爲臂指，郭、李則用天下全力以圖之。若夫孤城拒天下中，兩年百戰，此尤二顔、郭、李之所難！而賊騎殘京洛之間，卒不能逾江淮尺寸之地，畫江而下，半壁晏然。賊平，而史思明之徒不復能過江，爲秦宗權、孫儒之亂者，忠義、忠烈之力也。此宜東南之民家尸户祝，况乎海寧！

昔大曆中，忠烈公子去疾上書議公，部黜其議，韓昌黎作《張中丞傳後序》，謂『子弟不能知大父志』。今許氏裔孫請修雙廟，可謂知大父之志者矣。余更以雙廟捐工，不獨許氏裔孫及海寧州人爲宜，庶其咸知余志也夫。

竹橋曰：『凡遇此等大題，最見文家識力，以史事已詳，無取冗長也。義簡詞嚴，尺幅具尋丈之勢，與昌黎《後敘》，異曲同工。』

代盧運使諭勸杭州民改葬浮厝文

蓋聞春令掩骼，秋官除骴，順天道，袪不祥，宣皇仁及異物，守土者責也。聿自周漢，制重封樹；下迄魏晉，律嚴停喪。杭州全越首郡，民乃惑形家言，率於湖濱權厝，築室千百，疊皮兩三，久乃露殖火化。其無力無主者，輒棄弗顧，過而見蠅蚋蛄之嘬，退爲烏鳶螻蟻之歎者不勝計。

本道遵憲禁，原人情，以『三不忍，四不敢』，告於州民，諭而勸之，勒之限。本道謂幽明人鬼之居一也，民鮮不庇祖、父居，今乃棄之中野，庇之一椽，不忍一也。民於寒暑燥濕，陰陽遘疾，遍召巫醫處於內，其於疾風迅雷甚雨，聚妻子闉房湖濱，水深土薄，其震驚朽敗，漠焉不問，不忍二也。或爲哀翁鰥父，寡母貞妻，置煢獨於强暴之鄰，委清潔於潢污之藪，不忍三也。此民之情也。

若夫聖天子省方觀海，金根玉輅，駐臨西湖，則清道尤嚴。或赫怒於土風之儉其親，豈惟民愆，亦長民者罪，此其不敢一。功令於停葬，本有定律，本身遠出，喪家匿名，則旁近期功，地鄰地主咸責，其不敢二。設諱有力有主，將實究其有力有主罰之，罰所入，即充所費，仍責其以力自葬，其不敢三。如果有力而逾限，本道除究其逾限外，並即剋期飭埋，即支干不利其家人，山向不符其化命，將瘞藏千棺，難遷就一姓，其不敢四。民其慎思力行之，民安土風久矣。

本道任怨勞，任出金錢，顧必先爲諭勸者，冀民之不安而自急也。民果無力，本道必盡舉葬無力之遺棺，不留一二，以爲民憾。民葬祖、父如限，民之子孫亦如之，此所望於民者。本道詳明制、撫，會同藩、臬兩司，飭行所屬外，親自相擇義塚地四所，土悉深厚，可恤死慰生。舊例，擡埋棺一，酌遠近，給一錢二分至三錢二分不等，骨罈十抵棺一，今一例加爲給六錢。又例，男女棺及罈各所，其夫婦二棺二罈，仍合葬。又骨罈一，塚所一，各立石。

今據報無主無力棺一百四具，骨罈一百十八具，先飭官商如限葬。其有主無力棺一百十八，願自葬者，勒限六月；有主有力棺一千九百十五，願寬限自葬者，勒限一年。其有主無力，願自葬，貧不赴限者，許五月内報請官葬。仰紳士耆老，各剴切勸諭。

存齋謂，官運司垂槖去者，入寶山空手。余獨云官運司無德政及民者，入寶山空手。因鋭意行此，杭民多不便之者，久而人皆思之。自記。

存齋曰：『詞嚴義正，氣體純乎漢人。』

高母張孺人祭文

人生莫不有志。或畢生不遂其志，或有所不遂，賫焉以終，若孺人者，尤可哀已！孺人予婦女兄也，予故知之。孺人没之七日前，予婦侍予母之新陽任所，越二十五日，始得訃聞，乃得爲文寄歸致奠，噫，哀已！

孺人歸高君若洲二十八年，當若洲舉孝廉，孺人喜，益自苦。若洲數赴公車，家益貧，資遠遊養親，孺人，乃盡脱簪珥首飾治甘旨，每窘絶，二親弗知。後太公喪葬，禮成，若洲旋返旋出，益窘絶，太母又病痪，寢牀數年始老。當太母病痪，户内外，枕左右，孺人時飲苦爲笑。既竭力稱貸爲飲食藥物，而凡聽聾視盲，疴穢支離，幾微轉展之際，孺人皆先意伺之，故支數年。予母聞之，以誨予婦，而其姑之順於婦者可知矣。大抵孺人事其翁姑，有慧有才有容，慧以先意，才以備物，容以怡顔。予婦不逮孺人，顧賴孺人訓多，吾母初不喜吾婦，丙午年，吾母病，婦亦能效孺人，吾母喜之至今，而孺人之事其翁姑可知矣。此非其志焉克遂乎！

孺人望舉子，早舉一子，失之，僅得一女，置妾，仍弗育，遂擇婿。既得趙季由文學，有異才，孺人喜，顧見婿佳，益自傷無子。蓋爲若洲喜，爲女喜，旋爲翁姑、若洲傷也，要其志未盡此。凡若洲夙興夜寐，顯揚無忝，光前人，裕後昆者，孺人豈志焉而忘之？乃若洲功名利達俱不當意，幾五十之年，陟八閩之地，或轉徙靡定，或音問間隔。孺人既賷二十八年未遂之志，默默自恨，而又年饑逋重之故，雜然相遭，此其賷焉弗遂者，尤可哀也。

予匏繫新陽，官舍如斗，值水潦濕蒸，婦、女病痁，既聞孺人訃，並伏枕流涕，悲弗勝。予寡兄弟，止一妹適陶，而育于予。妹少於孺人十六年，亦以哭子致病，病三年，先孺人一月前卒。豈知予方哭予妹，予婦又哭其姊也。予失妹後，輒棄敝廬到卑官，竊升斗禄，不啻以宦爲客，忽已無家可歸。視若洲異鄉流離，差幸妻子保聚，乃焦憂逼仄，貧病交攻，固知死悲，竟少生樂。而予婦予女皆病，昨者予子亦病，室中止一九歲婢守藥爐，亦時使執炊厨下。小女少提抱，見其母、姊病且哭，亦終日啼號。嗚呼！生勞不如死逸，孺人當無羨於其妹也已。

實堂曰：『情生文，文生情，熙甫中年哀樂，亦多此種。窮而益工，旨哉斯言！』

草亭曰：『落花依草，左縈右拂，作者自抒其情，不自知入妙乃爾。』

太保公自書古文稿跋

右《張中丞疏草序》一篇，《送許明府序》一篇，《某學使時文序》一篇，《儒宗理要序》一篇，《顔氏清芬集續刻序》一篇，《贈檢討鄧翁合葬墓誌》一篇，五世祖太保公自書古文稿也。庚寅年遷居陋巷，於舊宅廢簏中得之，暇日恭敬校理，次其年月，紀其字數。文章類歐陽公，書法出入顔、米、董三家，洵可寶也。篇末有『方嘉』印章，爲余高祖諱。

高祖太保公季子，太保公易簀時，高祖贅海寧陳氏，比回，得書櫝一，此其所得歟？陳文簡公元龍，余高祖妣兄，吊太保公來武進，憐妹貧，厚饋遺。高祖妣善居積，故能獨力建太保公專祠，數世子孫有饘粥，曾祖兄弟相謂曰：『微吾母不及此，抑渭陽不可忘也。』余童子日，老嫗皆能言之。庚寅，余生十七年，去曾祖歿三十餘年，子孫饘粥不繼。余始生，家食百餘人，不二十年，數口無養，一切變蕩。即圖書几研，祖、父摩挲愛惜者，十不一存。獨於倉皇患難，敗紙廢簏中得此，不可謂不幸也。

嘗見世家子弟，於金玉寶器，法書名畫，斷斷然争之。至祖宗手澤，則任其湮敗散失，無足愛惜。甚至辛苦著作，竊爲己有，得於他人。究之金玉寶器，法書名畫之物，與夫祖宗手澤，並歸散亡。而一二辛苦之留遺，消蝕烏有，嗚呼，豈不悲哉！

簡齋曰：『文體高潔，末一段尤跌蕩淋漓。』

盧氏祀田條約跋

余讀盧氏祀田條約，既爲駢體文序之矣，意有未盡，又跋之曰：

余見天下仕者矣，藉父兄資，不勞而據高明。或食貧居賤，曲折頓挫，一旦奮跡儔人之上，其於尊祖收族之誼，良可慨也。或忘焉忘之，或不忘焉置之，要其拔本塞源則一。其慷慨好名，漠不相關之人，毅然解推不惜；至一本之誼，輒吝施與，争錙銖，蓋若敖鬼餒，無所動心。從親疏宗，啼饑號寒，過其側，弗嚬蹙，又弗論矣。

若夫慕勢趨利，剥民自肥而悖出，取之盡，用之亦盡，如倒卷河水，而瀉之也涸，焉爲能！直如六國割地事秦，一發端，勢不能已，卒與俱覆，身敗名辱，爲天下笑。途窮日暮，其子孫欲饘粥于祖宗之祠而弗能，清夜涕泗，向者果何爲而然哉！夫以親之身事君，還以君之澤事親，敬所尊，愛所親，率親率祖於無盡，報本反始，於家爲孝子，於國不爲忠臣也乎？

存齋起縣令，至郡守，前後數十年間，儉以持己，清以保家。奉先公遺訓，守之行之，懇摯於尊祖收族如此。以此視彼，愈知其賢，其當官亦從可知矣。

曼亭曰：『發蒙振聵，字字痛切。其筆意峻潔廉悍，直凌柳州、半山。』

味辛曰：『暢所欲言，於本題妙有關會，故其驚心動魄處，即其振筆疾書處。』

叔皆孚曰：『尺幅中有汪洋千頃之勢。』

【校】文題『祀田』，底本目録作『祠田』。底本目録尚有《琴舫跋》一篇，正文闕。

錢竹初舅氏自敘文跋

嘗論科目，舉、進所取，多取弟子遺其師。師不盡賢於弟子，弟子八九遜其師，則以爲命定異也，修己異也。於是有修己立命説，豐嗇遲速，一聽之天。先生文章書畫，步文敏公，使早年入臺閣，何讓郊、圻、軾、轍？乃早以貴介嘗寒畯苦，四出授經，及門多進士身。六上公車，迄捧檄以出，當塗屢輓推，竟奮袖高蹈。

或疑兄弟間名實齊，位置異。然文敏得位行志，名重天下，未週甲歸道山，不竟所施。先生甫服政年，退於急流，息養林泉，登上壽，得天亦優矣。而文敏清宦，兩子早世，先生撫其孫、曾男女勝己出，一皆訓育成立，是又天之位置先生，以善文敏後也。晚事訥齋先生及吾母，益盡愛敬，蓋失怙恃來，愈老愈篤於孔懷若此。而外服儒風，内宗梵行，律己愈嚴，求仁愈急，子孫鼎盛，式似學修，殆豐其報，遲付之者歟？《書》云：『孝乎惟孝，友于兄弟。』《詩》云：『則友其兄，則篤其慶。』先生有焉。

兹恐後人溢美，寄示藏家自述文，其言約而卑，審以思，大旨皆讀《易》知懼之義。顧獨於父兄師友間三致意。固其夙夜感銘，抑亦於名實位置間，得天甚遲，遇合每左，非慕八騶，若虚七尺，故欲外形骸，求性命，亟好修以全所生也。昔阿文成公未使浙西，先使河南，數傳星垣見，知公深知先生内行極早，後遊京師亦然。時劉退谷給諫每告曰：『公于致先生書，必手作。』然則公之重相待者，豈止文章書畫已哉！

【校】然則公之重相待者，『待』底本誤作『侍』。

三禮宮懸樂位考

樂有位有序。位也者，宮懸也，軒懸也，判懸也，特懸也；序也者，各以其位別之也。《儀禮禮節圖》各有位，各就其禮以遷之。宮懸正位，反無圖，又搏拊琴瑟簜之屬，皆無位，故貴參考互見之文，別之各以其位也。

《大司樂》：『王入，奏《王夏》。』賈氏公彥曰：『《王夏》惟天子奏之，《肆夏》諸侯亦得用之。』是王出入奏《王夏》，諸侯出入奏《肆夏》。又《燕射禮》，賓入，皆奏《肆夏》。又賈氏曰：『四方賓來奏《納夏》。』《禮》，凡樂事奏《九夏》，皆以鐘鼓。鐘鼓皆在懸，故《傳》曰：『入門而懸，興。』鐘鼓之奏，先朔鼓則宜，朔鼓先曰否，金奏也。

《九夏》八音俱備，獨無人歌。《禮》：『歌在堂上，貴人聲也。』工未入曰奏，工既入既歌曰樂。樂以工升歌始，是以先工也。工教於太師、少師、小樂正，故師正率之以升。《禮》曰『工歌』，故知師、正不歌。《禮》曰：『太師、少師、群工，皆降立鼓北群工後。』敖氏繼公曰：『鼓北，鎛南也。』故知小樂正不降也。

鄭氏康成曰：『工六人。』《燕禮》：『二瑟，小臣左何瑟？』敖氏曰：『瑟者四人，前列二人。』其二人何以？當以琴。曷言以琴？《明堂位》：『大琴、大瑟、中琴、小瑟。』陳氏祥道曰：『皆堂上樂也。』是大琴、中琴在瑟前，故知前列二人，以琴也，故知琴瑟之位。從工太師、少師當何以？經無明文參考之，宜太師搏特磬，少師拊。《爾雅》曰：『大磬謂之馨。』《大戴禮》磬一懸而堂特。《明堂位》：『拊搏、玉磬，四代之樂也。』陳氏曰：『皆堂上樂。』《皋陶謨》：『夔曰：「予搏石拊石」。』按，大磬特磬，當即玉磬。玉磬，堂上之樂所尊也。

四代之樂，至周猶用之也。虞廷則夔司之，故知於太師搏，則亦知少師拊也。故知搏拊之位從師。樂貴人聲，南向，則西方爲上，故升自西階以貴之。故陳氏暘曰：『堂下之樂貴西。』故樂近人聲者，皆西位東面。位西階下，皆曰頌。頌磬十六枚，一肆一縣。各以十六者，六律、六吕，各加四清也。

頌之言，誦也，近人聲也，頌磬四五磬間。稍東而爲鼗。《射儀》曰：『鼗，倚頌磬西紘也。』竊疑者，朔鼓之懸，當先頌磬，曷言之？鄭氏曰：『朔，始也，奏樂先擊西鼙。』是朔鼓者，堂下衆音之長也。《大射禮》經文：『西階之西，頌磬鐘鑮，以遞南陳。』又，『建鼓在其南，朔鼙在其北』。其北指建鼓北，則在鑮南；其北謂頌磬北，則當在頌磬北，近工歌而長衆音也。而《禮節圖》位之於鑮南，即位應鼓於笙鐘之鑮南，殆存疑也。朔鼙在頌磬北，應朄宜位笙磬北。應，對應也。

陳氏祥道曰，《詩》曰：『應田縣鼓』。射禮有朔鼙、應鼙詩，又以應配朄，則朔鼓乃朄鼓也。以其引鼓，故曰朄；以其始鼓，故曰朔。是以《儀禮》有朔無朄，《周官》有朄無朔。按，陳氏以朔應朄爲一鼓，非也。西鼙，朔也，則知東鼙之應也。《詩》曰：『應朄懸鼓』，則知東鼙之應，即朄也。由頌磬、頌鐘而南，爲鑮鐘。鑮鐘懸，鄭氏曰：『鑮如鐘。』而大朱子曰：『鐘有特懸。』故知其懸。夫磬從矩象地，鐘從規象天。地天泰，故先磬抑。磬輕清上浮，鐘重濁下降，天澤履，故後鐘磬，鐘懸而天地和也。又南，如《禮圖》則爲朔鼓，參考之，則爲建鼓。鄭氏曰：『建，樹也。以本貫而載之，樹之跗，故曰建南鼓。』則知鼓人北面也。則知磬懸、鐘懸，横位在西階東面，擊者皆于懸後東面擊也。西階位如是，則知阼階之位亦如是。大射禮則遷之，曷以遷？遷建鼓，應鼙于阼階西，餘如故。陳氏暘曰：『建鼓，應鼙不設于東，懸南者，以耦次在洗東南故也。』

經文曰：『建鼓在阼階西，應鼙在其東。』近東階，則以東爲上，故遷之建鼓東，别其爲笙磬北，益知應鞞之位，在笙磬北也。笙，生也。生位東方，故位東階。東笙四，三笙前，一笙後，當懸間。《燕禮》：『笙入，立於縣中。』鄭氏曰：『縣中央也。』《鄉飲酒》曰：『磬南，北面。』敖氏曰：『此云懸中，互見也。』則知笙位在磬懸中央，第四、五磬之間也。

凡笙之懸，皆從笙，故于阼階下東階，東應鞞。南爲笙磬十六枚，一肆一懸，爲笙鐘十六枚，一肆一懸。遞南爲鑮鐘建鼓，如《禮節圖》，則爲應鼓，參考之，則爲建鼓。而東階樂位，畢其南階，階間知不當尊，故知避中廉爲左右。

經曰：『簜在建鼓間。』鄭氏曰：『簜，竹也，笙簫屬，倚于堂。』故知在階間。賈氏公彦曰：『管也，笙師職掌，教吹竽笙塤篪簫管。』故知管簫也，篪竽也，皆位階前也。《爾雅》曰：『柷，止，所以鼓柷謂之止。』鄭氏曰：『合樂之時，投椎其中，以撞止之。』又曰敔，鼓之所以止樂。皆以止樂，以始以終，知近朔鼓位中階西。

《白虎通》曰：『壎，坎音也。』立秋之音，塤近西，知位中階西，西皆北向。琯簫起，黄鐘近鐘，故知位中階東。牘、應雅，陳氏暘曰：『殺其聲以節樂。』從竹，故知北從管簫，東從笙。以從竹，故知位中階東，簫瑄下皆北面。

按，北階懸建之列，簜在列，獨異東西懸，曷言之？經曰：『簜在建鼓間。』此大射所遷之建鼓，指阼階之西，西階之東，故知在階前。經不重著之曰：『在東階，在西階。』故知東、西階無簜也。南面有之乎？有。不言南面無之，故知有之。然則諸侯三面懸，備八音，有簜之屬；大夫下東西面懸，不備八音，無簜之屬。

容甫曰：『《考工記》之遺，可補陳祥道之未到。』

郊禘辨

《祭法》：『有虞氏禘黄帝而郊嚳。』註：『禘，祭天於圜丘。』疏：『禘，冬至祭昊天上帝於圜丘，以黄帝配。郊，建寅月祭感生帝於南郊，以嚳配。』夏后氏禘黄帝而郊鯀，殷人禘嚳而郊冥，周人禘嚳而郊稷，註同疏同。

蓋禘，祭天也。《魯語》：『天子祀上帝，諸侯會之，受命焉。』郊，祈穀也。《左傳》：『郊祀后稷，以祈農事。故啓蟄而郊，郊而後耕。』《郊特牲》曰：『郊之用辛也，周之始郊，日以至。』失齋戒用辛之義，而以始郊日至言辛，乃混《周禮》冬至祭天於圜丘，而誤禘爲郊矣。《商頌·長發篇》：『大禘也。』疏曰：『以正歲正月，祭感生帝於南郊。』又誤郊爲禘矣。於是誤禘爲郊，後人廢禘，誤郊爲禘。後人祭而不祈，祈而不祭，究之不祈不祭。

鄭氏於禘無異辭，獨謂祈穀祀五精帝，以后稷配。於是蒼曰靈威仰，赤曰赤熛怒，黄曰含樞紐，白曰白招拒，黑曰汁光紀。疏復引《春秋緯》《運斗樞》，太微宫有五帝坐星。於是漢晉間從祀以日月星辰，大遲先王掃地而祭之意。

《周禮·太宰》：『祀五帝。』註：『五帝謂四郊、明堂也。』鄭氏註《郊特牲》曰：『三王之郊，一用夏正。』《易説》亦曰：『三王之郊，一用夏正。』而《春秋》載：『郊有二成。十七年九月辛丑，郊。哀元年四月辛巳，郊。』《穀梁》曰：『自正月至三月，郊之時也。』《公羊》曰：『曷用，郊用正月上辛。』而經所載如此，譏其非時歟？

晉武帝十二月丙寅，受禪南郊，尚附於周始郊之義。至太始二年十一月己卯，並圜丘方澤，合於二郊。三年庚寅，祀於南郊，則廢古益甚焉，蓋宗鄭氏説。圜丘祈穀不同神，諸儒一之，而用長至，不用辛。禘於郊之時，變其名；郊於禘之地，失其實。是以江左以來，但用正月。又，古禮歲一郊，晉以來，間歲一郊。泰始六年，詔間二歲一郊。蓋王不祭天，間二歲一祈穀，上不敬天，下不勤民。迨齊武帝即位，有司以前代即位，或仍前郊，或改郊，始爲請。

王儉議曰：『晉明帝泰寧三年，南郊，其年九月崩。成帝即位，明年改元，亦郊。簡文咸安三年，南郊，其年七月崩。孝武即位，明年改元，亦郊。明年正月，宜饗禮二郊，自後依舊間歲。』儉不知即位宜禘，禘非即位，五歲一舉。郊以祈穀，祈穀不因即位，歲一舉。有司又以明年正月上辛南郊，而立春在上辛後爲疑，儉議曰：『宋景平元年正月三日辛丑，南郊。其月八日立春。』儉不知禘用長至，郊用正月上辛，有虞氏以來皆然。若儉者，知晉宋，不知三代，郊與禘，罕有辯者矣。

鄭炳也曰：『漁仲纂彙經説史論，案列未斷。鄱陽較爲精擇詳語，亦未于天道人事，分明彰著，得此乃披雲見天。』

容甫曰：『辯言精審，可傳矣。《國語》，有虞氏禘黄帝，祖顓項，郊堯宗舜。夏后氏禘黄帝，祖顓項，郊鯀宗禹。商人禘舜祖契，郊冥宗湯。周人禘嚳郊稷，祖文王宗武王。幕，能帥顓項者也，有虞氏報焉；杼，能帥禹者也，夏后氏報焉；上甲，能帥契者也，商人報焉；高圉太王，能帥稷者也，周人報焉。報即祈也，參證愈確。』

【校】文題，原作『郊禘辯』，此從底本目録。

鹽法議

今夫天下大利，惟天下無欲者理之。無欲則明，明則去積弊，而天下之大利出。自管子創煮海之法，漢興，修明法禁，歷代因仍，度支邊餉，咸取給焉。世之議鹽法者，概曰恤商竈，緝私販。夫使私靖引行，商竈樂利，上不缺課，下不病民，顧其源不在此。按兩浙鹾志，參以見聞，爲鹽法六議，俾留心釐剔者有所採焉。

一曰勵官廉以清源也。今鹽官動言緝私，文書上下無虚日。究之私多引壅，積壓掣期。知私梟之販私，不知官引之販私；知官引之夾帶，不知官縱之夾帶。則掣規之不可不革也。

定例，每引三百斤，包滷耗二十斤，胥役工食，統增三十五斤，官費商本，並無缺乏。緣商人捆運引鹽，重至七八十斤、百餘斤不等。是以奉部頒，掣子索重一斤八兩，鈎重十七斤六兩，嚴掣清查，設有重斤，全船銃毀。乃場官不查捆發，朦隱多斤，引鹽未到掣亭，胥吏已通綫索名，掣簽點驗，皆暗記提包，假爲多斤，一律至三四斤，而止抽驗一包，全船照罰，但罰重斤，不行全毁。官利其罰，商隱其餘，十引之中挾帶四五引，掣期焉得不壓，引課焉得不虧！故順治十三年，户科王益朋直言，四境之販私，即巡鹽之官役；則累年之缺課，即係累季之掣規。使盡除掣規，則引鹽實銷而值賤，商力足課，孰與不足，販私亦何利之有！

二曰嚴功過以督捕也。官吏臨民，端貴按功過以考察。今緝私者雖設循環功過簿，轉報藩司，敲比虚文，事無實際。場官領本催煎，竈户剋期趕捆，貧商買補不盡，堆倉折耗爲虞。又或交倉之際，重秤浮收，倉有餘鹽，責令折色。逢節請會，科斂竈丁，致令産鹽竈地，先欲售私，遂有奸民結夥販賣，連船飛渡，比屋收藏。緝捕弓兵，年節包規，縱容恣横，捕官取役，場官取竈，彼此狥私，罔知法紀。及上官嚴催訪緝，則指擒小販，宕塞遲延，乃有肩負數十斤者，非刑桎梏，甚或指扳殷實，肆意婪吞。

設遇大夥持兵拒捕，律宜斬决者，非平日鈎通，即臨時縱放，捕政日弛，私梟日熾。揆其由來，以設差巡鹽，遂有冒充白捕，擾害行人，曾干例禁，因咽廢食，積漸包荒。又場官屬運使，每遇計典，卓薦爲難，名途既難，利心日盛，又無地方管轄，惟取私販以肥身家。捕官緝獲私鹽，既礙場官考成，又失捕役規例，首告人即以獲鹽給賞，得小怨大，瞻顧爲多。惟嚴飭場官，有縱容賣私者，立行革究，五年無過，咨部即遷。嚴飭捕官，有私販在境，過境失察者，降革有差。果能撲獲私窩、私販千斤外者，照獲江洋大盜例，即予遷除，則私賣、私買之途兩清矣。

三曰恤商本以藏富也。商之鉅者曰甲商，遞降曰副甲商、經公商，最下曰肆商。夫持本運鹽，完課裕食者，肆商也。肆商氈笠布衣，持籌握算，子母贏餘，其望已足。公商以上，身不行鹽，食用豪侈，一衣一饌數百十金，皆出入公門，攀援官吏，乘上下之間，託名墊發，影射虛嚇，徒手攫取，轉瞬起家，以次相承，吞索商本。致令貧商竭蹷，即際旺消趕配，苦少貲本錢糧，借貸滯留，掣期遲誤，逐季坍卸，膏髓益枯。復借加價名色，媚商病民，以自漁利。飾詞銀貴錢賤，并與州縣報司錢價不符，地棍因之覬覦規例，索詐不遂，詰訟朋興，公費紛繁。歸重秤價，列肆貿易，短秤攙灰，運引夾帶，船尾船頭，夾艙鋪放。混引不截，漏渡不掣，詭報沉舟，僞結買補，胥吏蹈瑕，格外需索。

其赴所也，引有引費，程有程費，捆有捆費，搵有搵費。其赴掣也，書役有免委減斤，加鈎批掣，供應公費之需；承差有監掣監艙，傳旗叫牌，填封發封，催掣擺幫之索，包賠愈多，引本益貴。甚至商本全無，官給運本，折扣發出，責令賓償。老商既革，另行招募，並無殷實應募，但以浮滑承充。夤緣得引，借領帑銀，遮掩歲時，卷貲巧逸。假名僞籍，關捕無蹤，乃以無着帑銀，攤現商賠繳，長蘆、河東，尤多此弊。惟公商以上，名目概予删除；胥吏一切陋規，盡行芟削。許人首告，盡法究懲，則商本無虧，上下俱足。

四曰恤丁力以培本也。刮土淋滷，翻盤煎鹽，催趕烈日之中，坐愁霖雨之下，海濱窮民迫而爲此，較之農夫耕作，勞有甚焉。場官規例既多，上倉名目不少。更可恨者，捕兵置私不問，轉於出團到倉路，嚇詐竈户賣私，窮户愚民，甘心饋給。又際山場草場隔遠，柴草缺乏，急望鹽乾，遽即灑灰，致壞色味，上倉平驗，屏斥不收，需索使費。重斤或甫煎成，便遭雨耗，蓋藏不及，竈無常鹽，官責額課，缺前那後，勢必官私，漸設私竈。一次得利，積漸成風，一人得利，遠近效尤，遂難究詰。

又海潮起落，蕩地坍漲。或有新沙未丈，官竈私行煎賣；舊場既坍，官竈仍復催徵。始也因地計丁，有丁錢無出之苦；繼也攤丁於地，有地稅不實之虞。漏課賠課，胥吏上下其手。惟清丈蕩地，確核工本，以定場價，其有私竈私賣，掛秤私收，通商重捆者，查有實據多斤，即行全家發徙。果爲地坍雨耗，許移竈給地，通三年之力，以補不足。設有官吏需索，一經告發，立即嚴拏法按，石出搜根，則丁無欠課售私，官無劣鹽缺額。且商力既舒，鹽無壅滯，場價亦平，私販漸無重利，將不禁而自絕也。

五曰通引額以裕課也。官煎商煎，肩挑船運，因地制宜，不拘一例。而州縣歲行引額，定有成數。設遇商有滯引，而鄰邑旺消，原許借掣，俟後歸款，通融販易，彼此便利。但苦時際旺消，無從借掣，又借賣者勒貲，借買者索費，責令歸款，影射宕延。惟有正引之外，設立票引，隨鹽報引，計引起課，果能額外行銷，聽憑交糧領票。此項票引，隨正引報部奏銷，但補正引缺額，不拘歲額，羨餘則留省庫充公。其引額不足者，通三年趕掣，再不及額，分攤願領殷商。設遇辦公，即照各商每年實行引數，公攤分濟，不許畸重畸輕，則課足而商裕矣。

至列肆出賣，先後爭競，乃有核三年内各家行銷之數，以爲多少者。如每年行千引，許先賣百斤；每年行二千引，許先賣二百斤，此尤不便。商本時有長落，運鹽遲速不齊，到肆之鹽，本難畫一。一拘此例，遂令先到者留包不賣，未到者撥包借銷，村肆守候於市廛，老弱奔走於道路，舟人不行緊趁，非偷走小路，則遲滯挖包，弊端百出。惟令運鹽到肆，隨到隨行，舟商儹程，趕裕民食，則勤商得辛苦之實獲，惰商不得蒙祖、父之虚名，市無壅鹽，商無虚肆，而引不留滯矣。

六曰謹私渡以防漏也。定例畫江爲界，常、鎮二郡，並行浙鹽。雍正二年，江督查弼納欲改食淮鹽，會議不果，以爲淮鹽貴，浙鹽賤，不必。禁淮私，不必改食者，固未平允；以爲改食之後，遂無淮私者，亦非。夫刮煎配掣者貴，刮煎私賣者賤，但分官私，何别淮浙！淮與浙各有私販，豈改食之能禁乎？所患者江口汊港橫雜，又龍潭、孟河、玉河等口，泛舟徑走，覺察無從。小吏查拏，易於賄縱，更有攙雜魚菜，飾詐多端。他如諸暨、義烏、浦江、東陽、江山、鎮海、崇明、靖江等邑，地雜人悍，尤易作奸。重設盤詰，既病行人，坐視偷漏，更無底止。夫私販僱舟，必有倍值，惟嚴飭防捕等官，實力擒獲大夥，既懲奸民，並治船户。船即没官，船主發遣，則懲一警百，可冀杜絶偷漏也。

六條之弊，弊有相因。因官病竈，因竈病商，因商病而私集，私集引壅，而商愈病，課愈虧。兩浙鹺志，户口四百六十七萬四千二百七十二，竈丁十九萬七千六百十四，歲引八十萬二千三百九十七。六十年來，户口日添，引額宜增無減，而往往壓掣。不求其本，縱加價病民，何益歟？

存齋曰：『余轉運兩浙江南鹽法，涖官三月，日夕與姚我尊講求利弊，恨不能瞭然於本末。間乃請叔訥偕姚君議，並稽册檔舊志。越五日，叔訥手著此貽余，則商竈閭閻情形，一一如繪矣。余驚喜珍重，亟倩孫君鑒亭録一册，置座右。擬請叔訥準酌古今，偕同人重修舊志，以裕國帑，以裕民食。儻獲成書，非獨余有裨益，亦後來者所嘉賴也。叔訥《讀史》詩云：「杜牧非詞人，其言皆有物。」信夫！』

蜑人采珠説

余往讀《後漢書・孟嘗傳》：『合浦珠徙交阯，嘗到官，珠還，後人率爲廉吏誦。』余嘗疑之。及遊京師，訪之大埔饒君軼群，合浦李君廉山，謂其説信且屢驗，並告以蜑人采珠，乃爲之説。

珠産交阯者，曰拂菻、爪哇、渟泥、沙羅。産粤東者，曰烏泥、海豬、沙平、江獨、攬沙、楊梅、青鸎、斷望，皆廉屬；曰對樂，雷屬；曰東莞、大步海，廣州屬。王者政平，德及淵泉，産珠恒豐；廉吏佈上德化，亦豐，其衰旺若五穀。

珠品，九寸八九分至五分爲大品。覆釜平光，小曰璫珠；不覆釜光，小曰走珠。有光不圓曰滑珠，次螺砢，次官兩，次税，次葱符，皆曰珠。又次如粱粟，曰幼如豌豆，曰常琕碎，曰璣精，曰璿。其人形者率曰珠佛，物形率曰珠蠏。

凡采珠用三月，將采先禱海，禱用五牲。五牲不備，禱不敬，颶風翔，不得采，采或巨蜯守，殺采人。若巨珠潛海底，有城郭，蠃母抱居，魑物環守。其采也，環池聯巨舶巨絙，沉石抵海，乃繫懸蜑人腰。蜑人善水居，啖其腥，入水能視，其視水色，識龍遠近多寡，曰龍户。凡蜑人繫而下，氣逼則撼繫，緣絙上，既出，覆以熱氄柄，少緩輒死。或於水陡觸蛟鼉、蜩像、鬐鬣血縷，輒死，死皆不救。其器鐵楇、木柱、板口，兩角隊以石，又兜麻爲囊，懸舶兩旁，或既貯，復飄失。

凡珠三十年采曰老，二十年曰半老，十年以下曰稚。凡珠升重四十七兩，凡守珠有寨。凡蜑人編户亦計丁，或責户，或責丁，或丁缺户存，責募丁，官廉者如所責輒已。又或察其病，除其缺，矜其生，恤其死，功其得，勉其失。故十年下得不采，二十年、三十年上者，亦往潛泳於重淵深幽之境，以若其天，以媚其川，而田穀以順成，百姓少夭札疵癘。

至珠之徙而去，每視吏貪之甚不甚爲節。意者天地之濱，神物怪異窟居，其族類相傷，弱肉强食，爲禍至烈。即肆攘奪，總貨寶，亦饕餮罔饜，故珠徙，近人以居，冀其廉儉慈愛，仁民及物。迄人戕物勝物，物不得已，姑徙，避重就輕，亦固其理。珠盡徙，蜑人少死者。

朱雲峰曰：『奇蕩詼詭，悽愴悲凉。』

李載園曰：『竟將珠徙珠還，發出一段至理，卓著名論，不能刊磨，足與《捕蛇者説》，並傳不朽。』

李秋圃曰：『前幅矜奇炫異，入後乃曲終奏雅，此馬、揚、班、張作賦秘鑰也。』

薙草説

春雨浸灌，庶草蕃生，浹旬之間，蔓階入室，迫暮就明，讀書不可以足，乃弗克姑息滋長，使童子鑱之。乍薙乍芟，童舍鑱，而嘻以蛇竹也薙筍。余往視之，蛇竹筍狀者，未芟菊似艾，忘憂似蒲，半薙，他不辨甚夥。余乃辨而使之退，而據几歎曰：

天下之似是害正，豈少哉！草而茆萱亂堇，雞蘇亂葃，蒿亂莪，蘧麥亂菊。木而朩，櫰爲槐，櫖爲葛，樗爲櫄杶，檉柳爲楊。鳥而鷙鳿作雀駕，鶘作鶬頭，鵁作梟，鷟作鳳。獸而駁騶，騑騄當駿，麞當麛，虒當彪，虺蛟當龍。鱗介而錯蟠，亦紊厥醜，類天地，乘陰陽，施生物，乘化盛衰，聖人静觀陰陽盛衰之機，一使邪不害正，故名以區之别乎？

蕪棗鵂虓，蛺蟄螌蠈之鉅細，立乎衡虞。騂豢服不射，鳥之大小，以用乎檻楯兵矢罾弋之張弛，而物變嘗出於聖人制數之外。戾氣摯毒，陡出賨薵，逃形鼎圖，衍種地魅。昌菼欺嘉，各據厥候，或幻妖惑，夭喬肖人，厥走迺立，顯悖物恒，祓除尚易。乃更隱揚譎誘，迷迭籠蓯，甘肥滑澤，導爲蕩恣逞饜，漓質極慾，薄蝕中和，是皆不辨之故。

雖然，是之辨，辨未及其大。昔仲尼貌似陽虎，王莽貌似周公，匡人不辨也，漢天下不辨也。貌似，故遽釋圍；貌不似而似，竟易龜鼎。故內小人，外小人，易辨；內小人，外君子，不易辨。故蛇竹始茁似筍，何責乎童子？故辨奸，貴辨其始之未爲奸。苟萌芽勃發，肆達上干，强枝榦，奮鱗甲，舞牙爪，勢急撑拒牴觸，攫搦而搏噬，罔弗辨，辨亦難剪除。况其爲奸於不得辨。故辨而童子可使者，是類不辨而童子使。雖是，亦害天地生物，不物其物，亦不人其人。柔似仁，俠似義，易似禮，僞似信，詐似智，諂似恭，嗇似儉，訐似直，矯似廉。君子循性終其身，安定若思；小人强襲於鄉國歲月間，蘊隆鬱積，以乘其運。士不辨，害及身家；人主不辨，害家國天下。嗚呼！不辨而使童子敗乃事，吾知其幾。

淵如曰：『談理如玉屑霏霏，亦自淬鋒耀鍔，凌紙怪發，非柳子厚不能。』

麗中曰：『可抵《論衡》一則。』

靈壽杖銘

家慈錢太孺人年逾古稀，耳目聰明，能作書撑綫。良於行，立稍久，或倚杖，錢公子東塾貽余精刻竹杖，鐫曰『靈壽』。余奉上，太孺人每旋里，輒以之行。公子即辛楣宮詹之次君也。銘曰：

芝蓋蟠接，鶴翼輕捷。逸爾近躡，勞爾遠涉。動隨舟楫，鏗觸行笈。懷衛忽忽，航葦未歇。曷扶妥貼，我思明發。補我生闕，兄弟僕妾。

延壽硯銘

嘉慶元年丙辰，郁兹自關中歸，貽余瓦頭硯，鐫其背曰『延壽』。余歷考正統偏統各紀元，無延壽年號，當是寺名或鐫範喜捨。頃士大夫好集古瓦，搨其篆，秦俗遂多取舊瓦作僞，甚不可辨，然試之甚受墨，遂不離去。銘曰：

人寄硯以壽兮，孰不冀其大年！磨旦晝及更漏兮，輒自耗其食眠。耗精求所成就兮，懼没世而憂煎。盍扃硯而守孤陋兮，寶神理以自延。

觴政司銘

余先君子友愛兄弟，既喪伯兄，待嫂、姪與弟無弗至。祖妣徐太安人向愛季婦，及姪之爲長婦者，既以其寡也益憐，以次及於仲婦之寡。先君嘗推有讓無，余母錢太孺人實能成其志。太安人逌事高祖妣陳太孺人，曾祖妣陸太孺人，奉貽圖書鼎彝，玉石璹碌，珠瑟象犀，及丹砂珍藥甚夥，几榻器皿，皆珍木名雕。

昔乾隆己卯，舅氏錢文敏公扈蹕歸省，嘗假館資敬堂，設宴張樂，款扈蹕諸公。設樽俎盤匜十餘筵，皆勝國器，群公咄嗟相顧，稱江左世家第一。後太安人既失其田二十餘頃，散僮奴百餘人，顧獨於先代手澤，摩娑愛玩，稍散亡，亦時詰責臧獲，或恚忿自咎，先君及太孺人嘗婉釋之。

乾隆庚寅，資敬堂歸他族，將徙居，太安人寢室中篡舁忽盡，並寢榻舁去之，太安人傷弗自禁，獨引先君泣他室中。太孺人聞之，往侍側，太安人揮之曰：『吾愧若，若乃不得先代一物！』太孺人乃徐從先君扶太安人出，偃息於己室中。薄暮，太安人婢沈，踉蹌抱一笥來，曰：『笥空且壞，故棄置。顧婢子義不攘此，此歸郎君，俾念太保公。』婢且語且涕，視之，乃故太保公所遺觴政司，太孺人命余謝而受之，而恐太安人傷之，命庋他所。

是歲冬，余從先君徙居，乃召工抏剔整治，有鐫太保公手書八十字。笥質紫檀，高尺一寸，博九寸五分，深八寸五分，庋格受樽罍者四區，其格大小二十一。左右門二，鐫左曰『觴政司』，又曰『嘉客堂供奉』；鐫右曰：『酒以成禮，弗繼以淫。德將無醉，過則荒沉。盈而不沖，古人所箴。尚鑒茲器，茂勗厥心。漢蔡邕銘。』『貞明麗象，吴食中望。惟茲奇器，神絶莫尚。斟酌賦受，不逾其量。鳬鷖之詩，豈伊異況！宋何偃銘。』書肖歐陽率更。每與太孺人嗟沈知義。

又二十年庚戌，余攝事吴縣歸，太孺人命發笥，閲之，貯酒具滿，甚精，皆勝國物也。時沈已遣嫁何姓爲吏者，適詣太孺人問安，見之，相唏噓不已，而太安人及先君下世，已十二三年矣。余惟家庭觴豆細故，當爲親者諱，獨先君子、太孺人孝友過人，見此輒油然動心。又傷太保公手澤留貽，愧此婢持贈之意，爲不可忘也。乃銘之曰：

觴政司，太保遺。空樽罍，笥靡歸。婢淚模捫，抱歸孫垣。垣瞻澤存，鐫八十言。噫嘻，觴政閣，閉資敬。後覆凌躪，昔持滿盛。始盛其最，司政軒蓋。吐哺沾匄，天下嘉會。孰師友醲，范陳成蔣金。范文程、陳名夏、成克鞏、蔣虎臣、金之俊五公。孰弟子洗，郝吴劉李岑。郝浴、吴仍、劉子壯、李來泰、岑暘五公。繼承權輿，司政琴書。雅歌投壺，惲王張徐。惲壽平、王石谷、張天門、徐學人諸公。以永朝夕，此曰平原宅式。衎壇席彼，維西園客。笥也而啓，狼藉醪醴。進反監史，出納綱紀。笥也而扃，及余零丁。磬室罄瓶，珠賣櫝停。悲乎哉！司政無政，實廢厥材。母氏念兹，選充古磁。敬銘厥右，銘孝銘友。銘義婢走，我後其守。守豈虛擁，客以嘉寵。揚馬接踵，爾一供奉。

尚之曰：『序淋灕盤礴，可謂絶妙矣。銘古健峭逸，尤臻古人未到之境。韓、柳、歐三家以下，可之便不能追。』

簾鈎倡和詩

簾鈎倡和詩

吕星垣輯

簾鈎倡和詩題辭

湘皋居士以簾鈎倡和詩見示讀之有感率題二首　山陽阮葵生安甫

雅材端可賦香匳，麗句清詞信手拈。宛轉何心窺秘閣，清鏘無那寄人檐。貼楣幾費朱絲絡，捲幔曾仗玉手纖。蒜柙菌釘勞護惜，鬱金堂上歲華淹。

當門生恐戛金環，逼側雙楹左右間。鎮日垂如懸磬寂，一絲掛等繫匏閑。雨淋檐鐵聲相和，月照銀牙影共彎。誰念倦飛雙燕子，飄飄欲待晚風還。

湘皋居士見示簾鈎倡和詩命作題辭未有以應勉和二首聊附同聲所謂益彰來詩之美者也乾隆丙午年七月七日題於緑卿書屋南窗下　嘉定曹仁虎習庵

蝦鬚一桁貼文楣，壓蒜銀鈎卷控宜。蕩漾閑情花影押，彎環新樣月痕知。招將紫燕低懸處，繡罷紅絨緩下時。慣是瑣牕人晏起，畫闌依約曲瓊垂。

乍試爐熏縷未收，玉纖親綰纈紋柔。勾留晝景移芳院，檢勒春光上翠樓。掛共流蘇捎户近，摇連屈戍響窗幽。殘紅亂撲東風緊，怕掛湘波惹暮愁。

簾鈎倡和詩題辭

桐鄉馮應榴星實

輕明珠箔護瓊闈，依約金鈎傍繡題。響襯珮風香徑側，影邀弓月露盤西。微吹湘縠魚吞誤，閑掛雕籠鳥認迷。卍字欄邊舒皓腕，爲量深幔試高低。

貼倚犀釘乙字斜，漫天飛絮撲誰家。烘來落日難全隱，卷上高樓恰半遮。窗鎖不隨金了鳥，幛開還並玉鴉叉。春心幾度煩勾住，好好題詩寫浣花。

簾鈎倡和詩題辭 調《臺城路》

歙縣凌廷堪仲子

瘦瓊寒壓犀紋亂，重重翠陰齊上。銀蒜低垂，金莖倒掛，都似宮眉新樣。香階晝爽。恰分取湘江，幾層煙浪。午寢驚迴，向風偷學佩環響。離離花影未滿，却寒輕揭起，纖手初放。繡户看春，紅樓望遠，巧與鸞釵相傍。晴窗静厰。愛罥住游絲，淺飄珠幌。不礙紅襟，拂花來又往。

簾鈎倡和詩

錢塘吴錫麒穀人

其一

瓐瓏一片與渠親，能解勾留幾許春。纔上斜陽無半霎，只疑新月是前身。犀釘象篾交加好，霧閣雲窗跌宕頻。學得桂枝秦女樣，不應重隔跨鸞人。

其二

珊瑚依舊網中看，倒捲湘波十尺寒。曲乙漫驚龍骨出，横陳應念妓衣單。分明賭酒曾籠袖，仔細擡頭怕礙冠。雨脚垂垂吟未穩，鈎愁容易鈎詩難。

其三

欲挽偏愁捉搦空，弓腰慣自舞春風。流蘇帳畔曾相见，翡翠竿頭訝許同。上下不離珠錯落，卷舒微聽玉丁東。桐花時節茶煙淡，幺鳳飛來倒掛工。

其四

一自騷人賦曲瓊，便教銀蒜遜嘉名。縱殊畫向鴉叉展，宛似書摹蠆尾成。燕子踏翻渾欲惱，楊花搭住不勝情。阿誰解汝迴腸苦，惆悵風前太瘦生。

簾鈎倡和詩　海豐查　瑩映山

其一

一彎斜掛繡楹邊，添得深閨景物妍。錦帳夢迴風乍觸，玉樓人倚日長懸。三更釵墮憐横影，十里珠圍記作緣。遮莫笙歌歸院落，春光不隔妓衣前。

其二

琉璃窗畔翠帷東，寶押流蘇結束同。舒卷晴雲摇碧檻，招邀落日上雕櫳。畫廊拈取花千片，燭院勾留月半弓。麗景撩人關不住，始知簾外有春風。

其三

茶煙初歇篆香殘，觸忤愁腸怯倚欄。不分生涯同破鏡，漫將心事託連環。巢通幕燕栖宜早，影誤蘋魚望亦寒。樓閣闗情凝竚處，由來體物繪應難。

其四

雲母屏依玳瑁牀，就中長物正難忘。輕音欲度花鈴外，曲影時流笛簟旁。端合釣詩供刻燭，可能送酒促傳觴。何如閉肆隨高隱，一桁湘波潑眼光。

簾鈎倡和詩

江都江　湩漪塘

其一

生小迴環倚繡櫳，一痕雲影恰當中。錦絨暗曳風千片，翠箔斜穿月半弓。摇處光浮珠的皪，攀時聲戛玉丁東。檐牙莫羨安排巧，十二欄干面面同。

其二

雙蒜流銀押綺樓，分明一曲解勾留。水紋掩映朝初上，花影縱横夜未收。半放有人纏跳脱，輕懸當户觸搔頭。問誰剖得連環玉，綰住湘筠萬疊愁？

其三

素屏樺燭照參差，麥穗葱條與護持。纖掛何曾妨燕剪，薄垂偏欲罥蟲絲。雙彎倒浸寒塘細，一寸低銜落日遲。秦女桂枝何處覓，但憑詰屈寫相思。

其四

珊瑚翡翠劇相鮮，綵散鸞花鳳節邊。虛束芳心常覺瘦，悄牽香夢不成圓。解來詞客詩同釣，藏去夫人手獨拳。漫向庭陰歌宛轉，隔窗眉影鬭聯娟。

簾鈎倡和詩

番禺潘有爲毅堂

其一

翠幕彎彎露半弓，幾時新月孕踈櫳。甲香卷曲雕初就，乙字糢糊寫未工。脱彀曉鶯珠錯落，押綿寒借雪磨礲。飛霙飛絮憑牽住，不放春光面面通。

其二

昨朝珍重十雙投，水北花南竹箔幽。半折玉環煙縷結，低垂銀蒜雨絲抽。燕襟紅入閑相蹴，草帶青來簷欲收。看盡殘棋斜日在，勾留容易繫人愁。

其三

注睇西南三五宵，瑣窗千里夢迢迢。一生直節相依傍，幾寸迴腸耐寂寥。屢度陰晴移半腕，略權嬴絀動纖腰。燈光響搨傳雙影，定裏綿緘曲折描。

其四

一痕斜逗桂枝陰，毿織交加力不任。魚餌浮沉吟客唾，蟲絲斷續美人心。但能撿束長如此，始悟傴僂寄獨深。花午院晴風自上，靜中時覺擺清音。

簾鉤倡和詩

仁和沈　颺眉峰

其一

樓閣春深鎖寂寥，當門小綰緑筠條。未妨歸燕遲遲入，可許新蟾夜夜邀。犀押雙垂憑管領，湘波一曲想飄摇。池中倒卷蝦鬚影，仿佛何人乙字描。

其二

半罥蟲絲半惹花，曲瓊名豔楚詞誇。勾留亭榭和鈴索，消遣房櫳鬭畫叉。翠袖高搴黏竹粉，綵絨低結映窗紗。等閑漫説同詩釣，倚遍闌干落日斜。

其三

巧學彎環掛小欄，秋風不動壓輕寒。踏來鸜鵒疑翻架，立處蜻蜓認把竿。賸有纖痕含瑪瑙，獨憐孤影伴琅玕。幾回欲放還高束，解待青山到晚看。

其四

豈是風甌著意鳴，每從嘐戛度微聲。青春白晝愁難繫，殘月琱弓畫不成。隨手卷舒金屈曲，低頭棖撥玉瑽琤。分明寫出蛾眉樣，妝罷如何隔水晶？

簾鉤倡和詩

南海周學元若谷

其一

一彎脆玉與柔金，珠翠重重恐不任。半嚙獸鐶聲乍觸，雙懸魚鑰影同沈。略無奏妓深垂意，饒有留香未捲心。肅拜下階頻磬折，却疑新月夜光臨。

其二

傾城消息恰相期，卧對珊瑚看折枝。望幸怨深探手日，披圖情泥畫眉時。别從楊柳窺煙幕，却恐蜻蜓誤釣絲。昨夜提鞋曾入夢，纖纖金縷步輕移。

其三

棗花剛及桂枝秋，賦物思從乙乙抽。薑尾好看初揭本，魚腸驚聽夜鳴鞲。多情未放游絲入，小立曾邀乳燕留。一種護風同蒜押，鎮帷犀對瑣窗幽。

其四

瑟瑟踈櫺度曉風，非環非玦韻璁瓏。每思廉退當如是，到處勾留訝許同。事感丁年多未了，用移甲帳亦相通。不鈎簾好那能得，只合長懸傍玉櫳。

簾鈎倡和詩

武進莊逵吉伯鴻

其一

繡簾旌下結雙彎，緑網紅珊掩映間。四座漣漪工剪水，一堂青翠讅延山。已蟠乙乙真如畫，子落丁丁且未攀。任擊瓓玎和簷鐵，暫教櫻拂片時閑。

其二

全憑一曲取空明，花態花香撲面迎。曉冷與商錦帳瞑，晚涼從玩玉階清。静無人跡風初上，淡有螢光魄並生。卷起湘波寧少韻，流蘇飄颺亦含情。

其三

待引春雲入檻不，高懸畫閣結青樓。心通恨隔玲瓏望，腕弱憐將縹緲收。多宛轉時能約束，未團圓處好勾留。漫言眼底除牽掛，放下依然萬縷愁。

其四

斜揭珍珠意宕搖，傾城消息黯無聊。乍窺窈窕修眉映，瞥見娉婷纖手挑。半押空隨燈影轉，缺環誰共月痕描？鬟奴捉搦渾多事，好藉重重蔽寂寥。

簾鉤倡和詩

奉賢陳廷慶桂堂

其一

象篋麟豪製樣工，一規分約玉玲瓏。半垂欄檻春風裏，斜掛樓臺落日中。燕子穿迷珠乙乙，美人揭印屐弓弓。不知翡翠屏前影，幾掃眉彎近綺櫳。

其二

不應喚作釣詩鉤，也動新愁與舊愁。誤聽吴宮傳獻劍，若教漢苑試藏鬮。綺寮絡角長河映，畫舫灣環曲水流。好是珊瑚籠網底，橫波偃影總夷猶。

其三

掩映紗窗了鳥紋，玉纖慣與致殷勤。搴回湘水波三折，卷上揚州月二分。翠羽自揺環珮入，麝香微度桂枝聞。内人斜憶勾留處，空擿屏山一片雲。

其四

草痕金屈上階初，風雨相關識卷舒。掛影忽來宜倒鳳，臨流不墮亦驚魚。燭房嫋霧連行綴，鏡檻留雲一桁踈。何事銀牀冰簟外，瓊枝戍削更愁予。

簾鈎倡和詩

武進丁履端郁兹

其一

高門懸箔任勾留，歸燕還堪拂羽不？下上只因能舉手，步趨到此或低頭。無端淺曲花光度，不盡熒煌燭影浮。欲把一綸滄海去，未容抛擲望仙樓。

其二

引入秋聲屢問童，書齋竟夜響璁瓏。誰憐羈客牽留苦，未許封侯點曳工。窣地流煙舒卷際，漾波新月有無中。天香散處傳消息，翠幕排銀一綫通。

其三

擘開玉匣走蛟螭，飛上珊瑚第一枝。小屈偶同簷下寄，高搴何事隙中窺？收將愁雨須安枕，掃却浮雲便下帷。識得此心無罣礙，静持七戒莫猜疑。

其四

欲挽頻移思不禁，纖纖觸起盼歸心。趨庭韻戛雙丸韘，倚幌痕聯一寸鍼。犀押乍抛嫌作鎮，玉笢初動恰先尋。階前只尺揚眉地，收拾琅玕待拂簪。

簾鉤倡和詩

金匱楊　芩篔谷

其一

好與踈簾做主持，兜羅玳瑁押筠絲。檐鈴獨語時分韻，梁燕雙飛偶借枝。織錦旋文纔半璧，屈刀擬鏡未成規。水晶如意連環玉，扣住春人千種思。

其二

芳名却想玉鈎斜，合近揚州小杜家。經宿任教圍鵲腦，傾城莫使隔桃花。游仙有記看留爪，映酒無弓欲幻蛇。最愛高樓生暝色，闌干十里掛青霞。

其三

春風秋月静勾留，亦引歡悰亦罥愁。故揭琅玕催盥手，徐抛瓔絡護梳頭。金魚掉尾迴腰舞，銀蒜抽芽繞指柔。泥爾撩雲將望遠，心旌結處憶封侯。

其四

脱手微霑竹粉香，彎彎猶自寫瀟湘。垂痕宛若鐫心印，依樣偏同製耳璫。讀畫暫勞提錦軸，吟詩每倩繫絲囊。清輝絶勝初三月，長得纖眉照曲廊。

簾鉤倡和詩

金匱楊　揆荔裳

其一

六尺湘波可一庭，高搴雙玉自伶仃。懸非魚骨形成乙，生傍蝦鬚字識丁。擬學長眉臨鏡檻，誤看新魄墮雲屏。更無人處聲微戛，檐鐸花鈴取次聽。

其二

光漾瓌瓏每倒拈，放時還曳錦絨添。輕身不化銜蘆雁，掉尾翻同上竹鮎。瓊瘦半彎縈篆縷，金寒一握怯春纖。誰令松麈朝慵拂，珠網從他宛轉黏。

其三

舒卷長依落日斜，爲環爲玦總應差。珊瑚琢就勻垂蒜，翡翠裝成細縷花。隔雨常飄絲麗縠，當風偏勝玉丫叉。憐伊曲具封侯骨，贏得秦州少婦誇。

其四

十二闌干斂影纔，翠翹砥室爲誰開？好容歸燕將泥踏，空盼游鱗上水來。隔座未宜教送酒，絓冠也自解憐才。碧紗青瑣煩勾管，愁絶柔腸幾寸迴。

簾鈎倡和詩

元和馮　培實蕣

其一

巧琢彎環蕩畫楼，風前徒倚瑣窗幽。引來銀蒜垂垂下，繫就朱絲乙乙抽。翡翠低褰深院悄，珊瑚反掛故宮愁。閑中看尽花開落，無限春光不可留。

其二

曲瓊閑詠楚臣詞，消息何曾隔繡帷？半幅湘雲回燕剪，一痕山月到蛾眉。嫩寒淺燠商量候，憶事懷人觸撥時。誰遣猧兒驚曉夢，昨宵忘却閉葳蕤。

其三

檐鐵無聲漏點頻，當空繚繞掛垂綸。唤茶鸚倦移雕檻，話雨人來拂角巾。鈴索階前團柳絮，玉叉幔底動波鱗。天邊盼斷刀頭約，圓缺由來悵夙因。

其四

小閣參差望欲迷，深嚴寧藉辟塵犀。柔非繞指隨人屈，綰似同心傍户齊。乍卷東風來鳳子，斜臨北斗聽烏啼。香消酒罷渾無事，蠆尾書成手自題。

簾鈎倡和詩

無錫秦　潮端崖

其一

生憎消息隔迢遥，挽定柔絲上綺寮。十二珠旒高下影，一雙銀蒜短長條。游空半學魚抽乙，倒掛真疑鳳是幺。倚遍欄干頻悵望，碧天如握斗如杓。

其二

繚繞情懷詰屈探，勾留鎮日百花南。壓檐紅雨珊瑚暗，入座青山翡翠含。待燕不禁風五兩，斂蛾常伴月初三。幾回欲作刀環認，野馬朝來爲駐驂。

其三

寶押流蘇倚曲瓊，葳蕤不鎖柳煙橫。連拳香縷重圍束，潑眼春波一握盈。對客未妨搴步障，封侯贏得繫心旌。無端觸撥成幽響，細答花前九子聲。

其四

盼盡春光去意賒，當空層疊卷流霞。縱教繡柱能圍鵠，不道瑚弓欲化蛇。書幌静銜銀蠆尾，畫闌横展玉鴉叉。水晶箔外垂垂影，莫認煙波釣客槎。

簾鈎倡和詩

吴縣張　塤瘦銅

其一

樓閣春深次弟開，流蘇銀蒜共徘徊。月彎子夜香初燼，風定丁東夢未來。偶畫連環隨手斷，戲書乙字作枚猜。雲山翠幕能舒卷，好費登臨作賦才。

其二

天涯望遠舉頭看，簾内何如簾外寒！門閉烏龍金屈戍，日斜青鳥玉闌干。桂枝削就山中有，玳瑁裝成淚點殘。仿佛舊遊風景在，畫眉窗槅晚衣單。

其三

垂垂軒後與軒前，燠館涼堂水竹連。燭下郎歸曾誤觸，花時妾坐不空懸。無心屈曲爲關鍵，有意勾留比洞天。箏院無聲棋院静，心頭閑事一年年。

其四

秋千繩索總嫌粗，續命長絲似引轤。幺鳳東西隨處掛，羚羊蹤跡半空無。十分舞袖消魂幔，一縷茶煙聽雨圖。欲話織簾生計在，書帷清韻不妨臞。

簾鈎倡和詩

襄平甘運源道淵

其一

誰遣金堂舊夢空，綺櫳依約響丁東。珠瀾波漾彎彎月，銀蒜條垂細細風。乍許硯屏摹乙字，何勞杯影寫雙弓？分明十二中間卷，玉燕徘徊未許通。

其二

隔箔晶瑩易鑑形，難分金紫與銀青。蝦鬚的的遮無礙，女手摻摻軸不停。控向畫樓凝暮雨，揭空雲漢帶流星。西風昨夜排征雁，戛觸湘波瑟忍聽。

其三

萬縷流蘇織作毬，黃昏垂下一天愁。獸噴宛轉無消息，魚鑰葳蕤可自由。直釣却忘偷學樣，曲瓊寧悔識封侯。彯纓未掛心先怯，繡幕難期滅燭留。

其四

應有橫波許目成，雲階月地思盈盈。金仙未任長肱轉，玉女休教舞袖縈。高拂朱霞光暗吐，低懸碧柳綫還明。五城樓迴秦簫闋，吩咐珊瑚與一擎。

簾鈎倡和詩

常熟言朝標皋雲

其一

十二闌干一桁懸，桂弓新樣未全圓。卷來江閣千絲雨，釣向湘波幾曲煙。屈戍交輝瓊户畔，流蘇斜拂綺窗前。番山幺鳳硜山鳥，飛去知應化羽仙。

其二

結綰同心繡帶長，櫻桃花底勒銀光。曲瓊映澈曾窺董，翠羽裝成合姓張。燕剪誤捎春蕩漾，鸞釵低觸夜丁當。笑裁沉醉東風曲，爲尔勾留未忍忘。

其三

休依門户羨封侯，桂室蘭階伴莫愁。鳳爪弄春輕點額，蛾眉鬭樣看梳頭。故勾香住芙蓉褥，解放春歸翡翠樓。十八妖鬟雲十里，教人争不夢揚州。

其四

一握纖纖錯綺文，輕紅淺碧互繽紛。簫聲度處風三弄，花影籠來月二分。橫約蝦鬚能着力，戲牽蛛網訝添紋。題成乙字依丁字，春色斜銜掛夕曛。

簾鈎倡和詩

上元董教增觀橋

其一

誰家巧斷玉連環，綴向文犀近可攀。晚剪湘紋波十頃，夜分蟾魄月雙彎。蝦鬚半拂争輝映，燕羽無猜任往還。羡爾卷舒都不着，分明留得一身閑。

其二

銀押低垂勢接聯，多情長傍畫楹前。身輕不礙微風入，夢遠從教鎮日懸。似解勾留光的的，爲矜摇漾影娟娟。無端觸得釵頭鳳，驚醒烏龍一晌眠。

其三

綵組回環一縷通，不隨檐馬互西東。蜀江落日千愁入，吴苑春風十里同。束比玉書能宛轉，鑿疑金鎖倍瓏瓏。等閑欲與量高下，二八腰肢鬭正工。

其四

小院迴廊地總宜，籠開鸚鵡最相知。香添隱約全垂處，釧比分明半上時。豈爲封侯心并曲，暫因送酒眼頻窺。西川罥帽銷猜忌，解護詩人更阿誰！

簾鈎倡和詩

歙縣程振甲也園

其一

曲瓊猶記錦鞖篇，亞字闌邊乙字聯。珠絡條條當檻卷，銀釘个个倚檐懸。勻安爲怕麟毫滑，倒掛真同鳳咮妍。方便杏梁來去燕，幾曾頻費玉纖搴。

其二

十二屏山隱翠櫳，玉鈎鈎上玉瓏瓏。坐來竹簟宜看雨，吹到花鈴不碍風。巧樣漢宫珊製似，佳名秦女桂裝同。幾回隔幕探仍誤，認作尊前捉搦空。

其三

繞階花木晝冥冥，閑捲蝦鬚上綺櫺。高綴重幨彎掛月，斜攀短桁曲懸星。雕銀細配珍珠押，鏤玉輕同玳瑁釘。到晚湘波齊窣地，篠風敲處響玲玎。

其四

分明三寸出金縷，却勝纖纖玦兩頭。歛鍔漫同華劍淬，垂綸可憶鈿竿投。紅催日影紗幮午，翠罥蟲絲畫檻秋。消遣閑情付詩老，憑闌覓句爲勾留。

簾鈎倡和詩

天津牛　坤次原

其一

引取朱樓四面春，安排珠箔押湘筠。搖殘蒜影鈴鷩索，卷碎花陰月滿身。編竹舊曾傳隱者，結冠偏觧愛詩人。浣溪箋紙今重寫，好句寧輸小樣真。

其二

垂垂拂向鬢邊斜，幾疊波痕對暮霞。蠆尾書工文士筆，蝦鬚紋細美人家。依稀蝶夢迷新草，牽惹蛛絲綴落花。綺閣夜深輕揭處，漫燒高燭聽琵琶。

其三

玲瓏玳瑁點踈螢，半在闌干半在櫺。翠羽勾絨窺鷰乙，緑雲擁繡上魚丁。影分瓊宇初三月，名記銀河第九星。臨水倒懸鸚鵡喙，移來好稱釣竿青。

其四

鴛枕驚回夢趣甜，微風捎過水晶簾。雙環鏤玉誰憐瘦，一綫斜陽巧掛尖。暑到重門香未透，春藏隔座酒應添。晚妝纔罷娉婷立，恰應彎眉畫處纖。

簾鈎倡和詩

鎮洋汪彥博文軒

其一

截玦雕環訝許同，曲瓊露出樣瓏瓏。勾留翠閣三分月，摇蕩朱樓一面風。羅袂斜攀垂屈戍，玉叉低觸響丁東。盧家寶押雙懸重，怕放春寒入綺櫳。

其二

一寸相猜莫誤牽，寸心都向畫堂懸。人依月上丁香畔，燕識春藏乙字邊。玳瑁珊瑚成點綴，麟毫翠羽結因緣。蟲絲罥户輕吹落，半掛帷陰未晝前。

其三

也比香囊帳角添，曉來倦起掛遲淹。錦絨繫縷縈衫袖，銀蒜拖條礙帽簷。玉臂漫同雙股折，蛾眉偏學兩頭纖。怕他瘦削渾無力，墮地慵將素手拈。

其四

香篆依微半逗遛，碧闌干外鳥聲柔。日催花影參差上，風裊楊絲宛轉勾。曲曲約來春小住，彎彎卷起雨初收。湘紋幾縷波摇漾，錯誤魚鱗下釣不。

簾鈎倡和詩

仁和孫　輿小山

其一

珠絡低懸碧玉鈎，繡簾深處弄輕柔。瑣窗遥隔煙光淺，落日斜銜春事幽。一桁條風閑自倚，半奩湘水瀋能收。不曾曲意隨舒卷，遮莫虚懷任去留。

其二

春色何因得入來，平分風月倩爲媒。閑情倒掛收香鳳，密意輕匀點額梅。金縷敲殘空滉漾，玉纖扶上倍低徊。幾番徙倚朱欄畔，閼損憑伊得暫開。

其三

玉牖參差故故垂，銀鈎低控晚風時。纖痕隱約疑投餌，細響琤琮欲釣詩。虚與委蛇香乍散，意存高卜燕先知。櫻桃花底冰紋動，一曲分明誤翠眉。

其四

半彎弓勢映空明，寶帳流蘇並擅名。柳絮吹時春在袍，桐花垂處月初生。摇從犀押看難定，撼向金鋪影倍清。載詠房櫳羅綺句，因風散綵最關情。

簾鈎倡和詩

錢塘馬履泰叔安

其一

何人比似玉温存，暢好房櫳始款門。一曲湘波消舊怨，二分江月寫新痕。頻來信鳥翹仙羽，却替疑弓落酒罇。閑憶郎官退朝後，綰將緋袋笑魚呑。

其二

解放春山睙翠浮，論功合與畫叉侔。閑情低處抵紅袖，細響流時觸玉彄。借蹋多應思亂局，旁嗔知爲看梳頭。凭闌正望横塘路，肯約珍珠共少留。

其三

瓊姿何處倚竛竮，記得曾逢芍藥廳。雙挽麐麚頭上角，空懸鷂子眼中釘。隔花定有勾留意，遇竹應彈詰曲形。不是春風歸一握，揚州争出百娉婷。

其四

皓腕褰來知阿誰，辟寒長共却寒垂。封侯豈果關吾相，愛士終教悟此兒。鳳嘴倒銜花幕幕，珊株斜拂網絲絲。倚牀合喚長蛾婢，曲項琵琶唱《折枝》。

簾鈎倡和詩

常熟席　濂蓮舫

其一

玉女窗虚薄霧籠，湘簾不捲翠鈎空。酴醾隔院香應透，鸚鵡當楣語未通。夜静孤帷愁落月，曉寒雙袖怯微風。芳懷衹恐游絲引，莫放春光入綺櫳。

其二

輕明珠箔帶煙垂，撩眼瓏瓏觸所思。夜雨滴檐花謝早，春風拂户燕歸遲。須憐玳瑁新爲押，休信珊瑚别有枝。惱煞麝蘭留不住，下階先被蝶蜂知。

其三

櫻桃一樹亞重檐，銀蒜雙條繫繡簾。釵絓蛸絲心乍結，帶縈花片手頻拈。勾留廿四風光好，記取初三月影纖。倚遍雕闌仍寂寞，却吹飛絮墮香奩。

其四

婉晚春歸燕子樓，曲瓊低放碧紋流。半竿落日收殘影，一桁迴風約舊愁。幺鳳緑毛看倒掛，瘦藤紫蔓暫扶留。金魚牢合筊難啟，心事分明付玉鈎。

簾鈎倡和詩

合浦李符清載園

其一

曲盡瓊枝巧漫誇，慣依冰簟影交加。金塗翡翠留張氏，網斷珊瑚賽石家。書閣篆縈香不散，畫樓人卷日初斜。玉梯横絶應同詠，好好題詩手自叉。

其二

圓巖缺月未分明，象篋犀釘雅擅名。拗得桂枝雙照好，挼來湘水十分清。幾摇雨脚簷前亂，半勒風條户外平。燕子翩翾穿未得，曲張依約睇還驚。

其三

屈戍窗虚認未真，銀繩賨蒜錯璘豳。不教荇藻驚魚下，爲愛桐花掛鳳頻。吴女笑時藏去巧，蜀姬傳處座逢春。懸知曲送封侯骨，可是前爲明月身。

其四

三折輕波一桁羅，樓臺窈窕袍雲多。腰圍幾瘦憐才子，眉黛初彎映素娥。金帶草痕階畔起，玉梅花影帳中過。夜來清韻傳鳴珮，忍憶尊前《捉搦歌》！

簾鈎倡和詩

合浦李馥香廉山

其一

曲瓊曾記在《離騒》，劇愛鏤金掛緑絛。收起瓌瓏鶯睞切，攀來宛約燕翻高。屏塘漫訝長垂釣，鏡檻疑懸半缺刀。今日韶光真撲面，莫教湘纈隔山桃。

其二

蜻蜓翼薄望瓏瓏，嬝娜彎環一捻紅。柳結未攄金埒雨，草心猶裛玉階風。飄飄鳳乙晴煙外，宛轉魚丁曉露中。最是夜來鸜鵒架，驚寒逗處夢魂空。

其三

盡捲珍珠十二行，幾痕銀蒜耀銀光。驚猜漢后拳中玉，錯看燕姬耳後璫。慣向題旌牽袖帶，漫從窺掾絓釵梁。輕明箔下清霜裏，猶誤家家拜月忙。

其四

罘罳結處最亭亭，日際風中颺復停。虹气雙飛幽澗赤，星光斜勒遠山青。曲欄扶老心相接，隔座傳情眼乍經。念否傷春人未起，漫勞纖手挽娉婷。

簾鈎倡和詩

長寧趙希璜渭川

其一

一彎新月淡雲扶，指甲痕留界有無。倒卷湘波雙畫乙，側看鳳喙半銜珠。依稀睡迹尋羚角，摇曳春心轉鹿盧。傍晚紅樓猶未下，恐妨歸燕意踟躕。

其二

銀河掛户玉繩低，九曲珠穿影不齊。遂使錦絨編翠羽，幾經纖手弄柔荑。桑弧斜挽弦初上，蚊睫紛懸意已迷。閑對孤燈風定後，瑞英餘燄照玻瓈。

其三

天駟遥分第二星，飛來已自化鳩形。釣詩宛轉花萌甲，賣卜先教字識丁。屈曲蝦鬚牽小篆，彎環斗柄出疎欞。臨池溶漾魚驚避，掉尾翻開一綫青。

其四

幾時卷舌吐蘭房，又入篘籠送暗香。欲化魚腸橫劍氣，盡垂虹暈約溪光。遠山眉蹙寒蘆隱，叢桂枝樛絲帶長。幺鳳緑毛都倒掛，朱門日爲主人忙。

簾鈎倡和詩

常熟吴竣基古然

其一

窄窄銀鈎畫不真，梅花簾軸一痕新。望於檻外看幺鳳，手出樓頭見美人。珠勝押來斜欲落，玉縧搭定稱還匀。最憐曲折心情巧，燕掠風光映水濱。

其二

早春消息上眉尖，不捲蝦鬚對鏡奩。風漾笱籠雙戛戛，雲開弦月並纖纖。客來摇曳翻旌額，人去玲瓏拂户檐。銀蒜低垂香裊篆，曾經葱指幾回拈。

其三

輕借鴉叉仔細扶，珍珠百串結珊瑚。碧紗幔外痕多少，朱漆欄前影有無。繡閣驚風金鐸和，畫船遮雨玉繩紆。遥知隔座藏鬮戲，小樣彎環未肯輸。

其四

水亭遠送晚颸凉，半玦凴他釣夕陽。恰映畫圖猜乙字，更移華架放丁香。錦絨拋下環疑缺，晶箔開時帶較長。却掛金籠鸚鵡緑，何時飛去化魚腸？

簾鈎倡和詩

大興朱觀光雲峰

其一

幾个彎環左右懸，銀鈎詰屈細花鐫。檐前藉識春光早，檻外從看暮景妍。影落湘江魚誤餌，夢回瀟浦雁驚弦。臨風休把朱絲卸，省却雙雙紫燕穿。

其二

韶華到處借勾留，窣地紋空且捲愁。繡幕層層看翠疊，冰條隱隱訝波收。曲瓊高掛香盈箔，冷玉低垂影上樓。惹得秦娃頻悵望，粘天芳草覓封侯。

其三

碧空如洗月如弓，故遺雕櫳半面通。隨鐸静含三伏雨，和鈴響應九秋風。當門半映芳蘭茁，垂桁争誇倒薤工。消盡韶光十二節，煖寒誰是主人翁？

其四

蜻蜓點點婕依依，曲節珊瑚耀影微。冷伴蟾光愛斜勒，閑粘花片欲雙飛。珠濺百丈迴寒練，幛列千山約素圍。更有玉鈎藏臘日，戲將賭酒送春歸。

簾鈎倡和詩

海寧許肇封豆雨

其一

纖纖一曲捲蝦鬚，碧緑絲繩繚復紆。竹影瓏瓏懸翡翠，花光瑣碎蕩珊瑚。敲尋寒雨侵棋局，勾引春風入幛圖。漫學漢宮藏賭酒，燈前還與釣詩逋。

其二

苔痕草色上庭除，鎮定懸旌任卷舒。珠押雙分嬌拂燕，玉叉半展誤吞魚。蟲絲吹掛新晴後，鸚喙嗔垂午夢初。古帖硬黄摹拓罷，薔薇一架影扶踈。

其三

香篆低飄棐几横，湘波層疊縠紋生。半弓新月留方玦，一角斜陽上曲瓊。繡箔搴時拋鳳剪，鎖窗隔處度鸞笙。却寒試啓房櫳看，耿耿星河徹夜明。

其四

美人曉揭理煙鬟，妝鏡横安畫遠山。幕翠輕挑縈腕約，額黄低撲礙眉彎。三生舊夢偕銀蒜，一捻新痕破玉環。最好錦絨紅影落，弓腰試舞白家蠻。

簾鉤倡和詩

大埔饒重慶烜圃

其一

一桁明璣映翠螺，風柔斜捲晚香多。光摇紫殿圓如月，彩徹青軒静不波。秋雨灑檐聲斷續，竹梢當户影婆娑。搴來玉手纖纖穩，獺髓何煩䋲額瘥！

其二

麟毫象篾净無塵，寶蒜瓏瓏穩稱身。桂户文斜金鏡曉，蘭房彩徹玉階春。低垂拂去蛸絲罥，高捲延來月魄新。驚起池塘飛宿鷺，西窗凝望倚樓人。

其三

青布緣純記晉朝，痕聯草帶景迢迢。眉彎隱約紅珊琢，心字依微翠玉雕。輕煖晴光掛絨絡，小凉天气響銀條。愛看河漢雙星耿，好啓珠櫳對碧霄。

其四

却教晶箔巧臨風，引入晨光照漢宫。廣袖乍披殷似石，鳳鞋初露曲如弓。斜聯鏡底菱花白，遠映屏間火齊紅。蓮帳試搴窗拂曙，銀毫金潁不相同。

簾鈎倡和詩

石門胡辰告秋霞

其一

真珠一桁影垂垂，舒卷全憑玉半規。巧樣乍裁疑月偃，踈紋頓豁快雲披。錦絨曾曳風摇處，翠羽還來日在時。清簟看棋閑領略，釣詩恰喜值題詩。

其二

九點河星訝許同，懸將繡額自瓊瓏。珊瑚琢就縈珠網，玳瑁彎成護綺櫳。纖影恰摹楊柳月，輕音常弄海棠風。雲窗霧閣沈沈處，多少銀環宕漾中。

其三

蝦鬚欲捲即摩挲，窣地能教啓鳳窠。幾疊翠筠依漢玦，一痕銀蒜約湘波。舉頭乍喜參差少，藉手寧嫌宛轉多。暮雨西山凝晚眺，漫疑初魄隱雲羅。

其四

十二闌干弄影斜，花光竹豔復交加。連延約翠窗全敞，屈曲懸瓊户半遮。雙引繩同金絡索，倒垂柄異玉鴉叉。桂枝未許留佳話，擬傍櫻桃護碧紗。

簾鈎倡和詩

嘉善錢清履竹西

其一

疊疊湘波簾影斜，璚鈎光耀莫愁家。分懸繡户蟲絲罥，半上珠樓雲綺遮。約住微風留柳絮，勾來新月映桐花。知心侍女還輕下，閑畫眉彎倚碧紗。

其二

時聽戛擊響房櫳，玳瑁鳴和天籟風。香閣搴縈金跳脱，瑣窗卷落玉璁瓏。草侵不碍雙璚碧，日落低銜半桁紅。纔罷梳頭綰翠羽，深閨笑賭曲拳中。

其三

詰屈珊瑚緑劈筠，却分桂影不圓勻。芙蓉帳揭同鐶響，山水圖開並押陳。畫闌懸旌絨曳錦，華堂釘户蒜垂銀。池塘倒映魚銜誤，麥穟依稀釣艇緡。

其四

彎環高掛牡丹齋，錦額垂垂香霧排。語燕踏來舒玉剪，美人攀去傍璚釵。拂時有鷺鷥飛渚，蕩處疑鳩撲入懷。那得秦宮自然箔，蝦鬚展捲水晶階。

簾鈎倡和詩

武進呂星垣叔訥

其一

巧琢彎環綵帶牽，罘罳動處每相聯。十雙之字金閨下，一綫哉生玉殿前。雨到令懸敲冷鐵，風來自上送熏弦。日華浮動看齊掛，對列銀鑪散瑞煙。

其二

蘭楣結束繡旌高，遠似魚鬣漾水濤。銀蒜條條依翠羽，珊枝曲曲約麟毫。地遥府海垂千个，候半陰晴放幾遭。護住瓊芳才十五，未容覿面撥檀槽。

其三

棨戟深深纖影微，玉竿叉上綺窗衣。呢喃燕踏窺巢久，溶漾絲牽入户飛。十里釵鐶攀絡索，一廳燈燭落珠璣。鄭公幕下憐才甚，三掛冠巾怪事稀。

其四

幾層香篆不能留，滿地湘紋一卷收。薄霧飛高花撲面，輕雲吹去月當頭。爲思倚檻迎眉結，欲待巡檐探手求。風籟最清相戛擊，獨憐董相對寒篝。

其五

春葱欲挽怯金涼，半押平收接地長。斜扎不禁花气壓，盡懸猶被柳陰藏。晚來每命籠燈婢，曉起先催抱日郎。倩撥流蘇縮翡翠，水晶嫌隔沐膏香。

其六

倚閣登樓啓絳櫳，釣詩憑此亦能工。請招鴻雁來天外，並放雲山入眼中。儘與高搴看落葉，那能低卸隔鳴蛩！無端仰面雙眉蹙，曲折勾留寄跡同。

其七

松毛檐下苧根交，玳瑁珊瑚漫解嘲。編就蘆花宜竹節，織成蕭緯配籐梢。能延嶺色依山側，慣取溪光向水坳。待請先生斷《周易》，且看一曲掛蘅茅。

其八

錦幰輕開藉玉珉，靈丘青篠捲頻頻。龍銜幾誤仙翁解，鶴袍争看帝子巡。雙玦交加猶望月，半弓傍搭正無塵。應難辨出丁當響，并入馱鈴和隱轔。

其九

艇子浮煙展素綃，忽將金釧扣瓊瑶。曾教越女擎雙腕，慣使吴孃露半腰。遮細雨時摇淡日，納涼風處蕩微潮。畫工未寫芙蓉粉，先勒銀絲仔細描。

其十

爲支鹿觡悟機生，七破蒲團見性情。予欲忘言蕉蔭落，吾無隱爾桂香清。雨絲莫繫從他暗，瀑布難分聽自明。獨有夢中垂一片，商量揭起出門行。

附詩話五則

吕星垣

暮春二日，張君竹厂、段君星川過齋，要余作是題。初約二日成四章，再逾期，責爲十章。余恐懼後命，率爾成此，後爲潘毅堂、康夢芸兩舍人播之掖垣，同直諸君，約三日不成者，罰依金谷酒數，召余飲酒。一時倡和，遂得若干首，扣瓊瑶而和，瓦缶將附託於《陽春》，殊不侔矣。

諸君賡唱，初止十餘家，五十餘章，同好絡繹投贈，篇帙遂繁。尚聞某君某君好句先傳，全篇未得，要其精麗工妙，篇摘一句，皆可孤行。故坊客穆禮賢，請去梓行，無從編次，分箋合集，俟愛者各以所好編次焉。所謂『寒蟲細韻，並訂末篇』也。

山陰童二如，偕詩僧野蠶，爲《簾波》詩五古二十韻，至十六疊。余訪之祥符鐵塔寺，見其詩，驚嘆未有。時野蠶物故，二如因誦張翥『憑將滿眼凄涼淚，哭盡平生幾故人』之句，洒涕久之。二如録稿相贈，要余和詩。余攜至相州，門人胡鏡心索去，鏡心死，其稿遂失。余游燕一載，聞二如歿於揚州，未知其家存稿否？緣訂斯編，重思亡友，昔二如傷野蠶，今余傷二如矣。

七夕，偕郁兹至蓮花寺視伯鴻病，設有瓜果，小飲留連。寺多古木鳴蟬，新月徐來，夜光如水。寺外環數十畦花圃，窪處積雨成池，水禽格磔其中，和入風籟，散步籬落，頗覺秋气撩人。野藕有華，方近水採折，遠聞馬嘶之聲，至則皋雲也，相與喜躍，聯手入門。伯鴻出名香佳茗，共話每年是夕之蹤跡，悲愉欣戚，頃刻百端。重拈是題，以寄所懷，各成《望江南》一闋。越日，凌仲子、胡秋霞皆和之，俟篇帙稍多，再附後編也。

同人復有以《雨傘》詩倡和者，其友某君恐致相效爲體，急止之。然陳桂堂農曹已成《燈花》詩廿首索和，同人作俑之咎，余滋懼矣。湘皋居士附記。

餞春疊韻

餞春疊韻

呂星垣輯

庚申四月十二日呂湘皋學博齋中餞春雅集即席有作

崑山杜群玉拙生

正是清和四月時，珠櫻玉笋最相宜。吟聯舊雨添情緒，話到前塵感鬢絲。壓架圖書香委宛，扶簷竹木影參差。餞春此日開文讌，勝事還應費夢思。

立夏前一日招杜拙生刺史孫子瀟山長餞春即席出詩文相賞并談長安梨園舊事次拙生韻

武進呂星垣湘皋

立夏餞春春幾時，新知舊雨聚仍宜。幾輩易除惟桃顆，又戀韶光楊柳絲。絕代人稀傷極目，名山集並喜肩差。後今相望應逾昔，况值離筵倍繫思。

湘皋學博見示和章再疊前韻奉酬

杜群玉

不向三春怨失時，緑肥紅瘦景偏宜。纔從舊稿誇文藻，又把新篇比色絲。畫裏風姿珠照耀，酒邊雅韻玉參差。席間，湘皋出歌者陳郎小照傳觀。櫻桃楊柳吟情豔，讀罷低頭有所思。

立夏前一日會飲呂湘皋學博齋次拙生居士韻

昭文孫原湘子瀟

瘦人天氣落花時，百感心情一醉宜。雅集况無冠與蓋，清譚已勝竹兼絲。此官耐冷神仙似，我輩論交少長差。莫話梨園當日事，眼前春去費相思。

題拙生吟稿後

呂星垣

老去吟詩律細時，逢原左右總隨宜。每於惜墨矜毫潁，大似飄香散篆絲。淘盡微沙金點點，削成疊嶂碧差差。君家此事容相問，詣草堂前慰寤思。

邀同人讌賞芍藥以詩代柬三疊前韻

杜群玉

小庭婪尾欲開時，樽酒招邀事亦宜。我輩易除惟客氣，此生難解是情絲。玉盤盂本無瑕玷，金帶圍還有等差。乘興來看須我友，藥欄點筆費吟思。

拙生居士以詩招賞芍藥走筆書付來使

呂星垣

且請來伻駐少時，詩筒遞去趁便宜。暫容退壁觀挑騎，未許潛淵避釣絲。我已忘言甘羽鎩，君還善誘使鱗差。直如擊鉢來相促，那得停毫一再思！

君才八斗小閑時，疊韻驚人亦最宜。囊橐代愁蟬蛻翼，襟懷自喜繭抽絲。恰逢婪尾舒葩疾，作使龐眉造句差。想見花封披斷日，更無難事滯吟思。

忽然擲筆慨當時，欲吐胸懷却未宜。夏屋權輿傷擇木，坳堂杯艇笑牽絲。此意子瀟知之。金壺且慢評深淺，玉尺誰來量等差？他日公門逢挾瑟，好將近事一尋思。

走筆詩成欲上時，詩逋償後索還宜。頃賡天女七襄錦，昨詠佳人五色絲。昨爲子瀟題卷題册，曾屬奉政。福慧羨他珠乙乙，風情愧我白差差。不知杜老題花句，撚斷吟髭幾費思！

拙生居士詩來招賞芍藥依韻答之

孫原湘

豔情濃過晚春時，婪尾杯香暖最宜。四月韶華空鳥夢，百花零落罥蟲絲。軍能獨殿才何大，貴未封王秩少差。好是街西老詞客，早裁蕉葉鬬新思。

將赴城東草堂之約先此代柬

呂星垣

紅稀緑暗暑清時，花裏銜杯福豈宜！未得桐蕉賞婪尾，只應蔬筍抵蓴絲。揮金罍處縱橫過，鬬玉盤來大小差。我輩易除惟客氣，元唱句。禪門詎戒試回思。

再盍簪筵定幾時，繼於極盛少權宜。難空離席千巡酒，即日子瀟將旋。莫繫征帆百丈絲。拙生竚將赴都。一例清談珠錯落，更番疊韻玉參差。捫腰他日黃金帶，此樂何如請三思！

誰剪彤雲初夏時，當階翻處賞尤宜。粉先客醉晨風緒，紅殿春嬌昨雨絲。蔕並已憐容綽約，叢圍彌覺態參差。輸他近侍稱名好，不覺憑欄有所思。

每於贈謔度芳時，對酒吟花附雅宜。隔宿論心貽緑簡，向晨聚首寫烏絲。漫從蘭采姿堪惜，也學梅妝韻敢差。七入賡酬豈無謂，將離名字惹相思。

同人集城東草堂坐未定湘皋學博即出四詩次韻爲戲

孫原湘

最清和是麥秋時，擊鉢飛觴事事宜。藍尾不花先得酒，紅蠶未葉已抽絲。陰開翠幄高低亞，才會珠槃大小差。應笑飛卿空鬬捷，八叉還要費吟思。

四月二十日同人草堂小集四疊前韻

杜群玉

小集城東又一時，腐儒粗糲恐非宜。江干夢斷三更月，去年此日泊舟京口，作江上寄懷子瀟詩。簾外春殘幾柳絲。興到開樽情自倍，吟成擊鉢韻無差。湘皋已十疊余韻矣。倚欄誰料花猶斂，似避群公綺麗思。本邀諸君譙賞芍藥，而花尚未放。

同人飲城東草堂次韻

崑山徐雲路懶雲

飛絮飛花過眼時，餞春心緒百無宜。忽傳小簡開芳譙，更喜新辭鬬色絲。芍藥翻階紅的的，華茵藉草緑差差。故園珍重遨頭會，他日天涯繫夢思。

拙生居士約于芍藥花時開尊宴賞以余歸遄遂先招飲并示去年此日江上見懷之作疊韻報謝兼訂後期時四月二十一日也

孫原湘

約花時未及花時，我已歸船喚總宜。紅藥且遲他日贈，緑楊還繞去年絲。交情豈以官相壓，酒量無如禄有差。花是將離人暫別，不看開落更縈思。

子瀟暫歸虞山以詩録別五疊前韻送之兼寄吴竹橋太史

杜群玉

將離恰放欲離時，分手花間悵未宜。幾日清談霏玉屑，一川明月印琴絲。畫樓此去春應惜，子瀟來崑後，其夫人作《送春詞》寄之。茆屋重來閏不差。子瀟約閏月初即來。寄語湖田吴太史，好題佳句慰吾思。

次韻寄杜拙生同年

昭文吴蔚光竹橋

和同混世介違時，風雅惟君罔不宜。邀客來看欄有藥，棄官歸卧鬢多絲。躭詩那厭酬重疊，强酒何枋罰倍差！笑道此花如令尹，使人去後繫餘思。

玉山不見幾經時，惜別傷春我固宜。花雨亂飛霑下土，茶煙輕裊駐游絲。相詢書至相逢少，自寫詩成自慰差。留待三巡藍尾酒，共傾無限古懷思。

竹橋太史次韻見寄六疊前韻奉答　杜群玉

晨起焚香盥手時，夜航信至，每于清晨。開緘雒誦正相宜。畫成賈島應懸壁，繡作平原欲買絲。插脚易逢流俗忌，盟心敢與古人差。藥欄把卷頻吟望，擬採芳華贈所思。時庭前芍藥盛開。

次拙生韻和子瀟作　吴蔚光

一樽先約賞花時，未及花開賞亦宜。席上陰成藉緑葉，琴中趣在直朱絲。物情遲卻因何較，人意强應得此差。似爲當歸緘寄早，免教持贈惱離思。

疊韻代柬寄吕湘皋學博　吴蔚光

最好春深夏淺時，清齋觴詠合時宜。流丸脱手圓如彈，染墨留心素是絲。兩世交情殊不改，湘皋與愚父子及子瀟喬梓皆論交。四君才望本無差。毗陵有洪、黄、孫、吕之目。眼前芍藥芳香具，調和誰能重費思！

疊韻詠芍藥　吴蔚光

不占先時殿後時，花侯新號拜真宜。子瀟有『貴不封王』之慨，余故錫號『花侯』。翻階紅竟傳千古，圍帶金難續一絲。折到將離何以副，贈從相謔可爲差。此根雖有寒酸味，療得幽閨病與思。

城東草堂看芍藥次韻

崑山徐　均碧海

重重新綠夏初時，婪尾階前開正宜。豐滿妝成嬌傅粉，悠揚飄到細游絲。稱將豔友真無忝，分與花王争上聲有差。莫道餞春春事了，表餘尤足動人思。

前題

新陽顧　蘭介堂

最愛含香半吐時，籠煙帶露總相宜。醉餘豪放催詩鉢，春去闌珊惱鬢絲。媚客清姿矜綽約，當階紅影鬭參差。舊遊猶記憑欄處，廿載揚州付夢思。

書疊韻詩後寄答拙生

吴蔚光

綠陰庭館夕陽時，巧遞詩筒喜恰宜。夜航信以晨至，此獨下春。多似連珠兼合璧，悦於吹竹與彈絲。詞壇定要喧傳遍，禮部何庸誤等差！衹恐女相如愛好，句雕字琢費尋思。

子瀟歸自鹿城出示與諸公城東草堂讌賞芍藥詩次韻二首寄拙生居士

昭文女士席佩蘭韻芬

名花休怨不逢時，獨殿群芳晚更宜。消受綠陰清似水，任憑紅雨散如絲。贈來臨别情尤苦，療得傷春病少差。一種揚州嬌豔色，故應杜牧最相思。

開不先時不後時，將離剛與餞春宜。欲争富貴容雙絶，尚帶清和氣一絲。拜作列侯應首肯，竹橋太史有『花侯新號拜真宜』之句。呼來近侍恰肩差。生平未識東風面，枉費千紅萬紫思。

看庭前芍藥有憶長安舊遊七疊前韻　杜群玉

獨記長安遊冶時，豐臺花事賞尤宜。攜壺野外分涼席，連騎城南拂暖絲。浩態狂香春爛漫，風枝月朵豔參差。多情詞客今何在，觸物追思更感思。曩在京師，汪訒菴農部曾邀同小霞、小愚諸子，豐臺看芍藥，今訒菴已去世矣。

次韻和城東草堂讌賞芍藥　常熟趙同鈺子樂

揚州佳種盛當時，原與尋芳杜牧宜。藍尾尊開聯白袷，素心人聚寫烏絲。但教富貴稱前輩，莫道文章有少差。遲我無緣逢豔友，當階枉自起相思。

代索宛仙夫人和詩　吴蔚光

蓮漏聲長晝六時，書排畫遣正相宜。忘疲竟不輸神藥，入妙除非冠色絲。古硯點花香隱約，小簾飛燕羽參差。還憑道韞題詩筆，特與因難見巧思。

再至城東草堂看芍藥有懷揚州舊遊　徐均

乍餞春歸未幾時，欣逢花放恰相宜。不隨別夢如流水，偏惹離情似亂絲。月映玉盤光皎潔，風吹金帶影參差。篠園曾覽揚州勝，今日階前尚繫絲。

疊韻再寄拙生　吴蔚光

一賦歸田改歲時，詩城從事最便宜。不須下筆加塗點，即當抽刀斬亂絲。此老風流還自賞，於吾臭咏更何差！豐臺多少看花伴，聚散存亡爲愴思。辛卯四月，偕嚴冬友、洪素人、徐調甫、張繡堂、趙少鈍爲豐臺之遊。

嚴、洪、張久作故人，而徐、趙亦音問疎矣，故云。

次韻和拙生居士讌賞芍藥

常熟女士屈秉筠宛仙

浣花文讌啟芳時，入座香風醉客宜。名士送春煩綵筆，相公當日兆綸絲。翻階豔影偏齊整，傾國嬌容莫等差。幾遍含毫描未得，細吟詩句耐尋思。

憶泛香齋舊事八疊前韻 有引

杜群玉

泛香齋者，蔡小霞觀察官翰林時，寓中書室也。每當初夏，買芍藥花供瓶，几上壁間，充牣羅列。其夫人王，爲余表女弟，一日偶至其室，適小霞與王對食，余信口吟云：『花前樂舉梁鴻案。』王應聲曰：『酒後高吟杜老詩。』一時傳爲佳話。此乾隆庚子年事也，距今廿有一載，小霞遠宦西陲，而其夫人下世已久。東坡云：『死生聚散，有足悲者。』因對庭中芍藥，感作此詩，他日小霞見之，當必潸焉出涕也。

有情芍藥殿春時，插向瓶中韻更宜。絶世才華同詠絮，依人蹤跡似遊絲。余下第時，常主其家。秦雲隴樹層層隔，酒國詩壇事事差。坐對不勝懷舊感，欲書花葉寄相思。

疊韻三寄拙生

吴蔚光

酌酒看花及是時，古宜何必不今宜！貧擵盡折償人券，老悔重牽筮仕絲。百里之中難面罄，五年以長久肩差。往來賴有紅溪鯉，尺素書頻慰我思。

疊韻再詠芍藥

吴蔚光

楝花風信已闌時，鬬豔矜妍首出宜。骨弱扶還憑緑葉，心芳治豈類黄絲！分開底事春秋判，諺云：「春分分芍藥，到老不開花。」故必以八九月間。區别先教草木差。木者花大而色深，俗亦呼爲牡丹，非也。記道三賢祠最盛，紅橋煙月不勝思。揚州三賢祠芍藥，無種不備，友人曾招余往觀，惜未果也。

前題

屈秉筠

嫩緑如雲欲滿時，風翻煙抹總相宜。挽留青帝功難忽，結束紅芳妙勝絲。國色久聞仙禁重，家聲肯較洛陽差。好教人世知清貴，免向雕闌起豔思。

芍藥花前拙生居士示讀竹橋諸公疊韻詩有作

徐　均

牡丹開後幾經時，近客相承飽看宜。繞砌緑肥風片片，當階紅瘦雨絲絲。詩懷應向花前放，酒量還從杯底差。此日吟壇酬唱盛，清詞麗句動人思。

疊韻題屈宛仙夫人白描芍藥

孫原湘

筆妙遥傳李伯時，紅情偏是白描宜。玉盤本自空雕飾，金帶何曾借綵絲！一綫餘春痕不着，二分明月影相差。笑他多少豐臺客，争買燕脂鬬巧思。

拙生居士書至寄示新詩余亦疊韻以酬并問芍藥謝否

孫原湘

好是司勳乞假時，評花量酒正相宜。八行遠寄催詩札，十樣新添織字絲。春到將離偏絢爛，期因有約轉參差。重游只恐芳華盡，繞遍欄干繫我思。

庭中芍藥將殘感而作此寄竹橋太史九疊前韻

杜群玉

看盡將開欲落時，蔡忠惠詠芍藥句。天生豔友伴人宜。如何色褪奩中粉，恰似顔衰鏡裏絲。傍砌漸空紅爍爍，倚風惟見緑差差。十年已斷揚州夢，多謝君還費綺思。竹橋屢以新詩見寄。

讀城東草堂讌賞芍藥詩次元韻

鎮洋王開汾小鶴

賦罷沈香絶調時，郇厨櫻筍正相宜。緑陰翠幕袪塵點，紅藥朱顔鬬色絲。掃徑客來花旖旎，傍池月浸影參差。華燈低映翩翻態，杜牧當筵有所思。

惜春春去暮春時，觴詠風流續亦宜。醉月乍傾一斗酒，筆花競吐八蠶絲。群公似水交俱淡，兩美如蘭臭不差。只我蟬鳴隔高樹，五更咽露仰而思。

前題

昭文張　燮子和

賞花詩好讀移時，合錦聯珠格總宜。鬬韻妙生天外想，託情長過世間絲。玉山朗自相輝映，金帶圍寧别等差。持較豐臺尤眼福，不須悵觸故園思。

前題

昭文邵恩多朗仙

春光看到殿春時，名士名花恰兩宜。酒琖勸酬傾白墮，詩筒往復寫烏絲。吟壇詞藻如争長，畫省風流不少差。此日玉山重雅集，草堂應繫後賢思。

前題

昭文孫文杓仲直

名花開到落花時，紅燭清樽此最宜。獨殿群芳成弁首，争抽妙緒學蟹絲。春餘一刻都無價，集永千秋詎有差！添得玉山佳話在，揚州雖好漫尋思。

前題　常熟孫文栻冠珍

草堂紅藥半開時，賭酒徵歌事事宜。早已有名齊謝脁，即今此事讓袁絲。春餘閏月芳猶在，會比揚州盛不差。讀罷浣花新豔句，一回擊節一凝思。

前題　昭文張定球伯温

芳華最愛晚春時，露洗煙籠態更宜。繞座緑陰濃似幄，翻階紅影弱於絲。殿居香國聲名重，比到花王富貴差。手把一編情展轉，曉妝新點豔吟思。

閏四月十一日雨後偕子和比部子梁茂才重訪拙生居士城東草堂時芍藥已謝得遇婁東王小鶴作良久談次日居士招飲并以疊韻詩彙録見示再疊元韻　孫原湘

待我重遊已後時，梅陰結夏尚相宜。恰逢舊雨清霏屑，更喜新晴暖颺絲。集到隔年應筍束，簡來排日似籌差。寄言杜老休兼味，好作蓴羹慰翰思。子和轉屬勿用盛饌。

十四日城東草堂雅集　張燮

釀得輕陰麦熟时，高齋雅集與時宜。不將禮數矜烏帽，各有心期勵素絲。止酒屢辭金鑿落，清談勝聽玉參差。此間小隱花圍繞，平地神仙繫我思。

冰清玉潤冠當時，况有興公與雅宜。座上客無爲白眼，卷中人半换青絲。拙生以昔年《城南雅集圖》見示。鏡花本自蒙莊出，小鶴以近著索題。金粟還應老杜差。翻憶相逢人海裏，隔年鴻跡耐尋思。去夏與拙生都中相聚。

前題　　孫原湘

梅子黄時麥秀時，玉山雅集草堂宜。煙雲清亦關風土，笠屐來多帶雨絲。入饌蔬挑紅甲美，更巡酒泛緑鱗差。他年重話今朝會，定費西窗剪燭思。

陪張子和比部孫子瀟山長王小鶴副車讌集城東草堂　　顧蘭

陰陰庭院夏凉時，把酒揮毫各有宜。紅雨半簾侵曉夢，緑煙一帶裊晴絲。風流前輩吟懷曠，潦倒中年心事差。我欲題詩酬勝賞，欄干倚遍不成思。

似園小步疊韻寄拙生　　吴蔚光

陰晴無定落梅時，率子携孫小步宜。種竹預期燒象筍，惜花親爲拂蛛絲。起居習貫於家便，意見生成與俗差。莫怪實非名取似，堂之西偏，有隙地狹長，花草叢雜，名曰『似園』。世間事可作園思。

疊韻宛仙夫人爲余扇上作白描芍藥　　吴蔚光

怳是新妝曉點時，凉薰摇動夏初宜。瓓瓏影移輕雲片，綽約情含密雨絲。妙墨生香尤覺勝，牡丹真色那容差！藐姑射有神人見，一掃紅争紫奪思。

初夏雨窗柬吕湘皋學博兼懷李載園丁郁兹諸子十疊前韻　　杜群玉

風光已近熟梅時，鎮日垂垂雨固宜。紅藥階頭留蝶夢，緑陰屋角罥蛛絲。古懽渺矣情懷惡，離緒灌然心事差。咫尺城西難會面，天涯何處不相思！

咏芍藥次韻

休寧汪梅鼎瀣雲

返得春魂此一時，傷春客子對花宜。欲爲近侍心難降，未到將離鬢已絲。調醬讓人工飲啖，翻階向我故參差。豐臺七載垂垂別，倚遍朱闌遠寄思。

擔花曾記壓肩時，買得晴霞補壁宜。作畫欲窮三十種，聚香細品萬千絲。但能盤玉真清浄，未必腰金有等差。輪與多情姜白石，行雲到處寫相思。

缾罄剛逢綻蕊時，澆無餘酒恰相宜。笆籬此日爲青瑣，風雨何人障紫絲！剪就琉璃煙夢夢，圍他溱洧水差差。一從好句傳花市，笑擁紅綃説所思。

庚申九月十七日拙生居士過余三松堂見示餞春疊韻詩因次原韻二首

吴縣潘奕雋榕皋

聞説花開婪尾時，高齋清讌正相宜。賞心兼有詩書畫，韻事何須竹肉絲！人世忙閑原自取，吾儕臭味本無差。玉盤盂韻曾三疊，陳迹回頭愴夢思！乙巳歲，余居京師，芍藥花開，用東坡《玉盤盂》詩韻作詩，星橋、嘯崖、少甫皆疊韻和之。今星橋歸掌珠湖書院，嘯崖、少甫皆歸道山矣。

閉門又是菊花時，瘦影偏於病客宜。最喜新篇吟杜牧，爲譚往事憶袁絲。詩卷中，有女士席韻芬，因談簡齋十三女弟子詩，韻芬爲冠云。看來開落微分別，會得逍遥何等差！他日清香凝燕寢，可能疊韻慰相思。時拙生又將出山矣。

拙生居士寄示餞春疊韻詩次韻二首

吴縣范來宗芝巖

相逢旋去菊黄時，遠接詩筒盥手宜。春影如塵消白日，吟情似夢浣紅絲。南轅北轍經無盡，循吏詩人未有差。東望婁江千尺水，風流宛在費尋思。

翻階紅藥記當時，雨散年來惜别宜。壬辰春，余始入直薇省，今同直諸人，升沈不一矣。天上《霓裳》原有曲，室中錦瑟已無絲。余悼亡已三年。箋裁十様君能唱，酒盡三升我肯差。試看歸雲重出岫，蒼生霖雨起謳思。

辛酉正月十六日邀同李松雲陳桂堂兩太守張雪樵馮七研兩觀察王鐵夫學博陶季壽大使瞿花農别駕雨中看梅鄧尉適拙生居士以餞春詩索和桂堂促之因次其韻即事四首

善化唐仲冕陶山

莫問春婪祖道時，首春猶趁帖書宜。落燈市裏傳風信，墊角人來逐雨絲。芍藥遲須三月後，梅花早較去年差。索詩有底忙如許，且探江頭慰所思。

遠山香到十分時，爛漫春陽雨亦宜。短棹夜添波滑笏，行厨朝雪菜生絲。銷金帳任含羶慣，藥玉船還引興差。林下美人最修潔，肯令摇落繫吾思。

餞春詩逼冶春時，今日梅花餞更宜。畫舫莫教吹玉笛，遊驄幾見絡青絲。歲寒結友長相待，日暖生人已漸差。辜負雪中花始放，巡檐空索不堪思。

東皇憐汝未闌時，故作餘波薄冷宜。山近黄昏花是霧，詩成白戰鬢如絲。欲裁廣幄遮無際，且凸芳樽賞有差。緤馬閬風看仔細，重逢又費隔年思。

拙生居士到京出示餞春倡和詩因次元韻題後

元和韓是升旭亭

京落鶯花又一時，樊川詞客到來宜。輕裝依舊留禪榻，薄宦重新賦素絲。雨後葯欄紅爛漫，風前柳浪緑參差。餞春詩卷傳看遍，動我江鄉櫻筍思。

長洲蔣大鎔冶師

吟社重開又一時，主人今古玉山宜。爲邀裙屐聯蘭契，共識襟懷異繭絲。客到花間情自合，詩傳林下韻無差。春光欲去閑中餞，珠貝編投惹夢思。

武進趙懷玉味辛

筵開櫻筍又經時，想見江鄉到處宜。重聚勞蹤塵似海，仍依禪榻鬢添絲。干卿何事春來去，於我浮雲宦等差。輸與鄭虔官耐冷，謂吕叔訥廣文。十年契闊費沉思。

吴縣高　頤樞仙

來卸輕裝二月時，天涯老友會偏宜。居士與冶師丈同寓雙槐禪院。袖中詩富吟紅葯，筆底花生鬬色絲。正是鰣魚入饌時，花開芍藥恰相宜。當階翻處香如霧，倚檻看來雨似絲。不識春風名自貴，泥他近韻事直誇名士衆，閑情未必美人差。集中有席、屈兩閨秀詩。慚予聽罷陽春後，俚曲難工費苦思。

元和韓　簵蓑君

琴樽金粟豔當時，四百年來雅會宜。野店誰家挑酒旆，小橋幾處漾蓴絲。酒店街、蓴菜橋，俱在崑山。東侍品寧差！芙蓉爲向秋江老，便少詩人託綺思。

南名士如雲集，遠近題箋束筍差。記取江鄉風物好，綠肥紅瘦繫人思。

蒙古法式善梧門

人到百年已半時，春來春去總相宜。浮生蹤跡沾泥絮，老手文章入扣絲。鳧短鶴長雖有別，橘南枳北本無差。莊周畢竟非蝴蝶，何必逢場苦費思！

無錫楊芳燦蓉裳

正是濃陰壓屋時，綠愔愔與静相宜。半爐香篆縈心字，一榻茶煙颺鬢絲。買醉儘傾銀鑿落，按歌新譜玉參差。司勳老去風情在，傷別傷春費綺思。

餞春春去幾多時，嬾散心情百不宜。文冢銘成多退筆，平原繡罷賸殘絲。疎花著雨紅情減，遠樹連天碧影差。怕唱江南腸斷曲，廿年前事繫人思。

祁陽陳及祖寄吾

櫻筍堆盤正及時，重茵簇錦雅相宜。詞人列坐開文讌，綺席沉吟散色絲。欄檻隱垂紅綽約，簾櫳深映綠參差。争傳一餞成佳會，春盡江南繫我思。

吟春正值殿春時，婪尾杯殘醉亦宜。飛絮飛花鶯喚夢，傷離傷别柳牽絲。久愁舊雨期難踐，多恐前塵事或差。乍合旋分緣有幾，天涯矯首益相思。

宛平王永仁樂山

春已潛移到夏時，翻階紅藥正相宜。難從雲路催鞭影，擬向煙波理釣絲。金粉南朝珠錯落，人文北苑玉參差。豐臺不是揚州路，動我鄉園一片思。

仁和錢　栻次軒

杜老吟壇獨冠時，遨頭讌後餞春宜。得披綵筆裁雲句，欲向天機乞巧絲。蘭臭幾人同契闊，萍蹤一聚又參差。詩名合共循聲美，花滿河陽待藻思。

昌平楊　灝復菴

爲惜韶春已謝時，京華疊韻復相宜。酣歌雅繼蘇門嘯，觀政重牽冀北絲。引興那虞風料峭，傳觴恰對燕參差。風流儁令清言共，他日多應繫我思。

殿春開落餞春時，緬想城東讌賞宜。綽約闌前添午韻，欹斜簾外裊晴絲。花侯位置端宜爾，（用竹橋太史詩意。）婪尾名稱莫等差。勝事豐臺曾踐約，披吟猶觸昔年思。

石門吴于宣南嶼

穠春三月欲歸時，纔向郊迎餞又宜。南浦浮花縈别緒，東風吹夢裊晴絲。璇閨羅綺人遲暮，蜃海樓臺事等差。料理秋容香滿徑，不須紅豆種相思。

撩亂春光已一時，金樽檀板可相宜。飛揚舊態泥中絮，瑟縮新妝鏡裏絲。古塞花霏煙漠漠，漳河柳暗影差差。殷勤爲唱《陽關》曲，斷不思量也繫思。

仁和汪潤之聽舫

相逢又值殿春時，花影偏於酒盞宜。畫就忽驚添粉本，（屈宛仙女史繪《芍藥圖》。）書成應勝寫烏絲。一圖楮墨心如寄，二妙閨幃肩可差。謂閨秀席韻芬。卻笑調羹人已老，轉從婪尾費吟思。內子最後題詩。

鉛山蔣知讓師退

餞春春去去多時，刻意傷春事亦宜。邢尹風前釵餤餤，嬌香圖出雨絲絲。漫天鶯燕知惆悵，隨例眶寒費等差。芳草粘雲青換盡，江南雖好莫沉思。

拙生居士出示庚申年家居時餞春倡和詩因次元韻題後

歸安沈錦慕堂

名士名花豔一時，詩情酒興雅相宜。厨開節物兼櫻筍，座共清談勝竹絲。婪尾芳華應倍惜，素心臭味本無差。傳來藝苑多佳話，閨閣含毫亦渺思。

南城黃鉽力齋

春光九十已過時，餞送郊東禮所宜。滿目可憐花片片，沿堤最好柳絲絲。詩聯吟社分新舊，人到名山有等差。一別經年難契置，風流邑宰繫人思。

漢軍佟鋆頤齋

紅藥當階正盛時，文人觴詠適相宜。光分初日凝花片，妙入微風舞柳絲。字字吟成珠錯落，篇篇譜就玉參差。無緣得與詞壇勝，讀罷新編有所思。

嘉應葉鈞石亭

脚韡手版上衙時，春到粗官百未宜。不分三年欹皂帽，猶煩十樣寄烏絲。青藤壓架從今密，碧藕平池較舊差。余寓居蓮花池，今歲池中所種藕根甚盛。初夏風光莫相負，憑君揺筆費吟思。

元和戴書培懷谷

司勳刻意惜芳時，婪尾原於餞別宜。花畔詠觴欄曲曲，柳邊風笛雨絲絲。成陰人易逢遲暮，展卷才難辨等差。妙筆寫生屈宛仙夫人有白描芍藥小幅。詞寫韻，長留春色慰鄉思。

秀水楊　謨松波

餘春初夏餞迎時，勝侣招邀樂事宜。滿院芳茵鋪地繡，翻階紅藥上簾絲。吟成白社珠紛落，織比璇圖錦互差。卷中和者三十餘家，有席、屈兩閨秀詩。更喜樊川誇筆健，往還十疊耐抽思。

桐鄉陸費元鐀小愚

蓮花池上去年時，載酒清遊一再宜。去年中秋，偕先生暨徐西山、李載園兩刺史，葉石亭明府，翫月於保陽之蓮花池，分韻賦詩。次夜再遊，得詩成帙，一時稱勝。苛禮删除如脱梏，諸公皆清雅不事儀節。高吟宛轉似抽絲。卷中此韻，先生與吴竹橋太史已十疊矣。聲華那許相先後，才調從來辨等差。秋病霪霖春病旱，殷殷都繫使君思。時先生方履勘水災。

元和吴廷棨研山

豐臺記得舊遊時，攜榼城南拾翠宜。韓富何心圍帶玉，輶軒曾採聚香絲。殿春小圃花爭豔，脱穎高才韻不差。今日新篇勞遠寄，披吟慰我十年思。

桐鄉馮績熙咸齋

《驪歌》一曲記當時，還許群仙附雅宜。報道三春疾如駛，可知雙鬢白於絲。詩惟杜老空千古，樂到鈞天絶等差。縱使江郎才未盡，抽毫枉自費吟思。

武進丁履端郁兹

婪尾花開正及時，及時花正與人宜。餞春會滿聯香藻，疊韻詩多賭色絲。士女風流非戲謔，友朋雲集豈參差！他年若遂尋芳約，杜曲蓉城有夢思。

墊江程正堦石甫

將離獨自殿芳時，偏與揚州杜牧宜。砌繞穠華添午韻，階翻紅影裊晴絲。詩情應似花無匹，交道寧論秩有差！我是巴人慚和曲，送春空復費吟思。

陽湖楊元錫雲珊

新緑盈庭酌酒時，傷春傷别詠歌宜。花光壓檻圍金帶，魚膾堆盤縷雪絲。廿四番風人意倦，兩三點雨竹聲差。韻經百疊尤尖穎，只在毫芒露鋭思。

寧武張維垣蓋山

正在東君得意時，將離太促似非宜。萋萋草染無窮翠，寂寂蠶抽有限絲。捲地殘花迎遠近，漫天飛絮送參差。筵前一把朱櫻酒，到處甘棠動爾思。

清苑朱玉衡指園

槐柳陰敷首夏時，名花掩映最相宜。將離飽雨翻千葉，婪尾留春剩一絲。風過尚飄香馥郁，月來猶惹影參差。憑欄試領閑中趣，廿四橋邊且謾思。

跋

呂星垣

拙生居士，詩人也。爲金臺之花縣，冀北孫陽；續玉山之草堂，江南杜老。引門外浣花溪水，繞堂前種藥階闌。欲往思吾蜀歟，暫歸值此春爾。

於時有散吏焉，屬后夔之司，媿繇駒之賤。緑樹張蓋，笑傲王侯；碧雲懸幕，卬須我友。君迺偕虞山孫子子瀟來，酣飲賦詩以去，遂費何曾萬錢，列王儉四部。歌《來暮》，詠將離，喝月倒行，呼風竟度。曾點之遺，夫子所歎。唯君少日才雄，老去律細。彎弓不發，巧已伏人；一矢相加，勇猶餘勁。矧乃三發三連，迄乎十盪十決。僕爲健者役也，猥以吏事輟之。

迺有吴竹橋太史，心焉數子，水兮一方，高倡甫傳，遥吟疊和。僕如舞陽年少，恐盡燕圖；彼爲淮陰將多，欲拔趙幟。奇矣未也。適狡士雲從，投章霞蔚，四方來會者，百朋有錫焉。風采及於閨房，志待垂於郡國。僕小事糊塗，奚能載筆；壯夫遲暮，益棄雕蟲。想芍藥於紅沼，慚芙蕖於緑波。試消夏日之長，知與春風並逝爾。嘉慶五年五月既望，湘皋呂星垣跋。

跋女士屈宛仙所繪芍藥圖

杜群玉

嘉慶五年庚申，閏四月望前三日，南沙孫子瀟孝廉、趙子梁秀才偕過草堂，適庭中芍藥盛開，因邀小飲，賦詩唱和，韻至數疊或十數疊。越旬日，孫夫人席韻芬、趙夫人屈宛仙，各以和章見寄，而宛仙又手繪此幅紀事。兩夫人能詩善畫，擅名於時，最爲隨園老人所推許。湖田外史贈詩，亦有『分明琴水虞山秀，今日專鍾繡閣人』之句。花時易過，妙蹟常留，石畔欄邊，深幸有此一重翰墨緣也，爰志其緣起如此。

五月廿四日，拙生居士書於花間小隱。

屈宛仙女士芍藥圖題詞

昭文吴蔚光竹橋

珍重樊川杜牧之，香閨三絶畫書詩。行囊有此何羞澀，拙生將入都。遍乞人間幼婦辭。我將煩取宛仙筆，爲寫東園秋桂枝。不寄將離託招隱，白頭行樂總隨時。庚申七月廿六日，歸三梅圃，邀同邵松阿、蘇園公二老雨中賞桂，歸而題此。

吴縣潘奕雋榕臯

廿年不見槑溪面，今日披圖引我思。想見玉山佳勝處，酒香花氣撲簾時。

韻芬詩筆擅清新，五年前，袁簡齋明府攜孫夫人詩稿，過余三松堂，余得遍讀之。今日香閨大有人。璧合珠聯雙翠管，爲君留住草堂春。

奉賢陳廷慶桂堂

咬春曾誦餞春詩，辛酉試燈前一日，訪拙生於城東草堂，出此圖索題，并示餞春疊韻諸作。不是微之定牧之。慳賦蕋宫花史句，竹橋曾屬題《花史圖》，因循未報。却來畫裏看將離。

季重來時在我先，昨晤竹橋於石經堂，知其自玉峰來。説君將整北行鞭。忽教饞守涎流甚，絶妙調羹屈宛仙。得之竹橋云云。

我爲探梅游鄧尉，先期話雨到花間。花間小隱，拙生詩屋名。寒香一卷絲千縷，竹橋有王元章畫梅真蹟，宛仙繡囊以貯，因名其樓曰『梅花一卷』。妬煞潛夫住碧山。

繡閣鍾靈兩絶塵，拈來詩筆妙如神。何期描罷鞓紅影，又向城東賦殿春。余新詠唐花牡丹，故及之。

蒙古法式善梧門

昨夜豐臺雨，街頭芍藥紅。過江傳好句，隔歲寫春風。詩裏人還在，塵中障已空。淡懷賡險韻，羨煞竹橋翁。拙生家居時，與竹橋詠芍藥，唱和甚盛。

宛仙詩畫流，弄筆花間樓。杜老蕭疎極，一官隨白鷗。江山託吟嘯，風雨念朋儔。十里西涯路，偷閑十日留。

長沙謝振定薌泉

筆可留春並化工，不愁春去太匆匆。却從傅粉摹嬌客，絶勝姚黄列上公。素影紆餘風欲駐，生香浮動墨全空。畫中花共詩中畫，試與司勳辨異同。

遂寧張問陶船山

鉛華謝盡自敷腴，不藉丹黄貌更殊。好是簪花才女筆，傳神珍重玉盤盂。圖係白描。

錢塘吴錫麒穀人

膽瓶料理正花時，高格娟娟見此枝。似爲閨心傳綽約，不教春色感將離。揚州月記曾窺處，鄭國風能一洗之。莫羡退之《山石》句，有情須讓女郎詩。

山陰潘素心雲溪

和月籠煙別有姿，深閨染翰墨華滋。東風不逐餘春去，三月江南最繫思。

康衢新樂府

序

師亮采

昔沈德符撰《顧曲雜言》，窮極要眇，余謂此一梨園老伶事耳。若揄揚庥美，歌詠昇平，則非真才子不能。明歲己卯，恭遇萬壽昌辰，薄海臚歡，例有衢歌，虔申華祝。直隸制府方公，屬贊皇令呂叔訥星垣具稿。叔訥以其稿郵示於余，自謂儀舌猶存，江花未謝，余讀之，歎爲才子之極思焉。

叔訥綺歲負異才，即爲名公卿所引重。中年官廣文，大吏不敢以廣文視之，重其文也。而余之重叔訥，則以吏事，而不以文。嘉慶乙亥，兩江制府百文敏公，被旨清釐瀕海餘田，以其事屬余，因奏請余爲海州牧。時叔訥爲學正，余分屬之叔訥，乘輴握筭，吏民咸服其公。既蕆事，余陳其勞於百文敏公，薦剡得從優敘，俄遷贊皇令以去。叔訥雖數以詩古文辭相示，而余之重之者，終在吏事也。

叔訥在贊皇，勤於其職，頗著循聲。而以治事餘閑，依壽寓之榮光，和其聲以鳴盛，雲韶按節，遠媲虞球，賢於百里之絃歌矣。余聞康熙中，尤展成先生曾以院本上達九重，天語稱爲『真才子』，藝林榮之。今叔訥老矣，作風塵吏，度不能以文字受當宁知。將來瑶琯雲璈，太常時肄，天顏有喜，裒爲奇才，其於此曲卜之也夫。嘉慶戊寅歲季秋月中澣，韓城師亮采禹門書。

題詞

題康衢新樂府後 集杜少陵詩句

錢 泳梅溪

凌雲健筆意縱橫，銀漢遥應接鳳城。南極一星朝北斗，諸君何以答昇平？其一。

孔雀徐開扇影還，蓬萊宫闕對南山。奇祥異瑞争來送，嫩蕊濃花滿目斑。其二。

鳴玉朝來散紫宸，清詞麗句必爲鄰。風飄律吕相和切，聖壽宜過一萬春。其三。

九重春色醉仙桃，翠管銀罌下九霄。此曲祇應天上有，元聽舜日舊簫韶。其四。

承恩數上南薰殿，複道重樓錦瑟懸。金節羽衣飄婀娜，自稱臣是酒中仙。其五。

仙侣同舟晚更移，天顔有喜近臣知。緣雲清切歌聲上，萬一皇恩下玉墀。其六。

毗陵吕星垣叔訥填詞

萬年輯瑞　第一齣

（場上設金闕銀樓，垂珠懸鏡，扁題『瑤池』，奏細十番。雲童十六人，舞雲牌，繞場下介）（福、禄、壽三星，典瑞、四皓，先後上介）

（福星白）五福箕疇頌獻觥。俺福星是也。（禄星白）荷天百禄慶昇平。俺禄星是也。（壽星白）昭回南斗臨糾縵。俺壽星是也。（典瑞白）典瑞賡歌奏九成。俺典瑞是也。請了。恭祝聖天子萬壽，會齊福、禄、壽三星，商議祝釐，命俺典瑞，且請列位清談。（福、禄二星白）上壽每聚八仙，俺等四人，仙班尚少。（壽星白）那上下八洞十六位，都算後輩小生，俺有四皓同遊，現已合成八俊，你看先後齊來。（四皓上，白）愛看商山抵碧城。俺東園公。（白）雲松萬疊地仙行。俺甪里先生。（白）昔從劉漢添鴻翼。俺綺里季。（白）今侍彭籛侑鳳笙。俺夏黄公。（合白）三星、典瑞先來，四皓後到，有一拜。（三星、典瑞白）俺們也有一拜。（作拜介）（並向金闕兩旁列坐，仰望介）（合）你望金鵬香象，佛祖聖駕先來。（合唱）

【仙吕引子】【奉時春】咸五登三際聖清。祝萬壽六旬同慶。紫氣東來，瑤池西望，蓬臺先到華胥境。（衆舉拂，舉手指介）這不是老君仙駕麽?（合唱）

【唐多令】泰運佑皇清。重華頌治平。遭逢聖壽奏韶英。（白）請看金光彩霞，接連西上。（合唱）

佛祖仙師偕祝嘏，西王母，晏瑶觥。

〔壽星白〕俺們也駕祥雲，同上瑶池，隨班入晏。〔典瑞白〕千祥萬瑞，千載一時。俺典瑞只有中士二人，府二人，史二人，胥一人，徒十人，不及照應，還請群仙贊襄。〔衆白〕使得使得。〔同下〕〔場上焚鑪香，奏細樂介〕〔四大金剛回舞，繞場下〕〔四天師拂袖舞，繞場下〕〔四仙女雲肩綵衣上，白〕俺董雙成，俺許飛瓊，俺婉凌華，俺段安香。〔合白〕奉王母令旨，仙佛聚會瑶池，同祝萬壽，命俺們進舞，應入侍班。〔四仙女下〕〔三星、典瑞、四皓上，排金闕下，兩旁侍立介〕〔如來、老君、王母升高坐〕〔衆仙朝見，侍坐闕下介〕〔合唱〕

【高平過曲】【八仙會蓬海】【八聲甘州】祥光麗景。洒雨露恩膏，滋潤堯蓂，雲軒松棟。欽哉光被瑶京。佛騫鸞談禪嘉會，仙跨鶴談玄勝境。【月上海棠】偕歡慶。樂奏西池，晏開蓬頂。

〔三星、典瑞起白〕容弟子們上壽進觴。〔作跪獻玉杯介〕〔四皓合白如前介〕〔四皓上壽獻玉杯如前介〕〔王母白〕侍女們，進舞去。〔兩仙女上，對舞下〕〔又兩仙女上，對舞下〕〔如來、老君、王母合唱〕

【玉杯慶長生】【陳杯序】〔换頭〕仙瀛。鈞廣鳴。把金醪玉液輪番引，試看瓜棗凝紅。芝髓流丹，絳雪珠霏，沆瀣晶瑩。【長生導引】〔大衆合唱〕是帝闕仙都合慶。五色雲邊，三清筵上，迴風一派送天聲。〔如來、老君、王母合掌介〕願世界多生好人，多行好事，頌聖主萬年有道，萬壽無疆。〔合白〕群仙拱祝，典瑞紀載圖書。〔三星、典瑞、四皓並拜介〕〔雲童十六人舞雲牌上，繞場一週，引佛祖、老君、王母下〕〔三星、四皓上坐〕〔典瑞旁坐介〕〔三星合唱〕

【羽衣第二疊】【畫眉序】職貢獻彤庭。禹跡堯封遜圭景。勝琳琅球磬。兖豫揚荆。（四皓、典瑞白）從來土宇版圖，無如今日之盛。這中華富盛，已不待言。（三星合唱）【醉太平】來賓。尤多外域遠臣鄰。（四皓、典瑞白）這四譯館、會同館，都是呀！（三星合唱）【玉練序】捧瑪瑙珊瑚，鏤罍錯鼎。懸藜結，緑珠走，翡翠盤中耀月星。【應時明近】通犀文貝潤，似靈綃纖綺，瓌瓏掩映。又瑶草琪葩競秀，芝英竹實蓍莖。（典瑞白）這典瑞差使，要煩四皓相幫。（四皓白）容恕老拙。【畫眉兒】（大衆合唱）尊親效順，要荒蠻徼並朝覲。想近龍光禮至尊。【拗芝麻】簪筆書難盡，天家美富，遠邁京都盛。

（三星、典瑞白）俺們將翔雲祝壽，瑞大夫職司典瑞，應得先行。（典瑞下）（三星、四皓繞場一週介，作望介）來此已是五鳳樓前，瑞大夫先進宫門，俺們且將庭實旅百進獻者。（繡衣散仙四人上，各捧珠璣、珊瑚、犀貝、長盤，擺闕下介，又列本箱四隻介）（散仙下介）（三星白）（四皓上前，知會瑞大夫，將貢珍進獻介）（東園公作向内唤介）瑞大夫，瑞大夫。（内不應介）（東園公又唤，内應介）典瑞奇忙，東園公替我送進。（東園公捧二盤下）（甪里先生、綺里季又向内唤介）（内又不應，再唤内應介）二公鶴髮童顔，勝過少年幾倍，替我送進。（甪里先生、綺里季白）這瑞大夫真個忙碌，還是躲差，俺二人且併力擔去。（作擡盤下介）（三星白）還有幾隻本箱，快快送進。（夏黄公白）三老擔盤，叫我捧匣，俺且開匣看來。（作開匣看介）（白）有這些本，不怕典瑞不出來。（向内唤介）瑞大夫，有『瑞雪時霖』本，有『瑞麥嘉禾』本。（内應介）送户部去。（又白）有『清官良吏』本。（内應介）送吏部去。（又白）有『一堂五代』本，有『孝子順孫』本。（内應介）送禮部去。（又白）瑞大夫，瑞大夫。（内不應介）（又白）瑞大叔，瑞大爺，瑞爺爺，瑞祖宗。〔内不應介〕〔作惱介〕請看請看，老頭兒如此下氣，少年人這樣像心，也罷了。老人家比他少年人强些，總爲祝萬壽前來，試看四皓擔盤，四皓捧匣。〔夏黄公下〕〔三星笑介〕〔合白〕俺三星進祝寶貝，須請典瑞面交。〔三星合唤介〕瑞大夫，瑞大夫。〔典瑞上白〕不是典瑞躲差，委係萬瑞千祥，接應不暇，請問三星有何進獻？

〔福星捧盤白〕俺們祝頌天子萬年，這個漢玉盤萬字邊，中有雲濤鮎魚，真乃西京至寶。〔典瑞〕此寶信乃稀世奇珍，但同音不同字，彼『鮎』非此『年』，有些假借。〔福星白〕在這些上，也要講究《説文》。〔禄星展畫白〕這一幅吴道子人物，單畫得萬石君、年千秋兩個人，一字不假借，如何如何？〔典瑞白〕這軟片勝他玉玩，只是將賢臣借頌聖主。如有稀奇罕物，這兩件也可配搭進呈。〔壽星大笑白〕瑞大夫，你上前來，你上前來，看這一件。〔壽星捧出金桶一隻，内種一棵萬年青，繞紅絨，灑飛金介〕〔壽星白〕這是一桶萬年青，也有些同音不同字，品題做『一統萬年清』。〔典瑞拜介〕好個『一統萬年清』。〔三星、典瑞合唱〕

【慶餘】【接前腔】【小桃紅】【增工尺展長板】珍奇不寶維仁聖。揚庥祝嘏抒忠敬。【花藥欄】最喜是福禄天申，老人星。老人星。【迓春歸】疊奏霓裳詠。【古輪臺】〔壽星作捧金斗，望北跪獻，福禄二星、典瑞同跪介〕〔合唱〕疊奏正停雲。金甌進，山河一統萬年清。〔同下〕

萬壽蟠桃　第一齣

〔仙女十六人，隨西王母合唱〕

【賀絳宸】閬苑春長。華胥春盎。蟠桃上。紅遍青黄。萬壽供宸賞。

〔王母白〕抱一含元道氣清，彈璈奏琯試雙成。人間河海逢清宴，天上瑶池浪不驚。吾乃西王母是也。當今聖壽六旬，謁陵集慶，綿紹庭之五福，增御宇之三多。可喜俺蟠桃仙菓，四顆齊紅。人間啖此一顆，益歲三千，餐桃兩雙，增壽一萬二千歲，可展祝釐之悃，用酬參贊之功。只防東方老仙，偷桃掠美，須們好生防範。左右仙姬聽者。〔衆仙女白〕是。

【錦江龍】〔王母、仙女合唱〕掩映着金霏翠漾。彩霞中閃爍丹光。琳園逶麗，度索輸芳。綻液涵漿隔籬落，有誰染指在東方？趁微風悄挽緑雲枝，露華鮮摘掛朱籐杖。這只有星宫曼倩，還説道遊戲何妨？

〔仙女白〕這蟠桃作何防範？〔王母白〕只吩咐珠樹園仙吏，扃鎖雙扉，不容出入。看這東方老兒，有何技倆！〔仙女合〕領法旨。〔王母、仙女同下〕〔四雲童、四仙童，隨東方朔上，東方朔白〕重華瑞應五雲邊，珠旆週天十二年。誰識東方蒼弟子，也曾遊戲到人間。俺東方朔是也。俺東方曼倩久臨之分野，其國大治，五穀豐茂，不可刈樵，偶然口好滑稽，未免事多遊戲。種來瑤草，曾披百和之香；偷取蟠桃，屢益千齡之筭。所以夏侯讚歎，謝製頌于人間；王母猜嫌，防移文於星府。這也顧不得了。衆弟子。〔仙童白〕有。〔東方朔白〕當今皇帝萬壽，俺仍要偷桃進獻，爾等可能服勞？〔衆仙童合唱〕

【油葫蘆】繡闥雙扃鎖玉鐺。又一帶水晶墻幾里長。上面有金鈴玉索網高張。便隱身化道金波往。掛幾輪月鏡桃林上。〔東方朔笑白〕哈哈，這些俺也想到，你們看另有箇妙空空，兩腋飛，疾翩翩，一袖藏。待留裾曳珮無蹤響。應想起婀娜畫眉娘。

〔東方朔白〕畫眉仙姬何在？〔畫眉仙女上白〕早飲桐江水，清風漱齒間。長眉生入鬢，西子做遥山。俺畫眉仙女，念經桐渚，證果蓬山，幸脱凡胎，羞從歌隊。今有東方老仙宣召，不知習何法曲。〔作見介〕東方老仙在上，弟子稽首。〔東方朔白〕俺召仙姬，並無仙音新譜。反要你小時候銜旗賣戲，抽牌筭命之技，代我偷桃。〔畫眉仙女白〕這是孩幼依人，豈可仙宫混跡？〔東方朔白〕爲當今萬歲爺萬壽進獻，取到蟠桃，仙姬功德不小。〔畫眉仙女白〕領法旨。〔畫眉仙女下〕〔衆仙童白〕仙師果然妙策。〔東方朔白〕你等看手到取來。〔畫眉女疾上獻桃介〕〔東方朔白〕偷到一枚，還存三顆，你等看潛移默運，還要白日青天取之。〔一衆下〕〔八仙姬從王母上〕

〔王母白〕可惱這東方老頭兒，習慣偷桃。百般防備，前日失去一枚，已將秦鏡照之，照出畫眉女所取。昨日又少一顆，竟照出是仙園内白鶴僮兒，銜去贈他。只因鸞鶴相交，又遣青鸞勾引，這等可惱，不免喚僮兒詢問一番。傳白鶴僮進。〔白鶴僮上，作叩見介〕〔王母唱〕

【天下樂】可惱這餐露餐風冰雪腸。清揚。轉關兒却被鸞交詛。裏外合，互偷桃，逐隊翔。

〔王母白〕僮兒，從直供來，免罪。〔白鶴僮白〕僮兒非但無罪，而且有功。果實不時不食，及時必采。這成熟蟠桃，早采一箇，那桃樹長起精神。〔王母白〕你還狡辨。〔鶴僮〕有辨，就筭鶴啄園桃，娘娘須念十洲三島，請宴之勞。馭氣騰空，負藕之瘁，偷桃一顆，少助鶴糧。況係投桃之誼，結識東方老仙，還要查究，娘娘忒煞小器。〔王母笑白〕他竟直供出來。據他所供，他反有理。〔衆仙女白〕這僮兒雖則喙長，無此利嘴，請究誰人教供？〔鶴僮叩白〕是東方仙翁教的。

【接前腔】〔王母惱介〕〔王母唱〕都只是滑稽人，會搊弦，滑稽唇，會轉簧。調得那乘軒兒，子和忙。

〔王母白〕哇，下去。〔鶴僮笑舞下介〕這東方仙翁，果然偷得好，連俺也得免究。〔仙吏上〕啓娘娘，有東方朔請見。〔王母惱介〕俺正要問他偷桃，他反請見。〔仙吏白〕他說還有蟠桃兩顆，還要掉三寸不爛之舌，請娘娘送他三千年一熟之桃。〔王母〕哇，快請！〔仙吏下〕〔東方朔上〕東方朔見駕。〔王母〕老仙免禮。〔坐介〕〔王母〕請問老仙遊戲偷桃，今兩遣仙禽，竊俺仙菓，是何道理？〔東方朔白〕娘娘含物化光，容晚輩遊戲，還有二枚，請卜其一。晚輩有射覆小戲，娘娘猜破，晚輩送還一雙，否則請賜其一。〔王母〕你且道來。〔東方朔〕乾西北，坤東南，彭戴冠，羿箭完。〔王母笑介〕俺不懂，你說了罷。〔東方朔〕上六字覆後天，中三字射老，下三字覆雕三光。〔王母笑〕這是李白頌俺的詩句，也罷，把一顆蟠桃送你罷。〔東方朔〕還有一枚求賜。〔王母〕這又有何說？〔東方朔〕請從實奏明，當今皇帝萬壽，仙府應獻蟠桃。〔東方朔唱〕

【哪吒令】鴻禧逢進觴。獻蟠桃正當。剛兩兩成雙。祝清寧壽康。〔王母〕俺正待進獻蟠桃，你不應逾垣越俎。〔東方朔〕諒晚輩小園從無此菓，倘容將命，即見娘娘進祝，東道不在東方。〔王母〕也等俺自派從仙，免勞貴步。〔東方朔〕從古來，只有歲星遊戲人間，便裴航等，也不熟帝京道路，閭闔威儀。〔東方朔唱〕

【接前腔】俺執戟天閶。習丹墀拜颺。嵩呼隨舞蹈，敦槃免誚獮猴像。這回是下瑶池，將命矜莊。〔衆仙女白〕聽老仙一席之談，將詣人間祝頌，先博天上喜歡，請娘娘俯允。〔王母〕如此，煩老仙一行。

【寄生草】〔衆合唱〕動植臚歡，舞珍禽瑞樹傍。未有胎夭折，長妨生養。九重茂對涵霄壤。何須接露擎仙掌！獻蟠桃五色露華滋，天顏有喜迎天貺。〔王母、衆仙姬、東方朔下〕〔畫眉、青鸞、白鶴上〕俺東方老仙，果然辨過蘇、張，王母將蟠桃齊發，老仙着俺們從往帝京，可喜可喜。〔東方朔捧桃上〕弟子們，一同下凡。

【慶餘】〔衆合唱〕雲連鳳閣邊，霞起龍樓上。正遇着梅魁早陽。咢綠苞紅先後放。夾道垂楊。遠映出衮繡飄颺。還許那鶴髮千叟拜建章。捧晶盤闕傍。進蟠桃墀上。合樂是天人合慶壽無疆。〔東方朔白〕弟子，你看祥光萬縷，瑞氣千條，已到午門，待俺進獻。〔東方朔跪獻桃介〕東方朔恭獻蟠桃，願皇帝萬歲萬萬歲。〔一衆下〕

【校】畫眉女疾上獻桃介，底本後又衍『畫眉女疾上獻桃介』一句。

萬福朝天　第三齣

〔雲童二十四人，舞雲牌分散下，中露月宫嫦娥八人，雙羽扇二人，引太陰星君上，合唱〕

【三登樂】蔚藍長天。碾冰輪，層霄鋪練。漾空明，碧宇瓊田。七寶櫺開升彩舞，象琯鯤絃。羣綰出萬壽重華，清虚玉殿。

〔太陰白〕沃露凌潢映大千。〔左四嫦娥〕秉陽順軌九行躔。〔右四嫦娥〕爲陳夕月壇邊瑞。〔合〕新譜《霓裳》頌萬年。〔太陰〕俺太陰星君是也。當今羲軒御宇，堯舜升中，瑞協占寅，壽逢週甲，待製《霓裳新譜》，藉酬黼座神功，喜嫦娥輩俱已歌舞習嫻，可資颺頌。昨葉法善仙師來謁，奏請張果老，欲聞鈞賡，傳向人間。俺曉得張果，乃是混沌開天，第一個蝙蝠仙。俺這裏《霓裳》舞後，即着他萬福朝天，以揚樂章之盛，有何不可？〔葉法善、張果老同上〕飛杖擲銀橋，迢迢上天邊。但見月輪滿，初無月外天。〔合〕俺葉法善、張果，聞得月宫新譜《霓裳》，准俺兩人按笛依聲，進京祝壽。今得守闕仙曹，引來月殿，俺們且舞蹈墀前。〔作拜介〕〔左右嫦娥〕平身，宣二仙上殿賜坐。〔作賜坐〕〔叩謝介〕謝坐。

【錦纏道】〔衆合唱〕灑珠璣穿聯幻變。分商羽明溜匀圓。纔傳出大山河，躍鯉飛鳶。與調節停雲流電。〔葉、張白〕弟子們纔曉得製曲宗旨。

【接前腔】〔太陰唱〕那鏗鏘，諧繹迴旋。巧合着抗墜舞翩躚。隨鳳來儀鶯百囀。惹天香隕粟彩霓邊。〔張果、葉法善白〕此曲祇應天上有，人間能得幾回聞！弟子們幸到蟾宮，願聞法曲。〔太陰白〕傳侍班，將《霓裳》法曲，依序奏者。〔衆娥〕領法旨。請傳八佾，演頌萬年。〔衆娥下〕〔分八隊，各八人，八仙娥上，合唱〕

【羽衣三疊】〔四人唱，四人舞〕〔俱用笙、簫細樂介〕繞縵雲，擁晶盤。飛昇海邊。遠起萬山巔。到天心，洗磨江鏡散皋煙。小陽春映華胥甸。桂輪中，玉檻前。飄歌扇。試攀楊步蓮。送仙仙往還。迎的清圓。

〔張果、葉法善合掌介〕妙呀。〔八娥下〕〔又八娥上，如前介〕前隊姊行，散序六奏，未動仙衣，請試中序入拍者。〔作二人歌，六人疾舞介〕〔以下二人合唱〕

【接前腔】渺凌波，輕踏水，空明跌宕映婆娑，碎琉璃，出峽奔泉。遠飄飄，合掌回趺恰並肩。纔鴻起，又鶴旋。方斜出，又側偏。太阿揚鍔劍花連。綫亮鏡中邊。〔八娥退班，作舉袖招介〕中序已散，試小垂手，斜曳裾。〔同下〕〔八娥上，合唱合舞，俱作慢舞介〕

【接前腔】低懸袂，丰標現。慢整鬟，心情遠。清寒玉宇乍凉天。仙風吹袖微遮面。急琯湊繁絃。點象板，參差顯。翦綃痕，集花片。盈耳洋洋九奏全。月府第一宮懸。〔衆娥齊上拜介〕九成齊歌，八佾並舞，繳令旨。〔太陰顧葉、張介〕二卿領會。〔葉、張下階叩謝介〕弟子領會了。〔太陰〕張老到此，不可虛行。〔葉白〕請旨，令陳得道之由，俾展朝天之悃。〔太陰〕張老勿辭。〔張〕領旨。〔太陰〕且

步桂林，試看福地。〔太陰領衆娥下〕〔葉、張並下〕〔場上高設月闕、桂林〕〔四仙娥扇節，引太陰上高坐介〕〔合唱〕

【接前腔】福來福來迎西眷。禎祥彙福源。錫福受福從仙苑。斟和答贊元。開天福祖舞蹁躚。聽奏《韶》下傳。翼雲聯。看多福駢羅蔓延。如霞絢。文燦然。際時獻福頌堯年。〔內大吹打〕〔白金色仙蝠引衆蝠舞上〕〔先繞場，後疊肩，高堆遮月闕〕〔太陰領嫦娥一衆下〕〔張、葉上〕〔衆仙蝠散立兩傍〕〔張果白〕正在萬福朝天，恰被仙風吹動，俺們且進叩祝者。

【慶餘】〔張、葉合唱〕效軒蘐，祝萬年。先試按《霓裳》緩緩。再看取接翼蟠霄頌福綿。〔內大吹打，衆仙蝠串舞園，張、葉二仙下〕

萬寶屢豐　第四齣

〔雲童十六人引農師上，合唱〕

【普天樂】廣壇圻黄流玉鬯。雲門奏嗣咸池響。六符聯，調燮均平；三事敘，品彙繁昌。逢壽寓，從時享。欣遇著，薦璧陳琮虔對越，蕭脂桂燎達馨香。傍偟俯仰。答精禋，萬邦胥被涵養。〔農師白〕俺農師是也。來此華胥，欣逢聖壽，正當集慶，喜值綏豐。你看紫微垣内，八穀星明，見俺到來，連行獻瑞。左右，宣召八穀星官。〔雲童〕宣八穀星官上謁。〔八穀星上〕俺稻星，俺黍星，俺大麥星，俺小麥星，俺大豆星，俺小豆星，俺粟星，俺麻子星。〔皆白繡衣、黄繡衣，各持鏡一面，繞場舞上介〕俺等八穀星官，喜值萬寶屢豐，上荷農師宣召，且上謁者。〔排班拜賀介〕〔農師〕星官們，且將屢豐景象道來。〔八穀〕領命。〔八穀合唱〕

【朝天子】禮高禖筆祥。挽朱紘迪康。召和甘，八曜星精旺。凝秀實，三岐六穗佑升香。綏萬寶，屢豐穰。〔農師下座居中，衆分兩下侍側〕〔農師〕星官們遭際昇平，宣揚化育，俺等勤敷東作，樂見西成。且俟擊鼓吹豳，消受官民報賽，既馨田祖，應祀列星。〔農師引大衆下〕〔吏役呵殿，引官上坐介〕〔官白〕下官職忝親民，班居守土，喜應三時暘雨，欣逢萬寶綏豐。政簡刑清，官閑吏肅，連日輸將踴躍，足徵拜獻彝良。今遇案牘釐清，訟庭閒寂，吏役們且傳鼓退堂，在外伺候。〔作退堂撤案起介〕〔門子白〕今遇秋成豐稔，百姓歡喜謳歌。老爺請從後圃升高，一望太平景象。〔官白〕使得。〔門子引官下〕〔四耕夫、四樵夫上〕〔以下除加白字分别白口，餘曲皆小調，男女行坐，各依曲情作手勢，場面酌用笙、簫、絲絃、洋琴、鼓板和之〕〔四耕夫合唱〕

【菩薩蠻】風調雨順資温飽，耕三餘，一歌熙皞，十月應春陽。四鄰皆滌蕩。白黄收玉粒，簸碓俱精凉，便是佈金場。家鄉算佛鄉。〔耕夫白〕衆兄弟們，遇此連歲豐收，好樂也。〔樵夫白〕正是。〔樵夫合唱〕

【菩薩蠻】丹楓染得如花好。條枚繁蔚肩挑早。一篠見梅芳。停蹤襲暗香。丁丁樵事畢。聽説鄰翁集。罝兔試同嘗。現無粳酒觴。〔耕夫白〕難得老哥肯出野味，俺們也有三白酒帶來。大家就此緑楊樹陰，開懷暢飲。〔樵夫白〕一面煮酒烹肴，一面豁拳行令。〔作呼飲一回介〕〔一樵夫白〕你看東皋上，有女郎在彼踏歌，俺們且趁酒同行，前去聽一回者。〔耕、樵一衆下〕〔蠶女、織婦八人上〕〔四蠶女合唱〕

【攢十字】溯春光。浴蠶時，三眠三起，采柔桑。來陌上。遵彼微行。容易望。細繅絲，辛勤漂洗，謝温凉。酬肸蠁。朱緑玄黄。〔蠶女白〕俺們遇此好蠶，也苦辛不少。〔織婦白〕就是綿布，也差不多。〔織婦合唱〕

【攢十字】紡車忙。倦難支，篝燈夜起，謝東皇。賓貝旺，梭織盈箱。〔織婦白〕只是年豐價賤，所喜隨手售消。聽得萬壽良宵，花燈慶賀，俺們進城遊玩，應製新衣。你看孩子們晚牧群歸，且讓他場前憩息。〔蠶女、織婦下〕〔門子引官登高望白〕好一派太平景象。

【接前腔】【朝天子】際良會，玉座金觥。遇頊逢唐。隴雲排，霄露降。近天樞佈張。近天樞布張。五車前瑞吐仙霞上。再往那邊望去。〔官、門子下〕〔八牧童上〕咱們夕陽歸牧，短笛村歌，你看老兒輩倚杖柴扉，女娘們聯裾墟落。正是道多遺秉拾，路有醉歸人。咱們且繫牛飲泉，唱歌賭賽。〔合唱〕

【采蓮子】黃犢烏蹄結伴行，放青過後浴流忙。蓮蓬采盡菱盤出，一帶清波讓一方。牛背橫眠近野塘。翻身坐起匆忽忙。百家姓掛彎彎角，準備明朝到學堂。〔作哈哈笑介〕咱們且頑耍一回。〔作翻筋斗、竪蜻蜓戲跳，各牽牛下〕〔漁婆八人上〕〔四人白〕你看孩子們快活灑落，俺等且唱隻小曲兒頑頑。〔四人白〕俺們先來，我們坐地，聽得好也唱。〔四人唱〕

【一翦蓮】姐兒門前，皆上聲，下仿此。映綠楊。兩手攀條上釣航。一箭到漁塘。嗳嗳唷，一箭到漁塘。釣竿揚。釣鈎香。釣出鮮魚一尺長。孝順獻爹娘。嗳嗳唷，孝順獻爹娘。爹和娘。九月涼。曉著單衫夜繩床。做女費思量。嗳嗳唷，做女費思量。好時光。稱心腸。蠏簖魚罾在奴庄。做套暖衣裳。嗳嗳唷，做套暖衣裳。〔坐地四人白〕好個孝順女兒，待我們唱。〔前四人坐，四人起，唱前調〕

姐兒船來音同上。趁曉光。穿過花來滿身香。受盡夜風涼。嗳嗳唷，受盡夜風涼。到魚行。換升糧。換了公婆酒和漿。二老没歡腸。嗳嗳唷，奴好費思量。小姑娘。許兒郎。兑仔銀簪缺嫁裝。虛度好風光。嗳嗳唷，虛度好風光。喜漁航。日盈筐。積了漁錢滿奴箱。替你嫁姑娘。嗳嗳唷，替你嫁姑娘。〔坐地四人白〕好個孝順媳婦子。俺們聽得萬壽將臨，且入城看燈去者。〔俱下〕〔官引四隨人上〕好一派

豐年景色也。〔官唱〕

【普天樂】小陽春風和日朗。堯天化雨沾濡廣。屢豐年，競挽篝車，頻富歲，咸滿倉箱。胥樂利，無偏黨。暢好是吏少催科行比户，人趨納總上公堂。恬熙長養。這其間，何從酬答天貺？〔官白〕侍從們，你等遠瞻近望。

【朝天子】〔官從人合唱〕看夫耕女桑。望漁群牧行。太平年繪出豐登象。胥見得青雲赤甲護榮昌。〔官白〕連歲見八穀星明，俺今宵肅壇瞻禮。〔隨從白〕並遵預備齊全。〔場上先設高臺十二，雲童擁八穀星，高立作展鏡介〕〔官拜介〕〔官從人合唱〕

【接前腔】中夜起，數珠囊。視八點耀白含黃。壽筵開，靈瑞仰。謝天庥降康。謝天庥降康。普天人食福賡巍蕩。

〔官從人先下〕〔雲童圍八星，繞場舞下〕

【校】四鄰皆滌蕩，『蕩』底本誤作『場』。

萬花先春　第五齣

〔場上先打細十番，十二月花神三次上場，開花門，引花王上〕〔合唱〕

【醉花陰】陽月晴和應春早。拱南山，縵雲繚繞。零露瀼，惠風飄。拆甲萌芽，胥萬物逢熙皡。被潤澤，獻天喬。都是仁壽蕃昌育雨膏。〔花神排班朝花王介〕〔合〕請問花王，宣召衆神，有何令旨？〔花王〕當今律中應鐘，春臺履慶，恭逢皇帝六旬萬壽，群芳獻瑞，争先占取春魁。俺取《群芳譜》，按候公評，未分甲乙。此是花宫大典，諸神集議，以效祝釐。〔花神〕花部奉議已久，今逢宣召，理合奏聞，以定班次。因花部按候稽查，文官花水、陸二神齊到，花部議得，水、木二種芙蓉，未許魁春先占。〔花神合唱〕

【喜遷鶯】莫漫説金房玉葆。莫漫説屏圍鏡照。只應該澤國江皋。瀰瀰逍遥。錦城娟好。未許上閬苑蓬壺，獨領仙曹。那二神聽見議得公平，也就去了。餘外花使，也都不敢争先。隨後却有兩三位尊神，來到花部，一位説，隨班應到。是壽客千秋雅號。那兩位，嬌貴争先，説道是，與吾王並駕聯鑣。〔花王〕是那三位？〔衆神〕一位是東籬處士，那兩位是曹國夫人、魏國夫人，説從前皆領過花王封號。〔花王〕處士殿秋之花，性情高潔，待俺當面説明。那兩位夫人見駕還早。〔仙官上〕東籬處士請謁。

花王〕請進。〔仙官下〕〔處士上〕〔相見介，處士白〕啓上花王，小生遇俗客，心懶折腰；遭聖主，情殷舞蹈。今逢萬壽，幸許瞻天。〔花王〕先生有晚節之矜，天子有晚知之遇。且擅一時之秀，已邀三顧之榮。看先生凌霜高格，尚可隨班，似未便魁春先占，高雅裁之。〔處士〕花王指示，深佩公允。〔處士、花王、花神下〕

〔蘇州花匠上〕一生花裏活，三接有神方。向曉收涼露，將寒啓暖房。呸裏蘇州虎丘山塘上，出名合一個花匠，靠仔炭團幾合，慣會烘花。今朝發財哉！捶著牡丹花神，要趕辣篤，十月初頭，進京祝壽，叫呸裏教會仔裏納手段，連裏篤身上玉版朱砂，也撥呸奴哉，樂煞哉！〔作渾下〕〔四仙姬寶蓋繡幡，引曹、魏夫人上〕〔夫人合〕雲想衣裳花想容，東風拂檻露華濃。若非群玉山頭見，會向瑶臺月下逢。妾曹國夫人、魏國夫人，俺姊妹二人，無雙國色，並號『花王』。今逢萬壽昌期，真乃千秋佳節，應開上苑，許冠群芳。來此已是花宮，請煩通啓。〔仙吏上〕啓上二國夫人，吾王佇請。〔四花神引花王上，相讓坐介〕〔花王〕兩位夫人來意，俺曉得了。〔花王唱〕

【出隊子】蓼蕭露先滋瓊島。護豔冶雕欄百寶。寵渥雲霄。今逢萬壽，自想祝釐，只是已褪紅妝，現披緑珮。〔兩夫人嗔介〕莫輕量，謝天香，粉墜脂飄，舒丹少。〔兩夫人暗曳巧綫，作滿身放花介〕且試看七七催芳麗絳綃，頃刻見縷紫攢黄媚兹好。〔花王笑白〕兩位夫人早開陽月，巧擅化工，育物對時，未應先占。昨見東籬處士，告以恭讀《味餘書屋全集》，早荷御賜《探菊》及《陶潛採菊》諸篇，處士感恩而去。俺今恭讀御制詩《初集》，亦有詠牡丹及牡丹臺諸什，兩夫人屆時際遇，正復相同。〔兩夫人回嗔

作喜，作收花介〕如此容即告辭。〔兩夫人引仙姬幡蓋下〕

〔花王〕群卉争春，俺皆曉喻明白，畢竟何品先春？〔四孟花神上〕謝吾王，難得處士、夫人，並從令旨。花部原議，十月先開，嶺梅居首。〔花王〕即應照議行知。〔花神〕啓吾王，百卉中惟梅花一種，聽令藐姑射仙人。吾王情殷祝悃，應請駕自往姑射神山，啓請仙人下山朝覲。〔花王〕這是爲何？〔花神〕論起目前大典，似乎不待通知，只因咢緑、紅英兩仙子，各占一山，彼此不肯相下，故煩吾王命駕。花部卑小，未能景仰高山。〔花王〕如此，待俺騰雲自行，即著梅隊引駕。〔花神下〕〔四雲女執梅上場，引花王下〕

〔場上先設左、右兩翠峰，奏細樂，咢緑神人左上，紅英神人右上〕〔咢緑白〕俺咢緑是也。〔咢緑唱〕

【刮地風】俺是孕檀心，存蕙質，映蘭茞。浣留青含黛將消。可是金幢翠葆暫嬌好。〔作舉拂右指介〕讓他紅顏映日便了。〔紅英白〕俺紅英是也。〔唱〕俺是酬東風薄醉春韶。洗不盡淡淡燕脂飄玉合，玷清班漫吐紅苞。〔作舉拂左指介〕讓他素面朝天便了。〔梅部十六人，舞雲牌，引花王上〕〔花王白〕騰雲萬里，纔到姑射神山。此山陡插層霄，不是俺焉能到此！你聽兩位神人，兩不相下，待俺進勸者。神人在上，花王遠來勸駕。〔咢緑、紅英白〕願聞。〔花王唱〕

【接前腔】暢好是先春應瑞麗芳條。遠采到羅浮縹緲。侍松軒千齡彭祖，望雲階八彩神堯。漫推讓祝嘏趨朝。〔咢緑、紅英白〕俺們也争赴祝釐，只是難分姊妹，煩賜平章。〔花王〕准俺平章，左邊是秉氣東方長生大帝，首出巽方；右邊是含英南極仙翁，次居離位。天然伯仲，同氣聯枝。

【接前腔】〔花王唱〕這的是互虬龍交榦聯枝抱。又應的並嬋娟吐咢霏英照。〔咢緑、紅英白〕花上平章極是。〔花王〕如此就請下山。〔作下山相見介〕俺姊妹從此雁行趨祝。〔花王〕妙妙！待俺與兩位連理交柯。〔作舉如意指揮介〕〔蘇州花匠上〕那間末伍里本事才拿出來哉！烘工做完，又來接本哉！〔繞場下〕

【水仙子】〔兩神人、花王合唱〕妙妙妙，吉慶朝。恰恰恰，藉有爕理平章鼎鼐調。羡羡羡，陽春應候好。看看看，壽寓逢晴曉。愛愛愛愛，温煦迎羲曜。喜喜喜喜，卉物俱含笑。賀賀賀賀，就化日瞻天表。拜拜拜拜，雨露滋仙嶠。頌頌頌頌，借這清淺横斜勸醴匏。〔場上作細十番，衆同舞蹈介〕

【慶餘】〔衆合唱〕綻南枝瑞應春工早。遍蓬萊清香靚豔舒佳妙。應是大世界，並放出丹砂迎壽考。〔衆下〕

萬里安瀾　第六齣

〔內鐃吹擊鼓，水神十六人，揚旛秉節，引海若上〕〔合唱〕

【滿庭芳】萬派朝宗。風恬浪靜。協應時雍。滄洲碧沼祥光湧。羲曜曈曨。平似掌金波銀汞。翠華巡化被鴻蒙。争迎送。揚庥受寵。地紀運天工。〔海若白〕吾海若是也。昨因河伯馳函，以彼河清，同兹海宴。約在三神山下，賡颺萬壽華筵，左右作速前去者。〔衆下〕〔內鳴輕鑼，擊雲鑼，間鼓吹，水族十六人引河伯上，合唱〕

【迎仙客】環玉塞，駛銀虹。二華三秦貫利通。彙靈源，荅天寵。清濟攸同。瑞應圖書頌。〔海若引衆上，作相見介〕〔海若〕恭逢萬壽，約遇三神，已敕龍王在彼伺候。〔海若、河伯合唱〕

【陽春曲】河清海宴同祇奉。鯷壑鰂溟洗鏡容。鍼帆檣羽度恬風。胥颺頌。曼壽拜綸封。〔海若白〕會同大典，應請嘉賓。〔河伯〕有五老遊河，並獻聯珠之瑞。五老已來，請相見者。〔五行星精扮五老上〕〔作相見，分賓主坐介〕〔五老唱〕

【快活三】恰好是政叶維修，用弁珠同。羅貝逢。喜遊河駕海葦航通。尤喜是迓龍光，恩暉重。〔海若、河伯，拱請五老介〕五老休讓，偕往三神。〔五老、海若、河伯，大衆俱下〕〔內作泠泠濤聲〕〔海族四相、四侍者，引龍王上〕俺龍王是也。今逢海不揚波，河清見瑞，海若、河伯，前往三神山下，會議祝釐，吾神須得伺候。四相等且退，請妃主。〔四相等下〕〔龍女四人，引龍母上〕吾王宣召小童，有何使令？

【朱履曲】〔龍王唱〕喜慶是天郊邀寵。承迎是水府寅恭。無須庖鳳與烹龍。羞荇藻，儉昭融。陳玉簟，出晶宫。潔樽彝，呼婦共。

【前腔】〔龍母唱〕領旨。纔聽得符傳鐘動。宣召出職饋司饔。只爲是河槎海舶駐旌幢。被懷柔，效順同。詠無疆，商拜頌。〔白〕吾王即擺駕出迎，一切預備。〔龍王〕謝賢妃。〔龍王、龍母一衆下〕

〔四宫娥掌扇宫燈，引龍宫公主宫妝上〕俺龍王公主。自憐嬌小，生長龍宫；早喜清修，希升蟾闕。羞取鮫梭入手，寧屑耕煙；閑將鯉素陶情，誰同對月？只有湘靈、洛神兩位，暇視波臣。今喜父王遠出，已遣蹇修，踐斯良夜，左右探信，容俺出迎。

【墻頭花】〔公主唱〕珂鳴珮動。嬌護嚴慈寵。愛手織雲綃展向風。素心人，縞紵稀逢。〔公主、侍人合〕從良夜，招邀伯仲。〔侍姬上〕啓公主，湘夫人、洛神駕到。〔公主領衆出迎〕〔一仙姬抱瑟，從湘靈、洛神上〕〔場上設几安瑟〕〔湘靈中坐，洛神、公主左右席坐，公主起，設宴把盞介〕〔公主白〕月白江清，故人良夜，遭逢國慶，請賜妙舞仙音。〔洛神、湘靈相讓介〕〔公主〕湘水迢遥，洛濱咫尺，主擇賓禮，商請凌波。〔洛神〕如此，占先了。

【醉高歌】〔洛神起舞唱〕自憐逸態驚鴻。凌波解珮表衷。明珠翠羽飄如夢。起舞要卿三弄。

〔作舞罷，顧湘靈介〕請調寶瑟，妙試朱絃。

【喜春來】〔湘靈鼓瑟唱〕羲弦卅六和凰鳳。灑步雝雝帝載通。一徽鳴。新月白，兩絃應。緒風旋，揚文梓，抑孤桐。際昌期，諧揮送。鼓罷見青峰。〔公主、洛神，一衆俱起謝介〕賜聞鈞廣，深愜素心。今夕海若、河伯、五老，大會三神山，請乘月明，同玆勝賞。〔湘靈〕妙哉！即便駕雲去者。〔左右雲牌十六人上，護一衆下〕〔五老、海若、河伯一衆上〕〔五老〕會同宴賞，已定蘘舞之儀。諸神欲覽榮光，試望升空佳氣。

【慶餘】〔衆合唱〕榮光霏瑞靄，絳彤五色湧。姚墟華渚應元工。澄波集頌。頌不盡漸被化，廣陶融。

〔場上細十番，放煙火，護大衆下〕

萬騎騰雲　第七齣

〔雲童十二人，舞雲牌，導房日駟星官上〕〔衆合唱〕

【仙吕過曲】【醉羅歌】【醉扶歸】明堂躔内聯珠掛。房星四點映天街。經過日月焕雲霞。鈎鈐敬伺金根駕。

〔星官白〕俺房日駟星官是也。禀靈天駟，職掌天閑。逢聖天子郅治之隆，遇三萬里呈材之盛。騰文震象，流朱㶉赭之群；耀彩河精，照白飛黄之隊。斯臧斯才，不數周穆王八駿；既伯既禱，前無漢文帝九良。今際萬壽昌期，三才普慶，式修馬政，遍飭校人，是俺職分。

【接前腔】〔星官唱〕你看行岡下坂，驅從六節，歸山辨谷，群分五花。魯駉衛牧非倫亞。〔排歌尾〕羽林扈，節鎮迓。望龍媒腰褭噴紅霞。〔星官白〕俺且去約道林支公、王良大夫商議。〔星官領衆下〕

〔兩仙童從支道林，道裝策馬上〕〔支公唱〕

【正宫引子】【新荷葉】天與靈經學道家。替孫陽空群相馬。幾番神駿辨無差。不教鳴嘯鹽車下。〔合唱〕

【正宫過曲】【刷子帶芙蓉】【刷子序】騏驥脱塵沙。單上玉墀，徐下瑶階。待選他妙手明縑，細寫爾火兔青駶。一步步黃金無價。一步步黃金無價。咄吒。咄吒。算知音顧盼化龍蛇。〔二童白〕這王良大夫相馬本事，不及吾師，因何這等相好？〔支公白〕聽俺道來。〔支公唱〕

【漁燈映芙蓉】【仙漁燈】得神駒，稀世寡。翥鳳躍麟，清廠寬厦。〔二童白〕要好槽櫪住他。〔支公唱〕芳泉飲，白飯胡麻。薪芻細灑。〔二童白〕要好品料喂他。〔支公唱〕挽來處，光騰射，鸞鈴響，錦罽交加。端詳，從頭覷咱，寶鉸瑩瑩文障稱，引紫援黃顧影誇。〔二童白〕要好銜轡裝飾他。〔支公唱〕誰驅駕？範我馳驅者。【玉芙蓉】捨王良，金鞭玉勒少專家。〔二童白〕還要好好的駕馭他。〔支公白〕論相馬，他不如俺；到馭馬，俺不如他。俺兩人所以相得。道猶未了，你看王大夫來也。〔王良策馬，從二人上〕〔王白〕支公請了，房星主爲萬壽將臨，教俺們料理馬政。〔支公白〕道人爲此，等候大夫同行。〔二人作上馬行介〕

【普天賞芙蓉】【普天樂】〔二人合唱〕步雲衢，多嫻雅。駛風鞭，增瀟灑。似繚山跨鶴翩翩，宛旃檀踏象蓮花。星躔一道，遥指房星舍，恰遇着綵幡兒來也。〔星使持幡上，白〕星主傳令，今逢萬壽六旬，萬邦雲集，所有行宫、行營馬政，再當格外整齊。〔支公、王良白〕俺們同見星主去者。〔合唱〕

【接前腔】頌臺萊，玉檻金階。賡桂莖，華軒繡榭。【玉芙蓉】待輪他。舞靈驂，錯薪刈楚壯三花。〔衆俱下〕〔場上吹角鳴螺，大擂鼓。八馬夫花扎帽，短錦襖，褲腰繫鈴鞭，舞跳上〕〔衆白〕俺等列校是也。期門猛士，力敵萬人，上駟屯員，官階六品，隨你龍駒神馬，憑我跳乘連驅。昨夢神人，教俺們操演走馬，衆兄弟，且試演一回。〔作諸控馬勢〕〔場上鑼鼓應節介〕〔又彼此跌撲作諸劇介〕〔二人白〕衆兄弟，且上

料上鞍，伺候去者。（一衆下）（場上吹角鳴鑼鼓，八校尉軍裝執鞭上）（合唱）

【珠奴折芙蓉】【珠奴兒】倚長劍，丹墟翠野。環長戟，繡提金把。虎衛鷹揚領黄掛。待蒐獵。颷翔雲瀉。舒腰胯。韔弓秉檛，頌瑶池，和鸞班裏侍龍華。（衆白）列校們，帶馬上者。（衆揚鞭下）（内打鑼鼓，八員校尉束馬在身，穿場馳騁介）（如遇夜戲，便作馬燈隊下介）（星官、支道林、王良，引雲童上，白）真個瞻雲就日，萬騎騰雲。你看呀！（衆合唱）

【慶餘】擁珠銜，駢玉胯。耀萬乘雲騰日晒。莫不是孔雀文犀，齊來逐五豝。（衆下）

萬卷嫏環　第八齣

〔場上設三層綵樓，懸『嫏環福地』匾，設金爐三座，焚香奏細樂，仙童八人，捧書拂，引二酉山神上〕

〔山神白〕俺嫏環福主是也。職掌酉陽册府，棲真宛委洞天。珠韜錦帙，虬龍丹籙之文；金簡玉書，蟲鳥中經之篆。黄香未見，原多《海志》《山經》；郭璞靡詳，大有天球地軸。排三萬籤鄴架，聚十二庫唐書。〔作笑介〕爲擁百城，是稱福主，俺好樂也。今逢聖主右文，《欽定全唐文》集，增輝廣内，遠照名山。吾神録有副編《道藏》，堪爲外府。左右，且止後堂絲竹，添焚前席名香，待俺將《全唐文》，次第展玩。〔作移三爐入席〕〔登座看書介〕〔福主唱〕

【南吕引子】【步蟾宫】三盤二雅英華占。開寶後波靡漸染。仰文思玉寓照銀蟾。一代心傾意恢。

〔福主白〕左右，將全書次第撿來。〔左右仙童，作輪流送書介〕〔合唱〕

【南吕過曲】【梁州序犯】【本調】《昭明》選隘，《崇文》録儉，齊梁月露窺覘。建安遠紹，裁量玉尺清嚴。一千家註，三百年文，砥柱横流險。探中秘，訪幽巖。遍採遺珠集剩縑。龍劍氣，光難揜。似海珊網，盡絲綸眼。全入架，展香奩。〔左右白〕福主展玩《唐文》，一代文人，總歸藻鑒。〔福主〕這一朝名人學士，總受萬歲爺不世之知。〔左右白〕福主，請張燕公、蘇許公，諸公同賞新書，有何議論？〔福主笑白〕二公到此，自有美談，吩咐排筵伺候。〔左右白〕是。〔福主一衆下〕〔四從人跟張、蘇二公上〕〔張公白〕請了，俺兩人承嫏環福主，邀賞《唐文》，到此天柱峰，可進謁者。〔蘇公白〕福主，念俺二人呵。〔蘇公唱〕

【錦漁燈】灑鳳藻，腕底生雲冉冉；耀龍文，信手中捫日炎炎。想當初，碑版縑緗副聽瞻。步叢臺深殿。制作擅洪纖。〔張公白〕福主相見，另有一席高談。你想這一部《全唐文》。〔張公唱〕

【錦上花】庚申集，甲乙籤。臨睿鑒，列寶奩。明良千載侍堂廉。三乘足，別乘添。笙鏞備，管籥兼。駢羅千腋購三縑。蒐訪逮沉潛。〔仙官上，白〕福主喜二公遠臨，請赴太清樓入晏。〔二公進介〕〔二公白〕真個是嫏環福地呀！〔福主出迎相見介〕〔二公白〕福主典守圖書，仙居洞府，叨陪叨陪。〔福主白〕二公主持中盛，領袖文壇，可敬可敬。〔作分賓主入座介〕〔福主白〕諸公遭際聖朝，《欽定全唐文》集，幸鈔副册，輝映山堂，老夫不勝榮幸。今遇萬壽六旬，諸公定有鴻文巨製，請編珠玉，並付嫏環。〔二公白〕原來福主見招，有此雅會，俺等仰邀異數，應效媚茲。〔張、蘇二分合唱〕

【錦中拍】【通叶先聯】披繁繡，雲章鬬妍。浣霓裳露鮮。迴飄渺霞旓荏苒。寫不盡瑤臺靚豔。效賡颺謹嚴。體乾。福謙。摹肖出升恒行健。申奏出忠愛纏綿。紫府金仙。錦編。瑤籤。頌籌添。輝壇坫。〔仙官上白〕續請李、杜、韓、柳四公俱到。〔福主白〕就請相見，端整排筵。〔仙官下〕〔從者俱下〕

〔李、杜、韓、柳四公上〕〔李白〕自稱臣是酒中仙，俺隴西李白是也。〔杜白〕有客有客字子美，俺南陽杜甫是也。〔韓白〕東京才子文章公，俺昌黎韓愈是也。〔柳白〕春風無限瀟湘意，俺河東柳宗元是也。〔四公白〕請了。俺四人荷鄉環福主寵召，聞燕公、許公先來，不免經入。〔作七人相見介〕〔場上奏細樂，排筵定席，送酒列坐介〕〔福主白〕慶賞《唐文》，商祝萬壽，有煩遍約同袍。〔六公白〕領命，領命。

【錦後拍】【通叶同前腔】攬七襄，頌三元。試群仙。錦幨騈羅帶珠幨。一字字譜向蘭標芝撿。儷雲亭封禪較莊嚴。渾不數島、郊寒儉。準李、杜文章，千丈多光焰。〔張、蘇二公白〕有此盛舉，須得分體成篇，請福主派分體製。〔福主作讓介〕這何敢當！〔六公白〕各推所長，不必相讓。〔福主白〕領命借箸，便請李青蓮爲五七言古風，杜少陵爲五七言排律，韓昌黎爲序頌，柳河東爲貞符，燕公、許公爲駢體敘。外有王、楊、盧、駱、元、白、錢、劉諸公，並襄盛典，彙送鄉環。〔六公作起介〕領教，領教，就此告辭。〔場上奏樂，作送客介〕〔六公同〕〔福主白〕好一個千載奇逢也。〔從人上〕〔福主一衆合唱〕

【慶餘】遭逢曠代真無忝。好報答《唐文》編撿。燕、許諸公並拜獻。〔福主一衆下〕

萬舞鳳儀　第九齣

〔髫童繡衣上〕〔各執樂器，列坐奏細樂〕〔起繞場引節旄，童導后夔太師上〕〔夔衆合唱〕

【大石引子】【東風第一枝】五德乘乾，千齡保泰，中天再際虞唐。忻沾聖澤無涯，忻歌聖壽無疆。簫韶美善同和處，復旦重光。遇麟遊鳳舞昌期，后夔應到雲鄉。

〔后夔白〕嶰竹吹莩驗，昭華刻玉量。五英諧九奏，三始定宫商。俺后夔，典樂虞廷，詠言舜德，親傳《韶》舞，遂長太師。教直温寬栗之全，贊秩敘寅清之備。搏拊琴瑟，雲停疏越之音；翕應笙鏞，風漾清明之奏。用欽庶尹，來格神人。今逢萬歲爺六旬萬壽，九畿内喜起賡歌，祥見來儀，瑞徵率舞，俺不免將嶰管試吹一回者。〔場上吹大笙，不用笛，用絲絃鼓板介〕

【玉樓春】〔后夔唱〕鸞音遠發青霄上。歷落匀圓依墜抗。妙含至德度雍諧，翔起禽王千仞仰。

〔后夔白〕異哉！往常一吹嶰管，雌應雄鳴，九苞仙君夫婦即到。曲終人不見，節度使且試探來。〔節度使白〕領法旨。〔節童下〕〔后夔一衆下〕〔生二人，鳳冠羽衣，外罩繡斗篷，扮丹鳳、紫鳳〕〔旦二人，鳳髻羽衣雲肩，外罩繡斗篷，扮青鳳、白鳳上〕〔二生合唱〕

【大石過曲】【念奴嬌序】丹鶉紫鷟，孕陽精日景，隨時翽翽鏘鏘。披慶雲翔凌碧漢，列史紀瑞無

雙。〔二生白〕俺弟兄兩人，所至每逢紀號，世所罕聞，唧唧唧。〔二旦白〕便俺姊妹，也是天上胎仙。〔二旦合唱〕

【接前腔】仙鷟。翡翠涵文，瓊瑛耀彩，千班鴛鶴總甘讓。應只許《簫韶》召舞，曒應笙簧。〔二生白〕適聞太師吹律，俺們應下丹山，父王因何未去？唧唧唧。〔二旦白〕妹子，聽得妃主説，足足足。

【前腔】〔换頭〕思想。低佪半晌。在崑崙元圃，翩然原易翱翔。摛藻霏聲，一霎裏，升向雲中天上。須讓。公族振振，郊遊濯濯，玉書吐瑞繡爲囊。且儘着蓬臺畫閣，早獻騰驤。〔二生白〕原來父王聽妃主之讓，先俟麟遊，再從鳳舞。唧唧唧。〔二旦白〕是。足足足。〔節使上，作相見列坐介〕〔二生白〕節使來意，弟子們知道了。〔節使〕願聞。〔二生〕父王、妃主，願讓玄枵子占先。〔節使白〕原來如此。等俺且回覆太師。〔生旦白〕且請父王相見。〔節使白〕等俺再來。〔作下介〕〔二生白〕這須告禀父王。唧唧唧。〔二旦白〕是。足足足。〔旦下〕〔二生白〕俺兄弟正在猜疑，果然后夔太師，遣使來探。〔生鳳冠羽衣，罩五色斗篷，扮五色鳳上〕〔前二生迎介〕〔鳳生唱〕

【前腔】〔换頭〕仁讓。試問六合同歸，有誰獻兆，是五蹄一角賀當陽。《大戴禮》，三百六群推王。無兩。漢武名歌，終童稱對，千秋溯貢九真邦。惟願請先來張掖，列碱升牀。〔生白〕孩兒們，休得争先。唧唧唧。〔二生白〕是。唧唧唧。

【中宮過曲】【古輪台】〔五色鳳生唱〕並晞陽。餐梧咽竹伴棲凰。謙和恥做晨雞唱。爲儀哢響。

這覽德輝翔。且俟爾玄枵宿朗。〔二生白〕父王教訓，孩兒們知道了。唧唧唧。〔二生合唱〕

【接前腔】阿閣風清，丹臺氣爽。小春時候比春陽。軒轅下上。幸參差侑引金鶬。彼無踐草傷蟲，此亦摩翎舐掌。在藪再鳴岡。真靈無亟耀文章。〔五色鳳生白〕母親所言有理。唧唧唧。〔二生白〕是。唧唧唧。〔外麟冠紅鬚，白面金甲，扮麒麟神上〕玄枵子相訪。〔五色鳳生白〕請進。〔作相見列坐介〕〔二生旁侍介〕〔鳳生白〕夫子遠臨，有何見教？〔外白〕老夫因太師傳命，知今年稱祝萬壽，仙君撝謙，老夫請仙君休讓。〔生白〕夫子盛德至仁，應占先步。〔外白〕仙君應期兆瑞，應試先鳴。願請妃主定約。〔生白〕孩兒們，請妃主出堂，拜見夫子。〔二生下〕〔同二旦引旦，鳳髻五色羽衣，外罩五色斗篷，扮五色凰上〕〔作相見列坐介〕〔凰旦唱〕

【前腔】〔換頭〕輝煌。閃爍銀甲耀飛光。遙看處珠斗橫排，金星流亮。視遠威揚。望處有仁慈溫良。蒼白班黃。杳難摹像。西園外，囿孰聯行。〔旦白〕夫子至德，愚夫婦請從下風。〔外白〕妃主休讓。〔外唱〕

【接前腔】鐘鏞篠簜。到神霄誰叶清揚？彈絲擊磬，吹匏奏竹，圓吭引唱。九變綴旄旁。憑仙掌。聳霞迴雪見儀凰。〔生旦白〕愚夫婦只因《尚書》上，載明『百獸率舞』，然後『鳳凰來儀』，故推夫子。〔外笑介〕老夫只因孔子刪定《禮經》，載明鳳凰麒麟在郊藪，今在監本，故請賢君羽儀。〔生、旦並起，作謝介〕夫子有命，再請太師。〔外白〕太師也說，走不追飛。本天親上，請從上；本地親下，請從下。生旦白〕如此，孩兒們且試舞一回。〔二生二旦，各脱斗篷，作羽舞介〕〔場上作細樂介〕〔生白〕妃主，俺夫婦且試回翔。唧唧唧。〔旦〕足足足。〔生、旦各脱斗篷，作羽舞介〕〔場上作細十番介〕〔外合掌介〕妙呀，妙呀！〔六人作舞罷介〕〔外笑介〕俺子孫虎、豹、犀、象，且序舞一番。〔一衆高坐〕〔場上繞吹〕〔虎、豹、犀繞場舞下〕〔外作呼嘯介〕文殊佛座下狻猊何在？

〔内放焰火，净金面毛衣，腿繫響鈴跳上〕〔場上大擂鼓吹角，狻猊下〕〔調獅人上場上，先打調獅鑼鼓，以合調獅節拍介〕〔場上先掛青布幔介〕〔調獅人在幔内牽絲介〕〔布幔上先放焰火，一大獅上，作諸劇介〕〔再放焰火，第二大獅上，作諸劇介〕〔再放焰火，第三、四次，中獅上，作諸劇介〕〔再放焰火，第五次，一老獅上，作諸劇介〕〔再放焰火，一繡球上幔介〕〔再放焰火，五獅作奪球介〕〔再放焰火，作衆獅咬破繡球，中跳出衆小獅，作諸劇畢，皆下介〕〔八仙童，節旄二使，引后夔上〕〔合唱〕

【慶餘】雲韶奏，羽旄揚。有鳳舞麟遊睿賞。又見他遠貢靈獅效享王。

〔大衆俱下〕

萬國梯航　第十齣

〔場上奏細樂，後場作波濤聲，八仙姬曳雲濤旗。一小仙女令史，執長竿，掛紅燈，繞場數轉。令史將紅燈引兩掌扇，仙姬擁天后上〕〔天后及衆合唱〕

【雙調引子】【賀聖朝】三山八裔稱尊。玄珪朱轂臨辰。環瀛萬里長波臣。佑濟荷天恩。〔天后〕俺天后是也。俺曾停梭入夢，赴海救兄，早歲通靈，生而爲神。因迴地軸之傾，遂掌天墟之令。仙臺螭馬，屢援商賈之顛；水府鼉梁，普佑漁鹽之利。俺遇封使來過，陪臣入貢。俺每平迴順水，護送靈風，頻邀封號之加，迭拜香筵之賜。今逢聖主六旬普慶，萬國梯航，應効懷柔，同伸祝嘏。掌燈令史，即宣令者。〔令史白〕已宣令五嶽三山，現召德郵丞未到。〔天后白〕德郵丞到，令史宣知。〔令史白〕領法旨。〔天后引衆下〕

【前腔】〔令史唱〕紅燈一點彬㷠。滄溟黑水生春。璇宮令史並宣綸。起敬德郵丞。〔令史下〕

〔四相、四將盛冠服，相執笏，將執兵器，引德郵丞遠遊冠龍蟒上〕咱家官拜德郵丞。只因孔夫子説，德之流行，速於置郵而傳命，所以妙選三德，設此一官。論職事也稱郵丞，敘爵位，遠出中丞、左丞、右丞之上，禮應五岳鸞駕賓迎，四海龍王跪接。〔四相、四將白〕丞府奉天后宣召。〔丞白〕就此擺駕起行。

〔衆繞場作到介〕〔令史上白〕丞爺領法旨。〔作授旨介〕〔德鄆丞拜，令史扶住介〕天后敬公之德，平身。〔將相旁語介〕好個大鄆丞。〔令史拱介〕丞哉丞哉，非德不及此！〔令史下〕

【仙呂雙調】【夜行船序】〔丞唱〕瀉汞鋪銀。運神工元氣，積流重潤。風過處，辨不出地角天垠。紛紜。百丈層軒，文柱木蘭，驂虬駛駿。函章齊獻享王忱。普慶爲逢堯舜。〔四將白〕氛銷浪靜，海不揚波，卑將等奉令巡洋，同心利濟。〔四將合唱〕

【前腔】〔換頭〕承令。驅霧開雲，靖支祁，展奩磨鏡。迎羲曜，日出共沐陽春。〔丞白〕四相道來。〔相白〕丞爺聽禀。

【接前腔】〔四相合唱〕朝宗大小共球，修職羅珍，顯伊恭順。尊親。海渡効嵩呼，破浪兼程前進。〔四相白〕四相察看貢船，争先恐後，恐有疎虞，應先防範。〔丞白〕這也有理，待俺遵天后法旨，加緊馳郵。〔丞、將、相一衆下〕〔扎綵貢船二隻，每船四人持槳一人舵，共十人上，白〕咱們裝載貢使，先到中華，祝頌萬壽，國王有賞，快走順風。〔十人合唱〕

【黑蟇序】〔換頭〕回瞬。電旆飈輪。猛令咱一霎駛過玉潢津。訝浮寬避淺，各争遥近。〔一船五人白〕咱們大家相讓同行，彼此兩便。〔一船五人白〕曉得了。〔合唱〕

【接前腔】評論。千檣趁一程。雙壺同一針。戒横行。彼此蕩蕩平平。〔兩船下〕〔又兩船如前上〕咱們爲祝萬壽趲行，開洋略遲，今已落後。休得相讓，各自争先。〔兩船十人合唱〕

【前腔】〔換頭〕堪恨掛幅馳艊。指紅溟丹壑，强逞廝混。似鯤鵬水擊，競欲雄騁。忙奔。把幡竿自扯匀。將舵臍自配匀。趁行人。莫再飛揚，試看彪虎生嗔。〔兩船各一人把舵，作傾反摇下介〕〔八人作水鬪介〕〔令史引紅燈上〕〔高處指揮一衆同下介〕〔丞上，丞白〕四相稟，各路貢使争先，果有西洋諸國貢船，争先水鬪。門子何在？〔門子上〕有。〔丞〕快請師爺。〔門子〕是。〔丞、門子下〕

〔副凈、丑扮跟人上〕〔丑〕呸里是蘇州吴縣人，到仔德郵丞府裹跟師爺，到也快活散淡。〔副凈〕老阿哥，候鴿工食，也同我差不多，你到節省，添起衣裳。剛才門子來請師爺，你借件馬褂來，我好拿煙管跟出去。〔副凈不肯借，作諢介〕〔紹興、蘇州師爺上〕〔紹興白〕賊澗鴿駝平，勿要跟出去。拿煙管來，辣嚮東困告拔。〔丑遞煙管諢下〕〔蘇州白〕呸納故故小乾，又辣篤洶氣哉！拿眼鏡來，呸納去端正夜飯，勿要偷呸夜酒吃哉！〔副凈遞眼鏡諢下〕〔丞上相見，分賓主坐介〕〔兩師爺白〕老先生，差使辛苦哉！〔丞〕好説。

【錦衣香】〔丞唱〕颺拜伸，人天慶。華渚明，姚墟映。最争先，編貝陳盤，絡珠照乘。〔兩師爺指點合唱〕梯山航海見恭勤。滄洲萬里，率土皆臣。德郵丞，奉令佑來賓。煞費精神。〔丞拱介〕全仗兩先生。〔丞、兩師爺合唱〕賓主閑評論。德熏化引。俾鰲來鰌湧，引班朝覲。〔紹興白〕老先生候鴿海鑾子，晚生輩要請老先生化導他。〔蘇白〕老阿哥，説得是極哉！〔兩師爺合唱〕

【漿水令】德郵丞。德郵四應。疾風聲雨聲。德鄰。比馳符合節有化神。〔丞、兩師爺合唱〕文思光被，涵地苞溟。勳華盛，慶六旬。方中行健時朝聘。咸率俾，咸率俾，覆載陶鈞。咸率俾，咸率俾，覆載陶鈞。〔丞起拱介〕先生見教。咱們只要宣揚聖德，自然四譯會同。〔兩師爺下〕〔内擊鼓，堂候官上〕稟丞爺，五岳聖帝申文，四海龍王行文，請發。〔丞白〕送師爺。加緊日行八千里，傳四相送上羽干。

〔堂候官白〕是。〔下。四相上，首相送羽干，丞接介〕

〔丞白〕喜遇當今萬壽，齊來舞蹈千班。但用兩階干羽，無須三箭天山。〔四相舞雲牌，擁丞高立，丞揮干戈羽介。內奏細樂，作波濤聲，前綵船四隻，順序繞場下，丞、四相俱下。內奏細樂，八仙姬舞雲牌，令史執竿燈，兩掌扇仙姬引天后上〕〔天后白〕你看千帆順序，萬鷁連行，好一位德郵丞，真個德之流行，速於置郵而傳命。

【慶餘】〔合唱〕德郵丞，登高順。舞羽後，苗蠻序進。不負你萬國梯航朝至尊。〔衆下〕

呂星垣詩文補遺

書田以惕甫國博書來贈余陳忠裕集並示近詩喜題截句相質

珍重楞伽遠寄書，如飴說士慰空虛。那堪鳳舉鴻軒意，半餉清談又索居！

蒲褐漚波迭主盟，總將綵筆付蘭成。肯爲韓偓從温李，溯向元和派別清。

瓊華一卷滌濃纖，便寫閑情亦謹嚴。歌到雲迴重擊節，嘗來畢竟蔗頭甜！

雲間奇服慕靈均，莊惠仙裾迴軼群。争得老夫頻拭眼，最波瀾處見犀分。

薦衡知己篆心頭，入掌明珠訝未收。文苑令歸《方伎傳》，恕他師曠暗中求。

黄門編續舍人編，志事成書雪涕漣。彼是展忠君展孝，殺青校字到華顛。

地僻人稀感過從，古狂焉肯負初逢！題詩燼落燈殘後，愛子清光透遠松。

何其偉《簳山草堂小稿》卷三《次韻奉酬呂叔訥司訓見題小稿七絶句》詩後附

題歸耕書柑酒聽鸝圖

東風有芳信，吹緑亦弄音。獨無金衣愧，載好集上林。

早春來已遲，暮春去何促！試問解語禽，轉語唯秉燭。

得地想佳日，乘氣感物華。秋蟬抱低枝，但許清舉家。光緒《京兆歸氏世譜》卷十八《詩詞綜》

題秋空倚杖圖

一雨忽已秋，小住復棹舟。來既不可止，去亦弗可留。罣一微塵礙如此，傳舍中人逐驅使。忽觀《秋空倚杖圖》，自驚無杖可倚爾。慨焉溯支筇，初地將毋同。並操不律幾寸管，四大罕寄隻手空。青藜漫追劉向步，白藋輸吟庾信賦。公于西池望雲鶴，我猶東海隨煙霧。卓哉拄杖不掛履，立錐有地悟玄理。獨從像象求生生，子半天心隨所指。我頃尚未銷名心，排纂三《傳》勞披尋。唐既《春秋邦典》久佚，志欲補成，卅年來未竣也。就中正閏待參考，安得前席稽古今！久期荷篠雲歸岫，杖有傳薪或相授。能借半園之半又半區，輔嗣易成李嘉祐。陶湘編《昭代名人尺牘小傳續集》卷三

【校】無詩題，引首題『退谷先生給諫，呂星垣敬呈』，尾署『星垣敬呈未定稿』。

味辛齋聯句送錢三維喬北上

薄宦因將母，頻離感所遭。故書留敝篋，董思駉。零雨上征袍。契闊憐交誼，洪禮吉。嶔崟屏俗囂。鬚經譚道改，懷玉。夢爲識途勞。舊學專家擅，呂星垣。新銜一命叨。早曾窺世網，孫星衍。夙已冠時髦。寥落垂天翼，思駉。虛無釣海鼇。上書難效鼎，禮吉。奉檄喜同毛。稍復殊萍梗，懷玉。還緣禱桔槔。官程儲糗糒，星垣。子舍給淳熬。酒誓盟今歃，星衍。詩兵戰昔鏖。狂歌員鉢擊，思駉。絮話短檠挑。龍具吾猶困，禮吉。牛刀子始操。三秋別松蘜，懷玉。百里望旌旄。越俗驚章甫，星垣。秦風侈複裪。抱寧書劍負，星衍。志激友朋高。復始期陳仲，思駉。爲廉屬楚敖。飲泉休諱盜，禮吉。銘鼎獨懲饕。吏蹟羞乾没，懷玉。

官厨乞冷淘。俗先愁束濕，星垣。政已免呼譽。奕世傳彭景，星衍。難兄繼呂皋。家聲煦冬日，思駉。縣譜析秋毫。理帙勞門椽，禮吉。懸蒲退法曹。心精窮鼠矢，懷玉。語隱戒豨膏。下考憐民敝，星垣。初心副里褒。肯容塗負豕，星衍。忍教木升猱。漫惜錐終處，思駉。真如劍去韜。此行猶乞米，禮吉。到日正題糕。慎保逾淮橘，懷玉。初辭滿徑蒿。買田原首約，星垣。陟屺每心忉。有日謀三黼，星衍。何知戀五牢！班荆頻悃款，思駉。落木乍穮穇。令節禾垂穎，禮吉。新凉物薦橐。餘暉迎座入，懷玉。爽籟逼檐號。别韻分殘箇，星垣。離尊壓小槽。茂陵猶卧馬，星衍。栗里定思陶。鴨傍横塘射，思駉。鰕從杜渚撈。生涯知拓落，禮吉。鄉曲任訾謷。壯惜壺頻缺，懷玉。貧憎釜盡轑。言懷聊爾爾，星垣。撫序亦滔滔。螯比於陵蚓，星衍。饞躭吏部螯。向禽曾訪嶽，思駉。莊惠憶觀濠。鴻雪時留爪，禮吉。神車欲駕尻。舊緣疎翰墨，懷玉。獨夜理檣篙。旅蹟違晨雁，星垣。離亭咽暮螃。華年齊駟騄，星衍。羈緒越禽翺。去住魂俱黯，思駉。蒼茫首重搔。懷人燕市月，禮吉。送客海門濤。草草垂輕橐，懷玉。遲遲賦大刀。耦耕期白首，星垣。伏臘共炰羔。星衍。

趙懷玉《亦有生齋詩集》卷六

對宸公配錢太宜人行狀

男星垣謹述

太孺人姓錢氏，武進世族，系出前明啓新公。考鑄庵公，雍正癸卯舉人，蕭山縣知縣，以子文敏公貴，贈刑部侍郎；妣吴太夫人，贈夫人。同胞兩兄一弟，以三女兄行四。太孺人幼即孝親，敬兄愛弟，爲太夫人鍾愛。啓新公下，世傳名節，多經史著述，太孺人又天秉至高，逾尋常女教遠矣。

年二十二，歸吾父對宸府君，次年生不孝星垣。年三十一，生一女。上事尊姑徐太安人，下逮妯娌臧獲，皆稱賢孝。府君敦孝友，則善成之；困場屋，則善慰之；歷游委家，則力任之。中年從府君徙居，曲承尊姑伯姒一載餘，極生人不堪。

戊戌夏，府君考終，以不孝游浙江學使幕，未及視含，家徒壁立，而附身附棺，悉盡誠敬。嗣遭太安人喪，以不孝游河南巡撫幕，躬率同祖長孫，經營喪葬。不孝掌教彰德郡書院，太孺人寄知鄰災夜警，府君厝柩幾危，責其急葬。不孝奔回，則既卜地德澤鄉矣，遂率不孝治葬盡禮。

平生動止方嚴，訓子婦及孫，必循矩則器。女婿陶紹侃，撫之若子，紹侃亦事如母，偶小過，輒誡之。夙剛正慷慨，下視勝己者，善遇故舊賤貧，雖處困，好解推。又臨事才敏，當府君暨不孝遠遊，外持門户，内延師課孫，卅餘年井井，蓋一生志行大略若此。

太孺人秉丈夫志行，又夙聞東林掌故，喜閲兩《漢書》，每自恨顧戀不孝，誤其殉母殉夫。不孝以昔遭徙居艱辛，敬頌龐盛女志行，曾與節烈同傳，顧誡終秘其事。不孝浪游越豫，賣文燕畿，晚得成均議敘，荷阿文成公相、曹薺園尚書，欲保舉入茂勤殿行走。故司寇阮公吾三，今朱中堂石君先生，亦皆慰留。太孺人寄諭曰：『教官無孽錢，宜就教課孫，以繼祖、父。』蓋以府君及不孝屢遭困躓，每報罷，必慰勉後圖，常忠門第寖衰，始終勤懇於此。

及迎養學舍，喜曰：『不喜子侍側，喜夙志可勉也。』不孝禄入少，食指多，嘗資賣文傭筆，輒恐耗其心神，躬率婢僕，時爲手治藥餌。至自奉則從菲，性節儉，寸絲尺布不棄。少精女紅，老猶察綫，喜植卉木，不孝小爲耗資，輒怒責，至陳菽水亦然。不孝莅官十六年，謬承玉峰人士愛重，亦多吴門舊游生徒，每來訪問，知佳士，必爲設酒食，蓋識禮義又如此。嗚呼，痛哉！以太孺人志行禮義，不孝五十無聞，弗克貽之令名，竟棄不孝長逝耶！惟徙居所茹之艱辛，既誡終秘，尚有一二大端，不敢没也！

昔遭吴太夫人喪，慟欲絶，夜夢太夫人以母鄒太孺人厝棺相委，蓋吴氏裔孫惑形家言，致久厝也。子夜召不孝告之，勉爲具葬費，集其裔孫，責以大義。既葬逾年，吴氏裔孫一人來歸應任之費，受以安之。子後不孝有未分祖産，市廛歲收百十金，傚肆賈圖以術估，同祖兄弟與訟十餘年，積逋無算，雖訟外私債，亦併入此，而訟竟懸，兄弟兩人竟殉此。賈人以不孝繼當主之，請内姻私奉巨金爲壽，太孺人峻却之。迨不孝回籍，奉命棄其産，與洗據交積逋，以餘金分授兄弟之子弟，而悉歸其父兄遺券，以不孝應分之金，修治小堂祖墓丙舍。此二端，皆丈夫所難！嗚呼，痛哉！太孺人積厚又如此，竟長逝耶！

太孺人晚信釋氏，手書《金剛經》，積成卷帙。視殮之際，兩手捻訣易衣，趺坐如生，其歸西方化人國，不復顧不孝失恃耶！嗚呼，痛哉！不孝病起七月，至九月痊，賴太孺人齋宿祈禱，典貸參藥。詎子病痊，母病踵發，以衰齡歷六旬，晝夜憂勞，挾濕熱俱發，攻補兩窮，竟至易簀，僅活孤子，以送終事，嗚呼，痛哉！太孺人撫子病，兩月病起；不孝侍太孺人疾，僅二十七日，竟不起。侍疾無狀之罪，至于不孝，尚何逭哉！

太孺人壽終嘉慶十年十月十七日酉時，距生於雍正九年二月初五日寅時，享年七十有五歲。敕封孺人。吾父對宸府君，附監生，敕贈修職佐郎，新陽縣訓導。子一，不孝星垣，歲貢生，新陽縣訓導；娶丹徒張氏，乾隆庚午舉人諱成璧女。女一，適同里陶紹侃，湖北南漳縣知縣。孫男二，孫女三。不孝草土昏迷，語無倫次，僅就記憶所及，狀列如右。

光緒三十一年增修《毗陵吕氏族譜》卷二十二《内傳》

張宜人行略

杖期夫星垣譔

宜人丹徒張氏，乾隆庚午舉人，内閣中書諱成璧公次女。母錢氏。兄三弟一，女兄弟各一。生於乾隆壬申年七月二十八日巳時，卒於嘉慶辛未年八月十四日申時，年六十歲。適武進人海州學正吕星垣。子二，長振鑣，邑廩生；娶同里丁氏，乾隆己亥舉人，前任直隸威縣知縣丁君諱履端次女。次兆熊，縣學生；聘丹徒戴氏，即孺人之妹夫，乾隆癸丑進士，四川茂州知州戴君名三錫長女。孫一，蕃生；孫女三人，俱未字，振鑣出。女三，長適嘉慶己未進士，户部貴州司員外郎，元和陳鍾麟；次適嘉慶辛未進士，殿試一甲第三名，翰林院編修吴縣吴廷珍；次適同里陶善昌，監生，侯選縣丞，即星垣妹夫，湖北隨州知州陶君紹侃子。

昔袁簡齋先生撰先考駢體墓銘，仿宗慤母夫人例，條系生年、子女於右，隸事類情，惟茲宜之。通其例於散行，述哀以省追挈，於義法順也。予病蹇，治吏事甫旋，遽得亡妻訃，徇子請，以慰歿存，爰法此爲事略焉。

孺人病四年，幾死者數矣，終得週甲。有長子婦、幼女壻四人，送其死於家，亦幸也，而深自痛也。數月前，屢促兒筆其平生，促予紀事，今悟其自知將盡矣，將以死訣不忍，將令其所愛小子婦一見不能，將如苦賫志以殁不甘，獨冀生見予文，竟亦不得，悲哉！予文不足及後世，何其信之左也。

早年性孝友，識字知書，女紅精絶，與嫂馮孺人、妹戴宜人尤契篤。中書公夫婦鍾愛，屢却聘貴豪，獨屬僚壻高孝廉駿索觀予文，重之，遂禮字。年二十二歲歸予，事重慈及二親極順，甫入門，即典易首飾，以佐度歲。先考出游，及道旋里易簀，余在浙江學使幕，罄其衣飾。余遊越遊梁遊京師，凡八年，凡脯修賫文所得，悉呈先慈，無私財，不寄妻一錢。子女衣食，皆窮日夜治女紅以供之，以歲時存問母黨，十指繭，血痕斑然。

余就教回江，攝事丹陽，先慈委以家政，即舉釜易米。余窘絶，不問家計，惟其姊高孺人、吾妹陶宜人深悉之。兩人死，宜人哭之慟，歎無知之者。其妹戴宜人隨任晉蜀，恨不待見也。余攝事吴縣，迎母、妹之任，留之家；任新陽，乃奉慈之任。一十五年，丁艱歸里，服闋，任青浦，攜之行。前冬去青浦回籍，將詣海州，其病已亟，强爲余治裝，堅欲偕行，予堅不可乃止，命振鑣授徒養之，此一生聚首之略也。

夫婦人無奇節，未足述。綜其一生，謹守世家女訓，順可言，孝未可言。其事余撫子女，皆婦職耳。且事余垂四十年，識道理，亦不忍餙，終以違其心，獨其所茹苦，有不忍湮没者。今振鑣勉治歛麄具，泣述遺言，兆熊恐增予悲，獨夜赴暗室飲泣，間復促請，予又焉忍没其真！神傷心摧，亦敘其崖略云耳。

大約孺人爲婦，最不可及者，惟事姑以順；其尤盡心者，惟侍疾以謹。先慈錢太孺人性方嚴，一言不苟，親黨皆敬畏之。孺人先意承旨者三十三年，克盡孝道，每病起，恤婦甚。余出遊窘絶，輒徒手求參，此有過人者。先慈丙午春病殆，爲不解帶者近五月。及痊，母髪結氊，鋭欲梳結，竟日跪枕旁理清。乙丑冬，先慈棄養，爲不解帶者又兩月，夜跪星禱天。及大故過慟，致今血疾。先慈臨終，握其手曰：『七十五而死，猶戀爾，天豈能爲爾活我耶？』余兩人每憶此言，唏噓痛絶，此爲婦之難者。豈知孺人已及侍於九原，母得與訣，孺人不得與余訣耶！

余性剛介，每順承移時，輒婉規其過。事余病如事母，其茹苦艱辛，殆不可殫舉。勤治余藥餌。學署清寒，井竈操作浣濯，天陰骨痛。門人多吴下名士，每至，必黽勉治供，余不問。所生二子三女，皆自乳，故年未及衰，已鬢髮斑白，而訓子女甚有矩則。黎明獨先一家起，至午倦甚，每偃息，早就寢，以省膏油。余筆耕所得甚纖屑，顧日夜握算登記，目爲之眚，自蔬布節嗇，以勉有無。其尺繒寸絲不輕棄，敝篋小裹至多，暇輒取以補綴。余衣物狼籍，時刻手檢。於先慈手澤，尤能珍惜，余得扶先慈櫬回籍治葬，皆其力也。余建修青浦學署一新，署後闢菜圃，蒔花竹，逍遥舉案二載，已苦病纏，一階之遷，老離死別，乃遽及此哉！今婚嫁將畢，貧仕無生，竊爲仰事已終，或更棄此別遊，冀得買山偕隱，共晨夕，以伴餘年，乃竟不可得耶！

宜人性清介，坦白寡言笑。舅氏錢竹初先生，謂六婣中此人極真，先慈嘗告之，爲嘆息。待子婦臧獲和平，惜物力，嘗改製舊衣衣兒女，嫁衣早典盡，存一二，時檢閲仲叔兄季弟先物。故伯兄廷詔文學，老鰥貧窘，周之，恨力不逮。長婦三婿之姻，予主之，孺人皆愛婿如子，愛婦如女。早與戴宜人約兒女姻，余卒成其志，惜不見甥女作婦，此其恨也。

嗟乎！余之負孺人者良多，尤感其奉母畢生，竭誠盡力。嘗欲先余死，得余視其含殮，余謬許之，乃終負之。彼承母志，余不得遂其志，要豈余之得自主耶！余到官，不得去官，非得已，死而有知，庶幾諒之！余勉力行假年，成其小子，歸其甥女，使兩子力學砥行，事亡如在，夫豈易言負不負之！相質者，惟侍質之同穴也。夫爰濡淚和墨，於半日頃，趁急足返，述此付二子，以勉其學行，塞其哀思。悲乎哉！伉儷一生，所以報其事母事夫，撫子女者，衹此而已。儻蒙當代大人先生立言名世者，憫而錫之誌傳銘誄，則世世子孫，感且不朽。

光緒三十一年增修《毗陵吕氏族譜》卷二十二《内傳》

常熟歸氏昭先碑銘

常熟歸氏，始遷祖榮四，其十五世孫景泖立義莊，景泖子衡肇、行衡等成其志。既具題泐碑，衡等懼先德弗昭，無聽彝式訓，乃謹具狀，請製昭先碑。

考《春秋左氏内傳》，魯昭公母夫人敬歸齊，歸，胡出也。胡子國汝陰，楚昭王滅胡，以胡子豹歸吴中，始有歸氏，迄唐宣公大顯，載唐史。及晉陵公以山南節度使封王，爵天寶、同光間，皆世貴。咸淳中，宣公十九世孫湖州判官罕仁，居太倉，其别子佚名，居常熟白茆，其孫榮四生恭，兩世皆佚年配葬所。恭以後，年配葬皆列碑陰。

恭生正，正生仁，前明監生，通五經，見趙用賢集。仁生祚，冲厚，綜博辭，散官。祚子椿，謝散官歸，獨濬白茆浦，立闢田數千畝，成邑聚，稱歸市，歸有光誌墓。椿次子霆，當嘉靖甲寅間，邑無城，海倭躪境，霆偕兄雷詣邑，任築西南城。又立營堡九潮門，又建南關城，罄貲巨萬。倭卻退，又捐粟千石，補禬災，活流民千餘。有司請賓邑校，力辭。退據聞見考訂史乘，體驗經濟實用，爲弟電營遷蘇州甪直，盛賚汝誌墓。

霆兩子，次訓，附監生，童年喪母，盡哀。後白友冤獄，卻重金，質平臺狀，義振一時，徐栻誌墓。學思，訓之子，鄉飲賓，少孤，伯惑搆作家難，克盡姪道。伯死，卻應得産，子其嗣，爲親擇葬，精其學。學思生六子，季德明，事母孝，終身慕憂。兄某罹訟，七日夜鬚髮白，撫孤姪若子。始遷居城東門，錢陸燦傳之。

德明有亢宗子起先，崇禎十六年進士，廷對，即以用人鋭聽言寬責難，補刑部主事。父病急歸，旋居憂，易代遂病，鍵户著《毛詩通解》《四書大旨》《老莊略》《參同契注釋》。尤精《易》，晚成《易聞》，陳式作傳，祀鄉賢。入國朝，附貢生允哲，其長子也，教成三弟。弟允肅魁天下，允哲生旌表孝子，復佺廪貢，以教習候選縣令。少奇貧，教授養親，父嚴順承，辭三弟，獨償父官逋，罄婦奩田。慰母養寡妹，嫁兩女甥，順親指。葬從祖父用章，養叔母，薄恤堂弟某某。後父卒以食麴，遂廢麴，故旌祀忠孝祠。

復佺四子，鋭爲季，監生，早孤，事母謹，共兄篤宗族，任其教養。有二子，次即景泬，監生，幼居母喪，目墜血。長事父，盡其養，父殁，哀慕没齒，兄弟友愛，不析産。兄景灝殁，教養其孤，創立《歸氏義莊規條》。臨終，以田六頃命其婦、子，今其子銜等終竟厥志，詳《義莊碑》。洪亮吉誌墓。自恭以下，配皆世族，皆有婦德母範。椿妻曹，以奩贈百萬，委椿爲善。景泬妻席，相夫勗子，成義莊，均得附書。銘曰：

胡裔歸昌，公王於唐。晉陵海虞，肇遷爰居。論撰先美，溯七百載。洋洋如在，以篤行葦。行葦潣潣，推疇予食。聰聽舊德，庶幾貽翼。念昔先人，或屈或伸。魚瑗律身，展閔軼倫。造於鄉邦，耕市井疆。屹爲保障，輯其流亡。於鑠哉！歸氏施及於孫子，維孝悌服此，維祖考穀只。昭先泐貞珉，泬有治命諄。泬子克景行，果貽親令名。

民國《京兆歸氏世譜》卷四《義莊志》

簳山草堂小藁題辭

讀簳山詩，古體盤硬折旋，如意所欲，後半集益心手相喻，近體蒼妍律切，斟酌匠心。蓋於蒲褐老人，橅其格韻，出入楞伽山人，得其恣縱。故流塵弗侵，蕭疏自適，此洵風人之吐屬也。足下爲陳黃門功臣，全譜中散《廣陵》之曲，信稱翰墨奇勛。乃二百年來，無人肩此，直似遠託中郎，得毋令向來士夫悔而生妒。『更誰緝訂嵇琴譜，宋玉辭應附左徒』，正當爲足下跋耳。嘉慶己巳清明後三日，吕星垣題。何其偉《簳山草堂小藁》卷首題辭

茗香堂集題辭

熟精《選》理，浸貫唐文，風正帆懸，自然雋上。極鉅麗縱橫之致，而清新相接，綽有味腴，此爲表裏具足。近益遊行適意，吐屬從心，而和雅深厚處，仍復向裏蘊釀。頗覺香山氣粗語大之詞，爲見道尚淺也。聊識數言，以誌悦佩。乾隆甲寅七月下澣。王家相《茗香堂集》卷首《題辭》

上祭酒先生書

時帆先生道履崇勝，伏頌著作美富，樂育英多。向讀甄鐫各本，稟經酌雅，橫錦散珠，久已衣被海宇。沿涯溯流，思窺《龍藏》，曾否釐訂全函，竊深企踵。前秋承賜訓牋，並貽高詠，誘掖至意，驚悚莫當。曾擬製《詩龕圖》長句，欲奉正宗工，弇陋自慚，未遽呈質。旋於小春失恃，廿年戀棧，冀遂烏私，竟作鮮民。見光爲恨，勉旋故里，安頓殁存。曾一近游，亦少安硯，鹿鹿之狀，殊未足爲長者陳。儻於三秋卧涸，得延息以至銓期，復栖甜老之廛，不忘誨勉。

向業《春秋》，尚思卒業，意補唐既《邦典》，私有異於時尚，説經家欲求信心，不敢務得。甲子歲從遊，憐其老廢，爲災梨十卷，散行則續得甚少，詩則覆瓿極多，草從秋盡，無力再爲收拾。少壯浪游，賣文

爲活時，頗有駢體，捉刀受潤，未便録存。稍有未受酬贈之篇，亦思附存一卷，亦殊乏貲。上夏，爲吴門友慫擬《太白碑》一篇，敬同《詩龕篇》寄呈訓正。敬因厚甫壻處鴻便，肅請台安，凴啓依溯。法式善輯《朋舊及見録》

附録

附録一　族譜檔案傳記

吕星垣世系

（一世）成，行一，字春鸝，先世居宜興。父伯爲公爲洪武時都指揮，永樂三年謫戍陝西衛，公泣請於所司，願代父往戍。文皇憫之，報可，遂孑身往，卒於戍所，詳載傳中。配楊氏，攜子遷居郡城，爲吾宗始祖。葬郡城西門外懷南鄉石塔新阡主穴，丙山壬向。子二，長智，次良。

（二世）智，行一，字友常。配徐氏。合葬石塔母塋昭穴。子四，長華，次觀，三俊，四傑。

（三世）俊，行三，字天石。配朱氏。合葬石塔祖塋穆穴。子一，玘。

（四世）玘，行一，字尚德。配薛氏。合葬石塔祖塋次昭穴。子三，長鉉，次鏞，三鎮。　以上光緒三十一年增修《毗陵吕氏族譜》卷四《遷常世表》

（五世）鎮，行三。配王氏。合葬石塔祖塋再次穆穴。子五，長淮，次濟，三潮，四深，五沐。

（六世）沐，行五，字南溪。誥贈光禄大夫，太子太保，内弘文院大學士。配朱氏，誥贈一品夫人。合葬石塔祖塋左邊第四穴。子五，長應瑞，次應期，三應節，四應鶴，五應徵。

（七世）應徵，行五，字遂南。邑庠生。誥贈光禄大夫，太子太保，内弘文院大學士。葬繆賢里新阡主穴，乙山辛向。配倪氏，誥贈一品夫人，諱仁佐女。分葬遂南公墳東新阡主穴，乙山辛向。子三，長程霄，次程漢，三程雲。

（八世）程雲，行三，字翼之。敕贈承德郎，翰林院修撰，加一級，誥贈光禄大夫，太子太保，内弘文院大學士。生萬曆戊寅九月二十五日子時，卒萬曆丙午十二月初二日卯時。配諸氏，敕贈安人，誥贈一品夫人。生萬曆壬午十月初十日丑時，卒崇禎丙子七月初五日亥時。苦節，載邑志，有合傳。康熙三十三年，與翼之公分金葬父塋南，乙山辛向。子一，宫；女一，適庠生徐千仞。

（九世）宫，行一，字長音，號蒼忱，又號金門。前癸酉科舉人，順治丁亥恩科一甲一名狀元及第，授内翰林秘書院修撰。壬辰會試同考官，陞右春坊右中允，仍管秘書院修撰事。上親試詞臣，拔置第一，超陞秘書院學士，旋陞吏部右侍郎。特晉内弘文院大學士，加太子太保，誥授光禄大夫。予告馳驛歸里，賜蟒服、鞍馬。丙申六月，特遣副理事官王應聘，御前近侍劉有恒齎敕存問，賜羊酒，事蹟具載國史及郡、邑志。有墓碑誌傳。生萬曆癸卯八月二十四日戌時，卒康熙甲辰四月十八日亥時，壽六十二。上遣江南布政司參議安世鼎，諭祭賜葬，建祠崇祀。康熙丁未二月初一日，卜葬懷北鄉繆賢里賜塋，癸山丁向。配朱氏，誥封一品夫人，前辛卯經魁諱衣女。生萬曆乙卯閏八月初七日卯時，卒康熙丁卯十二月二十八日酉時，壽七十三。康熙己巳十二月十四日，合葬賜塋，癸山丁向。側室劉氏，生卒無考。汪氏，生崇禎丁丑九月初一日午時，卒康熙壬寅二月十二日丑時。葬横山下塾村新阡主穴，癸山丁向。子六：長方洪，次方高，朱夫人出；三方咸，劉出；四方嘉，朱夫人出；五方昭，劉出；六方振，汪出。女五：長適附監生、候補州同倪泰來，太學生諱雲龍子；次適海寧恩蔭生陳奮永，丁丑榜眼，弘文院大學士，加少保，兼太子太保諱之遴子；三適無錫庠生秦欽建，貢生諱時御子。俱朱夫人出。四適貢生、考授州同知徐兆鼎，順治壬辰進士，福建福州府推官諱騰輝子，劉出。五適太學生董之璉，陝西漢中府知府諱遂昇子，汪出。自繆賢里遷居郡城，爲郡城分祖。以上光緒三十一年增修《毗陵吕氏族譜》卷四《三分世表第五世至九世居繆賢里》

（十世）方嘉，行四，字穗九，號西亭。歲貢生，候選知縣。生順治甲申十月二十日丑時，卒康熙己巳六月二十一日戌時。有傳誌，著述載邑志。配海寧陳氏，贈太子太傅，文淵閣大學士諱之闇女。生崇禎癸未六月十六日午時，卒康熙甲午七月十六日戌時，壽七十二。合葬西門外三堡新阡主穴，巳山亥向。側室沈氏，壽八十三。卒旌表，祀節孝祠，見《列女傳》及邑誌，祔葬三堡。子三，長錕，次鈞，三鍔。女四：長適江寧太學生劉紹植，雲南臨安府同知諱源子；次適太學生陳志泗，貢生、候選州同知諱玉鋏子；三適康熙庚辰進士、候補主事徐永宣，順治乙未進士、都察院左副都御史諱元珙子；四適太學生、廣西全州吏目孫鳳飛，康熙辛未進士、禮部主客司郎中諱謀子。

（十一世）錕，原名鍾仁，行一，字棠谿，號毅菴。歲貢生，候選儒學訓導。生康熙乙巳六月二十四日巳時，卒乾隆戊辰十月初一日辰時，壽八十四。有傳。配楊氏，順治壬辰進士，福建建南兵備道，提督江西學政諱兆魯孫女，廩貢生、内閣中書諱世求女。生康熙乙巳九月十二日巳時，卒康熙癸未十月十二日午時。繼朱氏，□□生諱瑞女。生康熙癸亥十一月二十一日申時，卒乾隆丁亥正月十三日辰時，壽八十五。合葬西門外蘆墅新阡主穴，庚山甲向。側室劉氏，生康熙壬戌二月十五日戌時，卒乾隆甲戌閏四月二十五日辰時，壽七十三。葬西鄉顔家村新阡主穴，丁山癸向。子五：長泓，次灝，繼鈞嗣，俱楊孺人出；三仲吕，劉出；四大濩，五汝礪，朱孺人出。女七：長適太學生楊顥，歲貢生諱維坤子；次適溧陽太學生費學裴；三適太學生余永佐；四鈞撫爲女；五適康熙丁酉舉人、山東單縣知縣楊士凝，山西河津縣知縣諱玉子；六適太學生劉桂；七字雍正壬子副貢莊權，早卒。

鈞，行二，字宗陶。歲貢生，候選儒學訓導。生康熙己酉九月十四日亥時，卒雍正丙午七月二十五日卯時。配陸氏，崇禎辛未進士，浙江寧波府知府諱自嶽孫女，歲貢生、候選訓導諱源發女。生康熙辛亥九月二十六日寅時，卒乾隆丁卯八月十七日戌時，壽七十七。合葬小唐橋新阡主穴，□山□向。側室王氏。彙請旌表節孝。子灝，係錕次子，嗣。女一，適太學生劉千頃，即諱紹植子。

（方洪孫）灦，原名南勗，行二，字式之，號暄亭。廪貢生，乾隆壬申恩科舉人，考取咸安宫教習。甲戌會試第四名經魁，二甲進士，分發山西試用知縣。歷署榆社縣，遼、忻二直隸州，補蒲州府萬泉縣知縣。己卯、庚辰山西鄉試同考官。恭遇覃恩，敕授文林郎，貤贈祖父、母。調解州安邑縣知縣，署解州直隸州知州，陞汾州府張蘭鎮清軍同知。誥授奉政大夫，以子官刑部郎中，加二級，累贈中憲大夫；以曾孫官福建巡撫，兵部右侍郎，加一級，誥贈榮禄大夫。生康熙乙未十月初七日子時，卒乾隆辛卯五月初一日丑時。葬繆賢里木梳區父塋旁，新阡主穴，乙山辛向。有墓志並傳。配吴氏，敕封孺人，誥封宜人、太恭人，例晉太淑人，誥贈一品夫人。前探花及第，太子太傅，吏部尚書，建極殿大學士，謚文端，諱宗達玄孫女；天啟癸酉副貢，中書舍人諱職思曾孫女；附監生、考授州同知諱守令孫女，郡庠生諱宏次女。生康熙乙未十月十六日午時，卒嘉慶戊午十月初八日午時，壽八十四。合葬，有墓表。子五，長爾昌，次爾益，三爾熾，四爾喆，五爾禧。女二：長適乾隆乙酉舉人、候選知縣謝榕，江西巡撫、工部侍郎肅齋公孫，廣東惠州府知府諱王生子；次適太學生、三通館謄録，候選州同知徐景乾，太學生諱觀光長子。

（十二世）灝，行一，字景程，號錦城。太學生，候選州同知。生康熙庚辰八月十一日子時，卒乾隆乙丑十月二十七日酉時。配徐氏，即諱永宣女。生康熙壬午九月初九日子時，卒乾隆己亥六月十七日辰時，壽七十八。合葬小唐橋父塋昭穴。子四，長重華，次重庚，三揚廷，四觀能。女三：長適太學生吴鳳翥，乾隆丙辰舉人，太和縣教諭諱中昜子；次字太學生徐日照，廩貢生、候選教諭諱梅子，早卒；三適太學生錢煒，歲貢生、候選訓導諱嵩期子。

（十三世）重華，行一，字伯讓，號協堂。乾隆丙子科舉人，候選知縣。生雍正甲辰十一月初三日□時，卒乾隆己卯八月初八日亥時。配徐氏，雍正癸卯舉人，内閣中書諱朝柱女。生雍正乙巳十一月二十八日子時，卒乾隆戊戌七月十六日子時。合葬豐北鄉雀林庵新阡主穴，甲山庚向兼卯酉。子一，臣勳。女三：長適候補縣佐徐均，乾隆庚午舉人，直隸邢台縣知縣諱鵬起子；次未字卒；三適徐壇，福建福州府通判諱熊占子。

重庚，行二，字次唐。太學生。生雍正庚戌正月二十四日□時，卒乾隆庚辰八月二十日未時。配莊氏，雍正己酉舉人，廣東東安縣知縣諱棨徵女。生雍正戊申七月初八日亥時，卒嘉慶乙丑八月初八日申時，壽七十八。合葬黄塘鄉壩頭村新阡主穴，酉山卯向。子一，星煌。女三：長適莊琬，乾隆己卯副貢，廣東潮州府同知諱組畀子；次適吴江太學生王潮伊，廣東長樂縣縣丞諱宗導子；三適莊儀吉，諱絅思子。

揚廷，行三，字對宸，號蘋圃。附監生。以子官直隸河間縣知縣，加四級，誥贈奉政大夫。生雍正辛亥七月二十三日巳時，卒乾隆戊戌五月十一日辰時。有行狀及傳。配錢氏，誥贈宜人，雍正癸卯舉人，浙江蕭山縣知縣，封刑部左侍郎諱人麟女。生雍正辛亥二月初五日寅時，卒嘉慶乙丑十月十七日酉時，壽七十五。有行狀。合葬德澤鄉鳳翥橋北首新阡主穴，癸山丁向。子一，星垣；女一，適湖北興國州知州，贈巡道陶紹侃。

觀能，行四，字翊青，號課虚，一號補蘿居士。太學生。生雍正壬子九月初九日卯時，卒乾隆己亥正月二十九日申時。有行略。配徐氏，雍正癸卯舉人，浙江金華府知府諱崑次女。生雍正甲寅九月初九日戌時，卒嘉慶戊辰八月初二日亥時，壽七十五。有行述。合葬西荷花蕩老旺區新阡主穴，壬山丙向兼己亥。子二，長傅霖，次逢熙。

（灆孫）爾禧，行五，字皆孚，號滌圃。太學生。乾隆癸卯科舉人，四庫館謄録議敘，分發浙江試用知縣。兩署杭州府水利通判，歷署紹興府海防同知，杭州府總捕同知、東防同知、西防同知，會稽、淳安、太平、義烏、仁和等縣知縣，海寧州知州事，題補嘉興府桐鄉縣知縣。敕授文林郎。以子官户部陝西司主事，加一級，誥贈奉直大夫；官户部貴州司員外郎，加一級，誥贈奉政大夫；官户部陝西司郎中，加一級，誥贈朝議大夫；又加二級，誥贈中憲大夫；以孫官兵部侍郎、福建巡撫，加一級，誥贈榮禄大夫。生乾隆丙子八月十四日酉時，卒乾隆癸丑十月十三日午時。葬豐西鄉槍頭橋小孫家村後新阡主穴，癸山丁向兼丑未。有行述、墓誌。配蔣氏，敕封孺人，誥封太宜人，晉封太恭人，累贈一品夫人。雍正丙午舉人、總督倉場户部侍郎諱炳孫女，廣東嘉應直隸州知州諱龍昌次女。生乾隆丁丑五月十四日亥時，卒道光乙酉二月二十一日巳時，壽六十九。有行述。合葬新阡主穴。子二，長子珏，次子班。女五：長適太學生謝戴禮，即諱榕子；次適南康嘉慶壬戌進士、河南開歸陳許道、候補郎中謝學崇，乾隆辛巳進士、兵部侍郎、廣西巡撫諱啓昆次子；三適元和安徽蒙城縣知縣蔣光鴻，乾隆丁酉舉人、山西榆次縣知縣諱元復四子；四早卒；五適甘泉河南扶溝縣知縣唐鑄，雲南迤西兵備道諱㞐衡孫，乾隆丁未進士、河南開歸陳許道諱仁埴長子。

（十四世）星垣，行一，字映薇，一字叔訥，號湘臯。廪貢生。歷任新陽、青浦縣儒學訓導，海州學正，署丹陽、吴縣訓導事。陞直隸贊皇縣知縣，署邯鄲縣事，調補河間府河間縣知縣。大計卓異候陞，加四級，誥授奉政大夫。事載邑志《宦績傳》，著述載《藝文志》。生乾隆癸酉七月二十一日巳時，卒道光辛巳九月十三日寅時，壽六十九。有行述、墓誌。配丹徒張氏，誥封宜人，乾隆庚午舉人、内閣中書諱成璧女。生乾隆壬申七月二十八日巳時，卒嘉慶辛未八月十四日申時，壽八十。有事略。合葬鳳翥橋北首父塋昭穴。子二，長振鑣，次兆熊。女三：長適元和嘉慶己未進士、浙江杭嘉湖水利海防道陳鍾麟；次適吴縣嘉慶辛未探花及第，翰林院編修吴廷珍；三適雲南江川縣知縣陶善昌，即諱紹侃子。

以上光緒三十一年增修《毗陵吕氏族譜》卷七下《三分世表第十世至十四世居郡城》

（十五世）振鑣，原名寶璐，行一，字懷祖，號瑶峰。廩貢生，安徽廣德州儒學訓導。生乾隆戊戌二月初八日辰時，卒咸豐乙卯九月二十三日酉時，壽七十八。配丁氏，乾隆己亥科舉人，直隸威縣知縣諱履端次女。生乾隆戊戌十一月二十六日午時，卒道光辛巳七月二十九日辰時。合葬德澤鄉鳳翥橋另阡主穴，癸山丁向。子二：長蓴生；次士珍，繼兆熊嗣。女三：長字庠生程容，早卒；次適江陰太學生章政平；三適湯世琯，嘉慶庚午科舉人諱禧泰子。

兆熊，行二，字豫堂，號棣原。道光乙酉科順天鄉試舉人，歷署山西交城、聞喜、萬泉縣知縣。軍功保舉，選授湖南桂陽直隸州知州。誥授奉政大夫。生乾隆癸丑正月十八日寅時，卒道光庚子四月初三日酉時。葬鳳翥橋祖塋穆穴。配丹徒戴氏，乾隆癸丑進士、四川總督諱三錫女。誥封宜人。生乾隆壬子五月十七日卯時，咸豐庚申四月初六日殉難，（壽）六十九，招魂合葬，旌表祀節烈祠。子一，士珍，係振鑣次子嗣。

（十六世）蓴生，行一，字念芬。太學生。生嘉慶甲子九月二十五日卯時，卒咸豐癸丑二月二十三日未時。配李氏，邑庠生諱青嶼女。生嘉慶辛酉四月初八日巳時，卒同治辛未八月十九日未時。合葬鳳翥橋另阡主穴。子玉淮，係士珍次子嗣。女一，適湯益清，即世琯子。

士珍，行二，字念慈。太學生。以孫官，貤贈奉直大夫，晉贈朝議大夫。生嘉慶甲戌四月初七日申時，卒咸豐戊午六月初三日申時。配丁氏，江西候補知縣諱嘉琛女。貤封宜人，晉贈恭人。生嘉慶癸酉四月十四日子時，卒光緒丁酉四月二十二日未時，壽八十五。合葬鳳翥橋另阡穆穴。子二：長鏡澂；次玉湝，繼蕚生嗣。女二：長適福建候補同知趙徹詒，咸豐壬子翰林、浙江金華府知府諱曾向長子；次適光緒丙子科舉人、山東大挑知縣史恩綰，江西候補布經歷諱致顥長子。

（十七世）玉湝，行二，字海舲。生道光丙午七月二十六日午時。咸豐庚申四月初六日，粵匪陷郡城，隨侍本生祖母戴宜人殉難，賜恤祀忠義祠。聘江陰金氏，諱宮桂女。生道光丙午七月二十日申時。咸豐庚申四月初六日，在郡城殉難，旌表祀節烈祠。子景楠，係鏡瀓次子嗣。

鏡瀓，原名玉麟，行一，字月舲，號軒石。邑庠生。以子官，誥贈奉直大夫，晉贈朝議大夫。生道光庚子九月二十三日申時，卒光緒庚寅八月二十八日巳時。配丁氏，咸豐壬子科舉人，浙江永康縣知縣諱承壽次女。誥贈宜人，晉贈恭人。生道光己亥五月十三日辰時，卒光緒乙亥三月二十九日巳時。合葬鳳翥橋另阡穆穴。側室石氏。子三：長景端；次景楠，繼玉湝嗣，俱丁恭人出。三景原，繼聲晉嗣，石氏出。女四：長適光緒乙酉科舉人、大挑教職、補用知縣程一鶴，候選從九品諱繼曾長子；次適候選典史丁守正，浙江西安縣知縣諱壽宸孫，諱嗣華子；三適趙鼎年，廣東候補縣丞諱百詒子，俱丁恭人出。四未字，石氏出。

（十八世）景楠，行二，字少木，號次楩。邑廩生，保舉候選訓導。生同治辛未八月初一日丑時，卒光緒甲辰八月十五日申時。權厝鳳翥橋祖塋之側。娶丹徒戴氏，河南候補河工主簿名鼎元長女。生同治辛未十一月二十二日子時。子聰訓；女一，未字。

景端，行一，字幼舲，號蟄盦。郡廩生。光緒壬午科本省鄉試舉人，揀選知縣。己丑科考取内閣中書，漢票籤行走，本衙門撰文，國史館校對，候選同知。三次恭遇覃恩，加三級，貤贈祖父、母。生咸豐己未四月初二日辰時。配劉氏，安徽候補按司獄諱道鈞長女，誥封宜人，晉封恭人。生咸豐丁巳十月二十日丑時，卒光緒戊戌七月十四日未時。權厝鳳翥橋祖塋側。繼配劉氏，山東候補知府諱灝長女。生光緒乙亥五月二十四日亥時。子慰詒，繼配出。女三：長適劉旭，光緒乙酉科副榜、廣東候補知縣名樸長子；次適邑庠生沈頤，光緒乙亥科舉人、安徽候補知縣名保衡長子；三適陶祖棠，直隸候補道名湘長子，俱原配劉恭人出。

（十九世）聰訓，行一，字彝伯。生光緒庚子十一月初八日子時。

慰詒，行一，字孝翼。生光緒癸卯閏五月初一日丑時。　以上光緒三十一年增修《毗陵呂氏族譜》卷十下《三分世表第十五世至十九世居郡城》

湘皋公行述

男　振鏕等謹述

府君姓呂氏，諱星垣，字叔訥，號湘皋。遠祖友常公，永樂中自宜興遷常州。五世祖諱宮，順治丁亥進士，殿試一甲一名，弘文院大學士。高祖諱方嘉，歲貢生，候選知縣。曾祖諱鈞，歲貢生，候選訓導，無出，嗣兄子。祖諱灝，候選州同知，生子四。考諱揚廷，國學生，誥贈奉政大夫；配先大母錢太宜人，雍正癸卯舉人、浙江蕭山縣知縣、封資政大夫、刑部左侍郎人麟女。

府君誕生前一日，錢太宜人寢室前小池山，夜有星光耀古桂上。次日府君生，忽聞幽蘭香，則榻下盆蘭忽發箭數十莖。奉政公大喜，昇蘭中庭，命小字曰『蘭蓀』，又以星兆，命今名。府君岐嶷夙成，幼有異稟，四歲從錢太宜人卧起，太宜人挑燈哦詩，方吟『玉露凋傷』一句未竟，忽聞府君於枕上續吟此詩，一字不訛，蓋宿因已在文字中也。五歲入塾，八歲讀竟四子五經。九歲，奉政公自北雍試後回里，授經於家，府君趨庭聞訓，講授經史，暇爲外曾祖資政錢公鈔《東林紀事》，並作家書及四方答問。資政公奇府君才，謂錢太宜人曰：『此兒吾家宅相也。』時已作古體詩四十餘首，《山居賦》一首，三千餘字，資政公益奇之。因壽大會耆宿，以府君作出示，群驚爲神童。時蔣侍御容安先生輩爲詩倡和，詠白門楊柳枝詞，府君一夕賦七絶十二首，侍御擊節，過訪與論詩。先曾祖母徐太安人指階下鬬雞，命應聲詠之，今刻《白雲草堂集》第一首也。

十二歲試邑郡，太守潘公恂奇其文，拔前茅，送書院，屬山長邵叔宀、劉大猷先生課作文。丙戌、丁亥，奉政公往浙江學使幕，府君家居，讀先秦兩漢書，始肆力於古文。辛卯，奉政公應安徽學使朱竹君先生聘，主講青陽書院，府君於里中授徒，以脯脩佐之，並迎養徐太安人於家。壬辰，府君二十歲，三月應郡試，時常州太守，後爲大學士費芸浦先生，於武進得府君，於陽湖得孫兵備星衍，以爲奇才。五月院試，學使爲彭侍郎元瑞，重詩古，命題曰『懸土炭賦』，生童數百人有難色，府君伸紙疾書，得八百餘字，榜發，取通屬第一，正考補博士弟子員。是年，舅氏錢文敏公丁艱旋里，見府君詩文，歎爲奇才，曰：『他日名重天下，科第不足言也。』時里中文人，如洪稚存、趙味辛、楊西河、徐尚之、黄仲則、孫淵如諸先生，暨府君爲七人，稱『毗陵七子』，常文讌往來，酬唱無虚日。

癸巳，府君二十一歲，吾母張宜人來歸。及冬，奉政公從青陽旋，屢躓南闈，庚寅已擬江南第六，旋易去，頗鬱鬱，將改歲仍北轅，委府君以家事，府君偕張宜人，悉請命於錢太宜人。甲午，應本省鄉試，已入彀矣，繼以主司取中落卷文字，以府君卷抽易之，房師爲旌德陳明府肇森先生，極爲惋惜。十月，適陳氏姊生。丁酉，應拔萃科，府君科試列第一，應選拔，爲有力者先登。是秋應本省鄉試，仍薦未售。戊戌，府君二十六歲，不孝振鑣生。時彭侍郎芸楣先生視學浙西，重府君才，聘入幕校文。適奉政公歸，命府君往，以幕脩供家用。

四月，奉政公出遊山左，中途遘疾，五月抵家，遽易簀。府君在杭得病耗，星夜遄回，及入門，知遭大故，慟幾絶，勺飲不入口者三日。時暑蒸地濕，府君藉草土者兩月餘，卒哭後，家徒壁立，喪葬大事，貧不能就。因屬吾母張宜人，奉錢太宜人甘旨，赴西泠，時王少司寇述菴先生奉使浙江，延府君入幕。旋應河南榮鐵齋中丞聘，主講彰德府晝錦書院，庚子河南鄉試，肄業士獲雋者最多。辛丑歸里，營奉政公窀穸事。值河流决堤，阿文成公秉節治河，會大雨潰土方，當局咨訪善策，府君議以滚塘法，先抽子河，濬中央，杜大令昌炎上其議，文成公即延府君見，因曲暢其説。文成公待以賓禮，詳詢行藏，歎曰：『君非梁園賦客，乃馬周、張齊賢一輩人物。』並詢知歸葬事，解囊贈賻，是冬旋里，始得營葬於德澤鄉新阡。壬寅，復至相州。是年，適吴氏妹生。

癸卯，就北雍試報罷，入成均，列上舍，受知於蔡葛山相國、鄒曉屏祭酒。先後在都四載，所入脯脩不敷菽水，遂以鬻文爲事，凡内廷諸公應制奉和諸作，多出府君手。乙巳，高宗純皇帝肇建辟雍，禮成，府君恭進頌册，欽取一等一名，恩賞白金綵幣。丙午秋復報罷，内廷諸公皆勸留都下，充茂勤殿校勘，府君以錢太宜人年高，違定省久，遂就校官南旋。丁未，攝丹陽訓導。閔中丞鶚元巡撫江蘇，夙重府君，比期滿考試，得卷大喜，以一等第一名保舉咨部，儘先選用。越歲戊申，盧存齋運使都轉兩浙，延府君入幕，校閱書院課文，暇則講究鹽法。嘗條舉六議，盡陳鹺政利弊，蓋生平才期用世，不徒以文字相尚也。庚戌，攝吴縣訓導事。會邑人潘某捐修學宫，府君爲之經理，鳩工勒碑。吴下多知名士，慕府君名，從游日衆。是年，適陶氏妹生。

辛亥，銓新陽縣訓導，遂奉錢太宜人及舉家赴玉峰。府君自戊戌遠游，迄今十四載，家庭骨肉，恒少團聚。至是，錢太宜人對府君曰：『爾以苜蓿盤爲白華養，官閑無事，可教子孫，所入者惟生徒脩脯，無造孽錢，吾願亦慰矣。』府君在新陽十五年，甫到任，值邑人捐修學宫，並濬泮池及龍鬚河，兼名宦、鄉賢祠，府君偕董事者，矢潔矢勤，辦理竣事後，府君復捐建節孝祠焉。每春秋佳日，召集門下士，詩酒唱酬。學舍多廢圃，府君至，剪除修剔，種竹千竿，梅數十株，及四時花卉菓蔬，承錢太宜人歡。癸丑，不孝兆熊生。府君在玉峰官最久，陶獎士類，愛惜人才。同學中，有患難被抑事，輒爲調護剖雪。及奉錢太宜人喪歸里，素冠路奠者凡百輩，玉山諸士，至今猶念府君焉。

嘉慶丁巳，筠浦相國巡撫江蘇，檄府君監院紫陽，山長爲嘉定錢辛楣先生，有『經師人師』之目，時出所著見質，相得甚。肄業紫陽數百人，課期暇，咸以詩文就正。丁巳、壬戌，初、二兩次秩滿，當道重府君才，欲與保薦，府君以錢太宜人春秋高，力辭。乙丑冬十月，錢太宜人棄養，府君哀毁骨立，經營喪葬，於塋前擴地數畝，從遺命也。戊辰服闋，銓青浦訓導。邑舊有福泉分治，專設司訓，署齋久圮，府君至，邑人士重府君才望，數旬間捐貲千金，建署舍二十餘椽，府君額其廳事曰『清福堂』。己巳秋落成，命不孝等奉吾母張宜人至青溪，時雲間名下士聞府君至，争執贄門下。

庚午秋，擢海州學正。辛未春，將赴海州，值吾母張宜人舊疾發，久未愈，遂命不孝振鏞授徒里中，奉晨昏，侍湯藥，府君偕不孝兆熊往，三月抵朐。是夏減壩漫口，州境災，奏辦賑恤，以山陽王仲漢案後，上官嚴察委員，羽檄誥誡，督賑者爲前淮海兵備何公洲，委府君查撫恤。府君奉檄，星馳各村，自黎明迄日暮，挨户履查，親核名口，填票自備資斧，給發書役飯錢，鄉民秋毫無犯。事竣，何觀察甚嘉奬，遂委府君監放撫恤。時吾母張宜人卒於家，訃至，府君尚未旋。及冬辦賑時，前江寧方伯陳公預，以府君實心辦事，札行州牧，以大伊山南鎮賑口，悉委府君。府君冒風雪履勘，一如撫恤時，顧報限緊，以一月竣事。伊山後連海洋，冬月早寒，冰厚數尺，零星村落，環繞岸隅。遠近數百里，一夕冰結，府君舟泊上洋，不得渡。晨起，見對岸有老嫗數十，抱小孩跪岸側，泣求賑。府君急命敲冰渡河，甫涉中流，冰阻舟覆，府君失足墮海中，幸災衆救援上岸，半日始蘇，及門許桂林孝廉作詩紀之。後陳方伯上其事，巡撫章桐門先生欲特保府君，會因明歲積算三次秩滿，將併案保題。

時兩江總督百菊溪先生，剔除積弊，刊發辦賑章程，令委員查户口，各貼榜，備抽查。府君以所查村莊多，若總貼一榜於大莊，無從家喻户曉，且防風雨損壞，抽查仍無據。因手發各莊榜二百三十餘張，給次貧户年壯盛者，收存備查，另立榜户姓名簿，申報稟上。制府極奬許，因照府君稟，通行各屬，一律辦理。

臘月放賑，府君奉委監板浦厰，時新安首厰監放不善撤去，遂檄調府君往。府君冒雪夜行二百里，抵新安厰，盤查賑錢，飛飭各店舖進厰，按大小極、次飢口，給賑錢數，兩日夜串就。即開厰，飢民領賑者，不令挨名次守候，見票即給，并嚴懲代領、總領等弊。府君自黎明起，終日坐厰門，眼同發給，雖大風雪不避，胥役無從侵蝕，飢民均沾實惠，旬日間，數十萬户賑濟均散訖。會大府遣員弁，改裝密訪，見府君所放賑錢皆足數，遂遄返。壬申元旦旋州，遠近飢民，扶老攜幼，執香跪送者數十里，事竣，紀大功二次。及秋，秩滿調驗，保舉堪膺民社具題，旋格部議，未領咨。

乙亥冬，查辦沿海淤地，勘丈升科復賦。潮河南岸，係雲梯關故址，河淤成膏壤，爲海州、安東交界，兩邑豪强攘奪，自康熙七年迄今，百數十載，械鬬案歲不絶。時大府奉旨查丈，以分界事難其人，海州牧師禹門先生稱府君能，遂檄任其事。府君輕騎減從，馳赴界所，嚴查侵佔隱射各弊，指駁僞契僞册，悉以部照爲憑，始畫分州縣界址，杜訟端，兩邑皆帖然，而府君心力之瘁，實始於此。是冬十月赴潮河，迄丙子六月蕆事，先後在分界處幾一年，冬則颶風嚴寒，夏則海潮蒸濕，所産葦蕩地，秋刈後，根利如刃。府君按畝履勘，著皮鞾，隨竹篁步行，督同插標，按弓尺，飭書吏繪魚鱗圖册，杜牽混。惟時委員丈報淤地多缺額，府君則照原額勘出，升科百餘頃。又申報滷碱難耕種者，緩申科，免民累，各竈户初憾府君辦理過嚴，旋感之。顧以海灘寒濕，履勘辛勤，致疝氣症，久未愈。畢役，禹門刺史報上，制府專摺保奏，奉上諭：以應升之缺，儘先升用。』

府君先後在海州六載，凡佐州牧所辦地方事，皆竭心力，尤培植士林，隨時教迪。先是，許秋巖漕帥聘主講郁州書院，後菊溪制府聘主講石室書院，從游日甚。丙子夏，自潮河分界旋，兩界士民，攜香走送者甚衆。猶記呈送楹聯云：『其來如明月清風，一塵不染；所至願焚香灑道，奕世難忘。』紀實也。是年八月，奉部行，除授直隸贊皇令。丁丑三月入都，五月初二日引見，奉旨：『依擬用。欽此』。六月抵任。贊邑爲畿南僻壤，界鄰晉省，四面環山，多石田。府君下車後，免差徭，除供億，民便之。是秋大旱，府君步禱五馬山龍神祠，歸途得甘霖，顧亢旱久，禾漸萎，遂禀請賑濟。

時前方伯姚亮甫中丞清嚴公正，知府君實心爲民，檄查户口，府君親赴各村莊，挨户細查。贊邑多山道崎嶇，浹月查竣，分造極、次貧民户口册，繕寫莊榜，并給一分於各村莊榜户，以備抽查。有無須給賑，而牛力、籽種困乏者，另請出借。方伯力懲官吏侵蝕，户口遺濫，親乘輕車按部，不許迎謁。查至贊邑，見各莊榜張貼曉示，官所賑者，民得證之，及吊莊榜抽查，悉符張貼户口名數。方伯霽顔，嘆息曰：『如此辦理，我有何不放心耶！』贊邑離元氏七十里，時已薄暮，方伯不令府君知，即赴元氏。夜半發羽檄，吊查出借户口册，府君即檢底册遞呈，方伯益重府君辦事慤實，益信任。嗣後，散給棉衣，饘粥留養，皆實心經理。是冬，紀大功一次。

戊寅四月，贊邑驟被風霾災，麥穗損，府君禀請緩徵。旋奉恩旨，直省被風災者，蠲免上忙錢糧，遂停徵。秋八月，恭辦盛京大差，贊皇係小治，向辦道不過十里。是年，奉派辦薊州道二十里，中有沙地險工，府君奉檄後，即星夜趨詣差次，督率夫役，修築完竣。時制府偕方伯先後查道到工，見府君所辦道段，皆寬闊堅固，甚獎勵。差竣，蒙特旨賞加一級。是秋，贊邑秋禾豐收，府君儘徵儘解，于十月内掃數全完。

至緩、帶徵糧銀，有畸零細户，實在貧乏者，禀請奏銷前，陸續徵解。

在贊未及兩載，凡可興革之事，知無不爲。學宫西廡久傾，魁星閣亦就圮，府君首先捐俸，彙合邑紳士捐資修建，囑杜庶子南棠、孝廉林桐總其事，閲歲告竣，廟貌一新。贊地瘠民貧，訪有地窨局賭，至破家鬬毆，釀成事端者。府君私行察看屬實，密帶胥役，眼同拆毁，將窨户枷號重辦，縣境肅然。又編查保甲，於秋收後，令各鄉牌頭、甲長，設立梆燈，輪流巡邏，一時宵小潛跡，比户以安。後移治邯鄲、河間，皆行之。

戊寅十一月，調署邯鄲縣事。邯鄲差繁民疲，府君莅任後，薄役輕徭，每相驗及履勘赴鄉，告百姓以息訟安居，勤本節儉。并曉諭曰：『爾等鄉愚無知，一時受人刁唆，逞其氣忿，争訟到官，我即隨審隨結。爾等城鄉上下，廢業耗財，悔已無及。』民感悟，呈詞減于前。入夏少雨，邑數十里外，向有九龍聖母井泉，鐵牌極靈驗。府君虔誠步禱，奉鐵牌，設壇齋宿，恍惚有黑衣人告府君曰：『明日送雨至矣。』明晨果得暢雨，歲以有秋，蓋府君至誠感神類如此。是冬，豫省馬營壩大工，購稭料甚緊，直隸總督方公奏請協濟豫工料垛，發帑購辦，檄接壤各屬，分限運工。府君以工需緊急，晝夜料量籌畫，迅速購運于大、廣兩屬，首先到工。適遇臘月嚴寒，雪深數尺，復加車運送，脚價不敷，及胥役人等盤費，皆捐資給發。自己卯十二月，至庚辰正月，邯邑料垛報竣，爲竣工第一，制府特行保奏，奉旨交存紀獎勵。是年，紀大功一次。

四月，回贊皇任，未匝月，旋調任河間。河俗刁悍，爲直省難治地，府屬所控各案，皆委首縣審訊，多糾結難理。府君莅任，日坐堂皇，漏下四鼓不少息，積案一清。秋八月，肅寧縣民李昆，毆死堂姪李玉堂，衅起燒香聚會，株連河、獻、肅三邑鄉民。府君密偵得實，迅速移會鄰邑，先後拏獲，附和加功之魏奎升、魏洛仲等，窮日夜研鞫，得確情。嗣奉上憲委員會審，府君以該犯等鄉愚無知，僅知燒香求福，並無經卷圖像，爲匪不法，將命案兇犯，分别按擬，省釋株連無干人甚衆。河間民俗健訟，府君慮差票傳提已到案，不傳審即累民，雖冬月嚴寒，日課自理，夜訊發審，往往徹夜不寐。河間多滷鹼地，寒夜地氣極冷，故疝氣益發。不孝等從旁婉勸稍爲節勞，府君不顧也。

是冬，遇計典，大吏以潔己愛民，盡心民事，保薦卓異，奉部覆准，調取引見。府君感上憲知遇，方思報效，詎入春驟發怔忡，疝氣亦更劇，遂於正月晉省，力求引退。制府堅弗許，府君復力陳病形，瀝懇再四，始準給假一月。假滿，禀凡三上，始準開缺。

府君自抵直隸以來，廉儉勤能，獲上信下，先後三列縣境，兩任衝繁，於聽斷尤詳慎。審結之案，前後不下數千起，而其中疑讞難决者，如贊皇有山西民人吴兆椿，自縊鋪内，手有『含冤』二字，既無頂兇，又無對證。因改裝赴鄉密訪，始悉王洛忠藉端訛詐，致吴兆椿情急自盡，遂將王洛忠按律問擬。又邯鄲李黑子自縊身死，父年九十餘，子僅七齡，俱極口呼冤，不能指出兇手。府君細詢鄰佑，并赴鄉密訪，先後究出李方成，因李黑子誤買失竊衣服，嚇詐致死。并究出冒充差役，幫同索詐之任姓，分别首、從，擬罪定案。

又河間民人張二隻身死，坑上血跡淋漓，相驗時，見頸有勒痕八字交者，當是有人致死，特無屍親、鄰佑可質。先是，府君閲報呈，甚疑慮，素敬信關帝靈籤，密禱于神，有『萬金忽報秋光好』之句。及相驗畢，步行村落，忽聞一童子悄聲言：『郭屯兒幹底好事！』府君聞言可疑，問其名，曰：『萬金兒。』陰與鐵合。即訪有郭屯兒者，向無賴，自張二死，即不見。當傳郭屯兒之兄到案，據其兄供，郭屯兒昨已逃出，因遣幹役，購綫獲之。初尚狡展，證以其兄，始供以張二説伊偷竊，起意勒死，擬抵完給。凡疑難不可破之案，府君悉心審究，務成信讞類如此。嘗謂不孝等曰：『治獄稍不盡心，即造孽，我不欲以此禍子孫也。』

府君體素强健，自海州辦災，落海更生，及丈地分界，積受寒濕，致疝氣症。上冬調任河間，清釐宿案，日至更深，積勞成疾。今春乞病引退，方擬從容調攝，慰遂初之願。詎料五月中浣，忽發痢症，入秋肝疾復發，血氣大虧，疝氣亦劇，竟于九月十三日寅時長逝，嗚呼痛哉！府君易簀前數日，指不孝等曰：『我們在客中，大事出矣，奈何！』又指不孝等曰：『十三落榻。』時不孝等從旁勸慰，誰知府君已明白詔示耶！府君生有夙根，于兹益見。惟辛苦一生，歸無三徑，在畿輔數載，時念故鄉風景，乃不獲一奉侍南歸也，嗚呼痛哉！

府君氣骨清峻，風采稜岸，而性尤純篤。蚤歲從先大父奉政公授經，府君穎悟過人，同塾伯叔輩有過，輒責府君，獨受責不敢言。先大母錢太宜人性極嚴肅，府君幼年稍不順意，輒受笞。及長，慈訓如嚴君，府君親奉色笑，先意承志，期錢太宜人色霽而後已。前後侍養錢太宜人於玉峰學舍，凡十五載，皆得太宜人歡。歲辛丑，府君自相州歸營奉政公葬事，因阿文成公留工次，恐後期，行抵淮浦，府君默禱龍神祠，得順風，兩日夜抵常，未誤葬事，蓋府君至孝所感云。

府君鮮兄弟，惟先姑母陶宜人一人，友愛特甚。奉政公棄養，遺命囑府君爲擇婿。及遊京師，識陶慎齋姑夫，遂爲先姑母締姻。府君屢遠遊，慎齋姑夫亦以刺史需次楚中，賴吾母暨姑母侍太宜人，承色養。辛亥，府君赴新陽，先姑母卒于家，府君哭之慟，因思妹心傷，遂以女字甥。

五世祖西亭公，留貽宗祠祭田公産，久少經理，府君奉諱旋里，會集族長及昆季，清釐查核，議立章程，春秋無曠。高祖舫齋公小塘墓田丙舍，歲久失修，爲風雨所壞，府君獨力修整。從伯祖母吴孺人殁久未葬，從叔曾祖母徐太孺人卒，無力葬，府君均于兩月内爲之舉殯。又外曾祖母吴太夫人之母鄒太孺人，殁數十年，棺停寺廟，府君奉錢太宜人命，爲營葬事，并爲告貸佽助，以館脩佐之，得舉殯。蓋府君惇宗族，篤姻誼，見義必爲類如此。

持躬廉儉，官廣文廿餘載，一如儒素。及出宰，居服飲食，黜華美，戒鮮肥，每履勘赴鄉，必減騎從，裹糧往，不擾民間。少年游越，嘉興太守魁公延府君校文，有欲夤緣得前列者，府君力拒之，所取前列，院試多入泮。時朱石君先生視學浙西，甚重之。嗣主講相州，太守盧公屢延校文，皆極秉正。盧公後轉運兩浙，延府君入幕，錢穀勾稽，諸弊肅清。迨查丈海州淤地，業户皆豪富，窺伺府君，意欲致饋賮，隱匿升科，府君尤持正，動輒厲聲，遂不敢進。先後在玉山、青溪十餘載，除生徒脩脯及詩文潤筆外，有所遺，均弗納，非公事不至有司官署。及作宰，杜絶苞苴請謁，人咸憚之。而遇事慷慨，善持公論，喜救人急難，人亦恒多就之。

生平結交，多名下士，著述之富，幾于等身，每有酬酢，攬筆立就。尤精古文，嘗自謂與昌黎、河東，方軌並跡，後當有知我者。著有《白雲草堂詩文集》十卷，已付梓；《毛詩訓詁》二十卷，《春秋經經緯史》五十卷，《讀史紀事》三十卷，《制藝心解》二卷。又未刊古近體詩七千餘首，古文五卷，駢體四卷，詞二卷，《湖海紀聞》十二卷，藏于家。書法初似蘇文忠，晚年出入黄文節、米海岳。喜作淡墨山水，畫近法麓臺，遠師子久，並極神妙。平生尤愛才，前後及門，多知名士。教不孝等以義，方自丱角，迄成童弱冠，皆親課學業。尤嚴家法，以立身行己爲務，顧待家庭骨肉，恩義倍至。不孝等壯大無成，累府君垂老出山，不獲優游林下，罪又何可逭乎！

府君生於乾隆十八年癸酉七月二十一日巳時，卒於道光元年辛巳九月十三日寅時，享年六十有九。歷官直隸贊皇、邯鄲、河間縣知縣，卓異候陞，加四級，誥授奉政大夫。配吾母張宜人，誥贈宜人，丹徒乾隆庚午舉人，内閣中書諱成璧公次女。子二：不孝振鑣，廩貢生，候選訓導，娶同里丁氏，乾隆己亥舉人、前直隸威縣知縣諱履端女；不孝兆熊，附監生，娶丹徒戴氏，乾隆癸丑進士、四川按察使名三錫女。女二：長適元和陳鍾麟，嘉慶己未進士，浙江杭嘉湖道；次適吴縣吴廷珍，嘉慶辛未進士，殿試第一甲第三名，翰林院編修；次適同里陶善昌，四川候補縣丞。孫男二：長蕚生，聘同里李氏，邑庠生青嶼女；次士珍，幼未聘。孫女三：長字同里國學生程兆桂三子容，次未字，次字同里庚午舉人湯端名長子世琯，俱不孝振鑣出。不孝等苫次昏迷，語無倫次，謹就記憶所及，泣述大概如右。光緒三十一年增修《毗陵吕氏族譜》卷十九《傳狀三》

湘皋公墓誌銘

同里趙懷玉譔

君姓吕氏，諱星垣，字叔訥，號湘臯。祖友常，明永樂中自宜興遷常州。五世祖宫，順治丁亥進士及第，弘文院大學士。高祖方嘉，貢生，候選知縣。曾祖鈞，歲貢生，候選訓導。祖灝，候選州同知。考揚廷，國學生，贈奉政大夫；母錢氏，贈宜人。君將生之前夕，寢室前小池山，夜有星光耀古桂上，及生，榻下盆蘭忽發箭數十莖，奉政君大喜，命小字曰『蘭蓀』。又以星兆命今名。四歲從錢宜人卧起，宜人挑燈哦詩，方吟『玉露凋傷』一句，忽聞君於枕上續吟此詩，一字不訛，宿慧也。

年二十，補博士弟子，蓋君自九歲已能作古近體詩，至是積成卷軸。母舅錢文敏公居憂歸，見之曰：『他日當名重天下，科第不足言也。』屢應鄉試及拔萃科，皆侻得復失。奉政君殁，家徒壁立，喪葬大事，貧不能舉，遂作客遊計。先是，南昌彭侍郎元瑞視學浙江，聞君名，招致之，至是復往。即客王少司寇昶所，旋主講彰德府晝錦書院，逾年，將歸營窀穸，值河流決堤，章佳文成公持節治決河，而大雨潰土方。當事諮訪善策，君議以滚塘法，先挑子河，濬中央。杜大令昌炎上其議，文成即時延見，復暢其説，文成歎以爲馬周、張齊賢一輩人物。

既而就試北雍報罷，入成均，列上舍，留都四載。脯脩所入，不敷菽水，乃以鬻文爲事，凡内廷諸公應制奉和諸作，多出君手。乙巳，高宗純皇帝肇建辟雍，禮成，君恭進頌册，欽取一等一名，蒙白金綵幣之賜。明年秋復報罷，錢宜人年高，違定省久，遂就校官南歸。署丹陽、吴縣訓導，選新陽訓導。錢宜人曰：『爾以苜蓿盤爲白華養，官閑無事，可教子孫。所入惟生徒脩脯，無造孽錢，吾願亦慰矣。』在新陽十五年，錢宜人殁，服闋，選青浦訓導，擢海州學正。

潮河南岸，即雲梯關故址，淤成膏壤，爲海州、安東界，兩邑豪强攘奪，自康熙七年以來，械鬭案歲不絶，大吏奉旨查丈，以屬君。君按畝履勘，著渡河人皮袴，行葦根中，根利如鋒刃，弗避，按弓尺，繪魚鱗圖，以杜牽混隱射諸弊，凡十越月，始劃分州、縣界，兩邑帖然。大吏善其役，專摺保奏，上諭以應陞之缺陞用，授贊皇縣知縣。贊皇畿南僻邑，壤界晉省，環山，四周多石田。君下車免差徭，除供億，民便之。歲歉阻飢，請發賑焉，方伯仁和姚公懲官吏浮冒，在在綜核，無或敢逾，以君爲廉，如其請。君如甲，令分別極、次户口，造册繕莊榜，發各村莊，以備復核，而牛力、籽種困乏者，别請出借。方伯乘輕車，減僕從，屏十謁，私行按部，見君所施爲，盡民知之，方霽顔歎息，始放心也。

縣有地窨局賭，破家産，釀鬬毆，訟端數起。君廉得其處，立毁其窨，取首犯，以法創之，縣境肅然。署邯鄲縣，禱雨立應，歲以有秋。調河間，縣民張二隻身死坑上，血跡淋漓，頸有勒痕，當因人致死，而無屍親、鄰里可質。君閱報牘，疑之，禱於關帝，得兆曰『萬金忽報秋光好』。及驗尸畢，步行村落，一童子私語曰：『郭屯兒幹得好事！』君聞之，問其名，曰『萬金兒』。即訪有郭屯兒者，游手無賴，自張二死，即不見。屯兒有兄，執之，跡捕以來，一訊遂服。其治事誠心感應如此，故凡有疑案，無不立破者。在海州時，檄理賑濟，舟泊上洋，冰結不得渡。凌晨，隔岸有老嫗數十，抱小兒跪泣求賑。君即命敲冰渡河，涉中流，冰阻舟覆，失足墮海中，災民撈救得蘇。

君氣骨清峻，風采稜岸，而性尤純篤。穎悟過人，爲文章操筆立就，里中二三子，如洪君稚存、楊君西禾、黄君仲則、孫君淵如，皆以文學詞章相器識。而君及余文讌往來，少小相結，稱莫逆焉。中年以後，雖各以事牽，或數月，或數年，未嘗不相見，乃至於今。余老病侵尋，不可復振，而諸君皆已化去，其行誼悉見於余文。兹又執筆以紀君之蹟，爲可悲也。

君所著，有《白雲草堂詩文集》十卷，《毛詩訓詁》二十卷，《春秋經經緯史》五十卷，《讀史紀事》三十卷，《駢體文》四卷，《詞》三卷，《湖海紀聞》十二卷，古近體詩七千餘首。生乾隆十八年七月二十一日，卒道光元年九月十三日，春秋六十有九。配張氏，封宜人。子二：振鑣，廩貢生，候選訓導；兆熊，附監生。女三，浙江杭嘉湖道陳鍾麟，翰林院編修吴廷珍，四川候補縣丞陶善昌，其婿也。孫二，蕚生、上珍。以道光三年正月二十六日，祔葬德澤鄉鳳翥橋祖塋之昭穴。銘曰：

猗嗟吕君，明明存存。學於古人，率履未振。莘莘儒林，猷猷畿縣。甿歌載興，庠序惇勸。文翁在漢，劉曠在隋。政爲第一，表禩不施。猗嗟吕君，既躋於斯。而止於斯，以昌其詞。光緒三十一年增修《毗陵吕氏族譜》卷二十一《碑銘志》

蘋圃公墓誌銘

錢塘袁　枚譔

君吕姓，名揚廷，字對宸，江蘇常州人也。生即風神愉定，有顔淵度轂之仁，仲弓含澤之智，白賁沃若，黄流瑟然。年十九，爲博士弟子，二十二肄業成均。鄭緩爲儒，呻吟裘氏之地；仲舒好學，不窺廣川之園。凡十祺之變，三象之音，九據之章，七調之曲，靡不穿穴名理，淵通妙靈。應南北鄉試不售，遂佐周君某，爲政陽高。王壽焚書而舞，班超投筆以行，招我以弓，視道若尺。其時有火速軍餉，應運會城者，路苦盤陊，人相愕眙。君勇任之，以三十須臾，行七百郵遞，驚虎墜澗，攀枝登崖，卒使龍節如期，魚符應刻。古之人，雖子反乘堙，蔓枝斷轂，卞莊子之怒目，於菟怯威；太史慈之通章，計吏奪氣，不是過也。

同里友吴啓文，病於榆社署中，君從陽高駷馬視之。始而稱藥，義篤真長；繼而扶輤，送歸元伯。或勸君應秋試者，君泫然曰：『科第命也，友朋義也，吾不以彼易此矣。』其篤行深中，觥觥類是。君閑居有絅直之心，遇難無倉况之色，測交耻倚魁之行，樹善記昔席之言。蒙厖褫以拯人，阽焦原而跟止。以故丘里慕其風者，莫不證岑鼎于展禽，誓要言于虞寄。兄弟五人，杜欽以小官最著；學生一坐，庾乘以末位稱尊。《傳》曰：『上交下交，銀手如斷。』其君之謂歟？

以乾隆四十三年卒。其子府學生星垣，秀出班行，家傳綈衮。庶乎潘子之後有尼，夏侯之學傳建，連逮陳詞，乞予誌墓。予思夫平子南陽之德，深刻碑陰；康成北海之風，大書瓦屑。亦文人之職役，孝子之終事也。乃仿南朝宗氏墓碣，牒其世系、妻女、年齒、葬所如左，而爲之銘曰：

星有光，夜方起。人有名，死未已。亢其宗，更有子。我銘幽，逝者喜。

光緒三十一年增修《毗陵吕氏族譜》卷二十一《碑銘志》。亦載袁枚《小倉山房外集》卷七，題爲《郡文學吕君墓誌銘》

文學吕君墓表

王昶

乾隆己亥，吕子星垣從余自吴入豫，每誦其父文學君之賢，輒熒熒然泣下也。且曰：『某無似，先君尚在淺土，今將簭日卜地，求所以銘於幽竃者。』余悲而諾之。明年，余以按察使江西，旋遭太夫人之喪，久之不克以爲，而吕子遂以辛丑十二月某日，葬君于其縣之曹塘橋，於是復來請曰：『吾父之葬，有鄭贊善虎文爲傳，袁明府枚爲志，而墓道尚未有刻文，敢卒以請。』會余已逾小祥，乃握管而爲之辭。

君名揚廷，字對宸，號蘋圃。少有器度，九歲熟五經，十九爲郡學生，下帷攻苦，有聲黌序。久之入太學，屢試南北鄉闈，終不遇以卒。然敦孝友，尚氣誼，往往爲人所稱。幼而喪父，哀毁不食，因得滯下疾，腸出寸許，保姆裹以敝絮，摩挲良久，乃漸愈。常侍母病，不脱衣帶者三月，筋骨大損，後遇陰雨，輒痛楚，不能反側。母性嚴，治家無所假貸，君年四十，稍不當意，猶詞責及之，君退，乃竊喜曰：『中年人尚有母教，故不易得也。』他若事寡嫂，撫孤姪，治伯兄孝廉君喪於京邸，盡哀盡禮，其孝友類如此。

君佐陽高縣知縣周世紫幕，值軍行，促令解餉赴省，期三日，而道遠險隘特甚。君請代行，疾馳兼晝夜，馬驚墮澗，攀藤葛以上，如期抵省，周因以免重譴。素善同里吴文夙，吴館榆社縣署，君稔其疾，從陽高往視之，及卒，又護其柩以歸。急難好施，不以貧窘自解，故人益以爲難。

君世爲江蘇武進人。高祖諱宫，順治丁亥殿試一甲第一名，官至弘文院大學士。曾祖諱方嘉，祖諱鈞，俱歲貢生。父諱灝，候選州同知，母徐氏。配錢氏，誥封資政大夫、刑部左侍郎諱人麟之女。子一，星垣，常州府學廪生；女一。孫男一，寶璐。以乾隆四十三年某月日卒，年四十有六。

君既以文學名於時，而孝弟惇信，復見重於鄉里。人謂君懷文抱質，將繼弘文之後，光大其家。顧十一試不得當於有司，且不獲中壽以殁，宜吕子之不勝悲也。雖然，吕子安貧力學，工詩古文詞，嶄然見頭角矣，發聞成業，知必有以顯君者。乃俾勒文於墓，以訊後人。《春融堂集》卷六十

國子監生吕君家傳

鄭虎文

君姓吕氏，名揚廷，字對宸，號誠齋，江蘇常州人，弘文院大學士宫玄孫也。曾祖方嘉，祖鈞，俱歲貢生。父灝，候選州同知；母徐氏。鈞無子，灝以兄子爲鈞後。君幼而沉静，有器度，九歲讀五經卒業，下筆成章。

年十九爲諸生，每夏夜讀書，兼衣以禦蚊蚋，渴則就池掬飲。無何入太學，應南北鄉試，凡十二不售。

君三世素封，均財好義，家遂以落。洎君雖貧，益慷慨喜施與，遇人窮厄，不以難辭。嘗佐山西陽高令周君世紫幕，縣有軍餉解省，省與縣相距千餘里，限甚迫，無能任者。君於是道捷徑，履山險，兼晝夜行，塗半遇虎，馬驚墜澗，捫葛披榛，僅乃得免，三日達省中，令賴以謝重譴。後周君坐法死，君已他往，單車赴吊，并傾囊恤其家。同里吴啓文，夙與君爲撫塵交，館於君族父榆社令瀶署中，君聞其疾，從陽高往視。會卒，適屆秋試，或勸君行，君泫然曰：『脱余去，誰與送吴君喪者？』竟留畢事。君爲青陽書院長時，族子元燮有遠行，路過舟覆，旋遘病，君留養兩月，病良已，厚資其行。

君性孝友。成童時丁父艱，哀毁不食，遂患癖，腸出寸餘，保姆以敗絮摩挲久之，然後愈。常侍太夫人疾，不脱冠帶者三月，筋骨爲傷，後遇陰雨夜輒作楚，不得眠。太夫人治家嚴，有不當意，輒責君，君退而喜曰：『余年已逾四十，尚承母訓，人子之幸也！』伯兄孝廉君重華，病於京邸，君正送吴君之喪在亳州，聞之，戴星而往。至月餘，兄歿，君拮据摒擋，扶櫬首途，更遠取吴君柩同歸。有持兄券至者，錢罄，解衣授之，不令留所負焉。居恒事寡嫂以敬，撫孤姪以慈，同氣中處瘠推肥，能忘其困。乾隆四十三年卒於家。娶錢氏，封資政大夫、刑部左侍郎錢公人麟女。子一，星垣，府學廩生；女一。孫男一，寶璐；孫女一。

論曰，君嘗拒奔女於衛輝旅舍，終身未嘗言其事，真盛德君子也。跡其生平，敦氣節，重然諾，求之昔賢，殆朱暉、劉翊之亞歟？顧其才萬不一試，而没没以死，嗚呼！其可悲也。其子星垣，幼能委己於學，

長而益騫，余讀其文而偉之，必將有所不以朽其親者在矣。遇不遇，詎足爲君惜哉！　王昶輯《湖海文傳》卷六十五

豫堂公行略

兄　振鐮譔

君諱兆熊，字豫堂，號棣原，先大夫湘皋公仲子也。幼事先大夫暨先太宜人，承順惟謹。讀書穎悟過人，精舉制義，兼工詞章。年二十三，補博士弟子員，旋隨先大夫宦直隸，襄理吏事，井井有條理。先大夫暨太宜人先後見背，經營喪葬，竭誠盡慎，與振鐮兢兢以無忝共勖焉。

應道光乙酉順天鄉試，中式舉人，疊赴春闈，薦而未售，遂就本班知縣，發山西試用。上憲器君才，令在發審局會訊積案，凡轇轕難理之件，悉心研鞫，平反辨雪者甚多。攝交城，有棍徒擾害地方，訪獲懲辦，一境肅然。復裁汰舊日陋規，民皆悦服。卸篆旋省，值聞喜令以盜案撤任，君奉檄接署，嚴緝捕，謹編查，宵小匿跡，比户以安。縣最殷富，多藉端詐索案，君秉公訊斷，杜絶苞苴，操守之潔，蓋素性使然也，邑之人至今猶謳頌不衰。後署萬泉三月，治行一如聞喜時。

旋以序補無期，遵籌備事例，捐升直牧。未去省會，趙城縣曹順事起，奉檄搜山，緝獲逸犯無算。復委會審，時當酷暑，經十數晝夜不得休。事竣，中丞鄂公順安保奏，奉旨以直隸州儘先選用。丙申，奉部咨候選，己亥十二月，銓補湖南桂陽直隸州。桂陽苗疆，地瘠，累難治，君日以爲慮。正月下旬感風寒，遂以嗽疾失音。因亟於銷假，醫家遽投補斂劑，引見後不數日，病益轉劇，竟於四月初三日殁於都門會館。

君以有爲之才，需次山右六載，今銓楚南，未得履任，生平抱負，不克一展。又復旅次淒凉，告終僕從

之手，嗚乎，傷已！君天性肫摯，與人謀必盡忠，尤敦手足誼。適蘇州吴氏妹孀苦，歲時寄濟之。客歲，振鑣以失察學中訟案，罷官歸，君適謁選都門，以振鑣貧老爲念，相約得缺後，偕赴任所。而今已矣，嗚呼，爲可哀已！

君生於乾隆五十八年正月十八日寅時，卒於道光二十年四月初三日酉時，春秋四十有八。娶丹徒戴氏，乾隆癸丑進士，兵部尚書、都察院右都御史、四川總督諱三錫女。無子，以振鑣次子士珍嗣。振鑣自得凶耗，心神瞀亂，欲詮次君一生政績行誼，舉筆輒止，而又不忍聽其湮没無傳。爰述大概，附之家乘，以備採擇焉。

光緒三十一年增修《毗陵呂氏族譜》卷二十《傳狀四》

毗陵呂氏族譜跋

呂復初

吾族乾隆、嘉慶時之修譜也，族中殷富，丁口繁茂，急公好義之士，實繁有徒。是以一人倡之，千百人助之，不數月而已，足驗敬宗收族之效。觀道光之役，已遠不及前，而猶有人任勞任怨，盡心力，集巨款，以始終其事，故雖不能媲美於前，尚足以表率於後。

逮至今日，殷富既不若前，丁口亦減於前，急公好義之士，尤寡於前。族之才力兼富者，非仕幕在外，即僑處異方，家居者亦多爲衣食奔走。故今日之修，猶之未修也，遠祖世系之舛，仍誤而未正。第十五世大同，係十四世忱中子，誤作本中子，大兄景端有説證之。近世世表之間，亦紊而未清；各支碩德懿行，亦缺而未備。此次承前之弊，世表中生卒年月，每有訛誤，傳狀亦多遺缺。加以手民誤刊，亥豕魯魚，相望於册，其咎皆在於纂修既無分任，校讎又乏專司，弟以各事委之三伯祖及先大父二人。夫不知三伯祖專任財政，已慮過勞；而先大父七旬老邁，晚年多病，雖毅然自任，義不惜身，然精神已憊，飲食已減，安能總攬校纂，而無毫釐之失？逮至舊疾續發，竟至不起，未始非盡瘁譜事之故。而初又馳驅學海，未得襄助一二，罪固難辭！故於苦塊之中，敬謹展讀，每遇乖謬之處，回思先大父倡始之艱難，經營之辛苦，卒未能告於廟而散之族，未嘗不心慼慼而憂，淚涔涔而下！思有以匡正而補救之。

然初少年失學，才識淺陋，席祖餘蔭，僅能糊口。既慚才不足以力矯前弊，而底於完善，又愧力不足以盡蠲已成，而改絃更張，又不忍付之浩歎而不問。用是不揣謭陋，就見聞所及，舉而録之，成《校勘記》一卷，附於末，以貽來者，雖不敢云有功於譜，亦足以分後人校讎之難。至於掛一漏百之譏，及行頁誤書之處，則苦塊昏迷，在所不免，希吾同族鑒此愚衷而諒之。乙巳暮春，十八世孫復初校畢敬識。光緒三十一年增修《毗陵吕氏族譜》卷末《跋》

續修宗譜序

吕偉孫

民之生也，必有攸繫，國以義出，治家以親相及。古之聖王以孝治天下，臣子之有功德者，賞必延於其子孫。是以胙之土而命之氏，使有以自別於氓庶，所以酬明德，勸有功也。《易》曰：『積善之家，必有餘慶；積不善之家，必有餘殃。』祖宗之慶，善及於子孫，子孫苟謹守焉，而罔或隕越，則亦足以保其家矣。

吾族自明永樂間遷常州，順治癸巳，始有族譜之作。乾隆辛亥始修，道光庚子再修，洪楊亂後，迄光緒丙子，而第三次修輯之譜始成。自始事迄告竣，凡八年，以前之闕而不修者既久，且中更喪亂也。歲戊戌，族姪繼午自粤歸，與金誠等始創修輯之議。時則吾族之散處城鄉者，日益繁衍，又有寄居他省者，恐其事之久而難成也，金誠、繼午乃首任其經費十之五，向之修譜者，計口以籌費，謂之丁錢，及是免焉。既合族人之在常者而公議之，又馳書遠道，告以修輯之舉。金誠、繼午，與十八世績熙，十九世學恩等，力任校讎纂輯之勞。費有不足，金誠又以獨力任之。歲乙巳十二月事成，郵示偉孫，使爲之序。

伏念吕氏先世，出自四嶽，著績虞夏，歷漢唐宋，代有聞人。子孫之散處大江南北者，世爲望族，迄於今不衰，蓋祖宗之遺澤深矣。後嗣之子孫，雖不敢仰望祖宗之明德，然其處鄉里者，服疇力穡；居城邑者，懋遷有無。廬庠序者，爲世所式矜；登朝宁者，與國同休戚。是皆祖宗之遺澤，有以庇蔭其子孫也。聖人不云乎：『事親孝，則忠可移於君，順可移於長。』百行之元良，以孝爲厥宗。爲子孫者，苟能遠念其祖宗之勳猷，兢兢焉惟弗克負荷是懼，其亦可以免於戾乎？然後知聖人敦宗收族，以孝治天下之微意也。乃謹述此意，以爲之序。光緒三十一年乙巳冬，十五世孫偉孫謹序。

順治十年歲次癸巳族譜序

吕克敬

吾吕氏之由來遠矣。自唐及宋，有稱河東長興侍郎院派者，有稱幽州天福侍郎院派者，有稱汲郡顯德侍郎院派者，大抵皆在大江以北。其徙居於吴越，則自靖康南渡時，舜徒公始遷婺州，後更散居他郡。以收族之義言之，合南北而其成一譜，誰曰不宜？顧時代遥遠，散處難稽，雖大有力者，莫能彙而合之也。

吾毗陵一派，遷自宜興，爲婺州之分支，世系班班可考。而二百餘年以來，子姓繁衍，有舉其名，而莫知其人者；有知其人，而莫知其行齒婚娶之詳者。夫豈散處之難稽哉，何收族之道未講也！

敬年老無能，上㥯先業，奚敢以譜事自任！特就力所能爲者，上自始祖，下及現在輩行，釐爲世譜，俾親疏長幼，展卷瞭然。後之人，倘有志於斯者，庶乎得所憑藉焉爾。七世孫克敬謹序。

乾隆五十六年歲次辛亥重修族譜序

呂　沅

自昔宗法廢而譜牒興，譜之作也，尊祖敬宗收族，而大宗小宗之意，即寓乎其中。《周官》所爲奠繫世者，即族譜所由昉。唐世重閥閱，益究譜學。宋歐陽氏、蘇氏，復倡立圖説，申明例義，遂爲後世治譜之宗。

吾呂四嶽之裔，周秦以降，代有聞人。其有世系、仕宦、生卒可表，則自唐之嵩山公始。自唐而宋，族益大，其間名儒碩輔，以賢良忠藎，政事文章，後先濟美，是以令聞長世，足以庇賴其子孫。始遷祖春鸝公，明洪武間代父戍陝西衛，始遷祖母楊夫人自宜興遷武進，是爲武進呂氏始祖。第五世祖，曰鉉曰鏞曰鎮，是爲三大分祖。三分第九世沅，曾祖太保公，國朝廷對第一，官至太子太保，弘文院大學士。自春鸝公以孝行起家，至太保公而呂氏始顯。太保公移孝作忠，篤厚純固，子孫宜無忘先德，而益紹衣之。

夫孝必尊祖，尊祖必敬宗，敬宗必收族，若是則譜之作，不綦重乎哉！蘇明允之言曰：『其初一人之身，分而至若塗之人。』吾呂氏散處田邑，日以繁衍，至有詢其支派，惘然無所置對者，幾何其不爲塗之人耶！夫以祖宗視之，均是子孫，以均是子孫，而相與至於無異乎塗之人，蓋吾武進呂氏，去始修譜之時，已有百餘年矣。

歲丁丑，沅赴山右，仲兄灦時官萬泉令，政事之暇，恒以族譜漫漶爲慮，曰：『此先君子未竟之心，吾與若之責也。』丁亥，沅自太原將歸，兄復以爲言。沅返，即請命於從兄朝柱，曰：『是不可緩，余蓄志久矣。』無何，兩兄先後逝，族中可以任其事者，如爾昌、爾益，皆歿於任所，榮光復遠官將樂，蹉跌數年，而沅亦忽忽將老，幾虞其事之不可復就。

今幸矣觀厥成矣，設公所於家塾，糾合共事，懃拳堅確，志在必成者，莫如爾喆。會爾禧官桐鄉令，走札往還，加參考焉，寒暑無間，心力交勞。統其事以冀速成者，莫如愚梓。而憲柟爲之佐，搜羅序傳，綜覈名實，嶽自主之，光復更爲覆核。至參酌詳慎，終始其事，有如篆勤奮趨事；校正編次，有如椿倚綜核二分世次生卒；彙合諸費，鳳翹實有力焉。其剞劂之貲，則萃三分之力而成者也。

吾族散衍難稽，譜復久淹歲月，各分子孫或客遠，或宦遊，或負耒横經，或商賈藝事，之人能其事者，之得以畢集於一庭，則尤難其時。是以作而復輟，經始之由，與蕆事之日，且上下二十餘年。今一旦竣事，此中之辛苦，爲已甚也。遠祖、始遷祖以下分立表，系大、小宗之遺意，於以彰支派，分世次。奠而疏戚尊卑，於以著國恩紀焉，祠墓詳焉，居徙瞭焉。文用簡質，不衷於義者删之，不傳其實者刊之，未彰其行者補之，官爵年齒，婚姻子女，無不詳備。自今以往，知譜成之難，知曠而不修之憾。各分之人，歲記其親分之名字履歷，男女嫁娶，生卒月日，十年一集，三十年梓而頒之，斯則所云尊祖敬宗收族者，沅深望焉。若謂斯譜之成，沅有力也，則淹忽至今，方將引咎之不遑矣。十一世孫沅謹序。

道光二十年歲次庚子重修族譜序

吕承慶

家之有譜，所以奠繫世合族，屬定親疏，辨長幼者也。葉茂枝繁，發於一本，川分瀆演，祇此原泉，此譜之修，所以不容已乎？

吾吕氏遷居毗陵，已五百年，前明未有譜牒。順治癸巳，始輯成書，乾隆辛亥，重加修纂，而體例以備。然其時距始遷四百餘載，即距創譜之日，亦百數十年，散處田邑，支衍派分，闕軼者殆居其半。今又五十年矣，若不早修輯，將更有莫可尋溯者。

數年前，子珊官豫，子班官浙，志恒官閩，僉商舉修，以採葺乏人，遷延未果。志恒旋殉王事，子班亦謝世，蹉跎數年。今子珊解組歸，適佺孫兄弟以憂居里，欲成先人志，集衆會議，詢謀僉同。乃於己亥夏仲開纂，遵舊章而損益之，閲一載竣事。統其事以董厥成者，子珊也；倡議興修，志在必行者，佺孫也；職司纂訂，終始其事者，佶孫也。綜理搜訪，則有倫敘；從而參酌者，子環、子琳也。外分校訂正，及各分督捐，則合群力而爲之者。承慶行齒居長，蓄志已久，今幸譜事有成，初心竊慰。尤願後之人，循三十年一修之約，按時編葺，勿使久而難稽。

抑更有冀者。吾吕氏顯於唐，盛於宋，儒修相業，彪炳史策。洎吾始遷祖春鸝公，以孝行聞，世德相承，簪纓不絶，毗陵數族望者，咸推吕氏。積厚者流光，抑亦培養之有其道也。今吾族類多鄉黨自好，誠能户誦讀，家絃歌，胥明於體立用行之學，以克保中原文獻之傳，是亦祖宗所厚望者夫。十二世孫承慶謹序。

光緒四年歲次戊寅重修族譜序

吕洪盛

宗法廢而譜學興，敬宗收族之意，猶少有存焉者。自人心不古，并視此爲具文，於是聽其漶漫而不修，日久愈畏其難，而愈不能修。彼固未嘗爲一本計，漸至視如塗人而不恤也。

吾呂氏自明永樂間，由宜興遷郡，五傳而分三大分，子孫散處鄉城，日益蕃昌，世爲望族。宗譜肇自順治癸巳，始修於乾隆辛亥，再修於道光庚子，其間多有闕而不具者，以前此曠而不修，且百有餘載也。矧經咸豐庚申粵逆之亂，當時流亡相繼，糾恤無從。同治甲子，官軍收復常城，江南底定，宗人稍稍安集，復我邦族。而料檢丁口，半爲國殤，外此則遷徙流離，存亡莫必。倘及今不修，大懼汩亂先典，羼訛來乘，不第有闕而不具之憾。

歲辛未，金誠、繼午創議纂輯，懋勳、懋榮倡捐經費，商之嗣彬，始有端緒。癸酉，贊庭族兄自山左歸老，慨然身任，次第興修。越歲，兄賫志以歿，其事復寢。丁丑，繼午春闈罷歸，力踵前議，志在必行，當祭掃石塔始塋，揖族人而告之。詢謀僉同，於是綜核名實，分別纂撰。喪亂以來，族情不一，紛者糾之，漏者補之，訛者訂之，不衷於義者正之，不規於例者一之。崇祀典而節義彰，定祭法而昭穆序，重嫡派而統序不能紊，嚴名分而嫡庶不敢淆。凡一節之微，一行之善，靡不廣爲搜採，闡發幽芳。旁及塋地田畝，勾稽詳審，條分縷晰，如指上螺。爲圖四，爲表十，爲志六，爲傳八，遵舊制而加廣焉。計此舉，經始於辛未之秋，告成於戊寅之冬，中間時作時輟，遷延八載，卒能遠紹旁搜，越十有三月而蕆事。外此，與其役者，十五世嗣彬則稽覈丁數，十六世金誠則綜司各職，勤而有功，懋蕃、家籛則校讐參酌，與十七世德驥等，均有力焉。

書成，繼午授予曰：『斯譜之作，中經寇亂，舛譌實多。惟不逞智以紊舊章，不循情以乖禮法而已。』予受而讀之，嘉其始終勤勞，不因陋就簡，聊以塞責，既悲贊庭兄之不及見，而又幸斯譜之卒底於有成也。因慨然曰：『我呂氏自明遷常，四百餘年於兹矣，回溯積學敦行，代有隱德，至聖清而大顯，簪纓勿替，軒服重輝。即伏處田間，而食德者説禮敦詩，服疇者横經負耒，各能砥勵廉隅，勉勉循循，無自遐棄。後之讀是譜者，庶幾知所觀感，油然生其孝弟之心。用是經明行修，蔚爲國華，永足光前而裕後，不僅有敬宗收族之效也。老夫灌灌，猥以輩行較尊，序其事，以爲族人勸。』十三世孫洪盛謹序。以上光緒三十一年增修《毗陵吕氏族譜》卷首

贈奉政公揚廷暨配錢宜人誥命

制曰：求治在親民之吏，端重循良；教忠勵資敬之忱，聿隆褒奬。爾吕揚廷，乃直隸河間府河間縣知縣加四級吕星垣之父，禔躬淳厚，垂訓端嚴。業可開先，式穀乃宣猷之本；澤堪啓後，詒謀裕作牧之方。兹以爾之克襄王事，贈爾爲奉政大夫，錫之誥命。於戲！克承清白之風，嘉兹報政；用慰顯揚之志，昭乃遺謨。

制曰：朝廷重民社之司，功推循吏；臣子凜冰淵之操，教本慈幃。爾錢氏，乃直隸河間府河間縣知縣加四級吕星垣之母。淑慎其儀，柔嘉維則。宣訓詞於朝夕，不忘育子之勤；集慶澤於門閭，式被自天之寵。兹以爾子之克襄王事，贈爾爲宜人。於戲！仰酬顧復之恩，勉思撫字；載焕絲綸之色，允賁幽潛。光緒三十一年增修《毗陵吕氏族譜》卷十三《恩綸志》

鳳翥橋墓 癸山丁向

第十三世蘋圃公暨配錢宜人，葬主穴。

第十四世湘皋公暨配張宜人，葬昭穴。

第十五世豫堂公，葬穆穴。　光緒三十一年增修《毗陵呂氏族譜》卷十六《塋墓志》

題爲遵議江蘇省海州學正呂星垣俸滿保薦陞用事

松筠

御前大臣，太子少保，協辦大學士，吏部尚書，管理理藩院事務，鑲紅旗滿洲都統，臣松筠等謹題，爲教職俸滿，循例保題事。

吏科抄出江蘇巡撫朱理等題前事。内開，該臣查得，海州學正呂星垣，自嘉慶柒年拾貳月拾陸日，前在新陽縣訓導任内，二次六年俸滿之日起，前後三任接算，連閏扣至拾柒年叁月拾貳日，三次六年俸滿，例應驗看甄别。兹據江寧布政使胡克家詳稱，該員自到任以來，每逢朔望，宣講《聖諭廣訓》，士民咸知禮法。約束諸生，恪守卧碑，並無包訟抗糧情事。勤於月課，士心悦服。委查州境被水災黎，監放正賑，撫卹實力實心，不辭勞苦，民沾實惠。委辦各項差使，盡心經理，從無貽誤。准據道、州查明在任事實，取具供册，遞行出考保薦。覆查呂星垣學問優長，留心吏治，堪膺保薦，任内並無參罰記過，與保送之例相符，造册詳請會題前來。

臣查驗得，呂星垣年富學優，才具明晰，堪膺保薦。除將履歷事實册結，送部查核外，謹會同兩江總督臣百齡，江蘇學政臣文寧，合詞具題，伏乞皇上睿鑒，敕部議覆施行，謹題請旨。嘉慶拾柒年拾壹月初拾日題，拾貳月拾叁日奉旨：『該部議奏。欽此。』欽遵於本日抄出到部。

該臣等議得，江蘇巡撫朱理疏稱，據陞任江寧布政使胡克家詳稱，海州學正呂星垣，係江蘇武進縣廪貢生，肄業期滿，議叙訓導，加捐分發，選授新陽縣訓導，於乾隆伍拾陸年肆月拾陸日到任，試俸期滿，詳咨准銷試俸在案。嘉慶貳年貳月拾陸日初次六年俸滿，柒年拾貳月拾陸日二次六年俸滿，均以勤職留任。拾年拾月拾柒日丁母憂，卸事回籍，服滿，選授松江府青浦縣訓導，於拾叁年拾貳月拾捌日到任，推陞今職。於拾伍年拾壹月初玖日卸青浦縣訓導事，拾陸年叁月初貳日到海州學正任。今自嘉慶柒年拾貳月拾陸日新陽縣訓導任内，二次六年俸滿之日起，前後三任接算，連閏扣至拾柒年叁月拾貳日，三次六年俸滿。約束諸生，並無包訟抗糧情事，任内並無參罰記過，與保送之例相符，造册詳請會題前來。臣查騐得，吕星垣年富學優，才具明晰，堪膺保薦。謹會同兩江總督臣百齡，江蘇學政臣文寧，合詞具題等因到部。

查定例，教官到任後，如果文品兼優，才能出衆，所屬士子並無抗糧與訟等過犯，以到任之日起扣算，六年俸滿，該督撫會同學政保題，該部帶領引見，恭候簡用。又，歲、優貢生出身之訓導，例不陞用知縣，具題奉旨後，以應陞之州判、府經歷、縣丞、州學正、縣教諭五項註册，歸於雙單月，毋論是否積缺五缺之後選用，毋庸送部引見。現任訓導，續經中式舉人、副榜，計算六年俸滿，應以中式之日起，另行扣足六年，准其一體保薦陞轉等語。

今吕星垣，江蘇武進縣廩貢，國子監肄業期滿，以訓導用，加捐分發，選授新陽縣訓導，於乾隆伍拾陸年肆月拾陸日到任。連閏扣至嘉慶柒年拾貳月拾陸日，二次六年俸滿，均以勤職留任。拾年拾月丁母憂回籍，服滿選授青浦縣訓導，於拾叁年拾貳月拾捌日到任，拾伍年柒月推陞海州學正，拾陸年叁月初貳日（到）任。

臣等查，訓導六年俸滿保題，例應以州判、府經歷、縣丞、州學正、縣教諭五項陞用。又，州學正、縣教諭，六年俸滿保題，應以知縣陞用。該員由訓導推陞學正，到任後歷俸僅止年餘，兹據該撫等將該員訓導之俸與學正兩任接算，六年俸滿保題，核與例不符，應令該撫以該員到學正之任起，扣滿六年，再行查明，按例保題。俟命下之日，臣部遵奉施行。臣等未敢擅便，謹題請旨。嘉慶拾捌年貳月拾貳日。中國第一歷史檔案館藏内閣題本

奏請以邯鄲知縣楊本濬署理通州知州其遺缺由贊皇縣知縣吕星垣接署事

方受疇

再，查通州知州員缺，前委祁州知州秦承霈署理。嗣據該牧具報丁憂，飭委東路同知劉青蓮兼署在案。兹據藩、臬兩司會詳，查有邯鄲縣知縣楊本濬，堪以署理。所遺邯鄲縣員缺，查有贊皇縣知縣吕星垣，堪以接署。除批飭遵照外，理合附片奏祈聖鑒。謹奏。嘉慶二十三年十一月二十六日奉硃批：『覽。欽此。』中國第一歷史檔案館藏軍機處録副奏片

奏請以贊皇縣知縣吕星垣調補河間縣知縣事

方受疇

直隸總督革職留任臣方受疇跪奏，爲沿河知縣要缺需員，循例揀選，奏懇聖恩調補，以資治理事。

竊照河間縣知縣徐寅第，陞補景州知州遺缺，經臣揀選武邑縣知縣陳池養調補。接准部咨，以該員與例不符，行令另選合例人員調補在案。查河間縣缺，路當孔道，旗民雜處，事務紛繁，所管河道堤工，尤爲緊要，係衝繁難兼三沿河最要之缺。民情刁健，兼之發審詞訟繁多，撫字催科不易，非精明强幹之員，不克勝任。臣與藩、臬兩司，復在通省選缺知縣内詳加遴選，或才難治劇，或未嫻河務，一時實乏合例堪調之員。

查有贊皇縣知縣呂星垣，年五十九歲，江蘇常州府武進縣人，由廩貢生，國子監肄業期滿，議叙訓導分發，五十六年選授新陽縣訓導。嘉慶十年丁母憂，服滿，十三年選補青浦縣訓導，十五年簽陞海州學正。十七年三次俸滿，保薦堪勝民社，因委丈海州沿河等處淤地出力，二十一年奏奉諭旨：『准其儘先陞用。欽此。』選授今職。二十二年五月初二日引見，奉旨：『依議用。欽此。』是年六月二十一日到任。該員才具明敏，辦事練達，平日留心河務，以之調補河間縣知縣，實堪勝沿河要缺之任。該員任內並無參罰案件，惟歷俸未滿三年，與例稍有未符，但人地實在相需，且係上年辦理協濟豫工稭料妥速，奉旨交臣自行存記獎勵之員，據藩、臬兩司會詳請奏前來。

合無仰懇皇上天恩，俯准將贊皇縣知縣呂星垣，調補河間縣知縣，實於地方河務，均有裨益。如蒙俞允，該員係對品調繁，銜缺相當，毋庸送部引見。所遺贊皇縣選缺，直省現有應補人員，容臣另行遴員請補，合併陳明，爲此恭摺具奏，伏乞皇上睿鑒訓示。謹奏。嘉慶二十五年五月初一日。嘉慶帝硃批：『吏部議奏。』　中國第一歷史檔案館藏宮中硃批奏摺

題爲遵議直隸請以呂星垣調補河間縣知縣事復核駁回事

英　和等

吏部尚書臣英和等謹題，爲沿河知縣要缺需員，循例揀選，奏懇聖恩調補，以資治理事。

內閣抄出直隸總督方受疇奏前事，內開，竊照河間縣知縣徐寅第陞補景州知州，遺缺經臣揀選武邑縣知縣陳池養調補。接准部咨，以該員與例不符，行令另選合例人員調補在案。查河間縣缺，路當孔道，旗民雜處，事務殷繁。所管河道堤工，尤爲緊要，係衝繁難兼三沿河要缺，民情刁健。兼之發審詞訟繁

多，總字催科不易，非精明强幹之員，不克勝任。臣與藩、臬兩司，復在通省選缺知縣内詳加遴選，或才難治劇，或未嫻河務，一時實乏合例堪調之員。

查有贊皇縣知縣吕星垣，年五十九歲，江蘇常州府武進縣人。由廩貢生，國子監肄業期滿，議叙訓導分發，伍拾陸年選授新陽縣訓導。嘉慶拾年丁母憂，服滿，拾叁年選補青浦縣訓導，拾伍年籤陞海州學正。拾柒年三次俸滿，保薦堪勝民社，因委丈海州沿河等處淤地出力，貳拾壹年奏奉諭旨：『准其儘先陞用。欽此。』選授今職。貳拾貳年伍月初貳日引見，奉旨：『依議用。欽此。』是年陸月貳拾壹日到任。該員才具明敏，辦事練達，平日留心河務，以之調補河間縣知縣，實堪勝沿河要缺之任。該員任内並無參罰案件，惟歷俸未滿三年，與例稍有未符，但人地實在相需，且係上年辦理協濟豫工稭料妥速，奉旨交臣自行存記獎勵之員，據藩、臬兩司會詳請奏前來。

合無仰懇皇上天恩，俯准將贊皇縣知縣吕星垣，調補河間縣知縣，實於地方河務，均有裨益。如蒙俞允，該員係對品調繁，銜缺相當，毋庸送部引見。所遺贊皇縣選缺，直省現有應補人員，容臣另行遴員請補，合併陳明，爲此恭摺具奏，伏乞皇上睿鑒訓示。謹奏。嘉慶貳拾伍年伍月初叁日奉硃批：『吏部議奏。欽此。』欽遵於本月初肆日抄出到部。

該臣等議得，直隸總督方受疇奏稱：『河間縣知縣徐寅第陞補景州知州，遺缺係衝繁難兼三沿河要缺，民情刁健。兼之發審詞訟繁多，非精明幹練之員，不克勝任。復在通省選缺知縣内詳加遴選，或才難治劇，或未嫻河務，一時實乏合例堪調之員。查有贊皇縣知縣吕星垣，才具明敏，辦事練達，平日留心河務，以之調補河間縣知縣，實堪勝沿河要缺之任。惟歷俸未滿三年，與例稍有未符，但人地實在相需，且係上年辦理協濟豫工稭料妥速，奉旨交臣自行存記獎勵之員。合無仰懇皇上天恩，俯准將贊皇縣知縣呂星垣，調補河間縣知縣，實於地方河務，均有裨益。如蒙俞允，該員係對品調繁，銜缺相當，毋庸送部引見。所遺贊皇縣選缺，直省現有應補人員，容臣另行遴員請補』等因前來。

查定例，調補官員，必歷俸三年以上，方准揀選調補。如年限未滿，不得以人地相需爲詞，題請調補。倘該督撫明知所調之員與例不符，藉稱員缺緊要，濫行奏調，無論本内曾否聲叙，除不准行外，仍將該督撫隨本查議，照違令公罪律，罰俸九個月等語。今河間縣知縣，係衝繁難要缺，例應在外揀選調補。呂星垣，江蘇廩貢生，現任直隸贊皇縣知縣，嘉慶貳拾貳年陸月貳拾壹日到任，今該督奏請調補河間縣知縣。查該員任内歷俸未滿三年，與調補之例不符，所有該督奏請將贊皇縣知縣呂星垣，調補河間縣知縣之處，應毋庸議。其河間縣知縣員缺，仍令該督另選合例人員調補。

再，該員既與調補之例不符，該督違例奏請，應行查議，應將直隸總督方受疇，照例罰俸九個月。至違例申詳之藩、臬兩司，亦例有處分，應令該督查取職名，送部查議，恭候命下，臣部遵奉施行。再，此本閣抄，於伍月初肆日抄出到部，陸月貳拾伍日辦理具題，合併聲明。臣等未敢擅便，謹題請旨。嘉慶貳拾伍年陸月貳拾伍日。

開面題：『方受疇著罰俸九個月。餘依議。』中國第一歷史檔案館藏題本

題請以呂星垣調補河間縣知縣事

方受疇

直隸總督臣方受疇謹題，爲沿河知縣要缺需員，循例題請調補，以資治理事。

案查，河間縣知縣徐寅第陞補景州知州，遺缺緊要，臣於嘉慶貳拾伍年伍月初壹日，揀選贊皇縣知縣吕星垣，奏請調補。嗣准部議，以該員歷俸未滿叁年，與例不符，行令另選合例人員調補等因，當即轉行遵照在案。據直隸布政使祝慶承、按察使祥泰會呈稱，遵復在於通省選缺知縣内詳加遴選，非本任緊要，即才難治劇，或未嫻河務，一時實乏堪調之員。

惟查贊皇縣知縣吕星垣，前因員缺緊要，詳蒙伍月初壹日專摺奏請時，尚短拾陸日，歷俸未滿叁年，致奉部駁。兹查該員自嘉慶貳拾貳年陸月貳拾壹日到任之日起，連閏扣至貳拾伍年伍月貳拾壹日，叁年期滿，現在歷俸已逾叁年。該員悃愊無華，辦事誠實，留心河務，堪以調補河間縣知縣，會詳請題前來。

臣查贊皇縣知縣吕星垣，年伍拾玖歲，江蘇廩貢生。國子監肄業期滿，選授訓導，推陞學正。嘉慶拾柒年叁次俸滿，保薦堪膺民社，並因委丈海州沿河等處淤地出力，奏奉諭旨：『准其儘先陞用。欽此。』選授今職，嘉慶貳拾貳年陸月貳拾壹日到任。查該員前奉部駁，因其歷俸未滿。兹自到任之日起，連閏扣至本年伍月貳拾壹日，叁年期滿，現在歷俸已逾叁年。

該員居官勤慎，心地誠實，平日留心河務。上年辦理協濟豫工稭料妥速，奉旨交臣自行存記獎勵之員，以之調補河間縣沿河知縣，實堪勝任。該員任内並無參罰案件，與例亦屬相符。理合具題，伏乞皇上聖鑒，敕部議覆施行。再，該員係現任知縣調補知縣，銜缺相當，毋庸送部引見。所遺贊皇縣知縣選缺，直省現有應補人員，容臣另行揀員請補，合併陳明。謹題請旨。嘉慶貳拾伍年拾月初貳日。開面題：

『該部議奏。』中國第一歷史檔案館藏題本

光緒武進陽湖縣志

吕星垣，字叔訥，大學士官五世孫。幼有夙慧，以廩生貢入國子監。乾隆五十年，肇建辟雍，禮成，星垣進頌册，欽取一等一名。選新陽訓導，歷官直隸贊皇、河間知縣，能決疑獄，輕減徭賦，民甚便之。星垣氣骨清峻，丰采稜岸，爲文操筆立就。少時，偕里中洪亮吉、楊倫、孫星衍、黄景仁、趙懷玉、徐書受，皆以文學詞章相器識，時有『七子』之目。子振鑣，廩貢生，廣德州訓導，篤學工文，晚年罷官歸，從遊弟子益進。兆熊，道光五年舉人，山西知縣，卓有治行。捐升直隸州，補湖南桂陽直隸州，未赴任遽卒。光緒《武進陽湖縣志》卷二十三《人物·文學》

光緒青浦縣志

吕星垣，字叔訥，武進人。嘉慶十三年，以貢選邑訓導。始至，僦僧舍以居，士民爲之築室，星垣名之曰『嘉會堂』，後楹曰『清福』。星垣博學，詩學山谷，疎苦瘦澀。其論文以孤峭爲宗，謂意所卷舒，未有壅遏，當驅使古人，而不爲古人驅使，務如龍蛇之蜕其故衣，則幾於化也。後擢河間知縣。邑中校官之有文學者，國初稱太倉周肇，而星垣最有名。光緒《青浦縣志》卷十四《職官·名宦傳》

光緒松江府續志

吕星垣，字叔訥，武進人。嘉慶十三年，以貢選青浦訓導。始至，僦居僧舍，士民爲之築室。星垣博學有文名，詩學山谷，文亦喜孤峭。謂意所舒卷，未有壅遏，當驅使古人，而不爲古人驅使，如龍蛇之蜕其故衣，則幾於化也。後擢河間知縣。參《青浦志》。光緒《松江府續志》卷二十一《名宦傳》

附録二　唱酬題贈

春蘭禁體和呂叔訥廣文

趙　翼

霜雪亦青葱，春來發幾叢。有香群草内，無色萬花中。粉氣薰當借，鉛華寫未工。幽人憐臭味，最喜素心同。《甌北集》卷四十

呂叔訥廣文刻詩文集見貽爲題五律一首以誌欽慕

趙　翼

唾棄群言盡，途開奥窔深。隱然成敵國，嶄絶古孤岑。膽壯幾拚命，思沉到嘔心。老夫惟退舍，聊惜墨如金。《甌北集》卷四十六

贈呂叔訥

阮葵生

相逢暢喜重論文，每愜微言多所欣。削蔗有甘無淺味，劈蓮得苦是清芬。精心祇佩推敲細，老我虚慚結習勤。識面卜鄰宜恨晚，肯來秉燭共宵分。

把君詩卷俗塵驅，清氣靈光溢座隅。祇覺荃蘭以餐菊，忽忘綴玉與編珠。誰工吐鳳應稀偶，尚困雕蟲會有須。彩筆一枝供負米，試看染翰向蓬壺。《七録齋詩選》卷七

潘蘭宫過晤談及吕叔訥出都旅況慨然有作即寄叔訥

阮葵生

遊倦歸將母，典裘始束裝。幾令三洒淚，增是九回腸。孰購千金駿，難留五羖羊。蘆溝南去騎，霜月不勝涼！《七録齋詩選》卷八

寄懷吕叔訥於常州

阮葵生

故人一泛晉陵舟，喜見新詩又幾秋。儘可著書趨秘閣，那因捧檄戀滄洲！三公側席延崔蔡，七子同袍蹇應劉。珍重焦琴重拂拭，南雲無際望悠悠。《七録齋詩選》卷八

有繪朱子潁萬山青到馬蹄前句爲圖者余綴以詩二首

王文治

小溟都轉自幼習爲詩歌，風骨遒上，直與盛唐分席。予與桐城姚姬傳三人，共相倡和，必推小溟爲巨擘。壬年分校，小溟獲售，遂稱弟子，然實余之畏友也。晉陵吕君叔訥，後來之秀，雅慕小溟格律。小溟舊有『萬山青到馬蹄前』句，叔訥丐其鄉人繪圖於册，亦見其傾嚮小溟至矣。頃余於杭州見之，爲題二絶，兼以寄懷小溟云。

小溟詩格逼青蓮，馬上留題萬口傳。忽向西湖看畫卷，青山回首廿餘年。

當年造語必驚人，吟遍燕臺萬里春。今日江南頭並白，却將前事與誰論！《夢樓詩集》卷十四

題黄仲則遺稿

朱珪

予聞常州有四才子之目，曰洪北江亮吉、黄仲則景仁、吕叔訥星垣、孫季仇星衍，其鄉人假借以爲伯仲叔季云。四人皆游竹君先兄之門。乙未，予初自晉歸，先識仲則，愛其詩才葩發，語之曰：『天

予人慧，必予之福。君當保慧以凝福，無忘老生常談。』而仲則以爲平平，不屑意也。已而識叔訥，丙午典江南鄉試得季仇，庚戌主會試得北江。洪、孫皆取高第，姓名達矣。洪詩虛空緑耳，自闢徑庭；孫詩桀犍大方，質章合度；叔訥偏師馳騁，浮沉學官；而仲則驚才絶豔，可泣可歌，倜乎遠矣。然黄君以貧游秦，病折於羈旅，嗟乎，何其命之獨蹇也！其子小仲一生，攜其遺稿，謁予於羊城，從至皖江。其人淳朴，能讀父書，或以爲才不及乃父，然予以爲此克家之子也，仲則有後矣，悲夫！既識其大略，而系以詩。

常州四儁誰尤雄，黄君手筆真人龍。高歌泣鬼嘯風雨，長身玉樹臨春風。母嫠妻少遠彈鋏，羈旅病卧號寒蟲。修文噩夢下穹碧，蘭摧桂折昌谷同。洪孫高第吕吏隱，獨爾詩伯工而窮。我讀遺編拍案叫，唾壺撞碎珊瑚紅。斯文埋土有光燄，掘劍誰發天牢宮？有子敦樸賁以白，父書能讀傳裘弓。我歌重告風雅手，慧福何以承天公！

《知足齋詩集》卷十四

致曹學閔

翁方綱

經旬未作快談，伏惟大人鈞候勝常爲慰。敬啟者，武進吕叔猛，名星垣，學行淵醇，夙在大人洞悉之中。兹來屬弟懇大人而向徐後山處，代伊吹嘘館地，云後山頗有欲請叔猛之意。但弟近日與後山不甚熟，是以專懇雅愛一言，至感至感！容再面罄。不宣。慕翁先生大人閣下。愚弟方綱頓首。十月十八日。

《翁蘇齋手札》

送呂叔訥星垣**旋里次盧存齋太守**崧**元韻**

管世銘

三十顔初抗，生徒近百人。稱詩大河北，講學古漳濱。杞菊歸將母，松楸遠葬親。莫虚賢守意，來及雀臺春。《韞山堂詩集》卷三

過鄴城訪呂叔訥於畫錦書院與孫孝廉駿**陸上舍**樹嘉**及盧彭兩公子並集草堂即事**

管世銘

班荆小集古漳濱，鄉語連宵氣誼真。游跡忽并忘異地，世交重見感先人。兩家令子王文度，對案經師井大春。非爲此行將毋亟，不辭三日駐征輪。《韞山堂詩集》卷八

甲辰春正月得孫呂叔訥以詩見賀次韻誌喜

管世銘

椒花盤甫招佳客，湯餅筵重集故人。推歲尚依星次舊，時距立春尚四日。錫名聊取綵衣新。名之曰萊。訝聞黄小初稱父，喜見孫曾逮奉親。重入東華少良抱，逢君相賀略眉伸。《韞山堂詩集》卷九

題呂叔訥詩卷

管世銘

風華三泖漁莊卷，瑰麗《西湖四景詩》。里閈近論才子最，洪稚存亮吉黄仲則景仁而外此君奇。《韞山堂詩集》卷十四

呂甥叔訥舊歲得大兄畫册未有題款爲書二截句於帙尾

錢維喬

蒼山疊疊水悠悠，散帙雲烟逼暮秋。贈與羊曇應有感，此中風景似西州！

詩句幾添康樂夢，文章曾作子由師。而今圖畫空相憶，對影聞聲彼一時。《竹初詩鈔》卷八

呂甥叔訥書來爲言謁見廣庭相公于儀封工次詢予近狀并及先文敏兄家事情見乎詞感而賦此即寄呂甥

錢維喬

呂甥一紙有書傳，曾謁元公話藹然。乍洗甲兵西塞外，復籌楗帚大河壖。摳衣頓覺諸生貴，握髮真看宰相賢。百萬生靈求上策，誰能扣額禱蒼天！

撰杖湖山恍隔塵，經年拂拭尚如新。頌詩更觸楊惲淚，感舊頻傷向秀情。郭外眠牛空有地，門前羅雀竟無人！阿兄遺訓猶堪告，一字家風不厭貧。《竹初詩鈔》卷十二

贈呂甥叔訥

錢維喬

燕臺風勁木蕭騷，感遇三冬首漫搔。遊子盤惟求苜蓿，才人筆偶賦櫻桃。甥有《芸閣賦》，爲歌童作也。丹青重灑羊曇淚，予偕甥遊琉璃廠，購得先文敏兄畫一幀。霜雪偏縈須賈袍。甥所衣裘，自云塞上故人所寄。珍重歲寒生計好，得歸免使倚閭勞。《竹初詩鈔》卷十四

呂叔訥索和春蘭禁體不拘韻

吴蔚光

南國有佳人，無言媚幽獨。忽遇榮盛時，置之黄金屋。膏澤益光綵，緒風散芬馥。此心匪所欣，退而遂初服。《素脩堂詩後集》卷三

子瀟出與杜梅溪呂湘臯唱和近詩並傳杜言索步韻

吴蔚光

玉山未見幾經時，惜别傷春我固宜。花雨亂飛霑下土，茶煙輕裊駐遊絲。相詢札至相逢少，自寫詩成自慰差。留待三杯藍尾酒，同傾無限古懷思。《素脩堂詩後集》卷四

懷人三十首 其二十五　　趙希璜

兩首《簾鈎》詩，一篇《芸閣賦》。長安少年子，奔走門前路。誰遏雲璈響，曲愛周郎顧。邇聞歛其華，不作驚人句。吕叔訥學博。《四百三十二峰草堂詩鈔》卷十一

題吕秀才星垣**詩後**　　趙懷玉

風騷久沈歇，衆艷紛蔽目。不知紉蘭茝，競思冶容服。矯枉流於偏，躏靡失之樸。吕生最後出，高才挺前躅。謂余曠世知，快授一卷讀。春雲發空綵，秋卉散幽馥。鏤聲造化泣，窮跡鬼神伏。相引張吾軍，敢輸策高足！豈惟文章幸，兼爲桑梓福。因君悲謝傅，謂君舅錢茶山尚書。墓草今已宿！《亦有生齋詩集》卷五

歲暮懷人絶句五十首 其三十五　　楊倫

博士何曾食瘦羊，看花前度憶劉郎。殷芸《小説》編初就，不脛偏能走四方。吕學博映薇。《九柏山房詩》卷十五

家夢樓先生約同錢魯思徐尚之吕映微湖上看桃花晚歸遇雨　　王復

碧翁青帝争豪奢，豔陽蒸出千林霞。平波瀲灩蕩紅影，長堤迤邐圍絳紗。一抹脣脂啓嫣笑，春魂乍醒猶欹斜。水邊俯照競姿媚，似對圓鏡敷鉛華。東風淡宕芳氣暖，西陵遊冶歡聲譁。六橋行盡拾遺鈿，聽歌緩緩隨香車。只有青山淡無語，年年見慣同恒沙。碧雲幾縷濃黛合，紅雨萬點輕陰遮。春衣沾濕晚歸去，香醪一石旗亭賒。羈愁披豁暢酣興，夜夢好訪仙源槎。《晚晴軒稿》卷四

贈吕廣文叔訥監紫陽書院

武廷選

大雅誰能嗣，如君狂且醇。春風不改舊，書院有春風亭。化雨又重新。筆有凌雲氣，門多立雪人。離群今已久，藉可作芳鄰。

人文稱薈萃，養士仗宏才。貧也原非病，時乎不再來。門閭頻倚望，詩禮幾追陪。莫以懷安故，而令壯志摧！《蘭圃詩鈔》卷一

怀人詩十七首 其八

武廷選

此甥賴此舅，得名在《簾鉤》。毗陵後七子，讓伊山一頭。白蠟老明經，九舉困場屋。可憐鄭廣文，盤中嚼苜蓿。吕叔訥。《蘭圃詩鈔》卷八

與吕叔訥書

袁穀芳

吕君足下。僕治古文辭，將四十年，未敢自信視古人何如。今而乃得吾叔訥爲相知定吾文，何其幸也！雖然，又何其艱也！

夫所謂知者，詎徒詡詡然互相贊歎已耶！必也其於吾文也，一字之疵，一語之駁，抉摘之不遺餘力。如吾叔訥者，乃四十年來所未能遽得者也。然而爲此者，非苟也，正所以完吾文也。原其意，不過畏後世之或譏我耳。雖然，叔訥毋乃太早計乎！使後世得而譏之，吾之文已至於後世矣，奚不可？吾特恐及吾身而文已亡也！

才力不可學而能，名不可强而致，吾豈能如叔訥之所期乎！其疵也，叔訥化之；其駁也，叔訥揉之。

于以完吾文，而見美于人。其功也，叔訥尸之。雖然，使其果至于後世也，而譏予者又恐并波及於叔訥也，叔訥且若之何！開雕既竟，因書此以貽之。《秋草文隨》卷三

答吕叔訥書

莊述祖

昨得惠書，并讀大集，述祖久蔽錮於庸俗，見聞如寠人。乍入五都之市，璀璨光怪，得未曾有，不覺目旬舌橋。繼而切理饜心，又如逃空虚者之聞㬎弟親戚謦欬於其側，而狂喜也。序記雜文，直駕李遐叔、皇甫持正而尚之，浸淫乎魏晉矣。碑志尤精義法，皆足以不朽。

承詢《夏小正》，以年來多疾，未克卒業。述祖於此書，積思已二十餘年，於夏數、夏禮，頗見端緒，大恉以大正、小正、王事三等爲五科，而條析其例。世無胡毋生、何邵公，顧末學膚受，欲鑿空以發其憤悱，其能免於敗績失據哉！

足下好古之道，爲古之文，其有得於微言大義，可以教正之者，想弗吝也，俟寫定奉寄。家二兄不及作書，屬道渴懷。束髮論交，今皆垂莫，同譜在者，僅五六人，良可感喟！握手何時，仰止彌切，勉旃珍重，不盡欲言。《珍執宧文鈔》卷六

題吕大叔猛星垣詩後

楊夢符

吕郎仗劍披堅城，指霏霜花琤七星。瞳人當風珠淚盈，長虹影瀉空中橫。足踏鳳絃朝太清，青絲學水嬌狰獰。絲聲水聲鳴不平，博羅老仙側耳聽。一朝洗眼幻蜃海，鷩嘯天門泣真宰。白榆歷歷散磊磊，更有雲和春際藹。愿斸浮嵐收萬笏，呼龍獨捧青穹月。《心止居詩集》卷二

得然一報罷信知吕大叔猛亦被黜矣

楊夢符

一輩交遊在，莊生復吕生。固窮争命達，忍性耐人情。毁譽身難定，頭顱白已成。驊騮誰相骨，伏櫪有長鳴。《心止居詩集》卷三

與吕叔訥

名星垣，乾隆丙午舉人，官新陽縣教諭

左輔

壬子之秋，浙中握别，忽忽六年。足下以軼倫之材，暫屈冷官，同人皆爲惋惜。然得以愛日餘閑，恣意卷軸，説虞初之九百，奉生佛於六時，此即神仙灑脱塵纓，豈某等所能希仰！春仲，超然來霍，奉到手書，大慰積悃。蒙示手編《後紅樓夢》，大補前緣缺陷，且足下以此效萊舞，至性中存，閲者詫爲才人閑筆，並有雌黄，淺之乎議足下也。

僕讀書緣淺，墮落風塵，不特靈光不生，抑亦塵面俱墨，書卷久庋，吟情亦闌。賴有黄山來遊，歌清辭而醉呼，稍稍發興耳。宦況無可言，惟一『貧』字，可告知己。十月于役廬江，病婦奄忽辭世，此中情緒，又非可爲外人道者。今乘超然回里之便，附呈書價銀若干兩，伏乞檢收，統希心鑒，不宣。十一月初六日。《念宛齋書牘》卷二

送楊五漢章之祥符兼寄吕應尾弟

徐書受

我交天下士，無過伯坰坫。近友倫也賢，三士靡一欠。君兄倫贈詩：『知交二錢最，落落伯坰坫。以予參其列，慎分毋乃僭。』因君好兄弟，令我心悽酸。君今同父有六七，我欲得一豈不難！君兄我兄事，怡怡共顔色。念君天性剛且直，奇氣飛揚更誰抑！來從大梁客，仍返遊大梁。大梁公子久不作，千古夷門事慨慷。我

尚浮沉萬人海，問訊吕生無恙在。一綈何傷范叔寒，不遭知己應無悔。《教經堂詩集》卷六

江陰舟夜同吕大星垣**作**

孫星衍

明月雖不行，舟行月常在。披衣出船尾，已與郭門背。深林閃燐火，遠樹作人態。零露初無聲，白此千頃菜。孤犬吠風影，征人語烟靄。驚鴻萬里來，凉雲忽破碎。幽蟲各清叫，噫氣滿大塊。淒然感秋心，振動不可耐。此行殊不遠，作客同一嘅。返思宴居夕，坐惜清光晦。平生好探奇，欲出天下内。仙槎倘可乘，銀河儼相對。《澄清堂稿》卷上

寄贈吕叔訥河南

董超然

離群正苦况悲風，迢遞雲山遠夢通。豈有依人非國士，劇憐作客似孤鴻！寸心不忍看春草，努力寧忘賦角弓。差喜陸生年正少，中原才子有誰同？

清狂高揖信陵門，潦倒徒誇氣節存。躡屩漫期稱上客，壯心多半起知恩。英雄何必疑前路，俶儻從教異俗論。若問長安應不遠，長卿詞賦始《梁園》。《半野草堂詩》卷三

吕叔訥星垣**廣文**

法式善

我昔逢君賣酒市，醉後罵人不識字。手攜殘稿扣我門，衣間時帶秋雲痕。詩人海内從頭數，眼中只有洪稚存與孫淵如。一别長安今廿載，聞説疎狂猶未改。《存素堂詩初集録存》卷十六《懷遠詩六十四首》，其五十九

吕叔訥教諭寄白雲草堂集至侑以長札題其集後且奉懷也

法式善

老境取平淡，造詣今異昔。獨留奇怪氣，時向紙間發。白雲飛無心，青山老此客。廿年莫相見，夢落

江村夕。忽枉尺素書，彷彿接几席。天末數知好，與君皆莫逆。謂洪稚存、孫淵如、趙味辛、王惕甫。出處形跡判，衰遲都可惜。惟有磊落懷，萬古不能釋。文章雖小道，要自出胸膈。竊謂史有徵，百家取埤益。陸耀書主謹嚴，徐斐然編示綜覈。未若黄梨洲，精粗同攟摭。汪洋浩瀚中，而自適其適。譬如築大厦，必先百材積。廣文屬閑曹，固有化導責。願君屏窮愁，竭力事典籍。《存素堂詩初集録存》卷二十

自金陵赴都道中口占四十首 其三十四　　唐仲冕

千里相逢話吕安，旅窗翦燭夜闌干。知君雅有還山願，鶚薦方新引退難。過河間府，遇吕叔訥大令。《陶山詩録》卷二十一

春蘭禁體同吕叔訥訓導星垣作　　王芑孫

天與性幽獨，湘江寒至今。吾生久空谷，于爾識春心。貞士卧茅屋，美人鳴玉琴。誰傳《白雪》唱，懷袖亦愔愔。《淵雅堂編年詩藁》卷十五

書吕大叔訥雁字商聲詩册後 册記己未夏吴中事　　莊宇逵

商聲四起寒獵獵，泮林一夜飛黄葉。洞庭波起葉脱時，春風東來吹上枝。枝頭燕子生生語，慘緑愁紅泣陵雨。不是鵜兒廿四番，那得春光復如許！君不見，廣文先生一冷官，陽春消息繫羽翰。幾行雁字長空去，留作吴中故事看。《春覺軒詩草》卷七

白牡丹和吕叔訥韻　　莊宇逵

與月同圓照一庭，淡于姚魏擅清馨。主張春色偏含素，多少朝酣此獨醒！風格不群超絢爛，天香何

處着丹青！錦帷繡被休相炫，位置端宜虚白亭。《春覺軒詩草》卷八

贈呂大叔訥

丁履端

我交叔訥年未冠，意氣豪逸真無前。金精東走掠銀海，夜半黄鶴樓頭眠。十年淪謫揖塵霧，重話宿昔聯吟肩。作詩妙奪盧李席，著論高削何鄭箋。傾囊百斛瀉珠玉，手提尺二珊瑚鞭。《博物》還同張茂先，《拾遺》遠過王子年。焚香秘祝酒澆鬼，題畫新翻花夢仙。才名一日滿京洛，望古尤欲希前賢。廬陵讀書眼如炬，昌黎作碑筆若椽。壯夫不肯爲小技，斯道安可無真傳！百千年來得幾士，震川而下譏荆川。披吟矻矻燭繼晷，神似往往魚忘筌。我生人世抱狂疾，此意蓄久未敢宣。君能倡道破庸俗，讀竟拍案呼然然。嗟君才調世無兩，不獨我愛人皆憐。胡爲終日遭坎壈，傭書百萬囊無錢。君家回老好事者，榴皮書遍東鄰磚。富憂未若貧而樂，此語不落中乘禪。况復行年未四十，天衢咫尺凌雲烟。形容枯槁緣底事，視我抱葉同寒蟬。一樽酒，二頃田。定文他日思敬禮，後世應結相知緣。《郁兹詩鈔》卷一

題呂叔訥墨菊

丁履端

幾叢冷豔發幽香，細擣龍丸秋夜長。陶後何人能愛此，一時餐勝付柴桑。《郁兹詩鈔》卷一

天橋望月感懷同呂大叔訥作

丁履端

青天有月露華洗，金鏡高飛出海底。天橋百丈駕彩虹，攝衣欲上愁無倚。四圍松檜氣鬱葱，君來爲我説化工。提壺秉燭毋乃俗，邀我呼月行長空。出門一里月華直，路轉橋回月又側。突兀橋心月最

高，對此翻教百憂集。同居長安已四年，過從未許春風便。天公似憂踪跡闊，令我一歲居三遷。宣南坊北浮家處，去子齋中只數武。一日不見思君勞，他日相逢畏君怒。君才激湧如海江，名滿日下真無雙。高文典册濟時用，豈獨屏幛生輝光。十年著書滿行橐，每得佳篇輒跳躍。攜燈出門來叩門，袖中百萬珠璣落。相如作賦買笑多，太沖詠史如懸河。神述目眩口流沫，一字未定猶研摩。君家四壁蕭然矣，母老家貧望吾子。况復鄉關飢饉仍，誰能忍此須臾死。賣文計拙無救貧，束脩那得收千緡。惟將心血奉甘旨，斗儲囊米羞陳因。自古膏粱豢庸碌，臣朔何嘗日果腹！但願三春暉正長，飢驅不向窮途哭。余亦高堂有老親，京華旅食潛悲辛。田園已蕪松菊老，歸來無計謀鱸蓴。名山石室卧遊遍，剩得聰明耐貧賤。多愁偏喜説長生，沉飲安知近荒宴。言之慟哭聽者悲，攬衣同過天橋來。橋南橋北舊遊處，太白已死誰仙才！月光西流静魚鑰，欲挽銀河落杯杓。鐵笛一聲天際飛，乘風歸夢江東鶴。《郁兹詩鈔》卷一

吴門晤陳厚庵孝廉　丁履端

桌犖英姿早絶塵，傳來京洛便神親。識君面轉遲三載，分子才應了十人。交欲定時誰作達，詩難贈處獨求真。縱教吴下多名士，只許相隨再問津。

書垂《博議》擅家聲，曾重深閨韞令名。自古嘉姻聯國士，由來玉映出冰清。君爲吕叔訥女壻。開筵縱飲樽常滿，選箧狂題句早成。收得元龍湖海氣，吴閶六月不虚行。《郁兹詩鈔》卷二

吕叔訥學博星垣招飲新陽學舍出示文稿中有與先公飲酒詩及送之成都別駕詩先公自從征巴勒布後音問遂絶故己酉死狀君未及聞酒次略述梗概乞爲先公表墓即用卷首鐵冶亭侍郎保韻奉贈侍郎亦先公故人飲酒詩即侍郎座上作也

孫原湘

萬事回頭即今古，萬古才人同一譜。史高一尺人幾人，其餘紛紛盡沙土。奇才小用亦偶然，此恨難憑女媧補！茫茫塵海一廣文，手擲新詩逗秋雨。目如巖電破積疑，胸如秦鏡窮妍媸。二百卅首有韻史，五丁不可一字移。眼中惟有古人在，身後那屑群兒譏！拊髀捫蝨貫經濟，豈徒彪炳光陸離。春風吹人老何速，五十名場應科目。天以儒官位鄭虔，人將經席推王肅。馬鞍山頭一遇君，山桃花笑鵑聲哭。酒酣脱帽説長安，我亦淚珠傾一斛。先公愛客尤愛才，酒龍詩虎殊雄哉！與君壇坫日下開，名士如鯽盈千枚。《霓裳》小部當世推，鯨鐘羯鼓喧如雷。我時未得控鶴來，仙夢一失終凡胎。自從從軍馬虺隤，勞臣汗血灑佛灰。手磨盾鼻丸青煤，佐將軍往服厥魁。量沙聚米才恢恢，捷書《鐃吹》皆新裁。忽聞母訃驚飛災，報親報國以死該。小臣死事不入史，大節誰能説原委！願借東萊論史才，痛寫故人忠滿紙。君文妙得史遷旨，擲向寒灰定飛起。論官數到廣文終，論文數自先生始。

《天真閣集》卷十三

爲叔訥題陳郎渼碧小影閔貞畫

孫原湘

墜歡前夢總如塵，重話春明舊日春。正是江南落花候，可堪還對卷中人！白頭博士淚如絲，一幅生綃愛閔癡。雙頰紅酣雙黛碧，不曾相見尚相思。

《天真閣集》卷十三

蕭主簿彈琴歌同叔訥作　孫原湘

秋花不語鸞皇眠，纖雲四卷空秋烟。静者心悟聲希前，無聲之聲至樂宣。石案落葉音鏗然，清商泠飛秋入絃。一彈秋氣回春妍，再彈山花笑欲仙，碧海練静銀河懸。臣心如水指上傳，神遊太和神乃全，彼鴻冥冥在高天。《天真閣集》卷十三

主講玉山叔訥梅溪嬾雲先後治具未能答也適有饋肴蒸者分送諸君戲書代簡　孫原湘

東西分送貯筠筐，聊佐餐英舉一觴。我自借花爲薄獻，人休疑藥不輕嘗。郇公厨味曾先飫，陸氏莊租久已荒。萬事盡從無意得，莫猜渠是束脩羊。《天真閣集》卷十三

以子魚羔羊二品饋叔訥僮奴回攜示和詩二章并索轉和　孫原湘

烹魚

陳饋纖鱗不滿筐，瓢勞斗酒自謀觴。膾成聊比韓侯餞，羹定先煩宋嫂嘗。懸鮓久知官愛潔，占魚共喜歲無荒。江鄉風味應同嗜，配得儒官小宰羊。

炰羔

肥羜甘鮮實小筐，佐君談笑引壺觴。千皮恰比書生賤，一臠宜分御士嘗。只要封侯博關内，何勞持節向蠻荒！與君濯髮吹簫去，莫羡他家食萬羊。《天真閣集》卷十三

院課日諸生林立兩舍語笑喧騰飯訖寂然視之則各散矣戲簡叔訥學博　孫原湘

攢弁如星列絳幬，喧騰兩舍語啁啾。上堂魚鼓千僧集，散社雞豚一飽休。董子膠西經輟講，文翁蜀

郡教應脩。惟君慰我蕭齋寂，落日花前繫紫騮。《天真閣集》卷十三

寄謝吕叔訥爲先公撰墓碑

孫原湘

當代儒官兩，惟君與寶堂。袁君穀芳。道存無顯晦，權重在文章。落紙明珠錯，開緘血淚滂。不逢歐永叔，師魯孰爲彰！

昔與先公友，煌煌京洛遊。飛騰無萬里，慷慨共千秋。死事卑官漏，賢勞絶域留。何時扣金馬，補傳爲渠州？《天真閣集》卷十五

稚存前輩席上醉贈吕叔訥學博

孫原湘

八年前共玉山遊，花下詩筒足唱酬。官作廣文纔九品，書成《博議》自千秋。堪嗟舊雨皆黄土，謂竹橋、梅溪諸公。猶喜新霜未白頭。同醉洪厓仙榼酒，把君左袖當浮丘。《天真閣集》卷十九

探春慢

孫原湘

春日同吕叔訥登崑山，憇曇花庵。時白日欲落，殘梅亂飛，俯瞰城中喬木蒼凉，池臺明滅，臨風感慨，不能已已。

磴老盤青，峰寒皺碧，人穿空翠如沐。萬瓦浮煙，孤城照水，放眼一時春緑。幾處園林古，被黯淡、雲迷金谷。祇餘無數梅花，晚風天外飛玉。長笛莫吹哀曲。已殿角懸鈴，清怨相觸。花木榮枯，亭臺興廢，都付夕陽沉麓。滴盡詩人淚，化不得、碎珠盈掬。且慢歸，休回看、山黛微蹙。《天真閣集》卷三十三

疏影　小春日，同吕叔訥、杜梅溪過東郭郎氏看菊。時新月乍流，寒香滿庭，主人治具相款，籠燈照花，摘豔入酒。主人固精六法，四壁煙雲，皆出腕下。余樂其隱居之風，陶然徑醉，擊甌而歌。

孫原湘

斜陽戀徑，傍短籬偃蹇，來吊秋影。冉冉寒香，淒欲成煙，無言看到孤暝。新蟾劃碎瑠璃碧，早躍過、盤龍松頂。問閉門、一片秋心，可與此花同冷？　難得清尊對賞，然明照古豔，林籟都静。爲語幽姿，莫向朱門，只恐安排非稱。今宵不飲何爲者，怕月定、嫌人蘇醒。好醉循壁畫，題詩界破，緑波千頃。《天真閣集》卷三十三

題吕叔訥廣文擬唐翰林供奉晉拾遺李公墓表

蔡家琬

青蓮大節未曾虧，有客閑刊第二碑。名教自多吾輩樂，天才肯受亂臣知。翻來公案仙俱服，愛到前賢我欲悲。不是群言歸斧藻，至今傳信復傳疑。《陶門弟子集》卷十一

爲湘皋學博題其令祖松堂讀書圖即用湘皋謝廖復堂都轉作記二律原韻

宋鳴琦

儀如鸞鳳筆如椽，尚有書聲徹曉烟。老屋珍同和氏璧，儒家清剩阮生錢。道山歸後名猶擅，劫火銷餘墨重鐫。舊圖燬於火，此乃補作。卷石蒼髯人未識，喬柯三世養林泉。

龍鱗看遍到桐孫，三徑依然菊共存。笑對白蓮堪結社，任他金谷自成園。芬傳祖德香芸接，座擁遺編木榻尊。唐棣華濃開累葉，蔭餘豈但葛纍根！《心鐵石齋存稿》卷二十二

題湘皋學博耦耕聽雨二圖以蘇詩有田不歸如江水爲韻 圖爲湘皋喆兄雲渠所繪以貽者

宋鳴琦

昔官灘江濱，嚶鳴切求友。八桂參鸞天，一鶚戾仙藪。把臂入鄧林，申盟自歐九。謂磵東孝廉。當君摇筆時，五嶽更何有！

冥鴻鎩健翮，歸燕棲舊廛。喜君攜襆被，來訪徐亭烟。斗酒爲子謀，佳什屬我編。笑我官四方，負郭仍無田。

春明偕計吏，泥塗視簪紱。棲遲樂衡門，葆真物非物。長揖屣倒迎，高談理毋詘。寒氈師鄭虔，遠遊自兹不。

問君胡爲爾，情話殊依依。荆花信可樂，苜蓿寧空肥。示我兩圖幀，素書捧靈威。招隱出至性，抱卷甘懷歸。

長公荷蓑笠，汩汩南村渠。同叔差等肩，赤足行復徐。老農古沮溺，未必同氣居。婦子倘來饁，多牛翁不如。

懸犁入室處，燈火熒西窗。剪韭聽鳴溜，隔花停吠尨。聯牀宿諾踐，對影成雙雙。玉局猶虚言，視此茱萸江。

我來乘板輿，披蓮見君子。哦詩感鶺令，搴芳飽蘅芷。要知揚清芬，莫與耕讀比。何時造精廬，酌彼滄浪水？

《心鐵石齋存稿》卷二十二

寄答吕叔訥星垣廣文代簡

張問陶

君心若明月，我意如浮雲。偶憑真氣作真語，無端落紙成詩文。我詩情深頗近人，小巫何必皆通神！君文理足不貌古，大勇何須誇暴虎！書生事業真可憐，消磨日月惟丹鉛。手中湘管自娟好，肯與吏牘爭流傳。老輩猶能及袁蔣，光騰簡外何蕭爽！年來毁譽滿人間，畢竟神魚能破網。孫淵如洪稚存楊蓉裳趙味辛君同里，幾歲長安共悲喜。都挺凌雲筆一枝，替人僻路開荆杞。長江大河古天塹，茫茫君我何時見？通靈喜有墨花飛，一度郵書如一面。莫呼塞雁愴離愁，雄心各自謀千秋。武夫健兒亦知己，文章氣誼非交遊。烏乎！文章氣誼非交遊。《船山詩草》卷十七

書子山癸亥歲吴門會合詩後

舒位

子山原序云：『今春，余至吴下，適孫子瀟自虞山來，主王仲瞿家。既而舒鐵雲、吕叔訥亦至，昕夕相聚於仲瞿齋中，因贈仲瞿，并示諸君』云云。此癸亥年事也，余今歲復讀子山詩，有感疇昔，因成是篇。

松堂裙屐舊雲煙，亥字如身十二年。百里賢人星落落，一篇《漁父》雨綿綿。同時已作蕭條想，往事翻從寂寞傳。祇隔大江衣帶水，升沈去住各無邊。時孫子瀟以翰林通籍里居，吕叔訥爲海州學正，王仲瞿遊寓淮南。年來舊侣，得時時相見於吴門者，獨子山與余耳。《瓶水齋詩集》卷十七

吕叔訥廣文索和春蘭禁體二律

蔣廷恩

別擅亭亭韻，無言只自芳。風前新出剪，露下細生香。君子淡如此，伊人水一方。東皇好培護，待汝

玉階旁。

南陔遲日臨，言采動微吟。已歷苦寒節，彌堅寸草心。清芬留未歇，素抱寄何深！獨有高難和，泠泠白雪音。《晚晴軒詩鈔》卷二

法曲獻仙音 題吕叔訥《康衢新樂府》 丁履恒

環海騰歡，普天同樂，奏出咸英晨露。十賚摛華，萬靈應節，房中乍翻宫譜。正八伯賡歌，盛軒鼚點新序。《大人賦》意凌雲轡。龍扛鼎，邀睿賞，宣付尚方樂府。縹緲協鈞天，徹層霄，花雨繽澍。試展紅毹演重行，分向珠樹。看銀鵝金鳳，萬歲字，成山舞。《思賢閣詞草》卷一

吕叔訥先生星垣**司訓青浦見示白雲草堂詩鈔讀竟奉質** 何其偉

晉陵奇傑士，今世推洪稚存太史孫淵如觀察。交吕成鼎足，大雅相扶輪。卷葹雨粟先後見，《卷葹閣》《雨粟樓》，洪、孫兩公集名。頡頏其間惟《白雲》。白雲變幻不可測，鳳蔚鸞翔態奇特。有時空際矗層巒，彩映三光見五色。因風吹過瑶池邊，王母看雲雲在天。倏然散作車蓋去，梁園越嶠常留連。留連客路秋風起，渺渺白雲歸故里。含將時雨未繇施，灑向玉峰化桃李。先曾司訓新陽。玉峰雲斷龍氣噓，卷雲又向青谿舒。氤氳滿腹勿輕吐，恐興海霧驚蛟魚。白雲白雲且少住，此間頗有蒓鱸趣。荒城無地寄雲蹤，九峰之巔任來去。時以官署傾圮，暫寓僧舍。《簳山草堂小藁》卷三

次韻奉酬吕叔訥司訓見題小藁七絶句 何其偉

便便腹貯五車書，司馬才高賦《子虛》。知己喜無楊意在，草堂閑共白雲居。有《白雲草堂詩文鈔》。

梓里騷壇好結盟，謂稚存、淵如兩公。千秋業並早年成。笑余墮志辭文苑，老去何人傳宋清！

學該横豎及洪纖，援古論文律最嚴。見説長安人買蜜，半生辛苦爲誰甜！往在京師賣文。

壯年名姓噪成均，闕下鵷鸞快合群。苜蓿一盤歸去冷，都門愁絶客襟分。

夷門山頂剡溪頭，兩地煙雲筆底收。詩到極工天亦愛，奚囊早遣祝融求。向有《游梁》《遊越》兩草，爲癡僮誤投諸火。

包羅全史著吟編，二百餘章一氣連。馬腫駱駝渾不識，任談劉蹶説嬴顛。

鱣堂聽講未追從，賣藥城南邂逅逢。不道春風吹化雨，⿰𠦝卒山先潤及枯松。《⿰𠦝卒山草堂小藁》卷三

贈吕叔訥大令時將引疴還吴下

汪彦國

廉直錚然吕子明，去思渤海有賢聲。漢廷治行完淳樸，江左名流屬老成。甘此書蟫磨研古，閑將琴鶴卸帆輕。青州從事勞相問，棖觸聯牀聽雨情。家兄亦將南歸，與君交最早。《心太平居詩鈔》卷六

和吕叔訥丈詠莊氏齋中白牡丹韻即呈莊印山丈

周懷綬

飛來瓊島與春期，信是人間第一枝。領豔蛾眉偏淡掃，殿芳婪尾總羞差。琉璃蕩漾風生處，蛺蝶周遭月上時。漫道洛陽真賞寂，姚黄魏紫學調脂。

肯讓繁華鬧一庭，天津小隱伴清馨。吟餘粉黛詩情澹，倚遍闌干酒力醒。骨抱九仙誰衣紫，眼空千界獨垂青。東風珍重休相妬，我尚來尋揚子亭。《耕道獵德齋唫稿》卷一

祭吕叔訥明府文　爲戴制軍作

嚴學淦

嗚乎！洪飆未翔，景雲不燭。日月跳丸，年華轉轂。過隙驚駒，覆蕉失鹿。朝露晨霜，山邱華屋。鑄金可事，尺璧在心。百夫之特，千人爲英。測交伊始，貌執夙敦。槐榆橘柚，合爲弟兄。始自渚宫，來游邸里。論極懸河，文標散騎。魚魚雅雅，鸞停鶴跱。師師儀儀，龍媒駿市。九變獨貫，三步知方。沙篆五色，天機七襄。戛戛獨造，作作有芒。以霹靂手，爲蛟龍翔。筵震有聲，觀頤有物。吐之茹之，曰典曰則。名不虚生，譽不徒立。杓人所歸，葉語群息。引經斷事，經解事從。抉史破疑，疑釋史通。五總九總，高奇錯綜。其聲擲地，黄鐘之宫。我食不肥，而中是窳。我紉於胸，而腹無貯。每叩一義，有壇有宇。每進一解，爲通爲固。棟莫如德，君由經師。愛人活國，都亭頌之。使君活我，斧冰持糜。二十四考，孰榮於斯？湯湯東流，蕩蕩爲海。雪虐風饕，急此饑餒。入水不濡，是有神在。巨鼇巍峨，三山擁戴。

言采風績，晚登勳科。令于畿南，人咸吪和。得耿借寇，輿人是歌。置之盤錯，委委佗佗。書生祭酒，而爲循吏。我知循吏，由讀書耳。經心聖權，民瘼吏事。一以貫之，通儒有此。大吏削牘，以爲鳳麟。君笑拂衣，我將歸耕。虎渡河静，珠來月明。曳杖去聽，江南水聲。箭駛追星，繩持惜景。翟鹵氛侵，殷楹夢警。天閶開闔，仙官擢珽。證業真靈，當居何等！君之位業，蒼陸奇旍。君之家世，紫嶽黄神。君之文章，丹首緑鱗。君之政事，璣鏡玉琴。天吴紫鳳，一綃半錦。金墉光碧，一畦半畛。鬱爲穹煙，天風獨引。數百萬言，一羅預頃。

我思雅遊，斂袂定交。長安九衢，接軫門高。車如流水，足音避囂。觝頂交跖，竟夜中宵。饑來驅人，一官萬里。身落天西，參躔井次。岑岑峭青，蒨蒨梯翠。手君一編，雲愁海思。悵然遠別，翩然復來。春明執手，歡聲若雷。夢醒離合，風花再回。將行躑躅，欲去徘徊。幽軫難旋，遐心無佇。霄情在茲，凶書已訃。誰熱寒灰，猶存尺素！淒黯巴雲，淚和峽雨。坦坦清路，幢幢翠陰。瞻望弗及，悲風蕭森。何窺洑濟，吊古山春。鵬飛起帳，鶴唳前亭。《海雲堂文鈔》

題邯鄲吕叔訥明府星垣江山萬里圖

吴慈鶴

我行萬里窮滇邦，滎澤渡河荆濟江。平生自詡眼界闊，誰信吕侯健筆都能扛！吕侯七十髮未白，下筆猶能萬人敵。詩清政美百不憂，醉潑煙綃空斗墨。初從僰道通嘉陵，峨眉山月殊娉婷。巫山巫峽更娟妙，章華渚宫幽夢馨。須臾江勢落平敞，草閣漁舠火三兩。忽然怒流仍一束，得非當年道士洑！忽然突兀兩點皴，知是大姑小姑來寫真。早潮未落晚潮上，江草自發江花春。其中豈無仙之人，吹破秋月啼霜筠。芙蓉半開亦半死，似有幽魄來霑巾。吁嗟！吕侯爾誠回仙之苗裔，簸弄三山五嶽等兒戲！我詩亦能爲爾吐奇氣，赤虯可騎請一試。君昂頭，我掉尾。金沙玉峽三萬里，置身圖中亦等耳。《鳳巢山樵求是録》卷六

酌雙龍井呈吕叔訥學正

屠倬

萬竅盡塞混沌泥，海山靈液通靈犀。石筋石骨不可犂，一泓凹似腹陷臍。風花露草泉脈肥，穿穴洞鑿東走西。何年巨石抉怒猊，五丁神斧併力刲！瑩然泠然才一圭，吞以兩龍之頷頤。海天日出聞天雞，鬚眉照徹青玻瓈。鹿盧咿啞兩手提，煎以活火瀹冰瓷。春芽雨前未展旗，昨者雙餅筠籠齎。一吸已覺腹

滿鬑，只愁今宵凍詩脾。《是程堂集》卷十二

題康衢新樂府同孫柳君茂才衍慶作

斌良

壽宇延禧景運隆，小臣賡續競呼嵩。漫偕玉茗新詞讀，刻羽移宮《擊壤》同。
玉琯雲璈費翦裁，斯年億萬祝春臺。筆花染處非凡豔，疑聽鈞天廣樂回。
古縣邯鄲製錦新，梅花舊夢憶西神。衢歌不礙鑾坡奏，天聽由來自下民。
回首觚棱動隔春，風鐙水驛潞河津。何時側耳聞《韶》《濩》，詔許螭坳拜聖人！

《抱沖齋詩集》卷九

附録三　評論雜記

吕對宸墓誌跋

阮葵生

三十年前，禾中鄭誠齋中允爲予言毗陵吕明經對宸，文章意氣，重于士林。而治劇應變之才，知勇兼備，隨所措而皆宜，心欽慕之，而以不獲一把臂，爲平生憾。比年，令子叔訥遊京師，結文字交，相得甚歡。暇日出示此册，簡齋之筆，夢樓所書，皆足不朽，非是弗克稱也。安成碑，昔人稱爲三絶，殆不得專美于前矣。《七録齋文鈔》卷六

吕學博詩奇險

法式善

吕學博星垣詩奇險，所謂『語不驚人死不休』者。其贈稚存長歌一篇，末云：『乾坤生才厚中央，前後萬古不敢望。』可謂一語抵人千百！他如『夜月吐雲全是水，暮山凝碧不分天』，亦爲佳妙。《梧門詩話》卷四

春噓叔訥兩明府

錢　泳

吕叔訥名星垣，爲『毗陵七子』之一，國初吕殿撰宫之後也。以明經官海州學正，得保舉，爲直隸邯鄲縣知縣。余戲寄一詩云：『自笑書生骨相寒，出門何處是邯鄲？早知富貴原如夢，誰肯將來作夢看！

愁緒苦長鬢髮短，功名容易別離難。君家老祖如還在，爲我先求換骨丹。』叔訥著書甚富，尤長於詞曲。嘉慶己卯萬壽，嘗填《康衢新樂府》傳奇，爲世所稱。　《履園叢話》卷六

蔣侍御雅謔

陸繼輅

吕叔訥星垣作《秋夜曲》，末句云『風動石妖千眼緑』，自詫以爲創獲，以示用安先生。先生問何指，吕云：『螢也。』先生笑云：『然則爲君得一偶句矣，「雨淋磚怪一拳青」。』吕亦不解，先生云：『蟾也。』老輩鍼砭人，不着形跡如此。　《合肥學舍札記》卷一

毗陵前後七子

劉聲木

乾嘉時，常州有『毗陵七子』之目。七子爲洪亮吉、楊倫、孫星衍、黄景仁、趙懷玉、徐書受、吕星垣，惟徐、吕二子，名氏稍晦，語見鎮洋畢秋帆尚書沅編《吴會英才集》中。聲木謹案，徐書受字尚之，監生，由四庫館議敘，撰《教經堂集》□卷。《蒲褐山房詩話》稱其詩取法在孟東野、張文昌間，然才情諧暢，兼效元、白云云。

吕星垣字叔訥，諸生，官河間縣知縣，撰《白雲草堂詩文鈔》□卷。《墨林今話》稱其工詩古文詞，高古簡潔，自成一家，間作寫意花卉，自娱而已云云。然則兩人之厠名於七子之中，亦非偶然。江陰金溎生明府武祥《粟香五筆》云：『嘉道間，吾常知名之士，推吴頡鴻嘉之、莊縉度眉叔、趙申嘉芸西、周儀顥叔、陸容新芙、徐廷華子麟、汪士進逸雲，爲「毗陵後七子」』云云。後七子名氏不出於里巷，較之洪稚存太史亮吉諸人，相去天淵矣。　《萇楚齋四筆》卷十

呂叔訥題秋空倚杖圖

楊鍾義

錢竹初有《秋空倚杖圖》，呂叔訥爲賦七古一章，云：『一雨忽已秋，小住復掉舟。來既不可止，去亦弗可留。罣一微塵礙如此，傳舍中人逐驅使。忽觀《秋空倚杖圖》，自驚無杖可倚爾。嘅焉溯支笻，初地將毋同。並操不律幾寸管，四大罕寄隻手空。青藜漫追劉向步，白藿輸吟庾信賦。公於西池望雲鶴，我猶東海隨煙霧。卓哉拄杖不掛履，立錐有地悟玄理。獨從象象求生生，子半天心隨所指。我頃尚未銷名心，排纂三《傳》勞披尋。唐既《春秋邦典》久佚，志欲補成，卅年來未竣也。就中正閏待參考，安得前席稽古今！久期荷篠雲歸岫，杖有傳薪或相授。能借半園之半又半區，輔嗣易成李嘉祐。』詩極雅澹，無乾隆季年人習氣。以廩貢宰贊皇，志稱其少時與稚存、淵如、西禾、仲則、味辛、尚之，有『七子』之目，然年輩較後。間作繪事，爲時所稱。《雪橋詩話餘集》卷六

武進呂湘皋星垣白雲草堂文鈔

平步青

大令爲太保宫六世孫，錢文敏公甥，與淵如、蓉裳齊年，瑰奇傑出，與淵如、北江、仲則稱『常州四才子』。一作楊而無呂。仲則早逝，孫、洪擢上第，大令僅以諸生貢國子，司鐸新陽、青蒲、吴海，晚令邯鄲。文以己得己出之義法，自爲演迤深浸，不名一體。上則敬通《問交》，士衡《辨亡》；次則持正寺碑，可之書壁。北江敘不虚也。王介子古文敘乃答王書，非敘，殆誤刊。《樵隱昔寱》卷九

白雲草堂文鈔七卷 嘉慶癸亥刊本

葉啓勳

國朝呂星垣撰。星垣字叔訥，武進人，貢生，官新陽縣訓導。是集凡論一卷，序一卷，書一卷，記一

卷，傳一卷，墓表碑銘行狀一卷，文跋考辨議説銘一卷。前有洪亮吉《序》，言其文則不名一體，其上者則敬通《問交》，士衡《辨亡》也；其次則皇甫持正之寺碑，孫可之之書壁也。至議關懲勸，旨寓抑揚，灑灑千萬言不止，此又君之自命，而人亦以此推君者矣。蓋其時值四庫開館，得以盡讀館書，演迤深浸於古人。又以游蹟所至，講求地理山川、武備鹽法、民俗吏弊，手畫指陳，洞見原委。故其發之爲文，奇正醇肆，有己出之義法，而多所獨到也。

集中每篇之後，附刻諸家評語。《孔墨不相用論》，童鈺稱其柳河東精詣，直追子長；《王介子方伯古文序》，程晉芳稱其無意規撫昌黎，自然入室；《復張瑞書觀察書》，袁實堂稱其用筆盡抑揚反覆之致，最近東坡論事諸書。《河南城守尉廳壁記》，孫星衍稱其雄直勁峭，直追先秦。《吴孺人傳》，趙懷玉稱其狀難寫之情，有無往不收之妙，是熙甫集中得意文字。《文林郎狄君墓志銘》，汪中稱其柳州峭勁，昌黎雄宕，兼而有之。《代盧轉運使諭勸杭州民改葬浮厝文》，盧崧稱其詞嚴義正，氣體純乎漢人；《盧氏祀田條約跋》，崔曼亭稱其筆意峻潔廉悍，直凌柳州、半山。觀此，可以知當時之品題矣。大抵其文規橅韓、柳，而取徑于震川，揣骨見真，足以自傳，固不必藉諸家之評爲輕重，涉明人榜標之習，貽譏後世也。（《續修四庫全書提要·集部》）

白雲草堂詩鈔三卷文鈔七卷　嘉慶癸亥刻本

葉德輝

《白雲草堂詩鈔》三卷，《文鈔》七卷，吕星垣撰。

王昶《湖海詩傳》：『吕星垣字叔訥，武進人，貢生，官新陽縣訓導，有《白雲草堂詩》。』錢泳《履園叢話・耆舊》：『呂叔訥名星垣，爲「毗陵七子」之一，國初呂殿撰宮之後。以明經官海州學正，得保舉爲直隸邯鄲縣知縣。余戲寄一詩云：「自笑書生骨相寒，出門何處是邯鄲？早知富貴原如夢，誰肯將來作夢看。愁緒苦長鬚髮短，功名容易别離難。君家老祖如還在，爲我先求换骨丹。」叔訥著書甚富，尤長於詞曲，嘉慶己卯萬壽，填《康衢新樂府》傳奇，爲世所稱。』

洪亮吉《北江詩話》：『呂司訓星垣詩，如宿霧埋山，斷虹飲渚。』又云：『呂司訓詩好奇，特不就繩尺。曾用七陽全韻，作柏梁體見貽，多至三四百句。末二句云：「乾坤生材厚中央，前後萬古不敢望。」頗極奇肆，然古人無此例也。余亦嘗贈以長句，末四語云：「識君文名已三載，才如百川不歸海。銀河倒注弱水西，努力滄溟欲相待。」亦頗寓規於奬云。呂又有句云：「桃花離離暗妖廟。」又《題博浪椎圖》云：「人間十日索不得，海上大嘯波濤聲。」蓋好奇不肯作常語如此。』

按，今集詩三卷，無七陽全韻柏梁體一首，亦無《題博浪椎圖》詩，或經删去，或一時遊戲之作，未曾存稿，亦未可知。其第三卷全爲詠史五古二百三十首，爲前人集中所無，則亦好奇之過也。文則規樵韓、柳，取徑於震川，所作較詩爲多，亦較詩爲勝云。

《郋園讀書志》卷十三《集部》

葉啓勳

白雲草堂詩鈔三卷　嘉慶癸亥刊本

國朝呂星垣撰。星垣尚有《游越》《游梁》《游燕》諸鈔，稿多散佚，後其門人陳灌芳、彭慶曾掇拾整理，尚得古近體詩三千餘首，未曾梓行。此則星垣使其門人選録百二十首，畀阮葵生作序，序來，復增入數十首，並詠史詩二百三十首，訂爲三卷，於嘉慶癸亥刊行之。蓋其自經選擇，託之門人，故集中之詩，清雄逸豔，不名一家，皆其竭意經營之作也。

星垣爲錢維喬、維城兄弟外甥，何無忌酷似其舅，同時如鐵保、洪亮吉、孫星衍、曹仁虎、程晉芳，皆與之詩文酬倡，爲『毗陵七子』之一。尤長於詞曲，以嘉慶己卯萬壽，填《康衢新樂府》傳奇，爲世所稱。洪亮吉《北江詩話》云：『呂司訓詩好奇，特不就繩尺。曾用七陽全韻，作柏梁體見貽，多至三四百句。末二句云：「乾坤生材厚中央，前後萬古不敢望。」頗極奇肆，然古人無此例也。余亦嘗贈以長句，末四語云：「識君文名已三載，才如百川不歸海。銀河倒注弱水西，努力滄溟欲相待。」亦頗寓規於獎云。呂又有句云：「桃花離離暗妖廟。」又《題博浪椎圖》云：「人間十日索不得，海上大嘯波濤聲。」蓋好奇不肯作常語如此。』按，今集中無七陽全韻柏梁體一首，亦無《題博浪椎圖》詩。然第三卷全爲詠史五古，爲前人集中所無，是亦好奇之一證。殆其學本淹貫，負其縱横排奡之氣，欲以奇麗駕同時諸人之上，不自知其逾越軌範也。然非胸有全史，固未能運用自如，偏師馳突，終能自成一隊，談藝者弗能廢也。《續修四庫全書提要·集部》

附録四　正文人名索引

凡　例

一,本索引詳近略遠,著意梳理吕星垣家世交遊,俾資考據。以全書正文(包括校記、評點暨吕星垣詩文補遺)爲編製範圍,依名諱立目,後標數字,即本書頁碼。附録内人名,概未闌入。

二,除正文詩題及小序、題注外,明曁以前人名不立目,傳記内親屬人物亦未備録,以避枝蔓。括號内爲該人别稱,部分人物提示親屬關係。名諱俟考者,照録别稱。

三,單篇詩文,僅標註人名首次出現頁碼。同頁異篇,同題異詩者,頁碼後括註出現次數。

四,本索引依四角號碼新碼排列。同一字下,依第二字前兩碼排列。